—— 1960 年代 ——
香港文學與文化叢書

苺淑嫻 主編

故事新編

劉以鬯

劉燕萍　編
葉曉文　插畫

中華書局

責任編輯：吳黎純
裝幀設計：霍明志
排　版：沈崇熙
印　務：劉漢舉

〔一九六〇年代香港文學與文化叢書〕
主編：黃淑嫻

故事新編

著者
劉以鬯

編者
劉燕萍

助編
陳素怡　Teresa Lau　蔡明俊

插圖
葉曉文

出版
中華書局（香港）有限公司
香港北角英皇道 499 號北角工業大廈一樓 B
電話：（852）2137 2338　　傳真：（852）2713 8202
電子郵件：info@chunghwabook.com.hk
網址：http://www.chunghwabook.com.hk

發行
香港聯合書刊物流有限公司
香港新界荃灣德士古道220-248號
荃灣工業中心16樓
電話（852）2150 2100　　傳真：（852）2407 3062
電子郵件：info@suplogistics.com.hk

印刷
美雅印刷製本有限公司
香港觀塘榮業街 6 號 海濱工業大廈 4 樓 A 室

版次
2018 年 7 月初版
2021 年 7 月第 2 次印刷
© 2018 2021 中華書局（香港）有限公司

規格
16 開（210 mm×153 mm）

ISBN：978-988-8394-60-9

「一九六〇年代香港文學與文化叢書」序

寫在《故事新編》出版前夕

（一）

1960 年代是劉以鬯的。

生於 1918 年的劉以鬯，在上個世紀的時光，因為大陸社會的動盪，從上海到香港，又輾轉從香港到新馬，又從新馬回到香港定居，那是 1957 年。劉以鬯與太太羅佩雲在這殖民地城市開始新的生活，一手寫流行文學，一手寫嚴肅文學，他形容自己的寫作生涯是「娛人娛己」。然而，無論是娛樂別人或者娛樂自己，在香港這樣的商業社會賣文為生，當中的艱辛不言而喻。我想像劉以鬯每個晚上，在柔弱的燈光下寫作的身影，他對文學的堅持

讓人敬佩。

　　從上海來的才子，面對現實的種種不滿意，離鄉別井，加上帶點激動的個性，劉以鬯回到香港後，在六〇年代初寫下他的代表作《酒徒》。小說在華文文學界，大膽實驗了意識流的敘事手法，對香港社會作出批評。現在回看，《酒徒》是優秀的文學作品，也是文化研究的重要文本。六〇年代後期，香港社會面對動亂，世界不同的地方也爆發年青人對社會制度的抗議，香港年青一代在躁動的氣氛下成長，與五〇年代相對服從的態度不一樣。劉以鬯就在這段時間融入香港的社會環境，他在七〇年代創作的《對倒》、《他有一把鋒利的小刀》及《島與半島》都能看到劉以鬯對香港社會轉變的敏感度。

　　劉以鬯在嚴肅文學作品的成就，有不少前輩和學者都討論過。近年劉以鬯重新出版的小說，不一定屬於嚴肅文學的範疇，但我認為同樣值得我們研究。我尤其喜歡短篇小說集《熱帶風雨》，收錄劉以鬯在五〇年代末以「葛里哥」筆名在《南洋商報》發表的小說。劉以鬯以細緻的寫實筆法，呈現新馬生活、華人與本土人的交往等等，這些作品可以看到華文作家在五〇年代的海外視野。

　　直接與香港民生有關的是《香港居》，小說在 1960 年於《星島晚報》連載，近年首次出版單行本。《香港居》筆調爽朗，以

現實主義的風格面向大眾讀者，表現了五〇、六〇年代香港人的居住問題，當中還有不少笑料呢。夫婦二人不斷地搬家，希望在香港尋找理想的家，但每間房子都遇到不同的問題。例如他們遇到非常苛刻的業主太太，每一分錢都算到盡，又有許多規矩。從歷史文化的角度看，小說寫了當年租屋和包租的細節，讓我們對五〇、六〇年代有更多認識。劉以鬯在小說的開端這樣寫道：「香港人口稠密，最珍貴的東西，不是愛情，而是地產。」這句帶有諷刺語調的話是劉以鬯在 1960 年寫下的，可悲的是，五十多年後的香港，這殘酷的現實並沒有因時代的進步而改變過來。

　　1960 年代的香港，成就了劉以鬯成為現代主義作家，但同一時間，他的流行文學面對大眾，直迫現實，呈現了香港生活扭曲的面相，值得我們細細地閱讀。

（二）

　　本書收錄劉以鬯的的四個故事新編，包括〈怒沉百寶箱〉（1960）、〈劈山救母〉（1960）、〈孟姜女〉（1961）和〈牛郎織女〉四篇，前三篇刊登於《明燈日報》。〈牛郎織女〉雖沒有具體的出版資料，但從連載的方式等方面看，應與前三篇為前後時期的作品，同刊於《明燈日報》。這四篇作品從未收入任何劉以鬯的結

集，事隔五十多年，現在首度出版單行本。

　　劉以鬯的故事新編如〈寺內〉和〈蛇〉等得到評論界的高度評價，在傳統故事中，加入現代的心理書寫，呈現人物的複雜性，這些作品屬於嚴肅文學的實驗。本書收入的四個故事新編，是劉以鬯以流行文學的模式書寫，面對大眾的作品。我們邀請了嶺南大學的劉燕萍教授為本書編輯及撰寫長文分析，劉教授把四篇作品放在香港六〇年代初的社會語境，當時女工的人數逐漸增加，婦女及年青女子從家庭走出社會，但面對種種的不公義，相對於男性，可能要面對更多的問題。劉教授認為劉以鬯不光把豐富的民間文學知識通過現代小說的模式流傳，更借故事表達對當時香港女性的關懷。

　　從宏觀的角度看，在香港五〇、六〇年代的文化語境，我們可以如何理解故事新編？也斯在〈「改編」的文化身份：以五〇年代香港文學為例〉（收於《也斯的五〇年代 —— 香港文學與文化論集》）一文中提出以廣義的「改編」的觀念來理解香港五〇、六〇代的文學，他所指的「改編」不光是我們一般所理解的文學改編電影的觀念，即是故事內容上的轉移，而是包括文藝形式及文藝思潮的轉化，從而看到文化之間的磋商，進一步探討香港文化身份的形成。戰後五〇、六〇年代的香港，是冷戰文化對抗的重要基地，相對於台灣和大陸，香港有較多的文化自由度，可以

接觸中外文學和電影，對於古典文學的接收沒有斷絕，嚴肅與流行並存，生活在香港的文人和藝術家，在這環境中可以取得不少養分。

　　戰後香港五〇、六〇年代文化發展蓬勃，也斯在文章指出有不少作品都是「改編」或「改寫」自不同的文本，尤為重要的是作者加以轉化，目的不是忠於原著，而是從過去的文本中加入新意思。不同的範疇也有這樣的例子，例如五〇年代末的唐滌生，他的粵劇名作《再世紅梅記》是改自明朝周朝俊的著名作品《紅梅記》；曹聚仁的短篇小說〈李柏新夢〉改寫自華盛頓·歐文（Washington Irving）的小說〈李伯大夢〉（*Rip Van Winkle*）；李維陵的短篇小說〈魔道〉上接施蟄存的〈魔道〉，而在香港五〇年代的環境中，改寫了王爾德（Oscar Wilde）的《道林格雷的畫像》（*The Picture of Dorian Gray*），探討藝術家內心的掙扎。也斯在文中舉出很多文學的例子，看到當時香港文學如何吸收和轉化外來的影響，承先啟後。在這個脈絡下，劉以鬯的寫作生涯尤其重要，他的嚴肅文學作品《酒徒》，也斯認為是「改編」自西方意識流文學；而他的故事新編，很明顯是改寫古典小說和民間故事，借此來書寫香港故事。這些都充分表現出那一代文人的學養與眼界。

　　2018 年 6 月 8 日劉以鬯離我們而去，我記起劉先生直率的

性格，我欣賞他創作的純粹性，但總不會遠離人群。我有幸在1997 前由也斯介紹認識了劉先生和劉太太，之後參與劉以鬯紀錄片《1918》的監製工作，與兩位經常見面，得到他們的指點。也斯在世的時候，我們已經開始籌劃這本書，打算在六〇年代研究的項目中發表，可惜也斯看不到了，劉先生也看不到了。

也斯帶領我們研究「1950 年代香港文化與文學」，2013 年由中華書局出版叢書，共六冊。「1960 年代香港文學與文化」研究，繼續得到研究資助局優配研究金的支持（LU13401114），再一次與中華書局合作出版叢書。《故事新編》得以出版，首先要感謝劉太太對我們的支持。感謝劉燕萍教授、陳素怡、Teresa Lau 和蔡明俊用心的編輯和校對工作，葉曉文的畫作令舊的作品添上新的色彩。最後，感謝中華書局的黎耀強先生和各位曾經幫忙的編輯。

這是「1960 年代香港文學與文化」叢書的第一本，此時此刻，讓我們一起深深地懷念這位香港文學作家 —— 劉以鬯。

黃淑嫻

2018 年 6 月 11 日

目錄

怒沉百寶箱

關山美圖　怒沉百寶箱

六十五：投江

最後，十娘吩咐李甲將第四
隻抽屜拉出來。抽屜裏除了珍
珠寶物外，還有一個小盒子。
打開小盒一看，全是一粒粒
「祖母綠」「貓兒眼」等奇珍異寶。
那「祖母綠」是一種綠色的寶
石，遍體透明，光芒四射，那
「貓兒眼」是一種黃色的寶石，
內有折光，摺耀如黑暗中的
貓眼；但是杜十娘卻有整
整一盒。

孫富雖然有錢；也從來沒有
看到過這麼多的寶物。
十娘頭一郎，竟將這些無價
之寶全部傾倒在江中。李甲悔
惡交集，抱住十娘痛哭起來，指着
孫大爲：

「我與李公子吃盡千辛萬苦，
好容易才有今天，你遇禽獸
光色起誓，暗中用花言巧語來
挑撥我們夫婦間的感情！你恕
什麼要破壞人姻緣；斷人恩愛
道你付了幾個臭錢，就可以拆
散別人的婚事了嗎？你……此仇
果卹明有知，我死也不能瞑目！如
此恨，我死也不會饒了

她駕得混身戰顫，腿一軟，倒
退兩步，差點昏倒在船頭上。
然後對李甲說：「這箱中含
絕的寶物，是我歷年在風塵中
宛忍辱積下來的東西，由於
備抵達杭州時，交與你，
早獨回紹興去獻呈命令，也好
讓他老人家對我有個好印象
不料，我命運太壞，剛剛脫離
火坑，就遇到這個狼心狗肺的
孫富，存心拆散我夫妻，而……

富給孫……
你……！
醉心於區一千兩銀，你也
太……太沒有良心了！你自己
想想看，在過春院的時候，黃金珠
寶任我揮，多少王孫公子追求我，
個個揪在手，才會把終身托付你呀！
竟是絕情負義的王八呀！你
姓孫的，你不應該拿負我杜
十娘遺……一片苦心呀！」
說到這裏，走到船舷，杜十娘抱百寶
箱，凝覷滔滔江水，猛吸一口氣，
縱身跳入江中！（全文完）

【題解】

杜十娘怒沉百寶箱古典小說

陳素怡

書生李甲負情，名妓杜十娘抱百寶箱沉江而歿。〈杜十娘怒沉百寶箱〉出自明末馮夢龍所編話本小說集《警世通言》第三十二卷。《警世通言》的〈杜十娘怒沉百寶箱〉以白話書寫，亦備有話本小說一若「入話」之類的規模。除卻《警世通言》之載，杜十娘故事另見於文言小說宋幼清〈負情儂傳〉（宋楙澄《九籥集》）和馮夢龍《情史》中的〈杜十娘〉（魏同賢編《馮夢龍全集》）。《警世通言》〈杜十娘怒沉百寶箱〉乃依據宋幼清〈負情儂傳〉改寫而成（楊義主編《三言選評》）。

有說杜十娘故事為真有其事，此說法緣於〈負情儂傳〉之末段。宋幼清在〈負情儂傳〉結尾附筆書「余自庚子秋聞其事於友人」，更言自己夢得女子以「若郎君為妾傳奇，妾將使君病作」阻其書寫。日後〈負情儂傳〉寫成，宋恐怕女子報復，乃「復寄語女郎」：「它日過瓜洲，幸勿作惡風波相虐，倘不見諒，渡江後必當復作」，然其女奴露桃則不數日墮河而死。〈杜十娘怒沉百寶箱〉的篇末，則改成柳遇春「停舟瓜步」打撈得一個「小匣子」，「啟匣觀看，內皆明珠異寶，無價之珍」，又夢見十娘之魂「訴以李郎薄倖之事」。〈杜十娘怒沉百寶箱〉的李生之友柳遇春，並未出現於〈負情儂傳〉，然兩個故事的結尾同為於路上夢見杜十娘、報復／報恩，兩者情節如出一轍，是以韓南指：「柳遇春這個人物的塑造取材自宋幼清的附筆」（韓南《韓南中國小說集》）。

一、寂寞芳心

杜十娘是一個妓女，整日周旋於王孫公子之間，嘻嘻哈哈，看來非常快樂，但實際上，她的心境是十分寂寞的。寂寞教她懂得思索，卻弄壞了她的脾氣。她不喜歡奉承別人，面對熟客，稍不如意，也會大發脾氣。王孫公子花了銀子，還受閒氣，照說杜十娘的樓梯必定冷清清的；然而事實恰巧相反，鍾意她的男人，一天比一天多，巨商富戶，皆以與杜十娘同席對杯為榮。

昨天晚上，有一幫河南人，在十娘房中請客。十娘討厭這些市儈太濃的商人，喝了些悶酒，忽然嘔吐起來，客人們以為她病了，吩咐丫鬟扶她上床；然後紛紛離去。十娘倒在床上，未解衣，就昏昏睡去。睡至中宵，做了一個夢，夢見一對大眼金魚，在水缸裏相互追逐。早晨醒來，十娘將夢中所見的情形，告訴丫鬟秋喜。秋喜兩眼骨溜溜的一轉，說：「魚水歡！魚水歡！這是喜事！」

十娘酒意未消，頭部重甸甸的，有點噁嗎。聽到秋喜的解釋後，愛理不理地白了她一眼，說：「喜事？像我這樣的人，還會有甚麼喜事？」

「十娘。」

「嗯？」

「你為甚麼老是這樣愁眉不展的？」

十娘抿嘴不語，兀自向窗邊走去。朝秦暮楚的生活，已使她感到厭倦，年紀輕輕，卻有一片荒涼的心境。

她的眼睛裏閃着晶瑩的淚珠，俯視庭園，長廊假山間，盡是嫖客、王八、丫鬟……

「迎春院」的大門口，有購買色情的王孫公子進來；也有購買色

情的巨商富戶出去。

　　十娘是看慣了這種情景的；但是今天感觸特別多，是否因為做了一個夢的緣故，她不清楚，只覺得虛愛假情演得再迫真，不能歸落於實地。她雖然是個妓女，然而終歸是個女人。——而且年紀剛過十九。

　　十九歲是黃金一般的年華，應該懂得愛別人，或者被別人愛了；但是，十娘的愛情在甚麼地方？

　　正這樣想時，丫鬟秋喜從樓下疾奔而至。

二、年輕的書生

　　秋喜笑嘻嘻對十娘說：「有個太學生看中你了！」

　　十娘正坐在窗前撥弄琵琶，聽到秋喜的聲音，立刻就放下琵琶，回過了頭來，問了一個字：

　　「誰？」

　　秋喜滿面春風，笑得見牙不見眼：「據月朗姊說，有個太學生昨天在大街上見了你一面，回去後，連書也不讀了，到處打聽你的住址，知道你在這裏，現在竟搖搖擺擺的趕來了。」

　　「在樓下？」

　　「是的，現在樓下客堂裏與媽媽在品茗。」

　　十娘痴痴的望着窗子發愣，自言自語地：「一個太學生，怎麼會到迎春院來的？」

　　秋喜挪前兩步，傴僂着背，低聲悄語的，在十娘耳畔：「他……他很年輕，眉清目秀，舉止斯文，誰見了也歡喜。快，快，讓我替你梳頭。他……就要上樓來了。」

十娘雖然只有十九歲，但是心情早已蒼老，對於那些到妓院來尋花問柳的王孫公子們，從不寄存任何希望。秋喜很興奮，但是十娘卻懶洋洋的，完全打不起勁兒。

秋喜取過木梳來，替十娘梳了幾梳，走到窗邊去摘了一朵紅牡丹，輕輕插入她的髮鬢。這時候，樓梯上忽然響起一陣零亂的腳步聲。

有人拉起門簾，十娘橫波一瞅，發現門外站着一個年輕的書生：小方臉，一雙清明無邪的眼睛，筆挺的鼻樑，白晳的皮膚，頭戴綢巾，身穿魚白海青，手持真金扇，風度翩翩。

十娘羞澀地低着頭。秋喜迎上前去，請他進來，坐在檀木圓桌邊。

「這是我家杜十娘。」秋喜沏了一盅茶，端到公子面前，含笑盈盈，開始做穿針引線的工作了。

公子聞言，立即站起身來，走到十娘面前，很有禮貌地，拱手作揖：

「小生這廂有禮了。」

十娘有意無意地，對他投以一瞥，欠欠身，還了禮，用很低很低的聲音問：

「請教尊姓？」

三、愛的浸潤

「小生姓李，單名一個甲字。」

十娘抬頭凝視，發現李甲臉上掛着微微的笑意。那笑，像燕子在水面點出的波紋，淺淺的，冷冷的，含着了迷人的韻姿。

「請教貴處？」十娘問。

李甲答：「我乃浙江紹興府人，家嚴是紹興府的李布政。」（註：「布政」即承宣布政使，明代省級的地方最高長官。）

十娘聽了這句話，心中喜不自勝，橫波對李甲一瞅，李甲正睜大了灼灼有光的眼睛，楞着十娘，楞得她未開口，就帶點羞怯神情。十娘是北京城最漂亮的女子，十三歲破瓜，今年已經十九歲了。七年之內，不知道接過多少客人。客人雖多；但是沒有一個可以使她刻骨傾心的。有人說：「杜十娘臉如蓮萼，唇似櫻桃，雖然誤落風塵中，倒也生得一副鐵石心腸。」

其實，這評語未必完全正確。十娘已經不是一個小女孩了，懂得愛別人；也需要別人的愛，只是風塵知己不易找，所以一直將感情收藏起來，輕易不肯亂動。

如今見到李甲：雖然只交談了幾句，已經被一股奇異的力量圍困住了。她是在男人堆裏長大的女人，與李甲相對而坐，竟會侷促不安地，一直低垂眼波，偶而投以匆匆的一瞥，立刻就會不好意思地合上了眼皮。

李甲是個讀書人，未逢美色，一見風華絕代的杜十娘，目光久久停滯在她的粉頰上，中了魔道似的。

此時無聲勝有聲。

兩個年輕人，就是這樣的，從早晨坐到下午，呆呆的，連茶飯都不思。秋喜站在門外，常常掀起門簾，向裏觀看，只覺得十娘今天的神色，與往日不同，可不知道他們在無言中，究竟得到了些甚麼。

其實，他們無言相對，眼波互傳，心有靈犀一點通，一切已是盡在不言中。

客人接一連二的湧至，十娘一概謝絕了。鴇母大怒，奔上樓來責問秋喜。

四、鴇母面孔

秋喜對鴇母說：「剛才十姊關照過的，今天不接客了！」

鴇母臉一沉，擺出不好惹的神氣，問：「為甚麼？」

「我也不知道。十姊見了這位姓李的客人後，神不守舍的，好像完全不能自已了。」

「但是不接客怎麼可以？」

秋喜聳聳肩，表示無可奈何：「中午時分，張財神來，十姊也不見。看樣子今天隨便甚麼人來，十姊都不會接見了。」

「不行！」

鴇母怒氣沖沖的掀起門簾，闖進門去，走到十娘面前，雙手往腰眼一插，問：

「十娘，你知道我最疼你，為甚麼老跟我作對？」

十娘用冷峻的目光睨了鴇母一眼，抿着嘴，臉上露出無限憎厭的神情。

鴇母不見她開口，怒氣更盛了，伸出食指，對準十娘鼻尖點了幾下，一邊吊高嗓子，嘩啦嘩啦的，唾沫星子噴了十娘一臉：

「如果個個像妳這樣，我這院子還開得下去嗎？你自己想想看，從早晨到現在，多少稔客給你拒絕了？你不想好，可別叫我去得罪人！」

十娘正欲分辯時，李甲忽然站起身來，很有禮貌地向鴇母拱手作揖：

「媽媽請坐。」

鴇母昂着頭，嘴唇撅得很高很高。李甲見她怒氣未消，當即從衣袖裏取出兩錠五兩重的銀子，笑嘻嘻的，說：「媽媽，這一點小意思，

算不得甚麼，聊表敬意耳。」

鴇母看見了雪白的紋銀，立刻轉怒為喜，堆上一臉阿諛的笑容，瘟着嘴，説：「相公，何必這樣客氣？」然後伸手接過銀子，對十娘霎霎眼，扮了個鬼臉，躡足走出廳堂。這些勢利人總是這樣子，李甲心中也不覺得怎樣不受用。

十娘有點羞慚，白淨的臉頰泛起紅暈。李甲貪婪地欣賞她的美麗，她則探手掠掠散在額前的鬢腳，像嬌羞無限，只低聲説了這麼一句：

「在這裏吃晚飯吧，吃過晚飯，彈琵琶給你聽。」

五、團年飯

此後，李甲與十娘朝夕相處，日子過得非常甜蜜。兩人情投意合，打得火一般熱，成天關上房門，不許外人攪擾他倆的詩樣情意。嫖客們一再上門求見，皆遭拒絕。那老鴇眼看十娘似痴似醉地迷上了李甲，心中很不自在，只因李甲用錢極爽，看在銀子份上，一樣聳肩媚笑，奉承不暇。

愛情是一撮火，它使青春的力量在燃燒中壯大。

愛情是一杯酒，它使一個人的感受走進詩樣的夢境。

愛情是一把鑰匙，它啓開了心扉，讓快樂從裏面走出來。

快樂的日子，最容易過。從細雨濛濛的清明節到大雪紛飛的冬至，李甲一直用銀子抵抗鴇母的嚕囌。

李甲是個太學生，離開紹興時，帶的銀子倒也不少；但是鴇母的嚕囌永無休止，長期揮霍總不是一個辦法。

整整九個月，十娘沒有接見過第二個客人。

整整九個月，李甲沒有讀過一本書。

這兩件事合在一起，就產生了一些令人頭痛的後果。杜十娘是北京城最紅、最美、最出名的妓女，忽然謝絕接客，當然會引起很多猜疑的。

於是消息傳開了，說十娘已萌從良之志。事情給李甲父親的朋友聽到了，寫了一封信給浙江的老布政。老人大怒，寫信來催李甲立即南返，李甲捨不得離開十娘，老是延擱行期，下不了決心。

大除夕，十娘特為李甲擺下一席酒，兩人相對而坐，吃團年飯。

飯後，十娘親手剝了一隻汕開蜜橘，放在盤中，送到李甲面前。李甲眉頭一皺，感喟地嘆口氣。十娘問他：

「今晚是大除夕，我們吃團年飯，應該高高興興的喝些酒，為甚麼長嘆短吁的，鬱結不散？」

李甲不說話，也不動彈，像僵了似的，只顧望着圓窗發呆。十娘再追問一句，他才無限怨懟地說：

「父親又託人給我帶來了一封信。」

六、囊篋漸空

十娘問：「信上寫些甚麼？」

李甲長嘆一聲，站起身來，邊走向圓窗；邊說：「父親要我立刻趕回浙江。」

「你的意思呢？」

「我不願意離開你。」

十娘垂下眼皮，心裏有一種說不出的感覺，不知道是喜悅？抑或悲哀？論理，她是應該勸李甲回去的；但是，李甲走了，她勢必又要

恢復接客。十娘早已厭倦風塵生活，所以必須留住李甲。

　　留住李甲，當然不能接客。不接客，就得送銀子給鴇母花用。李甲離家來京，帶的銀子雖不少，可也不能算多，在院中住了九個月，吃喝打賞，沒有一樣不需要錢。時到如今，囊篋漸空，鴇母不逐，李甲也無法再耽下去了。

　　十娘並非不知道李甲的情形，只是不想開口罷了。明天是元旦，按照院中規矩，凡是稔客，必須爽爽快快地拿些銀兩出來，打賞那些鴇母、王八、丫鬟……

　　李甲第一次在院中過年，也許還不大清楚這種情形。十娘怕他沒有準備，想提醒他，又不好意思説出口，但是不説出來，明天一定會在眾人面前出醜的。

　　怎麼辦呢？

　　不知道應該怎麼辦。

　　天氣寒冷，窗外飄起雪羽來了。房內雖有炭盆，並不暖和。逢到飄雪的日子，別説是巨商富戶，縱或是勞苦階層照樣也要穿皮袍的。

　　李甲這天卻沒有皮袍穿，而且穿得很單薄，雖然室內不太寒冷，但也因此顯得有點兒瑟縮。

　　十娘這才發現李甲身上穿得十分單薄，不禁猛發一怔，問道：

　　「你在哆嗦？」

　　「不，不，我一點也不冷。」

　　「天氣很冷，為甚麼穿得這麼少？」

　　「不上大街，不需要穿皮袍。」

　　「不上街也不能穿得這麼少呀！」

　　「…………」

　　「你的皮袍呢？」

七、雪夜寒

李甲很窘，把頭朝下一低，吞吞吐吐的答了一句：「我……我的皮袍……放在箱子裏。」

「為甚麼不拿出來穿？」十娘問。

「我剛才不是已經說過了，不上大街，何必穿皮袍？」

「天氣驟然轉冷，外邊正在落雪，不穿皮袍，會着涼的。」

說着，十娘霍然站起，婷婷嫋嫋地向臥房急走。李甲連忙奔上前去，攔住她的去路，用略帶一點哀求的口脗問：

「你……你到裏邊去做甚麼？」

「開箱拿皮袍。」

「我……我……我實在不冷。」

十娘捉住他的手，緊緊一握：「你看，這手冰冷的，還不加衣！」

李甲強顏一笑，但是眼圈已經紅了：「十娘，你何必多此一舉呢？」

十娘不理他，兀自疾步走入臥房，打開紅色的漆皮箱，不覺大吃一驚，箱子裏空落落的，只有單夾長袍，只是不見皮襖。

「這是怎麼一回事？」

李甲垂着頭，答不出話來。十娘仔細一想，終於想出箇中原因。

「當掉了？」十娘悄聲問。

李甲痴呆呆的望着十娘，默默無言。十娘這才知道自己心愛的情郎，為了她，竟將最後幾件可以變錢的皮袍也拿去當掉了。

想到這一層，面對着抵受不了寒氣而正在發抖的李甲，心裏一陣子發酸，熱淚已奪眶而出。

「明天是大年初一，你沒有皮袍，怎麼能夠見人？」

「我不下樓便是。」李甲稚氣地說。

十娘用手絹抹乾淚水，噓口氣，説：「你不下樓，人家會上樓來討壓歲錢的。」

「這⋯⋯這⋯⋯這⋯⋯怎麼辦呢？」

十娘走到樟木大櫥邊，掏出鑰匙啓鎖，拉開櫥門，取了十幾錠銀子出來；然後鎖上大櫥，將銀子交與李甲。

八、除夕贖當

李甲窘極了，怎樣也不肯收受。十娘説：

「拿去，先贖一件出來，餘下的錢，作為明天打賞下人用。時候已不早，快去快來。今晚是大除夕，當店是通宵營業的。」

李甲心裏充滿了矛盾，顯然有些無所措置了。

十娘像哄騙孩子似的：「拿去吧，我們怎樣也不能讓別人訕笑。我們第一次在一起過年，大家應該高高興興。」

聽了這一番話語，李甲才伸出抖巍巍的手，將銀子收下。十娘催他快去，説是準備燙一壺紹興花雕，等他回來共飲守歲。李甲無奈，只好冒着風雪上街，天氣嚴寒，雪羽紛飛；北風刮在臉上，如同小刀子一般。街上行人十分擁擠，李甲惟恐被院中王八瞥見，故意用衣袖蒙着面龐，東閃西避，臉頰上濕濕漉漉的，分不清是雪水？抑或眼淚？

從當店裏出來，李甲已經換上皮袍了，腋下挾着那件夾袍，匆匆趕回迎春院。

院中燈火通明，沒有一個房間是暗的。風塵中人規矩特別多，大除夕通宵點燈，叫做「亮財向」，意思是：燈光所及處，財神就會將金銀財寶送來了。

李甲並非不知道這規矩，只是心事太重，竟沒有想到這一層，走入院中時，被太亮的燈光嚇了一跳。

老鴇站在客堂門口，睜大了眼睛盯着他。

他很窘，連忙將腋下的衣服藏到背後；但是已經來不及了，四面的燈光亮如白畫，老鴇早已看到清清楚楚。

「這樣大的雪，你上那兒去了？」老鴇用沉濁的鼻音問。

李甲堆上一臉尷尬的笑容，期期艾艾地：「在⋯⋯在朋友⋯⋯朋友家裏吃團年飯。」

「你手裏拿的是甚麼？」

李甲臉上倏地發紫，獃磕磕的楞了半晌，然後抖着聲音答道：

「哦，這⋯⋯這是朋友送的字畫！」

鴇母縱聲大笑，笑聲好像飛箭一般，射在李甲心上，又刺又痛。

九、可怕的笑聲

李甲奔上閣樓，掀起門簾，走入房內，氣喘吁吁，怎樣也壓不下驚悸的心情。

十娘問他：「為甚麼這樣慌張？」

李甲說：「那⋯⋯那⋯⋯老鴇看見我挾了一包東西進來，笑得很可怕。」

「不要太敏感。」

「但是她的笑聲含有嘲諷的意味。」

「別理她，快來喝杯花雕，驅驅寒氣。」

李甲坐在八仙桌邊，若有所失。鴇母的笑聲，仍在他耳際迴繞。十娘最能了解他的心情，舉起小小的酒杯，送到李甲嘴邊，勸他飲，

李甲呷了一口，淚水就像荷葉上的露珠一般，簌簌掉落。

「為甚麼又要難過了？」十娘悵悵地問。

李甲答話時，木然無表情：「我想……我們不久就要分手了。」

「無端端說這些話幹嗎？」

李甲心一橫，坦白說出真情：「我再也不能打腫面孔充胖子了，繼續耽下來，一定要被鴇母咒罵的。」

「截至目前為止，她還沒有拉下臉子，你又何必這樣自卑呢？等她指名叫罵的時候，再設法對付她不遲。」

說着，又給李甲斟了一杯酒。李甲用手指抹去臉頰上的淚痕，仰起脖子，將酒一口呷盡。十娘講了一個笑話給他聽，想逗他快樂；但他老是愁眉不展地浸沉在痛苦的思索裏。一種新生的自卑感，使他不敢抬起頭來正視現實，在鬱鬱寡歡中，終於形成了難以振作的悲觀情緒。

夜漸深。紅木小條桌上燃着一支紅燭，火光跳呀跳的，照得滿室通明。燭旁有隻香爐，爐內燃着檀香屑，香氣四溢，增加了不少羅曼蒂克氣氛。

窗外大雪紛飛，屋簷已有冰條掛下。十娘本來計劃守歲的；由於李甲鬱鬱不舒，竟一反守歲的習俗，拉拉李甲的衣袖，悄聲對他說：

「天氣這樣冷，我們去睡吧！」

元旦。雪已晴，屋脊上鋪了一層棉花似的積雪，又厚又白的，在陽光的照射下居然結成冰塊。

十、秋喜報憂

十娘早就起身了，穿着一襲桃紅花緞皮襖和紅裙，打扮得十分花

枝招展。頭髮烏黑油亮，額前有幾條疏疏落落的「劉海」，益發顯得嫵媚了。

秋喜手托福漆茶盤，冉冉走到梳妝台邊，先道「恭喜發財」；然後將一盅元寶茶放在十娘面前。十娘還了禮，取出一個紅包遞與秋喜，斜眼一瞟，發現秋喜臉有憂色，忙問：

「你怎麼啦？今天是大年初一，為何皺緊眉頭？一定是叫人欺侮了，是不是？」

秋喜想開口，但喉嚨好像被甚麼東西梗塞住了，踟躕半日，又將話語嚥了下去。十娘見她如此表情，知道內中必有蹊蹺，因此，正正臉色，堅決要秋喜把心事說出來。

「快講！」

「剛才……剛才……」秋喜欲言又止。

十娘追問她一句：「剛才怎麼樣？」

秋喜頭一沉，壓低嗓子，說：「剛才老太婆，當着眾人譏笑李公子。」

「她說了些甚麼？」

「她說有人親眼看見李公子昨晚挾了一包東西從當店走出來。」

十娘聽了，不覺猛發一怔，心裏亂亂的很不好受，咬着嘴唇不出聲。

「這怎麼辦呢？」她暗自忖度：「要是老鴇知道公子囊篋已空，公子就無法再在這裏耽下去了。」

於是，故意在秋喜面前悄聲說了幾句話，企圖替公子挽回已失面子：「準是那人眼花，認錯人了，公子有的是銀兩，那裏會去當店？一定沒有這回事。」

秋喜嘟着嘴：「老太婆還叫月朗姐來勸你打發李公子走，不然的話，她準備親自趕他出去了。」

「不行！李公子在院中花的銀兩不算少，豈可對他如此無禮？」

這時，李甲醒了，聽到喊喊喳喳的談話聲，一骨碌翻身下床，披了皮袍，走出廳來。

「你們在談些甚麼？」他問道。

十娘連忙堆上一臉笑容，搖搖頭說：「沒有甚麼！沒有甚麼！」

十一、咒罵

從初一到元宵，李甲老是躲在十娘閣樓上，非必要，絕不下樓。鴇母是個多麼厲害的女人，隨便甚麼事，一過眼，就能猜料出幾分。打從大除夕起，她開始懷疑李甲囊篋已空，再加上半個月不敢露面，益發增強了她的信心。她不能讓一個窮光蛋獨佔她的搖錢樹，因此差遣秋喜上去喚叫十娘，說是有事跟她商量。十娘並不愚蠢，知道鴇母腦子裏轉的甚麼念頭，沉着臉，推說頭痛，不願下樓。

這一下，可把鴇母氣壞了，認為十娘的倔強，完全是李甲教唆的。於是，霍然站起，怒沖沖的走到樓梯口，直着嗓子，瘋狂咒罵。

「窮光蛋！你快些滾出去！沒有銀子，就別在妓院裏充闊佬！」

十娘站在房門口，側耳諦聽。鴇母的話語，一個字像一枚釘，扔在她的心坎裏，又刺又痛。

但是鴇母見十娘仍不下樓，心中一氣，索性指名大罵了：

「李甲，這裏不是救濟所！你在院中白吃白住了一整年，虧你還有面孔耽下去！」

十娘惟恐李甲聽了不好受，連忙將房門輕輕掩閉；然後再冉走到內房，故意裝作若無其事的神氣，笑嘻嘻的說：

「李郎，我陪你下一盤棋，好不好？」

李甲感喟地嘆息一聲，搖搖頭，說：「她罵我的話，我全聽

到了。」

十娘心亂似麻，緊緊摟住李甲，含淚作笑，百般勸慰：「不要難過，老太婆的脾氣你是知道的，當是耳邊風，過了就算。」

李甲用眼對四下瞅了一圈，痛苦地抬起頭來，說：「都是我不好，害你受這麼多的委屈！」

「你為甚不好？我不許你說這種話。」十娘用纖纖玉指掩住他的嘴。

「如果我手上還有銀子的話，她就不敢這樣亂罵人了。為今之計，我只有離開這裏了，也好免得你再受閒氣。」

「不，不，你不能離開我！」十娘哭了，淚水像斷線珍珠一般簌簌掉落。

十二、逐客

房間裏充溢着鬱結的氣氛。李甲鼻子酸了，眼睛發潮。十娘百般勸慰；但是李甲卻作了這樣的表示：

「十娘，我遲早終歸離開這裏的！我必須將你忘記，希望你也能忘掉我。」

李甲的話，一句句鑴在十娘心裏，使她感到了一種難以描摹的淒抑。這些年來，十娘不知道結識了多少王孫公子，可是沒有一個能像李甲那樣令她刻骨傾心的。李甲早已竊去了她的心；而十娘也有從良之意。如今，李甲要走了，她必須設法留住他。

因此，十娘對李甲說：「不要離開我！千萬不要離開我！老太婆的事，一定有辦法可以對付的。」

話語剛說完，忽然有人敲門。李甲大吃一驚，以為鴇母上來趕他

出院了，恓恓惶惶地躲在屋角，瞪大了一對受驚的眼睛。

十娘走去開門。

門啓開後，原來是秋喜。

秋喜神色緊張，嬌喘吁吁的，一見十娘，立即反背將門掩上。

十娘細聲問她：「有甚麼事嗎？」

秋喜說：「不好了，快將李公子送出院去避避鋒頭」。

「為甚麼？」十娘問。

「因為，」秋喜怯怯地對躲在屋角的李甲瞅了一眼；然後壓低嗓音說：「老太婆決定親自上樓來辱罵李公子。」

李甲聽了，急得如同熱鍋上的螞蟻。十娘勸他暫時到外面去避一避，等鴇母怒氣平息了，再回來。李甲想不出第二個辦法，只好問十娘要了些碎銀，準備出街去找同鄉柳遇春聊天。

這時候，樓梯驀地響起一陣急促的腳步聲。李甲怔住了，站在門背後，渾身發抖。

「快開門！」鴇母在門外大聲怒吼。

十娘心一橫，三步兩腳走去拉開房門。

那鴇母一見十娘，兩眼瞪大如銅鈴，吊高了嗓子，破口大罵：

「賤貨！你究竟打算幹是不幹？吃我們這行飯的人，誰不前門迎新，後門送舊？自從李甲這窮鬼來到這裏後，你老是失魂落魄的。」

十三、剝衣

「別說是新客，連舊客都斷光了！現在，我要你馬上趕他出去！從此以後，再也不准他踏進大門一步！」

　　十娘從小就學會了忍耐，聽過鴇母的咒罵，心中雖氣，卻不敢出言頂撞。鴇母這個雌老虎，臉皮厚，手段辣，院中上上下下，包括王八在內，沒有一個不懼怕她。

　　但是站在門背的李甲卻有點吃不消了，臉一紅，終於躡足逃了出去。

　　鴇母用鄙夷不屑的目光瞅着李甲，任由他溜出去，不加阻攔。

　　秋喜究竟是受過訓練的丫鬟，見到這種情形，立刻端茶，點煙，還絞了一把熱手巾給鴇母。

　　「媽媽，別動肝火了，氣壞了身子可不是鬧着玩兒的。喝盅茶，有話慢慢講。」

　　鴇母這才坐下了，臉孔依舊繃得很緊，狠狠的盯着十娘，眼睛裏彷彿有一撮怒火在燃燒，熱辣辣的，一直燒到十娘心裏。

　　「你想想看，我辛辛苦苦將你扶養成人，為的是甚麼？那李甲這窮鬼有甚麼好？不讀書，不做事，專靠女人吃飯，一點出息也沒有！」

　　十娘也生氣了，抬起頭來，極力為李公子分辯：「媽媽，你這話說得一點道理也沒有。李公子當初也不是空手上門的。」

　　鴇母嗤鼻冷笑：「此一時，彼一時，幹我這行戶營生的人，講不得情義。」

　　「但是——」十娘的嗓子也不弱：「我，我愛他！」

　　鴇母想不到十娘竟會說出這樣的話來，心中一惱，舉起桌上的茶杯憤然往地上一摔。

　　「臭貨！賤貨！算你有膽，老娘今天非給你一點厲害看看不可！」

　　說罷，霍然站起，匆匆走到房門口，大聲喚叫王八上樓。

　　王八上來了，手裏拿着早已準備好的蔴繩和皮鞭。

　　「剝去她的衣服！」鴇母怒叱。

王八像狗般聽話，捲起衣袖，走到十娘身邊。十娘昂着頭，毫無懼色。

十四、鞭撻

王八將她的衣服剝下了，十娘依舊一動不動。

秋喜跪在鴇母面前求情，鴇母不理她，只顧咆哮如雷：

「將她綁起來！」

王八將粗蔴繩往十娘胴體上團團綑綁。十娘昂着頭，閉住眼睛，木然站在那裏，毫無畏縮的表示。

鴇母手持皮鞭，怒氣沖沖的走到她身傍，雙手往腰際一插，叱道：

「答應我，從今天起，恢復接客！」

十娘還是閉住眼睛，臉上呈露着憤恚之情。

鴇母獰笑了，舉起皮鞭，「胡」的一聲，抽在十娘背脊上。十娘依舊昂着頭，依舊閉着眼睛，依舊站立在那裏，不哭，不嚎，不吶喊。

鴇母眉毛倒剔，扁扁嘴，直蹦直跳的咆哮起來。

「把李甲趕出去！跟他一刀兩斷！」

十娘固執地搖搖頭。

鴇母怒不可遏，舉起皮鞭，一連又抽了兩下，十娘背脊上立即出現了兩條血痕。十娘忍住痛，皺皺眉，緊緊揑住拳頭，不出聲。鴇母見她如此倔強，心內的怒火終於狂燃起來了，咬緊牙關，索性用鞭柄猛摑十娘臉頰。

憎恨使十娘產生了過去從未有過的勇氣。

她寧死也不肯屈服。

那站在一傍的王八，眼看暴力不能發生任何作用，惟恐鴇母無法落場，趁此挪前兩步，拉拉扯扯的將鴇母勸開。鴇母滿臉怒容，脖子的青筋都凸了出來。

「賤貨！今天饒了你！不過，你得好好記住我的話，不然，休怪老娘不講交情。」

説罷，將沾有血跡的皮鞭往地板上一扔，悻悻然奪門而出。王八閃了閃三角眼，走到十娘面前，解開粗繩，扶她進入內房。

「睡一會吧，不要太固執。媽媽一向最疼你，只要你肯聽從她的話語，我敢擔保日後決不會難為你的。李甲這個窮小子有甚麼好？讓他走吧，也好省卻許多不必要的麻煩。你以為我説得對嗎？」

十五、消極的反抗

這是王八的「忠告」，其實完全是貓哭老鼠假慈悲，一點誠意也沒有。十娘本想罵他幾句的，只因身上傷處腫痛，懶得開口了。王八見她不理不睬的，自覺沒趣，也就提起粗繩和皮鞭，匆匆離開閣樓。

此時，秋喜進來了，知道十娘被打。連忙取了藥粉來敷抹傷處。

十娘被鴇母打成這個樣子，愈想愈氣，淚水已經湧上眼眶，還極力忍住不讓淚水淌下來。秋喜一邊替她敷藥；一邊勸她不要難過，十娘兩眼直直的盯着帳頂，咬牙切齒的説：

「秋喜，我一定要離開這裏！」

「你有這樣的決心？」

「嗯。」

「老太婆肯放你走？」

「這迎春院不是監獄，我沒有犯過甚麼法，總不能將我一輩子關在這裏！」

十娘終於聳肩啜泣了；但是她並不悲哀。她只有憤怒。秋喜替她敷好傷口，問她要不要吃東西，她搖搖頭。秋喜絞了一把熱手巾給她。叫她好好休養。

這時，忽然有人輕敲房門，十娘以為是李甲，連忙差秋喜去迎接，結果迎來了王八。

十娘厲聲疾氣的問他：「打也給你們打過了，還有甚麼事？」

王八堆上一臉阿諛的笑容，說：「樓上來了一幫關外巨商，久慕十娘芳名，今晚想在你處擺一席酒，熱鬧熱鬧！」

「滾出去！」

「但是，」王八用鄙夷不屑的目光對十娘一瞅：「這是媽媽的意思。」

十娘以拳擊床，氣得兩排牙齒不住廝打。

「你們究竟是人不是？」她說：「剛才用皮鞭抽打，現在卻要我接客了。」

王八臉一沉，故意壓低嗓子：「我勸你還是乖乖地化妝吧，不要惹她老人家動肝火。」

「我死也不接！」

「此話當真？」

「我向來不說假話。」

「好，等着瞧吧！」

說罷，王八走了。秋喜大驚失色。

十六、談判

秋喜勸十娘千萬不要生氣，得罪鴇母，沒有好處。十娘意志堅定，寧死也不再接客了。

房間裏的空氣顯得特別緊張，兩個年輕女人屏息凝神地等待鴇母上樓。

等了一個時辰，門外全無動靜。秋喜這才鬆了一口氣，輕聲對十娘說：「也許她讓步了。」

十娘搖搖頭說：「我知道她的脾氣，她是不會甘休的。」

「那怎麼辦呢？」

「不要怕，我早已抓定主意。」

夜漸深，院中的歌聲也不像先前那麼喧嘩了。有人叩門，秋喜走去一看：原來是李甲。

李甲看到十娘頰上有條傷痕，不覺為之一怔，忙問：「怎麼啦？」十娘眼睛一閉，淚水就簌簌的掉落下來了。李甲走去問秋喜，才知道鴇母用皮鞭抽打過十娘。

夜已深，四鄰笙歌皆止，天氣仍寒，臥房內一片闃寂。李甲坐在床沿，呆望着十娘，心裏彷彿萬箭齊攢般難受。十娘的容顏雖有傷痕，依然在抑鬱中呈露傲岸。李甲內心中只有歉仄，不知道應該用甚麼方法來解決這個問題。

十娘睜開眼來，幽幽的對他說：「睡吧，時候不早了。」

他咬咬牙，沒頭沒腦的說了一句：「好，我走。」

「走？走到甚麼地方去？」十娘焦急起來。

他轉過臉去，聳肩飲泣。十娘連忙直起身子，抖着聲音對他說：「相公，千萬不要動搖你的信心，只要我們彼此相愛，別說是一

個老鴇，就是十個老鴇也無法拆散我們的。」

李甲邊哭邊嚷：「都是我不好！我害了你！」

十娘眼淚汪汪地對他說：「拿出勇氣來面對現實，一定會獲幸福！」

李甲回過頭來，久久凝視十娘，嘴角一牽，終於嚙着眼淚微笑了。

愛情驅走了傷感的氣氛；也驅走了失望。幸福已經在向他們招手了，只要意志能夠堅定。

十七、三百両

十娘向來是一個柔弱的女性，遇事，總是畏畏縮縮的躲在後面；但是這一次不同。這一次，縱然是老鴇的皮鞭，也不能阻止她付出真摯的情感了。

十娘心裏早有打算，只因時機未熟，不敢遽爾採取主動。有一天，李甲出街到柳寓去下棋，鴇母又氣勢洶洶的奔上閣樓，找十娘談判。鴇母說：

「事情必須徹底解決，這樣拖下去，總不是個辦法！」

十娘用沉着的語氣反問她：「媽媽！依照你的意思，該怎樣解決？」

「很簡單，一：如果你想繼續留在院中，那末，從今晚起，馬上恢復接客。二：你若不肯逐走李甲的話，那末，只好請你跟他一起出去做乞丐！」

「媽媽，此話可當真？」

鴇母扁扁嘴，嗤鼻冷笑：「兩條路，任你揀一條！」

十娘惟恐鴇母後悔，連忙追問一句：「媽媽，你要多少銀子？」

這一問，卻把鴇母怔住了。鴇母最初的意思，無非想藉此迫逼十娘答允逐走李甲。不料，十娘態度竟如此堅決，實在是大出意外的。在她的心目中，李甲是個窮光蛋，十娘絕對不會有勇氣離開迎春院的。但是，十娘竟挑選了絕路。

鴇母氣極了，可又竭力不讓憤怒露在臉上。她不願意十娘離去，只好訕訕地轉換一種口氣對十娘說：

「你怎麼愈來愈傻了？李甲這小子，連身上的衣服都已當掉，那裏會有銀子來贖身？再說，你是吃慣用慣了的，跟他出去，不餓死，才怪哩！」

「媽媽，餓不餓死，是我自己的事，請你別替我擔心。我要問的是：媽媽，你究竟要多少銀子？」

鴇母不肯說。

十娘催她將數目講出來。

鴇母用手指搔搔頭，皺着眉，問：「難道你真的要跟他走？」

「媽媽！你說你要多少？」

「如果是別人，沒有千兒八百就不必討論，至於李甲那窮鬼，老娘不好意思要多，算三百兩吧！」

十八、愛情的考驗

「三百両？」

鴇母見十娘臉上的抑鬱之情消失了，心中一急，連忙補充一句：「這三百両紋銀必須在三日之內交出，不然，休怪我老娘無情！」

「但是，」十娘説：「李公子家居紹興，這三天之期未免太短促了，教他到甚麼地方去籌？」

「這是他的事！」説着，臉一扳，悻悻然走出閣樓。十娘怕她反悔，故意奔上前去，拉住她，苦苦哀求：「媽媽，三日之期實在太短促，請你寬限十天吧？」

鴇母鄙夷不屑地「哼」了一聲，説：「這窮鬼，別説是十天，就是一百天，也不一定拿得出銀子來。好的，看在你的臉上，就寬限十天吧，不過，到了第十天，還拿不出銀子來，就非趕他出院不可。」

「媽媽，你不後悔？」

「老娘説話向來有斤兩。」

十娘回入臥房，不禁暗暗竊笑了，心忖：「這老太婆眼睛裏除了銀兩，就沒有別的東西！」

於是弓身端起一隻紅漆方凳，走到大櫃前，站上方凳，啟鎖，拉開櫥門，捧出一隻小小的描金箱，抽出箱蓋，裏面就有奪目的光芒射出來。

那箱內裝滿了翡翠和珠寶，都是名貴的飾物，有金無銀，價值連城。

十娘看到這些東西，臉上終於露出安慰的笑容。暗忖：「只要半條頸鍊，我就可以跳出火坑，跟隨李甲到南方去過好日子了。」

這樣想時，十娘取出一條頸鍊，插入箱蓋，將百寶箱放回原處，關上櫥門，從凳上跳下來。

她心裏説不出有多麼的高興，恨不得立刻叫秋喜出去兌掉頸鍊，把身價銀子交與鴇母，離開迎春院。

但是轉眼一想，事情又不能操之過急。李甲究竟還年輕，太多的

錢財會使他消沉墮志。不如把頸鍊收藏起來，由他自己到外邊去張羅身價銀子，這樣具有兩個意義：一方面可以使他知道錢財不易籌得；另方面也可考驗他的情感。

十九、並頭蘭

十娘當然不會懷疑李甲的情感；但是李甲意志未必堅定。

過了些時，李甲回來了，說是進院時撞見鴇母，給她白了他一眼，所以心中甚為氣惱。

「不必氣惱了，」十娘笑嘻嘻的將他拖入房內，低聲悄語的對他說：「我們馬上就可以離開這裏，只要你有三百両紋銀。」

「三百両？」李甲目瞪口呆，顯然莫明究竟。

十娘興奮無比，說話時，語調中含有強烈的快樂：「剛才我已經與老太婆講定了，只要你有三百両銀子，就可以替我贖身。」

「但是——」李甲眉頭一皺，非常為難地說：「我兩手空空，到甚麼地方去籌這筆錢呢？」

十娘正正臉色，說：「你總還有些親友在這裏的，跟他們去商量商量，反正，老太婆與我約定了十天之期，不太迫促。」

李甲並無把握，嘆口氣，答應第二天一早就出去想辦法。

第二天凌晨，東天剛剛泛起魚肚白的顏色，十娘就將李甲從睡夢中推醒，壓低嗓子對他說：

「起身吧，此刻老太婆還沒有醒，趁早出去想辦法，有了銀子，立即找她簽字贖身。」

李甲睡眼惺忪，張大嘴，用手背掩在嘴唇前，頻頻打呵欠。天氣很冷，十娘端了個火盆在床邊。李甲一骨碌翻身下床，懶洋洋的走到

綢幔背後去洗臉。

洗完臉出來，十娘忽然大驚小怪地用手一指：

「相公，你看！」

十娘的手指對準着那隻紅木高腳花架，架上有一盆蘭花，李甲回過頭去仔細察看，才發現蘭草開了花，而且是一朵並頭的。

「奇了，蘭草也會開出並頭花！」

「這是好預兆，快出去想辦法。這裏有一些碎銀，你拿去，肚餓時，隨便找些東西充飢。」

李甲接過碎銀，整整衣帽，躡手躡足的走向房門，十娘無限依依的目送他離去。

二十、到處碰壁

十娘忍不住又叫了他一聲：

「相公！」

李甲撥轉身子，細聲問：「還有甚麼事嗎？」

十娘欲言又止，嚥口唾沫，把心裏想說的話也吞了下去：「沒……沒有甚麼，早些回來就是！」

此時，天已大亮，李甲加緊腳步，匆匆走出迎春院。十娘心境愉快，冉冉走入客廳，點燃香燭，祈告上蒼保佑李甲。

李甲上了大街，先向葱餅店買了兩個葱餅充飢，然後走到一個父親的好友張老先生那處求借。

張老先生平時對李甲倒頗為疼愛。只因李甲迷戀煙花，來京年餘，一事無成。李布政一再來信催促，他也置之不理。為了這個緣故，張老先生對他早有不滿。

「你來作甚？」老先生問。

李甲堆上一臉的笑容：「愚姪決定依從父命，日內離京南返。」

「這是再好也沒有了。」

「但是——」李甲期期艾艾地：「愚姪手頭拮据，希望老伯借些盤纏給我，好打發行程。」

張老先生唯恐他騙去了盤纏，不作正經用，反去歸還脂粉錢，將來給他父親知道，不但不領情，可還會引起其他麻煩。

因此，這位世故老人就拱手拒絕他的請求了：「賢姪有所不知，老漢目前正值空乏，實在無力相助，慚愧，慚愧！」

李甲碰了個釘子，懷着飄忽徬徨的情緒，走上大街，呆立在街邊，茫然莫知所從。沒有辦法，只好到東門外去找李民修。

李民修是李甲的族人，年紀已超出六十；但是論輩分，卻與李甲同輩。李甲去年來京時，所有銀錢往來，多數經由民修轉賬，自從結識十娘後，就不到民修處走動了。民修思想頑固，為人極其拘謹，對於李甲的行動，頗為不齒。

現在，李甲從城裏趕出來找他，照理，他是應該予以接見的；但是他卻託辭患病，故意迴避。李甲氣極，憤然回進城去。

二十一、人情淡薄

天氣驟然轉冷，北風呼呼，吹在臉上，如同小刀子在刮，隱隱有點刺痛。李甲腹中十分飢餓，就近走進一家飯館去吃饅頭，無意中遇見了一位父執，本來是不好意思在這種場合開口的，只因一連碰了幾個釘子，心內焦急萬分，竟厚着面顏向他透露告貸的意思了。

「請你幫幫我的忙，借三百両紋銀給我，等我寫信稟明家嚴後，

立即飭人加利奉還。」

那人雖與李甲相識，平日甚少來往，聽了這番話語，只是一味搖頭，連飯都沒有吃完，匆匆付賬，像老鼠見到貓兒一般，疾步而出。

至此，李甲信心盡失，情緒低落。夥計端飯來，吃了兩口，淚水就簌簌掉下了。

飯後，李甲去了幾家門子，結果全是一樣的。那些親友幾乎沒有一個不知李甲狎妓作樂的事，認為他已無藥可救，誰也不願加以援助。

黃昏時，大雪紛飛，李甲已經走得筋疲力竭了，只好垂頭喪氣的回轉「迎春院」。十娘親手燉了一碗雞湯給他，要他喝下，李甲搖搖頭，泫然欲涕地說了一句：

「十娘，我對不起你！」

十娘見他神情沮喪，知道事情進行得並不順利，連忙好言相勸：

「不要難過，只要我倆意志堅定，隨便甚麼困難，終歸有辦法可以克服的。」

「有辦法？」李甲用怒眼對十娘一瞪，眼睛裏好像有一撮怒火在燃燒，一直燒到十娘心坎裏。

十娘有點怕；但還強顏作笑：「相公，你且息怒……」

李甲不讓十娘把話語說完，立刻歇斯底里地吼叫起來：「這究竟是甚麼世界？一點溫暖都沒有！人們的眼睛愈來愈勢利了，看見我，如同看見一條狗。他們只知道顧自己的幸福，卻不管別人的痛苦！」

「相公，不要生氣，先將這碗雞湯喝下再說。」

李甲抬起頭來，對似花如玉的十娘一瞅，心裏忽然感到一陣刻骨的悲酸，眼睛濕潤了，有一種不可言狀的激動積聚在心頭。

二十二、聊天解悶

十娘年紀雖輕，但已飽經滄桑，對於李甲內心的苦衷，她是非常了解的。她本想將那隻百寶箱立即取出來交與李甲，可是她又怕這樣做會使他不圖上進。為了自己一生的幸福，寧可讓李甲多受些折磨，非至必要，決不資助李甲。

她要考驗李甲是否真心愛自己。

因此，這齣苦戲還得繼續唱下去。

吃晚飯的時候，李甲覺得有點頭痛。十娘摸摸他的手，冷冰冰的，猜想他在外邊受了些風寒，立即扶他上床，然後吩咐秋喜泡薑湯。

這一晚，李甲在床上輾轉反側，怎樣也不能入睡。十娘怕他急出病來，心內十分不安。翌晨起身，李甲匆匆洗了臉，沒有吃東西，又出街了。

雪未停，外邊變成一片銀世界。十娘坐在火盆邊，尚且要發抖，想起正在街上奔走告貸的情郎，不禁淚流滿面了。秋喜明白她的心事，勸她到隔壁月朗姐處去聊天，也好藉此解解悶氣。

這月朗姐是「迎春院」的第二塊紅牌，姓謝，與十娘最為投機。十娘沒有事的時候，常找月朗下棋閒談，如今有了李甲，兩人間的來往就不像過去的那麼親密了。

謝月朗一見十娘，立刻含笑盈盈的迎上前來。

「聽說十妹要從良了？」謝月朗表示了自己對杜十娘的關心。

十娘直率地點點頭，並不隱瞞。

「我真羨慕你！」月朗情不自禁地說了這句話，似有無限感觸。

但是十娘並無喜悅之情，相反地，她緊蹙着眉尖，臉呈悒鬱。月

朗問她為何愁眉不展？她説：

「老太婆要李公子拿出三百両紋銀。」

「這有甚麼困難？」

「不瞞月朗姐，李公子為了我，已經將所有值錢的東西全部變賣了。」

月朗微微一笑，説：「這三百両紋銀也算不了是甚麼大數目，你隨便拿一件首飾出來，也就可以對付了。」

二十三、寄存寶箱

十娘嘆口氣，身子朝前一俯，細聲向月朗解釋自己的苦衷：「銀子的問題實在是很容易解決的，只是知人知面不知心，我怕李公子見財忘情，失去了應有的風度。」

「你這人啊，也太過分了，既然已付出真摯的感情，就不應該再有不必要的猜疑。」

「話雖不錯，但是——」杜十娘附耳上去，低聲對月朗説：「我不讓他知道我有錢。」

「這是甚麼意思？」

「我是一個出賣愛情的女人；所以不想像嫖客那樣出錢去購買愛情。」

聽了這句話，謝月朗若有所悟地「哦」了一聲，點點頭説：「我完全明白你的用意。」

「所以……」十娘繼續作了這樣的一個要求：「我準備將一些首飾寄存在你處。」

「不怕我侵吞你的財產？」月朗打趣地問。

十娘的態度很認真:「月朗姐姐,你我都是被侮辱與被損害者,這些首飾是我用血汗換來的,別人無法體會箇中的痛苦,你當然會知道這些東西的得來匪易。為了這個緣故,我才決定將我一生幸福所繫的東西 —— 首飾箱,交與你保管。」

月朗終於斂住笑容,被十娘的話語感動得目瞪口呆了。十娘說:「回頭我將百寶箱拿過來。」

月朗非常激動地緊握十娘之手:「你放心好了,我一定替你好好保管!」

下午,雪仍未停,整個北京城變成一片銀世界了。杜十娘為了考驗李甲的情感,將百寶箱寄存在謝月朗處。她的計劃是:只要李甲肯付出真摯的情感,她準備在必要的時候,向月朗取回百寶箱,交與李甲,給他一個意外的幫忙。十娘雖然信任李甲;但是那一份自卑感是無法消除的。她究竟是個青樓妓女,即使從良後,也決不能用百寶箱裏的財物洗去這個污點。所以在決心跟李甲南下之前,她必須確知道李甲是否真心愛自己。

現在,李甲為了替她贖身,冒着大雪在外邊四處奔走。雪愈大,十娘愈煩悶。

二十四、六院魁首

吃晚飯時,十娘端着飯碗,心裏老是惦念着李甲,一口也吃不下。飯後,北風轉勁,十娘心似刀割。

「天氣這麼冷,為甚麼還不回來?」十娘兀自坐在臥房裏飲泣拭淚。

這樣想時,李甲回來了。十娘問他:「借到多少?」他搖搖

頭，用感喟的嘆息代表回答。秋喜重新擺好碗筷，替李甲盛了一碗熱飯。李甲一邊吃，一邊發脾氣：「世態炎涼，我已看夠醜惡的嘴臉！」

十娘對他說：「不要擔心，還是由我來想辦法吧！我有幾個要好的小姐妹，也許她們肯幫助我一些。」

但是李甲卻說：「明天，讓我再去試試。」

十娘不便勸阻，也就解衣就寢，好在限期尚有八天，毋需急急拿出頸鍊來。

翌晨，李甲又是一早就出院，奔走竟日，依舊一無所獲，回來時，垂頭喪氣，一句話也不說。

到了第四天，李甲在外邊到處碰壁，自感羞慚，再也無顏回院去見十娘了。沒有辦法，只好到柳遇春處去借歇。

柳遇春是李甲在「國子監」讀書時的同鄉，國子監是國家設立的最高學府，明代初年，凡是秀才中的優秀公子或落第舉人，始可入監讀書，稱作「監生」。柳遇春與李甲同為監生，再加上同鄉之誼，所以彼此相處得十分投契。

遇春一見李甲，忙問：「喲！你比上一次我見到你時消瘦得多了，究竟有甚麼心事？」

李甲長嘆一聲，將自己與杜十娘的事情，原原本本講給柳遇春聽。柳遇春聽了，頗不以為然。他堅信像十娘這樣的一個京中名花是決不會有真情實感的。

「老兄，別痴心夢想了，」柳遇春說：「杜十娘是北京名妓，六院的魁首，即使要贖身，也不是三百兩紋銀可以解決的事。」

李甲極力為十娘分辯：「你完全看錯了，十娘與別的風塵女子不同，她有情有義，所以非常難得！」

二十五、投河不遂

柳遇春眉頭一皺，久久默然。李甲一再求他資助，他正正臉色，說：「不是我不肯幫助你，實在是因為這件事對你一點好處也沒有。你想想看，你的父親是誰？堂堂布政司老爺，肯不肯讓自己的兒子娶個妓女回家？」

李甲給他這麼一說，想辯，也找不到適當的話語。他對於十娘的感情是絕對信任的；但是一提起父親，他就有點躊躇了。這一年中，他不知道接過多少封父親的來信，父親在字裏行間，早已透露了對他的不滿。如今，倘若他果真帶着十娘回轉紹興，父親當然不會接受的。想到這一層，李甲的信心動搖了。天色已晚，外邊風雪漫天。柳遇春留他在家裏暫宿一宵，他答應了。

這一晚，李甲借宿在柳遇春的書房裏。躺在紅木長匠椅上，兩隻眼睛老是痴望着牆上的四幅屏。這四幅屏全用飛金蠟箋襯底，畫的是鴛鴦戲水和並頭雙蓮。

他需要愛的溫暖，又沒有勇氣面對父親的嚴責；整整一年，他與十娘生活在一起，雖然窮，卻一直有着戲水鴛鴦的快樂。現在，為了籌不到三百両紋銀，竟產生了愚蠢的猶豫。想起千嬌百媚的杜十娘，不禁心酸流淚了。他知道十娘已將愛的希望寄存在自己身上，但是自己卻沒有負起責任來愛。他對不起十娘，因此，感到了內疚。

早晨起來，遇春吩咐傭人準備了一頓豐盛的早餐待他。他心緒不寧，搖搖頭，匆匆離柳寓。走上大街，風雪交加。李甲打了一個哆嗦，縮頭縮腦的向前疾走。他不回「迎春院」，卻向城外走去。城外有條河，河面尚未結冰。此時，天氣寒冷，行人稀少。李甲站在木橋上，痴望着河水發楞。

　　他的內心中充滿了矛盾，解決不了擺在面前的難題，在痛苦的煎熬中，唯有一死了之。

　　心一橫，舉腿跨上木橋欄干，正欲跳下時，忽然有人大聲喚叫：「李公子！原來你在這裏，找得我好苦！」李甲回頭一看，原來是迎春院的小廝四兒，楞了一楞，沒有跨上欄干，就被四兒一把捉住。

·

二十六、一百五十両

　　四兒焦急地問：「李公子，你怎麼可以尋短見？」李甲用含淚的眼睛楞着四兒，痴呆呆的，默默無言。四兒説：「十娘在院中裏等了你一日一夜，快回去吧。」李甲無顏再見十娘，聽了四兒的話語後，搖搖頭，感喟地嘆息一聲説：「我今天沒有空，你先回去罷。」四兒奉了十娘之命，到處尋找李甲，如今找到了，豈肯輕易放手。李甲扭不過他，只好垂頭喪氣的隨他回院。

　　回到院中，十娘問他：「昨天晚上在甚麼地方過夜？」李甲答：「柳遇春家裏」。十娘問：「銀子借到沒有？」李甲聳聳肩，雙手一攤。十娘説：「你在京中也有不少親友，難道人情真的如此淡薄，連三百両紋銀都湊不足？」李甲鼻子一酸，眼睛發潮了。

　　兩人潛然相對，久久默然。秋喜端茶來，扯扯十娘衣袖，意思叫她到外邊去説幾句話。十娘站起身來，走到門外，悄聲問秋喜：「甚麼事？」秋喜説：「剛才四兒在城外見到李公子時，李公子站在木橋上，好像要投河自盡，你得小心留意他的行動。」十娘尋思一陣，説：「吩咐四兒不要亂猜疑，李公子的日子過得舒舒服服，沒有理由出此下策。」

　　話雖如此，十娘倒也開始惴惴不寧了，回入客廳，想勸慰他，又不敢揭穿他的心事，令他難過。她唯有強顏作笑，裝作完全不知道李甲曾萌厭世之念。

　　她說：「不要擔心，事情終歸有辦法解決的。」說罷，嬝嬝婷婷走入臥房，稍過些時，又從臥房走出來，手裏捧着一堆白銀。

　　李甲不覺發了一怔，忙問：「這些銀子哪裏來的？」十娘含笑盈盈地對他說：「公子，這裏是一百五十兩碎銀，是我歷年積下來的私蓄，你拿去吧，只要再設法一百五十兩，問題就解決了。」

　　李甲驚喜過望，暗忖：「十娘已對我付出真摯感情，我能辜負她嗎？我必須盡我能力所及，湊足三百兩，也好給十娘過些快樂的日子。」

二十七、山西來客

　　李甲被十娘的真情打動了心，當天下午又冒着風雪出去想辦法。在外邊奔走一日，晚上回來時，依舊分毫無獲。十娘見他如此狼狽，恨不得立刻湊齊了銀兩，交與鴇母，隨他南下。但是十娘沒有這樣做，寧可讓情郎暫時再多吃些苦，非繼續考驗他不可。李甲見到銀子，頹唐之情盡失，雖然疲倦，也不氣餒。

　　第二天早晨，吃過東西，他又出街去想辦法。臨走時，十娘無限依依的送他到樓梯口，細聲對他說：「公子，我的終身大事，全憑你的努力了。」李甲點點頭，說：「我知道，我知道。」

　　李甲走後，雪晴了。十娘獨坐房內刺繡，靜候佳音。午飯過後，李甲未返。十娘閒着無聊，取出琵琶，轉軸撥絃，將內心的悒鬱，全部發洩在絃線上。

樓梯上忽然傳來一陣腳步聲，零零亂亂，好像不止一個人。有人敲門，十娘放下琵琶，探手掠掠散在額前的鬢腳，走過去，拉開門，一看，竟是鴇母。

十娘大失所望，那鴇母卻堆上一臉阿諛的笑容，眯着眼，說：「兒啊，你真有福氣，大同縣的李大官人特地從山西趕來，給你挑來了多少禮物，穿的，戴的，裝滿四大箱，夠你享受一輩子的了！」

聽了這些話，十娘將臉偏過一邊，厲聲疾氣地答了兩個字：「不要！」

鴇母碰了個硬釘子，有點氣惱，可又不好意思當着李大官人發脾氣。沒有辦法，只好再陪笑臉：「兒啊，你年紀也不小了，為甚麼還是這樣不懂事？人家李大官人乘興而來，總不能叫他敗興而去。」

「這是他的事！」

鴇母見十娘態度如此倔強，心裏滿不是滋味。回過頭去對身後的李大官人一瞅，李某表情尷尬，顯然受窘了。鴇母是個開妓院的人，怎能隨便得罪嫖客？於是正正臉色，一腳跨過門檻，推推搡搡地將十娘推到靠牆處，輕聲責備她：

「你怎麼啦？這李大官人一年難得來一回，就擺出這副嘴臉，叫人怎樣下台？」

二十八、沒趣的尋芳客

「媽媽，」十娘據理力爭：「我們有約在先，期未滿，我是決不接客的。」

鴇母又氣又急：「傻丫頭！你……你怎麼這樣不明事理？人家李大官人遠道而來，送你這麼多禮物，沒有別的打算，只想跟你喝

上一杯兩杯的，你又何必如此認真。再說，李甲這窮小子又不在這裏，你怕甚麼？」十娘說：「這不是怕不怕的問題。」鴇母立刻露了笑容：「既然不怕，我就去吩咐下面擺酒了。」十娘連忙頻頻搖頭：「不，不，我不能陪他喝酒。」鴇母困惑地問：「為甚麼？」十娘說：「我與李公子早有約言，彼此皆不懷二志，媽媽，請你不要逼我太甚好嗎！」

鴇母臉孔一板，咬咬牙，對十娘身上看了又看。半晌過後，伸出手來，憤然摑了十娘一巴掌：「賤貨！別惹老娘動氣！今兒個，你愛接就接，不愛接也得接，不由你來作主！」

十娘不說話，雙手蒙住臉龐痛哭。

鴇母悻悻然走出房門，吩咐王八、四兒等人立刻擺下酒席。倒是那李大官人自感沒趣，笑嘻嘻的對鴇母說：「媽媽，既然十娘心緒不好，也就不必驚吵她了！」

鴇母大急，惟恐那業已到手的四大箱禮物又被抬了出去，連忙拉住李大官人，怎樣也不肯放手：

「大官人，十娘的脾氣，你是知道的，只要一杯下肚，就甚麼事都沒有了。大官人，請你無論如何賞個臉，別叫人訕笑『迎春院』的媽媽不懂禮貌。」

鴇母說出這番話時，語氣近似哀求。

那李大官人低頭沉吟了半晌，總覺得花了銀子來看妓女們的嘴臉，實在不是聰明人做的事情。因此，欠身對鴇母作了一個揖，頗表歉意地說：

「媽媽，請原諒，小生另有他約，改日再來打擾。」

此話說來十分勉強，既有約會，何必來此，顯然是推託之詞；但是鴇母只好眼巴巴的望着他的背影，讓他帶走四大箱禮物。

二十九、再求遇春

李大官人走後，鴇母氣得心膽俱裂，猛一轉身，怒沖沖的闖入十娘房內，擎起雞毛帚，向十娘身上瘋狂亂抽。十娘咬牙切齒地忍住痛，雖然噙着眼淚，卻不呼嚷。四兒和秋喜聞聲趕來，奪去鴇母手中的雞毛帚，將她拉了出去。十娘又挨了一陣毒打，身上痛，心裏卻充滿了喜悅。她知道再過幾天，就可以跳出火坑了。十娘從良之心已決，沒有任何東西可以阻止她。

晚上，李甲回來了，依舊沒有借到銀子。事情顯已無望，李甲精神頹唐，意志消沉。十娘勸他不要灰心，好在限期未屆，明天再出去試試。李甲搖搖頭，說：「整個北京城，已經沒有一個人同情我了。」十娘問：「柳監生呢？」李甲說：「他雖然是一個例外，但是沒有錢。」十娘說：「你不妨再去找他一次。」李甲搖頭嘆息：「如果他有銀子的話，他早就借給我了，問題是，他自己也沒有。」十娘說：「他沒有，也許他的朋友可以幫助他一些。」這句話終於提醒了李甲，咬咬牙，決定再到柳寓一趟。

翌晨，李甲走出院子，去到柳寓。遇春正在書房中讀書，見到李甲立即欠身請他坐下。

「十娘的事，怎樣了？」柳遇春問。

李甲從衣袖裏掏出一百五十兩碎銀來，攤在桌上，開始為十娘分辯：「你說十娘是個六院魁首，決無真情，如今，她看我到處碰壁，終於將自己所有的積蓄全部拿了出來，共計一百五十兩，尚少一半。」

柳遇春見到雪白的銀子，才相信十娘已對李甲付出真摯的情感，點點頭，說：「想不到風塵中還有這樣多情的女子，李兄，你有福了，我贊成你娶她為妻。」

「但是……」李甲期期艾艾的說出自己的困難：「那老鴇要三百兩紋銀始肯放十娘。」

柳遇春略一沉吟，說：「我雖然窮，可是我還有些親戚朋友，這一百五十兩銀子，我一定幫你籌。你暫時住在這裏，等我籌足了數目，再回院接十娘出來。」

三十、期限屆滿

柳遇春不失為一個有義氣的朋友，自己拿不出銀子，但是感於十娘之誠，竟代李甲出去謀借。奔走三天，終將銀子湊齊。

李甲喜極，一再向柳遇春作揖致謝。柳遇春將三百兩銀子包好，交與他，叫他行路小心，千萬不要給歹徒搶去。李甲捧起銀子，匆匆告辭。柳遇春故意調侃他：「何必這樣性急，吃了早點再走也不遲。」李甲頻頻欠身，說了一聲「改日再來」，便飛也似的奔上大街去。

回到「迎春院」，十娘正在梳頭。李甲將包袱往桌上一放，透口氣，笑嘻嘻的對十娘說：

「銀子湊齊了。」

十娘喜不自勝，立刻走過來觀看，解開包袱，果然是三百兩雪雪白白的紋銀，忙問：

「誰幫的忙？」

「柳遇春向親友借來的。」

「那柳公子真是好人，我們回到紹興後，一定要設法好好報答他才是！」

李甲聽了這句話，忽然斂住笑容。十娘問他：「何故發愁？」他說：「我們連路費都沒有，怎麼動身？」十娘露齒而笑了，冉冉走入

卧房，又取了一包碎銀出來：「公子，這是我昨天向幾位姊妹商借的，數目不大，可也足夠我們搭船回紹興了。」

至此，李甲才鬆了一口氣，心忖：事情已經走了九十九步，只差一步，就可以雙宿雙飛了。十娘撥指一算，剛剛十日，連忙包好銀子，準備下樓去找鴇母。就在這時候，樓梯上忽然響起零亂的腳步聲，拉開門一看，原來鴇母帶着一幫人上樓來了。

鴇母一見十娘，涎着臉，用鄙夷不屑的目光對四周瞅了一瞅，冷冷的問：

「怎麼啦？今天是第十天了！」

十娘立即陪上笑臉，柔聲細氣的說：「承媽媽厚意，正欲相請。」

「不必多講，有銀子，趕快拿出來！」

「如果沒有呢？」

鴇母嗤鼻冷笑：「那就休怪老娘無情了！」

三十一、反悔

十娘斜着眼珠對李甲看看，李甲明白她的意思，當即走入卧房，將包袱取了出來，往桌面上一放。

李甲說：「紋銀三百兩，分毫不缺。」

鴇母一見銀子，默然變色。她原以為李甲已經山窮水盡，絕對拿不出這麼多銀子的，如今紋銀放在桌上，心裏不免有點後悔了。

「孩子，」她皮笑肉不笑的對十娘說：「上次的話，我是跟你開玩笑的，你怎麼可以當真？」

十娘知道鴇母反悔了，心中很氣，本想反駁她幾句，又怕她老羞成怒，反將事情弄壞，以致功敗垂成，不若暫時耐下性子，好言好

語的：

「媽媽，我在院中度這朝秦暮楚的日子已有七個年頭，在這七年來，不知替你掙了多少金銀，今天從良的事情，是媽媽親口答應的，豈可食言反悔？」

鴇母見十娘態度堅決，馬上擺出一面孔不好惹的神氣，扁扁嘴，回過頭去對李甲說：

「哼！三百兩紋銀就想買走我的十娘了，天下哪有這樣便宜的事？李公子，你是讀書明理之人，當然知道我在跟你開玩笑。」

李甲至此也就不再思縮了，用冷峻的眼光對鴇母看看，然後狠巴巴的說：

「三百紋銀已經全部放在桌上了，不欠分毫，又不曾過了限期。」

鴇母聽了這句話，自知理屈，腿一軟，木然坐在檀木椅上。十娘見她仍在猶像，立即加上這麼幾句：「媽媽，你若反悔，叫我今後如何再做人。如果李公子捧了銀子離去，我必即刻自盡，到那時，人財兩空，媽媽後悔之莫及了。照我看來，媽媽還是收留這三百兩紋銀的好，雖然不多，可是終歸是銀子。」

老鴇啞口無言，呆了大半晌，找不出適當的話語來分辯，心一橫，終於大聲咆哮起來：

「好！你要走，我也留不住！不過，這迎春院向來有個規矩，從良的可一樣東西也不能帶走！」

三十二、離院

十娘狠狠的對鴇母一盯，那眼睛裏彷彿有一撮怒火在燃燒，灼灼的，一直盯到她心裏。

「難道連我身上的衣服都要脫下？」十娘問。

鴇母咆哮如雷：「你身上的穿戴衣飾都是我的，脫下來，一樣都不准帶走！」

十娘霍然站起，將頭上的耳環髮簪之類統通取了出來，然後撇撇嘴，冷笑着說：「所有的東西都還給你了，只是身上穿的這件衣服，如果你要的話，就得叫王八來脫！」

鴇母對王八使使眼色，王八挪前兩步，正欲伸手去脫十娘的衣服時，十娘兩眼一瞪，嚇得王八怯然倒退。十娘「哼」了一聲，用勝利的目光對四下瞅了一圈，看到秋喜，不禁泫然涕下了。

「再見吧，秋喜，我到了南方一定託人帶信給你，不要惦念我，今後務須好好做人。你待我的好處，我一輩子也不會忘記的。」

秋喜聽了她的話，心裏有一種難言的激動，未開口，已經泣不成聲。

十娘說：「不要難過，回頭到徐素素姐處去等我，還有話跟你說。」

秋喜點點頭，用手絹蒙住鼻尖抹淚。十娘頭一昂，非常堅定地對李甲說：「走吧！」

兩人走出房門，下樓。李甲有意僱一頂轎子，先送十娘到柳遇春家去暫住，但是十娘說：「院中眾位姐妹，平日待我不錯，昨天還湊了路費給我，今天我跳出火坑，不能不向她們道謝告辭。」李甲領首允諾，並將柳寓地址告訴她，囑她離院時，自己僱轎前去。十娘搖搖頭，說：「你在門口等我，回頭我帶你到徐素素處去借宿一宵。」說罷，就婀婀娜娜的走入月朗房內。月朗一見她，就噙着眼淚說：「十妹，聽說老太婆已經答應放你走了，我真替你高興。」十娘咬牙切齒地：「那老太婆實在狠心，我替她掙了這麼多金錢，她卻連一件衣服

也差點不肯讓我穿走！」月朗説：「幸虧你有先見之明，早將那隻百寶箱寄存在我處。」十娘感喟地嘆息一聲：「如果不是這樣，那就不堪設想了。」

三十三、素素餞行

月朗問她：「要不要帶走百寶箱？」十娘説：「我現在拿在手裏的話，給老太婆看到了，不被她奪去，才怪哩。」月朗問：「你打算怎樣處理？」十娘説：「李公子現在門外等候，我打算帶他到後街徐素素處去寄宿一宵，你若有空，晚上悄悄的將百寶箱帶出迎春院，到素素家來與我相會。」月朗頻頻點頭，認為此計甚善。

兩人暫告分手。十娘走出迎春院，站在大門口，回過頭來，對這萬惡的妓院作最後一次的端詳，心忖：「我總算跳出這罪惡之所了，今後自當細心服侍丈夫，做一個賢妻良母，也算不枉我在院中吃的一番苦楚。」

這樣想時，李甲扯扯她的衣袖，叫她不必留戀。十娘説：「我哪裏是留戀這吃人的火窟，我只是想留個深刻的印象，來日遇到甚麼痛苦時，憶起這可怕的迎春院，心境可以寬舒些。」

李甲急於離開此地，拉着她向徐素素家疾步急走。徐素素也是一個名妓，住在「迎春院」鄰近，與十娘非常親厚。

素素見到十娘時，不覺發了一怔，忙問：「你怎麼啦？頭髮蓬蓬鬆鬆的，一件首飾也沒有。」十娘感喟地嘆息一聲，然後將三百兩紋銀贖身的經過，原原本本，講與素素知道。素素聽了，很替她慶幸，立刻吩咐丫頭備酒，廣邀姊妹。一會，月朗來了，將百寶箱私下交與十娘。李甲正與素素閒談，未曾注意及此。

飲酒時，秋喜也來了，大家團坐一桌。十娘送了秋喜一些銀子，希望她早日找個老實男人出嫁。席間，吹彈歌唱，有說有笑，十分熱鬧。飲至中宵，十娘向眾姊妹一一道謝。月朗說：「十妹有了確定的行期，吾輩當另行設筵餞行。」十娘說：「行期確定後，當來相報。」說罷，紛紛離去。

這一晚，十娘與李甲暫時寄宿在徐素素讓出來的卧房。

兩人好像脫籠之鳥一般，心情十分愉快。十娘已經恢復自由身，在欣喜中，仍不免有些擔憂。

三十四、蘇杭浮居

五更時分，十娘因為情緒興奮，怎樣也無法入睡，偏過臉去望望李甲，李甲也瞪大了眼睛，對着帳頂發楞。

十娘問：「公子，我們此去，將在何處安身？」

李甲略顯躊躇，答道：「我也正為着這個問題而感到煩惱。」

十娘問：「為甚麼？」

李甲說：「家嚴如果知道我與你結為夫婦後，一定不會收留我們的。」

「那怎麼辦呢？」

「目前尚無萬全之策。」

十娘抿嘴不語，對當前的情勢仔細考慮一下，覺得讓李甲去跟父親頂撞，實在是一個不智的行為；且布政司生性固執，對人對事皆有成見。決非他人的言語可予影響者。因此，如果沒有更好的辦法，只有暫時到蘇杭等地去浮居一個時期，待布政司怒氣稍減時，讓李甲先回紹興，懇求至親好友到父親面前去勸解和順；希望能夠獲得老人的

諒解後，再接十娘回里。

李甲聽了十娘的計劃，認為相當安妥，點點頭，説：「就這樣辦吧。」

第二天，二人起身，辭別素素，搬往柳遇春處暫住。素素留他們住多幾日，十娘説：「反正搬過去後，我們一樣可以來往的。」素素當即吩咐丫頭去叫轎子。

抵達柳寓，李甲親自進去通報，柳遇春聞訊，連忙出來相迎。

十娘一見柳遇春，立刻側身下拜，感謝他周全之德。柳遇春忙不迭叫李甲扶住，搖搖手，説：「不可行此大禮。」十娘説：「此番全仗大力相助，衷心感激。」柳遇春説：「這是小事，何必掛齒。想十娘能不因李甲病窮而變心，實為女中豪傑！」

説罷，柳遇春迎他們進入客廳喝茶小歇。談起今後的一切，柳遇春對十娘暫往蘇杭浮居之議，極表贊同，認為這是最妥當的辦法。

當天晚上，柳遇春在家設宴款待他們兩人，席間，見十娘麗質天生，儀態大方，暗暗為李甲慶幸。

三十五、忠言

當天晚上，十娘因為感到疲憊，兀自上床先睡。李甲則與柳遇春在廳裏下棋，遇春説：「十娘乃是六院魁首，竟能不嫌貧窮，實在非常難得，希望你好好對待她，不要辜負她的一番美意。」李甲點點頭：「年兄所言極是，愚弟自當牢記在心。」遇春抬起頭來，鼓大眼睛對李甲楞了半晌，然後一本正經的問：「你打算甚麼時候跟她舉行婚禮？」聽了這個問題，李甲眉頭一皺，躊躇久久，結結巴巴的説不

出一個具體的答覆:「我想……暫時……無法提這……」遇春正正臉色,問:「難道你還不信任她?」李甲連忙搖搖手:「不,不,不是這個意思!」遇春追問一句:「那末,你的意思是甚麼?」李甲經不起遇春一再的逼訊,終於將自己的心意講了出來:「這件事必須先稟告父親知道,才可以作一決定。」遇春問:「萬一令尊不答應呢?」李甲不加思索地答了一句:「那就只好不舉行婚禮了!」

柳遇春聽了李甲的答話,心一沉,身子往後一靠,面色蒼白得怕人。李甲忽然驚駭於自己的失言,頗感窘迫,兩眼直直的望着遇春,彷彿小孩子做錯了事,在等待大人的饒恕一般。

遇春噓口氣,用低沉而持重的嗓音對李甲説:「十娘是個好人,你不能辜負她!」李甲低下頭,噤默了好大陣子,問:「依你之見?」遇春説:「照我的意思,你們應該在這裏先結了婚,然後再南下。十娘是個女人,如果未曾拜過天地就跟你回紹興的話,路上是很不方便的。再説,像十娘這樣有義的女子,被你找到了,總算你有運氣,何必三心兩意呢?」李甲極力為自己分辯:「並非我三心兩意,只因手頭拮据,不敢有此想念。」遇春説:「婚禮不在儀式的隆重是否。」李甲説:「但是沒有銀兩總不能辦此大事。」遇春説:「這個你不必擔心,我雖然窮,總還有些小辦法。」李甲站起作揖,遇春這才露了安慰的微笑,陪他走到書房門口,祝他睡後做個好夢。

三十六、結婚

這一晚,李甲果然做了一個夢,但並不像柳遇春預祝的那麼好。他夢見自己帶了十娘回到紹興,見到父親時,父親大發雷霆,將他逐出家門。

　　翌晨醒來，李甲將夢中見到的情形告訴十娘，十娘笑笑，説夢與事實往往是相反的，不必介意。李甲又將柳遇春的意思講了出來，十娘大喜，馬上梳頭穿衣，僱一乘小轎，獨自到徐素素處去謀借結婚費用。十娘去了兩個時辰，回來時捧着一包碎銀。李甲拿出來點數，不算多，總共二十餘兩，但是用以舉行婚禮，倒也相當足夠了。

　　柳遇春是個極有義氣的朋友，借了一百五十両紋銀給李甲，還將自己的書房讓給他們住，如今，又出力幫同他們籌備喜事。

　　喜事進行很順利，不到三天功夫，所有瑣碎的事情已經完全辦妥了。發請束時，李甲只發幾位曾在「國子監」一起求學的監生，京中的父執輩一概不邀。

　　大喜日，天氣晴朗，雖然寒冷；但陽光明媚。柳家的客廳暫時充作禮堂，兩旁掛滿了喜帳賀聯，紅底金字，一派新氣象。禮堂中間放着一隻紅木長條桌，桌上燃燒着一對龍鳳花燭，燭光跳躍，象徵着一對新人心頭的喜悦。

　　十娘穿着紅緞繡的花服和大紅緞繡的百摺裙子。她是一個妓女，縱然是六院魁首，也從來沒有穿過大紅顏色的衣衫。根據上代傳下來的規矩：凡是當妓女或為人偏室者，皆不能穿大紅。但是今天不同，她已從良了，而且嫁的是布政司的公子，穿大紅誰也不能反對。

　　十娘在「迎春院」中度過這麼長久的苦難歲月，日盼夜禱，無非希望有朝一日能夠堂堂皇皇的嫁個好丈夫。如今，這個願望已經成為事實，能不欣喜若狂？

　　拜過天地神明後，十娘在喜娘的陪同下，冉冉走入洞房。所謂「洞房」，實際上就是遇春的書房，只是八仙桌上有對龍鳳喜燭，燭光射照之處，皆有繡花紅巾鋪蓋，處身其間，令人有新的感覺。

三十七、洞房花燭夜

天黑時，賀客們在燈火輝煌的簫鼓競奏中，同席對杯，以燒酒補償自己的疲勞。新娘子照例出來敬酒，驚人的明艷使賀客們個個瞪大了眼睛。大家都說李甲有福氣，娶到了美若天仙的杜十娘。

筵席散後，監生們還有興致鬧新房。十娘是男人堆裏長大的女子，今晚卻被他們鬧得連頭都抬不起來了。按照一般的習俗，鬧新房不分老幼，誰也可以肆無忌憚地說些話，縱或說錯了，只要趺近戲謔的，也不會遭人責備。於是，有個多嘴的監生竟提出這樣要求：

「請新娘子報告一下迎春院裏的戀愛經過！」

這句話，逐個字鑴在李甲的心板上，使李甲非常難堪了。有些識趣的，知道李甲受不了侮辱，趁早偷偷溜走，免得再「鬧」出甚麼不愉快的事情。

中宵時分，賀客們散光了，只有遇春一個還在新房陪着一對新人。

遇春說：「你們也累了，快上床休息吧。」

說着，挪步走出房門，轉身將門輕輕掩上，躡足而去。新房終於靜了下去，十娘坐在床沿上，等待李甲喚她解衣就寢。但是，李甲卻站在窗邊對月下的景色發楞。天氣仍寒，開着窗，容易着冷。十娘也顧不得禮俗了，款款站起，走到李甲背後，輕聲而又體貼地說：「外邊風大，把窗子關上了吧？」

「不用你管！」李甲的語氣竟如此的難聽。

十娘有點氣，只因這是新婚第一夜，不能吵嘴，忙把冤氣吞下肚中，細聲柔氣的說：「時候不早，也該休息了。」

「你愛睡，你自己去睡好了，誰也不阻止你！」

「公子你……你怎麼啦？是不是剛才鬧新房時，有個監生講了幾句笑話，你認真了？」

「笑話？那樣刻薄的話語，能當作笑話來聽嗎？」

「公子，你何必生這麼大的氣呢？今天是我們大喜的日子，應高高興興的。我相信那位監生並不是存心要調侃我們的。」

「哼！難道你要一輩子忍受別人的侮辱嗎？」

三十八、剌喉

十娘哭了，哭得非常哀慟，沒有解衣，就倒在床上。從痛苦的過去想到絕望的將來，淚水就像泉水一般湧了出來。她千辛萬苦地擺脫了老鴇的束縛，剛剛跳出火坑，以為從此可以過一些平安的日子，不料為了過去的污點，竟在新婚第一夜就遭受李甲的奚落。

她想：李甲如果不肯原諒她的話，就不應該娶她為妻，既然請過酒拜過天地，就該將過去的一切忘記得乾乾淨淨。

難道李甲連這一點器度都沒有？

如果他永遠忘不了過去這醜惡，以後的日子怎麼熬？

想到這一層，十娘恨不得立刻離開這齷齪的人世間了。她縱身起床，三步兩腳的走到書桌邊，拉開抽屜，找到一把剪刀，擎起來，正欲往喉頭猛刺，終被李甲及時阻止。

李甲驚慌得面無人色，抖着聲音問：「你……你……這算甚麼？」

十娘哭得像個淚人，苦苦哀求李甲：「讓我死去吧！讓我死去吧！」

李甲受了感動，自己也哭泣起來，兩腿一軟，跪在地上，懇求十

娘寬恕他，說是自己情緒不好，無端端的發了不應該發的脾氣。十娘
究竟是一個女人；而且早已將所有的希望寄託在李甲的身上，見他自
認錯誤，心裏益發難受了，忙不迭地扶他起身。兩人擁抱在一起。

　　庭園裏傳來更夫的梆竹聲。已經三更天了，李甲親自走去關上窗
戶，摟住十娘，兩個人親親愛愛的度過了良宵，將鬧新房引起的煩惱
全部拋開。……

　　新婚後的甜蜜生活，使十娘忘卻過去所受的一切痛苦。她死心塌
地的愛着李甲，儘可能讓李甲感到舒適。

　　李甲也許是太過舒適了，住在遇春家中，一直不提南返的事。

　　遇春為人素重情義，只要李甲喜歡住下去，他是絕對不會催他們
走的。倒是十娘，總覺得長此打擾別人，決非智者之策。因此，當李
甲情緒好的時候，十娘終於向他提出了這個問題。

三十九、起程

　　李甲對南返的問題似乎並不積極，只是懶洋洋地答了一句：「何
必這麼忙呢？」十娘說：「我們總不能老在這裏住下去。」李甲問：
「是不是柳遇春講了甚麼不好聽的話語？」十娘搖搖頭，說：「沒有。」
李甲說：「既然沒有，不妨再多住幾日。」十娘說：「人家待我們好，
我們不能儘給人家添麻煩。」李甲問：「依你之見呢？」十娘說：「我
以為還是早日起程的好。」李甲沉默不語。

　　這難堪的沉默，使十娘感到了某種威脅；但是她絕不懼怕。她
認為世界上決不會再有甚麼東西比老鴇的嘴臉更可怕的了。跳出火
坑後，快樂沖昏了十娘的理智，只知道自由之可貴；因此忽略了現
實的醜惡面。她擔心的是：布政司肯不肯拿出勇氣來接受一個妓女

作為兒媳婦？為了這個緣故，她一再催促李甲起程，俾能早日獲得答案。

過了三天，他們終於擇定起程的吉日。十娘差人送信給謝月朗和徐素素，致謝並辭行。臨行時，轎子紛紛抬到，十娘拉着李甲到柳遇春面前，含笑盈盈地說：「多蒙柳公子大力相助，我倆始有今日，此種恩典，定當永誌不忘。」柳遇春當即吩咐小廝取酒來，向李甲夫婦敬酒三杯，說：「十娘情意堅決，實屬難能可貴，今以水酒三杯，敬祝兩位一路順風。」十娘連忙舉杯還敬，說：「祝君健康！」

遇春側過臉去，殷殷地叮囑李甲：「回到紹興，應以理智說服令尊，切勿意氣用事。」

李甲點點頭。

兩夫婦正欲拜別遇春，月朗和素素趕來送行了。月朗手持乾點心一盒，交與十娘，以便他們路上充飢。十娘感動得心裏有一種不可言狀的激盪，說是歡喜，倒也有點像悲傷。女人們逢到離別的場合，少不免總要流幾滴眼淚，何況這一次分手不知何年何月始能重逢。

轎夫們一再催請，十娘這才抹乾淚水，向眾人告辭。眾人依依不捨，送他們上了轎子還跟在後面，走到崇文門，一聲「珍重」，揮手而別。

四十、前往潞河

天氣晴朗，碧空如洗，陽光和煦地照着大地，雖屬初春，也令人有暖的感覺。官道極平坦，兩旁新柳搖曳，麻雀啁啾，處身其間，宛若仙境。十娘在「迎春院」的時候，幾年難得出城一次，今天看到這如畫的景色。立刻掀起美好的感覺，將剛才因離別而引起的傷感，全

部拋卻。

當天晚上，他們寄宿在一家「招商店」裏。粗茶淡飯，倒也別有一番情趣。十娘高興得如同剛下了蛋的母雞，咧着嘴，常常露齒而笑。李甲則相反，繃着臉，緊鎖雙眉。十娘是個從小在風塵中打滾的女子，男人們的心事，一過眼，就可以猜料得出幾分。

「李公子」，她笑嘻嘻的說：「何必這樣愁眉不展的，想令尊乃是堂堂布政司，知書明理，只要你肯用心解釋，決不會說不通的。」

李甲嘆一口氣，不作任何表示。

翌日起身，吃過早點，吩咐店小二算賬，付清膳宿費用，繼續乘轎去潞河。

氣候暖得出奇，烏雲像一堆棉花團，將個天遮得黑壓壓的，眼看又要落雪了。十娘有點擔心，李甲建議換乘馬車。於是付清轎伕費，改僱馬車疾駛潞河。

兩人坐在車廂裏，被車子顛簸得頭昏腦脹。十娘手捧百寶箱，差點彎身嘔吐。

過了兩個時辰，瘦馬也奔得疲憊了，儘管馬伕揚鞭吆喝，車子卻在官道上慢吞吞地駛行。十娘這才鬆了一口氣，笑嘻嘻的自言自語：

「雖然馬車有點顛簸，可是，我很愉快！你呢？」

李甲仍然搖頭嘆息，只是訕訕地用手一指：「你看，潞河在望了！」

十娘偏過臉去，眯細眼睛遠眺，果見前面有個大河集，河上帆檣雜杳，人聲喧嘩。很是熱鬧。

抵達潞河，李甲夫婦捨陸從舟，準備由此搭船南下。

李甲付了馬車費用，先帶十娘到埠頭茶亭去小歇，安頓了十娘之後，自己匆匆趕去大河集找船。

四十一、租船

不足一袋煙的時間，李甲氣喘吁吁的奔回茶亭，對十娘説：「巧極了，恰好有一艘瓜州差使船載貨到此，正欲轉回，艙戶皆空，願以低價包與我們搭乘。」

「那就再好也沒有了。」十娘喜不自勝。

「但是⋯⋯」李甲愁容滿面，似乎另有問題。

十娘忙問：「公子，你有甚麼心事嗎？」

李甲説：「那船錢雖已講定，可是還沒有交銀両。」

「我在柳家給你的二十両碎銀呢？」

「十娘，你也不想想，我在院中弄得衣衫不齊，銀両到手後，當然要先去當店贖出幾件衣服穿着，剩下來的錢，只夠付與轎伕和馬伕。」

十娘娥眉一皺，躊躇半日，兩隻眼珠骨溜溜的一轉，對李甲説：「公子千萬不要擔憂，你可記得我離開北京時眾姊妹贈給我們的乾點心嗎？」

「記得的。」

十娘略微一停頓，斜着眼珠對李甲一瞅；然後嬌滴滴的説：「那不是一包乾點心。」

「是甚麼？」

「一包碎銀！」

「有這樣的事？」李甲顯然十分驚詫了。

十娘微笑着解釋給李甲聽：「眾姊妹知道我們身上沒有銀両，想贈送一些貼補路費，又怕我們不肯接受，故意説是乾點心，其實包的是銀両。」

李甲這才笑逐顏開了，忙問：「有多少？」

「我沒有點算過，究竟有多少我還不知道。」

「拿一點出來待我去付船費吧。」

十娘款款站起，走向牆邊的行李堆，用鎖匙啓開一隻紅漆箱，擷取絹袋，探手袋中，掏出十幾兩紋銀。

「拿去吧。」十娘説。

李甲接過紋銀，既驚且喜：「唉！如果不是愛卿，我李甲窮途末路，早已死無葬身之地了！」

十娘曲意撫慰：「我們是夫妻，何必論恩德，快去付船錢。」

四十二、潞河上

李甲拿了銀子，走到埠頭，與撐船人敲定開船時間；就近找下幾個挑夫，回入茶亭，將箱子竹籃等物統通搬上艙戶。

這「差使船」專門載運貨物，陳設比不上煙船或妓船，但是面積相當寬，河上駛行，十分平穩。十娘從來沒有坐過船，如果船身經常搖晃的話，必會感到頭暈，此刻碰巧找到一艘回程的「差使船」，那是再合適也沒有了。

東西搬入艙戶後，一切舒齊，十娘倚窗而坐，閒觀河上景色。

潞河的水，黑釅釅的，彷彿醬油一般，有點臭。鄰近泊着幾條煙船，濃冽的煙味沖淡了河水的臭氣。十娘問李甲：「為甚麼河水會發臭的？」李甲説：「春雨未落，河水不漲，因此產生一種泥滯的氣味。」十娘頗感好奇，貪婪地凝視水上人家的動態。怎樣也不肯離開艙窗。

天黑了，河上岸上，到處亮起點點燈火。撐船人已經在前艙擺好酒菜，催他們快吃，説是吃過晚飯，立刻開船。

十娘起先以為船上的飲食必定粗糙得不堪下咽；但是坐上酒席時，才知道撐船人也相當慷慨。桌面上擺滿好酒好菜，一點都不吝嗇。

吃過晚飯，船兒開動了。夜色漸濃，兩旁河岸已不見燈火。十娘暗自忖度：「我終於踏上新的人生道路，只要布政司肯點頭，就可以舒舒服服的過下半輩子了！」

但是李甲的心情卻並不像她那麼輕鬆；他怕父親不讓十娘進門。

兩人相對而坐，十娘用灼灼的目光凝視李甲。十娘說：「我真快樂！」李甲愛理不理的問她：「是不是因為脫離了迎春院？」十娘說：「這是一個原因，不過，主要的是：我終於有了一個甜蜜的家！」

提到「家」，李甲想起了嚴厲的父親，心裏不免感到侷促不安了，沉着臉，不再出聲。他並非不愛十娘，只因十娘是個妓女，回到紹興後，儘管掩飾，也避不了眾人的耳目。這醜惡的事實，猶如白布上的油漬，怎樣也洗不掉。

四十三、夢回紹興

毫無疑問地，李甲開始失悔於自己的荒唐了。

這天晚上，李甲做了一個夢，夢見回到了紹興的老家，趑趄在「布政司府第」門口，不敢走進去。這是一座封建氣息非常濃厚的大宅第，圍牆很高，纏有鬚蔓繚繞的朱藤。兩扇黑漆大門，彷彿一個盛怒者的嘴巴，緊緊的關閉着。門上裝着一對擦得亮晶晶的銅環，銅環旁邊，左右各貼着春聯一條，粗粗的筆跡，顯出某種威嚴。門上掛着兩隻大燈籠，燈籠上用紅硃漆着「李」字。四周很靜，連鳥雀的聲音都沒有。一會，大門驀地啓開了，走出白髮蒼蒼的老管家。

「少爺，原來是你回來了！為甚麼站在門口不動？我引你進去。」老管家說話時，充滿了又驚又喜的神情。

然後，李甲跟他介紹十娘。

他撇撇嘴，用鄙夷不屑的目光對十娘身上一瞅。十娘有點窘，低着頭，兜耳澈腮的脹得通紅。李甲知道她受窘了，低聲悄語的在她耳畔：

「不要怕，不要怕，見了父親，任何憂慮都會消失的。」

兩人跟在管家後面，走上廳階，跨過門檻，抬頭一看，只見父親兀自坐在堂中，繃着臉，好像一尊金剛菩薩。

李甲與十娘同時跪在地上。李甲說：「孩子拜見父親大人。」布政司憤然以手擊桌，大聲問：「你身旁的女子是誰？」李甲怯怯地答：「孩子⋯⋯在北京時⋯⋯已經結了婚。」布政司霍然站身，厲聲疾氣的：「快快與我滾出去！誰要這種不三不四的女人做兒媳婦？」李甲極力為十娘分辯：「大人，她雖然在風塵中長大，但是⋯⋯她是一個好人。」布政司蠻不講理，竟嘶聲大嚷：「來人啊！」此時，左右眾僕童立刻一擁而至。布政司吩咐他們將李甲夫婦趕出府第⋯⋯。

李甲終於驚醒了，在睡夢中依舊狂呼「大人」不已。十娘也被吵醒，側過臉去安慰他：

「公子，你怎麼啦？」

李甲出了一身冷汗，對四下看看，才知道自己仍在船艙裏，離家尚遠。

四十四、船抵瓜州

十娘一骨碌動身下床，斟了一杯熱茶，還絞一把手巾替他抹臉。

「你夢見了誰？」十娘問。

李甲不便將自己的事講出來，只是搖搖頭說：「沒有甚麼！沒有甚麼！」

十娘見他不肯說，也就不加追問。

過了三天，差使船抵達瓜州，泊於岸口，準備再度運貨北上。李甲夫婦必須另僱民船，繼續南下。十娘在岸上看顧行李，交了些碎銀給李甲，由他去與船伕接洽。稍過些時，李甲匆匆奔來，說是民船已經僱到，約定明日侵晨剪江南渡。十娘問：「今夜我倆宿在何處？」李甲說：「既已僱到民船，就不必住招商店了。」這樣，兩人喚叫挑伕一名，將行李挑上民船。

是夜，月光皎潔，景色如畫。吃過晚飯，李甲與十娘並排坐在船頭上。

李甲說：「自從搭乘差使船後，我倆侷處艙中，一直不能毫無拘束地談些話；如今，獨據一舟，就不必有所避忌了。再說，瓜州為通江南必經之埠，何不趁此暢飲數杯，一舒數日來的悒鬱？」

說着，李甲親自到裏邊去端了一壺酒兩隻酒杯出來，一邊斟酒，一邊對十娘問：

「你沒有到過江南嗎？」

「沒有。」

「江南是魚米之鄉，不同於北地風光，相信你見了一定歡喜。」

「只要同你在一起，即使是蠻荒之區，我也決不會出怨言的。」

聽了這句話，李甲又頹喪地皺起眉頭來了。十娘知道他擔憂的是甚麼；只是不願意在這個時候掃他的興，所以故意舉起酒杯，裝作非常愉快的樣子。

「公子，今晚的月光特別美，讓我們痛痛快快的喝幾杯吧。」

　　李甲舉杯一乀呷盡，忽然興沖沖的要求十娘唱一首歌給他聽。十娘當即站起身來，走到艙內拿出琵琶，坐在鋪氈上，輕輕唱了一曲：「狀元執盞與嬋娟」。李甲以扇按拍，意興甚濃。

四十五、鄰舟有耳

　　十娘五指飛舞，奏出錚錚樂音，興致所至，竟引吭高歌了。歌聲悠揚，驚動了附近船隻上的搭客，各自撩開窗簾，側耳諦聽。

　　這時，旁邊有一隻陳設豪華的大船，船上只有一個乘客，姓孫，名富，徽州新安人，家裏十分富裕，打從爹爹那一代起，就做鹽生意，賺錢易如反掌，因此養成了一種玩世不恭的習氣，常在無聊時到妓院裏去尋歡作樂。此人生性輕浮，喜歡在脂粉堆中打滾，如今聽到了美妙的歌聲，立即奔出船艙，站在船頭上，佇聽半晌，在昏黃不明的燈光下，看不到十娘的倩影，正欲詢問船伕時，忽然刮來一陣狂風，將江上的一部分燈火吹熄了。

　　歌聲倏歸沉寂，孫富回入船艙，暗忖：「唱得這麼好，一定不是良家婦女，若非有錢人家的寵姬愛妾，必然是妓女優伶。」

　　於是喚過僕人孫祿過來，命他乘坐小船，潛窺蹤跡，打聽那唱歌的女人是哪一條船上的搭客。

　　遲了一會，孫祿回來了，說是有位李相公僱的民船泊在碼頭附近。

　　「那唱歌的女子呢？」孫富問。

　　「來歷不明。」

　　孫富沉吟良久，眼珠子骨溜溜的一轉，立刻吩咐舵手將船撐過去，與李甲所僱的船緊緊靠攏在一起。

此時，北風呼呼，氣候寒冷，天上烏雲四起，將一輪明月也掩蓋了。

孫富頭戴貂帽，身穿狐裘，當然不會覺得冷，因此，推開窗戶，假裝欣賞江上夜景，其實無非想看看那位唱歌的女子究竟美得怎樣。

事情也真湊巧，正當孫富憑窗遠眺的時候，民船上的窗戶忽然打開了，探出一個美若天仙的臉蛋，將一盆洗臉水倒在江裏。

孫富給這驚人的艷麗震懾了，雖然是匆匆的一瞥，但已使他魂搖意蕩，心神不屬了。他若有所失地靠着窗檻，凝眸注目，希望有機會能夠再見她一面。

四十六、上岸飲酒

孫富憑倚窗戶，等候十娘再度出現；但是等了很久很久，總不見窗戶啓開，心中納悶，彷彿上了鎖一般，暗忖：「我從未見過這樣的絕色，既然遇見了，豈可隨便錯失這個機緣？」

這樣想時，忽然以掌擊膝，竟若有所獲地提高了嗓子，大聲吟了兩句明朝高啟做的梅花詩：

「雪滿山中高士臥，月明林下美人來。」

那李甲正在艙中閒得無聊，聽到鄰舟有人吟詩，一時興起，便走到船頭去觀看。

兩條船早已靠攏在一起，相隔咫尺。

孫富看見李甲出來，知道李甲已中計，忙不迭又唸了兩句詩，唸完，對李甲拱手作揖道：「仁兄請了！」李甲當即欠身還禮，說：「在下姓李名甲，浙江紹興人，請賜台甫。」孫富微微一笑，極有禮貌

地：「敝姓孫，小字富。」李甲說：「得悉仁兄，真乃小弟之幸也。」孫富說：「天氣寒冷，眼看就要下雪了，江上民船，遇風雪不能航行，我們不如到岸上去小飲幾杯，聊以解悶。」

李甲踟躕一陣，認為船上耽得太久，不若到岸上去借酒散悶，也好一舒積鬱。

於是，回身進入內艙，將孫富的邀請告知十娘。十娘說：「天色已晚，而且就要下雪了，何必再上岸去？」李甲說：「正因為要下雪了，民船不能航行，耽在艙中煩悶，所以想上岸去散散心。」十娘不便再加阻攔。只好頷首允諾。

李甲換上一身淺藍色的皮袍，走出內艙，跳到孫富船上，兩人攜手上岸。

走入酒樓，孫富叫了幾盤可口的小菜，還故意燙了一壺紹興酒，舉杯對李甲說：「萍水相逢，請受水酒一杯。」

李甲說：「尊兄何必如此客氣。」

接着，兩人又敘了些「太學」中的事情，彼此對許多事物的看法都相當接近，因此，愈談愈投機，愈談愈親熱，最後，話題轉到風月場中，志趣相合，一下子就變成相知了。

四十七、飲酒談心

三杯下肚，天降大雪。孫富吩咐夥計再添一壺熱酒，屏去左右，低聲問李甲：

「剛才在船上唱歌的女人是誰？」

李甲有了三分醉意，用近似誇耀的口氣答：「她是北京城有名的杜十娘。」

　　孫富聽了最後三個字，眼睛一亮，默然久久，心中暗自盤算：「怪不得這麼美麗，原來就是鼎鼎大名的杜十娘！我幾次到北京都沒有機緣見到她，今天居然無意間遇見了，豈可隨便放走良機？」

　　因此，舉起酒杯，堆上一臉阿諛的笑容，假情假意地說：「老兄真好福氣，來，來，乾一杯！」

　　乾了一杯後，李甲洋洋自得，笑得見牙不見眼。

　　孫富問：「想那杜十娘，既是北方名花，怎麼會跟隨老兄南來的？」

　　李甲已有七分醉意，聽了孫富的問話，竟老老實實將自己與十娘結合的經過情形告訴孫富。

　　孫富聞言，大感失望，暗忖：「杜十娘既與李甲拜過天地，那就不容易下手了，不如死了這條心吧，天下美女多的是，何必去拆散這一對患難夫妻。」

　　想到這一層，立即將杯中酒一呷而盡；然後付了賬，偕李甲一同走出酒樓。此時，大雪紛飛，路面泥濘。李甲飲多幾杯，走路時身子常常失去平衡。孫富扶着他，兩人跌跌撞撞地走回渡頭。

　　李甲回入船艙，發現十娘獨自一人坐在燈下枯候，也就大聲憨笑起來了。十娘問他為何發笑，他說：「我結識一個好友！我結識了一個好友！」

　　第二天，風雪交加，江上大小船隻，皆不能駛航。李甲因為隔夜喝醉了，一直到日上三竿才睜開惺忪的眼來。十娘早已準備了可口的點心，待他洗過臉後裹腹。李甲一骨碌翻身下床，匆匆洗臉，甚麼東西都不吃，就跳到鄰船去找孫富。

　　孫富本已經放棄那陡起的邪念，再度見到李甲後，那邪念立刻像復燃的死灰一般重新滋生。

四十八、交淺言深

孫富想：「天下美女固然不少；但是像十娘那樣的絕色實屬罕見。如今，李甲既然自己送上門來，不妨再陪他去喝幾杯罷。」

兩人當即跳上岸去，各自打傘，逕向酒樓走去。

抵達酒樓，剛剛是吃中飯時候。坐定後，先乾三杯。李甲舉箸又放下，皺着眉，長嘆一聲。孫富問他：「仁兄有甚麼化解不開的心事，可否講與小弟聞聽，也好讓我為你分憂。」

李甲一味搖頭嘆息，似有難言之隱。

孫富何等刁鑽，單憑李甲的神色，早已將他的心事看穿。因此，故意作關心的樣子：「仁兄能將這麼一位如花似玉的美人帶回家中，當然是一件值得驕傲的事，問題是：你有沒有徵得令尊大人的同意？」

這幾句話，完全點穿了李甲的心事。李甲乾了一杯，企圖用酒來壓制驚悸與煩悶：

「不瞞老兄說，我所顧慮的正是這件事！家嚴為人固執，決不會讓十娘進門的。」

孫富將機就機，立刻追問一句：「既然令尊不能相容，你打算怎麼辦呢？」

聽口氣，孫富似乎非常關心李甲的處境；實際上，當然是別有用心的。李甲愚駿，不但無法察覺孫富的陰謀；抑且把他視作知己，推心置腹的將肺腑之言也講了出來。

「這件事情，使我頭痛極了。」李甲說。

「你該跟十娘商量才是。」

「商量過了。」

「她有甚麼更好的打算？」

「她的意思是：暫時僑居蘇州，由小弟先回紹興，然後懇請親友求情於家嚴之前，希望他老人家能夠讓十娘進門。」

「萬一令尊拒絕求情呢？」

李甲無可奈何地説：「那就不知道應該怎麼辦了。」

孫富見他毫無主意，心中暗喜。於是像演戲似的對李甲説：「辦法不是沒有。只是……」

「你我一見如故，仁兄有何高見，儘管直説可也。」

孫富説：「交淺言深，仁兄一定要見怪的。」

「不，請直説罷。」

四十九、徬徨

孫富沉吟一下，説：「照我看來，令尊是掌一方重任的政區長官，對於男女交往的規矩一定是很嚴的。你若為了十娘而絕父子之情，那就未免太不值得了。説老實話，十娘雖然美，究竟是個妓女！」説到這裏，孫富忽然堆上一臉阿諛的笑容，頗表歉意地拱拱手：「仁兄，請勿怪我直言。」

李甲連忙搖搖手：「那裏的話，希望你多多指點。」

兩人各盡一杯，李甲緊蹙眉尖，似有無限心事。孫富打鐵趁熱，又加上了這麼幾句：「再説，十娘的僑居蘇杭，也決非長久之計。」

「為甚麼？」

「因為你既已違反令尊大人的意志，倘有所求，必遭拒絕。如此，你與十娘在蘇杭的日常費用又從何而來？」

李甲聽了，為之沉吟不置，垂着頭，暗自盤算：「這話説得一

點也不錯，我手頭只有紋銀五十兩，此刻已用去大半，萬一被父親逐出家門，僑居蘇杭，吃穿皆需費資，到了山窮水盡之日，又怎麼辦呢？」

正這樣思忖時，孫富又拱拱手說：「小弟還有一句心腹話，但不知仁兄肯俯聽不？」

李甲心內激盪萬分，瞪大了兩隻滴溜溜的眼，等待孫富把話語說出來。孫富頓了一頓，故意搖搖頭，說：「疏不間親，多嘴不但得不到好處，反會引起不必要的麻煩。」李甲正感徬徨無主，見孫富欲言又止，忙不迭苦苦哀求，請他繼續說下去。孫富正正臉色，說：「常言道得好：婊子無情，煙花之輩，哪裏會動真情感？杜十娘既是六院魁首，相識極多，將來遇到舊日相好，仁兄就非戴綠帽不可。」

李甲愈聽愈心煩，腦子裏像潮水一般的湧來了許多可怕的念頭。他茫然若失的坐在那裏，目無所視，冷汗直沁。

半晌。李甲抖着聲音問：「我應該怎麼辦呢？」孫富說：「我是一個做生意的人，有了錢，也就心滿意足了。你是官宦之後，有了錢，還得求取功名來光耀門楣，娶了十娘，無異將錦繡前途斷送。」

五十、兩全之計

李甲本來是一個沒有主意的人，被孫富這麼一說，心中更加懼怕起來。孫富早已識透李甲之憂，稍為用了些計，已經使李甲心神不屬了。李甲站起身，傴僂着背，深深地向孫富作了一揖說：「如今木已成舟，進退兩難，不知仁兄有何解決辦法？」

孫富不慌不忙的舉起酒杯，呷了一口，皺皺眉，做出尋思的模樣，然後若有所悟地以掌擊桌：「有了！」李甲立刻轉憂為喜，忙問：

「仁兄請講！」孫富説：「在目前這種情形下，你有兩個困難的問題，一是怎樣安排十娘的出路；二是囊空如洗，返回家園後必觸令尊之怒，所以，我替你想出了一個兩全良策。」李甲問：「仁兄倘有良策使弟重溫家園之樂，真不知道應該怎樣感激你才好？」孫富説：「但不知這個辦法行得通嗎？」李甲説：「仁兄儘管直説無妨。」

於是，孫富終於説出一個不近情理的解決辦法。他説他願意付出紋銀一千兩，希望李甲將十娘讓給他自己。這一來，據他的意思，十娘可以藉此獲得一個安身之所；而李甲也可以拿了銀子高高興興的回轉紹興。然後，見到布政司時，只説這些銀子是在北京當「授館」（即家庭教師）時賺來的。布政司見到銀子，當然會相信李甲所説的盡屬真話了。從此轉禍為福，闔家可以和睦度日。孫富還説：「並非小弟貪圖女色，實在想幫助你一臂之力罷了。」

李甲聽了，不知是計，還以為孫富為人有豪俠氣，看見自己有困難，不但願意出資相助；而且還肯設法收留十娘，真是少有的大好人了。

「承兄指教，茅塞頓開，但是 ——」李甲欲言又止了。孫富催他講下去，他才嚅嚅滯滯地説：「但是十娘待我甚厚，我必須回去跟她商量商量。」

孫富喜不自勝，又吩咐夥計燙一壺酒來。李甲幾乎把十娘完全忘記了。飯後，孫富邀李甲上街去遊樂。李甲貪玩，竟冒着風雪跟孫富到妓院去。

可憐愛情專一的十娘，這時還在船艙裏枯候李甲。

五十一、變心

天黑了，黑得像漆一樣，烏雲滾滾翻捲，朔風呼嘯。氣候很冷，

江上一片寒意。杜十娘擺好酒菓，不禁打了個哆嗦，雙手圈在嘴前呵了口熱氣，然後到後艙去取燈火，掛在篷檔上。

「怎麼還不回來？」

她開始焦急起來了，反剪雙手，在艙房裏踱來踱去，想走上甲板去等，外邊風勁。

酒，剛剛燙好，酒壺嘴裏還有熱氣往上冒，再過些時，就要冷卻的。冷酒不能驅寒，然而李公子出去了一天，到此刻還沒有回來。十娘等得心焦，躡步走到船艙旁邊，伸出纖纖玉手，輕輕揭起窗簾，身子往窗櫺一靠，迎着小刀子一般的北風，眯細眼睛，遠眺渡口。

渡口很靜，只有漁火兩三點。

遲了一會，小路上忽然有個黑影走來，身形頗似李甲，仔細察看，果然是李甲，心中不勝歡喜，忙不迭迎上前去扶他上跳板，小心翼翼回入艙房。

「你出去一天，把我等苦了。」她佯嗔薄怒地説。

李甲眉頭一皺，有意無意的向她瞅了一瞅，臉一沉，竟掩面哭泣起來。

十娘大吃一驚，連忙斟了一杯熱酒雙手捧到他面前，體貼而又溫柔地説：「公子，你回得船來，為何悶悶不樂？」

李甲將臉偏過一邊，咬着嘴唇，極力忍住不讓眼淚流出來；但是淚水已像荷葉上的露滴一般簌簌滾落。

十娘見他不睬自己，心中更是焦急了，忙問：「你我患難夫妻，你若不肯直言相告，我就更加難過了。」

李甲這才抽抽噎噎的對十娘説：「唉！如果不是你委曲相從的話，我李甲早已淪落為流浪漢了。你的大恩大德，我一輩子也不會忘掉。不過……」

「怎麼樣？」

李甲頓了頓，張口結舌地繼續說：「我曾經一再仔細思量，總覺得不能跟你一同回家！」

聽了這句話，十娘不禁怔住了。心忖：「事情早已商量妥當，由我先在蘇杭僑居一個時期，然後託親友向布政司求情，再回紹興。如今，他怎麼忽然說出這種話來？」

五十二、絕情

十娘問：「相公，你這話是甚麼意思？」

李甲倒也老實，竟將與孫富在酒樓共飲的事，告與十娘知道。十娘大感詫異，認為李甲初到瓜州，哪裏會有甚麼朋友。

李甲說：「這位孫富兄住在鄰舟，是一位鹽商，年少風流，頗有豪俠氣。」

「你怎麼會認識他的？」

李甲用衣袖抹乾臉頰的淚水，怯怯地說：「昨晚孫兄邀我去酒樓小敘，彼此談得十分投機，今天他又來邀我共飲，情面難卻，只好冒雪前往。飲酒時，我將我倆結合的經過情形及欲歸不得的處境對他說了，他聽後，極表同情，最後終於為我們籌得一計。」

「他有甚麼良策？」十娘用淡淡的口氣問。

李甲說：「只要我肯割捨夫妻之愛，他就資助我一千両紋銀，可讓我南返拜見父親。」

十娘一聽，彷彿給人在頭上擊了一錘似的，渾身發抖，腳彎軟軟的差點跌倒在地。但是，李甲完全看不出十娘內心的痛苦，依舊打拱作揖地要十娘成全，說道：「十娘，你是一個深明大義的人，請你成

全我了罷，好讓我們父子團聚。」

十娘忍不住嗤鼻冷笑了：「像我這樣的女人還能值一千両紋銀，也算是你的造化了！」

李甲聽了這有刺的話語後，還極力為自己分辯：「並不是我李甲狠心，只因家教森嚴，妯娌之間也不易相處，與其將來長期捱苦，不若此時一刀兩斷……」

十娘臉色刷的發青，抖着聲音問：「公子，你還記不記得當初的山盟海誓？你曾經親口對我說過這樣的話：天長地久決不分離；淡飯粗飯共度光陰，為甚麼一到這裏，就變心了呢？」

「唉！」李甲長嘆一聲，說：「我並非不知道你待我好，但是，你究竟是一個……是一個……」

「是甚麼？」

李甲期期艾艾地答了這麼一句：「你……究竟……是一個青樓女！」

五十三、決定投江

十娘佯裝着有所悟地「哦」了一聲，說：「原來因為我是一個妓女，進不得你們宦家之門，所以你才變了心。但是，你與我是迎春院結識的，這迎春院就是出賣色情的所在，你並非不知道，為甚麼到了此地竟說出這樣的話來？你為甚麼在北京的時候不仔細地想一想？」

李甲感喟地嘆息一聲，說：「只怪我太糊塗，做事太大意。今天聽了孫富之言，才恍然悟出自己的錯誤。」

「如此說來，你對我一點感情也沒有了？」

「你待我的恩情，我將永銘在心。」

十娘氣得眼前發黑，全身戰顫，欲哭無淚了，心忖：「那孫富固然可惡，自己的丈夫也不是一個好東西。既有山盟海誓在先，豈可效學王魁於後？」但是，追悔已經不能產生任何力量了，她必須接受這殘酷的現實。在目前這種處境下，她只有兩條路可走：一、李甲既然如此無情，索性依照他的意思，跟隨孫富而去。二、李甲貪錢，拿出百寶箱來，讓他立即改變初衷。

然而，這兩個辦法都行不通。第一，孫富是個壞蛋，跟他去，必無好結果；第二，用金銀財寶來爭回李甲的愛情，比紙還薄，一點價值也沒有。

十娘愈想愈傷心，恨不得立刻跳入江中，死掉了，倒也可以省卻許多煩惱。不過，轉眼一想，這樣死得不明不白，別人還當是失足落江，未免太便宜了這沒有良心的李甲，要死，必須當着大家的面，將滿腹悲怨全部說出來。杜十娘爹娘早已去世，知心的謝月朗和徐素素又遠在京城，眼前最親近的人只有李甲，不料，李甲竟忘恩負義地將她出賣了。她有怨無處申，唯有等待天明後，當眾宣佈李甲的劣行。

主意打定，心境倒也寬鬆了些，當即挪開腳步，冉冉走到窗邊，撩起窗簾，獃礚礚的望着窗外的雪羽，不發一言。

李甲以為已經說服十娘，暗自歡喜，怯怯的走到她身後，輕聲說：「十娘，我知道你會了解我的心境的。」

五十四、不可後悔

十娘極力忍住不讓眼淚流出來，但是想前思後，不免感到一陣刻骨的悲酸，淚水就簌簌的滾落兩頰。窗外風雪交加，冷的風，冷的

雪，冷的夜空，浸透了一顆冷的心。

人生草草，歲月匆忙，十娘萬念俱灰，覺得這個世界一點溫暖也沒有。

李甲還在她背後絮絮的嚕叨着，她聽不清他在説些甚麼。此時，朔風呼嘯，波浪洶湧，窗簾在風中飄舞，李甲伸手將窗戶關上，十娘驀地轉過身來，問他：

「銀子呢？」

李甲連忙陪上一臉笑容，頗表歉仄地説：「這事未得你應諾，我不敢接受他的銀子。」

十娘怡然一笑，故意用譏諷的口脗揶揄他：「有了一千両紋銀，不但你可以回家歡敍天倫之樂；而且我也可以有個安身之處，真是兩全之計，再好也沒有了。機會不可多得，明早快去應承了他，時間一長，也許他會反悔的。不過，一千両紋銀不是小數，必須兌足後交與你之手，我才過船去！」

李甲這才聽出話中有刺，當即眉頭一皺，怪不好意思地對十娘説：「事情還沒有完全講定，你若不願意我這樣做的話，我可以拒絕孫富的。」

十娘冷冷一笑：「你心已變，何必再去拒絕孫富。你要知道，目前市面不好，肯出一千両紋銀買一個妓女的人，實在不容易找。」

「如此説來，你已經答應了？」

「是的，我已經答應了。不過，有一點我必須鄭重的聲明。」

「甚麼？」

「我希望你不要後悔。」

李甲聳聳肩，暗忖：「我的問題已經順利解決，還有甚麼可以後悔的呢？」因此，牽牽嘴角，假情假意的，對十娘説：「時候不早了，

你也可以安歇了。」

十娘搖搖頭，説：「我還要梳妝一下。」

李甲頗為驚訝，瞪大了眼睛問道：「半夜三更，還梳甚麼妝？」

五十五、對鏡自憐

十娘噙着淚水，匆匆走到梳妝台前，對着鏡子，企圖從鏡子裏尋找自己薄命的徵象。縱然在悲傷的時候，她依舊有着絕代的風華，那星一般閃耀着的眸子，那櫻桃一般紅潤的小嘴，那瓜子臉，那筆挺的鼻樑，那烏黑的頭髮和皙白的皮膚，形成了一種飄逸的神采，令人見了，無不立即產生「醉」的感覺。

她痛恨自己太糊塗，竟將所有的希望全部寄存在一個薄倖的男人身上。對着鏡子裏的自己，極力忍住不讓眼淚流下來；但是淚水已經奪眶而出了。

她悽然欲絕地拿起木梳，輕輕掠了幾下。李甲站在她背後，莫明究竟的追問一句：

「天都快亮了，為甚麼還要梳頭？」

十娘抖着聲音答：「到了明天，你又要送舊迎新了，事非尋常，豈不可打扮打扮？」

李甲略一沉吟，暗忖：「十娘明天一早就要過船了，其情形一若重做新娘，趁此天未明時修飾一下，也是人情之常，我何必一定要阻止她呢？」

這樣想着，李甲就兀自上床安睡。

十娘梳好頭髮，瞪大了淚眼凝看鏡子裏的自己，禁不住咬牙切齒地咒罵起來：

「十娘呀十娘，你怎麼會愛上這樣一個無情無義的男人的？」

李甲對十娘的悲哀似乎完全無動於衷，一上床，就扯起如雷的鼾聲。十娘這才看透李甲的為人；但是已經沒有第二個選擇。她側過臉去，狠狠的對那個負心郎瞅了一眼，手抖了，連梳頭的氣力都沒有。

「我必須來得清白，去得也清白。」她想。

於是，款款站起，走到床邊去打開箱子，取出一件大紅的衣裳，迅速換上。這件大紅的衣裳是北京的謝月朗送的，當時月朗曾經說過這樣的話：「十姐，我沒有甚麼好東西送給你，這件大紅的衣裳是我親手縫的，送給你，等你到達李府後成親時當禮服穿。十姐，我們幹這行的，能夠穿大紅的衣裳實在是一樁天大的喜事。我祝賀你永遠快樂。」

五十六、天未明

憶起謝月朗的話語，十娘禁不住心酸落淚了。她原以為從良後必可與李甲白首偕老，想不到李甲竟在半路變了心，使她在難忍的屈辱中，非投江自盡不可。現在，這套姊妹送的吉服，竟變成殉葬的衣服了。

「我完全瞎了眼睛！」她咬牙切齒地咒罵自己：「想當年，不知道有多少王孫公子要娶我為妻，我卻把他們全部視作花花公子。那裏知道千挑萬揀，竟會將終身託與這個薄情郎！不但如此，我還自贖身體，與他共拜天地，結果卻落了這樣一個下場，怎不叫人萬念俱灰？」

想到這裏，淚水就像泉水般湧出。李甲在床上翻了一個身，夢囈

頻頻，十娘以為他醒了，怕他見到自己臉上的淚痕，故意將一根骨簪掉落在地，佯裝失手，然後傴僂着背，藉拾簪的姿勢，偷偷抹乾臉頰上的眼淚。

世界上還有比這更慘的事情嗎？臨到快要投江自盡了，仍不敢被狠心的丈夫察覺自己在落淚。

世界上還有比十娘更賢淑的女人嗎？儘管怨恨薄情的李甲，寧願自己離開塵世，仍不願辱罵李甲一句。

杜十娘身世淒涼，從小沒有爹娘，為了生活，被賣入妓院當妓，整天陪着王孫公子飲酒取樂；但是心境一直是寂寞的。遇到李甲後，以為救星已到，不顧鴇母的冷落，拒絕接見任何來客，全心全意的對待他，同時還分擔他的憂慮。

「蒼天呀！」十娘差點慘叫起來：「他竟將我出賣了！」

十娘走到窗邊，推開窗戶，朝外一看。此時，夜霧瞑茫，天色未明。北風淒厲地呼着。江水浪濤洶湧，民船在浪潮中左右搖盪。

十娘打了個寒噤，連忙關上窗戶，為的是怕李甲受涼。

多麼貼體溫柔的杜十娘！縱然在臨死的時候，還害怕狠心的丈夫會受涼。難道她真的不恨李甲嗎？不，絕對不。十娘恨透了李甲，問題是：十娘是個十分善良的人，她不願意加害任何人，縱或是忘恩負義的薄情郎。

五十七、午夜夢迴

現在，她又坐到梳妝台前了，對鏡細瞧，不覺猛發一怔：那美麗的容顏怎麼一下子會變成如此憔悴，如此枯槁？

「不行，」她想：「我必須將自己打扮成天仙一般美麗。我不能在

最後一刻還讓別人留下一個醜惡的印象。」

於是，手持剪刀，小心剪去燭芯，然後拆散頭髮，慢條斯理地梳了個「盤龍頭」。

遠處已有雞啼，實際上還沒有過四更。十娘揭開首飾箱，取了一支翡翠雙鳳釵出來，小心翼翼的插在頭上。插好，舉起小圓鏡，左照照，右照照，竟發現李甲睜大眼睛楞着她。

原來李甲心神不定，做了一陣亂夢後，驀地驚醒，正欲闔眼再睡時，矇矓中看到十娘挑燈化妝，頗感好奇，睡意也就消失了。

十娘只顧敷脂抹粉不睬他。

但是李甲見她美若嫦娥一般，心裏倒有點捨不得了。心忖：「這杜十娘真不愧為羣芳魁首，在迎春院時，不知道有多少有錢人追求她，可是她誰也不嫁，竟會挑中我這個落難書生，實在難得之至。再說，自從我進院後，她全心全意的對待我，不接客，不要金銀，不受鴇母影響，忍受任何苦楚，處處為我着想……，而我竟會聽信孫富的勸告，將她出賣與他人。我太對不起她了！我不能這樣做！幸虧我還沒有收受孫某的定銀，口說無憑，不如食言了罷！……但是，我怎麼能夠帶着她回紹興去見父親呢？我若帶她回家，兩人都活不成；我若不帶她回家，不僅可以自由自在的繼續活下去；而且還有一千両銀子到手，一舉兩得，何樂不為？……世界上美麗的女人多的是，我年紀尚輕，家庭環境又好，怕會娶不到理想的妻子？大丈夫何患無妻，何況，杜十娘是個煙花女子，慣於迎新送舊，對這一類事，在她實在是很平常的，我又何必為她擔心了？……對，我想的一點也不錯！如果杜十娘是個名門淑女，遇到這樣的事情，哪裏還有心情坐在梳妝台前化妝？她一定是因為明天又要做新娘了，才如此興奮！」

五十八、鏡破

李甲發現鏡子裏的十娘正在露齒而笑，心中油然起了一種輕鬆之感，以為十娘已經寬恕他的過錯了，其實，十娘正在訕笑他的無恥。

「你又梳盤龍髻了？」李甲問。

十娘點點頭：「是的，我又梳盤龍髻了。」

「好像去年吃臘八粥的時候曾經梳過一次？」

「你的記性真不壞。」

「好像在柳遇春家裏拜天地時也梳過一次？」

「不錯。」

「現在是第三次了。」

十娘嗤鼻冷笑：「因為我明天又要做新娘了。」

李甲簡直是一根木頭，不但辨不出十娘話中有刺，而且還說了這麼一句：

「祝你與孫富白頭偕老。」

十娘倏地繃緊面孔，氣得渾身哆嗦了，想不到這個忘恩負義的薄情郎，還有勇氣祝賀她與別人白頭偕老。她抿着嘴，手一鬆，鏡子落在艙板上，破了。

李甲說：「快天亮了，你精神不濟，快上床睡一會？」

十娘冷冷地答道：「我明天就要過船了，還有很多瑣碎事情要做，你自己睡吧，別管我……」

李甲嘆口氣，翻個身，又沉沉入睡。

十娘持着燭台，冉冉走到床邊打開硃漆皮箱，將那隻描金百寶箱取了出來。

她對着那隻描金百寶箱出了好一會神，暗忖：「如果李甲看到了

這百寶箱裏裝着的東西，他一定死也不肯讓我過船去的。但是，這又有甚麼用處呢？用金銀珠寶換來的愛情，能獲得幸福嗎？算了吧，這種狼心狗肺的男人，何必再留戀他？」

想到這裏，她似乎甚麼也看得開了。她將百寶箱隨手放在梳妝台上，俯身拾起破鏡，然後拿起眉筆，對着破鏡在細意畫眉。

風很大，北風從窗隙中吹進來，吹得燭光搖曳不已。岸上有雞啼報曉，杜十娘的最後即將來臨。

五十九、吹簫

她將自己打扮成新娘一般，既美且艷。如果有人在這個時候見到她，必定不肯相信這是一個即將離世的女人。事實上，誰也無法想像十娘此刻的心理，她既然決心投江，又何必如此細心地修飾自己？然而，人就是這樣一種奇異的動物：可以死，卻不可以遭受污辱。

十娘是個倔強的女性，在極端的絕望中，仍願用死亡去報復李甲的無情。李甲的自私，使他變成了一個最醜惡最卑污的男子。

天快亮了。

何處傳來鷗梟的啼叫，咕咕咕的，叫人聽了慄慄。十娘款款站起，百無聊賴地走到窗邊，拉開窗戶，外邊飄來一陣新鮮的空氣。

天上烏雲消散，現出無數閃爍不定的星星。雪已晴。寧靜落在江上，別有一番情致。

十娘想：

——星色雖美，但是卑污的人心太多。再過幾個時辰，我就要離開這個人世間了。

——北京的姐妹們還以為我在享福，誰想到我竟會落得一個這樣的下場。

——李甲此刻正睡得如同嬰孩一般，不知道他究竟夢見了甚麼？我死去後，他會追悔嗎？他會一輩子咒罵自己嗎？他會再娶嗎？他會晚晚睡得這樣甜嗎？

想到這裏，十娘輕輕透了一口氣，彷彿放下一副肩上的重擔似的，油然起了一種輕鬆之感。

她樂於離開人世？當然不是。一個人到了真正絕望的時候，感受麻痺，情緒真空，反而不會產生任何煩惱了。杜十娘這時的心境，正是哀莫大於心死。所以有人說：真正的大解脫是死亡，也就是這個道理。

十娘的心境已趨平和，但覺時間過得太慢。天邊已露曙光，寒氣益增。

對岸有早起的趕牛人臨空抽鞭，江上水流急驟。

她的眼眶潮濕了，又覺得這眼淚是多餘的。為了不讓悒鬱流露出來，終於走至艙內將那支鳳凰簫取了出來。

於是，她坐在窗邊，開始吹簫。

六十、往事只堪哀

四周很靜，簫聲像一個女人的嗚咽，悽悽惻惻的，從江面上傳來，傳到早起人的耳中，誰也可以辨得出這簫聲的淒涼滋味。

自古紅顏多薄命，但是像十娘所遭遇到的，實在不多。

往事只堪哀，面對着熟睡中的李甲，十娘將滿腔哀愁全部排遣在悽惻的簫聲中。

那是一曲「狀元執盞與嬋娟」，是李甲最愛聽的調子。

李甲醒了，怔怔的瞅着十娘，傾聽，尋思，斟酌，惶惑，始終無法肯定十娘此舉的用意何在。依據李甲的解釋：十娘將過船了，心緒必然紛紜，哪裏還會有這樣的閒情逸致來吹簫自娛？

李甲又想：「難道她還沒有忘情於我？」

想到這一層，李甲再也止不住內心的怔忡了，一種奇異不安的感覺，困擾着他，使他精神失去平衡。

簫聲幽幽，代替了十娘的飲泣。李甲再也不能繼續安睡，當即一骨碌翻身下床，木然楞着十娘，說不出有多麼的難受。

十娘雖然背着他；但早已聽到床的吱吱聲，知道他起身了，故意不回頭，繼續安詳地吹簫。

油燈漸乾，火苗很小，船艙裏只有這麼一點陰慘的光華，增加了不少悒鬱的氣氛。

李甲無限依依地仔細端詳十娘，覺得她實在美，心裏悶得很，彷彿上了鎖一般。此時，十娘已吹完一曲，放下鳳凰簫，抽出手絹，抹乾淚水。

李甲看看窗戶，窗外已露曙光，心內一急，忍不住開口了：「十娘，天亮了！」

「是的，我們即將分手。」十娘答。

頓了頓，李甲故意壓低嗓子，怯怯地問：「十娘，我還有一句話想跟你說。」

「甚麼？」十娘淡淡的問。

李甲喟嘆一聲：「十娘，我沒有收過孫富的定銀，如果你不願意的話，我⋯⋯我⋯⋯可以回了他的。」

聽了這句話，十娘不禁嗤鼻冷笑了，橫波一瞅，問：「我若不過

船，你有甚麼更好的打算嗎？」

六十一、妝台信物

李甲說：「我帶你回紹興。」

十娘笑不可仰了，笑了一陣，正正臉色，問：「你不怕父親責備嗎？你有勇氣帶我進入布政司府嗎？你的親友不會訕笑你嗎？你願意犧牲一千兩紋銀嗎？」

一連串的問話，問得李甲啞口無言了。李甲的反悔，完全缺乏真誠；一經考驗，就被證明為暫時的情感衝動。

此時，天已大亮，江上人聲嘈雜，氣候仍寒，但窗外已有陽光射入。

十娘知道死神即將來臨，心境反而十分平和，站起身來，冉冉走到梳妝台邊，拿起破鏡，仔細端詳自己的容顏。

「李公子，」她用冷淡的口氣說：「我們即將分手了，希望你從此一帆風順，稱心如意。」

李甲雖然無情無恥，聽了這幾句話，也不免感到窘迫了。

兩人無言相對了好大一陣子，撐船人端稀飯來，說是中午時分就開船，如果還想買些甚麼東西的話，應該趁早上岸去採辦。李甲毫無表情，低着頭，悶聲不響。十娘心緒紛紜，哪裏還吃得下早點；但是她還像過去在「迎春院」的時候一樣，親手替李甲擺好碗筷，十分體貼地請他上坐。李甲搖搖頭，不想吃。

艙外忽有喚聲傳來，李甲忙不迭穿上衣帽，走出去觀看，原來是孫富的小廝。

「有甚麼事嗎？」李甲連忙問道。

小廝堆上一臉阿諛的笑容，說：「我家相公請李公子過船去。」

李甲整整衣帽，當即跟隨小廝踏上跳板。

十娘在艙內靜候。

遲了一會，李甲匆匆回來，面帶愁容，不發一言。十娘問他：

「收了銀子沒有？」

李甲神情顯得很尷尬，隔了很久很久，才張口結舌地對十娘說道：

「那孫兄一定要取得你妝台的信物之後，才肯送銀子過來。」

十娘冷笑道：「這可又有何難？」

六十二、千両紋銀

十娘當即捧起百寶箱，走到李甲面前，含笑盈盈的對他說道：「不如將這隻描金盒拿去吧。」

李甲接過百寶箱，臉上的惆悵之情頓即消失，欠欠身，邁步走出船艙，踏上跳板，過船而去。孫富見他手捧錦盒，知道他送信物來了，心中十分高興，咧着嘴，對他連連作揖。

孫富說：「仁兄言出有信，令人欽佩。現在既已收了佳人信物，自當立即派人將銀兩送過船去。」

說罷，孫富回過頭去對兩個僕人說：「將這箱銀子抬到李公子船上去！」

李甲一見銀子，喜不自勝，本想同孫富攀談幾句的，只因讓妻子之事，實非光明行為，不若退回自己船上，倒也可以掩飾一下心境上的狼狽。於是，打了一個揖，說：

「仁兄，你該修飾修飾了，回頭請過船來迎接十娘。」

說話時，聲音像蚊叫一般低，孫富未必聽清楚，見他已經退出船艙，也就不加挽留。

李甲回到自己船上，發現一箱白皚皚的銀子已經放在桌子上了。十娘反剪雙手，屏息凝神地瞧着銀子出神。李甲這回可窘極了，半晌亦不敢出聲。

十娘衣飾華麗，珠光寶氣，站着那裏，賽若一朵盛開的玫瑰花。李甲愈看愈覺得美，有一種難言的感覺，激聚在心頭上。

「十娘，你要走了？」李甲說。

十娘怡然一笑，點點頭：「是的。你還有甚麼話要交代嗎？」

李甲無語。

十娘說：「你我夫妻恩愛，今日分手，難道無一辭慰我寂寥之心？」

李甲嘆了一口氣道：「我……我……我實在太對不起你了！」

十娘臉一沉，驀地轉過身來，厲聲疾氣的問他：「想當初你我情深似海，恩愛異常。如今，為了這一千兩銀子，竟將我轉讓與人，他日追思起來，不知道你的心裏會不會感到內疚？」

六十三、啟開百寶箱

李甲深深地嘆口氣：「事已至此，尚有何話可說。」

十娘忽然痴笑起來，笑得非常慘。李甲莫明究竟，側過臉去望她，見她舉動失常，頗為驚悖。

有小廝在艙外促請十娘過船，十娘心一橫，婀婀娜娜的走出艙外。

孫富站在鄰船上，面對這位風華絕代的杜十娘，眼睛鼓得很大很大，剎那間，震懾於過分的美麗，幾乎不相信眼前的一切皆是

事實。

十娘態度安詳，先對孫富笑笑，然後吊高嗓子嚷：

「孫公子，剛才送上的描金盒，裏面還有李公子的路票一張，因為一時大意，沒有取出，現在，請你費神差人送過來，讓我還給他！」

孫富聽了十娘的話，高興得眉花眼笑，當即吩咐小廝將百寶箱搬與十娘，自己也跟着跳了過去。

十娘接過百寶箱，回過頭去喚叫李甲。

李甲從艙內走到船頭，一見孫富，只好假情假意的拱手施禮。

十娘問李甲：「銀子有短少嗎？」

李甲羞慚地低着頭，面孔脹得通紅。孫富立即搶白道：「足色官銀，一分一毫也不會短少。」

十娘咬咬牙，用一種揶揄的口氣問李甲：「李公子，這一千両紋銀，你可要仔細點數一下！」

李甲赧然無語。

十娘將百寶箱放在船頭之上，抬起頭來對四周瞅了一圈。江上泊有不少船隻，大家見到美若天仙一般的杜十娘，無不探首艙窗外，擦眼觀看。

岸上也聚着一羣看熱鬧的閒人。

杜十娘從身上摸出鑰匙，先將百寶箱打開；然後回過身去，對李甲說：

「李公子，請你走過來看看。」

李甲挪前一步，仔細察看百寶箱，發現這箱子做得極其精巧，啟開蓋板，裏面竟有幾層小抽屜。

十娘厲聲對李甲說：「將第一層抽出來看看！」

六十四、三層寶物

李甲伸出抖巍巍的手，抽出百寶箱的第一層，舉目觀看，不覺嚇了一跳。

這百寶箱的第一層，堆滿了翡翠明璫，瑤簪寶珥，放在明媚的陽光下，閃呀閃呀的，令人看了眼花撩亂。

「你估計一下，單單這一層要值多少錢？」十娘問。

李甲臉白似紙，全身頓呈麻木，獃磕磕的站在那裏，不開口，也不動彈。

十娘伸手接過這一層珠寶，毫不猶豫地竟將珠寶往江裏傾倒！

此時，岸上閒人愈聚愈多，看到這樣的情形，無不大驚失色。

十娘又命李甲抽出百寶箱的第二層。

李甲呆着木雞，兩眼盯着百寶箱，一動也不動。

沒有辦法，十娘只好自己動手。原來這第二層藏的全是玉簫金管等名貴飾物，照市價，最少要值千兩白銀。

李甲怎樣也想不到十娘竟會有這麼多的積蓄，心裏萬分追悔了。

「十娘，」李甲用歉意的口氣說：「一切都是我不好，請你原諒我！」

十娘狠狠地「哼」了一聲，終於將第二層的寶物又傾倒在江水裏。

岸上觀者如堵，大家都不明白這究竟是怎麼一回事。

有人問：「這個美麗的女人是誰？為甚麼她要將寶物拋在江中？那兩個男人又是誰？」可是，沒有人能夠回答這些問題。

遲了一會，十娘又命李甲抽出第三層。

李甲渾身哆嗦，滿額冷汗，悄悄的對十娘偷覷一眼，見她已經將第三層抽屜也慢慢的拉了出來。

抽屜裏盛滿了古玉紫金玩器，足值數千両紋銀。

至此，李甲心似刀割，恨不得當眾跪在十娘面前，求她寬恕自己。

但是，十娘又將這些寶物毅然拋入江中了！

李甲急得面如土色，知覺盡失，望着水面上的波紋，眼淚奪眶而出！

六十五、投江

最後，十娘吩咐李甲將第四隻抽屜拉出來。抽屜裏除了珍珠寶物外，還有一個小盒子。打開小盒一看，全是「祖母綠」、「貓兒眼」等奇珍異寶。那「祖母綠」是一種綠色的寶石，通體透明，光芒四射；那「貓兒眼」是一種黃色的寶石，內有折光，熠耀如黑暗中的貓眼。這兩種寶石都是不易找到的寶物，但是杜十娘卻有整整一盒。

孫富雖然有錢，也從來沒有看到過這麼多的寶物。

十娘頭一昂，竟將這些無價之寶全部傾倒在江中。李甲悔恨交集，抱住十娘痛哭起來。

十娘憤然將李甲推開，指着孫富大罵：

「我與李公子吃盡千辛萬苦，好容易才有今天，你這禽獸，見色起意，暗中用花言巧語來挑撥我們夫婦間的感情！你憑甚麼要破壞人姻緣，斷人恩愛？你……你……居心何在！難道你付了幾個臭錢，就可以拆散別人的婚事了嗎？……此仇，此恨，我死也不能瞑目！如果神明有知，我絕對不會饒了你的！」

孫富給她罵得渾身戰顫，腿一軟，倒退兩步，差點昏倒在船頭上。

　　然後十娘轉臉去，用悽然欲絕的口氣對李甲說：「這箱中的寶物，是我歷年在風塵中含冤忍辱積下來的東西，本來準備抵達杭州時，交與你，由你單獨回紹興去獻呈令尊，也好讓他老人家對我有個好印象。不料，我命運太壞，剛剛脫離火坑，就遇到這個狼心狗肺的孫富，存心拆散你我夫妻，而你竟愚昧至此，明知其詐，竟醉心於區區一千両紋銀。你也太……太沒有良心了！你自己想想看，在迎春院的時候，有多少王孫公子追求我，黃金珠寶任我揀，但我一個都不嫁，偏偏揀中了你這個沒有心肝的窮書生！我……我是肉眼無珠，才會把終身托付你！你呀！你是絕情負義的王魁！你是畜牲！你——你不應該辜負我杜十娘這一片苦心呀！」

　　說到這裏，杜十娘緊抱百寶箱，走到船舷，瞪大兩隻眼睛，凝視滔滔江水，猛吸一口氣，縱身跳入江中！

孟 姜 女

圖美山閻

六十一：山崗阻路

兩個女人手拉手的朝森林裏走去，越來越黑，根本不清楚是否已迷失路途。這是一個鬼城似的所在，到處充滿了恐怖的氣氛。這是千年古樹，很粗，很高，像屋頂般蓋在上面，使人抬頭也見不到天日。瘴氣氤氲，常常使兩人咳嗽得連眼淚都掉下來。

孟姜從未吃過這樣的苦，此刻但覺頭重腳輕，踉踉蹌蹌，脚下一路劃着十字。

泥的酒徒一般，像醉漢似的酒醉一般。

「小姐，」春梅一邊用手抹着自己額角上的汗，一邊抖擻說：「我們不如在這裏歇歇吧，看樣子，今晚是絕對沒有辦法走出這座森林的。」

孟姜嬌喘吁吁，連呼都都感到追促了，說話時，聲音微微有點沙啞：

「再往前走幾步，也許可以找到比較清靜一點的地方。」

於是，兩人彼此攙扶着，一步高，一步低，路在野草叢中，因難地朝前繼續走去，忽走了約莫一盞茶的時間，然聽到一陣沙沙聲，不很響亮，但十分清楚。孟姜站定了，

看看前邊，但見山崗阻路，心裏不覺冷了一截。

「糟了！前邊是一座山崗，怎樣行走呢？」春梅舒口氣，用舌頭舐舐乾涸的嘴唇，將眼睛眯成一條縫，仔細對山崗看了一看。

「說不定翻過山崗而過就可以走出這座森林了。」

「但是，那沙沙的聲音又是什麽呢？」

這山崗並不徒，只因平時枢少行人，無路可循，走起來格外辛苦。

「我們索性翻過山崗去看看往眉罷。」手川

「你走得動嗎？」

「我們總不能就在這裏過夜啊。」

說着，兩人隨地揀了兩根粗樹，用在當作手杖使用。孟姜側過臉來，用感激的目光對春梅看看，春梅也報以綻自痛苦的微笑，抖起精神，挪開邁步，一步一步向山崗走上去。

（未完）

【題解】

孟姜女傳說

陳素怡

孟姜故事緣起於《左傳》記齊侯打莒國，「齊侯歸，遇杞梁之妻於郊，使弔之」之載。及後《禮記・檀弓》一書，書上記曾子曰：「齊莊公襲莒於奪，杞梁死焉。其妻迎其柩於路而哭之哀」。此載雖仍以《左傳》為梗概，惟發展出故事當中一個不可忽略的要點：「哭」。另一重要情節「崩城」始見於西漢劉向的《說苑》：「昔華舟、杞梁戰而死，其妻悲之，向城而哭，隅為之崩，城為之阤。」(〈善說篇〉) 而杞梁妻所哭倒的城，在唐以前本在齊國附近，唐末詩人貫休則有〈杞梁妻〉一詩，詩中「秦之無道兮四海枯，築長城兮遮北胡。築人築土一萬里，杞梁貞婦啼嗚嗚」、「一號城崩塞色苦，再號杞梁骨出土」數句，所崩之城由齊轉為秦。「孟」為排行，「姜」為齊女姓氏，是以杞梁之妻後易稱為「孟姜」；《詩經・鄭風・有女同行》：「彼美孟姜，洵美且都」，《詩經通論》解釋為：「齊國有長女美而賢，故詩人多以孟姜稱之耳」。至於杞梁之名則衍成「范喜郎」、「范三郎」、「范四郎」、「范士郎」、「范喜郎」、「范杞良」、「萬喜良」等。清宣統二年，上海老北門城腳得一石像，胸鐫刻篆書「萬杞梁」三字。(顧頡剛《孟姜故事研究集》)

孟姜故事，有以寶卷及戲曲形式在民間廣為流傳，故事情節亦更見豐富。明末清初有〈佛說貞烈賢孝孟姜女長城寶卷〉、同治年間有〈長城寶卷〉、清末有〈孟姜仙女寶卷〉。戲曲早見於元陶宗儀《輟耕錄》中載院本名目《孟姜女》、元鍾嗣成《錄鬼簿》鄭廷玉條下有雜劇《孟姜女送寒衣》，均佚；傳奇《杞梁妻》、《長城記》，也未見存本。(王森然《中國劇目辭典》)

一、孟興越籬

天還沒有亮，姜老太婆已經醒了，覺得喉嚨很癢，咳了半天，才吐出一口濃痰在泥地上。四周很靜，有風，但聞簷鈴叮噹，一若悠揚的仙樂。

姜老太婆已經八十歲了，膝下並無小輩，單身單口，十分孤寂。她身體很健，耳不聾，眼不花，每日下田，鋤頭鐵鏟都能動用。

鄉下人習慣早起，老年人更較年青小伙子容易醒。此刻，菜園裏已有雞啼報曉，姜老太婆用手推開牆上的紙窗，立刻一骨碌翻身下床，趿鞋，穿衣；然後乜眼對窗一瞅，發現東天已經泛起魚肚白的顏色，忙不迭走到廚房裏去燒水。

姜老太婆最愛喝茶；但是不大喝。為的是茶葉貴，不願浪費。姜老太婆知道賺錢難，即使喜愛，也不肯隨便泡茶。

今天，姜老太婆覺得喉嚨非常不舒服，決定燒些滾水，沖杯濃茶喝下，藉以鎮咳化痰。

清水燒滾，姜老太婆剛從井邊洗完臉進來，取一隻藍花大碗，傴傴着背，揭開土窟的木蓋，伸手瓦盆，用二枚手指擷了些茶葉出來往大碗裏一放。

「這年頭兵荒馬亂的，誰有茶葉喝，誰就算有福氣的了！」

這樣想時，覺得茶葉取多了，有些捨不得，又用手指擷了一些在瓦盆裏，站起身，踉踉蹌蹌的走到灶邊，提起水壺，將滾水沖在大碗裏。

一會，東天終於呈露了一片金黃色的光芒，從木窗望出去，朝霞燦爛，賽如畫家筆下的潑墨。

姜老太婆喝一口熱茶，透一下氣，喉嚨潤了，不再咳嗆，想吃番

薯湯，又懶得下鍋，因為急於要下田，就取出兩隻芝蔴餅充飢。

　　太陽升起時，姜老太婆放下茶碗，捎起鋤頭，冉冉走入菜園。剛走幾步，就聽到有人悉悉索索地從籬笆上爬過來。姜老太婆定睛一瞧，原來是隔壁孟員外的家人孟興。於是直着嗓子問：「唏！大清早爬過來做甚麼？」

二、大冬瓜

　　那孟興已經翻過籬笆，聽到叱喝聲，不由得大吃一驚，站在菜畦邊，目瞪口呆。

　　姜老太婆見他偷偷摸摸的樣子，心裏更加惱怒了，繼續直着嗓子問：

　　「你到這裏來做甚麼？」

　　「摘瓜。」

　　「這是我的園子，怎麼可以隨便闖進來？」

　　孟興聳聳肩，呈露了一個尷尬的微笑；然後伸手指指籬笆旁邊的一隻大冬瓜，說：

　　「我要摘的就是這一隻。」

　　姜老太婆兩眼一瞪，呶呶癟嘴，兩手插在腰眼上，氣勢洶洶地挪步走到孟興面前，直着嗓子據理力爭：

　　「孟興！我跟你家員外是熟人，你不能如此無理，走來欺侮我老太婆！」

　　孟興見她嘩啦嘩啦的，忙不迭以手比嘴，壓低嗓子，說：

　　「你別這麼大聲亂叫，好不好？回頭給我家老爺聽到了，那還了得？至於這隻冬瓜，雖然長在你這裏，其實是我親手種的，今天想拿

它燉雞湯，特此走到這裏來摘。」

「放屁！」孟老太婆愈説愈火：「這冬瓜明明長在我的菜園裏，你怎麼可以隨便走來亂摘？還説是你種的，真豈有此理！」

孟興顯然十分着急了，跺跺腳，説：

「這瓜實實在在是我親手種的，想不到它會長到你的菜園裏來了。」

説罷，孟興傴僂着背，竟動手去摘了。姜老太婆見他如此橫蠻，立刻握緊雙拳，像擂鼓似的拼命搥打孟興，阻止他摘取冬瓜。

孟興給她打了好幾下，心內十分氣憤，想還手，又怕老太婆年紀老身體弱，受不了時闖出禍。

但是老太婆仍不罷休，打了他幾拳後，就近擎起鋤頭，居然用鋤頭柄猛擊孟興了。孟興挨了打，額角被鋤頭擊破，流出許多血，鮮血糊着面孔。孟興又疼痛又氣惱，馬上走去將「太歲地保」叫了來，要他評理。

三、剖瓜受驚

地保來了，詢問究竟。孟興説冬瓜是他親手種的，所以要摘回來燉雞；但是姜老太婆卻説冬瓜長在她的菜園裏，當然是屬於她的。於是兩個人站在地保面前，你一句，我一語，弄得地保完全沒有主意了。

地保對姜老太婆説：「冬瓜是孟興親手種的，應該讓他摘去。」

姜老太婆説：「這瓜長在我的地上，誰來摘，誰就賊！」

地保覺得姜老太婆的話相當有理，當即側過臉去問孟興：「這

瓜既然長在姜家園子裏，當然是屬於姜家的，你怎麼可以擅自進來強搶。」

孟興辯稱：「我並沒有強搶，這瓜是我親手種的，問題是：它長歪了，所以長到姜家園子裏。」

地保非常為難了，只覺得公說公有理，婆說婆有理，兩人說來都有道理。於是，眉頭一皺，斜眼望一下孟興；又斜眼望一下姜老太婆；然後作了這樣的決定：

「依我看來，只有一個解決辦法。」

「甚麼？」兩人不約而同地問地保。

地保頓了頓，說：「將這隻大冬瓜摘下來，切成兩邊，一家分一邊，不知道你們覺得怎樣？」

孟興暗忖：「這瓜雖是我親手種的；既然長到姜家菜園裏，只好吃些虧，拿一半就算了。」

姜老太婆暗忖：「反正這瓜兒長得挺大，拿一半，也不算太過吃虧。」

於是，兩人都同意了地保的辦法。

地保着孟興去拿刀，孟興疾步走回孟宅廚房，取了一把長刀來，交與地保。

地保擎起長刀，正欲切下時，耳際忽然聽到一句嬌滴滴的喊聲：──「慢着！讓我走出瓜胎後，你們再分！」

地保大吃一驚，楞大了眼睛問孟興和姜老太婆：「你們聽到沒有？」兩人同時受驚地點點頭。地保又問：「這聲音從甚麼地方傳來的？」

四、借瓜為母

孟興早已嚇得面無人色，聽了地保的問話，只管搖頭。姜老太婆則比較鎮定，但也覺得事情有點奇怪，明明除了自己外，沒有第二個女人在場，怎麼忽然之間會有女人的聲音傳出呢？

地保踟躕了一陣，東張張，西望望，不見有甚麼動靜，繼續舉起長刀，剛要切下時，又聽到一個女人的驚叫聲：

——「求太歲開恩，要剖瓜，先從旁邊切下去，讓我走出瓜胎後，你們再分吧！」

這一下，大家都聽清楚了；聲音來自瓜內，是絕對沒有疑問的。

問題是：冬瓜裏邊怎麼會有人的聲音？

這冬瓜雖然不小；但怎麼藏得下一個人？

地保驚惶異常，手一軟，也就不敢隨便亂切了。孟興與姜老太婆早已嚇退了幾步，站在較遠的地方觀看情形。地保比較大膽，而事實上也不得不裝作有膽，雖然心內慌得厲害；也只好弓着腰，對準冬瓜，大聲詢問：「你是誰？」

接着，瓜內就傳出嬌滴滴的答話了：「回稟太歲，我是仙姬宮裏七姑。」

地保問：「七姑？甚麼七姑？」

瓜裏的聲音答：「就是七姑星中的第七個。」

地保又問：「你怎麼會藏在冬瓜裏的？」

回答是：「我怕見血，不願投胎，所以借此冬瓜為生母；然後尋找東主扶養。」

地保一聽，幾乎不信這是現實，用牙齒緊緊咬了一下手指，很痛，才知道不是做夢。於是，舉起長刀，小心翼翼地將冬瓜的邊緣慢慢剖開；然後用手去分，分開後，果見一個女孩子端坐在瓜內，盤膝而坐，雙手合十，皙白的皮膚，清秀的面目，一派仙氣，完全是個佛相。姜老太婆平生最喜歡小孩子，見到瓜內的女孩，忙不迭走去將她雙手抱起，說是菩薩有靈，特地賜一個孩子給她。這時，孟興早已奔回家去報與員外知道了。

五、擊鼓告狀

孟興奔入廳堂，員外與夫人正在品茗。員外見孟興神色緊張，忙問：「有甚麼事嗎？」孟興濡濡滯滯地答：「報告員外、夫人，姜家的菜園裏有隻大冬瓜，這冬瓜是我們的，但是裏面有個女孩子。」孟氏夫婦聞聽，不覺猛發一怔，認為孟興一定神經不正常，才會這樣語無倫次。

但是孟興說：「若非事實，小的決不敢胡說，員外夫人如果不信，不妨到隔壁去看個究竟。」

孟員外略一沉吟，好奇心起，當即放下手裏的茶杯，站起身，偕同夫人前往姜家菜園。

這時，太陽已經高高升起，微風拂來，有一種蒸發自泥土的溫馨氣息。

三人走到姜家，果見冬瓜裏有個盤膝端坐的嬰孩，喜得孟夫人眉花眼笑，忙不迭傴僂着背，將她抱在手中，如獲珍寶。她說：

「這是孟家祖上陰功積德，老天爺才會賜一個嬌兒給我們。」言畢，回過頭去吩咐孟興：「快將孩子抱回家去，先拿一個舊被單將她包裹起來。別讓她着涼！」

孟興當即兩手捧起女嬰，匆匆忙忙的奔回孟府。那姜老太婆眼看孟興將嬰兒抱走，氣得雙腳直跳，指着孟氏夫婦大罵：「這冬瓜長在我的地基上，當然是屬於我的，你們怎麼可以隨便將她抱去？」

孟員外知道姜老太婆窮，素來有點瞧不起她，平時從不與她兜搭，此刻更不願意理睬了。姜老太婆見他們陰陽怪氣的，一定要地保出來說句公道話。地保知道孟員外是地方上鄉紳，有財有勢，豈敢隨便上前阻攔？姜老太婆氣得臉孔鐵青，說地保有偏心，立刻撥轉身，兀自悻悻然走到縣衙門去，舉鎚擊鼓。

知縣老爺聞鼓升堂，用驚堂木一敲，厲聲疾氣地問：「你有甚麼冤枉嗎？」姜老太婆當即將冬瓜生女的怪事稟與老爺知道，老爺聽了，認為事情十分奇怪，立傳孟員外孟隆德前來公庭對質。

六、秉公判斷

縣老爺仔細調查兩家身世，才知道孟氏夫婦膝下沒有子孫，姜老太婆膝下也無小輩，暗忖：「如果這是一隻冬瓜的話，案子當然容易公斷，無奈這是一個女孩子，豈能用刀一切為二，任由孟姜兩姓各取其半？」

於是，縣老爺靈機一動，想出了一個兩全的辦法。他說：

「這冬瓜原本種在孟家地上，只是長大後寄生在姜家；照理，這瓜中的女孩應判交孟氏夫婦扶養，而姜婆則當作寄母論，今後有關該女一切，姜婆亦隨時有權過問。如此判斷，不知道你們兩家肯不肯同意。」

孟隆德夫婦聞判，彼此用眼色交換心意，認為縣老爺秉公判斷，並無私曲，因此點點頭，表示同意。

然後縣老爺側過臉去問姜老太婆：「這個辦法好不好？」

　　姜老太婆兩隻眼睛骨溜溜的一轉，暗忖：「我膝下雖無子女，但家境貧窮，即使縣老爺將這個女孩交我扶養，她也不會獲得幸福的。好在老爺有言在先，今後我對她隨時都有權過問，那末，由他們扶養反較留在自己家中妥當。」

　　這樣想時，姜老太婆也點點頭。

　　縣老爺說：「如今，兩家既已同意這個辦法，我建議將孩子題名孟姜，希望你們從此和善相處，不要再起爭執。」

　　說罷，喝令退堂。地保將女孩交與孟夫人，三人含笑盈盈地走出衙門。那孟隆德為表示親善起見，當即吩咐孟興另僱竹轎一頂，讓姜老太婆乘坐。姜婆欣慰異常，暗中默謝上蒼不已。

　　從此，姜老太婆常去孟府走動，將孟姜女視作珍寶，抱抱玩玩，再也不覺得寂寞。

　　孟員外為人素來善良，見姜老太婆孤苦伶仃，經常送些白米布匹之類的東西給她。姜老太婆為表示和好起見，索性將籬笆拆除，任由孟府家人進出，絕不干涉。不久，這件事傳了開去，全縣居民無不引為美談。

七、星眉柳目

　　五年後，姜老太婆忽然病倒了，起先是受了些風寒，大家都不予重視，迨至姜婆呼吸迫促時，大家才手忙腳亂的走去請郎中，但是已經來不及了。

　　那時，孟姜才六歲，雖然年幼無知，倒也十分聰明伶俐。孟員外非常疼愛她，特地請了個繡花娘到家裏來，專教孟姜挑花刺繡。不

料，繡花娘卻非尋常女子，不但滿腹經史；而且無所不曉。孟姜從小受她薰陶，居然也能識字通理。

又過十年，孟姜已經長得如同盛開的花朵一般，星目柳眉，唇紅齒白，修長的身材，苗條的體態，走路時，婷婷嬝嬝，模樣十分美妙。

這一天，風和日麗，孟姜百無聊賴地坐在窗邊刺繡，窗外忽然吹來一陣和風，香噴噴的，使她驟然抬起頭來，見到滿枝新苞，心神油然起了一種輕鬆之感，放下針線，兀自走到花園裏去欣賞美景。

孟府花園的面積相當大，有樹，有花，有假山，有魚池，處身其間，宛若仙境。

孟姜挑了個石凳坐下，貪婪地凝視着新綠，神往在春的氣息中，有了沉醉的感覺。

就在這時候，一個名叫「春梅」的丫鬟忽然氣急敗壞地疾步而至。

孟姜微發一怔，問：「有甚麼事嗎？」

春梅嬌喘吁吁地說：「員外夫人都在內堂飲茶，請小姐即刻去一趟。」

孟姜聽說父母喚叫，不敢違命，當即站起身，挪開蓮步，匆匆走到堂前，雙膝下跪，說：「小女磕請萬福，不知有何差遣？」

孟員外聽到聲音，先將手中的茶杯放下；然後斜眼對女兒一睨，臉上立刻綻開慈祥的笑容，說：「女兒，為父的今年已經六十了，膝下只有你一個女兒，日盼夜禱，總希望能夠在世之日看到子孫成長。昨晚想起這件事，與你母親私相計議了一下，認為時機已至，擬為我兒招個壯健的女婿進門，也好了卻一樁心事。」

八、女大當嫁

孟姜聽說父親要替她招贅，心下突感忡忡不安，斜目對母親一瞅，剛欲開口，淚珠兒已像斷線珍珠一般，簌簌掉落。

那孟夫人一向疼愛孟姜，見她淚下如雨，也不免難過起來了。但是轉念一想，這憂愁實在是莫須有的，因為女兒長大了，當然要嫁人的；況且員外的意思是：招婿來到家園，不但可以照常生活在一起；抑且多個親人來照料家事，實為兩全的美事，怎能擅加反對？

於是，漾開一朵慈祥的笑容，柔聲細氣地譬解給孟姜聽：

「女兒呀！男大當娶，女大當嫁，乃是一定不易的道理，你應該高興才是，怎麼可以傷心流淚？」

孟姜聽了母親的話，不敢背悖，只用手絹掩面，細聲啜泣。這意思已經十分明顯，她雖不贊成；但也不能當場反駁長輩。孟員外看出她的心意，點點頭，捋鬚微笑了：

「這招婿的事，不同尋常結親，除了八字無沖尅外，還要看他是否心甘情願，萬一草率從事，招了個壞心眼的男人進來，日後就會禍患無窮的。」

孟姜這才忍無可忍了，猛一抬頭，睜大淚眼，抖着聲音說道：

「女兒自幼吃素，為的是想在家中苦修仙道，倘論嫁娶，實與女兒心願有悖。」

孟員外忽然嘿嘿大笑了，說孟姜久困閨房，思想有點古怪，才會產生修仙的念頭。女兒家嫁人是天經地義的事情。

其實，孟姜乃是仙童下凡，借冬瓜為母，來至人間，自有其根衷在。孟員外不明白這一點，只用情理去判斷事情，結果卻害苦了孟姜。

　　孟姜回入閨房，心中悶悶不樂，暗忖：「如果父母一定要我嫁人的話，我只好返回天庭去了。」

　　但是，她冷靜的細想下去：天庭豈是容易擅自進出的？萬一給玉帝查出自己的行動，那還了得？

　　原來孟姜當初私自下凡，是另有一段隱情的。

九、七姑與芒童

　　孟姜在天庭的時候，原是仙姬宮的「七姑星」，心腸軟柔，十分忠厚。去年冬至節，七姑在「南天門」遊樂，遇見了「鬥雞宮」的芒童，發現他愁眉不展的，忙問：「有甚麼心事嗎？」芒童嘆口氣，用手向下界一指，說：「凡間十分混亂，萬民受苦，我心中十分不安。」七姑聞聽，不明其意，暗忖：「萬民受苦，與他有甚麼相干？」正這樣想時，芒童已一溜煙潛出天門了。七姑甚感詫異，緊緊跟隨他後，瞬息間，不見了他的影蹤，而自己則已來到人間。但七姑原無下凡之意，找不到芒童，唯有駕起祥雲，遄返天庭。不料，回上天宮，所有天門皆不開放，七姑嘶聲喚叫，總不見門神將門啓開，沒有辦法，只好再度下凡，借瓜為胎，索性化身為人。

　　為了這緣故，孟姜當然是不肯嫁人的。

　　從內堂回到自己的臥房，她心裏說不出多麼的煩悶，淨手焚香，卻靜不下心來誦經唸佛；然後站起身，走到窗邊去閒看園中景色。此時，和風習習，陽光明媚，滿園花木彷彿塗了一層黃臘，極美。孟姜百無聊賴地凭窗而立，驀地發現有個黑影竄入樹叢，心內一驚，卻又不敢出聲。

　　好像是一個陌生男人。

但是孟府的花園裏怎麼會忽然出現陌生男人？

孟姜有點害怕，連忙退後一步，雙手關緊低窗，上了木門。兀自躺在涼床上，閉目養神。稍過些時，外邊忽然響起一陣零亂的腳步聲，橐橐橐的自遠至近。孟姜定定神，眼望房門；但見丫鬟春梅氣急敗壞地疾奔而至：「小姐，報告你一個好消息。」

「甚麼？」

「花園裏開了一朵並頭蘭，是吉祥的預兆。」

「原來是這麼一點小事。」

春梅楞大眼珠，說話時，顯然十分緊張：「並頭蘭是難得見到的，員外與夫人此刻俱在涼亭裏賞花，請小姐快到花園裏去。」

十、驟雨傾盆

孟姜心內納悶，哪有心緒賞花，只因父母有命，不便擅加違背。於是一骨碌翻身下床，用手掠順散在額前的頭髮，拍拍衣衫，婀婀娜娜的朝園中走去。

走入涼亭，照例磕頭請安。孟員外見到女兒，咧着嘴，笑得見牙不見眼。

「兒呀，你且過來觀看，這並頭蘭是罕世珍品，百年難得一見。」

說罷，攜着孟姜之手，興高采烈地向「蘭花棚」走去，剛挪了幾步，迎面就撲來一陣異香，孟姜心中大為驚訝。一會，眾人繞過假山石，通過一條曲折的園徑，來到蘭花棚內，果見並頭蘭一朵，花大三寸左右，白裏透紅，臨風搖曳，異香撲鼻。

孟姜問：「這花朵怎麼會連生的？」

孟員外笑着説：「我家若無喜事，花兒就不會連生了。」

孟姜聽到「喜事」兩個字，立刻斂住笑容，頭一低，不敢再發問了。孟員外完全會錯了意思，以為她靦覥含羞，心內大悦，索性進一步作了這樣的解釋：

「上天必定知道我兒要在家招婿，故而先示瑞兆，以堅我意。」

孟姜愈聽愈不順耳，想轉身回房，又怕父親生氣，只好呆呆的站在那裏，不發言，也不露喜色。但是，孟員外興致很高，想起不久即將來臨的喜事，馬上吩咐孟興關照廚房備酒設宴。宴席設在涼亭中，只有三個人：員外、夫人與孟姜。全家男僕女傭聞訊後，紛紛趕來擺席，剎那間，圓枱上已經擺滿好酒美餚。

員外高興極了，貪婪地舉杯傾飲。就在這時候，亭外驀地掀起一陣狂風，吹得滿亭泥塵。孟姜抬頭一看，只見滿天彤雲，轟雷掣電，正擬迴避時，驟雨就沙沙沙的傾盆而下。孟姜大驚，慌忙投入父親懷抱。父親忙叫孟興取傘；孟興不在。問春梅，才見孟興匆匆奔來，説是那朵「並頭蘭」已經給驟雨擊落了！

十一、跌入荷花池

孟姜聽説「並頭蘭」被驟雨擊落了，心內十分納悶。暗忖：「如果這是夢，多好。」醒來，果然是夢，但額角已是冷汗涔涔，渾身發抖，業已飽受虛驚。

此時，夜色四合，閨房一片漆黑，孟姜醒自噩夢，不免有點心虛，忙喚春梅取油盞來。

春梅聽到喚聲，忙不迭持燈而入，見孟姜神色慌張，以為她身體

不舒服，問她是否需要關照廚房煮些薄粥果腹。孟姜搖搖頭，說：

「我甚麼都不想吃。」

春梅說：「晚飯終歸要吃的，剛才員外還叫我來喚小姐出去吃飯哩。」

「你怎麼說？」

「我說小姐在房內睡覺，現在睡得正酣。」

「員外怎麼說？」

「員外說小姐一定是做多了針線，叫我不要吵醒你，讓你睡多一會。至於晚飯，員外吩咐端到閨房裏來。」

「我不餓。」

春梅正想開口時，孟姜一揮手，意思叫她先下去；然後覺得房內空氣太悶，兀自走到窗邊，拉開紙窗，立刻嗅到一陣異香，心內不覺為之驚詫不已。

「奇怪，這香味怎麼會跟夢裏的香味一樣的？」她想：「莫非園中當真開了並頭蘭不成。」

於是抬頭一看，只見月圓似盆，銀光如雪，那景色實在十分美麗。

「我不妨到蘭花棚去察看一番吧，萬一真的開了『並頭蘭』，也該從速報與雙親知道，讓兩位老人家高興高興。」孟姜心裏在想。

這樣想時，立刻移動蓮步，冉冉走向前堂，本擬喚叫春梅掌燈；但春梅不在，諒必到廚房吃晚飯去了。反正月光皎潔，不點燈，一樣可以看得清楚，何必再叫春梅掌燈。

走入花園，那異香更加濃馥了。孟姜急於前往蘭花棚看個究竟，行經九曲橋時，不留神踢到一塊大石，竟滑跌在荷花池裏了！

十二、萬希郎

　　孟姜跌入荷花池後，嚇得嘶聲驚叫，只因花園太大，儘管吶喊，也無法使屋裏的人聽到。幸而正值冬天，荷花池裏的水很淺，浸濕了鞋子和衣腳，尚無大礙。

　　孟姜正欲舉腿跨出水池時，樹林後邊忽然竄出一個高大的身形。

　　「你是誰？」孟姜張惶失措的驚問。

　　那人悶聲不響，只是伸出雙手，穩重謹慎的將孟姜從水池中扶起。

　　孟姜上岸後，先傴僂着背，絞扭衣腳上的水；然後直起身子，定定神，睜大黑而亮的眸子，對那人仔細端詳。園中雖無燈；但月光十分皎潔。孟姜憑藉月光，已可清晰看出那人的臉相。那是一個年青人，長得眉清目秀，一表非俗，身穿長袍，頭戴方巾，模樣甚是斯文，完全不像是個粗人。孟姜很喜歡他的笑容，因此緊張的情緒也就鬆弛了不少。縱然如此，她還是羞慚的，她心頭卜卜地跳，垂着頭，用蚊叫一般的聲音問：

　　「你是誰？為甚麼會在這裏？」

　　「我姓萬，我叫萬希郎。」那青年人說。

　　「聽你的口音，好像不是本地人？」

　　「敝處是江南蘇州府。」

　　「既是蘇州人，怎麼會闖進我家花園來的？」孟姜詳細問下去。

　　那萬希郎這才感喟地嘆口氣，將自己的事情約略講與孟姜知道。

　　原來萬希郎的父親是蘇州城裏一個大財主，平生樂善好施，恤老憐貧，膝下只有希郎一個兒子，疼愛逾恒，簡直將他視作掌上珍珠一般。希郎天資極高，隨便甚麼事，不但一學就會；而且極易精通。萬

希郎父親出重資禮聘良師回家，專教希郎誦讀經書。希郎為人聰明，十年窗下，文名已經四揚了。不料，到了上個月，一件意想不到的事情突然發生，使希郎不得不背鄉離井，從遙遠的蘇州逃到此地。

十三、神仙托夢

聽到這裏，孟姜對萬希郎開始寄予無限的同情了。孟姜游目四矚，附近雖無家員走動；但是月光十分皎潔，站在荷花池邊，極容易被人發現。於是，壓低了嗓音對希郎說：

「這裏講話不便，我們不如到假石山後邊去談吧，那裏有石鼓凳。」

說罷，挪開蓮步，矯捷地向假山石走去，希郎則跟在她後面。

兩人挑了兩隻石鼓凳，在明亮的月光下，相對而坐。

孟姜問：「你剛才說是發生了一件意外的事，究竟是甚麼事？」

萬希郎略微一停頓，吁口氣，說：

「秦國的始皇帝，為了抵禦胡人來攻，聽信了趙高的奏本，決定建造一道萬里長城，準備長年閉關衛戍，不讓胡兵越過一步。」

這一番話，聽得孟姜如入五里霧中。孟姜雖然也知書明理；但是對於國家大事，她是不十分清楚。因此，皺皺眉頭，問：

「秦國皇帝要建造萬里長城，與你有甚麼相干呢？」

萬希郎沉吟一下，顯然有點躊躇了，隔了半晌，才細聲告訴孟姜：

「前些日子，聽說始皇帝做了一個夢，夢見天上的三眼神授以建城妙法。」

「甚麼妙法？」

「那三眼神在夢中對始皇帝說：萬里長城是一項艱巨的工程，即使死了十萬八萬的築城工人，也未必能夠築得成。除非……」

「除非甚麼？」

萬希郎在答話之前，先對四周瞅了一圈；然後很持重的，用很低很低的聲音，對孟姜說道：

「那三眼神這樣告訴始皇帝：除非將蘇州府裏的萬希郎捉去，否則，萬里長城永無築成之望。」

「但是，」孟姜參信參疑的說：「這只不過是一個夢境喲！」

十四、林中遇盜

萬希郎說：「事情就是這樣的奇怪，那三眼神托夢的說法雖然跡近無稽；但是秦國的始皇帝怎麼會知道蘇州有個萬希郎呢？再說，始皇帝與我從未見過面，大家無怨無仇，平白無故，絕對沒有理由要抓我的。」

孟姜默然久久，神往在萬希郎的敘述中，百思不獲其解。

萬希郎為了求取她的同情，不得不繼續將自己的遭遇講出來：

「那始皇帝做了這一場夢後，立刻派人持文書前往楚國，要楚王下令捉拿我。」

「後來怎樣？」

「起先，我們對於這件事一無所知，後來，有個遠親忽然走來，說是城門口已經高張榜文，要捉拿我的真身，解往秦國，前去修築長城。家父聽了，嚇得面似土色，呆呆的坐在那裏，想不出主意。家母則更加可憐了，聽說榜文掛得如此兇惡，急得幾次暈厥過去。一家人急得團團轉，誰也不知道應該怎樣對付這件事。幸而老家人萬福還能

保持鎮定，説是縣尹即將來到我家，要我從速逃生要緊。這樣，我就改名換姓，離開蘇州，流離逃避，企圖在外邊度過兩三年，迨至長城築好，再回家園。」

「但是，你怎麼會來到此地的？」

萬希郎透口氣，繼續説下去：「我離開家門，匆匆走出閭門，關吏查究甚嚴，幸而榜上無圖，終於被我混了出來。我從未遠出，只是低頭亂闖，不敢直走大道，單向小路逃行，肚餓了，向店家買些粗食充飢；走累了，則找枯廟草堆投宿。……昨晚，我在一座樹林裏睡覺，清早被人推醒，舉目一看，面前站着一個彪形大漢，臉相十分兇惡，見我躺在地上，立刻大聲吆喝，要我留下隨身所帶金銀。我不敢違抗，唯有將父母交給我的銀兩，全部交給他，只求他饒我一命。他走後，我獨自走出樹林，直到日落西山，才發現這裏有座花園。」

十五、原來是逃犯

原來萬希郎所説的那座花園就是孟家花園。他因為身上的銀兩全部給強盜劫去後，整日沒有吃過一點東西，身子疲憊萬分，但求有個地方休憩，也顧不得其他了。

當他走到後門口，輕輕用手推門，那門並未上閂，竟「呀」的一聲啓開了。希郎歡喜異常，當即躡足潛入花園，挑個僻靜之所，躺下安眠。

入晚，希郎在睡夢中聽到有人在呼救，醒來，縱起身子，辨清聲音的方向，匆匆向荷花池走去。

憑藉月光，他看出荷花池中有個女人，連忙挪步向前，伸手將她救了起來。……

「小姐，」希郎悄聲向她道歉：「請你原諒我的粗魯。我知道擅自闖入他人宅第是有罪的；但是我實在太疲倦了，不進來，就會累死的。」

孟姜聽完他的敘述，斜目對希郎一瞅，見他相貌堂堂，儀表非凡，斷定他絕非歹徒之流，心內油然起了一陣憐憫之意，低着頭，說：

「想你乃是豪富之後，從小嬌生慣養，自在受用，此番在外落難，也唯望保全性命，來日再振家聲。」

希郎聽出孟姜的口氣，知道她不但不責備自己的無禮；抑且寄予了可貴的同情，心下不免暗暗稱慰。於是，站起身來，對孟姜作了一個揖，說：

「我就是楚王下令捉拿的萬希郎，望小姐千萬不要聲張，否則，我命休矣！……今晚，時已不早，萬望小姐行個方便，讓我在此寄宿一宵，明晨，天未明，我一定離去，免得府上受累。倘蒙俯允，他日定當圖報大恩。」

孟姜踟躕了一陣，緊蹙眉尖，低着頭，似有無限心事。萬希郎以為孟姜有意報官，急得渾身發抖，當即打恭作揖，求孟姜開恩。孟姜見他那股焦急的神情，差點噗哧一聲笑了起來；然後正正臉色，對他說：「既然你是一個逃犯，我必須帶你去見家父。」希郎聞言忙問：「見令尊萬一走漏風聲，我性命豈不休矣？」

十六、授受不親

孟姜是個識字明理的女人，認為此事不能不稟告父母，理由是：男女授受不親，今既同席而坐，唯有配與希郎為妻，不能另事他

人了。

希郎説：「小姐的好意，我完全明白；但是我是一個有罪之人，與小姐結為夫婦，萬一給官府查出底細，豈不誤了小姐的一生？」

孟姜態度十分堅決，呶呶嘴，説：「我的事，請你不必顧慮，剛才在荷花池中，你既已觸到了身體，我怎麼再可以嫁與他人。」

説罷，拉着希郎就走。希郎心存怯意，不敢挪步。孟姜説：「你若不去，我就撞死在這裏了！」

希郎連忙將她攔阻，抖着聲音説：「我去，我去。只要小姐不怕受累，我萬希郎就算是死，也是心甘情願的。」

孟姜這才露了笑容，明眸玉齒，有一種令人感覺蝕骨消魂之美。

兩人走出假山石，由孟姜領前，急急忙忙的向大堂走去。走進廳堂，孟員外正在品茗，見到孟姜拖了一個陌生男子走進來，不覺大吃一驚。

「兒呀！這究竟是怎麼一回事？」

孟姜説：「女兒因月光皎潔，入園散步，行經荷花池，不留神，失足跌入荷花池中，幸是這位公子將我救起，終告無礙。」

孟員外一聽，益發詫愕不置了，忙問：「這位公子，為甚麼深更半夜到我家花園裏來呢？」

孟姜在答話之前，先用黑眸對左右瞅了一下。孟員外知道女兒的意思，不讓有人在旁，立刻將家丁與婢女斥退；然後，壓低嗓音問：

「請問這位公子姓甚名誰？仙鄉何處？」

萬希郎當即挪前一步，恭身作揖，道：「小生姓萬名希郎，蘇州府元和縣人，家居閶門內，家境尚稱小康。」

「既是蘇州人士，為何遠道來此？」

十七、撞向大柱

萬希郎當即將過往的實情，一五一十地講與孟員外知道。孟員外聽說萬希郎是個逃犯，心內十分慌張，臉孔一板，厲聲疾氣的對孟姜說：

「此人乃楚國要犯，豈可讓他擅自闖入？你應該吩咐家丁前去報官才是，怎樣反而要招他為婚了？」

孟姜沒有開口，淚珠兒已經簌簌掉落，頓了頓，竟雙膝跪地：

「女兒的身體既已給他觸摸過了，今生當然不能另事他人。」

孟員外遲疑久久，總覺得將女兒配與逃犯為妻，實在是一件很不妥當的事。於是，兩眼一瞪，嚴詞訓斥：

「不行！我不能讓你嫁給一個有罪之人！」

孟姜一聽，霍然站起，說是：「女兒犯了授受不親，倘不下嫁萬郎，唯有一死了之！」

說罷，頭一歪，直向大柱撞去；幸被員外及時攔住，未成大禍。員外見她意志堅決，只好滿口答應，並賜坐位與萬希郎。

希郎說：「小生誤入貴府，觸犯小姐，罪孽深重，幸蒙恩施格外，怎能在大人面前就坐呢？小生願站立一旁，聆聽明訓。」

孟員外見他彬彬有禮，心內倒也十分歡喜，當即喚叫家丁和婢女出來，吩咐廚房設宴款待。

遲了一會，酒席已擺好，剛好孟姜也沒有吃過晚飯，大家同桌而坐，並無陌生感覺。那孟氏夫婦雖已吃過晚膳，但是為了禮貌關係，居然也陪飲了幾杯。

孟員外平時不大喜歡多開口；酒後則甚嘮叨。此刻三杯下肚，居然坦白述出招贅之意。

萬希郎說幸蒙孟老照拂，感激不盡，只因帶罪之身，不便在此久留，免得風聲走漏，連累孟府。

孟姜聽了，臉色一沉，當着父母的面，表示此身已屬希郎，任何困難，皆願共同擔當。倘若父母不允此項婚事，她只好一死明節了。

十八、黃道吉日

孟員外見女兒態度堅決，唯有相勸希郎容納此意。希郎說：「我非忘恩負義之徒，小姐美意，自當接納，不過帶罪之身，決不能在此久留，倘婚後即外出逃命，豈不辜負了小姐的青春？」

孟姜接口對父母說：「女兒並非貪圖閨房之樂，只要萬郎肯答應婚事，婚後理應遠去逃生，但願災難早渡，日後平安回家相聚；萬一遭遇不幸，女兒也只有一死相隨！」

語音未完，孟姜已經泣不成聲了。孟夫人許久沒有開口，見女兒哭得如此傷心，立刻善言勸慰，叫她不要儘往壞處着想，說是生死有命，禍福難測，既已矢志不事二夫，不妨讓萬郎長年隱居深閨，除家丁婢僕外，不被任何人知道此事，一來可免在外奔波之苦；二來可享閨房樂趣，迨至長城造好，萬郎之罪，不消自消，豈不美好？

孟員外聽了夫人的建議，認為這是萬全之策，一邊拈鬚沉吟；一邊頷首。

孟姜自己也同意此法，用淚眼對希郎一瞅，意思叫希郎即席磕頭。希郎何等機智，立刻站起身，叫聲：「岳父岳母在上，請受小婿一拜。」然後雙膝一屈，跪倒在地了。孟員外喜得哈哈大笑，連忙傴僂着背，挪步上前，伸手將他扶起。於是事情就這樣決定。飯後，孟

員外吩咐家丁在書房裏安置一隻睡榻，作為希郎臨時休息之所。孟員外千叮萬囑，不准下人在外聲張。

第二天，孟員外一早起身，就翻閱曆本，企圖找個黃道吉日，好讓希郎和孟姜拜堂成親。曆本上面偏巧書明即日適宜嫁娶，因此，忙不迭吩咐家人將客廳打掃乾淨，決定下午拜堂。

孟員外膝下只有一個女兒，逢到這大喜的日子，心下歡喜，自非筆墨所能描摹。他知道希郎乃是一個逃犯，成親當然不可懸燈結綵；但成親而無喜娘，在禮式上，總覺得缺少了甚麼，因此，壯着膽子吩咐春梅叫個喜娘來。

十九、洞房花燭夜

當天下午，孟姜與萬希郎就拜堂成親了。孟員外為了防止走漏風聲，不但不發請柬；甚至連鼓樂手也不請。

婚禮在默默中進行，除了喜娘外，並無第二個外人。

那喜娘原非多嘴之流，只因孟員外乃是當地的殷戶，膝下只有一個女兒，縱然招婿入贅，也不能這麼冷冷清清。在拜堂的時候，喜娘早已暗暗稱異，認為結婚而無賓客，內中必定另有蹊蹺。迨至禮成受賞，孟興又千叮萬囑叫她不可在外邊提及此事，因而益發使她多疑了。

喜娘回到家裏，丈夫問她：「今日孟府招親，情況可比廟會更熱鬧？」

喜娘搖搖頭，脫口而出：「事情也真奇怪！孟府乃是本縣數一數二的有錢人家，女兒完姻，不但不掛燈結綵；甚至連鼓樂手都不請一個。」

「有這樣事？」

「誰騙你？」

「那末，賓客多不多？」

「賓客？」喜娘呶呶嘴說：「賓客一個也不見！」

「這是怎麼一回事？」他的丈夫問。

喜娘聳聳肩，忽然驚詫於自己的多口，連忙以手比嘴，叫她的丈夫千萬不要聲張開去。不料，那個做「丈夫」的人是個粗漢，平時又喜歡喝幾杯，聽到這樣的事情，哪裏還守得住秘密。

為了這個緣故，不到三個時辰，孟姜結婚的新聞已經傳遍全縣。

此時，萬希郎與孟姜已經喝過合巹酒，兩老以及家丁婢女紛紛退出新房。希郎眼看時已不早，伸出手去，將孟姜的蓋頭揭開；然後柔聲細氣的對她說：

「時候不早，你實在累了，早些休息吧。」

孟姜斜眼對他一瞅，立刻羞紅滿臉，低着頭，用蚊叫一般的聲音說道：

「我不累，你先上床吧。」

話語剛說出，門外人聲乍起，忽然亂糟糟的闖進十幾個大漢來！

二十、希郎被捕

原來這十幾條大漢乃是欽差官手下的差役，一進門，便用法繩將萬希郎緊緊綑住。

孟姜驚惶失措，抱住希郎，怎樣也不肯鬆手。大漢們橫蠻異常，七手八腳地將孟姜拉在一旁，不讓她接近希郎。孟姜眼看自己的丈夫被綁，心內又慌又惱，想奔過去解救，又被大漢們攔住了去路，沒有

辦法，只好嘶聲吶喊：

「你們不能隨便抓人！」

話語剛出，孟員外偕同夫人已經跟跟蹌蹌地奔來了。孟員外年事已高，步履沉重，走過一條長廊，氣喘吁吁的，連臉色都轉青了。

「你們在幹甚麼？」孟員外問。

大漢們的回答是：「來抓人！」

「抓誰？」

「奉欽差之命，特來逮捕萬希郎！」

「萬希郎？」孟員外靈計一動，立刻改換另一種語氣，說：「我們這裏沒有萬希郎這個人！」

大漢給孟員外這麼一說；倒也弄糊塗了，紛紛用手指指着希郎，問：

「他是誰？他不是萬希郎嗎？」

孟員外仰起脖子，只顧嘿嘿作笑。半晌，才正正臉色，對大漢們說：

「他姓黃，名叫喜良，諒必你們攪錯了。」

「黃喜良？萬希郎？音同字不同。」

「一點也不錯。」

大漢們正感躊躇間，忽然有人大聲嚷叫了起來：「黃喜良也罷；萬希郎也罷，將他拉去見過欽差再說！」

於是，十幾個人將萬希郎當作烤豬一般，抬了出去。孟員外緊緊跟在後面，一邊走，一邊問：

「請問爺們，欽差大人現在何處？」

大漢們全不作聲，默默經過長廊，直向廳堂轉去。孟員外攙扶夫人，接踵走入廳堂，才發現欽差官已經端端正正的坐在堂中了。

二十一、百兩黃金

欽差官濃眉大眼，臉相十分兇惡，見到萬希郎，立刻大聲怒叱，問他知罪否？

希郎將腦袋搖得如同博浪鼓一般，死也不肯承認有罪。孟員外見此情形，忙不迭挪步上前，一邊拱手施禮；一邊為希郎辯護：

「小婿姓黃，並非要犯萬希郎，大人明察。」

欽差官斜目對希郎一瞅，撇撇嘴，陰陽怪氣地對孟員外說道：

「孟員外，你這話得小心些，欺騙本官，亦即是欺騙當今聖上，倘不從實，這欺君之罪可不是鬧著玩的。」

孟員外聞言，心內不由得慌張起來，跌跌撞撞地走到欽差大人身旁，低聲悄語，邀他移步內堂。欽差大人抬起頭來，兩隻眼睛骨溜溜的一轉，當即大聲喝退左右，僅留兩個差役看住希郎。然後，站起身來，跟隨孟員外大搖大擺地走入內堂。

坐定後，孟員外連忙堆上一臉阿諛的笑臉，柔聲說：

「大人息怒，且聽老夫從實講來……那萬希郎乃是蘇州人士，與老夫原不相識，只因潛逃來此，黑夜與小女相值，遂不得不招他為婿。事非得已，尚祈大人鑒宥。」

說罷，當即吩咐家員抬出黃金百兩，暗中贈與欽差大人。那欽差見到金光閃耀的黃金後，心裏卜通卜通地一陣子亂跳。孟員外見他已心動，連忙笑嘻嘻的對他說：「這一點小意思，未敢言酬，聊表敬意耳！請大人哂納。」

欽差踟躕良久，暗忖：「這百兩黃金多麼惹人喜愛，我若拒絕收受，恐怕這一輩子再也無法找得到了。」

正擬伸手收受之時，轉念一想：「不對，那萬希郎乃是欽犯，我

奉聖旨捉拿於他，倘若違命將他釋放，萬一給聖上知曉了，還能活命嗎？……此事非同小可，切不可貪財成禍。」想到這裏，臉一沉，厲色對孟員外說：「公事公辦，絕對不能通融。這百両黃金還是留着你自己受用罷！」

二十二、勒頸自盡

孟員外見欽差態度如此堅決，一時別無他法，只好下跪哀求了。欽差連忙將他扶起，說是：「此番遞解令婿前去修築長城，未必吉少凶多，員外何必焦躁至此？」孟員外聞言，止不住熱淚涔涔掉落，哀痛欲絕。

就在這時候，忽見春梅氣急敗壞地疾奔而至。員外忙不迭以袖拭淚，問她：

「何事驚惶？」

「員外，小姐自盡了！」

孟員外大吃一驚，忙問：「你說甚麼？」

春梅抖着聲音答：「小姐用繩索勒住頸脖自盡！」

孟員外聞言，急得渾身發抖，連忙拱手向欽差施禮，請他在堂中稍坐片刻。那欽差見此情形，只好拱手回禮，答：「下官在此暫候，員外請便。」

孟員外當即疾步走入花園，經長廊，來至新房，只見孟姜已被眾婢扶上床去。員外用手往孟姜額角一按，覺得微微有點暖，知道尚未斷氣，忙不迭吩咐孟興用力搓其太陽穴，搓了半日，才見孟姜睜開乾澀的眼來。孟姜見到父親，止不住內心的悲酸，竟「哇」的放聲大慟，哀號涕泣。員外百般勸慰，叫她不必擔心，說道：

「希郎雖被逮捕，卻未犯罪，此番解往咸陽，只為修築長城，迨至長城修成，即可平安歸來，共慶團圓，我兒何必悲傷若此？」

孟姜得到父親安慰，這才停止啼哭，一骨碌翻身下床，正正臉色，要求父親到廳堂去與希郎話別。

員外點點頭，吩咐春梅攙扶孟姜前往廳堂。

孟姜哀愁地在廳堂出現。

希郎一見孟姜，驀地感到一陣刻骨的悲酸，淚水就像荷葉上的露珠一般，簌簌滾落。孟姜也顧不得別人了，緊緊捉住希郎雙手，似有千言萬語要說，但是喉嚨口彷彿被甚麼東西梗塞住一般，說不出話，只會抽噎啼哭。希郎感動異常，知道此去萬難安返，因此直言要求孟姜改嫁。

二十三、生離死別

孟姜聽了「改嫁」兩字，心一酸，淚如泉湧了。希郎勸她不要難過，認為雖已拜堂；但未合巹，即使另擇佳婿，也不能算是失節。孟姜臉色一沉，用堅定而啞澀的口脗說：

「希郎，請你不要再講這種話！我孟姜既已與你拜堂，當然是你的妻子。今後自應淡妝布服，專心侍奉雙親，靜候夫君安然返來；萬一我夫有甚麼三長兩短的話，我也決不會偷生在世的。」

說罷，淚似雨下，緊緊摟住希郎，死也不放。

孟員外見此情形，也不由得傷心落淚了，暗忖：「有錢可使鬼推磨，那欽差雖不肯釋放希郎，但是將銀兩分贈眾差役，請他們在路上多多照顧希郎，也好免得他多受飢寒之苦。」

這樣想着，立刻吩咐家丁，暗中將紋銀分與差役。差役見銀開

眼，馬上給希郎解去兩根麻繩。

此時，欽差從內堂踱步而出，見兩夫婦抱頭痛哭，心一橫，大聲催促上路。孟姜捨不得希郎，跌跌撞撞的走到欽差面前，兩膝一屈，「登」的跪拜在地。

「大老爺，請你開開恩，讓希郎在家留多一宵，俾我親手煮些可口的小菜，給他吃了，明晨再走。」

欽差聞言，撇撇嘴，大聲叱了兩個字：「不行！」

孟員外連忙挪步上前，拱手作揖，幫着孟姜苦苦哀求，再次邀請欽差到後堂去品茗。欽差看在老人面上，居然聽從孟員外的意思。孟員外暗中贈送二十兩黃金給欽差，說是：「今天是他們大喜之日，請大人在舍間吃些水酒淡飯，等明晨再解希郎動身，一來，好讓我略盡屋主之誼；二來，也給他們夫妻能夠暢談一宵。」

欽差略一沉吟，想了想，當即收下黃金，頷首答應了。

這一晚，孟府全家徹夜不睡。希郎夫婦燈下相對，足足哭了一整晚。孟姜從箱子裏掏了幾件衣服出來，給希郎包成一包袱；又斟了酒給他，俾他借酒澆愁。

二十四、深夜對泣

希郎哪裏有心思飲酒，每一次舉杯，淚珠兒就撲簌簌的掉落在酒杯裏了。

孟姜心如刀割；但極力忍住不讓眼淚流落來。她不想讓希郎帶着濃重的悲傷離去，唯有強作笑顏，講些未來的美景，給希郎聽。

「希郎，」她抖着聲音說：「等你修好長城回來，我們就可以天天在一起了，片刻都不分離。」

希郎垂着頭，心裏翻騰，難受得如同萬箭攢心。聽了孟姜的話語後，斜眼對她一瞅，但覺孟姜星目朱唇，長得嫵媚非常。唯有如此，他就更加難過了，眼眶酸溜溜的，淚水不停地往下掉。

孟姜伸出纖纖玉手，舉起酒杯，勸他飲酒：

「喝了這一杯，我告訴你一件事。」

希郎仰起脖子，一口將酒呷盡；然後用啞澀的聲音問：

「甚麼事情？」

「此地城東有一個湖，湖裏多魚，等你修好長城回來，我們一同去打魚，你坐船尾；我坐船頭；你搖槳；我唱歌。」

希郎聽了這番話語，只用嘆息作答，不開口。

孟姜說：「此地城西有一座山，山上林木蓊鬱，等你修好長城回來，我們一同去爬山，你在頭，我尾隨；你吹笛，我閒觀風景。」

希郎又是一聲嘆息，依舊不開口。

孟姜說：「何必如此悲傷呢？好的日子還在後頭哩！等着吧！」

希郎悽楚地對孟姜看看，心忖：「此去凶多吉少，哪裏還有甚麼好日子？」於是，感喟地說了這麼一句：「孟姜，別做夢了，聽我的話，為了二老，為了你自己，還是另外找個男人吧！」

孟姜再也不能偽裝了，鼻尖一酸，淚水又撲簌簌的掉落下來。閨房很靜，園中突然響起嘹亮的更梆聲。孟姜這才意識到時間已在極度的悲傷中度過了。

二十五、起解

時間已不多，兩夫妻哭哭啼啼的，相對而坐，難分難捨。孟姜已經想不出甚麼話語可以安慰希郎了，希郎哭得兩眼紅腫，不但出語無

聲；抑且連眼前的景物都看不清。這時，酒已失效。兩人內心紛亂，情急萬狀。

園子裏已有雞啼報曉。

那雞啼如同長刀一般，砍入兩人心中，又刺又痛。孟姜驚惶地抬起頭來，側目望望打開着的低窗。

東方剛剛泛起魚肚白的顏色，雖然依舊黑朦朦的；但是已有柔弱的曙光透露。孟姜知道天快亮了，情不自禁地叫聲「希郎」，要他千萬保重身體。希郎點點頭，正想開口，長廊裏已有零亂的腳步傳來。

孟姜霍然站起，走到希郎面前，緊緊抱住他，泣不成聲。

希郎身上仍有繩索緊緊，想動彈，總不自然，勉強站起身，突感頭昏目眩。

孟姜悽楚地叫一聲「夫君」；希郎也悽楚地叫一聲「我妻」，交頸痛哭，再也說不出別的話來了。

此時，欽差帶了幾個差役疾步而至，大聲催促希郎起解。希郎搖頭狂呼，卻被差役們用力拉開。孟姜哀號三聲，身子往前一衝，「噗」的吐了一口鮮血出來。眾婢女忙不迭走去攙扶，她卻如同一匹脫韁的馬一般，瘋狂向長廊奔去。奔至廊中，一把拖住受綁的希郎，哭哭啼啼的嘶聲高嚷：

「希郎！請你帶我一同去吧！」

說話時，聲音啞澀，令人聽了心酸。希郎站定，撥轉身來，噙淚低語：

「賢妻，你……你回去休息吧！」

「夫君，你……你時刻要小心身體，為妻的一定等你回來，死也不事他人！」說着，孟姜淚如泉湧。

希郎對孟姜看了最後一眼，就被差役們七手八腳的拖出孟府。孟姜連吐幾口鮮血，倒在地上，無力追趕，目送希郎遠去，心似刀割。

二十六、腳鐐手銬

希郎被拉出孟府大門，由欽差監押，踩着官道，朝西北方走去。

迨至日上三竿，他們已經走入山嶺地區。這一帶，森林蓊鬱，山路崎嶇，靜悄悄，四周絕無人煙。雖說是初春天氣，但在山地走路，也會像大伏天一般，汗流浹浹。

萬希郎從小嬌生慣養，沒有吃過苦，此刻腳鐐手銬的，早已走不動了。

「欽差大人，」他哀求道：「這裏有幾塊大石，能不能坐下來喘口氣？」

欽差腳步一停，發現希郎的臉色蒼白得如同紙張一般，暗想：「這人身體並不強健，萬一在路上有三長兩短的話，到了咸陽，拿甚麼東西去向上邊交差？」

於是，點點頭，吩咐大家在樹蔭休息片刻。那四個差役走了一個早晨，肚子也餓了，聽說可以歇腳，無不解開乾糧袋，取餅充飢。

希郎倒並不覺得肚餓，只是口渴得很，正想向欽差要些清水，抬起頭，發現那欽差兩眼灼灼，全神關注地凝視着自己，彷彿將自己當作了盜賊，心裏不免一沉，竟把要說的話語又嚥了下去，說不出來。

此時，太陽像火傘似的高張在天空，曬得大地熱氣騰騰。希郎再也忍不住了，當即用啞澀的聲音對欽差說：

「欽差大人。」

「嗯。」

「有累眾位了。」

「這是公事，理應如此。」

「我有一件小事，但不知欽差大人肯幫忙嗎？」

「甚麼？」

「我口渴，想喝些水。」

不料，那欽差兩手一攤，咂咂嘴，說：

「抱歉得很，誰也不帶水袋，要喝，再行三十里路，到達『青松崗』，就可以喝些清泉了。」

希郎聞言，不覺猛發一怔，暗忖：「如果再走三十里才能有水喝，我萬希郎恐怕連命也沒有了。」

二十七、思妻

大家坐了一刻工夫，差役們個個吃飽了，但聞欽差一聲吆喝，希郎只好垂頭喪氣地站起來，吵唧唧，挪開腳步，踩着山路，向前走去。

一路上，陽光像火柱一般，曬得他頭部刺痛。那幾個差役們一會兒唱歌；一會兒談笑，倒也不會感到甚麼，只有希郎一個人，心亂似麻，想起那情義皆重的孟姜女，止不住悲酸，淚水就簌簌的掉落在枷鎖上了。

「不知道她現在怎麼樣了？」希郎暗自忖度：「早晨分手時，她還吐過鮮血的。……可憐的孟姜，今後叫她怎樣做人？……事實上，她跟我雖然拜過堂，卻未合巹，她何必一定不肯改嫁呢？……她說她願意在家守候，實在是很難得的；正因為這樣，我才覺得太對不起

她了！……至於我，此番前去修城，十九是不會生還的。……我自己的性命倒無所謂，可憐那痴心的孟姜，我怎麼可以叫她陪我一起死呢？……」

想着，想着，又走去了十里路。希郎從未步行過這麼多路，腳下重甸甸的，說不出多麼的不舒服。太陽仍猛，嘴裏有一種奇異的滋味，不像酸；不像苦，只是難受得很。

差役們也疲憊了，回過頭去，向欽差要求休息。欽差自己也有些吃不消，終於點了頭應了差役的要求。

在休息的時候，希郎低着頭，開始抽抽噎噎的啜泣了。欽差斜目對他一瞅，用近似揶揄的口氣說：

「有甚麼好哭呀？哭得人心煩意亂，我們不是一樣在陪你受罪？」

希郎咬咬牙，收住淚水，抬起頭，望望天，太陽已逐漸偏西，天色已快接近黃昏了，於是細聲問：

「還有多少里？」

「長着吶。」

「我的意思是：到青松崗還有多少里？」

「大概十幾里。」

「再走十幾里？到那時，天都黑下來了！」

二十八、夜宿青松崗

抵達「青松崗」，果然夜色四合了。希郎早已筋疲力盡，幸而已經走到泉邊，忙不迭奔過去，昂起脖子，張開大口，貪婪地傾飲着，讓泉水將自己淋成落湯雞一般。

喝過水，精神稍為轉好了些。肚裏有點餓，當即打開隨身攜帶的

那個包袱，取出乾糧，連咬兩口，細細咀嚼。這時，夜幕籠罩，沒有一絲雲翳，繁星點點，月圓如盆。

幾個人坐在清泉旁邊的岩石上，喘氣休息。希郎吃完乾糧，但覺渾身骨痛，想睡，又不知近處有何宿店。於是，用舌尖舐舐嘴唇，問欽差：

「時候已不早，也該找個宿店歇歇才是。」

「宿店？」欽差涎着臉，有聲沒氣地說：「除非有氣力再走六十里！」

希郎一聽，賽若冷水澆頭，皺皺眉，問：「難道我們今晚就在這裏露宿？」

「怎麼？你嫌不舒服了，是不是？」

「不，不，我不是這個意思。但是……這地方，荒無人煙，且多樹木，說不定會有毒蛇猛獸藏在其間，我輩睡在此處，豈不危險了？」

欽差打了個哈哈，便用揶揄的口脗對他說：「我的落難公子呀，請你將就點吧，就算有毒蛇猛獸，也不會單嚙你一個的。快睡，儘管放心大膽，好好睡一覺吧，明天一早，又得趕路了。」

希郎不再出聲，心下非常躊躇，側過臉，竟發現幾個差役早已橫在岩石上鼾呼大睡了。沒有辦法，只好嘆口氣，將身子躺了下去。

四周很靜，唯小蟲仍在草叢間嚁啾以覓伴。月光十分皎潔，照得希郎合眼不能入睡。希郎從未在一日間行走過這麼多路，由於過分的疲憊，反而精神提起，難入夢境。他開始想念孟姜，那幾乎已經哭乾了的眼睛，又有淚水流出來了。約莫過了一個時辰，當差役們個個都在扯着如雷般的鼾呼時，萬希郎忽然聽到一陣零亂的腳步聲。

二十九、開掉木枷

希郎連忙直起身子，側耳諦聽，只因枷鎖負累，行動非常不方便。稍一轉身，那鐐銬就會吵啷啷的作響起來。

欽差醒了，圓睜怒目，以為希郎企圖逃脫，忙問：「你在做甚麼？」

希郎悄聲回答：「有腳步聲。」

欽差眉頭一皺，舉起右手，往耳後一按，裝出仔細諦聽的神情，聽了半晌，搖搖頭，對希郎說：「沒有聲響呀！你一定是白天走得累了，夜晚做噩夢。」

希郎說：「請你不要冤枉我，剛才我是清清楚楚聽到的。」

欽差臉色一沉，反問他：「但是現在為甚麼一點聲響也沒有了呢？」

希郎說：「也許他們知道我們在此地，暫時將身子躲藏起來了。」

欽差遲疑一陣，不見再有其他的動靜，噓口氣，繼續躺下身子，合上眼睛，重入夢鄉。希郎心煩意亂，又怕毒蛇猛獸來襲，老是睜大眼睛，無法入睡。一會，又有依稀的腳步聲傳來。希郎忙不迭直起身子，挪步走到欽差近邊，伸手將他推醒。

欽差睡意正濃，給他推醒後，怒往上沖，沒好聲氣地問：

「你……你幹嗎？」

希郎心存怯意，說話時不免有點囁嚅：「我想跟你商量一件事。」

「甚麼？」

「這個木枷，戴在身上，不能睡，最好請欽差大人開個恩，連枷帶鐐暫時開掉一晚，等明朝再戴上。」

欽差想了想，說：「這事辦不到。」

希郎說：「那末，求你開開恩，將這個枷鎖開掉了吧，好讓我安睡一晚。」

欽差睡意極濃，又非常討厭他的嚕囌，先用手背掩蓋在嘴前打了個呵欠；然後尋思一陣，為了避免他再度打擾自己的睡眠，居然接納了他的請求，伸出手去，將木枷的鎖子抽出，取下兩個半邊，放在石頭上，當作枕頭。

三十、刀砍劍擋

希郎開掉了枷鎖，頸脖立刻感到一種難言的舒適，透口氣，回到自己剛才睡過的那塊石頭。月光仍極皎潔，遠處偶而有不知名的鳥雀夜啼。希郎實在疲憊至極，打個呵欠，躺下身子，也就沉沉入睡了。

睡得不久，忽聞嘹亮的梆鑼響，睜開眼，意識尚未清醒，卻看見六七個彪形大漢從草叢間蹤身而出，各持刀槍，將希郎他們團團圍住。

希郎是個讀書人，見到這樣的情形，自然會嚇得心驚肉跳的，呆呆的蹲在那裏，渾身哆嗦。

倒是那欽差，究竟是個官，態度總比希郎鎮定得多。

「呔！你們這班狗強盜，也不擦亮眼睛看看我是誰？」

當頭的一個大漢，聽了他的言語，不但不示怯意，抑且挪前兩步，晃晃手裏的大刀，圓睜怒目，叱道：

「不要嚕囌！身上倘有銀両黃金，快快與我放在地上，如若敢說半個不字，別怪大刀沒有眼睛！」

欽差不甘示弱，胸脯一挺，將嗓子吊得很高：「慢着！我是本國

的欽差，押的是欽犯，前往咸陽建築萬里長城，你們不讓大路，難道有意劫差不成！」

不料，那大漢竟哈哈大笑起來了，狂笑一陣，說：「你若是別的欽差，我也許會放你過路；但是押解壯丁前去秦國的，我就更加惱怒了。那秦皇是個專橫的傢伙，焚書坑儒，不知道殺害了多少好青年；如今又要築造長城了，只求保護自己的安樂；不顧別人的性命，像這樣的壞蛋，你還替他押解良民，分明是助紂為虐，企圖從中取利。今天也算你倒霉，遇見了爺爺，非拿下你這條狗命不可！」

說罷，擎起大刀，一個箭步，直向欽差砍來。欽差何等機警，當即拔出長劍，蹤身相迎。於是乎，劍劈刀截；刀砍劍擋，兩個人就在刀光劍影中，戰成一團了。另外四個差役見勢不妙，乘戰亂之時，挾着希郎匿入叢林。

三十一、途中患病

希郎跟隨四個差役竄入叢林，企圖逃命，不料，跑不多遠，後面追來三個強人，揮舞刀槍，欲殺眾人。希郎見狀，早已嚇得渾身發軟，呆呆的站在那裏，連腳步都搬不動。

四個差役當即一分為二：兩個拔劍迎戰；兩個挾着希郎，繼續奔逃。

強人們知道希郎是個受難之人，任他逃脫，單將兩個迎戰的差役殺死；然後將屍體上的銀兩搜去，也就心滿意足了。

天亮時，希郎與兩個差役終於逃出叢林，回頭一看，不見強人追來，挑一處濃蔭，坐下進食。

希郎從包袱裏掏出一些乾糧，分與兩個差役充飢。談到欽差，

兩個差役一致認為凶多吉少。希郎聞言，喜不自勝，連忙想了些動聽的言詞向兩個差役誘說，希望他們釋放自己，等到回轉孟府，另外設法送些銀兩給他們受用。兩個差役聽了，起先不免有些心動；仔細一想，萬希郎乃是秦皇急於捉拿的欽犯，如果釋放了，日後的禍患必多，只好搖搖頭，拒絕了希郎的請求。

希郎說不動差役們的心，唯有自怨命苦，繼續腳鐐手銬地向咸陽走去。

希郎從小沒有吃過苦，如今每天過着餐風飲露的日子，當然會抵受不住的。他的身體本來就不大健康，一路上，受盡風霜的摧殘，未到咸陽就病倒了。

這一天，三人已經行抵距離咸陽一百里之處。兩個差役急於交差，不顧希郎死活，堅持要繼續趕程。希郎病體屢弱，加上連日落大雨，不但熱度高，抑且目眩心悸，怎樣也無法挪步了。

他掏出十両紋銀，交與兩個差役，苦苦哀求，要他們找個「招商店」，讓他休息一下，喝幾劑藥茶，迨至體力恢復時，繼續趕路。

差役們起先怎樣也不肯答應，後來唯恐他在路上死去，反而交不了差；但是見他實在無法搬動兩條大腿時，也只好點了頭。

三十二、始皇升殿

差役扶着患病的萬希郎，走進一家簡陋的招商店，先要了些好酒好菜，吃飽肚皮；然後吩咐店小二請郎中來。

郎中把過脈，臉上呈露着憂慮之情，說希郎體質本弱，受不了風雨苦，病情相當嚴重，藥茶未必有效。

差役們聽了，心下不免一沉，立刻將郎中拉出房門，低聲悄語的問他：

「究竟還有希望嗎？」

郎中略一沉吟，皺皺眉，說：「病勢不輕，吃兩劑茶，只能拖延時日，希望是沒有的。」

這才急壞了兩個差役，認為希郎病死途中，麻煩必多，不如立刻送他往咸陽，交了差，卸去責任，也就不必管他死活了。

「反正咸陽離此不過一百里路程，要不了兩天功夫，就可抵達，還是趕程的好。」

差役們商量妥當，吩咐郎中開張藥方，煎了一碗藥茶，讓希郎服下，立刻付清客棧費用，僱了一頂竹轎，冒雨向官道行去。

雨很大，淋得差役和轎夫個個變成落湯雞。希郎早已陷入半昏迷狀態，坐在轎子裏，任由差役們擺佈，根本無力抗拒。

一眾人在雨中奔跑。兩天後，雨停了。轎抵咸陽，一進城，差役們寧可餓着肚子，忙不迭趕去交差。

差官聽說萬希郎解到，知道這是欽犯，不敢怠慢，一方面教人好好的看管他；另方面忙不迭進宮報告。

秦始皇聞報，好奇心陡起，立即升殿要看犯人。差官將萬希郎押上金殿，始皇舉目細觀，果見希郎長得與夢中所見者完全一樣，因此益信此係天意，不管希郎病成甚麼樣子，一定要他去參加築城，以求長城早日築成。

秦始皇下旨，從速將萬希郎送往長城，交與管理修城的官長，要他日夜工作，直到氣絕為止。

「氣絕後，葬在長城下面！」最後，秦始皇還加了這麼一句。

三十三、挑泥搬磚

當天晚上，萬希郎被送往長城，交與管理修城的長官，派到城下做工。

萬希郎正在病中；而且病得很厲害，抵達城腳，哪裏還有氣力挑泥搬磚。但是修城的工頭，個個手執皮鞭，一見貪懶的工人，立刻亂抽亂撻。

希郎原無貪懶之意，只因病體孱弱，別說是做工，即使躺在床上，也免不了要呻吟幾聲的。

工頭經過他身旁，見他躺在城腳喘氣，心內怒火欲燃，不問情由，舉鞭猛抽，抽得希郎嘶聲呼號，卻不能獲得工頭的諒解。工頭不知道他有病，一心以為他貪懶，只顧咆哮鞭撻，要他立刻挑泥搬磚。希郎不敢背悖，唯有依照他的吩咐，勉強支撐起身子，挑一擔泥，跟跟蹌蹌地向前走去。走了一陣，兩腿一軟，身子沒有站穩，竟跌倒在地了。工頭見狀，以為他裝腔作勢，疾步奔來，又是一陣子鞭撻。希郎原已有病，經此打擊，當然無法生存了。他是一個書生，從來沒有做過粗工，加上病體未癒，給工頭撻傷後，血流如注，不到一個時辰，兩腳一挺，斷了氣。

希郎一死，工頭當即將經過情形向長官報告。長官知道希郎乃是秦始皇特地派人到楚國去捉來的，不敢隨便處理，只好到咸陽去走一遭。

抵達咸陽，才知道秦始皇早已下旨：着萬希郎死後立刻埋葬於長城之下。

於是，匆匆趕回長城，吩咐工人們在城腳未奠基的地方，掘一個墓穴，將希郎屍體往穴中一擲，覆以黃泥，連紙錢都不燒，算是

落了葬。

萬希郎就這麼糊裏糊塗地離開了人世；留下苦命的孟姜，仍在日禱夜盼地等候他歸去。

孟姜為了希郎，不穿綾羅，整日坐在閨房裏，誦經唸佛，祈求菩薩保佑希郎早日完工返來，重享閨房之樂。這一天，天氣甚熱。孟姜吃過中飯，覺得有點頭昏腦脹，倦眼難睜，終於伏在桌上假寐了。睡後，做了一個夢。

三十四、驚夢

孟姜在夢境中，見到希郎站在未完成的長城邊，不禁欣喜若狂，忙不迭奔上前去，希郎忽然不見了。孟姜大感詫異，將雙手圈在嘴邊，吊高嗓子，大聲喚叫：

「希郎！希郎！」

叫了幾聲，始終沒有回音。孟姜焦急萬分，東張西望，忽見督工的工頭持鞭而至，瞪大雙眼，命令孟姜立即離去。孟姜不肯，工頭當即舉鞭猛抽。

抽了幾下，孟姜暈厥在地。

迨至甦醒，耳際陡聞吱吱之聲，舉目觀望，竟發現希郎的幽靈在長城前邊飄來飄去。

一切都顯得如此的不真實，呈露在面前的東西，猶如一幅動盪不定的幻畫，希望它稍稍停頓，不能停頓。

孟姜是非常詫愕了，以為自己眼花，用手猛擦眼睛，走近去仔細觀看，不覺猛發一怔。

那萬希郎身穿白色長袍，袍上鮮血斑斑，令人看了只想作嘔。

「希郎!」孟姜不由自主地嘶聲狂叫。

但是萬希郎並不回答,晃晃身形,原來是兩腳騰空的。

孟姜見狀,心內怦怦亂跳,有點怕,卻又不願意離去,暗中推忖:「莫非希郎已經死去了?」

正這樣想時,希郎慢慢走近來了,走到孟姜面前,有意講話,但喉嚨裏彷彿被甚麼東西塞住似的,只會吱吱叫,卻説不出話。

孟姜問:「希郎,你想説甚麼?」

希郎沒有回答,吱吱亂叫,終於哭了。

孟姜走到他面前,想安慰他,結果發現他流出的眼淚全是血。

「希郎!希郎!你怎麼啦?」孟姜見狀大驚,歇斯底里地狂嚷。

希郎低着頭,用衣袖拭去血淚,嘆口氣,忽然連影子也不見了。

孟姜急極,大聲吶喊,喊不出聲音,沁了一身汗,終於從睡夢中驚醒。

三十五、跪求母親

孟姜從噩夢中驚醒,神志還有點迷濛,迨至用手擦亮眼睛,頭腦逐漸轉清。當她憶起夢中情景時,終於「哇」的一聲痛苦起來。

春梅正在外邊打掃,聽到孟姜哭泣,忘不迭走到堂前去稟告員外知道。員外正在與客人聊天,聞報後,立即請夫人先去觀個究竟。

孟夫人不敢遲緩,站起身,疾步走入花園,經長廊,須臾之間就到達孟姜的香閨。

孟姜坐在床沿,用手絹蒙在鼻尖上,哭得十分哀慟。孟夫人冉冉走到她身旁,柔聲細氣地問:

「平白無故的為甚麼又哭起來了?」

孟姜聽到夫人的聲音，益發哭得傷心，抽答抽答的，總不能收住淚水。

孟夫人焦急萬分，緊蹙眉頭，嘆口氣，索性跟孟姜並排坐在一起，伸出手，親睨地圈住孟姜的肩胛；然後用撫慰的口脗對孟姜說：

「兒呀！為娘的年事雖高，也還願意替你分憂分愁的，你若有甚麼心事，儘管講出來，好讓我跟你合計一下，說不定可以想出一個對策的。」

孟姜這才收住眼淚，將夢中的情景詳細告訴夫人。夫人聽了，久久尋思，總覺得夢境裏的一切皆屬虛無，未必就是事實。

「一定是你思夫心切，才會做這樣的噩夢，怎麼可以認真呢？」孟夫人說。

孟姜忽然雙膝一屈，竟跪倒在夫人面前了，急得夫人連忙傴僂着背，將她扶起；但是孟姜卻哭哭啼啼的要求夫人：

「媽，請你做做好事，讓我到咸陽去走一趟。」

夫人眉頭一皺，臉呈為難之色，忙道：「我兒乃是女流之輩，豈可隻身前往北方？」

孟姜說：「我志已堅，寧死也要到長城去尋找萬郎的。」

夫人見她如此堅決，倒也沒有主張了，明知裙釵女不便在外邊抛頭露面，但也不能勸阻於她了。

三十六、恩重似山

孟夫人不敢作主，只好把責任推在員外身上，側過臉去，吩咐春梅：「到堂前去看看，如果客人已走，立刻請員外到這裏來一次。」

春梅當即挪開蓮步，匆匆忙忙地走入花園，向廳堂疾步走去。稍

過片刻，孟員外來了，見到兩淚汪汪的孟姜，忙問：

「為甚麼又哭？」

孟姜低頭啜泣，不答話。孟夫人呶呶嘴，將孟姜夢見萬希郎已死的情形告訴員外。

員外聽了，禁不住打個哈哈，認為夢境並非事實，豈可如此認真？

但是孟姜卻堅信希郎屈死，故而托夢與她。

員外見她憂悶不解，焦急異常，也就正正臉色，皺眉沉思。半晌，才用勸慰的口氣對孟姜說：

「由此去長城，路程非短，我兒乃是女流之輩，自不能出外拋頭露面。依為父的看來，不若差遣孟興前去咸陽，仔細打聽一下，當可知道是否虛實了。」

孟姜聞聽，躊躇久久，覺得差遣別人前去探聽，總沒有自己可靠。正欲開口，請命要自己親身前往時，員外已經吩咐春梅到下邊去將孟興叫來。

遲了一會，孟興氣急敗壞地疾奔而至，堆上一臉阿諛的笑容，問：

「員外使喚到我，不知有何差遣？」

員外瞪大雙目，用手撚撚長鬚，他凝神的思索了一會，才沒頭沒腦的向孟興提出這樣一個問題：

「孟興，現在問你一句，我一向待你可好？」

孟興連忙拱手作揖，說員外待他恩重似山。孟員外聽了，當即用打蛇隨棍上的語氣接口道：

「我現在有一件困難的事，你我多年賓主，不知道你肯幫我解決嗎？」

孟興欠欠身，說：「孟興身受員外深恩，員外倘有差遣，即使赴湯蹈火，小人也在所不辭！」

三十七、孟興北上

員外見孟興已露允意，當即將心事說出，要孟興即日離家，前往長城打探希郎下落。孟興聞言，明知路程遙遠，只因員外有命，自也不敢辭卻。幸而孟興從小單身單口，並無牽掛，既能出外走動，也未必是一樁壞事。於是點點頭，表示願意北上。員外大喜，立命春梅等人去賬房間拿了八十両紋銀來，分成兩包，交與孟興：

「四十両給你自己作盤纏；另外四十両則面交姑爺。」

孟興接過銀両，說要收拾衣帽雨傘之類的物件，匆匆返回自己臥房去了。

孟姜趁此撰寫書信一封，密密封好，迨至孟興收拾定當，交與他，帶給萬郎。

這樣，孟興領了員外之命，身背包袱，拜別員外、夫人，離開孟府，大踏步向北走去。

走了半個月左右，終於抵達杭州城郊，詢問別人，才知道距離長城仍遠，心一沉，不免有點氣餒了。但是，轉念一想，員外待他甚厚，自不能半途而廢。沒有辦好，只好繼續趕路。

走進城內，沿湖濱而行，但覺景色迷人，萎靡的精神不覺為之一振，腳步也就加快了。

此時，夜色四合，彤雲密佈。孟興站在湖邊，游目四矚，想找招商店投宿，然而附近只有幾間茅屋。抬頭望天，烏雲滾滾，遠處有悶雷，眼看就要下大雨了。

「怎麼辦呢？」

孟興自言自語，顯然有點無所措置了。正感踟躕間，天就一個大滴繼一個大滴的落起雨來了。

雨勢逐漸轉大，如同千萬條水晶管子一般，擊打在泥地上，發出一陣嘈雜的沙沙聲。孟興忙不迭打開雨傘，疾步向茅屋奔去，奔了幾步，風勢陡緊，雨傘抵擋不住破裂了，淋得孟興渾身濕漉漉的，好比落湯雞一般。

一會，孟興奔到一間茅屋門口，不管三七二十一，舉起手來，「嘭嘭嘭」，一連敲了三下。

三十八、遇艷

門「呀」的一聲啟開了，門縫裏探出一個婦人的頭來。婦人年紀三十左右，極美，瓜子臉，星目，朱唇，皙白的膚色，櫻桃小嘴，雖然農婦打扮，但是香氣噴噴，諒必是穿了一襲薰過的縞素。

「你找誰？」聲音是那麼的嬌滴滴。

孟興給她的美麗震懾住了，目瞪口呆的站在門外，答不出話。

女人不但不生氣，抑且露齒而笑了，笑得很媚，媚若蓮花初放。

「你究竟找誰？」

「我……我……」孟興這才囁囁嚅嚅地答：「我是過路的，遠道而來，此去咸陽，因天色已黑，又逢大雨傾盤，近處沒有招商店，特來打擾大娘子了，想在府上寄宿一宵，待明晨雨停後，繼續動程。」

女人聞言，兩頰忽然泛起一陣紅暈，低着頭，羞赧地答：「舍間簡陋不堪，實在不便留客。」

孟興見她已露允意，心下十分高興，正要啟齒懇求，天上驀地響

起一串驚心動魄的響雷，嚇得孟興本能地挪開腳步，未經女人同意，居然闖了進去。

那是一間狹小的茅屋，中間隔一道竹牆，劃分成兩個房，前房稍大，放一隻四方桌竹凳，算是客堂了；後房較小，放一隻竹床，乃是婦人的臥房。

孟興既已進入客堂，倒也不客氣，先將包袱放在地上，用衣袖拍去身上的雨滴；然後噓口氣，大模大樣的往竹凳上一坐。

婦人十分有禮，點上油盞；又替孟興斟上一杯熱茶。孟興憑藉微弱的光線對婦人身上仔細端詳，覺得事情頗為蹊蹺。原來那婦人身穿縞素，當係新寡無疑；既是新寡，豈能以香薰衣？於是，呷了一口熱茶，撇撇嘴，問：「大娘子府上還有些甚麼人？」

婦人怡然一笑，用嬌滴滴的聲音答：「這裏只有我一個。」

「不覺得寂寞？」

「這也沒有辦法。」

三十九、笑聲格格

孟興聽說婦人單獨住在這裏，心下邪念陡起，斜目對婦人一瞅，見她美若天仙，不由得起了一陣飄飄然的感覺。

那婦人倒也十分乖巧，單憑眼色，已能猜料出孟興的心意，當即俏皮地笑了笑，用磁性的語調簡單講出自己的身世。

原來婦人姓張，單名叫「蓮」，人稱「蓮娘子」，從小死了父母，一直在有錢人家充當婢女。去年秋天，那有錢人家將她許配與農戶陳阿二為妻，過門不久，阿二患急病逝去，留下張蓮一個人死守著這間茅屋和屋前的幾畝田。張蓮雖是貧寒出身，但在有錢人家已經吃慣用

慣，嫁與阿二，終日自嘆自怨。阿二去世後，日子益發艱苦，不能改嫁，唯有在家引些好色之徒前來作樂取財，以維生計。

「所以，」婦人用衣袖拭眼，假裝抹淚：「我是很可憐的。」

孟興聽了，心花怒放，當即飛眼弄嘴，開始調戲張蓮了。張蓮半推半就，絲毫不露慍色。外邊大雨傾盆，風勢轉勁，木窗虛掩，終被狂風吹開，「嗖」的一聲，桌上的油盞滅熄了。孟興乘機在黑暗中摸索張蓮的纖纖玉手；張蓮霍然站起，縱身牆邊，低聲悄語地對孟興說：

「你一定肚餓了，我去弄些酒菜給你驅寒充飢。」

孟興仍在摸索，嘴裏咿咿唔唔的只說不餓。但是茅屋雖小，卻也無法捉住張蓮，正感詫異間，但聞笑聲格格，回過頭去一看，張蓮已經持着油盞出來了。

「你這人呀，真性急！」張蓮含笑盈盈地說。

孟興低着頭，很有點不好意思，沒有辦法，只好從包袱裏取出一些碎銀，塞與張蓮，作為酬謝。

張蓮收了銀子，笑盈盈的進廚房去，不久，從廚房端了一壺黃酒出來，另外還有一盤豆腐乾和花生米。

孟興見到酒菜，自也胃口大開，當即舉起酒杯，一連喝下三杯。

四十、不敢久留

孟興素不善飲，三杯下肚，神志已恍惚，眼前的景物開始打轉。

那蓮娘子與他相對而坐，咧着嘴，露出一排貝殼似的白牙，笑得極媚。

外邊的雨，愈下愈大。孟興彷彿處身在另外一個世界裏，完全得

不到一絲現實感⋯⋯

直到第二天早晨，大雨始止。孟興一骨碌翻身下床，走出門外，翹首東望，但見初陽似輪，金光四射，心裏說不出多麼的輕鬆，暗忖：「我若能久居於此，豈不幸福？」

正這樣想時，蓮娘子含笑盈盈地從裏邊走出來，說是洗臉水已經倒好，叫孟興進去洗臉，洗完臉，好吃早點。

吃早點時，孟興睜大眼睛望着張蓮，覺得她長得十分媚嫵，忍不住想向她提出嫁娶的問題，但是喉嚨老是乾澀澀的，講不出話。

張蓮何等乖靈，見他張口結舌，早已猜料出幾分，因此，橫波對孟興一瞅；忽然用香噴噴的手絹往鼻尖一掩，佯裝哭泣起來。

「甚麼時候走？」她問。

孟興連忙放下筷子，支支吾吾地答：「我本來⋯⋯我本來想再多住幾天的。」

「現在呢？」

「只因受人之託，不敢在此久留。」

張蓮臉一沉，聲色俱厲地問：「究竟你自己的事情要緊呢？還是別人的事情重要？你說啊！」

孟興十分為難了，眨眨眼睛，半晌，才答：「那孟員外待我恩重如山，我可不能背信於他！」

張蓮接口說：「所以，你為了孟員外，你就寧可拋卻一切了？」

孟興無所措置地搖搖頭，一連說了好幾個「不」字，卻無法用別的言語來表達自己的心意。

那蓮娘子倒也厲害，見他踟躕不決，知道有機可乘，索性直率地對他說：「你不喜歡我嗎？」

四十一、離別

孟興並沒有立刻答覆張蓮的問題，只是傴僂着背，解開包袱，取出四両紋銀來，交與張蓮。

張蓮臉呈慍色，圓睜怒目，拒絕接受孟興的銀両。孟興頗感詫異，問她：

「為甚麼不肯收受？」

她說：「我要的是你，不是銀両。」

聽了這句話，孟興渾身起了一種軟綿綿的感覺，咧着嘴，笑得見牙不見眼。他說：

「蓮娘，只要你有心，我是一定不會辜負你的。我此番北上，實因拜受主人之命，不能不去。你若肯耐心等待，多則半年；少則三個月，待我探得姑爺的音訊，先回孟府；然後再到這裏與你結為夫婦。」

「此話當真？」

「若非出自真意，我就……」

蓮娘子忙不迭用手掩住孟興的嘴，不讓孟興繼續發誓。她說：

「不必講下去，只要你是真意，我就放心。」

「這樣說來，你一定在這裏等我了？」蓮娘子羞赧地點點頭，她伸手去緊抓孟興之手，將自己的戒指送給孟興。

孟興當即加了二両紋銀給張蓮，要她收下作為家用，免受飢寒之苦。張蓮不但不加拒絕；抑且小心翼翼，將銀両放在地洞中。

接着，孟興心一橫，揹起包袱，走了。張蓮想不到他會這麼快就離去的，忙不迭站起身，匆匆奔上前去，將他一把拖住。

「為甚麼你就這樣走了？」她說。

孟興說：「早些起程，可以早些回來。」

　　張蓮鼻尖一酸，淚水就簌簌掉落了。孟興勸她不要難過，說是快樂的日子不久就可來臨。張蓮千叮萬囑要他照料自己，孟興點點頭，挪開腳步，朝北急急走去。張蓮站在官道上，頻頻向孟興揮手；孟興雖然愈走愈遠，也頻頻回過頭來看張蓮。

四十二、抵達長城

　　孟興離開杭州，直向安徽走去，經常乘坐小船或獨輪車，為的是希望早日抵達咸陽。孟興並不知道咸陽在甚麼地方，只顧朝北走去，沿途聞訊，足足走了一個多月，才由直隸轉入山西。

　　其實，這樣走法，無疑繞了一個大圈子，要不然的話，孟興早已抵達咸陽。當孟興進入山東時，應該向西走的，只要過河南，就可以來至西安府。如今，孟興既已走了不少冤枉路，唯有轉向西南繼續趕路。

　　過了些時日，孟興終於見到正在建築中的長城。孟興欣喜異常，忙不迭走到各篷帳和竹棚去打聽萬希郎的下落。不料，問了三日三夜，始終問不出一個頭緒來。所有的工人都沒有見過萬希郎本人；甚至連他的名字都沒有聽到過。孟興大失所望，不免有些灰心，只因遠道來此，當然不能白跑一趟。於是，沿着長城，慢慢走去，倦了，就在牆腳安睡。

　　有一天，孟興發現前邊有熱鬧的鑼鼓聲傳來，抬頭一看，卻發現長城上到處盡是燈綵。

　　孟興不知道這是怎麼一回事，拉住一個過路人詢問：

　　「有甚麼喜事嗎？」

　　那人睜大一對受驚的眼，儘管對孟興身上仔細端詳；呶呶嘴，反

問他：

「聽你的口音，好像不是當地人？」

孟興點點頭，承認來自南方，為的是想探聽萬希郎的下落。那人一聽「萬希郎」三個字，獃礅礅的望了孟興半晌，然後問他與萬希郎甚麼關係。孟興倒也老實，當即將孟姜招親之事約略講給那人聽。那人聽了，嘆口氣，説出這樣一段事情：

「這長城修了幾年，始終修不好，常常東邊修好西邊倒；或者西邊修好東邊倒。始皇帝為此大為焦急，怎樣也想不到辦法來完成這偉大的工程。有一晚，皇上做了一個夢，夢中仙人密告於他，説是只要抓到萬希郎葬在長城下面，長城就可以修起！」

四十三、御祭

孟興聽了，不勝詫異，眨眨眼睛，問：「現在萬希郎在何處？」

那人故作神秘地頓了頓，然後抬起頭，伸手對城牆上的燈綵一指，答：

「你知道這裏為甚麼掛燈結綵？」

「不知道。」

「讓我告訴你罷，這掛燈結綵的意思是慶祝長城的修起；而長城之所以能夠修起，完全是因為萬希郎的關係。」

「這樣説來，那萬希郎已經死去了？」

「他不葬在長城底下，長城是永遠築不起來的。」那人還是神秘地回答。

孟興頗感困惑，眨眨眼睛，半信半疑地問：「萬希郎已經葬在長城底下了？」

那人當即用手一指，説：「就葬在那邊。」

孟興順着他的手指看過去，發現城門口搭起不少蘆蓆棚，黑壓壓的圍着一幫人，有的在打鑼，有的在打鼓，有的跪地磕拜，有的焚香祈禱，有的齊聲唱歌，有的同席對杯……。

「他們在幹嗎？」孟興問。

那人含笑盈盈地答：「他們在守城官領導之下，一邊代天子御祭；一邊慶祝長城修好。你今天來到此處，適逢上祭之期，能夠看到大祭典禮，真是再巧也沒有了。」

孟興獲悉一切後，當即欠欠身，拱手道謝，那人也十分有禮，雙手拱起，還了一揖。孟興為了證實所得消息，挪步向前，走到蘆棚旁邊，果見關吏站在祭壇上，正在虔誠地跪拜磕頭。

孟興擠入人叢，大搖大擺地走到祭壇下，抬頭觀看，發現壇上有一塊牌位，那塊牌位上赫然寫着「萬希郎之靈」五個字。

看到這個牌位，孟興益信那人所言不虛，暗自嘆息一聲，又從人堆中退了出來。

事情既已證實，孟興急於與張蓮會面，歸心似箭，不敢在此久留，馬上進城去投宿招商店。

四十四、痛飲高粱

當天晚上，孟興投宿在招商店，事情已經辦好，心下自也比較輕鬆。臨睡前，覺得肚餓，向店小二要了一盤鹵牛肉和兩碟炒菜，另外加紹興黃酒一壺。

店小二眉頭一皺，用手搔搔後腦，十分為難地説：「客官，小店只有高粱，未備有黃酒。」

　　孟興從小生長在南方，喝黃酒，早已成了習慣，如今，聽說只有高粱，心裏說不出多麼的不舒服，只因酒癮已發，不喝不行，因此臉色一沉，沒好聲氣地說：

　　「高粱也成，不過千萬別滲水！」

　　店小二立刻堆上一臉阿諛的笑容，吊高嗓子，應聲「是！」撥轉身，三步兩腳的走了出去。孟興獨坐房內，心裏老是惦念着張蓮。稍過些時，小二托了酒菜來，往桌上一擺；抓起酒葫蘆，沙 —— 的一聲，給孟興斟了一大碗高粱。孟興從未嚐過烈性酒，舉碗一聞，但覺色味濃，忍不住一連打了兩個噴嚏。店小二見他那種土頭土腦的神情，臉上雖然裝得十分正經，心內卻在暗暗竊笑。

　　孟興白天走得辛苦，此刻四肢痠軟，只想借些酒力，藉以補償疲勞。於是，仰起脖子，骨都骨都的喝了好幾口，猛飲一通，完全不知道高粱的厲害。店小二站在一旁，見他一味牛飲，不免目瞪口呆。

　　孟興放下大碗，用衣袖抹乾嘴角的酒液，舉起筷子，挾一大塊牛肉往嘴裏送。

　　店小二頗感詫異，故意裝出特別慇懃的樣子，傴僂着背，細聲說：

　　「客官，這酒可不曾滲過水的呀！」

　　「嗯。」

　　「味道還好吧？」

　　「跟紹興酒不一樣。」

　　「對！客官說的一點也不錯，這高粱酒跟紹興酒完全不一樣。……客官，如果沒有別的事，我想暫時到外邊去料理一些瑣碎事。」

　　「你儘管去吧！」

四十五、小二盜銀

店小二走後，孟興只覺得這高粱味道有點特別，每喝一口，那酒便像一團火珠似的，從喉嚨口一直燙到肚裏。孟興酒量，原也不壞，以黃酒來算，一兩壺決不會變色；但是這高粱卻不同，一碗下肚，眼前的景物就漸漸模糊起來了。

不久，他看到一幅旋轉不已的幻畫，幻畫中間原是金綠交錯的圖案，剎那間，那圖案竟變成了含笑盈盈的張蓮。

孟興詫異萬分，以為張蓮果真出現在面前了，忙不迭放下筷子，雙手抓住桌角，勉強支撐起身子，跌跌撞撞的走上前去，嘴裏喃喃的呼喚「蓮娘」不已。

蓮娘笑眯眯的，較前更加嫵媚了。

孟興抵受不了美麗的引誘，神不守舍地伸出手去，緊緊一抱，以為抱到蓮娘了，結果撲個空，「通」的一聲，跌倒在地。

這一跌，額角碰地，痛極，眼前一陣昏黑，竟爾暈厥過去，完全不省人事。

約莫過了一餐飯的時候，店小二算準時間，走來收拾碗筷，推開房門，猛可地發了一怔，心忖：「這小子，打腫臉孔充胖子，明明不能喝，偏要裝作海量。活該你倒霉！」

於是，弓着腰，扶起孟興，將他拖上床去，替他解衣，脫鞋。孟興大發酒噦，一點知覺也沒有了。店小二本非善類，見此情形，知道良機難逢，連忙走到房門口，探頭門外，東張張，西望望，長廊裏並無行人，當即關上房門，轉身拿起孟興的包袱。

包袱十分重甸，打開一看，棉袍裏藏着幾十兩白晃晃的紋銀。

店小二欣喜若狂，將紋銀往褡褳裏一塞，縛緊腰帶，放好包袱，

打開房門，立即疾步離去。……

第二天早晨，孟興醒轉，一骨碌翻身下床，給窗外的陽光刺得睜不開眼。

店小二送洗臉水和早點來，孟興吩咐開賬。

四十六、胖老板

店小二完全不動聲色，從從容容地走到前邊賬房間，手持賬單，搖搖擺擺的走回來。孟興打開包袱，準備付賬，竟發現所有銀兩已經被人竊去，急得雙腳直踩。

「奇怪，這銀兩一直放在包袱裏，怎會不見的？」他說。

店小二聳聳肩，涎着臉，伸手對牆上一指，卻不開口。孟興側過臉去，順着他的手指一瞅，原來牆上貼有白紙一張，紙上寫着這樣十六個字：

「貴重物件，顧客自理，倘有遺失，概不負責。」

縱然如此，孟興當然不肯罷休，因此，咬咬牙，一把揪住店小二，非要他負責不可。店小二依舊嬉皮笑臉的對他說：

「你這又何苦呢？我又沒有拿你的銀子？」

孟興理屈詞窮，唯有吊高嗓音咆哮：「銀子在你們店裏丟失的，你們決不能推得乾乾淨淨！」

店小二說：「既然要招商店負責，就該找老闆去評理，揪住我這個窮小二，算是甚麼意思？」

孟興略一沉吟，覺得店小二的話也有道理，撇撇嘴，要店小二帶領他去見老闆。

店小二何等乖靈，知道孟興已轉移目標，心下暗自歡喜，當即挪

開腳步，大搖大擺地帶領孟興去見老闆。

老闆是一個肥胖得近乎臃腫的傢伙，手裏拿着水煙筒，左腿擱在右腿上，盪呀盪的，正在悠揚地吸着煙。

店小二將孟興失銀的事告訴老闆，老闆乜斜着眼珠對孟興仔細打量一番，見他衣着普通，料非王孫公子之流，因此存了鄙夷不屑之意。

「如果我是你，身上帶了這麼多銀兩，一進店，就該交與賬房代管，這是你自己不小心。如今，誰能證明你有銀子帶來？」老闆道。

孟興非常討厭老闆那種陰陽怪氣的態度，只因銀兩已失去，只好忍聲吞氣地請求老闆幫他調查一下。不料老闆臉一沉，竟拒絕他的要求。

四十七、糊塗縣官

孟興氣極，一定要拉胖老闆到官府去評理。胖老闆聞言，斜目對他一瞅，霍然站起，兀自走到堂後，索性給他一個不理不睬。

孟興見到這樣的情形，心內更加焦急，拍手跺腳大哭大嚷地，聲言要去官府控告胖老闆一狀。

店小二聽到孟興的恫嚇，不但不因此而感到恂慄；抑且怒往上沖，捲起衣袖，糾合幾個同事，一擁而上，圍住孟興，紛紛飽以拳腳，打得孟興頭昏腦脹，知覺盡失。

迨至甦醒時，孟興才發現自己躺在街邊，有幾個愛管閒事的人圍着他。

他吃力地站起身，渾身刺痛，遍體鱗傷。

有人問他：「怎麼會被人打成這個樣子的？」

他定了定神，用乾澀的嗓音問：「縣府在哪裏？」

看熱鬧的人伸手向束一指：「由此筆直走去，經過五條橫街就到。」

於是孟興拍拍身上的灰塵，挪開腳步，跌跌撞撞地逕向縣府走去。走到縣府中，忙把皮鼓痛擊，縣主升堂，下令孟興受訊。孟興當將失銀之事，詳細稟告縣主。殊不知縣主聽後，憤然將驚堂木重重一擊，説：

「銀両被竊，乃是你自己的疏忽，與招商店無涉！按照此地的規矩，凡是投宿招商店者，貴重物件必由顧客自理，倘有遺失，只好自認倒霉。」

縣主的這一番話語，説得孟興目瞪口呆了，跪在地上，賽若冷水澆頭，但覺寒凍凍的，彷彿這世界一點溫暖也沒有。半晌過後，孟興開始磕頭求拜了：

「紋銀既在貴境被竊，賊人諒來仍在境內，萬望縣老爺開恩，下令緝拿乖賊。」

縣老爺兩眼一瞪，猛拍驚堂木，叱聲：「退堂！」兀自站起，大踏步走向後堂，根本不理孟興。

事情至此，孟興只好廢然走出縣府，兩手空空，茫茫然，莫知所從。

四十八、回稟員外

銀子雖已失去，但也不能不回家。按照孟興的初意，只想將實情回稟孟員外後，立刻前往杭州與張蓮結婚。如今，紋銀被盜，連回家的盤纏都沒有，哪裏談得上其他？沒有辦法，只好沿途求乞，希望回

抵孟府，虛報萬希郎有病，員外自必再交銀兩與他，差他返轉長城，好生服侍希郎。到那時，銀兩在手，即可悄然前赴杭州，與張蓮快樂地生活在一起。

主意打定，手挽包袱，一路問訊，沿途求乞，終日餐風飲露，受盡千辛萬苦，幸而身體茁壯，倒也未曾病倒。

過了一個多月，孟興走過鄭衛，進入吳越境內，原想趁便探視一下張蓮，只因衣衫襤褸，唯有逕返孟府。

回到孟府，員外見他面呈菜色，衣不蔽體，駭得兩眼直瞪，忙問：

「你……你怎麼會弄成這個樣子的？」

「啓稟員外，小人去到長城，探得姑爺消息後，不敢久留，立刻兼程趕回，不料中途遇見強盜，身上所帶銀兩，全被強盜們劫去。」

「銀子事小，只要能夠保得性命，已屬萬幸。」

「此番全靠員外洪福，要不然，恐怕……」

說到這裏，身旁忽然響起一陣零亂的腳步聲，孟興斜目一瞅，只見孟姜氣急敗壞地疾奔而至。

「孟興，」她嬌喘吁吁地說：「你可曾見到姑爺？」

「見到的。」

「他在長城可安好？」孟姜緊張地問。

孟興並不立刻回答，很持重地，想了想，兩眼骨溜溜的一轉，說：

「姑爺身體單薄，做不慣粗工，目下病倒在長城。」

「病勢可重？」

「不輕。」

「你知道他患的是甚麼病症嗎？」

「好像是癆傷。」

　　孟姜一聽，心內悲傷異常，正待繼續開口，晶瑩的淚珠已經奪眶而出。

四十九、紋銀八十両

　　孟員外見女兒哭得像個淚人，心裏不免難過起來，提起衣袖，拭拭眼角，然後乾咳一聲，繼續詢問孟興：

　　「姑爺可有書信叫你帶轉來？」

　　孟興呷呷嘴，嚥了口唾沫，低着頭，又撒了一個謊：

　　「姑爺臥病榻上，無力執筆，只差小人帶個口信，請員外夫人再送些紋銀衣服去。」

　　正在聳肩啜泣的孟姜，聽了孟興的話語，馬上轉過臉去，哭哭啼啼的懇求員外：

　　「爹呀！想那萬郎乃是文弱書生，怎能經得起風吹雨打？如今，既因操勞過度而病倒，女兒必須即刻趕去送些銀両衣服給他，同時也好在病榻旁邊任他差遣。」

　　員外聞言，連忙把頭搖得如同搏浪鼓一般，嘴裏顫聲說：

　　「想那長城，離此甚遠，我兒乃是千金小姐，乘坐舟車，皆有不便；不如再差孟興即刻前去，一來孟興已經走過一次，熟悉路上情形；二來孟興是個男人，即使行路，也遠較我兒為快。現在，希郎既已病倒，需款甚殷；倘若送款人在路上耽擱時日太久，對萬郎實屬不利。所以，此番自當再差孟興前去，多與銀両，讓他用轎馬代步，日夜兼程，大概毋需一個月，即可抵達。只有這樣，才不致於耽誤大事。」

　　孟姜心亂似麻，早已沒有主意，聽了父親的話語，忙不迭奔回

閨房，將前些日子替希郎縫好的衣帽鞋襪，用大包袱一包，便交與春梅，叫她捧入廳堂。

這時，孟員外也親自取了四包紋銀出來，交與孟興，鄭重的說：

「孟興，這是八十兩紋銀，四十兩送去面交姑爺；另外四十兩給你乘坐轎馬舟車，一路上，必須小心紋銀，千萬不可露眼，萬一讓歹徒們見到，失落銀兩事小，誤了姑爺的病症，那就不堪設想了。現在，快到後邊去洗澡更衣，儘速吃飯，洗過澡吃過飯後，便立刻再動身！」

五十、騎馬而去

孟興從員外手裏接過紋銀，心裏說不出多麼的高興，暗忖：「有了這八十兩紋銀，我孟興就可以趕往杭州，先與張蓮結婚；然後拿這筆款子作為本錢，在杭州城內旺盛地區開一間店舖，今後就可以不必愁吃愁穿了。」

這樣想時，當即向員外夫人連磕兩個響頭，站起身，退出廳堂，到後邊去洗澡吃飯。

孟姜想起正在病中的希郎，心似刀割，馬上轉身返回閨房，提筆修下書信一通，將久久蘊藏在心內的思情，全部寫在紙上。

傍晚時分，孟興吃飽肚皮，換好衣服，興沖沖的回入廳堂，辭別員外夫人，準備再往長城。員外為了爭取時間，特命家人替孟興牽來駿馬一匹。

「孟興，」員外鄭重囑咐他：「姑爺臥病長城，急需請醫服藥，你應儘速趕去，千萬不可延擱時日！」

孟興頻頻點頭，正擬踏蹬上馬，忽見孟姜匆匆奔來，只好站在那

裏不動。孟姜將書信遞與孟興，員外又賞了十兩紋銀，說是：「去到長城，不必急於趕回，你姑爺正在病中，需要有個人在旁伺候，等到姑爺病癒，再回家不遲。」

孟興急於前往杭州與張蓮會晤，儘管孟姜怎樣叮囑，他卻有點心不在焉，一味頷首稱是，其實根本不知道她在說些甚麼。

孟員外見孟姜總是嘮叨不完，當即走上前去，柔聲對孟姜說：

「兒呀，不必多說了，還是讓孟興趁早上馬吧。不要耽誤了他的正事。」

孟姜這才退後兩步，睜大一對淚眼，目送孟興揚起皮鞭，一聲吆喝，那駿馬立刻騰起四蹄，像枝飛箭，朝官路疾奔而去。……

員外眼看孟興遠去，撥轉身，率領一家大小，冉冉走回廳堂。

夫人見孟姜愁眉不展，忙問：「兒呀，孟興已經動程了，你何必再擔憂？」

五十一、傾盆大雨

孟姜為人素來細心，縱然悲傷難把，但是也能察覺孟興的神情有異，因此疑竇頓起，只是放心不下。孟夫人見她愁眉不展，頗感詫愕。孟姜用衣袖拭乾眼淚後，抬起頭，說：

「那孟興取得銀兩後，笑容常露，既不憂慮，又不焦急，看樣子，可能另有打算。」孟夫人搖搖手，說：「兒呀，千萬不要胡思亂想，想孟興本性善良，自幼在我家長大，你父親待他甚厚，視同己出，理應知恩報德，那裏會貪圖銀兩，做出喪盡天良的事。兒呀，你切勿多疑，快快回房去焚香祈禱吧。」

孟姜嘆口氣，懷着沉重的心情，由梅香攙扶，垂頭喪氣地回閨

房。此時，驀地吹起一陣狂風，抬頭望天，天上黑壓壓的，彤雲密佈，眼看就要落大雨了。孟姜加快腳步，匆匆沿着廊廡行走，以免淋到雨水。一會，響雷貫耳，閃電刺眼，孟姜未抵閨房，雨像傾盤一般倒下來。

雨很大，嘩啦嘩啦的，賽若萬馬奔騰。孟姜急於回房，竟爾冒雨疾奔，淋得渾身濕透，如同落湯雞一般。

當天晚上，孟姜病了，熱度相當高，躺在床上頻發夢囈。孟員外聞訊，急如熱鍋上的螞蟻，連忙請了大夫來，替孟姜把脈開方。大夫說孟姜受了些風寒，不礙事的，只需靜養數日，就可痊癒。

但是大夫的話語未必正確，孟姜患的雖非重症，卻老是病懨懨的，在病榻上足足躺了半年多。

眨眼間，半年過去了，孟興仍未歸來。

孟姜早對孟興有了懷疑；此刻益發覺得孟興的不可靠了。照說：孟興此番北上乃是以舟車代步的；自應較上次省時得多。上次雖然途中遇盜，也不過費了四個月左右；如今，半年已過去，而孟興則音訊全無。這是一宗怪事。

「這是怎麼一回事？」孟姜問父親。

父親眉頭一皺，開始懷疑事情另有蹊蹺。

五十二、二次托夢

孟府上下不見孟興歸來，無不焦急異常，只因孟姜病體未復，誰也不敢面露愁容。

有一天，孟府的另一家人孟和在茶樓裏遇見一個來自北方的布販子，談起長城，那布販子說：

「長城早在八個月前就修成了！」

孟和聞聽，不覺大吃一驚，連忙疾步奔回，將布販的話語稟告員外知道。

員外撥指一算，終於斷定孟興撒了謊。理由很簡單：孟興是在半年前回來的，那時候，他說長城仍未修成；現在，布販卻說長城修成已有八個月了，前後一核，不無矛盾之處。兩人中間，必有一人撒謊。如果布販說的是實話，那末，一定是孟興在撒謊；如果孟興講的是實話，那末，萬希郎也早該回來了。根據這樣的推算，孟興的不可靠，似乎已毋庸懷疑。

然則，孟興為了甚麼要撒謊呢？

難道銀兩使孟興起了壞心？

孟興吞沒銀兩，必然另有用意。孟員外無法猜測其用意何在；但是已可確定孟興是不會回來的了。

縱然如此，孟員外還是不願意將這件事告訴孟姜，免得她過分悲傷，有損身體。

又過了兩個月，孟興依舊消息全無，孟姜焦急萬分，日夜不思茶飯，弄得面黃肌瘦，容顏枯槁。

「這是怎麼一回事？」當她焚香祈禱時，忍不住嚙着眼淚詢問上蒼：「菩薩有靈，也該托個夢給我！」

當天晚上，孟姜果然做了一個夢。

在夢中，孟姜第二次見到希郎，見他兩袖垂地，依舊穿着一件血衣。孟姜一見夫君，早已哭得淚眼模糊，忙不迭撲上前去，結果卻撲了空。孟姜面對一片黑暗，嘶聲狂喊；喊了半天，終見萬希郎飄飄忽忽的又出現了。孟姜問他：「為甚麼不回家鄉？」希郎以袖拭淚，抖着聲音說：「我已死去了！」

五十三、化為青煙

孟姜問希郎：「你甚麼時候去世的？」

希郎說：「算起來，已經有一年了。」

孟姜猛發一怔，困惑地問：「死去已有一年？但是，八個月前，孟興從北方歸來，還說你臥病在床，急需銀兩和寒衣？」

希郎這才唱嘆一聲，向孟姜說出了真情：「妻呀！為丈夫的早在一年之前因疲勞過度就死去了，屍骨迄今埋葬在十里亭的長城底下。那孟興初到長城時，為夫的已經故世月餘。這奴才本該將實情報與賢妻知道才是，那知他在北上時，經過杭州，結識一個姓張名蓮的寡婦，一心與她結為夫婦！又因中途被人盜去紋銀，只好沿途求乞，回轉孟府，謊言為夫病重，又從岳父大人處騙去紋銀八十餘兩，遄赴杭州，與那寡婦結成夫婦。」

聽了這一番話，孟姜終於恍然大悟了，正擬繼續發問時，那萬希郎又哭哭啼啼的對她說道：

「賢妻呀！你⋯⋯你千萬要設法將為夫的屍體尋回才好！」

孟姜問：「夫君屍在城下，可有任何標誌。」

希郎說：「你到達十里亭時，細心觀察，當可在牆腳見到一塊小小的碑誌。」

希郎忽然退後一步，揮揮衣袖，瞬息間化為青煙而隱。

孟姜大哭，終於從睡夢中哭醒。春梅聞聲進來，問孟姜為甚麼悲傷至此，孟姜定定神，才知道做了一場噩夢，連忙一骨碌翻身下床，繃着臉，匆匆走到廳堂。

孟員外見她神情慌張，當即瞪大一對受驚的眼，問：「我兒為何這等模樣？」孟姜雙膝跪地，將夢中的情景詳細稟明父親。員外聽

了，不由得勃然大怒；但是轉念一想，夢境所見未必就是事實，豈可隨便信以為真。孟姜當即要求親自前往長城，尋回夫君屍骨，員外不允，謂有方法可證明孟興所為是否與夢中符合。孟姜問：「甚麼方法？」

五十四、本性不良

孟員外建議派遣孟和前往杭州探聽孟興的下落，杭州離此不遠，來回毋需半個月，倘能探得孟興下落，當可知道事情的真相了。

孟姜一聽，覺得這個辦法相當合理，也就頷首表示同意。員外當即將孟和喚至堂前，取出紋銀十両，交給他，命他速往杭州打聽消息。

孟和奉命，立即回房收拾東西，紮成一個包袱，揹在肩上，提一把紙傘，辭別孟員外，匆匆離開孟府。

過了二十天左右，孟和回來了。孟員外問他：

「有沒有見到孟興？」

「見到的，不過，他正在患病。」

「孟興病了？」

「病得很重，據大夫說：已經沒有甚麼希望了！」孟和說時，神色黯然。

「這是怎麼一回事？」孟員外追問。

「那孟興上次離開這裏後，並未前往長城，卻去杭州與一個名叫張蓮的青年寡婦結為夫婦。」

「與哪一個女人結為夫婦？」孟員外感到很奇怪。

「張蓮。」

孟員外聽到「張蓮」兩個字，不覺猛發一怔，茫然於事情的發展太過奇突，困惑地問：

「張蓮是誰？」

孟和感喟嘆息，唏噓着說：「那張蓮是一個本性並不純良的寡婦，丈夫死去後，不能久守，經常利用自己的色相去騙取別人的錢財。」

「但是孟興怎麼會認識她的？」

「孟興上次奉員外之命前往長城，路過杭州，適逢大雨，無處走避，唯有就近寄宿。這樣，就認識了張蓮。兩人一見鍾情，約定孟興歸來後結為夫婦。孟興抵達長城，始知姑爺已死，趕着回來稟告員外，不料中途遇到賊人，所有銀兩，全部被盜。孟興沒有辦法，只好編造一套故事回來說謊，俾能騙得員外的銀兩，前往杭州與張蓮結合。」

五十五、意外的發現

孟員外聽了孟和的報告，氣得臉色鐵青，兩眼睜得大大的，彷彿有兩撮怒火在裏面潛燃着。

「想不到孟興這小奴才竟會做出這樣的事來！」

孟和見員外滿臉怒容，早已嚇得渾身哆嗦，連忙磕頭作揖，不斷地抖聲懇求：

「請員外息怒。」

員外咂咂嘴，呷了一口濃茶，忽然猛烈地咳嗆起來，咳了半天，

「霍」的一聲吐出一口濃痰；然後伸手撚撚長鬚，用嘹亮的嗓音問孟和：

「那沒有良心的小奴才怎麼會病成這個樣子？」

孟和明知員外在生氣，也不得不將已經查明的事實詳細稟告員外：

「孟興第二次抵達杭州，一心一意想找張蓮結婚，不料，張蓮態度大變，顯已移情別戀。孟興用情極專；但張蓮則是一個水性楊花的女人，對於上次對孟興所作的諾言，早已忘得乾乾淨淨。孟興從未墜入過情網，至此只好將八十兩紋銀全部交與張蓮，作為結婚的條件。張蓮一見雪白發亮的紋銀，立刻眉花眼笑了。」

「但是，」孟員外不耐煩地追問一句：「那小奴才怎麼會病成這個樣子的？你說！」

孟和略微頓了頓，嚥一口唾沫，繼續說下去：「孟興與張蓮結為夫婦，並沒有獲得預期的幸福。張蓮依舊常常暗中與別的男人來往，孟興屢次規勸，她總不肯改過。有一次，孟興到錢塘去接洽一宗買賣，行至中途，忽然憶起忘記攜帶賬簿，立刻趕回去取，想不到……」

孟和欲言又止。

員外憤然以掌擊桌，怒叱：「說下去！」

孟和轂觫異常，嘴角痙攣地跳動着，隔了半晌，才怯怯地說：「孟興回抵家門，敲門，久久不聞張蓮的應聲，心中怒火欲燃，咬咬牙，舉腿踢開板門，竟發現臥房裏另外還有一個男人！……從此，孟興就病倒了。」

五十六、暈倒在地

孟員外又問：「孟興這小奴才為何不跟你一起回來？」

孟和抖着聲音說：「孟興病入膏肓，已經不久於人世了。我離開他時，他要我轉稟員外……」

「甚麼？」

「他要員外饒恕他的過失。」孟和說。

孟員外聽了這句話，忽然感到一陣刻骨的悲酸，眼圈一紅，止不住熱淚掉落，呈露了悽傷的神態。就在這時候，孟姜聽說孟和已回來，忙不迭從閨房奔來廳堂，一見孟和，當即抖着聲音問：

「你家姑爺可有消息？」

孟和對孟姜瞟了一眼，立刻低下頭來，痛苦地皺着眉頭，不敢說出實情。

孟姜為人素來敏感，看到孟和的表情，不必等他開口，也已知道事情不妙，因此，跺跺腳，跌跌撞撞地走到孟和面前，用裂帛似的聲音嚷起來：

「孟和！你家姑爺究竟怎樣了？」

孟和依舊怯怯地低着頭，不敢將實情講出來。孟姜益發焦急了，她噙着眼淚的問：

「孟和！你說，你說，姑爺到底還在不在人世？不要騙我！」

孟和迫得無奈，只好嘆口氣，用蚊叫一般的聲音答覆孟姜：「姑爺……他……他已經去世了！」

話音未完，孟姜早就暈倒在地。幾個丫鬟七手八腳走來攙扶孟姜，嘶聲叫喚，隔了很久很久，才見孟姜眼皮翕動，轉過氣來。

孟員外弓着腰，細聲在勸慰着女兒：

「不要啼哭，人死不能復生，哭也無用，為今之計，只好差遣孟和到長城去搬靈回家了。」

孟姜淚滴滿頰，哭得上氣不接下氣，用淚眼對父母一瞅，連話都說不出來了。稍歇又在搥心慟哭。

孟夫人最能體會女兒的心情，當即吩咐春梅先扶孟姜回房休息。

五十七、叩謝父母

當天晚上，孟姜換了一身素服，在自己閨房裏擺好祭饌，焚燒紙錢，面對着萬希郎的牌位，哭得如同淚人一樣。

孟夫人親自走來勸慰孟姜，要她止哭節哀。孟姜當即向母親提出一項要求：

「過了七七之期，女兒有意前往長城，親將萬郎屍體尋回，另葬必發之地，不知雙親肯不肯讓女兒北上？」

孟夫人聞言，立刻臉呈憂色，噙着眼淚對孟姜說：「兒呀，你是個女人，怎麼可以隻身前往長城？想那長城離此甚遠，絕非短期可以抵達，你若去後，你父親與我怎能夠放得下心？」

但是孟姜意志堅決，寧死也要北上尋靈。夫人力阻無效，唯有將事情交與員外作主，於是，孟姜走去跪求父親。

員外費盡唇舌，始終無法使孟姜改變既定打算，心中頗為焦躁了；但是轉念一想：孟姜不事二夫之志，實屬難得；今希郎已亡故，孟姜不辭艱苦，堅要搬回丈夫屍骨，於情於理，自當允其所請。於是，員外撚撚長鬚，領首對孟姜說：

「兒呀，你既已立志要去，為父的也只好成全你了，不過，長城離此甚遠，你是千金之身，單獨行走，實在諸多不便，現在，我準備

喚叫春梅與孟和陪你前去，一來也好在路上照顧於你；二來逢到有甚麼急難之事時，大家也好磋商着應付。」

孟姜點點頭，當即推金山倒玉柱的跪倒在地，叩謝父母成全之恩。

孟員外當即喚過春梅與孟和，將此意述出，問他們是否願意陪同小姐北上，春梅與孟和聞言，立即上前磕拜，齊聲回答：

「小人願意保護小姐同到長城。」

孟員外聞言，大受感動，略一沉吟，作了這樣的諾言：

「你二人如此有義氣，來日尋得姑爺屍骨回來，老夫當將孟和收為義子；春梅收為義女。」

五十八、出門尋靈

事情就這樣決定，到了七七期滿，孟姜一早起身，盥洗完畢，立刻去到廳堂，辭別雙親：

「娘呀，」孟姜抽抽噎噎地說：「孩兒此去，要一年半載才能回來，望兩位大人千萬保重福體！」

老夫人聽了孟姜的話語，止不住心的悲愴，連忙用手絹掩住鼻尖，但是晶瑩的淚珠已從面頰上滾滾流落。

接着，孟員外撚撚長鬚，用低沉的聲音對孟姜說：「吾兒立志要去尋找丈夫的屍骨，為父的也不能阻止你，但望沿途小心，謹防盜賊搶劫，為要。」

孟姜頻頻點頭，只是悲傷得說不出話。

孟員外隨即喚過孟和與春梅，千叮萬囑，要他們好生服侍小姐，將來返府，自有重酬。兩人連磕三個響頭，站起身，手挽雨傘包袱，

攙扶孟姜，走出廳堂，向大門徐步走去。孟姜不帶任何首飾，只穿素布粗糙，雖是小姐身份，卻是婢女和工人的打扮。揮淚上轎，轎夫一聲大喝，健達門口，早有兩頂竹轎等在外邊。竹轎是員外特別僱來給孟姜與春梅代步的，孟姜見了，能不悲從中來？

此時，孟員外偕同夫人因為捨不得女兒，竟親自走了出來多看一眼，孟姜一見父母，立即磕地哭拜，員外忙不迭彎腰攙起，暗中又塞了一兩黃金給她。

孟姜將金子塞入衣袖，立即步似飛，剎那間，走上了山嶺。孟姜從嶺上回首遠眺，竟發現兩位老人家依舊站在大門口，心內起了一陣刻骨的悲酸，淚落紛紛。

傍晚時分，轎夫們也累了，只因近處並無宿店，唯有沿途買些麵飯充飢，食後，在涼亭裏露宿過夜。

大凡涼亭都是為了便利商旅歇腳而設，多數位於落荒之處，孟姜初次出門，未知盜賊厲害，竟糊裏糊塗在這種地方過夜，實在非常危險。幸而，這天晚上並無歹人經過，翌晨醒來，初陽未起，他們就在薄霧中繼續趕路。

五十九、心似箭急

孟姜為了尋找丈夫的屍骨，不辭辛勞，日日趕路。只因小腳難行，唯有僱用舟車代步，比較起來，當然比當初孟興的行程快得多了。

縱然如此，但是路遠迢迢，過了一村又一村，過了一鎮又一鎮，問別人，總說距離長城仍遠，彷彿永遠走不完似的。那春梅雖是女流之輩，倒也忠心耿耿，但是孟和卻耐不住飢渴的煎熬，常常口出怨

言。孟姜對孟和的態度很不滿意，只是不便申斥。

這一天，三人行抵一座小村，買了些乾糧充飢，略事休息，又要繼續趕路。孟和扁扁嘴，用鄙而不屑的眼光對孟姜一瞅，沒好聲氣地說：

「前邊乃是曠野深林，須待明晨一早動程。」

孟姜心似箭急，皺皺眉，說：「此刻剛過晌午，距離天黑尚有半日時間，豈可在此逗留，延擱光陰？」

孟和兩手往腰眼一插，顯然有點不耐煩了：「如果是早晨動程的話憑你們兩雙小腳，也未必能夠及時穿出森林；何況現在經已是晌午過後了？」

孟姜無意跟他爭吵，只好柔聲細氣的好言相勸，說了一大堆來日的重酬，才打動孟和的心。孟和說：「要走，還得僱兩頂竹輿。」

但是小村人口稀少，連獨輪車都沒有，那裏找得到輿子？孟姜急於北上，咬咬牙，決定步行入林。

孟和聳聳肩，只好背起包袱，無可奈何地走在前面領路。

森林猶如鬼域，大樹聳立，深蔭鬱鬱，處身其間，但覺陰氣侵人，彷彿進入了另外一個世界。

孟和愈走愈怨，一路責怪小姐性子太急。孟姜給他講得面紅耳赤，不知應該答些甚麼才好。幸而春梅深明大義，代替小姐責備孟和，說他臨危退縮，完全不像一個男子漢。孟和聽了，心裏很不高興；但是想起員外和夫人的叮嚀，總算沒有將怒氣發作出來。

六十、孟和變卦

三人在黝暗中行走，因為見不到天日，所以無法知道時辰。孟和

覺得腰痠，兀自挑一塊大石坐了下來。

孟姜皺皺眉，催孟和繼續趕路。孟和臉一板，沒好聲氣地說：

「我是人，不是野獸！走了這麼久，難道休息一下也不可以嗎？」

恰巧樹旁有一塊青皮石，很大，上面平平滑滑的，像隻圓凳，正好坐下。儘管孟姜在旁催促，他只顧安詳地坐在這裏，右腿擱在左腿上，盪呀盪的，給她一個不理不睬。

孟姜對春梅看看，春梅聳聳肩，表示無可奈何。

沒有辦法，孟姜和春梅只好也揀兩塊大石坐下。坐了一陣，孟姜性急，站起身，再度走過去催促孟和：

「時間不早了，快走吧！」

孟和正在哼山歌，模樣十分自得，聽到孟姜的聲音，臉一沉，扁扁嘴，用鄙夷不屑的目光對孟姜一看，說：

「急甚麼？反正天黑前絕對走不出這座深林的！」

「難道要我們兩個女人在深林裏過夜嗎？」

「咦！剛才是你自己主張走進來的，現在怎麼反而責怪起我來了？」

「我責怪你太懶！」

孟和倏地臉色發青，伸出右手，用手指點自己的鼻尖，嘩啦嘩啦的嚷起來：

「小姐呀！你也不想一想，自從離開家門到現在，少說也有五六十天了，沒有好好兒吃過一頓；也沒有好好兒睡過一覺，此刻，腳底都走破了，還不讓休息一下？」

孟姜狠狠盯了他一下，見他一動不動的坐在那裏，心一氣，頓腳說：「你若不願意繼續趕路，我們只好先走了！」

孟和嗤鼻冷笑一聲，不乾不淨的說了幾句，然後說：「隨便

你們！」

　　孟姜掉過臉來對孟和一望，看不慣他那副愛理不理的嘴臉，當即自己提起包袱，拉着春梅，一步一拐的向森林中冉冉走去。

六十一、山崗阻路

　　兩個女人手拉手的朝森林裏走去，愈來愈黑，根本不清楚是否已迷失路途。這是一個鬼域似的所在，到處充滿了恐怖的氣氛。四周盡是千年古樹，很粗，很高，像屋頂般蓋在上面，使人抬頭見不到天日。瘴氣氤氳，常常使兩人咳嗆得連眼淚都掉下來。

　　孟姜從未吃過這樣的苦，此刻但覺頭重腳輕，彷彿大醉似泥的酒徒一般，踉踉蹌蹌，腳下一路劃着十字。

　　「小姐，」春梅一邊用手抹去自己額角上的汗滴；一邊抖聲說：「我們不如在這裏歇歇吧，看樣子，今晚是絕對沒有辦法走出這座森林的。」

　　孟姜嬌喘吁吁，連呼吸都感到迫促了，說話時，聲音微微有點沙啞：

　　「再往前走幾步，也許可以找到比較清靜一點的地方。」

　　於是，兩人彼此攙扶着，一步高；一步低，踏在野草叢中，困難地朝前繼續走去。

　　走了約莫一盞茶的時間，忽然聽到一陣沙沙聲，不很響亮，但十分清楚。孟姜站定了，用手往眉際一遮，看看前邊，但見山崗阻路，心裏不覺冷了一截。

　　「糟了！前邊是一座山崗，怎樣行走呢？」

　　春梅舒口氣，用舌頭舐舐乾澀的嘴唇，將眼睛眯成一條縫，仔細

對山崗看了一看。

「說不定翻崗而過就可以走出這座森林了。」

「但是，那沙沙的聲音又是甚麼呢？」

「我們索性翻過山崗去看看罷。」

「你走得動嗎？」

「我們總不能就在這裏過夜啊。」

說着，兩人隨地揀了兩根粗樹丫，握在手裏，當作手杖使用。孟姜側過臉來，用感激的目光對春梅看看，春梅也報以綻自痛苦的微笑，抖起精神，挪開蓮步，一步一步向山崗走上去。

這山崗並不陡，只因平時極少行人，無路可循，走起來格外辛苦。

六十二、月下露宿

山崗上，樹木稀少，抬頭可見金黃色的落日光。孟姜噓噓口氣，心下也比剛才安定了些。孟姜說：

「反正天還沒有黑，我們總可以找到一個休息的地方的，希望翻過山崗就見大路，我們續行一程吧。」

春梅點點頭，用一種近似爬山的姿勢，在崎嶇的山崗上行走。

那沙沙聲忽然響起來了。兩個女人只顧爬山，沒有注意到這些。

迨至夕陽西下，夜幕四合，她們才翻過崗頭，站定一望，竟發現那不絕於耳的沙沙聲原來是溪谷裏的清泉。孟姜高興極了，忙不迭疾奔而去，完全忘記了疲倦。奔到一潭清泉旁邊，撲在地上，用嘴湊在水面上，貪婪地飲取。

飲過清水，解了口渴，渾身感到清涼，孟姜和春梅精神逐漸

轉好。

孟姜游目四矚，不見黑魆魆的大森林，牽牽嘴角，臉上呈露一絲安慰的笑意。

「不如在這裏過夜吧。」

「也好。」

「那邊有幾塊大石，乾乾淨淨，正好躺下安息。」

春梅點點頭，站起身，攙扶孟姜行走。孟姜知道春梅自己也累了，不要她攙，兩人慢步走向大石。

坐定後，孟姜取出乾糧，與春梅分食。春梅説：「餘糧不多，還是留着給小姐明天充飢吧。」

孟姜説：「明天走出林子後，到處有得買的，怕甚麼？快吃。」

春梅依舊不敢接受乾糧，説：「萬一明天還走不出森林，那麼怎辦？」

孟姜説：「我不願意讓你一個人餓死，要死也得死在一起。快吃吧，吃了，明朝就有氣力趕路。」

這樣，春梅才拿了兩隻芝蔴餅，細細嘴嚼，靜候夜幕籠罩，但見東天掛起一輪明月。

吃過東西，兩人就躺在大石上，疲倦之餘，合上眼皮，沉沉入睡。

六十三、獸性大發

睡至中宵，孟姜忽然覺得有人在解開她的衣服，睜眼一看，竟是孟和。

「你幹嗎？」

孟姜拚命掙扎；但怎樣也無法從孟和的懷抱中掙脫出來。孟和咧着嘴，露出一排黃牙，笑嘻嘻的醜態十分難看，他對孟姜說：

「小姐，我已經想了你幾年了，今晚機會難逢，你就答應了我罷！」

孟姜想不到孟和竟會如此下流，心內氣憤，張開嘴，在孟和的肩頭狠狠咬一口。孟和痛極呼號，手一鬆，終於讓孟姜逃脫了。

孟和這下可認真發了脾氣，繃着臉，縱身躍起，用裂帛似的聲音咆哮起來：

「你若知趣的，乖乖走過來，要不然的話，這荒山曠野，我孟和殺死一兩個人，誰也查究不出來的！」

孟姜躲在岩石背後，怯怯地望着獸性大發的孟和，心存怯意，不敢大聲呼喚。此時，春梅早已醒了，她沒有動，也不敢動，悄悄躲在另一塊岩石背後，靜觀發展。

孟和知道荒山野嶺中根本無人管轄，膽子更壯，先從腰際拔出一把尖刀；然後洶洶然直向孟姜撲去。孟姜驚惶失措，想逃；大腿酸溜溜的，完全不聽指揮。孟和笑得十分猙獰，如同老鷹捉小雞一般，一把拉住孟姜，不顧一切地百般戲弄着她。

「孟和，你……不能這樣的！」

孟姜淚眼泛濫，用近似哀求的口氣對孟和說。孟和理智盡失，緊緊摟住似花似玉的小姐，慾火狂燃，心房跳得非常厲害。

接着，孟姜的衣服就被解開了。

孟姜嘶聲喚叫春梅；但春梅不敢前來營救。孟和心慌意亂，見孟姜不停掙脫，索性舉起手來，猛揮一拳，直向孟姜臉部打去！

孟姜眼前立刻出現無數星星，連喊叫的氣力都沒有，就仰天暈倒在地。

六十四、鮮血湧出

孟和見孟姜暈倒，心中大悅，當即蹲下身子，伸手去解開孟姜的衣服。

就在這時候，春梅弓下身，擷取一塊大石，高高舉起，躡足走到孟和的背後。孟和色星高照，一心想蹂躪孟姜，哪裏會知道身後有人？

迨至孟姜身上的衣服幾乎完全剝去時，春梅咬咬牙，憤然將大石擲向孟和的頭顱。

孟和慘叫一聲，朝前猛撲，跌倒在地，鮮血似泉湧出，動都不能動了。

春梅知道闖了禍，倒也並不恂慄，只顧嘶聲喚叫孟姜；但孟姜由於驚惶過度，始終陷於昏迷狀態，緊閉雙眼，彷彿斷了氣一般。春梅見此情形，不免焦急起來，伸手摸摸孟姜的額角，微微有點熱，知道尚未死去，忙不迭奔向清泉，合併雙手，捧了些冷水過來，淋在孟姜額上。

孟姜醒轉，慢慢睜開兩眼，一見春梅，以為自己已遭孟和姦污，止不住淚水簌簌掉落。

「春梅，我好命苦呀！」

「小姐，你不要難過，那孟和已經被我用大石擊死！」

「甚麼？你說甚麼？」孟姜急急追問。

「小姐，那狼心狗肺的孟和已經被我擊斃了！」

「那末，我……」

「小姐，你並沒有被他糟蹋過。」

孟姜這才鬆了一口氣，側過臉，對旁邊一瞅，無意中發現孟和的

屍體伏在大石上，兩眼眨直，鮮血灑滿一地，那樣子很恐怖。

「這是怎麼一回事？」孟姜抖聲問。

春梅將經過情形講出，孟姜才知道自己險些失身，虧得春梅及時相救，倖免於難。於是，縱身躍起，匆匆穿好衣服，竟哭哭啼啼的，跪在春梅的面前了！

春梅是個丫鬟，哪裏受得這樣大禮，連忙將孟姜攙起；但孟姜老跪在地上，怎樣也不肯站起。

六十五、埋葬孟和

孟姜跪地不起，為的是感謝春梅救命之恩。春梅見她哭成淚人一般，止不住內心的激盪，終於也流了淚水。孟姜願與春梅姐妹相稱，春梅更加無所措置了。孟姜說：

「你若不肯答應，我就一輩子也不站起來！」

沒有辦法，春梅只頷首答應。春梅比孟姜大兩歲，孟姜從此就改口稱她作姐姐。

兩人站起身，定定神，不約而同地看看孟和的屍體。

「怎麼辦呢？」孟姜問。

春梅說：「這裏是荒野地區，官兵決不會來此調查，我們不如將他埋葬了，誰也不會發現的。」

孟姜想了想，覺得春梅的意見很好，抬頭望天，團圞月已偏西。

「天還沒有亮，」孟姜說：「我們快動手吧。」

春梅略一遲疑，問：「沒有鐵鏟，怎樣挖穴？」

孟姜說：「辦法還是有的，找兩條樹椏枝，用力掏挖，一樣可以挖出洞穴。」

到了東天泛起魚肚白的顏色時，兩人已將孟和的屍體埋好，走近泉潭，摑些清水出來，洗淨手臉，各自揹了包袱，繼續下山。

翻過山崗，已是晌午時分，前面橫着一條羊腸小道，有一個莊稼漢恰於此時挑着菜擔疾步而過。孟姜才鬆了一口氣，知道已經安然越過大森林，心上的一塊大石也就掉落了。這時候，陽光極明媚，氣候爽朗。兩人踏上小路，肚子有點餓；風拂過，嗅到一陣濃烈的泥土氣息，精神為之一爽。

一會，見到前邊有座十里亭，忙不迭疾步走去，坐下歇腳。春梅嬌喘吁吁，直嚷肚餓。孟姜打開包袱，發現存糧已吃光，唯有嘆口氣，要春梅熬一熬。

孟姜休息一陣，但覺四肢痠軟，心忖：「一定是肚餓的關係，無論如何得找些東西來吃。」於是，站起身，游目四矚，發現山腳有一間茅屋，離此不過半里路程，只是不知道那茅屋住着何等樣人。

六十六、借宿乞食

兩個女人忍着飢餓，直向茅舍走去。抵達茅屋，但見板門緊閉，裏邊一點動靜也沒有。春梅用詢問的目光向孟姜投以一瞥，孟姜點點頭。春梅立刻挪步上前，伸出右手，篤篤篤，叩了三下門扉。

沒有回音。

春梅又叩了三下，聽不到應聲，當即吊高嗓音，如同雞啼一般叫起來：

「裏邊有人嗎？」

稍過片刻，門內傳出一陣咳嗆聲，春梅知道有人來了，心下自也高興。一會，板門「呀」的一聲啓開，裏邊站着一個白鬚白髮的老

公公。

「你們找誰？」老公公慈藹的問。

春梅立刻堆上一臉笑容，很有禮貌地對他說：「我家小姐有事前往長城，路經此地，因為找不着歇腳的地方，故此前來向老伯伯借宿一宵，明天一朝立刻就動身，萬望老伯伯行個方便。」

春梅一邊說話，孟姜站在旁邊，也向老公公低聲求請。

老人用懷疑的眼對春梅和孟姜端詳，望了片晌，見她們蓮步難行，終於允其所請，拉直板門，讓她們走到裏邊去休息。

坐定後，老公公開口詢問：「你們是少出閨門的裙釵女，為甚麼要到遙遠的長城去？」

孟姜剛要答覆時，另外一位老婆婆，從堂後冉冉走出，手裏托着一隻茶盤，盤中放着三杯熱茶。

孟姜為人素來細心，見此情形，不免暗自詫愕了，心忖：「這樣窮苦的人家，居然備有如此上好的茶盤，倒是一件無法理解的事情。」

正這樣想時，老公公又催問她一句，她微昂着，冥思片刻，終於將北上尋靈的底細簡單講與兩位老人家知道。兩位老人聽了，不但同情她的遭遇；而且嘉許她的心志，於是親自下田去挑了些菜蔬來，還宰了一隻雞和一隻鴨，由老婆婆下鍋，不多久，老婆婆就煮出一桌豐盛的菜餚，給孟姜和春梅充飢。

六十七、奇遇

孟姜與春梅已經兩三天沒有好好兒吃一餐了，如今見到這熱氣騰騰的白飯好菜，來不及謙讓，端起飯碗，立刻狼吞虎嚥。兩位老人家見她們吃得如同餓貓一般，心下自也高興。

飯後，夜色四合，山風轉勁。老公公讓出自己臥房，給孟姜與春梅安憩，孟姜過意不去，一定要睡在廳堂裏。但是老公公說：

「你們明天一清早又要動身，非舒舒服服睡一覺不可，否則，哪裏會有氣力行路？」

這樣，孟姜和春梅也就睡在臥房裏了。

兩人身體疲乏，躺在床上，一合眼，立刻沉沉睡去。翌晨，朝陽從東天射來，刺得孟姜睜不開眼。孟姜從迷濛的意識中渡到清醒，想到趕路要緊，正擬翻身下床，忽然發現自己並沒有睡在床上。

原來她與春梅都睡在山腳的泥地裏。

不但如此，連那間茅屋也不見了！

孟姜大吃一驚，連忙用手推醒春梅。春梅從睡夢中驚醒，揉揉眼睛，一邊打呵欠；一邊問孟姜：

「有甚麼事嗎？」

「你看！」

春梅舉目觀看，不覺大吃一驚：「奇怪！我們怎麼會睡在地上的？那個茅屋呢？那一對好心的老人家呢？他們那裏去了？」

孟姜答不上這些問題，只好站起身，好奇地對四周瞅了一圈，發現這是一個落荒的所在，極目所至，並無房屋，因此，益發驚詫不已。

「春梅，我是不是在做夢？」她問。

春梅搖搖頭，說：「小姐，你並沒有做夢，我們可能是遇到奇事了。」

於是兩人你看我，我看你，彼此交換了錯愕的眼色，得不到解答，唯有揹起包袱，用衣袖拍去身上的灰塵，兩人又繼續趕路。

沿着山腳，走了一陣，春梅忽然大聲嚷了起來：「小姐，你看！」

六十八、土地顯靈

孟姜偏過臉去。一看，發現草叢堆裏有一個神龕，白石刻的，並無香火。那神龕裏並排坐着土地公公和土地婆婆，雖然只有兩尺高，而且是石像；但是那久已為風雨所剝蝕的面容，卻和昨天在茅屋裏見到的那一對老人家，幾乎完全是一樣。

「這是怎麼一回事？」春梅問。

孟姜恍然大悟地「哦」了一聲，點了點頭，說：「我明白了。」

「你明白甚麼呢？」春梅又問。

孟姜已經兩膝跪地了，對着石像連磕三個響頭。磕畢，站起身，幽幽的向春梅說：

「昨天我們在茅屋裏遇到的兩位老人家，就是土地公公與土地婆婆。」

春梅微微昂起頭，冥想片刻，總覺得事情無法獲得合理的解釋。

「既然土地公公和土地婆婆顯靈，為甚麼不指點我們朝哪一個方向而行？」

孟姜唏噓一聲，說：「菩薩見我們孱弱可憐，已經賜給我們一頓豐盛的晚餐和一夜的安睡了，我們豈能貪心不足，要求別的東西？春梅，快快謝過兩位菩薩，我們還有不少路程要趕。」

春梅謝過兩位菩薩，站起身，用衣袖拍去鞋面灰塵，扶着孟姜，繼續前進。兩人一心以為行不多遠，必可抵達城鎮投宿；不料，走到傍晚時分，只見到四周山崗成圍，不知是那裏去處。

孟姜正感到徬徨焦急，忽然，平地吹起一陣狂風，彤雲四佈，剎那間雷雨交加，飛沙走石。

兩人慌張失措，縮作一團，被豪雨淋成落湯雞一般，找不到藏身

之處。孟姜比較鎮定，堅信附近必有山洞石屋之類的地方可以避雨，當即拖着春梅，朝前狂奔。

雨猛地滑，奔走自也不便。幸而走不多遠，果見旛竿聳立，忙不迭奔上前去，原來是一座枯廟。

六十九、春梅被刺

兩人走進枯廟，發現廟內黑魆魆的，久已斷了香火，但聞蝙蝠振翼而飛。

孟姜透了一口氣，游目四矚，斷定廟內並無他人，當即吩咐春梅卸下漕濕的外衣，以免着涼。

此時，天色漆黑，廟內又無燈火，疾雷驟雨，加上陰風慘慘，嚇得兩人只管瑟瑟發抖。

「春梅姐，」孟姜抖着聲音説：「都是我不好，害你吃這麼多的苦！」

春梅憂慌無措，不知道應該答些甚麼好，只是呶呶嘴，沒頭沒腦地説了兩個字：「肚餓。」

「忍一下吧，待雨停後，我們一定可以找到食肆的。現在，我們權且在這裏宿一宵，明早五更再趕路。」

孟姜想找一個乾燥地方躺下，因為沒有燈火，只好憑藉閃電察看，神壇已頹敗；但牆腳有稻草一堆，孟姜顧不得乾淨骯髒，拉着春梅，立刻躺下休憩。兩人走了一天，四肢異常痠軟，躺下不多一會，各自沉沉入睡。迨至三更前後，大殿上忽然響起一陣哄笑聲。兩人同時吃了一驚，睜開惺忪的眼，發現面前站着一個彪形大漢，手持火把，露齒狂笑。

「小娘子，快將身上的金銀飾物脫下！」大漢叱喝。

春梅緊緊摟住孟姜，嚇得連話也說不出來。孟姜知道這大漢乃是山中強徒，不敢動怒，只好善言解釋，希望博取他們的同情。於是，雙膝跪地，連哭帶說地將北上尋靈之意簡單述出。

大漢哪裏有心緒聽她訴苦，沒有等她講完，立刻強兇霸道地，動手將她們的金銀全部搶了去。

春梅知道失去盤纏，不但到不了長城；甚至連老家也回不轉，心內一急，竟衝上前去爭奪了。

大漢身強力壯，捉住春梅，強要脫去她的衣服，春梅不肯受辱，張嘴怒咬大漢之臂，大漢痛極，當即抽出長刀，對準春梅心窩一刺！

七十、仙女顯靈

長刀刺入胸脯，鮮血四處噴濺，春梅慘叫一聲，倒在地上，兩眼眨直，停止了呼吸。

孟姜大駭；但強盜仍不肯罷休。

外邊勁風驟雨，霹靂交加，其聲訇然，賽若萬馬奔騰。那強盜殺死春梅後，見孟姜星目朱唇，長得如同花朵般美麗，索性一不做二不休，先將火把往神龕的邊上一插；然後瞪眼露齒地向孟姜撲過來。

孟姜早已察覺強盜的企圖，想逃，竟被強盜一把拉住。強盜滿嘴酒氣，笑得見牙不見眼。孟姜拚命掙扎，始終不能脫身，沒有辦法，只好抖着聲在哀求：

「請你饒了我吧！」

強盜仰起脖子，哈哈大笑了，邊笑，邊用手指解開孟姜的外衣。孟姜焦急萬分，想大聲吶喊；但喉嚨口彷彿被甚麼東西梗塞住似的，

怎樣也喊不出聲音。

就在這緊張關頭，廟外驀地吹來一陣怪風，「颸」的一聲，將火把吹熄了。孟姜益發焦急，嚇得冷汗直沁，用力推拒強盜；但強盜已開始拉她的肚兜。

強盜狂笑。

神龕裏忽然射出一朵火花，圓形的，兩三吋高，晃呀晃的，好像火珠一般滾滾而來。

這是一個奇異的現象，但強盜竟沒有看見。孟姜希望引開他的注意力，嘶聲囔出兩個字：「你看！」

強盜愕了一下，本能地側過臉去，定睛觀看，不覺猛發一怔。

那火珠像明燈似的掛在空中，須臾之間，迸出金光萬道，嚇得強盜連退數步，口中只是在叫：

「菩薩饒命！」

一會，金光中隱約出現了一位仙女的身形，那少女手執蓮花，腳踏彩雲，渾身素白，毫光四射。

「畜生，休得無禮！」

說罷，手指一展，打出金彈兩個，像兩道流星，不偏不倚，疾如勁風般直向強盜頭顱擊去！

七十一、紅鵲引路

強盜慘叫一聲，飲彈倒地。那仙女當即拂動大袖，但聞「嗖」的一聲，金彈迅即收入袖中。孟姜見此情形，驚詫萬分，抬頭觀看，只見旌旛旖旎，千羽繽紛，一位亭亭玉立的仙女含笑盈盈的站在空中。

孟姜忙不迭的雙膝跪地，望空參拜，口中喃喃不已，感謝仙女救命之恩。

仙女笑聲格格，說是：「那歹徒天譴難逃，不必寄予同情；至於春梅，命數已絕，也毋需惋惜。」

孟姜聽了，再一次抬起頭來，眼看金光盡斂，彩雲滾滾。

彩雲中又傳來這樣的一句：「明天早晨，雨晴後，廟外有一紅色喜鵲，你跟着牠行走就不會迷失路途了！」

孟姜又磕了三個響頭，舉目觀看，彩雲消失，廟內一片靜寂。那神龕上的火把忽然又燃燒起來，孟姜心內不免有點慌迫，站起身，看看春梅，滿胸鮮血；再看看強盜，腦漿四濺，嚇得連忙蜷伏在草堆裏，雙手緊掩面龐。

她的心緒十分紛亂，神志極其恍惚。廟外狂風驟起，聲若鬼叫。孟姜嚇得渾身哆嗦唯有祈求菩薩保佑。

好容易挨到東方泛白，忙不迭縱身起來，走到廊簷底下，舉目觀看，只是不見喜鵲。於是回入廟內，首先映入眼簾的就是春梅的屍體，心內不由得一酸，連忙找一把鐵鏟之類的東西，在院中挖了個淺淺的墓穴，將春梅的屍體放入穴內，覆以泥土，算是埋葬了。埋好，樹梢有鵲叫傳來，抬頭一看，果然是紅色的。

於是匆匆回入大殿，從強盜身上尋回金銀財物，放入包裹，立即離開枯廟。

那紅鵲彷彿通達靈性似的，一路上飛在前頭，指引孟姜行路。

當天下午，走得腳骨全痠，喘一口氣，不見了紅鵲，但見城牆聳立，才知道已經抵達一座城池，因為肚中飢餓，急於想進城去買些東西吃。不料，走到城門口，卻被官兵攔住去路。

七十二、過關被阻

　　孟姜被阻城外，好生詫異，問別人，才知道近處有戰爭，進城者必遭官兵查問，以免奸細混入。孟姜心忖：「我乃良家婦女，當然不會有甚麼問題的。」於是，挪步走到關口，正欲住進城時，卻被幾個官兵擋了。

　　「為甚麼不讓我進去？」孟姜問。

　　官兵說：「你口音不同，必非本國人士，所以不能讓你進去。」

　　孟姜據理力爭：「我是良家婦女，你們不能阻止我進城去的！」

　　官兵不肯讓步，因此就起了爭執，大家彷彿雞啼似的，你一言我一語，直着嗓子亂嚷。

　　吵了一陣，關吏聞聲趕來，一見孟姜，驚為天人，眯細眼睛，只顧在她身上仔細端詳。孟姜給關吏看得不好意思，羞赧地低着頭，靜候關吏查問。關吏乃是一個好色之徒，見孟姜並無隨從，疑心她是賣笑為生的，故意想些理由出來留難她，不讓她進關。

　　但是孟姜肚中飢餓，再也忍不住了，急於進城買些東西充飢，只好苦苦哀求。那關吏抬起頭來，兩眼骨溜溜的一轉，尋思半晌，忽然拉下臉子，沒好聲氣地問：

　　「小娘子，你來自何方？如今又想去到哪裏？為甚麼隻身走出來？」

　　孟姜一聽，知道關吏存心跟她過不去，不由得怒火欲燃，撇撇嘴，瞪了關吏一眼。關吏惡毒異常，故意擺出一副不屑的神氣，昂着頭，非要孟姜把底細說出不可。孟姜無法，只好將北上尋靈的事，簡單告訴關吏。

　　關吏略一沉吟，提出了這樣的問題：「長城離此，少說也有五六千

里，你一無隨從；二無盤纏，怕走不到長城，就會餓死在途中了。」

孟姜說：「我雖是女流之輩，但對於醫卜星相吹彈歌唱，樣樣都會，必要時，單憑歌唱求乞，也不會餓死在途中的。關於這一點，你倒儘可不必擔憂。」

七十三、唱歌進城

關吏暗忖：「原來是一個貞烈的女子，不可難為她，還是讓她進關去罷。」正這樣想時，幾個兵丁卻吵吵鬧鬧的向關吏要求：「她既會唱，不如讓她唱支山歌給老爺開開心！」

關吏一聽，覺得兵丁們的意思倒也不錯，點點頭，用舌尖在乾澀的嘴唇上舐了一圈，然後涎着臉，油腔滑調地對孟姜說：

「你既然會唱，那末，就唱一支歌來給我開開心。」

孟姜聞言，臉孔脹得如同初午的太陽一樣，紅通通的，非常窘迫了。

關吏見她忸忸怩怩，心中更樂了，立刻吊高嗓子，嘩啦嘩啦地威脅她：

「你唱是不唱？如果肯唱，我就放你進城；不然的話，就得請你在城外過夜了！」

孟姜見關吏如此無禮，心裏不免氣憤起來；只因肚中飢餓，急於進城購食。沒有辦法，只好低着頭，開始唱起歌來：

正月裏來是新年，家家戶戶作年飯，

人家作飯客喝酒，孟姜閨房淚漣漣，

二月裏來暖洋洋，雙雙燕子回南方，

杏花帶雨流紅淚，你代孟姜痛傷心。

三月……

這樣，一直唱到十二月，一字一淚，聽得關吏和兵丁們也拉長臉子，傷心起來。關吏感喟地長嘆一聲，揮揮手，說：「走罷，走罷，快快進城去，這歌兒再唱下去，連老爺我都要掉眼淚了！」

孟姜用衣袖拭乾淚，當即挪開蓮步，匆匆忙忙的走進城去。這時，太陽已落山，夜幕慢慢展開，黑魆魆的，有些店舖已經點上油燈。孟姜四肢痠軟，加上腹中飢餓，走了一段路，忽然感到一陣昏眩，差點掉在地上。幸而背靠牆壁，勉強支撐着，呼吸極不均勻。迨至睜開眼來時，面前站着一個老婆婆和一個小孩。老婆婆皺皺眉，十分關切地問：「妳這小女子，臉色這樣難看，是不是身體不舒服？」

七十四、人小志大

孟姜見到老婆婆，未開口先流眼淚，老婆婆見她孤苦伶仃，當即邀她到家裏去留宿。此時，夜色漸濃，四周黑魆魆的。孟姜四肢痠軟，腹中飢餓，縱然想趕路，也已力不從心，孟姜連忙向她道了萬福。

於是，老婆婆攙着那個小孩，帶領孟姜轉入橫巷，走到一間石屋門前，站定，推開大門，走了進去。

廳堂點着油盞，火頭正在風中跳躍。大家坐定後，孟姜就將自己的身世講與老婆婆聽。老婆婆素來慈善，聽了孟姜的話語，立即站起身，匆匆走入灶間。稍過些時，端了一大碗菜粥出來，笑嘻嘻的說：「這是中午吃膡的，如果不嫌棄的話，請用吧！」

孟姜本想客氣幾句，只因不嚼水米已久，如今聞到了香噴噴的菜粥，眼睛鼓得大大，哪裏還有甚麼心緒謙讓，只願捧起飯碗，一古腦

兒的吞了下去。吃過菜粥，精神轉好，放下筷子，才發現自己有點失態，垂下頭，兩腮紅得如同落日一般。老婆婆知道她已筋疲力盡，當即取過油盞，領她入廂房就寢。

孟姜疲憊不堪，側在床上，合上眼皮，立刻沉沉入睡。睡至中宵，忽聞喁喁的讀書聲，心內詫異，忙不迭翻身下床，見廳堂仍有光芒漏出，啟門一看，原來老婆婆正在教那小孩讀書。孟姜好奇心陡起，冉冉走過去，細聲問老婆婆：「夜已深，為甚麼還這樣用功？」

老婆婆感喟地嘆息一聲，說：「這孩子天資聰慧，從小懷有大志，跟他的父親一樣，素來痛恨秦皇無道。」

「他的父親呢？」

「他的父親早已故世了，這孩子發誓要領兵進入咸陽，非將秦國滅亡不可！」

孟姜曉了，為之驚嘆不已，暗忖：「小小年紀，就能有此壯志，將來必成大器。」於是冒昧地問一句：「他叫甚麼名字？」老婆婆沉吟半晌，答出兩個字：「韓信！」

七十五、問路樵夫

孟姜眼睜睜地端詳韓信，見他氣宇非凡，不禁暗自忖度：「難道蠶食六國的秦國將來真會亡在他的手裏？」因此，低下頭去察看韓信誦讀的書卷，才知道這七八歲的孩童居然通曉「周易」。

「他能了解書中的含意嗎？」孟姜問。

老婆婆牽牽嘴角，怡然作笑了：「他不但能夠了解其中的含意，而且還能倒過來背誦呢？」

孟姜聞言，暗暗吃驚：「如此說來，真是了不起的人物了？」

「過獎，過獎！」

孟姜閃閃眸子，貪婪地細看韓信，終覺得小小年紀就能存此大志，簡直是一件不可置信的事情。不過，就孟姜來說，如果將來真有人能夠帶兵攻陷咸陽，將秦國滅亡，當然也是痛快的。

此時，院子裏忽有雞啼傳來。老婆婆勸孟姜繼續安睡，說是養足了精神，方始可以趕路北上。孟姜點點頭，故意對正在勤讀的韓信瞧了一眼，撥轉身回入廂房去就寢。

不久，天已大亮，雞啼頻頻，不便再睡。孟姜連忙翻身下床，梳洗完畢，從包袱裏取出一錠紋銀，交與老婆婆：「不敢言酬，聊表敬意。」

老婆婆怎樣也不肯收受；還煮了些饅頭白粥，給孟姜吃飽了，好繼續趕路。

孟姜辭別老婆婆與韓信，手挽包裹，兀自出城而去。一路上，想着那小小韓信，即使走得筋疲力竭了，情緒也不會像過去那麼消極。

這天，孟姜來到一座高山前面，眼望四下，並無人煙，也無大路可循，面前有一條蜿蜒曲折的羊腸小道，心裏不免慌張起來。

正感躊躇不決時，小道上來了一個樵夫。孟姜上前詢問：「由此前往山東，有何大路可走？」

樵夫皺皺眉頭，嘆息一聲說：「由此往山東，只有這條山路可通；但是 ——」

七十六、山中怪物

那樵夫吞吞吐吐的，使孟姜更加焦急了。孟姜性情焦躁，直着嗓子問：「究竟通不通山東？」

「通是通的，不過，我勸你還是不要去的好。」

「為甚麼？」

「因為山裏有妖怪！」

孟姜聽了，不由得猛發一怔，閃閃眸子，用懷疑的口氣問：「除了這條路，還有別的路途可通山東嗎？」

「沒有了。」

孟姜沉吟一下，眼珠子骨溜溜的一轉，心下暗忖：「既然只有一條路可走，管他甚麼妖怪不妖怪？趁時光還早，不如翻崗而過吧。」

主意打定，立刻挪開蓮步，踏上崎嶇的山路，東摔西倒的趑趄着，完全不覺得疲倦。

走了五里山路，終於進入了山坳。風很大，吹得羣樹左右彎腰。孟姜站定遠眺，只見羊腸小道如同帶子一般，蜿蜒伸展。此時，太陽已偏西，晚霞似潑墨，美得令人感到耀眼。

「還是快些趕路罷。」孟姜暗自忖度：「天色即將轉黑，如果不能在天黑前越過此嶺，不但找不到投宿之處；而且非摸黑行路不可。那樵夫說山中有妖怪，我走了這麼久，卻連個影子都不見，看樣子，一定是山居之人閒着無聊，編製謠言，專事恫嚇遠道來的行腳人罷了。」

正這樣想時，眼睛一亮，岩石背後有火光熊熊，彷彿有人在燃燒篝火。

「莫非有獵戶在此露宿。」孟姜想：「我不妨上前去問個詢，究竟還有多少路程可以抵達山東？」

於是，她便向着有火光之處走去。

孟姜加快腳步，走得嬌喘吁吁，愈近岩石，愈覺得熱不可擋。耳際忽然聽到一聲怒吼，抬頭一看，不覺四肢癱軟，仰天倒在地上。

原來岩石上面忽然出現一個三頭九眼的怪物。

七十七、韋陀菩薩

這三頭九眼的怪物，身高二丈，口中有火焰噴出，射向三個不同的方面。

孟姜躺在地上，完全癱瘓了，心內焦急，可是一點氣力也使不出，只好眼睜睜望着怪物，等候死亡來臨。

那怪物見到躺在地上的孟姜，忽然大聲哄笑起來，笑聲猶如晴天霹靂，極其恐怖。

孟姜想喊，可是喉嚨口彷彿被甚麼東西塞住似的，怎樣也喊不出聲來，眼看那怪物伸出兩條毛茸茸的手臂，在空中亂抓亂摸。這手臂最少有一丈長，看起來，像兩株活動的小松樹。

就在這千鈞一髮的時候，天上驀地出現一朵七彩祥雲，狂風驟起，飛沙走石，稍過片刻，雲斗裏竟站着威風凜凜的韋陀菩薩。那怪物不識韋陀是位神道，只當是過路的飛禽，不但不予理睬；抑且齊昂三頭，同時向着他噴射火焰。

韋陀見怪物如此無禮，當即擎起降魔杵，用力一擊，但見金光四射，逼得怪物九眼齊閉，迅速斂住火焰。

「妖魔休要逞強，快快與我跪下受縛！」

話音未完，那妖怪伸手一指，祭起一道紅光，疾如鷹隼，直向韋陀射去。韋陀十分鎮定，雙手合十，口中唸唸有詞，喝聲「疾！」雲斗立刻出現白猿神，手持弓箭，刹那間發射九枝飛箭，終將怪物九隻眼睛全部射瞎。

怪物痛極呼嚎，連忙收斂紅光，正擬翻身逃逸時，韋陀舉起降魔杵，猛擊一下，金光過處，正中怪物三頭，但見黑血四濺，怪物慘叫一聲，訇然倒地。

孟姜這才恢復了知覺，心中雖駭然；但四肢卻因血液的再度流動而不再麻痺，於是，站起身，雙膝跪地，望空參拜，連呼菩薩保佑不已。

菩薩哈哈大笑，未幾即隱入雲中。有喜鵲在樹梢聒噪，東天已有月亮上升。

七十八、空中飛行

孟姜受了這場驚嚇，意志仍極堅定，當即拾起包袱，挪開腳步繼續前進。經過大岩時，發現那怪物的屍體僵直地躺在地上，三頭盡破，九眼俱瞎，形狀非常恐怖。此時，月色朦朧，夜風獵獵。孟姜獨自一人在荒山行走，只覺山路崎嶇，步步難行。

走了一個時辰左右，來到一座小山頭，舉目觀望，但見複嶺重崗，一片蓊鬱，找不到出路。

四周常有貓頭鷹的夜啼，聲似鬼哭。孟姜肚中飢餓，口裏乾渴，只想找個地方坐下來休息。不料，近處十分荒涼，草深過膝，找不到一塊比較乾淨的地方，沒有辦法，只好忍餓又走。

半個時辰過後，忽然發現前邊有一株古松，高可百尺，筆直地聳立在草叢間。

樹旁有兩個女人，相對坐在大石上。

孟姜見了，不覺猛發一怔，暗忖：「這兩個女子為甚麼半夜三更來到這荒野地方，莫非是甚麼妖魔鬼怪不成？」

正感躊躇間，兩個女子已經在向她招手了。她不敢朝前行走，但是那兩個女子卻已疾步奔來。孟姜環顧四周，只見一片荒涼，心下不免觳觫。

一會，兩個女人已站在面前，笑嘻嘻的對孟姜説：「姐姐，讓我們送你出山罷。」

孟姜瞪大一對懷疑的眼，顫聲問：「我與你們素不相識，為何姊妹相稱？」

兩個女人齊聲對孟姜説：「姐姐不必多問，快快閉上眼睛，千萬不要睜開。」

孟姜莫明究竟，但也依囑閉上眼睛。兩個女人分站左右，各自擁住孟姜，縱身一躍，三個人像鳥雀一般，直向天空升去。孟姜閉緊眼睛，只聽到耳際呼呼有聲，身體有種飄飄然的感覺，卻不知道這是怎麼一回事，稍過些時，風勢漸漸微弱，肚裏很不舒服，好像要嘔吐了。

七十九、黃昏投宿

就在這時候，雙腳已着地。兩個女子喚叫孟姜睜眼，孟姜定神一瞧：東天已有曙光射來，呈露在面前的是一片青葱的田野。

「是甚麼地方？」孟姜問。

「姐姐，你已脱離險境，快快由此北上，過去不遠，有間飯店，姐姐自可買些東西充飢好了。」

孟姜這才知道她們是好人，連忙作揖施禮，顫聲詢問：「兩位究是何人？請坦白告訴我，將來倘有機會，也好讓我報答救命之恩。」

兩女怡然笑笑，齊聲答：「姐姐毋須動問，到了前邊王母娘娘廟，自然就會明白。」

説罷，兩女揮動衣袖，眼前吹着一陣清風，剎那間，不知隱到甚麼地方去了。

孟姜見此情形，心中大感詫異，憶起隔夜的奇遇百思不得其解。

此時，太陽已出山，朝霞從彩雲射來，使附近的景色陡然多了一層彩色，非常美麗，孟姜深深吸了一口新鮮空氣，挽着包袱，頓覺精神煥發，走路時，腳步非常輕鬆。

走了一盞茶的路程，果見田邊有一涼亭，亭邊有個老婆婆，用木板搭一間木屋，門口擺些爐灶，專門出售飯麵茶水，方便行腳商旅。孟姜掏出碎銀，向老婆婆要了一碗湯麵，吃飽後，又買了些芝蔴餅放在包袱裏，以備不時之需。孟姜挽起包袱，繼續趕路，精神飽滿，絲毫不覺疲倦。

傍晚時分，孟姜急於尋找安身之處，舉目觀望，發現山腳有個寺院，連忙款動金蓮，匆匆走去。

抵達寺前，兩扇黑漆大門緊緊關閉。孟姜走上石階，握拳叩打山門。一會，山門「呀」的一聲啓開，裏邊走出一個女冠，問她：「為甚麼敲門？」

孟姜當即說明借宿之意，女冠仔細對她打量一番，斷定她不是甚麼壞人，也就欠身讓她進門。

八十、夢見觀音

孟姜跟隨女冠進入寺院，先到大殿，果見王母娘娘端坐在神龕裏，忙不迭上前焚香叩拜一番。

叩畢起身，走近去觀看，覺得其中有兩位特別面善，仔細一想，才知道就是昨夜護送自己脫險的兩位女子。於是弓腰察看牌位，發現上面書寫着許飛瓊與麻姑兩位仙女的名字。

孟姜恍然大悟了，立即焚香頂禮，感謝救命之恩。抬起頭來時，心裏不覺一怔；原來那兩尊塑像牽牽嘴角，居然發笑了。

這是一樁不可思議的事；但是孟姜是個誠虔的信女，諸如此類的事情，並不需要解釋。

接着，女冠引她進入後殿，但見觀音大士屹然站在神壇上。孟姜止不住兩淚滔滔，雙膝一屈，跪在拜墊之上，說：「萬望菩薩大發慈悲，保佑信女早日抵達長城，尋得丈夫屍骸。」

說罷，淚珠如同斷線珍珠一般，簌簌掉落。女冠見她哭得哀慟，當即上前將她攙起，前往方丈休息。

方丈裏已經擺好素菜素飯，色香味無一不佳；但孟姜思夫心切，吃了兩口，終於放下碗筷。女冠們勸她多進茶飯，以增體力；她搖搖頭，說是無心於此。

不久，夜色四合。女冠們急於到大殿去做晚課，替孟姜鋪好床褥，囑她安心休息。

孟姜已經很久沒有在這樣清靜的地方休息了，上床後，剛闔眼，就沉沉睡去。

睡後，做了一個夢。夢見觀音大士含笑盈盈的走來，勸她不要心灰，早日尋得希郎骸骨，即可歸位。孟姜雖然在睡夢中，聽了觀音的話語，心裏也不像先前那麼焦躁了，因此睡得很酣。

時交三更，女冠們在大殿上做完夜課，各自返回禪房。不料經過後殿時，女冠們竟意外地發現：殿上有耀目的金光射出！

八十一、菩薩顯聖

女冠們無不大驚失色，彼此交頭接耳，吱吱喳喳的，不明白後殿怎麼會有金光射出的。

一個比較年輕的女冠，好奇心陡起，躡足走到殿邊，睜目向裏觀

望，不禁猛發一怔。

原來那萬道金光是從觀音菩薩身上發散出來的，菩薩站在神壇上，手持靈芝草，臨空一揮，用柔軟的聲氣，問：

「韋陀菩薩何在？」

語音未完，壇前忽然閃起另一道金光，刺得女冠忙不迭以袖掩眼，隔了片刻，又聽到觀音大士開口：

「韋陀，那孟姜暫時已脫險，但困難仍多，請速去吩咐各州府城隍土地，各自暗護她，讓她尋獲丈夫骸骨後，上天歸位。」

「得令！」

韋陀領了法旨。雙手一拱。「嗖」的一聲，早已隱得無影無蹤。

迨至小女冠放下衣袖，後殿金光盡斂，只見觀音的塑像屹立如故，毫不動彈。

其他的女冠們見金光已斂，紛紛擁上前來，睜大眼睛，看個究竟。但是殿上一片沉寂，全無動靜。大家正感詫異時，小女冠當即述出適才的情景，說觀音大士顯聖，吩咐韋陀菩薩好好的保護孟姜。

「有這樣的事？」一個女冠問。

「我親眼看見的。」小女冠回答。

「如此說來，那孟姜一定也是神仙了。」

「是不是神仙，我不知道；不過，既能驚動觀音大士，來頭當然不小。我們應該好生伺候才是。」

這樣，女冠們一窩蜂擁到方丈，輕輕推開長門，見孟姜正在熟睡中，口裏呼喚「希郎」不已。

女冠們不知「希郎」是誰，心存好奇。年紀較大的一個首先闖進去，輕輕推醒孟姜，問她：「你為甚麼大聲呼喚着希郎？」孟姜說：「我做了一個夢！」

八十二、潼關受阻

女冠問孟姜：「你夢見了甚麼？」

孟姜答：「我夢見後殿有金光射出。」

女冠齊聲驚叫：「你並沒有做夢，那是真事喲！」

孟姜止不住猛發一怔，目瞪口呆地問：「是真事？」

於是女冠們就七嘴八舌的，將觀音顯聖的情形，講與孟姜知道。孟姜聽了，連忙疾步奔入後殿，兩膝一屈，跪在拜墊上，叩謝觀音大士搭救之恩。

叩畢，拾起包袱，正擬離去，那年長的女冠匆匆奔來，說是稀飯已經煮好，請她吃過東西再走。孟姜無意驚擾她們，藉詞趕路要緊，款動蓮步，直向大殿走去。女冠留不住她，只好拿些乾糧贈送。

孟姜正在叩拜許飛瓊與麻姑兩位仙女，眼含熱淚，似有無限依依。女冠端正乾糧，氣急敗壞地趕來，交給她，請她一路保重。孟姜感其誠，當即解開包袱，取出四兩紋銀，送與庵堂作香火錢。女冠不肯收受，使孟姜非常不好意思。

女冠說：「你由此前往長城，尚有不少路程，買糧寄宿無一不需銀子，還請留着路上用罷。」

這樣，孟姜就離開了庵堂，匆匆北上，遇到有轎子可乘時，乘坐轎子；有船可搭時，搭乘船隻，沿途問詢，過了一鎮又一鎮，過了一城又一城。

路上遇到的困難實在不少；但在神道保佑之下，均能逢凶化吉。

這一天，天氣晴朗，孟姜終於抵達了潼關。

潼關十分險要，牆高千丈，上下皆有弓兵把守，令人見了，無不

感到慌怵。

孟姜是個弱女子，從未見過這樣的關口，站在關卜，自不免渾身直哆嗦。

這時，關口有一排身穿盔甲的兵丁把守，一見孟姜，立刻齊聲吆喝：

「快走開！這裏不是女流之輩逗留的地方！」

八十三、茶寮小坐

經此一喝，孟姜本能地倒退幾步，定定神，暗自忖度：「不行，此關非過不可！否則我將永遠無法抵達長城了。」

這樣一想，咬咬牙，鼓足勇氣，走上前去，對守關的兵丁說：

「我有要緊的事，一定要過關去！」

那帶頭的兵丁聽了孟姜的話語，立刻兩眼一瞪，拔出亮晃晃的長刀，朝孟姜一指：

「喂！不要亂闖！小心你爺爺的大刀，可沒有長着眼睛！」

孟姜見他態度兇惡，只好廢然撥轉身，抬頭一望，見前面有幾間小石屋，當即匆匆走去，找到一間茶寮，走進去，泡了一壺茶。

茶客們難得見到女客，無不用驚詫的目光凝視她，紛紛交頭接耳，猜測她的身份。孟姜急於過關，那裏有心思顧到茶客們的大驚小怪。

稍過片刻，沖茶的提了一壺滾水走過來，孟姜立刻張嘴詢問：「請問，這關口為何不讓路人通行？」

沖茶的瞪大眼睛，上一眼，下一眼，貪婪地打量孟姜，然後咂咂嘴，說：

「這潼關乃是天險，平日皆由精兵據守，為了安全，皇上下旨不准閒雜人等通行，除非……」

「除非甚麼？」孟姜問。

沖茶的乜斜眼珠，用鄙夷不屑的目光對孟姜一看，說：「除非有人準備向皇上獻寶，否則就不能過關。」

「獻寶？」

沖茶的要理不理的「嗯」了一聲，提起水壺，走到別處去沖茶了。孟姜心內暗忖：「這下可糟了，我是一個行路之人，身上那裏會帶寶物；但是無寶不能進關，怎麼辦呢？」

愈想愈心急，愈急愈沒有辦法。付了茶錢，孟姜第二次走到關口，跪在地上，哀求把關的兵丁通融，結果卻給橫蠻的兵丁踢了一腳。

八十四、神仙贈寶

孟姜被兵丁踢了一腳，受不了委屈，止不住兩淚滔滔，放聲大哭了。

這一哭，終於驚動了天上的「先天老母」。老母正在打坐，忽然心血來潮，連忙掐指一算，知道孟姜受阻潼關，不免起了同情之心。於是，霍然站立，挪步走到洞外，舉手向空中一揮，祥雲就滾滾捲來。

老母駕起祥雲，瞬即抵達潼關上空，身子往下一沉，降落在官道上，用眼對四周瞅了一圈，不見行人，立刻走到槐樹背後，搖身一變，變了個老太婆。然後疾步向潼關走去。

走了一陣，果見孟姜躺在地上，連忙走過去，傴僂着背將她

扶起。

「小娘子，為何在此哀嚎？」

孟姜當即將北上尋骨以及受阻關口的情形，約略告訴老母。

老母略一沉吟，伸手褡褳，掏出一隻小錦盒來，雙手捧給孟姜觀看：

「小娘子，這錦盒是我在路邊揀到的，讓我走去送交守關的兵丁，也好帶你過關。」

孟姜久久睜大眼睛，對老母只管發楞，隔了半晌，才「登」的一聲，雙膝跪地了。老母忙不迭將她攙起，牽牽嘴角，微笑着說：

「我們走罷。」

孟姜便跟着老母起行。

兩人冉冉走到關口，一個身材魁梧的兵丁用長鎗一橫，攔住她們的去路，老母當即堆上一臉笑容，雙手捧上錦盒，說盒內藏有稀世珍寶，準備獻與皇上的。

兵丁聽了，兩眼一瞪狠巴巴的將錦盒搶了過去，打開盒蓋，裏邊就射出萬道金光，使人目眩神迷。

兵丁從未見過這樣的寶物，連忙擦擦眼睛，仔細察看盒內的寶物。原來盒內藏着的乃是一隻玉刻九龍杯，那杯上每一條蟠龍的眼睛裏都有金光射出，熠呀耀的，令人看了感到暈眩。

八十五、滿天金雲

兵丁連忙將錦盒蓋好，斜目對兩個女人一瞅；然後收起錦盒，厲聲疾氣地吆喝一聲：

「進去罷！」

孟姜依舊神不守舍地站在那裏。彷彿根本沒有聽到兵丁的吆喝。老母拉拉她的衣袖，她才如夢初醒地噓了口氣，望望兵丁怯怯走進關去。

進關後，山路崎嶇，行路極不方便。老母雖已年邁，但腿力甚健，一路上，扶着孟姜，不讓她從山坡上掉下去。

兩人困難地翻過了一座山崗，到達平地時，孟姜才站定腳步，兩膝跪在地上，感謝老母贈寶之恩。

老母微微一笑，伸手朝空中一指，身子就像孩童們放起的紙鳶一般，竟向空中迅速上升。

孟姜抬頭觀望，只見雲斗中金光四射，映得天上的白雲全作金黃色，如同一片閃耀的金海。

孟姜這才知道那老母乃是一位神仙，忙不迭磕了幾個響頭；然後站起身，繼續向前行走。

孟姜走了二三十里路程，始終不見人煙，眼看天色快將黑下，心裏不免慌張起來。

不久，夜色四合，孟姜鼓起勇氣，不顧一切地繼續趕路。幸而，竄過一座小樹林後，終於聽到了嘹亮的犬吠聲，定睛一看，果然發現前面已有昏黃的燈火。孟姜早已筋疲力盡，但是見到燈火後，知道前面必有住戶，她的腳步也就輕鬆起來。

不料，奔到燈火近處，才發現那是一座兵營，兩個苗壯的兵丁各執長鎗，不分青紅皂白，一把捉住孟姜，將她當作奸細，用繩索一綁，送到後方的城池去。

守城的總鎮為人向來糊塗，見到孟姜，說是單身女子在荒野地方亂闖，必有奸情，因此就糊裏糊塗定了罪，將孟姜打進監獄囚禁。

孟姜在監獄裏見不到天日，心中納悶異常，思前想後，不禁兩淚滔滔。

八十六、托塔李天王

　　孟姜被拘禁在囹圄中，終日以淚水洗面，心中甚感納悶，暗忖：「總鎮雖糊塗；但我罪已定，只待批文來到，即將推出處決，這樣一來，今生再也無法見到希郎的骸骨了！」

　　思念及此，不禁嚎啕大哭了，一股冤氣，直沖天庭。……

　　南天門外的千里眼和順風耳，首先得到消息，連忙走上「靈霄殿」，跪拜金階，向玉皇大帝報信，玉帝聞報，立升龍座，拔出令旗，大聲詢問天神天將：

　　「孟姜在下界落難，誰去搭救於她？」

　　話音未完，只見班部站出一位高大的神道，手托寶塔，雄赳赳的走上金階，用裂帛似的聲音，應聲道：

　　「小臣願去！」

　　玉帝睜目一看，原來是李靖李天王，心下暗暗稱喜，當即頒下法旨，着李靖立刻就去。

　　李靖領了法旨，大踏步走出靈霄殿，為了爭取時間，馬上去到南天門，正擬騰雲駕霧時，後邊忽然有人高聲吶喊：

　　「父王稍候！」

　　回頭一看，金吒、木吒、哪吒已經從雲斗中出現。金吒是大哥，代表兩位兄弟開口要求跟隨父親到下界去走一趟。李靖說：「如此小事，毋需汝等協助。」

　　接着，駕起祥雲，兀自飛下凡界，先在無人地帶搖身一變，變了個白髮老公公，一手持着拐杖，一手提飯菜，跌跌衝衝地前去探監送飯。

　　走到監獄門前，站在木柵外邊，直着嗓子大嚷：

「禁頭老哥在哪裏？」

嚷了三聲，禁頭終於從黑暗中走了出來，一見李靖，撇撇嘴，用鄙夷不屑的語氣問：

「老頭子，你知道這是甚麼所在，也由得你亂喊亂嚷？」

李靖這才堆上一臉阿諛的笑臉，故意把嗓子壓得很低，説是前來探監送飯的；同時從褡褳裏取出四兩紋銀交出來，與禁頭。

八十七、雷公與火神

禁頭一見亮晃晃的銀子，早已笑得眼臉都皺在一起了，呶呶嘴，一邊喃喃地說：「這又何必呢？」一邊伸出抖巍巍的手，將銀子迅速接了過去；然後笑嘻嘻的啓開監門，讓李靖走了進去。李靖冒稱孟府老家人，禁頭不起疑心，當即領他到孟姜面前。

孟姜正感納悶，聽說有人送飯菜來了，心中不免暗覺詫異，走近柵門一看，只見一個素不相識的老公公站在監門外邊，不便詢問，唯有接過飯菜來食用。

吃過飯菜，禁頭已走開，李靖馬上將嘴巴湊近孟姜耳邊，悄聲對她說：

「千萬不要擔心，我是特地趕來搭救你的。」

孟姜聽了，久久發楞，不知應該説些甚麼，一來，她想不出這個老頭子為甚麼平白無故會走來搭救她；二來，這老頭子已屆古稀之年，哪有辦法救她出獄。

正在這樣想時，禁頭忽然氣急敗壞地疾奔而至，神情緊張，説話時連聲音也有點發抖。

「糟了，批文已到，你家小姐……」

李靖聞言，態度非常安詳，但是孟姜究竟是個女流之輩，沒有聽完禁頭的說話，早已暈倒在地了。

禁頭當即打開監門，走進去喚醒孟姜。

李靖趁此躡足走出監牢，雙腳一頓，立即升上天庭，掐個指訣，嚷：「雷公何在？」

瞬息間，雷公已經站在李靖面前了，雙手一拱，問：「李天王有何差遣？」

李靖伸手向下一指，說：「我命你到了午時三刻，用猛雷劈開監獄，嚇掉那糊塗總鎮的魂魄，不得有誤！」雷公領了法旨，轉身隱入雲斗，舉起巨錘金釘，靜候午時三刻下手。

接着李靖又召黑火神，命他於雷公劈雷時，放火將總鎮衙門全部焚毀。火神領得法語，立刻拱手施禮，駕起祥雲，前往總鎮衙門上空。

八十八、寶劍破牆

李靖又召風姑娘，命她攜帶風布袋，前往鎮總衙門上空，靜候大火燃起時，立即發風助威。

風姑娘應了一聲「謹遵法令」，撥轉身，迅即隱入雲斗。

李靖安排妥當，返回下界，蹲在監獄門口，靜候禁頭出來。時近晌午，烈日當空，曠場已經站滿觀看熱鬧的閒人，只待官兵前來提人。一會，禁頭匆匆走出，李靖一把拉住他，說要送些酒菜給孟姜。禁頭搖搖手，不允所請。李靖只好又掏出十兩紋銀，禁頭這才欠身讓他進去。

孟姜已被獄卒綁好，哪裏還有心思吃東西，見到李靖，不由得熱

淚直淌。李靖勸她不要擔心，舉起右手，對準孟姜輕輕一點，孟姜身上的枷鎖竟「訇」一聲，全部打開了。

獄卒見狀，個個驚惶失措，大聲吶喊，指李靖是個妖魔。

此時，外邊人馬喧騰，原來總鎮已到。有人慌忙迎上前去，將獄中的情形講與總鎮知道。總鎮大怒，立即派出十幾個強兵勇將，進獄去捉拿李靖。

李靖態度十分鎮定，用身體保護孟姜，不讓官兵走近身邊。官兵人多勢壯，圍在木柵門口，雖不敢貿然闖入；也不讓李靖和孟姜奪圍而出。李靖是個神仙，對付這十來個官兵，當然毋需吹灰之力；只因孟姜乃是孱弱女子，怎能馱她衝出重圍。沒有辦法，只好借用法術。於是拔出寶劍，往地上一摔；然後喝聲：「疾！」只見寶劍在地上忽然旋轉不已，瞬息間變成一團火光，冉冉升空，愈升愈高，升到天花板時，「嗞」的一聲，直向石牆刺去，石牆崩開一個大洞，李靖馱着孟姜，大踏步跨了出去。

外邊的總鎮見此情形，不由得怒往上沖，當即提起大刀，催馬過來，兩眼一瞪，攔住李靖去路。李靖收起寶劍，用手指在地上劃了一個圓圈，那虛形的圓圈，竟變成一個蓮座，射出萬道霞光。

八十九、九條火龍

那鎮總只當李靖是個懂得邪道的術士，立即派遣所有官兵，將李靖團團圍住。孟姜馱在李靖背上，早已嚇得魂飛魄散。李靖則態度如若，面呈笑容，儘管官兵們聲勢洶洶，卻誰也無法挨近他的蓮座。

這時，眾神仙早在天上等候發威。迨至午時三刻，但聞晴天一聲霹靂，不偏不倚，恰巧擊中監獄屋頂，監獄劈開，所有監犯乘機

脫逃。

　　接着，半空中忽然出現九條火龍，張牙舞爪地從雲引裏鑽出，每一條都張開大嘴，「烘隆隆」地吐射熊熊大火。

　　火勢熾烈，燻得地上的人個個汗流浹背，睜不開眼。官兵們威風盡失，你推我攘，亂得一塌糊塗。鎮總也怕烈火；但還竭力企圖維持自己的尊嚴，坐在馬鞍上，嘶聲下令。

　　一會，風姑娘也撒開風布袋了，剎那間，狂風四起，愈刮愈勁疾。

　　天空完全變黑了，昏沉沉的令人感到恐慌。鎮總再也不克保持鎮定了，揚起皮鞭，不斷地抽打駿馬。那駿馬平時日行千里。此刻，這畜生見了飛沙走石，不但不開蹄步，竟爾自動躺了下去。

　　鎮總無法，唯有跨下馬鞍，手持大刀，直向城門狂奔。不料，抵達城內，情形更亂，鎮總見在大火中，誰也不敢衝進去。城裏的居民個個以為匈奴壓境，慌慌張張地攜老扶少，像潮水一般，向所有的城門湧去。

　　鎮總回不得老家，只好放下大刀，擠在老百姓堆中，企圖冒充難民，保得自己的性命。

　　可是，走了一陣，忽然有人指着他大嚷：「這是鎮總！他是罪魁禍首！把他綁起來，送交匈奴，就可以免去這場兵災了！」

　　話語一出，老百姓紛紛圍攏來，七手八腳地將他捉住，準備送交匈奴。鎮總心猶不甘，拚力掙扎，結果卻被老百姓們合力擊斃了！

九十、黑虎玄壇

　　鎮總死去的消息，迅即傳抵廣場。李靖撚鬚作笑，站起身，雙手合十，口中唸唸有詞，只見蓮花座忽然冒起一陣煙霧，剎那間升上

天空。

雷公、火神、風姑娘任務已畢，紛紛走來拜見李靖。李靖連聲道謝，請眾神各自返回天庭；然後又召黑虎玄壇，命他變成駿馬一匹，馱載孟姜前往涼山縣。玄壇拱手施禮，舉起那拐杖，「嗖」的一聲擲向下界。

拐杖落地，兀自旋轉不已，稍過片刻，居然變成了青鬃駿馬，站立田野，靜候孟姜來到。

此時，李靖繼續暗展法力，由天庭下降黃土坡。孟姜馱在李靖背上，完全不省人事。

李靖着陸後，用手在孟姜臉上劃個圈，孟姜猶如噩夢初醒，睜開惺忪的眼，望望站在面前的李靖，漸次從迷濛中渡到清醒。

「我⋯⋯我還沒有死？」她問。

李靖含笑作答：「你沒有死。」

孟姜又問：「那班強兇霸道的官兵呢？」

李靖答：「全給大火燒斃了！」

孟姜略一沉吟，頗表懷疑地問：「但是我們竟能從監獄中逃出？」

李靖撚鬚發笑，終於撒了個謊：「別瞧我這麼一把年紀，從小就學成一套邪術，舉凡金木水火土，無一不熟，剛才那一點火，休想擋住老漢。老夫使了個避火法，就將妳救了出來。」

孟姜聽了，信以為真，立刻雙膝跪地，叩謝救命之恩。

李靖連忙弓下身子，將她攙扶起來；然後用手向田野一指，說道：

「那匹青鬃大馬乃是我家牲口，不但奔跑似飛；抑且熟識路途，妳不妨騎牠歸去，日落即可安抵涼山。」

孟姜皺皺眉，說：「我從未騎過馬匹，只好有違老伯的好意了。」

九十一、神駒馱烈女

李靖笑笑，勸她不必驚惶，說是此乃千里神駒，十分乖靈，恁誰騎在背上，絕無危險。

孟姜遲疑一陣，心忖：「這老公公既有辦法救我出獄，當然不會加害於我，看此馬身形高大，眼神似火，必非尋常牲口，我若棄馬行路，真不知何日可抵長城。為了早日尋獲希郎骸骨，也該鼓足勇氣來試一試。」

於是，咬咬牙，接過李靖交給她的皮鞭，踏上馬蹬，翻上馬鞍，剛坐定，那牲口就嘶叫一聲。騰起四蹄，飛也似的，直向山嶺地帶竄去。

孟姜大驚失色，但是完全無能為力了。那青鬃大馬猶如騰雲駕霧一般，穿山越嶺全不費氣力。孟姜緊閉雙眼，任其亂奔，瞬息之間，已越過了十幾個城鎮。

夕陽已經落山，暮色蒼茫。青鬃馬兀自走到一座廟宇門前，停下。孟姜睜開眼來，抬頭一看，只見旗杆頂端有一面杏黃旗，迎風飄舞，隱約可見「涼山廟」三個大字。

孟姜這才噓口氣，知道已抵涼山，忐忑之情於焉消失。因此，翻身下鞍，牽着大馬走向樹邊，將韁繩往樹幹上一繫，走向草叢，採了些青草給駿馬充飢。

天色盡黑，四周一片寧靜。孟姜移動蓮步，怯然走入廟門，見龜蛇兩神鎮守山門，玄天大帝的塑像端坐在大殿上。

孟姜當即走上前去，跪拜在墊上，祈禱神道多賜吉祥，使她早日抵達長城。一會，老和尚聞聲而出，問她：「為何遠道來此？」孟姜將尋靈之意略講與老和尚知道，後者善心大發，領她進入禪堂安睡。

孟姜騎了一天的馬，身子極感疲倦，進入禪堂後，來不及等待老和尚端素食，竟沉沉入睡了。睡後，又夢見希郎泣血而來，渾身鐵鍊枷鎖，狀極悽慘。孟姜問他：「靈魂今在何處？」希郎朝北一指，忽然不見。孟姜痛不欲生。

九十二、黃河南岸

此時，廟外已有雞啼報曉，孟姜立即起身，走出禪堂，冉冉走上大殿，叩拜神明保佑之恩。老和尚來了，送了些乾糧給她，孟姜留下幾兩紋銀，老和尚怎樣也不肯收受，還親自送她上馬。

駿馬休息了一夜，精神特別飽滿，迨至孟姜踏蹬而上，立刻騰起四蹄，飛也似的向北奔去，不多時，已經越過千山萬水，只見前面浪濤滔天，泥水滾滾，使駿馬趑趄在岸邊，無法前進。

孟姜翻下馬鞍，用目觀看，見前面有一老農走來，忙不迭迎上前去，施禮問他：

「這是甚麼水道？」

聽口音，老農知道她不是當地人，睜大一對驚詫的眼睛，貪婪地對孟姜仔細打量；然後說出這麼一句：

「這是黃河！」

「請問長城在河北呢？還是在河南？」

「在河北。」

「那末，這裏附近有無渡口？」

老農聞言，登時臉呈驚惶之色，頓了頓，問：「你想過河到北岸去？」

「是的。」

「小姐，我勸妳還是不要去的好。」

「為甚麼？」

「因為沒有人肯划船幫妳渡過黃河的！」

「我願意以重酬租一條渡船行嗎？」

「妳可以租得到渡船；卻租不到划船的人。」

「甚麼道理？」

老農嚅嚅滯滯地欲言又止了，孟姜察看他的神情，知道內中必有蹊蹺，連忙一再追問，她情神懇切的，要他將原因說出。

老農為人倒也忠厚，經不起催詢，當即坦白告訴孟姜，說黃河最近出了水怪，常在水中吞噬渡河的人畜，為了這個緣故，所有划船的人，寧可坐在家裏挨餓；再也不敢冒死渡河了。

九十三、水怪吃人

孟姜聽了老農的話，緊蹙蛾眉，望望那滔天的浪濤，憂心似焚。

「怎麼辦呢？」她說：「我有要緊的事必須渡河去！」

「姑娘，我勸你千萬不要自盡末路。河裏的確出了水怪，誰也過不得的。」老農說。

但是孟姜自不肯相信，認為：「說不定這是好事之徒製造出來的謠言。」

老農把頭搖得如同搏浪鼓一般，嘴裏抖聲說：「姑娘，這絕對不是謠言，我曾經親眼看見過的。」

「你看見過水怪？」

「黃河南岸的居民幾乎每個人都見過。」

「水怪是怎麼樣的？」

「當牠站起來的時候，是有十丈高，遍體黃毛，吼聲震天，牠有一對紅光四射的眼睛，倘在夜晚出現，四周便會像白晝一般通明，牠的嘴巴常有鮮血流出，張開時，獠牙猙獰，非常可怖。」

「牠專吃人畜？」

「豈止人畜，有時找到船隻木筏，照樣拿起來往嘴裏送！」

「有這樣的事？」

「所以，我勸你還是不要去送死的好。」

孟姜這才慌張起來了，暗忖：「我若不能渡過黃河，就無法尋得希郎的骸骨，這便如何是好？」

想到這裏，不禁兩淚滔滔，以袖掩面，聳肩啜泣了。老農勸她不要難過，有意邀她到家裏暫宿一宵到明天再作打算。

孟姜用淚眼看看老農，只好接受他的好意。於是牽了神駒，跟在老農背後，沿着曲折的田路，向茅屋走去。

老農家裏沒有別人，只有一個白髮斑斑的老婆，兩夫妻以種田為生，不但生活清苦，抑且十分寂寞。如今見到了孟姜，立刻開鍋下麵給她充飢。

天黑後，老夫婦給孟姜預備好了一張床叫她趁早安睡。孟姜上床，輾轉反側，始終不能入睡。到了中宵，忽然聽到窗外有人呼喚她。

九十四、就地騰起

「孟姜！孟姜！要過河，快快走出來！」

孟姜一聽，不覺大吃一驚，連忙翻身下床，走到裏邊，推開木窗，竟發現田野裏站着一位金光四射的神道，仔細一看，乃是韋陀

菩薩。

韋陀雙手合十，一根降魔杵橫在雙臂之上，目光炯炯，全身金光四射。見到孟姜時，立刻張嘴喚叫：

「孟姜，快出來，我馱你過河去。」

孟姜聞言，心下也自駭然，定定神，韋陀仍在外邊喚她，當即撥轉身來，挽住包袱，趁一對老年人睡正酣，躡足走出茅屋。

屋外一片漆黑，僅田野間有一團金光在熠耀。孟姜知道那是韋陀菩薩，忙不迭搬動蓮步，趔趄着奔過去，奔到菩薩面前，雙膝一屈，跪倒在地，口中不停吶喊：

「菩薩救我！」

韋陀當即掏出一顆明珠，迎空一拋，那明珠冉冉騰起，在空中旋轉不已，稍過片刻，驀地變成一個蓮座，似雲非霧地落在孟姜面前。

孟姜暗暗吃驚，卻不知道該如何是好；正感躊躇間，韋陀開口了：

「快快坐在蓮座，隨我過河去！」

孟姜不敢遲疑，本能地舉步入座，剛坐定，那蓮座再度就地騰起，在微雲薄霧的烘托下，跟在韋陀背後，直向黃河飛去。

此時，無星無月，只是彤雲四佈，天色漆黑。風聲獵獵，黃河忽然掀起一陣大浪，但聞「訇」然一聲，狂風大作，河水中竟像海島一般豎起一個巨形物體。

孟姜坐在蓮座上，被狂風吹得左右飄盪，幸而有韋陀菩薩帶頭引領着，還不致於魂飛魄散。

就在這時候，那巨形物體驀地大聲吼叫起來了，吼聲極響，猶如晴天霹靂，嚇得孟姜渾身哆嗦。

九十五、韋陀鬥水怪

孟姜定睛一瞧，發現黃河中央聳立着的怪物與老農描繪給她聽的完全一樣：十幾丈高，周身黃毛，雙目射出兩道紅光，張嘴時，獠牙獰猙。

「不錯，正是這個水怪！」孟姜心下暗忖。

不料，水怪見到空中有金光出現，居然伸展雙臂，不顧一切地向韋陀撲來。

韋陀大怒，咬咬牙，口中念念有詞，舉手向水怪一點，用裂帛似的聲音大呼：

「妖怪，休得猖狂，看劍！」

說着，拳頭放開，「嗖」的一聲，金光射自掌心，疾似飛箭，直向水怪刺去。水怪倒也厲害，立刻張開血盆大嘴，吐出一堆血水，竟爾破了韋陀的法術。

韋陀失了寶劍，怒不可遏，立刻將降魔杵拋入空中，降魔杵在黑暗中轉了兩轉，剎那間放出萬道金光，照得黃河通明，如同白畫一般。

孟姜坐在蓮座中，心內害怕，也只好強自鎮定。這時，降魔杵不但使她得了安全感；抑且使她憑藉金光，這才看清了水怪的猙獰面貌。

水怪的模樣遠較老農的描繪為恐怖；兩隻眼睛賽若兩個團圝月。所有頭髮雖係黃色，但能蠕動游舞，絕非毛髮之類，雖然不容易看清楚；倒有點像千萬條水蛇。牠的嘴巴很大，吐出來的不是唾沫；而是殷紅鮮血……

孟姜見狀，渾身起了雞皮疙瘩，暗忖：「難怪撐船人寧可在家裏

餓死，也不願意賺取商旅的擺渡錢了！此怪不除，相信黃河兩岸，永遠得不到安寧！」

正這樣想時，但聞雷聲隆隆，大雨似注，韋陀祭起的降魔杵，頃刻變了千萬把金刀，如同雨點一般，直向水怪齊發。水怪不甘示弱，第二次張開大嘴，呼的一聲響，口裏又吐出一條血龍，企圖藉此阻挩金刀來襲。

九十六、除水怪

韋陀早有準備，見水怪再度吐出血龍，馬上掏出一個七彩缽盂，迎空一拋，只見偌大的一條血龍在空中晃了晃，全部給小小的缽盂收歛了去。

水怪大驚失措，嘶聲怒吼，聲極響亮，猶似火山爆裂，孟姜聽了，嚇得駭然失色，連忙以手掩耳。

就在這時候，那降魔杵突然金光四射，先在半空中左旋右轉，彷彿通曉靈性似的準備攻擊；繼而咭的一響，登時向水怪腦袋俯衝。

水怪法術已盡，同時知道降魔杵厲害，正想走避，已經來不及了。

那降魔杵對準水怪的腦袋刺去，腦殼破裂，鮮血四濺，似泉噴出。

水怪痛極而嚎；但韋陀仍不肯放鬆。降魔杵如同搗蒜般的擊下又躍起，躍起又擊下。

約莫擊了十幾次，水怪再也不能支撐了，兩條巨臂無可奈何地亂抓一陣，終於倒入河中去了。

水怪身形高大，倒下時，猶如山崩一般，轟然一聲，鄰近的地區無不引起輕微的地震。

此時，黃河的泥水剎那間完全轉為紅色。孟姜坐在蓮座中偶一俯

視，不禁目瞪口呆了。原來水怪已斃，僵直地躺在黃河中心，如同一座島嶼，使整條黃河變成紅河了。

韋陀收起降魔杵，然後回過來，吩咐孟姜將眼睛閉起。孟姜不敢違命，當即合上眼皮，但聞風聲呼呼，渾身起了一種飄然的感覺。

孟姜只覺身子在半空飄蕩了好一會，韋陀叫她睜開眼來，發現自己已經飛渡黃河，坐在對岸的平地上了。

孟姜知道菩薩神通廣大，連忙抬頭觀看，發現黑空裏有一點光華，比星星大；又不若月亮那麼皎潔。

「韋陀菩薩歸天去了！」她想。

於是站起身，兩膝跪拜，虔虔誠誠，對空中的光華磕了三個響頭。

九十七、長城在望

叩畢，天際又有一道火光射下，不偏不倚，恰巧擊中水怪的屍體。屍體着火，竟在水中焚化，孟姜見了，暗驚神道厲害。

這時風勢已戢，雨亦停止。遠村忽有雞啼報曉，東天果然露了魚肚白的顏色。

孟姜站起身，用衣袖拍去身上的灰塵，手挽包袱，斷續向北走去。那匹青鬃駿馬因為無法飛渡黃河，只好留在對岸；其實，孟姜哪裏會知道：那駿馬原非尋常之馬，乃係黑虎玄壇的化身，此刻任務已畢，自也應該返回天庭向李靖去述職了。……

不久，天色大亮，太陽高高升起。黃河兩岸忽然擁到千萬老百姓，個個舉手歡呼，慶祝韋陀降伏水怪。原來昨夜仙妖大戰時，兩岸居民皆躲在屋裏，不能入睡，卻看得清楚。

孟姜微微一笑，心中暗忖：「想不到為了助我孟姜過河，菩薩竟

為地方除一大害。這倒是一件天大的喜事，值得慶祝。」

於是，心情不像先前沉重了，蓮步輕盈，一日之內居然過了七個村鎮。

走了三日，忽然進入山嶺地帶，山路崎嶇，樹木蓊鬱。為了避免在山間迷失路途，只好找一個人來詢問一下：

「先生，請問到長城去，還有多少路程？」

那人向她瞧了一眼，用手一指，說道：「翻過這座山頭，就是長城了。」

孟姜一聽，喜出望外，道謝了一聲，忙不迭挪開蓮步，準備繼續趕路。不料，那人又將她喝住了。

「有甚麼事嗎？」孟姜廻眸詢問。

那人說：「長城長達萬里，但不知要去哪一段？」

孟姜說：「我乃萬希郎之妻，希郎因築長城而死，此去，旨在尋覓亡夫的骸骨，不知在那一段？」

那人聽了，不覺喟嘆一聲，說：「骸骨埋於泥土中，你怎樣去尋找？」

九十八、埋屍之處

「我既已來到這裏，即使必須將整座長城翻起，也決不因此氣餒。」孟姜說。

那人聽她口氣如此之大，只顧楞大了眼睛望着她，久久不發一言。孟姜趕路要緊，當即撲轉身，挽着包袱，向崎嶇的山路走去。

走到山巔，果見雄偉的長城像帶子一般，橫在羣山中，蜿蜒伸

展，兩邊皆無盡端。

孟姜面對長城，心裏掀起一陣不可言狀的激盪，說是興奮，倒也有點像悲哀。於是，挪開蓮步，匆匆向長城走去，走了幾個時辰，終算達到城腳，抬頭一看，那高達數百雉的城牆，顯得十分雄壯。孟姜見物思人，不禁淚下如雨，暗忖：「聽別人說，這長城綿延萬里，叫我到甚麼地方去找到希郎的骸骨？」

正這樣想時，前面忽然飛來一隻紅嘴雀，雖不聒噪，卻在她頭上盤旋不已。孟姜一時想不出別的辦法，唯有對着紅嘴雀苦苦哀求：

「雀呀！你若有靈性的話，必知我夫葬身在何處；雀呀！請你速帶我前去尋找。」

那紅嘴雀聽了孟姜的話語，居然呱呱啼叫，掉轉身，慢慢向西北方飛去。

孟姜本來就沒有頭緒，斷定紅嘴雀已經理會了自己的意思，當即款動蓮步，跟隨紅嘴雀疾步急走。

日落時，紅嘴雀忽然在一座六角亭的頂端，停下。孟姜知道這是希郎的埋身之處了，心內一陣酸痛，淚珠兒就紛紛掉落了。

這時，夕陽如同血一般照在長城的城牆上，孟姜一邊哭；一邊走近去觀看，走到牆腳，果見泥地插有一個石誌，上書「萬希郎埋屍之處」。

孟姜這才搶天呼地的哭泣起來了，拚命用手擊打城牆，嘶聲狂叫：

「希郎我夫，你也死得太慘了！為妻的吃盡辛苦，卻不能與你見面！」

九十九、哭崩長城

孟姜愈思愈想愈傷心，踢一腳，哭一聲，哭得非常悽慘，追思往事，淚珠不斷淌下，連衣衫都濕透了。但是長城築得如此堅固，明知夫君的骸骨埋在城腳，孟姜卻也完全無能為力了。

想到這裏，心如刀割，哭訴無門，肝腸俱裂！

「希郎呀！為妻的不憚長途，受盡風霜之苦，排除一切困難來到這裏，竟連你的骸骨都不能找回，怎不令我痛斷肝腸？……天哪，我千里迢迢走來把夫尋，登山涉水何止萬里路途，如今既已找到希郎葬身之處，卻被這座堅固長城壓住了！……老天爺呀！難道你一點憐憫之心都沒有嗎？……我孟姜早已將生死置之度外，但求與夫君的屍骨見一面，即使死在九泉，也心甘情願！……老天爺呀！你若不肯行個方便，我孟姜，今天就不如撞死在這裏了！」

說罷，霍然站起，以袖抹淚，發現淚珠已成紅色，原來淚水早已淌乾，此刻流的卻是鮮血。

孟姜死意已決，當也並不恐慌，挺起胸，側着頭，拚命向城牆撞去。

牆雖堅固，但經孟姜一撞後，竟發出一聲如雷的巨響，剎那間，平地裏捲起一陣狂風，吹起密匝的烏雲，飛走沙石，天上雷響震耳，藍森森的閃電四處亂射。

孟姜自以為已經撞死，但是一股神秘莫測的力量，卻在冥冥之中，救了她的生命。

當她醒來時，睜開眼來，不覺猛發一怔，原來長城已經崩倒了，裂開數丈，塌向一邊，彷彿存心給孟姜尋找希郎的骸骨似的。

孟姜當即走進城基，但見滿地白骨，卻不知道那一些是希郎的。

　　孟姜沒有辦法，只好咬破自己的手指，在每一根白骨上滴上血液，隨滴隨試，希望憑這個方法，能夠找出丈夫的屍骨來。

一〇〇、二次被捕

　　過了一會，終於找出了丈夫的骸骨，忍不住一陣悲酸，竟抱骨慟哭起來。哭了一陣，心裏稍為舒服了些，先用衣袖抹乾眼淚，然後抬頭對四周瞅了一圈，但見一片碎磚瓦礫，不免有點慌張了，暗忖：

　　「秦國的始皇帝動用了千萬勞工的力量，才建成這座雄偉的長城，為的是防禦匈奴的入侵，如今，竟被我一頭撞出罅口來了，萬一給管城的人發覺了，將我拿去官廳問罪，到那時，不但又要坐監受苦；恐怕連希郎的屍骨也無法運回了。」

　　想到這裏，忙不迭將希郎的屍骨包在包袱裏，準備立刻越山穿林，離開這塌城之處。

　　不料，剛剛挪開腳步，後邊就傳來一聲吆喝：「大膽的妖女！快快站住，不准奔跑！」

　　孟姜聞言，不由得大吃一驚，正欲搬動蓮步，但是兩腿瘓軟，一點力氣也施不出了。這時，兩個守城的官兵已經站在面前，各執長槍，攔住孟姜的去路。那個瘦長的官兵用手對孟姜一指，說：

　　「一點也不錯，就是這個妖女！剛才在城堞上，我看得很清楚，她施展了法術，竟把韋陀菩薩也請來了。」

　　那個矮肥的官兵聽了這番話，頗感惶惑地問：她既然是個妖女，怎麼會有辦法將韋陀菩薩也請來的？」

　　瘦兵說：「她有甚麼法術，我不得而知。但我明明看見韋陀菩薩用寶杵擊倒長城的。」

肥兵主張把她拿去問罪。

於是兩個官兵就強兇霸道地將孟姜拉去見過守城官。守城官正在吃晚飯，右手拿着雞腿；左手拿着一杯高粱，吃得滿嘴油膩。聽到外邊的嘈雜聲，知道又出了甚麼岔子，撇撇嘴，板着面孔走到前廳。

兩個官兵一口咬定孟姜是個妖女，說她用法術弄倒長城。守城官一聽，當即兩眼一瞪，大聲咆哮：「你這妖女，為何到此擊塌長城？」

一○一、蒙恬將軍

孟姜聽守城官罵自己作「妖女」，不禁嗤鼻冷笑了：「如果我有法術的話，怎麼會給你們拉到這裏？」

守城官惱羞成怒了，臉孔脹得如同豬肝一般，只管吊高嗓子，指着孟姜吆喝：「你若不是妖女，怎麼會用頭顱撞倒長城？」

孟姜搖搖頭，說：「連我自己也不知道。」

守城官問不出要領，心內更加惱怒了，狠巴巴的挪前一步，瞪大雙目，繼續對孟姜咆哮：

「為甚麼你要用頭顱撞牆？」

「我想自盡。」

「好死不如惡活，為甚麼要尋短見？」

「因為我的丈夫葬身在牆基裏。」

「你的丈夫是誰？」

「萬希郎！」

守城官聽到了「萬希郎」三個字，不由得目瞪口呆了，暗忖：「萬希郎乃是欽犯，此事絕對不能草率從事。」因此，正正臉色，對兩個官兵說：「快將她鎖入地牢，待我立刻去稟明蒙將軍，請示發落。」

兩個官兵不敢怠慢，當即推推搡搡地將孟姜收入地牢。

守城官吩咐馬僮備馬，連晚飯都沒吃完，匆匆翻上馬鞍，鞭子一揚，直向黑暗的山路疾駛。

約莫兩個時辰過後，守城官抵達將軍府第，滾鞍下馬，由門公帶領走進書房。

時近中宵，蒙恬正在書房裏批閱案宗，見到守城官，立刻圓睜怒目，叱道：

「半夜三更走來做甚麼？」

守城官雙膝跪地，抖着聲音將孟姜撞倒長城的經過情形稟告蒙恬。蒙恬聽說長城塌倒，心下大為震怒，憤然以掌擊桌，當即下令守城官即刻將孟姜解來。

守城官不敢違令，匆匆退出將軍府，滾上馬背，遄返駐防所在，提出孟姜，用粗蔴繩綑綁，會同兩名官兵，分騎三匹駿馬，漏夜趲路。

一〇二、不懷好意

天亮時，守城官等人抵達將軍府。門公說：「蒙將軍不知為了何故，昨夜通宵未眠。」

守城官聽了，心內怔忡不已，走入書房，立刻「頓」的一聲，雙膝跪地。蒙恬問他：

「犯人在哪裏？」

守城官站起身，吩咐官兵將孟姜押進來。蒙恬為了長城塌倒的事，急得如同熱鍋上的螞蟻一般，但是見到孟姜後，焦憂之情終於一變而為驚詫了。

蒙恬年事已高，但素來好色，平時常去妓寮走動，不為人知。如

今，一見這似花似玉的孟姜，早已將公事置諸腦後，瞇細眼睛，只管貪婪地打量孟姜。守城官站立一旁，不聞蒙恬下令，心裏不免有點焦慮，想開口，又怕蒙恬惱怒。正感躊躇間，蒙恬忽然高聲喚嚷：

「秋萍！」

秋萍是蒙府一個丫鬟，此刻正在門外等候差遣，聽到喚聲，忙不迭款動蓮步，走進書房去伺候。

「將軍，有何吩咐？」

「命你帶領這位姑娘到內宅東廂房休憩。」

秋萍聞言，不敢怠慢，當即帶領孟姜，冉冉走出書房，穿過長廊，進入後院，走到內宅東廂房，踏上台階，打開門，請孟姜坐下休息。

孟姜放下包袱，呆呆的坐在桌前，心內納悶，卻又不敢呈露在臉上。

秋萍端了一杯茶來，問孟姜有何吩咐，孟姜搖搖頭，她就退了出去。

這時，太陽已高高升起，照得紗窗明通，使孟姜睜不開眼來。

孟姜雖倦；但是在這種情形之下，也無法安睡了。

一會，庭院裏有嘹亮的咳嗽聲傳來，孟姜以為官兵前來捉拿與她，怯怯地站起身，望着門背。

門啓開，一個人站在門口，原來是蒙恬。

孟姜見他笑嘻嘻的瞅着她，知道他不好懷意，心內非常不安。

一〇三、解往京城

蒙恬色心大動，反手將門一閂，笑瞇瞇的走過來，伸出雙手，一把摟住孟姜的纖腰。孟姜想喊，但是喉嚨口彷彿給甚麼東西塞住了，

怎樣也喊不出聲來。蒙恬見她長得如同天仙一般，咧着嘴，露出一排黃牙，那種窮兇極惡的神氣，好像要將孟姜一口吞了下去似的。

孟姜是個烈女，當然不肯讓他蹂躪自己的，因此咬緊牙關，拚命推開蒙恬。

兩人一個逃，一個追，攪得房間裏的凳椅雜物都摔倒了，蒙恬還是沒有辦法使孟姜就範。就在這時候，嘭嘭嘭，忽然有人以拳擊門。蒙恬這才鬆了手，氣喘吁吁的走去啓門。

門啓開後，原來是怒容滿面的蒙夫人。

蒙恬雖然是個大將軍；但是一見到自己的老婆，總像老鼠見到貓似的，縮頭縮腦，連說話的聲音都有點發抖：

「夫人。」

夫人圓睜怒目，雙手往腰間一插，嚷道：「你在這裏做甚麼？」

蒙恬一時答不上話來，斜眼對秋萍一瞅，秋萍倒也機警，看見他受窘，立刻代蒙恬作了這樣的解釋：

「這個女子乃是一個欽犯……」

蒙恬一聽，心裏在讚秋萍好幫忙，連忙堆上一臉阿諛的笑容，接口就說：

「對，這個女子名叫孟姜，是個欽犯，我到這裏來，為的是想討取她的口供。」

蒙夫人正正臉色，朝孟姜盯了一眼；然後厲聲疾氣地對蒙恬說：

「既是欽犯，就該馬上解往京城，親自修成本章，聽候聖上發落才是！」

蒙恬聞言，心裏非常不自在，暗忖：「這樣一個到了嘴邊的美人兒，竟要送往京城去了，實在有點捨不得。」但是，蒙夫人性格向來

暴躁，蒙恬並非不知，因此，雖然不捨得，亦唯有頷首稱是，吩咐下人即刻備轎馬。

一〇四、綁上金殿

蒙恬回轉書房，提筆書寫本章。本章寫就，立即親自上馬，率領五十名精兵，押了孟姜，前往咸陽。

抵達京城，已經是第二天早晨了。蒙恬兩夜未睡，身體雖好，難免也感到疲憊了，原擬在城休息一宵的，只因是日正設早朝，為了避免引起不必要的流言，馬上將本章交與黃門官代呈龍案。

迨至秦始皇上朝，打開蒙恬所呈的本章一看，知道孟姜用法術撞塌長城，內心不覺怒火狂燃，圓睜雙目，憤極以手拍案，用裂帛似的聲音咆哮起來：

「快將那個妖女帶上金殿！」

話語一出，蒙恬當即退下金堦，領了旨意，匆匆走到午朝門外，吩咐四個校尉兵將將孟姜綁上金殿。

孟姜踏上金堦，不敢抬頭觀望皇帝，耳邊聽到兩旁校尉的吆喝，立刻雙膝下跪。

「妖女抬起頭來！」始皇大聲高嚷。

孟姜這才抬起頭來，讓始皇仔細端詳她的容顏。始皇兩眼一瞪，見孟姜星目朱唇，皮膚皙白，瓜子臉，微微泛紅的粉頰，心中的怒氣也就平息了不少。因此，用手撚撚長鬚，問：

「大膽妖女，快將真姓名道出。」

「我叫孟姜。」

「為何用法術撞塌長城？」

「我乃尋常女子，哪裏會有甚麼法術？」

「那末，長城怎麼會倒塌的？你説！」

「我實在不知道。」

「聽説你在城基盜取屍骨，有這回事嗎？」

「有。」

「你盜取誰的屍骨？」

「我的丈夫。」

「你的丈夫叫甚麼名字？」

「他叫萬希郎。」

秦始皇一聽萬希郎的名字，不覺猛發一怔，暗忖：「萬希郎乃是鎮城之物，豈可隨便給她盜去？」

一〇五、宣她進宮

於是，秦始皇吩咐孟姜交出屍骨，着蒙恬帶回原處，重新埋好，擇日補築長城，以防匈奴來侵。

孟姜一聽，拚命抱緊屍骨，寧死不肯鬆手。始皇見狀，勃然大怒，吩咐眾宦官將孟姜帶進偏殿，候至下午聽審。

按照過去的例子，皇帝着令下午偏殿聽審，多少帶點密審之意。孟姜是個閨閣千金；對於這樣的事情，當然一無所知，只道皇帝有意對她動刑了，心下有點納悶。不過，孟姜早已置生死於度外，只要希郎的屍骨不失，別的她就甚麼都不怕了。

這時，始皇已拂袖退朝。眾校尉將孟姜暫時押下。到了下午，有宦官來傳孟姜，去到偏殿，發現秦始皇已經坐在龍床上了。

秦始皇的臉色顯然比上午和氣得多了，見到孟姜，立刻瞇細眼睛貪婪地對孟姜仔細打量，然從吩咐校尉兵鬆綁。

「孟姜，你知道不知道長城乃國家禦敵之物？」

「知道。」

「既知道，就不該將它撞倒！」

「萬希郎是我的親夫君，萬歲聽信奸臣的讒言，將他逼死後作為長城的城基，實在有違人道！」

聽了這幾句話，侍坐在兩旁的大臣們個個吃了一驚，以為秦始皇一定要發脾氣了；不料，秦始皇不但不怒；抑且下旨孟姜暫退；然後和顏悅色地對諸大臣說：

「朕看此女天生麗質，節義雙全，實非尋常女子可比。朕有意宣她進宮，但不知眾卿意下如何？」

眾大臣想不到秦始皇會有這樣的念頭，大家面面相覷，一時誰也不敢隨便開口。秦皇以為大臣們不贊成自己的意思，立刻板起面孔，厲聲追問一句：「誰肯為朕代向孟姜將孤意說明，定有重賞。」

這時，有一個名叫王貫的大臣，為人素來機警，聽到萬歲的話語，連忙上前奏道：「小臣願當此任。」

一〇六、王貫說合

秦皇聞言，心下大喜，點點頭，說：「有卿說項，此事就不會失敗了。」

王貫領了旨，立刻走去找孟姜。這王貫是一個狡猾的傢伙，為人極其聰明，只是不肯走正路，平時喜於吹拍鑽營，所以頗得秦皇歡心。此番，秦皇忽然色心大動，不但不罰孟姜；抑且要宣孟姜進

宮，讓她執掌正宮了。羣臣對此皆不敢有所表示，唯有王貫抓緊了這個機會，連忙自告奮勇，代替秦皇前去向孟姜說合，俾能藉此討好萬歲。

現在，王貫已經站在孟姜面前了，見孟姜愁眉不展，似有無限心事，立刻堆上一臉阿諛的笑臉，輕聲喚叫孟姜：

「孟姑娘，我給你報喜來了。」

孟姜聞言，斜目對王貫一瞅，用冷冷的口氣問他：「喜從何來？」

王貫挪前一步，傴僂着背，唯恐別人聽到他的言語，故意將嘴巴湊在孟姜耳畔，輕聲說：

「孟姑娘，首先我要問你一句話。」

「甚麼？」

「你知道不知道那長城乃是國家禦敵之物？如今忽然被你撞倒，論罪，雖死亦不能贖。……不過，孟姑娘，我看你福分倒也不小，萬歲爺見你有德有貌，不但無意將你處死；抑且要你執掌正宮，你說，天下有甚麼比這件事更值得歡喜的呢？」

孟姜聽了這一番言語，早已氣得臉孔鐵青，抿緊嘴巴，悶聲不響。

王貫見她不開口，以為自己的一番話，已經打動了她的心，當即乘勢推舟，繼續善言相勸：

「孟姑娘，我知道你是一位烈女，要你改嫁萬歲，於理也是說不過去的。但是，你與萬希郎雖有夫婦之名，卻無夫婦之實，縱使拜過天地，始終未曾合巹，所以希郎死後，你能不憚萬里而來，終算盡了做妻子的責任！」

一〇七、三個條件

孟姜愈聽愈生氣，板着臉只管抿嘴不語。王貫意猶未盡，又加了這麼幾句：

「聖上此刻已併合六國，聲望極高，你若肯改嫁萬歲，今生可就享受無窮盡了！」

孟姜低頭尋思，暗忖：「這傢伙實在討厭，我不免諷刺他幾句罷。」

但是，轉念一想：「此人開罪不得，萬一惹他發了脾氣，我這條性命也就休矣！」

於是，抬起頭，兩隻眼珠子骨溜溜的一轉，先將怒氣捺下，然後牽牽嘴角，呈露一個勉強的微笑。

王貫見她有了笑容，高興得甚麼似的，比手劃腳地對孟姜說：

「孟姑娘，只要你肯點一點頭答應下來，這偌大的江山，就等着你去享受了！」

孟姜這才側過臉來，很持重地，對王貫說：「做人誰不貪圖榮華富貴，我孟姜當然也不能例外。不過，我既與萬希郎拜過天地，我便是萬家的人。萬歲爺倘要宣我進宮，就得依我三個條件。」

「甚麼條件？」

「第一：在長城旁邊築造一座十里方圓的『希郎墳』；第二：墳前另外造一座『萬王廟』；第三：……」

孟姜欲言又止，王貫連忙催她將第三個條件講出來。孟姜頓了一頓，橫橫心，才鄭重地一字一字的說：

「第三：御駕必須親身前去祭墓，每年兩次，滿朝文武百官皆須披蔴戴孝，同去舉哀，倘有所違，處以死罪。」

王貫一聽，覺得孟姜的條件雖然苛了一些；但既奉命前來下說詞，不能不將孟姜之意回奏聖上。

秦皇正在偏殿等候佳音，見到王貫，忙問：「和她談過了嗎？怎麼樣了？怎麼樣了？快說！」

王貫心存怯意，唯恐聖上聽了發怒，因此，只好戰戰兢兢的，非常婉轉地述出孟姜所提的三個條件。

一〇八、內宮設宴

秦始皇聽了王貫的奏言，不覺哈哈大笑了，說道：「原來是這樣的三件小事，命你速去宣她進宮，朕決定件件依准便是！」

眾臣聞言，個個大驚失色，認為萬歲爺為了貪圖美色，竟糊里糊塗的答應披蔴戴孝地去祭祀萬希郎了，實在是非常不值的。但是這批大臣，職位雖高，卻沒有一個不是奴才，縱然心裏反對，嘴上誰也不肯出聲。於是，王貫領了四名宮女，匆匆走去報告孟姜，然後帶她去沐浴淨身，穿上鳳冠珠袍，乘坐輦輿，進入宮內。

這時，秦始皇想到那玉肌雪膚的孟姜，心情非常愉快，立刻下旨着令守城官即日招募勞工，替萬希郎修墳造廟，限期十日完工。

守城官接獲聖旨，急得如同熱鍋上的螞蟻，暗忖：「這修墳造廟的工程不能算小，十日之內，豈能築成？」但是轉念一想：「是萬歲爺的旨意，誰敢不遵？」沒有辦法，只好馬上傳令所屬，分頭到四鄉去強拉壯丁，日夜開工，限期屆滿之前完成兩項工程。

這天晚上，秦始皇吩咐在內殿設下酒筵，掛燈結綵，笙鼓競奏，不邀羣臣作陪，只有孟姜在旁陪酒。

秦始皇原是一個急色鬼，見到星目朱唇的孟姜，完全不克自持

了。他貪婪地傾飲着酒，目光像膠水一般貼在孟姜臉上。孟姜心裏憎厭這個荒淫無度的皇帝，臉上卻老是呈露着嫵人的笑容。秦皇要孟姜唱一隻歌助興，孟姜靈機一動，立刻唱了起來：

—— 正月梅花獨佔先，家家戶戶過新年，別人家丈夫團圓聚，我家丈夫造長城……

秦始皇聽到「長城」兩字，知道歌中有刺，只因酒喝多了，神志有點糊塗，一味望着孟姜出神，居然還能以手擊拍。

一曲既終，秦始皇再也忍不住了，伸手緊緊摟住孟姜，要孟姜扶他回寢殿。

一〇九、希郎墳

孟姜怎樣也不肯依從，說是萬歲雖已依准所有條件；但是尚未成為事實，所以，還不能侍寢。秦皇大失所望，用近似哀求的口脗對孟姜說：

「朕已傳下聖旨，限期完成墳廟，你又何必多疑？」

孟姜微微一笑，故意將嘴巴湊近皇帝耳畔，說是身在宮內，遲早終是皇帝的人了，何必如此性急。

話音未完，秦皇身子一傾，當即像一塊大石般的壓在孟姜肩上了。孟姜是個女子，哪裏經得起這麼一壓，連忙喚叫太監前去攙扶，才知道皇帝因為喝多了酒，已經醉得不省人事。……

十天過後，守城官來報：「希郎墳與萬王廟俱已築成。」

秦皇大喜，立刻吩咐排駕出京。所有文武百官，個個身穿蔴服，隨從皇帝背後，浩浩蕩蕩的離開咸陽京城，前往長城祭祀。

孟姜也披蔴戴孝，並以巾蒙面，哭得如同淚人一般。

抵達「希郎墳」，早有守城官在墳前搭好黃色竹棚一座，張燈結綵，作為皇帝休息之所。黃棚左邊，是一座白色孝棚，備給孟姜守靈。

秦皇跨出輦輿，由守城官領先，大踏步向祭壇走去，親自拈香上祭。文武百官排列兩廂，全部孝衣孝帽，板着臉孔，形成了一種特殊的嚴肅空氣。

秦皇插好香火，忽然撥轉身來，對眾臣說：「朕乃一國之主，豈可跪拜臣靈，誰來替朕代拜？」

羣臣中忽然有人高聲答話：「臣願替拜！」秦始皇定睛一看，原來是王貫，當即點點頭，喚他走上祭壇。

王貫上壇，必恭必敬地磕了三個響頭；然後灑下三杯御酒，算是完成了祭禮。

接着，始皇吩咐宮女們將孟姜從孝棚中攙出。孟姜早已哭得連聲音都有點沙啞了，走上祭壇，剛跪在拜墊上，就暈厥了過去。羣臣大驚失色，紛紛上壇去喚醒孟姜。

一一〇、痛罵昏君

祭禮完畢，始皇在黃棚中傳下聖旨，要孟姜從速脫下孝服，以便回宮去成親。王貫領旨，立即走出黃棚去喚叫孟姜。孟姜從祭壇上走下，聽到喚聲，故意裝傻，只顧匆匆朝孝棚急走。

王貫見她不睬自己，忙不迭追上前去，直着嗓子嚷：「孟姑娘，請等一下。」

孟姜站定了，撥轉身，沒好聲氣地問：「有甚麼事嗎？」

王貫立刻堆上一臉阿諛的笑容，說：「孟姑娘，萬歲爺答應替你

辦的三件大事，件件都已辦妥；現在該輪到你來履行諾言了。」

孟姜這才若有所悟地「哦」了一聲，說：「原來王大人要我即刻換上吉服，是不是？」

王貫聞言，頻頻點頭：「下官正是這個意思。」

孟姜忽然板起面孔，圓睜怒目，憤然吐了一口唾沫在地上，撥轉身，疾步向「萬王廟」奔去，奔到廟門口，站定，大聲嚷了起來：

「秦始皇，你是一個昏君，無緣無故殺害了我的丈夫，還想佔有我的身體！老實告訴你吧，我若是這樣低賤的話，也不會吃盡千辛萬苦走來尋找丈夫的屍骨了！昏君呀！你焚書坑儒，已經罪大惡極，還要動用千萬老百姓的勞力，修造這座萬里長城，以為從此可以永保江山了；但是你別高興，我孟姜雖然是個女流之輩，不能獨力推倒你的皇座；然而所有被壓迫的人們，不久就會揭竿而起了！昏君，你等著瞧吧，你的末日即將來臨了！」

這一番言語，像聯珠炮似的，說得王貫以及所有的大臣個個目瞪口呆了。大家絕對想不到，像孟姜這樣的弱女子竟會如此大膽。

這時，秦始皇正在黃棚中休息，忽然覺得棚外靜寂得有點出奇，連忙挪步走出棚外，卻發現孟姜兀自站在「萬王廟」門口，指手劃腳地大罵自己是昏君。

一一一、投江自盡

眾校尉聽了孟姜老是罵個不休，正欲上前逮捕的時候，卻給秦始皇喝止了。

王貫回頭一看，見始皇已從黃棚走出，匆匆奔上前去，雙膝下

跪，連呼「臣該萬死」不已。秦始皇倒也相當鎮定，說孟姜哀慟過度，一時神經失常，只待回轉咸陽，諒必就可以沒有事了。

於是，下旨眾校尉，不准輕舉妄動。眾校尉紛紛收起兵械，呆若木雞地站在那裏。

孟姜冤氣已出，立刻款動蓮步，飛也似的奔向長橋，伸出雙臂，大聲呼喚：「希郎我夫，為妻的今天前來與你團聚了！」

說罷撩起素裙，用裙角掩蓋在臉上，雙腳一縱，終於從長橋上投入江中。

這時，秦始皇才認真焦急起來了，拍手跺腳的要校尉們下水打撈。

但是熟悉水性的校尉太少了，縱或有，也不敢冒險下水。大家只是站在岸上，直瞪瞪的望着江水。

秦始皇疾步奔到江邊，眼見水面尚有漩渦，馬上嘶聲狂叫：

「誰能救起孟姜來，賞銀千両！」

重賞之下，必有勇夫。秦始皇話音未完，但見數十個校尉們紛紛跳入江中，前去打撈孟姜。

約莫過了一個時辰，跳進江中的校尉們全部回上岸來，個個空着手，不僅不能及時救起孟姜，甚至連孟姜的屍首都找不到。

秦始皇呆呆的站在江邊，氣得臉孔鐵青，一方面婉惜這樣一個絕色居然投江自盡了；另一方面卻後悔自己不該貪圖美色！竟在羣臣面前出了一個大醜。

站在一旁的王貫，知道秦皇受窘了。連忙催動龍輦，好讓萬歲早些回宮去休息。

萬歲坐上龍輦，喃喃地說了這麼一句：

「我真不明白，親眼看她投江自盡的，怎麼會連屍首也找不到？」

一一二、水晶宮

其實，孟姜噗通一聲投入江心後，龍王早已派好蝦兵蟹將前來迎接。帶頭的一個是龜將軍，手持銅錘，雄赳赳的走到孟姜面前，施一個禮，說：

「請仙女同往龍宮！」

孟姜這才拋卻凡胎，在蝦兵蟹將保護之下，慢慢往下沉，往下沉……

過了些時，終於沉到海底，挪開蓮步，走上一條鑽石鑲嵌的大道，只見銀光閃爍，熠耀多彩。不久來到一座透明的宮門前，門上掛着一盞大燈籠，用硃漆寫了一個「龍」字。孟姜心下暗忖：「這一定是水晶宮了！」抬頭一看，果見門上有一個匾，匾上刻着「水晶宮」三個大字。

孟姜正感困惑之際，「水晶宮」的大門忽然啓開了。首先飄出一陣悠揚的仙樂，然後有大羣仙女一擁而出，將一些鮮花拋向孟姜。

龜將軍堆上一臉笑容，欠欠身，意思請孟姜進宮。孟姜當即款動蓮步，婀婀娜娜地踏上玉階，進入一座偌大的花園，經珊瑚長廊，來至一座水晶大殿，殿前盡是奇草異花，一排翡翠倒長滿綠葉紅菓，令人看了悅目賞心。

這時殿內外皆是水獸龍兵，排列得整整齊齊，十分威武。孟姜走到殿前，兩旁喊聲震耳，只見殿內掛着一粒很大的夜明珠，珠光四射，照得全殿一片通明。

大殿中央，老龍王早已威風凜凜地升上龍位，身穿珍珠鑽石綴成的龍袍，正在溫藹地含笑撚鬚。

孟姜見狀，連忙挪上前，雙膝一屈，跪倒在殿階上了。龍王哈哈

大笑，吩咐蝦兵端椅賜座。孟姜盈盈起立，在椅上坐定後，立刻向龍王謝恩。龍王笑道：

「難得仙女光臨，實乃水府之榮，不必說此客氣話。剛才太白金星前來通報，知道仙女今日可到，刻已備好水酒、糙食，請仙女賞光。」

一一三、升上天庭

老龍王揮揮手，就有水獸們將酒菜水菓端出，擺在孟姜面前，聽她食用。孟姜倒也不客氣，伸出手去，拿了一隻綠色的菓子，叫不出名字，輕輕咬了一口，味甚甘蜜，既可充飢；又能解渴。老龍王舉杯敬酒，孟姜不敢拒飲。三杯下肚，臉孔忽然起了一陣熱辣辣的感覺。

老龍王說：「仙女在凡間吃盡千辛萬苦，節義雙全，聖跡堪傳。今番來至水府，定當為仙女安排與芒童見面。」

「芒童？」

老龍王呵呵大笑了，笑罷，撚鬍作答：「那萬希郎實在是天庭的芒童，當初因為看到秦始皇在人間殺害無辜老百姓，慈心大發，就私自潛出南天門，下凡去拯救萬民。」

孟姜聽了這一番話，才恍然悟出事情的根由了，當即呶呶嘴，問：

「萬希郎現在何處？」

「仍在枉死城中。」

「可否請他到龍宮來一聚？」

龍王點點頭，吩咐母夜叉聽令，即刻去到枉死城將萬希郎請來。

稍過片刻，萬希郎果然來了。夫妻倆久別重逢，既喜且悲。孟姜

止不住刻骨的悲酸，投在希郎懷中，哭得上氣不接下氣。

希郎則比較鎮定，緊緊摟着她，溫言安慰她，勸她不要思念往事。

這時，老龍王開口了：「你二人今天在此團圓，應該高興才是，豈可傷心落淚？來，來，我們大家乾一杯！」

孟姜聞言收淚，對着希郎展顏一笑。她謝過老龍王，和希郎一同舉杯。

酒杯剛舉起，有蝦兵進來通報，説太白金星來到，攜有聖旨。

老龍王立刻起身接旨，才知道玉皇已經得到消息，説孟姜與萬希郎本是七姑共芒童，着即歸回本星。兩人不敢拖延，立即拜別龍王，跟隨金星迅速升上天庭。

牛郎織女

（未完）

永隔銀河太可哀，天邊忽靈鵲飛來

五十三：隔河相望

織女祗管掩面嗚咽，不止一次地搖手示意，叫他不要泅水。

「不能試！」她聲嘶力竭地在對岸哭喊，「河水這樣洶湧，如果你跳下去的話，一定會喪命的！」

牛郎不止一次地想跳入河中，準備在驚濤駭浪中渦過對岸，織女知道他有這樣的動機。

牛郎終於放棄了泅水準備。

王母吩咐奎木狼到下界去取，完全基於一種惻隱之心，至於織女與牛郎，她認為罪有應得，索性讓他們永遠隔河相對，好讓眾仙見到這樣的情形，有所警惕。

南極仙翁關心雲層稀薄，立刻代織女向王母求情，王母繃緊面孔，認為織女犯了天條，不可饒恕。

「那末，今後雲錦由何方神仙代織？」仙翁問。

王母冥思，說：「我自有打算。」說着，伸出手去，掌心射出金光一道，終將牛郎身上的天衣攝了去；然後揮揮手，大聲吆喝：「駕回瑤池！」至此，彩雲繚漫，瞬息間，已不見雲車似閃電，轉無形無踪。

天河滔滔，四週一片沉寂，唯有呼喚同哭。牛郎與織女隔河相對，牛郎指着滾滾河水，大聲咒罵，說是內心的憤怒，即使動用所有的河水，也無法洗去。

泣，連拾起頭來正覷牛郎一眼，兩人日夜相對，望得見，卻永遠不能聚首，此種情景，實在再淒慘也沒有了。

日子過得很快，眶覺得靈夜輪流不息，都不能估計究竟渦了多久，牛郎與織女之隔，彷彿天涯，盡日夜痴痴的隔岸相望，幾乎已流盡，喊都啞了。

有一天，天邊忽然飛來了一羣

【題解】

牛郎織女神話、傳說

劉燕萍

牛郎織女神話，源自對牽牛、織女星的崇拜與想像。先秦時期，牽牛仍未具備人形。最早的神話雛型載於《詩經·小雅·大東》篇：

> 維天有漢，監亦有光，
> 跂彼織女，終日七襄，
> 雖則七襄，不成報章。
> 睆彼牽牛，不以服箱。

這首詩中，牽牛只是一頭拉車的牛，尚未人格化；織女卻已是一位織布婦女。牛郎和織女之間沒有甚麼互動，更談不上有任何戀情。

漢魏時期，是牽牛人形化和產生悲劇神婚的時期。首先，牽牛已具備人形。〈西都賦〉載：「昆明之池。左牽牛右織女。」由昆明池有牛郎、織女石像之載，可見牽牛已具人形。至《古詩十九首·迢迢牽牛星》，牽牛、織女的悲劇神婚已趨於成熟。

> 迢迢牽牛星，皎皎河漢女。
> 纖纖擢素手，札札弄機杼。
> 終日不成章，涕泣零如雨，
> 河漢清且淺，相去復幾許。
> 盈盈一水間，脈脈不得語。

〈迢迢牽牛星〉一詩中，牛郎和織女已是隔着銀河，悲泣相望。至於二人分離的原因，較為流行的說法是「廢織說」。織女嫁後廢織，天帝一怒之下，只許牛郎、織女一年一度相會（《月令廣義・七月令》引《小說》）。至於相隔銀河，二人又如何相會？因而衍生美麗的想像：鵲橋相會的情節。烏鵲羣合力築成一道鵲橋，連起銀河兩岸，以備牛郎、織女相會（《爾雅翼》卷一三）。

至於後世牛郎、織女傳說，不知起於何時。逢七夕，則民間上演鵲橋會。京劇中便有〈天河配〉劇目。「牛郎型」的民間故事，大致具備以下情節：

> 兩弟兄，弟遭虐待。
> 分家後，弟得一頭牛。
> 牛告以取得妻子的方法。
> 他依話做去，得一仙女為妻。
> 仙女生下若干子女。
> 仙女得衣逃去或被天帝、王母捕回。
> 從此，兩人一年一度相會。

【依鍾敬文〈中國的天鵝處女型故事 —— 獻給西村真次和顧頡剛兩先生〉一文斟酌整理】

一、雲端散步

「在所有的仙女中，織女最美麗！」

呂洞賓常常在別的神仙面前這樣稱讚織女。

織女有一對又黑又大的眸子，瓜子臉，櫻桃小嘴，左頰有個酒渦，笑時渦現，美得如同花朵一般。

對凡間的男女而言，美麗是一種資本；但是在天上，美麗是最沒有用的東西。

織女有時候也到仙潭去走動，少不免傴僂着背，看看那平靜如鏡的水面，見到倒影，總是噯聲嘆氣地愁眉不展了。

她不喜歡這種刻板的生活，想找一些刺激，總不可得。她是王母娘娘的外孫女，所以王母娘娘管得她特別嚴，成天叫她在雲房裏織造「雲幕」，不許她偷看人間的動靜。

說起「雲幕」，這是一種奇異的東西，很薄很薄，長年浮游在空中，將人間與天堂隔開了。王母娘娘最怕神仙們動了凡心。所以派遣兩名天將不分晝夜的監視她，不准她偷懶，希望多織些「雲幕」出來，教神仙們看不到下界的種種。織女雖說是位神仙，但是日以繼夜地坐在織布機邊，當然也會感到辛苦的。她常常走至窗邊去向靈鵲訴苦，靈鵲非常同情她的處境，苦無辦法使她獲得快樂。

這一天，正是王母娘娘瑤池受賀之期，織女邀得天將同意，停工一日，穿了七彩的錦衣，前去瑤池朝拜。

剛離開機房不遠，就遇見了「雙成」和「雲英」兩位仙姐。雙成問織女：「到甚麼地方去？這樣匆忙。」

「今天是王母娘娘受賀之期，我趕着去瑤池朝拜。」

雙成與雲英齊聲說道：「仙妹難道你不知道嗎？剛才王母為了要

巡查天界，已傳諭眾仙不必再去瑤池朝拜。」

「這樣說來，我們不必多此一舉了？」

雲英笑說：「我們正好趁此在雲端散步遣悶。」

二、眾仙迎駕

織女聞言，臉上立刻漾開一朵笑容，拉着雙成與雲英的手，跳呀蹦的踏着雲端走去。

走了一陣，前邊忽然亂騰騰的傳來一片嘈雜聲。織女對兩位仙姐看看，表示莫明究竟。雙成驀地伸手一指：

「瞧！眾位仙君來了！」

織女順着雙成的手指看去，果然發現十幾位仙君有說有笑的迎面走來：南極仙翁持着手杖，一步一枴的走在前頭；後邊是漢鍾離、張果老等八仙；再後是麻姑與婁金狗、金牛星等。……浩浩蕩蕩，彷彿有甚麼要緊的事情趕着要辦似的。

織女暗忖：「莫非他們也跟我一樣，不知王母今日巡查天界，只道是受賀之期，趕着去瑤池朝拜哩！這樣吧！讓我走去通知他們一聲。」

於是，挪動蓮步，帶着雙成與雲英匆匆迎上前去，拱手施禮，問：

「列位仙君行色匆匆，該是到瑤池去的？」

南極仙翁搖搖頭，說：「王母早已傳諭不必前去朝拜了。」

織女接口便問：「那末，列位為何如此匆忙？」

南極仙翁說：「王母今日巡查天界，玉輦早已起程，我輩乃是趕去迎駕的。如果你們有興致的話，不妨隨我們一起去。」

説罷，眾仙向霞光四射的方向疾步走去。雙成與雲英正欲跟隨，卻教織女一把拖住。雙成莫名其妙，悄聲問：

「仙妹，為甚麼不讓我去迎駕？」

織女壓低嗓子説：「我難得有一天空閒，你們也該陪我消愁、遣悶才是。」

雙成問：「仙妹想到甚麼地方去戲耍？」

織女鼓大了眼睛，先對左邊看看；再對右邊看看；然後用纖纖玉手向下一指。

雙成登時恍然大悟，禁不住脱口而出：「噢，莫非仙妹思念紅塵，有意去偷看人間的動靜了？」

三、仙女思凡

織女臉色一沉，沒好聲氣的對雙成説：「不要胡説八道，要是給王母知道了，不把你禁閉在天牢裏，那才怪吶！」

雙成這才焦急起來，連聲哀求，希望織女寬恕她一次，不要將此事稟報王母。織女兩手插在腰際，板着臉，眼望別處，給她一個不理不睬。雙成緊蹙眉尖，心內十分害怕，沒有辦法，只好雙膝跪下，抖着聲音求取織女的寬恕：

「好妹妹，請你饒恕我這一次吧，以後再也不敢亂説了！」

織女斜目對她一瞅，見她愁眉苦臉的，禁不住噗嗤一聲笑了出來；

「傻瓜，我是跟你開玩笑的呀！快起來，回頭給別的神仙見到了，豈不難為情？」

説着，傴僂着背，伸手將雙成攙起，雙成呶呶嘴，佯嗔薄怒地：

「誰知道你在跟我開玩笑了，嚇得我連手腳都冰涼了！」

織女格格作笑。

站在一傍的雲英欣賞了這一幕活劇，忍不住也格格作笑。

但是雙成不笑。雙成給織女作弄了一下，心裏説不出多麼的不高興，繃着臉，怎樣也捺不下心頭的怒火。織女知道雙成認真了，連忙挪步上前，好言好語的勸她平息怒氣，先道歉；然後坦白述出她自己的心意：

「雙成姐，請你不要生氣，其實，我們的心事何嘗不是一樣的。想當年華山聖母下嫁凡人劉彥昌；張七姐也到下界去成了家；呂洞賓在人間三戲白牡丹；韓湘子也一樣戀上了紅塵……凡此種種，我們都是親眼目睹的，誰也不能否認他們是獲到了幸福的。只有我們，長年付出勞力，不但得不到片刻的快樂；抑且連偷看一下都不可以，怎能不感煩悶？」

雙成聽了這一番話，終於露齒作笑了。雲英也大受感動，一定要織女掀開「雲幕」觀看人間的情形。

四、偷看紅塵

織女兩眼骨溜溜的一轉，確定王母娘娘正在巡查天界，短期不會來到此處，當即咬咬牙，弓下腰，伸出纖纖玉手，將雲幕掀起一隻角。

三個仙女一起伏在雲端上，同時看到人間的景色，個個瞪大眼睛，興奮得差點叫起來。

雲英説：「你們看，這青山；這綠水，多麼美麗！」

雙成説：「你們看，那亭台；那樓閣；多麼舒適！」

織女説：「你們看，那年輕的莊稼漢；那年輕的小姑娘，手拉手，跳呀蹦的，多麼愉快！」

毫無疑問，織女已經到了熱情得發傻的時候，不但耐不住寂寞的煎熬；抑且需要異性的安慰了。但是，王母娘娘那裏會想到仙女們的痛苦，只知道仙規如此，誰也不准動邪念。事實上，仙規可以約束仙女們的行動，未必就能管得住仙女們的思想。正因為如此，像織女、雙成和雲英這樣的仙女，有時候就不免要偷看一下人間的繁華了。現在，雲英忽然用手一指：

「瞧，那邊有人在結婚，新娘子穿着紅衫紅裙，打扮得好像鮮花一般美麗！」

接着，雙成也叫了起來：「瞧，那邊有個婦人，手裏抱着一對孿生子，笑嘻嘻的，多麼開心！」

織女深深地嘆了一口氣，説：「我悶死了！」

雲端裏忽然傳來一聲吆喝：「喂！你們在看些甚麼？」

三位仙女不由得大吃一驚，抬起頭來，才看到婁金狗怒氣沖沖地站在雲斗裏。織女知道這下可糟了，連忙將「雲幕」掩好，但是已經來不及了，只見婁金狗伸手一拋，唦唧唧，一條綑仙金鍊，竟將仙女綁住了。織女大驚失色，忙問：

「你這是甚麼意思？」

婁金狗兩眼一瞪，如雷的咆哮起來：「今天王母巡查天界，命我打頭，為的是捉拿偷看紅塵的神仙，如今給我抓到了，還不上前認罪！」

五、金牛求情

　　説着，前面捲起一陣彩雲，只見十來個仙女各舉「符節」、「掌扇」等物，浩浩蕩蕩的走了過來。織女抬頭一看，卻見王母在眾仙護衛之下，板着面孔，端坐在玉輦中。

　　婁金狗公事公辦，完全沒有交情可言，拖着織女，走到玉輦前面，理直氣壯地稟報經過情形，説織女私自揭開「雲幕」，引誘雙成、雲英兩位仙女偷看人間的動靜。

　　王母一聽，不由得怒往上沖，臉一沉，厲聲疾氣地責問織女：

　　「我早已傳下諭言，不准偷看下界，你為甚麼要明知故犯？」

　　織女跪在地上，不敢強辯，唯有請求王母開恩。但是，王母今天出巡天界，為的是捉拿偷看人間的神仙，既然抓到了，豈肯輕易放過。織女運氣壞，難得走出來玩玩，卻因動了凡心，攪亂仙規，有口難言，只好低頭認罪。

　　王母本擬重重的責罰她一下，可是轉念一想：「織女究竟是自己的外孫女，不便將她壓在華山底下。」於是喚過奎木狼與婁金狗，命他們將織女押入「天牢」囚禁四十九日，不准織女自由行動。

　　織女聞言，哭得上氣不接下氣，嘶聲要求王母開恩，王母揮揮手，吩咐奎、婁兩將押走織女。

　　就在這時候，雲端裏驀地傳來一陣嗥叫，大家不約而同的側過臉去，卻發現金牛星蠻頭蠻腦的從雲端裏走過來。王母一見，不由怒火大燃，叱道：

　　「蠢牛！為甚麼在我面前亂嗥？」

　　金牛星脾性素來爽直，逢到不平的事情，常常喜歡強出頭；如今見織女受罰，心裏吞不下這口冤氣，居然不顧一切地站了出來，開口

頂撞王母，還要王母釋放織女。

王母大怒，立即咆哮如雷：「你這蠢牛，休得魯莽！快快與我退了下去，否則，我就將你一同送往天牢！」

六、變回原形

金牛仍想為織女申辯，但是沒有開口，就被奎木狼、嘴火猴等推倒在雲斗裏。金牛受不下這個委屈，站起身，對着幾位神仙大發牢騷了：

「織女究竟犯了甚麼仙規，要受此重罰？認真説起來，她只不過是偶而看了一下凡界，些須小事，難道也值得這樣大驚小怪嗎？其實，我們做神仙的，天天過着刻板的生活，誰不羨凡間的光景？王母娘娘不准我們下凡，倒還有理可説；但是下諭看都不讓我們看一下，那就未免有點過分了！」

這一番話，表面上説給眾仙聽的，實際上，卻是大膽向王母提出抗議。王母乃是天國之尊，豈可隨便讓他放肆？因此大聲喝了起來：

「奎木狼、婁金狗聽令！」

奎木狼和婁金狗當即挪步上前，拱手施禮，靜候王母差遣。

王母呶呶嘴，用裂帛似的聲音嚷：「這蠢牛既然羨慕凡間的光景，那末就將他貶入下界，還其原形，讓他在人間耕田受苦！」

奎木狼等接奉法諭，豈敢怠慢，立刻轉過身來，大踏步走到金牛面前，伸手往下一指，説：

「走！」

金牛星倒也十分鎮定，伸出右手一擋，説：「不用你們推，我自己會下去的。老實説，這天庭的生活我也過膩了，王母既然將我貶入

下界，在我卻也是求之不得的一件事！我寧可在人間耕地受苦；卻不願意整天耽在這裏無所事事。好的，我這就走，你們不必推。」

說罷，身子一弓，兀自將「雲幕」揭開，一骨碌鑽下去。

離開天庭，首先嗅到的是一股清香的泥土氣息，這氣息在天上是嗅不到，所以金牛立刻感到了一種前之未有的爽朗。

當他在人間着落時，心情非常愉快。時為子夜過後，四周一片寧靜，他忽然打了個寒噤，刹那間變回原形。

七、夫妻吵架

金牛星變回原形後，用眼對四周瞅了一圈，但見一片田野，不知道應該到甚麼地方去才好。望望前面，山腳有兩三間茅屋，燈火已熄，屋前有塊收拾得相當乾淨的方場，看樣子，不會沒有人居住。於是，頭一昂，慢吞吞的踩在田塍上，直向茅屋走去。

走到茅屋邊，靜悄悄的，一點聲音也沒有。金牛挨近窗戶，對窗內一瞅，黑魆魆，看不清甚麼，只有一個茁壯的小伙子睡在靠窗處。這小伙子長得面清目秀，十分惹人喜愛。金牛暗自忖度：「我不如蹲在這裏，等他起身，就跟了他吧！」

想着，蹲下身子，靠牆而臥，剛合眼，屋裏忽然傳出一陣吵嘴聲，一男一女，彼此吊高嗓音，如同雞叫一般，各不相讓。

金牛大吃一驚，連忙側耳諦聽，但聞女的嘶聲大嚷：「你管不着，我愛怎麼樣，全不用你管！」

男的說：「家裏連下鍋的米都沒有了，還成天到村上去打麻將！」

女的不甘示弱：「家裏沒有米下鍋，是你做丈夫的人不盡責任，與我有甚麼關係？難道要我出去賺錢來養活你們兩個，是不是？哼！

老實告訴你吧，你還沒有這麼好的福氣！」

　　男的聞言，似乎更加生氣了：「我才不要你來養活我啦！不過，你自己也該墊高枕頭仔細想一想，你是一個婦道人家，放着家務不管，整天走到外邊去打牌賭錢，弄得家不像家，有一餐，沒一頓，我倒不要緊，可是牛郎弟弟年紀輕，正在發身的當口，怎麼可以經常挨餓？」

　　女的這才盪氣迴腸地「哦」了一聲，說：「說來說去，原來為的是這個寶貝兄弟！那麼，讓我坦白告訴你，我嫁給你趙阿財，只做趙阿財的老婆，卻沒有嫁給你那寶貝兄弟，他有得吃沒有吃，全不是我的事；如果他嫌我做嫂子的人待他不好，那麼，誰也沒有拉住他，儘管請便好了！」

八、牛與牛郎

　　接着，男的重重地嘆了一口氣，嗓音突然轉低，好像在哭泣了：「唉！想當年阿爸去世的時候，一再囑咐我撫養牛郎，如今田裏收成壞，想做買賣，偏偏又遇到惡運當頭，弄得牛郎連飯都吃不飽，叫我怎樣交代死去了的父母？」

　　女的嗤鼻「哼」了一聲，說：「這是你的事，不要賴在我的頭上！」

　　男的不再開口了，霎時，屋內復歸寧靜。這一場吵嘴，使金牛聽了非常難過。金牛當即站起，挨近窗戶一看，竟發現那個靠窗而睡的小伙子正在聳肩啜泣。

　　「原來他就是可憐的牛郎！」金牛心下忖度：「看樣子，牛郎是一個忠厚人，不如就讓我幫他耕田吧！」

這樣一想，繼續蹲下身子，靜候牛郎起身。

過了些時，遠處忽有雞啼報曉。金牛睜開眼來，對東天一看，東天已泛起魚肚白的顏色，正想站起，忽然聽到有人在門邊驚叫：「哇！甚麼地方來了一頭大牛？」

金牛回過頭去，原來說話的人就是牛郎。

那牛郎穿着一身破破爛爛的藍布衣衫，星目秀鼻，唇紅齒白，十八九歲年紀，長得相當高大。金牛當即挪步過去，親暱地挨着他的身子，低着頭，任他撫摸。

牛郎問：「你是誰家的呀？怎麼會走到我們這裏來的？莫非走失了路途！現在，讓我送你回去吧。」

說罷，牛郎一骨碌翻上牛背，用手輕輕拍了兩下牛屁股，金牛就慢吞吞地朝小河走過去。小河上面架着一座石橋，橋畔有一株大槐樹，樹旁有一間泥屋，金牛走到泥屋邊，蹲下身子，儘管牛郎催促，怎樣也不肯行走。於是，牛郎說：

「牛呀，牛呀！你為甚麼不走？留在我們這裏，準會餓死的，還是乖乖地回家去吧！」

但是金牛卻拗執地蹲在那裏，一動也不動。

九、惡嫂嘴臉

一會，太陽出山了。朝霞燦爛，七彩紛呈，猶如畫家筆底下的潑墨。天上的星星還沒有完全隱去，遠山被灰色的晨霧瀰漫着。牛郎用手抹去眼屎後，伸伸懶腰，打了個呵欠。這時，對河忽然傳來一聲呼喚：

「牛郎，你在對河做甚麼？快回來吃山芋！」

牛郎回頭一看，原來哥哥趙阿財已經起身了；當即應了一聲，先對蹲在地上金牛看看；然後無可奈何地聳聳肩，嘆口氣，立刻飛也似的奔回家去。

回到家裏，馬上拿了面桶到井邊去洗臉。嫂子李氏已起身，見到牛郎，狠狠的盯了他一眼，彷彿見了仇人似的。

牛郎柔聲細氣地叫了她一聲，她竟憤然啐了口唾沫在地上。牛郎從小學會了忍耐，對於嫂子的嘴臉，倒看慣了，心內雖然氣憤，臉上總不肯露出來。

洗完臉，哥哥親自下廚端了三碗山芋湯出來，牛郎不想吃，又怕嫂子發脾氣，只好坐在旁邊，兩隻眼睛直瞪瞪的望着藍花大碗，心裏老在思念那頭牛。

正在發楞間，李氏驀地像雞叫似的嚷起來：「小鬼！是不是嫌山芋湯不好吃！哼！老實告訴你，今天還有山芋可以下肚，還不是因為我做嫂子的人心腸好，不讓你挨餓，要不然，這些山芋拿去餵豬，也比你吃下去強得多！」

牛郎聽了這一番刻毒話，心裏忽然感到一陣悲酸，淚水就像斷線珍珠一般掉落碗中。

「小鬼！你哭甚麼？是不是做嫂子虧待了你？……」

李氏愈罵愈起勁，唾沫星子到處亂噴，罵得牛郎只管低着頭，不停地流着眼淚。那趙阿財見到兄弟哭得如此淒涼，心似刀剮，連忙站起身，將李氏拉開；不料，李氏火氣更大了，指着牛郎嘶聲叱喝：「滾！你給我滾！從今以後不要再回來！你想吃好的，就得自己到外邊去找，我這裏，還得留些東西餵豬哩！」

十、逼走牛郎

　　牛郎聽了李氏的咒罵，再也忍不住了，抬起頭，用眼淚對哥哥投以詢問的一瞥。哥哥懂得牛郎的意思，只為父親臨終時有過囑咐，要他好好的撫養牛郎，直到他成家立業。怎奈李氏生性刻薄，好吃懶做，沒有事，整天耽在村上賭錢，把個好好的家庭弄得有一頓沒一餐，這還不算，如今又討厭起牛郎來了。

　　牛郎為人極其忠厚，對於李氏的欺侮從不反抗。李氏輸了錢，有氣無處洩，常把牛郎當作眼中釘。按照李氏的心意，牛郎是個吃閒飯的傢伙，趕走了他，每天可以省掉不少食糧；不但開支可小些，自己想出去走動時也不必有所顧忌。

　　為了這個緣故，李氏是一定要把牛郎趕出去的。

　　但是，趙阿財究竟是牛郎的親哥哥，明知自己的老婆討厭這個小叔，也只好暗中規勸牛郎別惹嫂子生氣。牛郎明白哥哥的處境，從不反抗李氏。

　　李氏以為牛郎柔弱，因此得寸進尺地欺侮他。時到如今，田裏收成壞，阿財又做不好買賣，加上手氣常背，所以李氏更加不能容納牛郎了。

　　「滾！你跟我滾出來！」她用裂帛似的聲音嚷。

　　牛郎怒不可遏，第一次瞪大眼睛，對着李氏狂嚷：「要我走，不難；但是這個家可不是你一個人的！」

　　李氏聽了這話，臉上一陣紅一陣青，氣得額角上的血管像蚯蚓般粗：「小鬼！你想造反啦！俗語說得好：長嫂為母，長兄為父，我做嫂子哪一椿待虧了你，你竟用這樣的態度來對付我？好！你既然願意走，那末就請便吧！」

牛郎當即悻悻然走到床邊，開始收拾自己的衣帽鞋襪。

不料，李氏心狠，竟說這是阿財出錢買的東西，屬於阿財的，不准他拿。阿財捨不得兄弟離去，說好說歹的勸李氏平息怒氣，李氏不聽，他也哭了起來。

十一、懸樑自盡

牛郎見李氏如此橫蠻，不由怒往上沖，當即擲下手裏的東西，悻悻然走了出去。

走到大門口，趙阿財忽然感到一陣刻骨的悲酸，忍不住嚷了起來：

「牛郎！」

「嗯？」

「你到甚麼地方去？」

「我是去找金福伯和春生公公。」

「找他們來做甚麼？」

「請他們兩位老人家來評評理！」

說罷，牛郎咬咬牙，朝外低頭急走。趙阿財見兄弟當真生了氣，不能不對李氏有所責怪了。李氏是出名的雌老虎，從未挨過丈夫的罵，如今見他怒氣沖沖的，立刻走到裏房，跳上板床，將一條粗蔴繩綁在橫樑上，嘩啦嘩啦地哭起來。趙阿財聽到哭聲，馬上衝進去，發現她剛剛用蔴繩圈套住自己的頸脖，忙不迭將她抱了下來。

「你……你這又何苦呢？」阿財問。

但是李氏哭得更加哀慟了：「都是你不好，從小寵壞了他，現在教他來欺侮我了！」

趙阿財明知被欺侮的是牛郎，只因事已至此，也不便再為兄弟申辯。沒有辦法，只好順着她的口氣責備自己，說自己不曾做哥哥，管教不嚴，寵壞了他，以至弄出今天這樣的事情來。

話雖如此；但是李氏仍不肯平息怒氣，哭呀嚷的，非要阿財將牛郎趕出去不可。

一會，牛郎回來了，後邊還有兩個老頭子 —— 金福伯與春生公公。

李氏一見來了人，心裏更加難受，暗忖：「這小鬼居然把他們也請來了，如果我攪得不好，目的未達，可別落個壞名氣。」

這樣想着，立刻提起衣角，蒙住面龐，像唱山歌似的哭了起來，邊哭邊嚷：說牛郎貪吃懶做，不下田，不拔草，把個家都吃窮了！

十二、評理

金福伯與春生公公是村裏老一輩的人物，家裏有點錢，長日無聊，專管閒事，村裏有甚麼婚喪喜慶，總少不了他們的份。如今，牛郎遭受李氏的欺侮，知道哥哥懦弱無用，只好把這兩位老人家請至家裏來評理。

兩位老人家一進趙家的門，沒有開口，就看見李氏大哭大嚷，不能不覺得事情的難於處理了。

「有話好說，有話好說，不必哭；也不要嚷！」

兩個老頭子一邊勸慰李氏；一邊要他們將爭吵的根源講出來。牛郎不甘示弱，第一次堅強地反叛李氏了。

「她要趕我出去！」牛郎狠巴巴地說：「我從小沒有父母，也無

親眷朋友，如今她忽然要將我趕出家門了，請兩位公公評一下理，作個主！」

李氏聽了牛郎的話語，當即圓睜怒目，氣勢洶洶地挪步上前，嘩啦嘩啦地嚷起來：「春生公公、金福伯，你們二位人大面大，說話有斤兩，可不能隨便聽信這小鬼的胡言亂語！……本來，這小鬼既是阿財的同胞兄弟，我做嫂子的人怎樣也不能讓他到外邊去吃苦受難的；但是，這小鬼生來就不肯上進，整天貪吃懶做，游手好閒，儘管田裏收成不好，他卻常常將家裏的東西偷出來，變賣了，走進茶館喝茶、聽歌、打麻將！」

「沒有這種事的！」牛郎終於怒吼起來了。

李氏豈肯罷休，當即拍手跺腳地哭得上氣不接下氣。兩個老頭子夾在中間，倒也十分為難了。

金福伯先對李氏瞅了一眼，想說話，知道李氏是個潑婦，不能惹她；於是轉過臉來，對敦厚老實的趙阿財看看，問：

「你的意思怎樣？」

趙阿財當然是不願意牛郎離去的，只因李氏太兇，縱然心裏想挽留牛郎，嘴上卻又不敢說出來。

十三、分家

金福伯見趙阿財不開口，只好走到牛郎面前，悄聲問他：「牛郎，你嫂子既然不希望你在這裏住下去，我看你還是離開的好。你身強力壯，不怕找不到工做。」

牛郎略一沉吟，認為勉強住下去，精神上的痛苦必較目前更大；

因此撇撇嘴，提出了這樣一個要求：

「好的，我走！不過兩位老人家，你們得秉公處事呀！」

金福伯知道僵局已打開，立刻點點頭，說了一句「那個自然」；馬上挪步走到春生公公身傍，傴僂着背，用蚊叫一般的聲音，在春生公公耳畔說：

「牛郎既然答應離去，事情就好辦了。不過，牛郎單身單口，既無親戚又無朋友，離開家門，衣食住樣樣都成問題，所以我們必須為他爭些家產才是。」

春生公公聽了金福伯的話，覺得言之成理，頻頻點頭，表示贊成金福伯的主張。於是，金福伯站在中人的地位，提出了分家的意思。趙阿財不想答應，那李氏卻大聲高叫起來：

「好，分家是一個解決問題的辦法，我不反對！」

話語一出，事情就這樣決定了。趙阿財原非富有，說分家，事實上，也沒有甚麼東西可分。

金福伯要阿財將全家的產業講出，阿財嘆口氣，皺緊眉頭，說不出話來。

然後金福伯問李氏：「你們現在有幾間屋？幾畝田？」

李氏兩眼骨溜溜的一轉，呶呶嘴說：「屋一共兩間，現在大家居住的；另外對河還有一間堆草和看顧莊稼用的茅屋。田一共十五畝，河東八畝；河西六畝。」

「此外有無金銀珠寶？」

「金銀珠寶過去倒還有一些，如今都給這小鬼用光了！」

金福伯聽了這些話，當即走到桌邊去跟春生公公低語商量。經過一番斟酌後，金福伯終於作了這樣的決定。

十四、兄弟分手

「這樣吧，牛郎尚未成家，理應吃虧一些。現在，由我們作主，將這裏的房屋分與阿財；對河的茅屋分與牛郎。至於田地，河東八畝歸阿財夫婦；河西六畝歸牛郎。你們覺得怎樣？」

趙阿財最不贊成分家，但是事已至此，也只好點點頭答應。牛郎明知自己吃虧，為了早日脫離苦海，寧可少拿一些，不願計較。只有李氏，素來貪心不足，聽了金福伯的話語，居然還想爭多一些。

「不行！這小鬼一個人，耕不了那麼多田地。照我看來，他身體強健，走到外邊去做長工，一樣可以過日子，那河西的六畝田應該歸我們！」

這時候，春生公再也不能忍耐了，憤然以掌拍桌，指着李氏叱喝：「你不要貪心不足，這樣的分法對牛郎已經不能算是公平。他目前雖未結婚，但將來終要成家立業的。你若不同意的話，那末，留待將來平分吧！」

聽到「平分」兩個字，李氏不覺怔住了，瞪大一對受驚的眼，久久不言語。

金福伯見李氏已無話可說，當即着阿財取出筆墨紙硯，由他自己執筆，當着大家的面，將分家書寫好；然後各執一紙為憑。

牛郎接過分家書，心內感到一陣悲酸，忍不住含了淚水，臨走時，一邊以袖拭淚；一邊抖着聲音對阿財説：

「哥哥，我走了！」

做哥哥的人從小愛護牛郎，這些年來心情雖壞，卻從未責罵過牛郎，如今一旦分離，當然會難過得心似刀割的。阿財想開口，但是喉

嚨彷彿給甚麼東西梗塞住了，說不出話來。

　　他哭了，提起衣角蒙着面龐，耳邊依稀聽到牛郎的聲音：「哥哥，你要保重啦！你對我的撫育之恩，我是一輩子也不會忘記的。你不必惦念我，我有辦法養活我自己的！你若有甚麼事要找我的話，千萬不要遲疑！」

十五、打掃茅屋

　　阿財愈聽愈傷心，淚水不斷地往下淌。遲了一會，忽然抬起頭來叫了一聲：「賢弟！」

　　但是金福伯告訴他：「牛郎已經走了！」

　　牛郎垂頭喪氣地走出家門，高一腳低一腳的踩在田塍上，疾步朝西走去，走過木橋，對那間堆草用的茅屋一看，禁不住兩淚滔滔，「哇」的放聲大慟了。

　　哞……一聲牛叫終於使牛郎猛發一怔。牛郎抬起頭，用模糊的淚眼對牆腳一瞅，才看到那隻迷失路途的大牛依舊蹲在那裏。

　　「多麼可憐的老牛，流離失所，同我一樣孤單；我應該送牠回去才是。」

　　這樣想着，牛郎已走到大牛面前，蹲下身子，問：「牛呀，你住在哪裏？我送你回去。」但是老牛竟搖搖頭，表示並沒有迷失路途。於是，牛郎站起身，挪步走入茅屋，取些乾草出來，塞入老牛嘴巴。老牛顯然已經餓了，貪婪地咀嚼着，眼睛裏呈露了感激的表情。

　　牛郎問：「你有家嗎？」

　　老牛搖搖頭。

牛郎又問：「願意跟我住在一起嗎？」

老牛點點頭。

牛郎沉吟一下，然後對老牛說：「既然這樣，你就住在這裏吧，反正我已被嫂子趕了出來，一個人住這間茅屋免不了要感到孤寂的，你肯陪我，那是再好也沒有了！打明兒起，我們一同下田，你翻土，我插秧，大家必須勤力工作，庶能免去飢寒之苦。」

老牛點點頭。

牛郎當即到屋裏，捲起袖管，開始將這間茅屋打掃乾淨。日落時，一切都已弄好，只是沒有爐鍋燒水煮飯。牛郎連中飯都沒有吃過；如今當然會感到肚餓的；但是既無鍋鑊又無爐灶，想吃，也不能像老牛那樣塞一把乾草在嘴裏。因此，牛郎感喟地嘆息了，惘惘然想起今後的種種，不禁又淚落滿面。

十六、夢見神仙

哭得倦了，終於沉沉入睡。睡至中宵，得一夢，夢見面前站着一個彪形大漢。

「你是誰？」牛郎問。

回答是：「我就是那條老牛。」

「老牛？怎麼變成人形？」

「唉！說起來，也許你不會相信。不過，我願意告訴你，我是天上的金牛大仙，一直無憂無慮的倒也十分逍遙自在，只因喜歡抱不平，觸怒了王母娘娘，被她貶入凡間，歸還原形。」

牛郎一聽，連忙拱手施禮：「原來是大仙來了，請受我一拜。」

金牛立刻堆上一臉笑容：「不必多禮，快快起身。我看你為人極

其忠厚，倒有意思幫助你一下了；但是你一個人住在這裏，下田耕種倒沒有問題；那燒水煮飯的事你可辦不了的。」

這一番言語，剛好揭穿了牛郎的心事，牛郎眉頭一皺，苦苦的問：

「但不知大仙有甚麼辦法可以解決這個問題？」

金牛斂住笑容，一本正經地對他説：「以後千萬不要叫我大仙，給別人聽了，只當你是一個瘋子哩！」

「那末，叫你甚麼？」

「叫我牛大哥。」

「好的，牛大哥，現在請你幫我解決當前這個問題。」牛郎説。

金牛兩眼骨溜溜的一轉，若有所悟地點點頭，説：「有了，天上有個織錦仙子，長得十分美貌，如果你有福分的話，能夠娶得她做妻子，那你就是凡間最快樂的男人了！」

「織錦仙子？」牛郎困惑地聳聳肩，説：「牛大哥，我是一個凡人，怎麼可以娶仙女為妻？」

「噯！你怎麼這樣老實？天上的神仙來到下界不就變成凡人了！你看我，在天上的時候是一個有道行的金牛大仙，如今來到紅塵，還不是變成一條普普通通的老牛？」

十七、靈雀報訊

牛郎聽説金牛星要設法幫他娶仙女為妻，心裏説不出多麼的高興，忙不迭雙膝一屈，跪倒在地，要他早日玉成好事。金牛略一尋思，説：

「此不可性急，待事機成熟時，我會馱你上天的。」

「馱我上天？」

金牛仰起頭來，哈哈大笑了。就在這笑聲中，牛郎從夢中驚醒，連忙用手擦亮眼睛，對屋角一看，發現老牛伏在地上，睡得正酣。

「奇怪！」牛郎暗自忖度，「難道這條老牛果真是天上的神仙？」

這樣想時，窗外已有第一道陽光射來，牛郎用手背掩蓋在嘴前，打了個呵欠，當即一骨碌翻身下床，走到老牛面前，捉住牛角，搖了幾搖，說：

「牛大哥，我們該下田了！」

老牛睜開眼來，對牛郎一瞅，站起身，點點頭。

「剛才是不是你托夢給我？」

老牛點點頭，「吽」的長叫一聲。

牛郎滿意極了，立刻牽着牠下田。那老牛看起來好像孱弱得很；但是耕田時，氣力充沛。從此，牛郎開始自立了，勤力耕種，雖然清苦一些，倒也不必愁吃愁穿。

有一天下午，牛郎下田拔草，將老牛繫在老槐樹邊，任牠啃草休息。

驀地，半空飛來一隻翡翠色的靈雀，佇立在槐樹的樹枝上，對着那頭老牛，喳喳的叫個不停。

那老牛當即昂起頭來，「吽」的叫了兩聲，彷彿在跟靈雀通話似的。

牛郎在田裏見到這種情形，不免暗暗吃驚了，心忖：「莫非這老牛當真是天上的金牛大仙化身？」

當天晚上，牛郎吃了些乾糧，想上床睡覺，可是偏無睡意，索性走到門前的棗樹底下，百無聊賴地望着天上的星星出神。

十八、仙女沐浴

夜風習習，遠處有梟鳥相撲的啼叫。天上星光歷亂，無雲，無月，一切都在靜穆中顯得非常和諧。牛郎背靠樹幹，只是默默瞅着天庭出神，心忖：「實在太無聊了，如果有個人陪我聊一會天豈不是好？」

正這樣想時，耳邊忽然傳來這麼一句話：「牛郎，你在想老婆了，我知道的。」

牛郎聞言，好生詫異，連忙東張張，西望望，用眼睛去搜索說話的人，結果連個影子都沒有看到。

「奇怪！明明我聽到有人在講話的，怎麼會連個影兒都不見？」

就在這時候，耳邊又聽到這樣一句說話：「牛郎，你若真的有意娶老婆，我倒有辦法跟你介紹一個。」

牛郎不勝詫異，楞大一對受驚的眼，問：「誰在說話？」

接着，傳來一聲呵呵的笑聲：「傻瓜，這山野地方，除了我牛大哥，還有誰？」

牛郎本能地側過臉去，對蹲在身傍的那條老牛一瞅，果見老牛愕磕磕的望着自己。牛郎問：

「剛才講話的是你？」

老牛點點頭。

牛郎又問：「你有辦法給我娶老婆？」

大牛「哞」的叫了一聲，居然開口講話了：「牛郎，讓我坦白告訴你罷！今天下午，天上有一隻靈雀飛來報告我一個消息。」

「天上的靈雀？」

「是的。」

「報告甚麼消息？」

「牠說今晚有一羣仙女前往碧蓮池去沐浴，其中有一位仙女，不但品性溫淑；而且長得十分美貌。」

「仙女沐浴與我何干？」

大牛「咦」了一聲，眨眨大眼睛，用一種不禮貌口氣問牛郎：「你不是想娶老婆嗎？」

牛郎目瞪口呆地望着大牛，不點頭；也不搖頭，顯然有些莫名其妙。

十九、騎牛上天

於是，大牛咬咬嘴，坦白講出了自己的計劃，說是去到碧蓮池沐浴的仙女中間有一位名叫「織女」的，與牛郎配在一起，實在再合適也沒有了。

「你若真心想娶老婆的話，」大牛說，「回頭我馱你上天去，悄悄走到碧蓮池邊，將織女的衣服搶過來，那織女發現自己的衣衫不見，一定會追趕你的，到那時，你挑個僻靜的地方，誠懇地向她表露求婚之意，她就會答應的。」

牛郎聽了，總覺得事情有點不合情理，第一：碧蓮池在天上，凡人怎麼去得？第二：大牛倘有上天的本領，為甚麼要在下界耕田受苦？第三：那織女是個仙人，怎麼可以與凡人結婚？

正感躊躇間，大牛又開口了：「你的問題我全知道了，現在讓我解釋給你聽罷。第一：凡人是不能上天的；但是騎在我的身上，只要閉上眼睛，毋須半個時辰，就可抵達碧蓮池。第二：我本是金牛大仙，因為觸怒了王母娘娘，才被貶罰下界來的；不過，到了必要時，

只要不被王母知悉，我還是可以偷上天庭。第三：那織女雖然是仙子，但是到了紅塵後就會跟你一樣變成凡人了。」

牛郎這才若有所悟地「哦」了一聲，用手搔搔頭皮，雖感困惑，卻也躍躍欲試了。於是大牛打鐵趁熱，立刻追問：

「怎麼樣？這是千載難逢的機會，要去，現在就走！遲了，仙女們會離去的。」

牛郎依舊遲疑不決，嚅嚅滯滯地問：「真的還是假的？」

大牛顯然不耐煩，當即站起身來，用命令式的口氣對牛郎說道：

「不要三心兩意了，想娶老婆，趕快騎上我的背脊！」

牛郎挪步走到大牛邊，伸手扳住牛背用力一蹤，立刻騎了上去。大牛說：「閉上眼睛！」牛郎將眼睛一閉，但聞耳際風聲獵獵，渾身輕飄飄的，彷彿完全沒有依靠了。

二十、七個仙女

過了一會，老牛悄聲對他說：「現在，睜開眼睛來吧！」

牛郎睜開眼睛，不覺猛發一怔。前面到處都是亭台樓閣，全用翡翠白玉構成，熠耀閃光，叫人看了眼花撩亂。四周仙樂悠揚，但不知來自何處。腳底下盡是七彩祥雲，飄來飄去，十分美麗。

「這一定是仙境了！」

牛郎暗自忖度，心裏卜通卜通地跳得很快。

老牛回過頭來，細聲對他說：「牛郎，千萬不要作聲，萬一給王母知道，那可不是鬧着玩的。現在，再將眼睛閉緊，我帶你到碧蓮池去。」

稍過些時，老牛已將牛郎馱到碧蓮池畔，躲在一座金山背後，叫牛郎睜開眼觀看。

這是一個用鑽石翡翠建成的天池，四周圍着白玉雕的卍字欄干，池水清澈見底，靠邊處有一些盛開的荷花。

牛郎正看得出神時，老牛忽然悄聲對他説：「來了！來了！」

牛郎定睛觀看，果見鑽石鋪成的小徑上，婀婀娜娜地走來了七個仙女，個個含笑盈盈，彷彿完全沒有一點心事似的。其中有一位穿紫色的，身材頎長，最為美麗。於是，牛郎回過頭來，用眼對大牛投以詢問的一瞥；老牛懂得他的意思，點點頭，説：

「正是她。」

牛郎立刻抬起頭來，只見織女已坐在玉石的鼓凳上了，剛剛解開繡襦，祖露出一截白玉，僅用紅色的肚兜圍着。美麗極了！

牛郎從未見過女人沐浴；更未見過這樣美麗的女人沐浴。他怔住了，呆呆的瞪着織女發楞，完全不克自持了。老牛心裏明白，立刻低聲對他説：「不要發呆，快去將她的衣服偷走！」

「怎麼？你叫我偷她的衣服？」牛郎詫異地問。

「我叫你幹的事沒有錯的，快去吧！」老牛説。

二十一、搶走衣衫

牛郎經不起老牛的一再慫恿，終於鼓起勇氣，躍步走到荷花池邊，伸手將玉凳上的那件紫色衣衫拿了過來，撥轉身，拔足就奔。

奔了一陣，耳際忽然傳來這樣的聲音：「織女姐，有人將你的衣服搶走了！」

　　喊聲十分尖銳，使牛郎聽了心內撓亂，正擬藏身蒼松翠柏間，後邊有人追上來了：

　　「喂！你是何人？膽敢偷竊我的衣服？」

　　牛郎這才站定了，回轉身來，不覺猛發一怔。原來面前站着的正是那位最美麗的仙姑，身上圍了一塊紅兜肚，周身白玉全部呈露在牛郎眼前。牛郎從未見過這樣美貌的女子，只管楞大了眼睛貪婪地欣賞着，心裏卜通卜通地直跳，神情緊張之至。

　　織女追趕時，全憑直覺，只知道衣衫給別人偷走了，怒火狂燃，咬緊牙關拚命追趕，完全沒有想到自己半裸着身體。如今，站定在牛郎面前，見牛郎長得面清目秀，心存慕愛之意，終於意識到自己不應該太過衝動。因此，就近找了一棵玉樹，躲在樹身背後，羞得面紅耳赤了。

　　「你是何方來的野男子？」她問，「為甚麼強搶我的衣衫！」

　　牛郎見織女躲到玉樹背後，膽子也就壯了起來，當即扁扁嘴，涎着臉答：

　　「我覺得這件衫實在好看，所以順手就拿了過來。」

　　「甚麼話？覺得好看，就可以隨便拿走嗎？那末，如果你見到了好看的女子，難道也可以拿走嗎？」

　　「當然可以的。」

　　「你這野男子，完全不講道理！我不願意跟你多講，快將衣衫還我！」

　　牛郎故意頓了頓，瞪大眼珠察看織女，看了一陣，油腔滑調地說：

　　「要我還你衣衫，不難，首先得告訴我，你叫甚麼名字呢？」

二十二、求婚

織女臉一沉，沒好聲氣地說：「為甚麼要將我的名字告訴你？」

「因為……我覺得你很好看。」

「所以你想把我也搶走了，是不是？」

「不錯，我倒是有這個意思的。」

「不要胡說八道，快將衣服還給我！」

「要我還你衣服，不難，快將你的年紀告訴我。」

「不告訴你！」

「既然不肯告訴我，那末，願意不願意知道我的姓名和年紀？」

「不要！」

「何必生這麼大的氣呢？來，請你留神聽着，我姓趙，名叫牛郎，今年十九歲，還沒有娶老婆。」

「誰要知道你娶過老婆不？」

「你囉！」

「別亂講！我才不想知道你的事哩！快拿來！」

「甚麼？」

「我的衣服呀！」

「好的，你要衣服就得自己走過來拿。」

「我怎麼可以走出來呢？」

「為甚麼不能？」

「因為我身上沒穿衣服。」

「怕甚麼？剛才你追我的時候，我早已看得清清楚楚。」

織女聞言，內心不覺一沉，暗忖：「這下可糟了，我是仙女，周身白玉從未給任何男人見過，如今，竟給這個男人完全看到了，叫我

今後如何再在別的神仙前露臉。」

這樣想時，心裏更加煩亂了，低着頭，又恨、又羞，完全不知道應該怎樣處理這弄尷尬了的場面。但是轉念一想：「不穿衣衫，如何能回機房？不若厚顏走去取回吧！」

於是，織女忸忸怩怩的從樹後露出上半身，佯嗔薄怒地對牛郎說：「牛郎，請你做做好事，快些將衣衫還給我！」

「好的。不過，我要你答應我一件事。」

「甚麼？」

「嫁我做老婆！」

二十三、躲在樹後

織女想不到牛郎會説出這樣直率的話語來，閃閃眸子，臉孔羞得如同紅柿一般，顯然有點不安了。於是，忙不迭將身子往後一退，兩手羞怯地交叉在胸前，躲在樹後，只覺得萬種柔情像潮水一般不斷地湧向心坎。

「這牛郎倒是一個有趣的男人。」她想，「但不知他是不是真的這樣痴心？」

正在思忖時，牛郎又直着嗓音嚷起來：「喂，你究竟肯不肯答應呀？為甚麼不將你的心意告訴我？老是躲在樹背後算是甚麼意思？」

織女給他這麼一催，心裏倒也有點慌張起來了，咬咬牙，終於羞答答的對牛郎説：

「你若真心喜歡我的話，就將衣服還給我！」

「不，你得先回答我的問題；然後再將衣服還給你！」

織女聽了他的話語，心裏卜通卜通的直跳，完全沒有主張了。倘

若此刻遽爾答應他的婚事，又怕他只是一時的感情衝動，並非真心；反之，織女一向羨慕人間的生活，能夠脫離寂寞天庭，在她，當然是一件求之不得的事。

織女心裏煩透了，不想立刻答應他，又沒有勇氣拒絕。

可是牛郎卻等得不耐煩了，再次直着嗓子嚷起來：「喂，你為甚麼不答話呀！你若嫌我貧寒，也該開一句口，好讓我將衣服還給你死了這條心！」

織女這才當真焦急了，呶呶嘴，不加思索地回答他：「好的，我答應你！」

牛郎聽了這句話，高興得忙不迭挪開腳步，急急將衣服送給織女。

織女搶過衣服，立刻佯嗔薄怒地責怪牛郎：「有甚麼好看，還不回過頭去？」

牛郎聳聳肩，極其迅速的掉轉身，用背脊對着織女。一會，織女穿好衣服，婀婀娜娜的走到牛郎面前，低着頭，羞答答的對牛郎說：「你也必須答應我一件事！」

二十四、揭穿秘密

牛郎瞪大了眼睛，問：「要我答應你甚麼？」

織女略一沉吟後，抬起頭來，閃目對牛郎一瞅；然後一本正經地將自己的心意告訴他。

「牛郎，」她說：「你一定知道我是一個仙女？」

「不錯，我早就知道你是一位仙女了。」

「但是……」

織女忽然欲言又止了。牛郎見她吞吞吐吐的，心裏不免焦急起來，忙問：

「你既然答應嫁我為妻，還有甚麼事情不好講的呢？」

經此一說，織女才爽爽快快的對牛郎說：「我既已答應與你結婚，當然是要跟你到凡間去的；但是我是一個仙女，去到下界後，萬一給別人知道了我的秘密，必然會引起許多不必要的麻煩的！」

牛郎聽了織女的話語，若有所悟地「哦」了一聲說：「你儘管放心了，我自己也是一個怕麻煩的人。」

「那末，」織女斬釘截鐵地問：「你是一個凡人，怎麼會走上天庭的？」

牛郎心直口快，毫不思索地對後邊一指：「嘩，就是那條老牛駄我上天的。」

「老牛？」織女不勝好奇了，「一匹老牛會有辦法駄你上天？」

牛郎聞言，臉上立刻呈露了一種倨傲的神情，扁扁嘴，自鳴得意地說：「這條老牛可不是尋常的牛頭呀！」

「難道牠也有來頭？」

「來頭可大吶。」

「你倒說給我聽一下。」

牛郎頓了頓，故作神秘地轉轉眼珠子，壓低了嗓音，悄聲說：「牠呀！他是金牛大仙，跟你一樣，也是一位神仙。」

織女這才恍然大悟了。心中暗忖：「原來是金牛星見我耐不住寂寞，故意將牛郎駄上天庭，教了他這個方法，存心要撮合我的好事。」於是，信心益堅。側過臉去，對牛郎說：「你帶我去見他。」

二十五、織女下凡

　　此時，老牛唯恐敗露秘密，兀自躲在金山背後，不敢動彈。正感不耐煩時，忽然祥雲滾滾，心知有異，連忙睜眼觀看，才發現牛郎稚氣地拉着織女的手，跳呀蹦的奔過來。

　　老牛見織女，不免有些羞慚，側着頭，不敢正視。織女笑了，搬動蓮步，走到老牛面前，用揶揄的口脗對他說：

　　「原來是大仙雲遊天庭，未曾遠迎，當面恕罪。」

　　老牛正欲答話時，忽然心血來潮，知道近處有天兵天將走來，連忙抬起頭來，慌慌張張說：

　　「快！騎在我的背上，有天兵天將追來了！」

　　織女不敢拖延，當即對牛郎使一下眼色，相繼跨上牛背，一前一後，雙雙離開天庭。

　　老牛吩咐他們閉上眼睛，但聞風聲颯颯，天未明，就抵達了人間。

　　織女在天上的時候，日夜思慕下界的生活，如今，夢境終於變成現實，親自來到紅塵，只覺得呈露在面前的一切，無一不具新鮮感。

　　在她的想像中，人間是最快樂的地方，比天堂有趣得多了。當她見到那簡陋的茅屋時，她竟將它當作一件藝術品來欣賞。她貪婪地望着茅屋，咧着嘴，笑得見牙不見眼。牛郎見她如此高興，卻完全無法猜測她的心情。

　　兩人進入茅屋，坐定，牛郎斟了一杯熱茶給她，她呷了一口，覺得十分清香，臉上立刻漾開一朵動人的微笑。

　　但是，牛郎雖然將織女帶到人間，卻並不像她那麼高興。牛郎知道自己是個窮措大，結了婚之後，織女是得不到甚麼快樂的。織女是

久居天庭的仙子，當然不會了解人間憂患。

此時，東天已泛起魚肚白的顏色。牛郎一夜未睡，正擬解衣就寢，才想起家裏只有一隻板床。他與織女尚未拜堂成親，未便遽爾共枕，只好吩咐織女先躺下休息，自己則匆匆趕去村上買香燭。

二十六、拜堂成親

牛郎買了香燭回來，擺好香案與拜墊，拖着織女，雙雙跪倒在地。織女是個仙女，那裏會懂得凡間習俗，只因牛郎叫她這樣做，也就依樣磕頭。

儀式完成後，牛郎愁眉苦臉的告訴她：「現在我們是夫妻了。」

織女閃閃眸子，頗表困惑地問：「據我所知，凡人都把結婚當作一件喜事，你為甚麼老是愁眉不展的？」

牛郎嘆口氣，對織女作了這樣一個解釋：「你說得一點也不錯，結婚的確是一件可喜的事情；但是我是窮光蛋，娶了像你這樣一位似花似玉的嬌妻，要是無法養活你的話，喜事也變悲事的。」

織女楞大了眼睛，直瞪瞪的望着牛郎，完全不明白牛郎的話意所在。於是，牛郎就不厭其詳地解釋給織女聽，說人間不同天堂，每個人必須以勞力換取衣食，否則，就會因為抵受不了飢寒而死亡的。

「但是，我不怕死亡。因為我是一個仙女。」織女稚氣地說。

牛郎搖搖頭，說：「當你在天上的時候，你是一個仙女，不必愁吃愁穿；既然來到人間，沒有衣食，一樣也會死亡的，所以，我一定要設法不讓你受苦。」

織女這才若有所悟地「哦」了一聲；但是仔細想想，依舊有許多問題需要牛郎解釋。

「怎樣才可以找到衣食？」

牛郎告訴她：「一個人必須用勞力去賺取金錢；有了金錢，就可以購買衣食了。」

織女說：「我願意用勞力去賺取金錢。」

牛郎說：「你不會種田和縫紉，即使有勞力又有何用？」

織女兩眼骨溜溜的一轉，說：「我會織布！」

牛郎楞大了驚詫的眼，悄聲問：「你真的會織布嗎？」織女微笑點頭，當即從衣袖裏取出一隻天梭，說是只要找到一架織布機，所有問題都可以迎刃而解。

二十七、翡翠髮簪

牛郎聽說織女會織布，高興得怎麼似的。但是，工欲善其事，必先利其器，沒有上好的織布機，怎麼能夠織出上好的布匹來？為了這個緣故，牛郎不能不感到煩惱了。織女見他愁眉不展，忙問：

「有甚麼心事嗎？」

牛郎嘆口氣，說：「我窮，買不起織布機，你縱有織布的本領，也是枉然。」

織女低頭尋思，半晌過後，忽然若有所獲的驚叫起來：

「有了！」

牛郎聽聞，眼睛睜得如同銅鈴一般大。

接着，織女含笑盈盈地對牛郎瞅了一眼，舉起纖纖玉手，從頭髮間取下一隻碧綠的髮簪，嬌滴滴地說：

「這髮簪是翡翠的，你拿去變賣了；然後買一架織布機來。」

牛郎接過髮簪，仔細端詳，但見綠光耀眼，的是珍品，心裏高

興，臉上就呈露了笑容。

「這髮簪真好看，相信能換得一架織布機回來。只是賣了它有些可惜。」牛郎收起笑臉，微喟的說。

織女笑答：「只要有了織布機，將來更好的東西也可以買到。」

當天晚上，茅屋裏喜氣洋溢，牛郎這麼大，從來未獲得過異性的安慰，有了織女後，心內的喜悅，實非筆墨所能描摹；至於織女，久居天庭，忽然嚐到人間的甜蜜，當然會將所有的愁煩全部拋開的。

天色剛黑，牛郎就將板門閂上了。老牛心裏有數，兀自蹲在牆腳，每一次聽到裏邊笑聲傳出，「他」就頻頻點頭。

第二天早晨，雞啼報曉時，老牛從睡夢中醒來，唯恐牛郎責「他」貪睡，怯怯地對田野一看，不見牛郎的影子，再回過頭來，才發現板門依舊緊緊關閉。

太陽出山後，牛郎仍未起身。老牛在門外等得不耐煩了，故意深深吸口氣，大聲叫了起來。

二十八、牛郎上鎮

牛郎聽到了牛叫，忙不迭用手擦着惺忪的眼，以為織女仍在自己身邊，伸過手去擁抱，結果捉了個空。於是，一骨碌翻身下床，東張張，西望望，不見織女的影子，心裏不免慌張起來，連忙走到窗邊去察看，才發現織女在後門口生火煮水。

牛郎拉開後門，躡足走到她身傍，趁其不備，稚氣地大聲喚叫。織女正在以扇搧爐，聽到叫聲，不覺嚇了一跳，轉過身來，見是牛郎，當即板起面孔，呿嘴生氣了。牛郎自知做錯了事，當即拱手施禮，向她道歉。織女斜目一瞅，見他傻頭傻腦的樣子，終於噗哧一聲

笑了起來。

這一笑，緊張的空氣頓呈鬆弛。牛郎問她：「為甚麼這樣早起身？」

織女說：「給你弄些可以充飢的東西，讓你吃了，好去買織布機。」

牛郎聞言，心裏十分歡喜，暗忖：「究竟有了女人，情形就不同。」

接着織女揭開鍋蓋，放了一些番薯片在清水裏，重新拿起扇子，啪達啪達一陣子狂搧。爐子裏的生炭瞬息間就熊熊燃燒起來。織女這才直起身子，轉過臉來，對牛郎說：

「這後門口有的是空地，你得閒時，最好搬些磚泥來，砌一間廚房出來，等到落雨落雪的時候，就不致於連個燒飯的地方都沒有。」

牛郎點點頭，同意織女的建議。他滿懷安慰，佩服織女設想得周到。

稍過些時，番薯湯煮好了。織女盛了一碗給牛郎，自己則擷了一把乾草，走到前邊去餵老牛。

牛郎吃飽了肚皮，馬上換上潔淨的衣服，帶了翡翠髮簪，獨自走上田塍，疾步向鎮上走去。

老牛目送牛郎遠去，就知道今天不必下田了，點點頭，呶呶嘴，索性蹲在樹蔭下閉目養神。

二十九、李氏來訪

織女獨自一個人耽在家裏，倒也並不寂寞。牛郎的茅屋雖小；但是亂七八糟的，也需要好好的整理一下了。於是，織女捲起了衣袖，

先到井邊去挑了兩桶清水來，將所有枱凳碗筷之類的東西全部抹淨；然後逐樣擺好，拿一把掃帚來，將泥地掃得乾乾淨淨。

正在忙碌間，忽聞老牛在樹下大聲吼叫，織女忙轉過臉去，卻發現牛郎的嫂子李氏站在大門口。

織女並不認識李氏，只當她是住在附近的小鄉鄰，連忙堆上一臉和藹的笑容，以便贏取她的好感。

不料，李氏不但不以笑容作答；抑且雙手插在腰眼，板着臉，沒好聲氣地問：

「你是誰？」

織女不疑有他，居然爽爽快快地答：「我是趙牛郎的老婆。」

李氏不覺猛發一怔，忙問：「你是趙牛郎的老婆？怎麼我們一點都不知道？」

織女笑笑，想起可愛的牛郎，再也掩不住內心的喜悅了。

李氏見她滿面春風的，更加狐疑不定了，於是扁扁嘴，又追問一句：

「你們甚麼時候結婚的？」

「昨天。」

「昨天？怎麼連酒席都不擺？」

「牛郎窮，無錢設宴，所以不敢驚動眾位鄉鄰。」

李氏愈聽愈不明白了，皺緊眉頭，只管對織女仔細打量；由頭看落腳，又由腳看上頭。織女給她看得不好意思，低着頭，兜耳澈腮地羞得通紅了。李氏又問：

「你好像不是本地人？」

這一回，可難倒織女了。她該怎樣回答李氏？說自己是天上的仙女，當然不可以；但是不這樣說，又該答些甚麼才合適呢？沒有辦

法，只好訕訕地換轉話題，説自己還有許多工作要做，等一切弄妥了，改天邀她來吃飯。

三十、男耕女織

説罷，織女故意裝出非常忙碌的樣子，一會兒抹杌，一會兒掃地，理這，弄那，使李氏無法再開口。

李氏見此情形，只好懷着一個謎，挪開蓮步，直向村上去打牌。

中午時分，牛郎回來了，背了一架織布機，他的步伐非常輕鬆。

「好了，好了。」他興高彩烈地説：「這下你可以幫我生產了。」

織女問他：「那翡翠髮簪值多少錢？」

牛郎翹起大拇指，説：「這髮簪可不同尋常，賣給首飾舖，居然兌了十両紋銀。」

織女問：「這架織布機呢？」

牛郎説：「這是上好的織布機，一共花去八両紋銀，現在還剩二両，留着有急用時再拿出來。」

織女頗表滿意的點點頭，撥轉身，走到後邊去端飯菜。牛郎在外邊走了半天，肚子已空，見到香噴噴的白飯，立刻狼吞虎嚥了。飯後，織女在洗碗時，對牛郎説：

「早晨有個女人來跟我兜搭，問長問短，十分討厭。」

牛郎問她：「那女人的長相是怎樣的？」

織女當即將李氏的模樣詳細描摹給牛郎聽，牛郎臉一沉，説：「一定是我的嫂子！」

織女這才猛吃一驚，呆了半晌，才問：「你還有哥哥？住在甚麼地方？」

於是牛郎將自己被嫂子趕出家門的事一五一十地講給織女聽，織女愈聽愈氣憤，最後，咬牙切齒地說：

「原來是這樣一個橫蠻的女人，下次見到她，我一定給她一個不理不睬。牛郎，你不要氣餒，只要我們大家勤力做工，遲早終歸可以教她低頭！」

牛郎點點頭，黯然神傷地說了一句：「不過，我的哥哥倒是從來沒有虧待過我，問題是：李氏太凶，使他消失了丈夫的氣概。」

三十一、牛郎蓋屋

從此，夫唱婦隨，一個耕田；一個織布，生活上了軌道，日子過得相當舒適。

織女手藝好，加上了天梭，織出來的布，又多又好。每逢鎮上市集，牛郎放下田裏的工作不做，揹了布匹，走去市集販賣。趕集的人總不免要買些布匹回去給孩子縫新衫；而集上販布賣布匹的人最少也有七八檔；但是沒有一檔的布匹及得上牛郎的。因此，牛郎的生意特別好；賺的錢也特別多。

牛郎終於富裕起來了，不但在方場上，搭了個竹籬棚，專養雞鴨豬羊；同時，還在河邊蓋了一間屋，有廳有房，使附近的小鄉鄰們沒有一個見了不羨慕。

牛郎自己十分自滿；可是織女一直勸他勤力耕種，切勿因為賺了些錢而傲視鄉鄰。

有一天，牛郎剛從田裏揹了鋤頭回來，織女端了一盅茶出來給他解渴。牛郎呷了一口，就聽到門外響起一陣匆促的步聲；抬頭一看，原來是自己的哥哥趙阿財。

牛郎見是哥哥到來，連忙站起身，將哥哥迎了進去，一邊吩咐織女端茶；一邊親自端椅給阿財坐。

大家坐定，牛郎堆上一臉笑容，問：「哥哥，這一晌可好？」

阿財眉頭一皺，感喟地嘆息一聲。

牛郎又關心地問：「哥哥，你好像有心事？」

阿財低下頭，似有無限煩愁，滿懷心事，只是抿着嘴，不說話。

但是經不起牛郎一再慫恿，阿財終於悄聲對牛郎說：「唉你嫂子好賭成性，將家裏所有值錢的東西全部變賣了，上個月，因為米缸吃空，實在沒有辦法，只好將那塊田也賣給了別人；現在……」

說到這裏，阿財忽然聳肩啜泣了。牛郎跟哥哥的感情向來不錯，見此情形也不免心酸起來。

三十二、手足情深

阿財抽抽噎噎的告訴牛郎，說李氏好賭成性，一連輸了三晚，弄得連箱子裏的衣服也大部分押掉了，昨晚回到家裏，怒氣沖沖的大罵阿財，要他今天出來想辦法，想不到，就不必回去。

「所以，」阿財抖着聲音對牛郎說，「我只好走來求你幫我一次忙了。」

牛郎聞言，立刻走入後房，打開木櫃，取了十兩紋銀出來，雙手捧與阿財。

阿財見了紋銀，感激得久久說不出話來。

牛郎說：「這些銀子是你弟媳婦織布賺來的，你拿去應個急吧。」

阿財這才如夢初醒地說：「我拿四兩就夠。」

「不，」牛郎説，「如果是拿去賭錢的話，一両也已相當足夠了，我的意思是：萬望哥哥好好利用這筆錢，先把屋前的那塊田買回來，今後刻苦耐勞，甚麼問題都可以解決的。」

阿財聽了兄弟的話語，羞憤交集，羞的是自己太無用；憤的是李氏太荒唐。

就在這時候，織女從廚房裏端了兩碗點心出來，放在阿財與牛郎面前。阿財不好意思吃東西，忙不迭用衣袖抹乾淚水，強顏作笑，捧着銀子就走。

阿財走後，織女對牛郎説：「你哥哥心田善良，本性忠厚，不像是個壞人；但是照他説來，你嫂子嗜賭如命，不能改過自新，這十両銀子遲早也會給她輸光的。」

牛郎説：「哥哥既然陷於困境，我做兄弟的人，在可能範圍之內，當然要給他一點幫助。」

織女説：「我並不反對你送銀子給他，反正我們自己的情形也一天比一天好了，用掉些紋銀，對我們不會有甚麼影響；不過，單單送銀子給你哥哥花用，還是解決不了問題。除非你嫂子有決心戒賭，今後好好做個賢妻良母；否則，你哥哥一樣翻不了身。」

三十三、暈倒在地

阿財走後，織女指着牛郎説：「你瞧你，周身都是泥漿，多麼尷尬！」

牛郎牽牽嘴角，笑道：「我是種田人，怎麼會不髒？」

織女説：「這幾天，我抽空給你縫了一件新衣，讓我去拿出來，

給你更換。」

牛郎點點頭，覺得嘴巴乾得發苦，挪步走到桌邊，一連喝了幾口茶。

放下茶杯時，織女已經站在面前了，手裏拿着一件藍色長袍，含笑盈盈。牛郎立刻脫去髒衣，換上新的，左扯扯，右拉拉，連聲稱讚，說織女縫工精巧。

「穿了這長袍，去到鎮上去蹓躂，誰都不會以為我牛郎是個種田人哩。不過……」

「不過甚麼？」

「這長袍太漂亮，我捨不得穿。」

「怕甚麼？穿壞了，我可以再給你縫的。」

「家裏雜務多，你最近身體已不像過去那麼苗壯了，千萬不要太辛苦！」

「不要緊的……」

語音未完，織女陡的臉色發青，兩眼往上一眨，竟仰天暈倒在地了。牛郎連忙蹲下身子，雙手將她抱起，匆匆趕到內房，放在床上；然後走到後院去吩咐長工到村上去請大夫。長工聽說織女病倒，不敢怠慢，拔腿就走，飛也似的沿着田塍狂奔。過了半個時辰，大夫坐着竹轎來了，下轎，由牛郎親自迎入內房。此時，織女已醒，但臉色依舊慘白似紙，身體顯得很是疲憊。大夫坐在床邊，側着頭，仔細替織女把脈診斷。

初診斷時，大夫神情蕭穆，一會，大夫臉上那股悒憂之情消失了，站起身，踱步走到方桌邊。

牛郎焦急萬分，伸長了頸脖，悄聲問：「大夫，請問她的病要緊嗎？」

大夫略一沉吟，忽然露齒作笑。牛郎正感困惑間，大夫開口了。

三十四、一胎兩個

「恭喜，恭喜，尊夫人已經有喜了！」

牛郎聞言，猛發一怔，只管痴望着大夫，連說話都帶些口吃了：

「她……她……不要緊吧？」

大夫一味撚鬚微笑，說牛郎鴻運高照，發了財，馬上又要添丁，真是雙喜臨門，應該高興才對，豈可驚惶若是？於是牛郎轉憂為喜了，連忙去打開銀櫃，取了一錠銀子出來，送與大夫，作為酬謝。大夫已將藥方寫好，吩咐牛郎派人到村上藥材舖去贖一帖回來，加水煎湯，給織女喝下，便可安胎，牛郎喜不自勝，親自送大夫上轎。

大夫走後，牛郎從大廳走回內房，正擬探視織女，卻發現織女已經起床。

「為甚麼不多休息一會？」牛郎問。

織女嫣然一笑，說：「我沒有病。」

「沒有病，也要多休息才是，大夫說你有喜了，你知道嗎？」

「我知道的。」

「為甚麼不早些告訴我？也免得我受這樣的驚嚇。」

「這是女人的事，何必告訴你？」

「但是我是孩子的父親，我當然有權知道。」

織女笑了，笑得如同蓮花初放，極美。牛郎愈想愈高興，手舞足蹈的，歡喜得有些忘形了。

從此，牛郎到村上僱了一個煮飯洗衣的女傭和兩個年青的婢女回來，侍候織女。不許織女自己操勞。織女生性好動，卻也不願成天像

木頭似的坐在內房裏。

　　過了八個月，織女替牛郎養下了一對孿生孩子：一個男；一個女。

　　牛郎高興得不得了，廣邀親友，在方場搭個棚，擺下十幾桌酒菜。牛郎貧窮時，並沒有甚麼親朋戚友，連自己的嫂子也看不起他；如今發達了，不必認親，自有小鄉鄰紛紛走來道賀。

三十五、查問身世

　　在燈火煌煌的熱鬧場合中，牛郎與小鄉鄰們同席對杯，貪婪地喝着酒，存心痛痛快快的醉一場。新發酵的糯米酒，連缸抬到酒席前，好讓猜拳輸了的人，照數喝下。牛郎猜拳的本領不高，常常輸，因此，喝了很多。

　　就在這興高彩烈的時候，阿財帶着刻薄的嫂子也來賀喜了。阿財雖窮，究竟是自己的親骨肉，兩人見面，內心的喜悅實非筆墨所能描摹。

　　那李氏是個勢利的女人，過去曾經千方百計的虐待牛郎；如今見他發財又添丁，終於穿着紅紅綠綠的衣裳，周旋於賓客們之間，儼然以長嫂的姿態出現，笑得見牙不見眼。

　　牛郎經濟情形好，但求小鄉鄰能夠飯飽酒醉，一再吩咐長工們將地窖裏的陳酒抬出來。

　　夜漸深，筵席將散。有些喝醉了的，擎着火把，跌跌撞撞地走回家去。

　　李氏只有七分醉意，不知怎麼一來，忽然想起織女，立即走到內房去獻殷勤。

　　織女正在哄睡兩個嬰兒，一見李氏，執禮甚恭地欠身讓坐。李氏把眼眯成一條縫，只管對織女身上仔細打量。織女給她看得不好意思，低着頭，兜耳澈腮地羞得面孔通紅。

　　「妹子呀，」李氏忽然開口了，「你長得這麼美；而口音又是那麼的不同，諒來一定不是當地人！」

　　織女最怕別人詢問自己的來歷，聽了李氏的話語，忙不迭堆上一臉尷尬的笑容，故意將話題扯往別處：

　　「嫂子，今天是我的大喜日，你可要多喝幾杯呵！」

　　李氏為人素來多嘴，喝了酒之後，借着酒氣説話更加沒有分寸了：

　　「妹子，你到底是甚麼地方出生的？」

　　織女無話可答，一時將話題岔開；但李氏卻苦苦追問不已，一定要織女説出自己的籍貫來。

三十六、識破隱情

　　織女是個仙子，怎麼講得出自己的籍貫，那李氏好像有意跟她搗蛋似的，斬釘截鐵，非要她講出原籍不可。織女逼得無法，只好含糊其詞地説了這麼一句：

　　「小妹乃是北方人。」

　　「北方哪裏？」

　　「遠在千里之外。」

　　李氏聞言，兩眼骨溜溜的一轉，呶呶嘴，説：「這就不對了！」

　　織女不覺發了一怔，忙問：「有甚麼不對？」

　　李氏略一沉吟，很持重的，頓了一頓，才説：「想那牛郎，從小

沒有走出過百里方圓，你們兩人，一個在北；一個在南；怎麼會結識的？」

織女給她這麼一問，倒也呆住了，閃閃黑而亮的眸子，嚅嚅瀰瀰地撒了一個謊：

「嫂子有所不知……我雖然是個北方的人，只因去年天旱不雨，父母相繼病亡，沒有辦法，只好揹了個包袱，隻身南來，一則逃荒；二則有個遠親在此經商，希望能夠找到這個遠親後，也可有個安身之處。」

「結果，貴親沒有找到；卻找到了牛郎？」

「是的。」

嫂子若有所悟地「哦」了一聲，好像已經弄明白事情的根由了；可是心裏邊的狐疑仍未消除。她不相信一個單身女人會有勇氣從北方來到南方的；更不相信像她這樣如花似玉的女人，在路上，會遇不到一個歹徒。於是，她有了許多不可解答的問題；這些問題歸納起來，只有一個答案才合邏輯：

「莫非你是從天上掉下來的！」

織女聽了，以為自己露了破綻，嚇得渾身發抖了。幸而牛郎及時走來，織女立刻對他說：「牛郎，你嫂子喝醉了，快扶她回家去吧！」

但李氏一味否認：「我沒有醉！我沒有醉！她是天上掉下來的，我知道了！」

三十七、來歷不明

牛郎怕李氏胡言亂語，連忙攙扶着她，走出客廳，到方場上去找阿財。

　　不料，阿財因為添了一對姪兒，喜不自勝，貪飲幾杯，有了幾分醉意。

　　牛郎走到他面前，要他扶着李氏回家，他一味痴笑，不挪腳步。

　　李氏醉態畢露，走路時，身子完全失去平衡，有人走去攙扶她，她就大聲吶喊起來：

　　「告訴你們一個秘密，那織女是從天上掉下來的！」

　　眾人聽了，以為李氏醉了，莫不哈哈大笑；但是轉眼一想，事情的確也有可疑之處；想那織女，不但口音宛異，且舉動也稍有不同，既無親，又無眷，顯然來歷不明。

　　於是，大家靜下來了，彼此交頭接耳，議論紛紛。李氏存心要給牛郎添麻煩，站在人叢中，嘶聲狂嚷：

　　「那織女來歷不明，非要查個一清二楚不可，要不然，我們這村子裏再也得不到安寧了！」

　　鄉鄰們個個起了疑心，將詢問的目光投在牛郎的身上。牛郎窘極，不知道應該說些甚麼好。

　　接着，有人提議到內房去質問織女，如果織女不能給大家圓滿的答覆，就決意將她趕出境外。牛郎聞言，急得如同熱鍋上的螞蟻，伸展雙臂攔住大家不讓他們進去。

　　「眾位叔伯兄弟，請你們改天再來吧，孩子們已經睡熟，不要去驚動他們。」

　　但是，大家非要追問個水落石出不可，一定要進去找織女答話。

　　牛郎急極，大聲將所有的長工喚出，各執鋤頭鐵棍，擋住門口，不讓大家入內。牛郎再向他們說：

　　「我嫂子喝多了幾杯，酒後胡言，你們怎麼可以聽信她的話語？」

　　小鄉鄰們仍不肯罷休，個個圓睜怒目，一定要衝進去質問織女。

三十八、傾盆大雨

就在這千鈞一髮的時候，平地掀起了一陣狂風，天上烏雲滾滾，迅雷震耳，那藍森森的閃電使方場上的小鄉鄰們個個睜不開眼。

空氣十分緊張，這剛剛辦過喜慶大事的莊宅到處充滿了敵意。

牛郎滿頭大汗，眼看已無法擋住人潮，正要拔刀亂砍時，天上忽然降下傾盆大雨。

雨像千萬條玻璃管子，打擊在大家身上，又刺又痛。有的比較膽小的鄉鄰們，給大雨沖醒了自己的腦袋，終於偷偷地溜走。

遲了一會，雨勢更大，狂風轉疾。牛郎站在自家門口，手執長刀，眼看鄉鄰們逐漸散去，心裏慢慢安定下來。

最後，鄉鄰們走完了，面前只剩下李氏和阿財兩個。李氏仍在比手劃腳地亂嚷，儘管阿財怎樣規勸，也無法使她閉嘴。幸而雨勢愈來愈大，李氏的喊聲終被雨聲湮沒。牛郎無意跟她鬥嘴，當即吩咐長工們回入大廳，將大門緊緊關閉。

一場風波，於焉平息，匆匆走入內房。織女問他：

「外邊鬧哄哄的，嚷些甚麼？」

牛郎當即將李氏的搗蛋情形，說與織女聽。織女頓時臉呈焦急之情，說是此事遲早要給鄉鄰揭穿的。牛郎勸她寬心，織女緊蹙眉尖，忍不住兩淚滔滔。

「牛郎，我捨不得與你分離！」她說。

牛郎極力安慰着她：「不要怕，我自有辦法應付李氏，我們夫妻恩愛，憑怎樣也不會讓她拆散我們的。」

織女聳肩啜泣了，總覺得事情的發展對自己威脅太大，急得睡意都消失了。

　　這天晚上，牛郎倒還鎮定，一上床便呼呼睡去，大概是白天太辛苦的關係。但是織女則心事重重，躺在床上，老是輾轉反側，不能入睡。

三十九、天兵天將

　　翌晨，雨已晴，天色轉好，這剛剛辦過喜慶大事的宅第，顯得十分零亂。牛郎因為昨夜辛苦了，睡得特別遲，醒來時，不但織女早已餵奶給兩個嬰兒吃，連太陽都已高高升起。

　　牛郎趕着要下田去，察看一下昨夜的一場雷雨，有沒有使田裏的農作物受損，於是一骨碌翻身下床，穿上衣服，匆匆盥洗，立刻捎了鋤頭出門。

　　走到門外，先去牽牛。那老牛兀自蹲在樹蔭下，垂着頭，病懨懨的，一點精神也沒有。

　　牛郎見此情形，好生詫異，連忙走近老牛身邊，傴僂着背，關心的問：

　　「你怎麼啦？有甚麼不舒服嗎？」

　　「老牛聽到聲音，終於抬起頭來，用眼對四下瞅了一下，然後開口講話了：

　　「賢弟呀，這些日子，你待我實在太好了，我非常感激你，但是……」

　　牛郎見老牛吞吞吐吐的，心知有異，不免有點焦灼了，催「他」快把言語講出。老牛望望牛郎，嘆口氣，止不住淚水湧出，邊哭邊說：

　　「賢弟，我要離開你了。」

　　「離開我？……打算到甚麼地方去？」

「上天歸位。」

「甚麼？」

「唉！賢弟有所不知，剛才天未明時，王母娘娘派了幾名天兵天將來到此地，降下法旨，要召我上天歸位！所以不得不和你拜別。」

「不！不！牛大哥，你千萬不能走！」

「唉，其實我也是不想走的；只因王母的法諭難違，只好與賢弟分手了！」

牛郎聞言，急得如同熱鍋上的螞蟻一般，臉色鐵青，額上冒汗，緊緊拉住老牛，不肯放手。老牛深深感動，不禁淚似雨下，對他說：

「賢弟，你拉住我也沒有用，我少時就要歸位了，天兵天將奉令而來，非同小可，絕對不肯通融。」

四十、老牛歸天

「那裏有甚麼天兵天將，分明是在騙我！」牛郎睜大了眼睛，對四周瞅了一圈。

老牛感喟地嘆息一聲，說：「天兵天將此刻就在樹旁等我。」

牛郎又對大樹周圍仔細看看，說：「連個影子都找不到，你何必跟我開玩笑？」

「賢弟呀，為兄的怎會跟你開玩笑？那天兵天將此刻在我背後，只是你看不見罷了。」

牛郎緊緊拉住老牛，死也不放，一邊嘶聲嚷起來；「不行，我怎樣也不能放你走的！」

這時，天色忽然又暗了下去，平地陡起狂風，颼的一聲，吹得樹

木全部彎了腰。天上彤雲四佈，轟雷掣電，瞬息間，就落起傾盆大雨來了。老牛「吽吽」亂叫，牛郎站在驟雨中，拚命拉住「他」，死也不肯放手。

老牛限期已屆，未便久留人間，縱然捨不得與牛郎分離，只因法諭難違，只好跺跺四腳，用力往前一衝，瘋瘋癲癲的奔入田中，倒在地上，眼睛一閉，靈魂就跟隨天兵天將升往天庭。……

牛郎見此情形，忙不迭奔入田中，呆望屍體；然後垂頭喪氣地走回來。

走進大門，織女匆匆迎來，問他：「為甚麼冒着這樣的大雨下田去？」

牛郎無限悲戚地對織女望了一眼，心裏忽然感到一陣刻骨的悲酸，眼圈一紅，止不住兩淚滔滔。

「你，你這又何苦呢？」織女問。

牛郎愈想愈傷心，竟「哇」的放聲大慟了，織女莫明究竟，連忙挪步上前，扶着他，用撫慰的口脗問他：

「到底出了甚麼事？」

牛郎抬起頭來，直瞪瞪的用淚眼望着織女，很久很久，才抖着聲音嚷：

「娘子啊！那……那牛大哥……他……他……他已歸天去了！」

四十一、突變

織女聽了，刷的面色轉白，全身戰顫起來，臉上的肌肉不住地抽搐着。

牛郎說：「娘子，想那牛大哥乃是你我夫妻的恩人，決不可暴屍

露骨，我即刻就帶領長工們，前去將他埋葬。」

織女正要阻止他時，他已飛也似的奔了出去。客廳裏靜悄悄的，一點聲息都沒有。織女兀自一個人站在堂中，只覺得渾身發冷，在默默中忽然領悟到一件事，因此感到畏懼了。她想：

「那老牛乃是金牛星化身，怎會遽爾死去？難道是王母娘娘已經知道了我們的隱私，特地遣派天兵天將前來捉拿他不成？如果這一項判斷沒有錯的話，那末，我與牛郎豈不是就要分手了？……」

想到這裏，織女焦灼萬分，皺眉尋思；只是找不出對策。

此時，響雷震耳，臥房裏傳出嬰兒啼哭聲，織女當即挪開蓮步，猛抬頭，就看見有影子閃來閃去。

「誰？」

遠處似乎還有人影晃動，但是沒有回音。

織女暗自責備：「我也太膽小了，那裏有甚麼影子，分明是我自己心虛，才會產生這樣的感覺。」

於是第二次挪起腳步，不料，剛跨過門檻，前邊就出現了一個高大的天將，織女定睛一瞧，原來那人竟是身材魁梧的奎木狼。

「你來作怎？為何站着不聲不響？」織女問。

奎木狼手持武器，挺胸凸肚地站在織女面前，兩眼瞪大得似銅鈴，板着面孔，狠巴巴的對織女說：

「織女接旨！」

織女一聽，心知不妙，不但不依慣例跪下接旨；抑且撥轉身來，挪步奔跑。直奔到大門口去。

織女奔到大門，正要跨步出門時，面前忽然又出現了另一位天將，仔細一看，原來是婁金狗。

四十二、王母有諭

婁金狗雄赳赳的站在門背，用自己身體擋住織女去路。織女進退兩難，慌得滿頭大汗。

「織女接旨！」

兩位天將同時吼了起來，織女心內一沉，雙膝一軟，終於跪倒在地，垂着頭，靜候天將傳諭。

於是奎木狼大聲傳讀諭旨：「織女聽了，王母有諭，命你即刻跟隨我等離開人間，返回天庭！」

織女聞言，淚珠兒早已如同斷線珍珠一般，簌簌掉落。沒有辦法，只好對着兩位天將，磕拜苦求：

「有勞兩位仙君，即刻回覆王母，說織女已與牛郎結為夫妻，且已養了兩個孩子，寧願長在凡間受苦，再也不想返回天庭了！」

不料，兩位天將竟齊聲叱喝起來，說：「王母法諭，誰也不敢違抗，快快跟隨我們上天去吧！」

織女見他們態度倨傲，心中氣惱，咬咬牙，說：「難道你們非要拆散這個家庭不可！」

「你是仙子，原本不該私自下凡！」

「但是我既已下凡了，且已育有子女兩人，你們不看在我的份上，也該替兩個嬰兒想想，我若跟隨你們上天，這兩個孩子誰來撫養？」

「這個……」

「所以懇求兩位仙君立即回覆王母，說織女寧願在人間繼續受苦。」

「不行！」婁金狗開口了：「這是王母的旨諭，我等豈敢隨便作主？你若願意繼續留在人間，也該上天去一趟。」

織女說不動兩位仙君的心，當即站起身，像是狂癇了似的嚷起來：

「不！不！我絕對不能離開我的丈夫和兒女！」

於是奎木狼從腰間拉出一束綑仙繩，圓睜怒目，聲色俱厲地對織女說：

「織女休得無禮，快上天去，再要違抗，我就要祭起綑仙索了！」

四十三、金剪破仙索

織女圓睜怒目，雙手往腰際一插，狠巴巴的說：「哼，你們有能耐的，儘管施展出來吧！」

奎木狼一聽，不覺怒往上沖，正要舉起綑仙索時，卻被婁金狗攔住了。婁金狗吩咐奎木狼且慢動武，然後掉轉身來對織女說：

「織女，讓我告訴你罷！我等既然拜奉王母之命前來捉拿於你，當然不會放過你的。你不必逞強，快快跟隨我等返回天庭，要不然，大家傷了和氣，恐怕吃虧的還是你自己！」

「不，不！我絕對不願離開我的丈夫和兒女！」

語音剛完，奎木狼已經舉起手來，手指間射出一道金光，習習有聲，如同一條電蛇般在空中游舞。

織女想不到奎木狼真會動起手來了，抬頭觀看，只見綑仙索金光四射，發出無比的威力，不但使她睜不開眼來；抑且熱不可當。

但是，織女在天上時，雖然專司織錦之職，也不是完全沒有法道的，否則，早就乖乖的受縛了。此刻，面臨緊要關頭，奎木狼既已祭起綑仙索，織女只有兩個方法可以對付：一，束手就擒；二，設法擊破奎木狼的法寶。

　　織女既然不願離開人間，那麼只好採用第二個辦法了。

　　當綑仙索逐漸迫近織女時，織女橫橫心，伸手一指，當即祭起金剪一把，剎那間，竟將綑仙索剪得粉碎。奎木狼眼看法寶被破，不免大吃一驚，叫聲「不好！」立刻舉起大刀，憤然向織女劈來。織女何等機警，蹤身一躍，讓奎木狼劈了個空，然後伸手往空間一招，「嗖」的一聲，手裏已經緊握雙劍，當即掉轉身，直向奎木狼刺去。

　　婁金狗站在一旁，見此情形，忙不迭橫鞭一攔，以免奎木狼被刺。這樣一來，大家就戰成一團了。織女兩面受敵，只因劍法高超，不但沒有敗象，抑且愈戰愈勇。

四十四、哭別骨肉

　　戰了幾個回合，奎木狼已呈不支。婁金狗亦感織女劍法高超，知道不易取勝，靈機一動，當即收起雙鞭，指着織女吆喝：

　　「織女！休得無禮！」

　　織女愈戰愈勇，恨不得立刻將他們擊退，也好宣洩一下激聚在心頭的寃氣。聽了婁金狗的話語後，完全不加理會，只管繼續砍殺。

　　婁金狗一邊以鞭擋劍；一邊大聲喝道：

　　「織女！快快前來受縛，你若執迷不悟，我等就要對不起你了！」

　　織女兩眼一瞪：「你們再有甚麼能耐，儘管施出來好了，看我有沒有辦法對付你們！」

　　那奎木狼火氣特別大，見到織女飛揚跋扈的態度，咂咂嘴，正擬舉刀向織女砍去時，卻被婁金狗攔住了。

　　婁金狗聲色俱厲地對織女說：「織女，你若不肯跟隨我們返回天庭的話，我們就要擊斃你的丈夫和兒女了！」

織女聽了此話，不覺猛發一怔，暗忖：「這……這……怎麼辦呢？」

婁金狗又道：「你若真心愛你的丈夫和兒女，就該從速上天，不然，你的丈夫和兒女均將難免一死！」

織女渾身發抖了，心一軟，噹噹兩聲，寶劍落地；然後苦苦哀求兩位天將：

「好的，我跟你們回天去，但是請兩位行個方便，在回天之前，讓我到內房去看看兩個孩子。」

婁金狗聞言，不敢作主，側過臉去對奎木狼看看；奎木狼向他招招手，婁金狗走過去，和奎木狼交頭接耳的商議了一會，終於兩人答應了織女的請求。

織女低着頭，當即移動蓮步，匆匆走進內房，一見兩個嬰孩，淚珠兒早就撲簌簌的落了。嬰孩們只是睜大了眼珠，望着即將離去的母親，閃呀閃的，十分可愛。

四十五、離開紅塵

織女見到兩個嬰孩後，儘管天將們催促，怎樣也不願離開了。但是時間已不早，天將們急於將織女押上天庭，只好用力拉開織女。

「我的兒啊！」織女嘶聲大嚷，「阿媽今天遭逢大難，為了你們的安全，不能不將你們拋下。阿媽並不是鐵石心腸；只為王母有諭，着我即回天庭，恐怕今生今世再也不能與你們會面了……」

嚷呀哭的，織女已經被婁金狗與奎木狼拉到門外了。婁金狗鬆了手，兀自走到樹底下去牽老牛。

織女知道馬上就要離開人間了，只管睜大眼睛對田野張望，心中

焦灼；口裏不停地問：

「牛郎，牛郎，你到甚麼地方去了？怎麼還不回來？再遲，恐怕見不到我的面了！」

可是，田野裏空寂寂的，連牛郎的影子都沒有。織女急若熱鍋上的螞蟻，一心盼望牛郎能夠及時回來；任由奎木狼怎樣迫催，總不肯挪步。

此時，婁金狗手牽老牛，蹤身跳上雲端，站在半空中，對奎木狼吶喊：

「喂！時辰已經到了，還不上來？」

奎木狼聽了，心裏十分焦急，拚命催促織女上天，織女瘋狂地狂呼：

「牛郎！牛郎！你怎麼還不回來？」

奎木狼見她只管盼望牛郎，完全不理睬自己，心裏不免有點氣惱，正正臉色，對織女提出最後警告：

「織女，你走是不走？你若再不蹤身上雲，我就要動仙刑了！」

織女知道仙刑厲害，當即用眼對四周瞅了一圈，不見牛郎，只好嘆口氣，縱身一躍。

躍上雲斗，冉冉向青天升去。升至半空，才發現牛郎掮着鋤頭從田塍上走向家門。織女見了，情不自禁地彎下身子，啞着嗓音，拚命呼喚：「牛郎！我在這裏呀！」

四十六、拋下天梭

牛郎聽到喚聲，不覺一怔，左盼右顧，不見人影，心下驚詫不已。

「牛郎呀，我在上面，你抬起頭來，就可以見到了！」

牛郎這才仰起頸脖，眯細眼睛對藍天觀看，果見雲端裏站着哭哭啼啼的織女。

織女邊哭邊嚷：「牛郎！你……你不用難過，我因為擅自下凡，犯了天規，王母傳下諭旨，命兩位天將前來捉拿與我，逼我即刻返回天庭……」

牛郎聽了，悲戚異常，只管吊高嗓音，大聲詢問：「娘子，你此去何日可回？」

織女正欲答話時，忽然感到一陣刻骨的悲酸，淚珠兒簌簌掉落，泣不成聲了。

牛郎登天乏術，只好站在地上嘶聲狂嚷：「娘子，你為甚麼不下來？」

「我不能下來。」

「為甚麼？」

「因為有兩位天將押着我。」

「但是我看不見有甚麼天將在你身邊？」

「你是凡人，所以看不見的。」

「娘子，你怎麼忍心離開我們的？我縱有甚麼事情對不起你的話，你也該看在兩個孩子份上……」

「牛郎！事到如今，你還說這些話幹嗎？如果不是因為王母親自下了諭旨，着我立即回天，我是寧死也不肯離開你們的！」

「但是……你也該替我想一想，兩個孩子尚未滿周歲，你這樣丟下了，叫我怎樣撫養他們？」

「你……你應該從速到鎮上去僱一個身體強壯的奶娘回來，照顧孩子，以免兩個孩子斷奶。」

「娘子，你當真不再回來了？」

這句話，猶如針刺一般，使織女痛不欲生。這時，兩位天將又催得很緊，織女忽然想起身上的天梭，掏出來，朝下一擲。」

四十七、仙家寶物

牛郎直瞪瞪的望着上天，只見一道金光，像閃電一般，從雲斗中劈下來。金光落在田野上，距離牛郎不過三四十呎左右，牛郎連忙挪開腳步，匆匆奔去，拾起天梭，只是不知道用處。

「牛郎！牛郎！」

雲端裏又有織女的聲音傳來，牛郎這才似夢初醒地抬起頭來。

此時織女已升得更高，儘管大聲吶喊，聽起來，依舊像蚊叫一般微細。

「牛郎，」她說：「這梭子乃是仙家寶物，你若有困難的時候，只要說三句『大仙救我』；然後臨空一拋，它就會替你解答難題的。」

牛郎正欲開口時，織女已經隱得無影無蹤了。牛郎悲痛欲絕，獃磕磕的望着雲端出神，不眨眼，也不動彈。半晌過後，確定織女已返回天庭，才低下頭，用衣袖暗拭淚水。

拭淚時，發現手裏還握着天梭，攤開一看，並不覺得有甚麼特別，只是這梭子乃是金質製成的，五寸長，兩頭尖，中間有個方孔，光芒四射，多看會感到目眩。牛郎當即將梭子放在衣袖裏，嘆口氣，懷着沮喪的心情，廢然回家。

回到家裏，一切都沒有變；但是缺少了一個織女，彷彿甚麼都不對了。

牛郎心似刀割，情緒亂得一塌糊塗，反剪雙手，只管在客廳裏踱

來踱去。

一會，內房傳出嬰孩啼哭聲，忙不迭奔到裏面，手忙腳亂的抱起一個，另一個就哭得上氣不接下氣。

牛郎是個男人，怎樣會照顧孩子？看着孩子哭，沒有辦法，只好將婢女喚來。婢女抱住嬰孩，說：

「孩子們肚餓了！所以就啼哭。」

牛郎眉頭一皺，廢然走到窗邊，抬起頭，對着天空喃喃自語：「織女，你怎麼忍心拋下他們的？」

四十八、梭子開口

正感困擾時，耳際忽然聽到有人在輕聲喚叫他：「牛郎，牛郎，別忘了身邊的梭子。」

牛郎這才想起了那隻梭子，拿出來，連呼三聲：「大仙救我！」說着，將梭子往窗外一擲。

如果是尋常梭子，拋出後，必然會落在地上的；但是這是天梭，拋出後，竟會一動不動地停留在半空中。

牛郎大感詫異，眼睜睜的望着它，只覺金光耀眼，並未發現別的異象。正在這時候，那天梭忽然開口了：

「牛郎，你有甚麼困難，快快告訴我！」

牛郎想不到天梭會講話，嚇得目瞪口呆了，楞巴巴的望着它，不知道應該說些甚麼好。

不料，那天梭竟用更大聲音追問他了：「牛郎你究竟有甚麼困難，快快告訴我吧！」

牛郎經它一催，終於忍不住將自己的心事講了出來：

「我要上天去找尋織女！」

那天梭頓了一頓後，説：「你想上天，是不是？」

牛郎點點頭，一連説了好幾句「是的。」

於是天梭吩咐牛郎即刻走到外邊，準備帶他上天。但是牛郎捨不得拋下兩個孩子，要求天梭允許他將兩個孩子帶上天去。梭子略一沉吟，終於答應所請，命他挑一擔空籃出來，一邊放一個嬰孩；如同挑西瓜一般。

牛郎聞計，當即走到後面，挑一付擔子到方場；然後走進內房去抱出孩子，在兩隻空籃裏一邊放一個，仰起頭，作了這樣的要求：

「請幫我們上天去吧！」

話剛説完，腳邊立刻出現一堆七彩祥雲，梭子飛到他耳畔，輕聲對他説：

「踏上祥雲，閉緊眼睛。」

牛郎挑起擔子，挪步跨上祥雲，站穩，閉緊眼睛。接着，但聞風聲颯颯，身子有了飄飄然的感覺。

四十九、雲中追妻

一會，天際忽然響起一陣迅雷，牛郎大驚失色，睜眼觀看，才知道已經抵達天庭。

兩個嬰孩受了驚嚇，各自坐在筐籃裏嘶聲大哭。牛郎焦灼異常，只是毫無辦法。孩子們愈哭愈響；但四周彤雲密佈，轟雷掣電，十分恐怖。

牛郎想不到天庭竟會恐怖如同鬼域一般，幸而尋妻心急，那股堅強的鬥志，依舊不減。

稍過些時，雲霧撥開，發現前邊有幾個影子在走動，連忙咬緊牙關，朝前急奔。

原來那幾個黑影正是奎木狼、婁金狗和織女。牛郎挑着一擔筐籃，見到織女，忍不住大聲高嚷：

「娘子，請你等一等，我有話跟你講！」

織女聽到喚聲，立刻站定腳步，回過頭來，尋找聲音的來處。

當她見到牛郎和兩個嬰孩時，內心忽然掀起一陣刻骨的悲酸，止不住兩淚滔滔，拚命掙脫，企圖奔過來與牛郎相聚。

但是婁金狗與奎木狼奉命押回織女，此刻距離天宮已不遠，豈容織女隨便行動。

織女拚命掙扎，被兩位天將用綑仙索緊緊綁住，只可以眼望牛郎，卻無法與牛郎接近一步。

牛郎既已見到織女，當然不肯錯失這個機會，連忙催動雲頭，飛也似的朝前衝去，要和織女相見。

衝了一陣，不知何處又飄來陣陣烏雲，將眼前的景物全部遮去，只一瞬間，連織女都不見了。

「娘子！娘子！」

牛郎嘶聲吶喊，始終不聞回應。而在這時，筐籃裏的嬰孩仍然啼哭不已，使他益感急躁了。

他急躁地在雲端裏亂闖，分不清楚東南西北，只管亂嚷亂奔。

奔呀奔的，終於發現前邊有一條閃光金階，牛郎忙不迭踏階而上，不多時，又見到了織女。

五十、南天門外

牛郎立刻放下筐籃，不顧一切地奔上金階，追到織女身邊，一把將她拉住，咬緊牙關，死也不放。

「娘子，」牛郎連哭帶喊地，「你怎麼忍心拋下兩個孩子的？你聽，孩子們此刻不是正在哭嚷着哩！」

織女聞言，未開口，已熱淚滿頰。兩位天將各自圓睜怒目，氣勢洶洶地走到牛郎面前，一把將牛郎推開。牛郎是個凡人，那裏鬥得過他們，兩腿一軟，終於跌倒了。

「你們不要逞強！」牛郎大聲詈罵，「就算是天規，也得講個道理！我與織女既已結婚，而且育了子女各一，你們為甚麼偏要拆散我們？」

說罷，霍然站起，拉住織女死也不放。

婁金狗急於回報，當即拔出寶劍，用裂帛似的聲音對牛郎說：

「快放手！否則，我就一劍將你刺死！」

不料，牛郎竟然毫不感恐懼，昂着頭，嚷：「你們如果一定要拆散我們兩夫妻的話，請將我們刺死罷！」

婁金狗正要持劍向牛郎刺去時，雲斗裏忽然傳來一聲叱喝聲：

「住手！」

婁金狗嚇了一跳，抬頭觀看，原來王母威風凜凜地坐在雲車裏，帶着仙官仙女，正在南天門外靜候織女回來。

婁金狗一見王母，連忙將寶劍插入劍鞘，偕同奎木狼一起上前迎駕。

「參見王母！」

「罷了，織女可曾召回？」

「織女已被小仙等押回天庭，現在金階下。」

「大膽織女，竟敢私配凡夫，快快押她上來！」王母威嚴地說。

婁金狗當即撥轉身，走下金階，將織女拉了上來。牛郎死纏不放，也一同跟上。王母見他向織女苦苦糾纏，不由得怒往上沖，立刻下令眾天神將牛郎拉開。

五十一、劃下天河

織女見丈夫被拉開了，不禁淚下似雨。婁金狗兩眼一瞪，指着織女說：

「王母在此，還不跪下？」

織女這才雙膝一屈，跪下，低着頭，不敢正視王母。王母見了織女，怒氣更盛，伸手一指，叱道：

「你是我的外孫女，怎麼可以背着我私自下凡呢？」

織女低頭不語，只管聳肩啜泣。

王母又道：「你私自下凡，我一直不知，昨天無意中發現九霄雲層已較前大為稀薄，查詢值日官，才知道機停已久。這雲層乃是天庭最重要的護物，缺少了，影響整個天宮，你……你怎麼會這樣糊塗？」

織女依舊飲泣不語。

王母問她：「你認不認罪？」

她點點頭。

王母正要吩咐婁金狗押她到機房去從速開工時，織女驀地抬起頭來，哭哭啼啼的請求王母：

「懇求王母大發慈悲，容我夫妻作最後的話別，並給兩個嬰兒餵

些奶水。」

「不行!」王母倏地臉色一沉,怒叱:「你私自下凡,罪孽深重,只因雲層稀薄,未能責罰於你,已屬例外,豈可再讓你在天庭與凡夫話別?」

「王母呀!我織女雖然身犯天規;但木已成舟,且骨肉情深,尚祈王母開恩!」

「不行!你千萬別胡思亂想,快快回機房去織製雲錦,從今修真養性,安心做工。」

「王母呀!請念我一片苦心,容我與夫君話別罷!」

王母大怒,兩眼骨溜溜的一轉,當即伸出玉手,從髮間拔下玉簪一支,吩咐天兵們將牛郎與織女拉開,牛郎站在右邊;織女站在左邊;然後用玉簪在牛郎與織女之間劃下天河一度,說:

「你二人既然情意深重,今後就永遠隔河相看吧,你們做一個榜樣,也好給別的神仙一個警惕!」

五十二、隔河相對

王母用髮簪在牛郎與織女之間一劃,驀地「訇隆隆」的一陣喧嘩,剎那間,果見洪水滾滾而來,將二人隔開了。牛郎是個凡人,從未見過仙家法道,如今,看到這樣的奇景,早已嚇得目瞪口呆。

一會,牛郎面前終於出現一條大河,河水滾滾,怎誰也無法飛越。

筐籃裏的嬰兒又哭泣起來了。牛郎聽到哭聲,才如夢初醒地閃閃眼睛,先對嬰兒們一瞅,然後抬起頭來,大聲吶喊:

「娘子!你在甚麼地方?」

「我在這裏。」

應聲來自遠處，原來織女站在對岸，兩人相隔一水，望得見，聽得到，可是絕對無法越過大河來相聚。

於是王母娘娘縱聲大笑了。

牛郎與織女同時抬起頭來朝上一看，發現王母端坐在南天門外的雲車裏，伸手對他們一指，嚷道：

「你們既然如此恩愛，我就罰你們永遠隔河相對，可望而不可即！也好給其他的神仙們一個警惕，讓他們知道私自下凡，不但得不到樂處，而且要受千載的痛苦！」

聽了這幾句話，牛郎不得不承認仙法無邊了。沒有辦法，只好雙膝跪下，苦苦哀求：

「王母娘娘，為了織女私自下凡；為了我牛郎擅自闖入天庭，你就用天河將我們隔開，我們罪有應得，只能怨怪自己太重感情；但是 ── 這兩個嬰兒有何罪衍，你也要罰他們見不得親娘？」

王母聞言，略一尋思，答：「我輩仙家不可生子育女，誰也不能違反！」

牛郎辯稱：「但是孩子既已生下了，豈能隨便任他們餓死？」

王母兩眼骨溜溜的一轉，覺得牛郎的言語極有道理，當即點了點頭，吩咐奎木狼趕快到下界去取些牛奶來餵與兩個嬰兒。

五十三、隔河相望

王母吩咐奎木狼到下界去取奶，完全基於一種惻隱之心；至於織女與牛郎，她認為罪有應得，索性讓他們永遠隔河相對，好讓眾仙見到這樣的情形，有所警惕。

南極仙翁關心雲層稀薄，立刻代織女向王母求情，王母繃緊面孔，認為織女犯了天條，不可饒恕。

「那末，今後雲錦由何方神仙代織？」仙翁問。

王母略一尋思，說：「我自有打算。」

說着，伸出手去，掌心射出金光一道，終將牛郎身上的天梭攝了去；然後，揮揮手，大聲吆喝；

「駕回瑤池！」

至此，彩雲瀾漫，只見雲車似閃電，瞬息間，已經無影無蹤。

天河滔滔，四周一片沉寂，牛郎與織女隔河相對，唯有呼喚同哭。

牛郎指着滾滾河水，大聲咒罵，說是內心的憤怒，即使動用所有的河水，也無法洗去。

織女只管掩面啜泣，連抬起頭來正視牛郎一眼的勇氣也消失了。兩人日夜相對，望得見，卻永遠不能聚首，此種情景，實在再悽慘也沒有了。

日子過得很快；只覺得晝夜輪流不息，都不能估計究竟過了多久。一河之隔，彷彿天涯，牛郎與織女的眼淚幾乎已流盡，日夜痴痴的隔岸相望，喊聲都啞了。

牛郎不止一次地想跳入河中，準備在驚濤駭浪中泅過對岸。織女知道他有這樣的動機，不止一次地搖手示意，叫他不要泅水。

「不能試！」她聲嘶力竭地在對岸吶喊，「河水這樣洶湧，如果你跳下去的話，一定會喪命的！」

這樣，牛郎終於放棄了泅水渡河的念頭。兩人依舊日夜相對，想不出任何可以聚首的辦法。

有一天，天邊忽然飛來了一靈鵲。

五十四、鵲王

這靈鵲經此他往，見到天河，不覺大吃一驚，暗忖：「從未聽説天上會有河的；但是這明明是一條河！」

於是，好奇心陡起，當即側轉身子，催翼低飛，在天河上邊來往盤旋，看不見甚麼，只發現有一對男女隔河相對，那男的還帶着兩個嬰兒，其狀甚怪。

靈鵲本來也沒有甚麼急事要辦，當即飛到牛郎面前，張嘴詢問：

「這裏怎麼會有一條河？」

「是王母娘娘用髮簪劃出來的。」

「王母娘娘為甚麼要劃河？」

「因為她要將我與織女隔離開來。」

「織女？是不是那位專織雲錦的神仙？」

「正是她。」

「你是何人？」

「我姓趙，我叫趙牛郎。」

「你也是神仙？」

「不，我不是神仙。」

「既然不是神仙，怎麼會走上天庭來的？」

「是天梭馱我上天的。」

靈鵲若有所悟地「哦」的一聲，好像已經把這件事情弄明白了，仔細一想，還是非常糊塗。因此，睞睞眼睛，又問：

「王母娘娘為甚麼要將你們隔離？」

「因為我們太相愛了。」

「兩人相愛，並非壞事，王母為甚麼要這樣懲罰你們？」

「因為織女是神仙，不能私嫁凡夫。」

「但是既已嫁了，王母就得通融才是，豈可如此橫蠻，將這樣一對恩愛的夫妻拆開！」

聽了這話語，牛郎和織女忍不住放聲大慟了。靈鵲見他們哭得傷心，自己不免也難過起來，靈機一動，立刻轉出了一個念頭。它說：

「牛郎，你千萬不要傷心！我是鵲王，素來好打不平，不知此事，倒也罷了，如今既已知道，我一定要設法使你們團聚的！」

五十五、滿天靈鵲

鵲王說話時，口氣很大。牛郎楞大了眼睛，只顧對它打量，暗忖：「這小小的靈鵲會有辦法使我們夫妻團聚？」

正感懷疑時，但見鵲王振翼高飛，在雲端裏兜了幾個圈子，一聲唿哨，瞬息間，出現了滿天靈鵲。

牛郎見此現象，不覺大吃一驚，只管昂頭觀看，無法猜測這究竟是怎麼一回事。

一會，鵲王開口了：

「眾位鵲仙，今日請大家來到此地，不為別的，只因織女私自下凡，嫁得如意郎君趙牛郎，事為王母知悉，立刻傳旨將織女捉回天庭，牛郎愛妻情切，藉天梭上得天來，因此觸怒了王母。王母用玉簪一劃，劃成天河一條，將此良好姻緣拆散，使他們隔河相對，永遠不能團聚，此種情景，實在悽慘！」

眾靈鵲聽了這一番言語，立刻齊聲問道：「但不知大王有何吩咐？」

鵲王略微頓了一頓，說：「我想請大家合力搭一座橋，好讓他們

夫妻團聚。」

眾靈鵲聞言，個個為之詫愕不已。

於是，鵲王加上這麼幾句解釋：「那王母既然劃下一條天河將他們隔開，河水波濤洶湧，使牛郎無法泅水游至對岸，那末，我們何不在河上架起一座鵲橋，好讓他兩人快樂團聚。」

眾鵲仙這才明白了鵲王的意思，齊聲稱好，表示贊同鵲王的建議。

於是，個個抖擻羽毛，一個唧接一個，你用嘴咬我的尾巴；我用嘴咬他的尾巴，一個咬着一個，聯成幾百長條，然後在鵲王指揮之下，一條拼一條，希望能夠拼成二尺寬的走道出來，臨空架在河上，以便牛郎挑着筐籃過橋而去，好和織女團聚。

正當鵲仙們一個咬着一個的在搭橋的時候，終被巡查而過的嘴火猴和尾火虎兩位神仙見到了。

五十六、金甲神

嘴火猴最為乖靈，見羣鵲搭橋，心知有異，忙與尾火虎商量：
「此事必有蹊蹺？」

「但不知鵲王此舉用意何在？」尾火虎問。

嘴火猴瞪大眼睛，往天河一瞅，說：「看樣子，眾鵲仙正在河上搭橋。」

「搭橋何用？」

「很簡單，無非想幫助織女與牛郎渡河相會！」

尾火虎聽了，不覺一怔：「果真如此，我等應該速去報告王母才是。」

「此言甚善。」

於是，催動雲頭，刹那間來到瑤池，參見王母，並將眾鵲搭橋之事稟報。王母聽了，不覺大怒，當即遣派金甲神前往天河，將眾鵲驅走。

金甲神領旨，不敢怠慢，駕起祥雲，瞬息趕抵天河上空，吊高嗓音，大聲吶喊：

「鵲王聽旨！」

鵲王忙於指揮羣鵲工作，忽然聽到喚聲，不覺猛吃一驚，連忙抬起頭來觀看，竟發現金甲神皺眉瞪目，神氣十足地站在雲堆裏。

「原來是金甲大仙，不知到此有何吩咐？」鵲王詐作不知的問。

金甲神呶呶嘴，十分神氣地對鵲王說：「王母有諭，命爾等速速離去！不得在此蓋搭鵲橋。」

「為甚麼？」鵲王仍然帶着惶惑的神色問。

「這是王母的諭旨，我也不知道。」金甲神乾脆地答覆，他只知執行命令。

鵲王既然有心幫助牛郎，當然不會單憑金甲神數語，就將前功完全放棄。於是，鵲王振起雙翼，飛到金甲神面前，據理力爭：

「大仙，請你想一想，這織女與牛郎既已結成夫妻，且育有子女各一，王母憑甚麼理由要劃下這條天河，強把他們兩人隔開，使他們永遠不能聚首？」

五十七、百萬靈鵲

金甲神被鵲王這麼一問，倒也想不出適當的話來答覆牠，沒有辦法，只好含糊其辭地說了一句：

「這事不用你來管！」

鵲王聽了這句話，益發生氣了，在金甲神頭上盤旋兩個圈，繼續理直氣壯地說：

「王母這樣做法絕對得不到我們的同情；除非王母撤去天河，否則，我們一定要將這座橋搭起來的！」

金甲神見他態度固執，不由得怒火欲燃，當即兩眼一瞪，嘶聲叱喝：

「王母有諭，命你從速率領眾鵲離開此地，從今之後不准再來騷擾，否則……」

「否則怎樣？」

金甲神倏地臉色轉青，咬牙切齒地說：「如果膽敢抗違王母諭旨，定當斬殺不恕！」

「斬殺不恕？」鵲王驀地哈哈大笑，邊笑邊說：「請問大仙，你知道天庭有多少靈鵲？」

「這個……」金甲神囁囁滯滯地說，「這個我不大清楚。」

鵲王馬上斂住了笑容，一本正經地說：「金甲大仙，你既然不大清楚，那末讓我告訴你罷，這天庭裏的鵲仙少說也有一百萬！」

「一百萬？」

「不錯，一百萬，有多無少，王母要殺；只怕她老人家一時可沒有辦法將我們殺盡！」鵲王嚴肅地答。

這一下，可把金甲神說楞了。金甲神剛才那股囂張跋扈之氣，登時消失殆盡。不過，王母既有諭旨在先，如果不將眾鵲驅走，就無法回報了。因此，在沒有辦法中，想出了一個急辦法。

「鵲王聽令！」他嚷。

鵲王又在他頭上盤旋兩圈，問道：「金甲大仙還有甚麼吩咐？」

金甲神用威脅的口脗對他說：「我命令你立刻率領眾鵲離去，否則，我就要召喚天兵了！」

五十八、滿天殺氣

鵲王十分倔強，聽說金甲神要召天兵，不但不露懼色，抑且大聲吆喝：

「我有百萬子弟兵，實力雄厚，你若蓄意挑釁，我們一定與你周旋到底！」

金甲神聞言，不覺怒火欲燃，當即兩眼一瞪，大聲喝道：

「天兵何在？」

話音剛完，但見雲堆裏忽然出現數千神兵，自高至下，排成九行，各執利器，雄赳赳，氣昂昂，齊聲詢問：

「大仙有何差遣？」

金甲神說：「只因鵲羣違抗王母諭旨，在此擅自搭橋，屢戒不聽，只好有勞列位，立刻將鵲羣驅散！」

接着是一聲「得令！」雲堆裏驀地射出萬道金光，閃呀閃的，使鵲羣無法睜開眼來。

鵲王不甘示弱，決心要與金甲神見個高低，當即祭起退光神鏡；然後喚召九州四海的百鳥，以為對抗。

一會，神光斂去，羣鵲益發鼓噪了，紛紛飛入天兵隊伍，亂啄亂抓。天兵立刻排開陣列，各自持械奮戰，無奈靈鵲雖然自稱仙家；卻素來不受仙規管教，行動自由，且極迅捷。

天兵們從未與鵲羣交過戰，所以完全不知鵲羣厲害，此刻儘管揮動武器，卻一點也不能發生作用。鵲羣們在天兵中間穿梭飛行，或啄

或抓或刺或咬，弄得天兵們個個頭昏腦脹，無法應付。

就在這時候，九州四海的百鳥，應鵲王之召，也正陸續到達。詢及根由，無不對牛郎織女寄予無限同情，一致贊成鵲王爭取正義，紛紛加入戰團。

一時，百鳥齊鬥，滿天殺氣，天兵拚命廝殺，只因羣鳥愈戰愈勇，終告不支。

金甲神威風盡失，唯有率領天兵倉皇後退。鵲王見此情形，知道勝利在望，索性一不做，二不休，要鬧它一頓，大聲吆喝，吩咐千萬鳥類前向瑤池進發。

五十九、晉謁王母

此時，王母正在瑤池休息，忽聞鳥聲鼓噪，心中十分詫異，暗忖：「莫非金甲神敗下陣來了？」

正這樣思量時，奎木狼忽然氣急敗壞地疾奔而至，雙膝跪下，嘴裏抖聲說：

「啟稟王母，金甲神已為鵲王戰敗，羣鳥此刻正向瑤池衝來！」

王母聞報，勃然大怒，立刻命令奎木狼率領天兵前往捉拿鵲王。奎木狼奉命接戰，不敢怠慢，正欲召喚天將時，婁金狗急急奔來，奔上玉階，跪下：

「啟稟王母，事情不好了！」

「何事驚惶？」

「鵲王猖狂之極，率領千萬鳥類，已經闖進瑤池！」

「鵲王乃是羽毛畜生，你等為何懼怕至此？」

「啟稟王母，鳥類雖經常在天庭翱翔；但是素來不受天規管

教，倘若再度動用天兵，定必引起空前大戰，萬一驚動玉帝，豈不糟糕？」

王母一聽，覺得婁金狗的話語極有道理，當下傳諭出去，命鵲王立刻進來晉見。

婁金狗撥轉身，一個箭步蹤了出來，站在瑤池邊緣，大聲吩咐鵲王晉謁王母，鵲王聽聞，當即吩咐羣鳥停止鼓噪，自己就「嗖」的一聲，飛到王母駕前。王母問：

「鵲王，為何在外鼓噪？」

鵲王兩眼一瞪，據理力爭：「想那織女與牛郎被天河隔斷恩愛，十分可憐，我等基於惻隱之心，決定在天河之上搭一鵲橋，以便他們夫妻團圓；不料，橋未搭成，那金甲神竟召喚天兵前來阻撓。我等氣憤難消，決與周旋到底。如今，金甲神已被我等戰敗，為使織女與牛郎能夠團聚，前來求娘娘，准我等搭橋於天河之上！」

王母眉頭一皺，覺得鵲王態度囂張，但是言來也頗有道理。再說，鳥類不受天規管教，倘若鬧嚷開來，給玉帝知道，事情就更加複雜了。

六十、七月初七

王母兩眼骨溜溜的一轉，心中暗忖：「鵲王既然率領百鳥前去挑釁，如果不給多少面子的話，事情必定愈鬧愈大，神兵雖然實力雄厚；但百鳥也不是容易對付的。」

這樣想時，王母決定退讓一步，於是呇呇嘴，問：「今天人間是甚麼日子？」

眾仙齊聲答道：「七月初七。」

王母略一沉吟，側過臉來，對鵲王說：「這樣吧，你們要在天河上搭橋，我也不便阻止你們，不過，天有天規，你們必須答應我一個條件！」

鵲王聽說王母已有准讓搭橋之意，喜不自勝，當即吊高嗓音，興奮地詢問道：

「甚麼條件？」

王母頓了頓，正正臉色，說：「你們要搭橋，我可以答應的，不過，每年只能搭一次。」

「每年只能搭一次？」鵲王頗表詫愕地問。

王母點點頭，說：「是的。」

鵲王不加思索地問：「照這樣說來，牛郎與織女每年只能相會一次了？」

王母莊嚴地回答：「如果不是我王母寬洪大量的話，他們連每年一次的相會都不會有的。」

鵲王呆思半晌，認為織女既已犯了天規，自當接受王母的處分，今王母鑒於羣鳥意志堅決，不想事情鬧大，才想出了這個權宜辦法，雖然不大理想；但也挽回不少面子。所以，牠就點點頭，表示同意這個辦法。

事情就這樣決定，王母立刻諭傳。

「今後每年七月七日，百鳥倘欲在天河上面搭橋，誰也不准加以阻攔！」

婁金狗聞諭，心裏猶有不甘，連忙走上金階，雙膝跪地，奏稱：

「啟稟王母，倘若百鳥搭成橋樑，豈不容許織女與牛郎相會了？」

六十一、每年一次

王母揮揮手說：「這是他們的造化，不用你多嘴！你儘管傳諭下去，教百鳥們做事也該有個分寸。」

嘍金狗無奈，只好嚷了一句「遵諭」，站起身，站在金階上，大聲對百鳥喝道：

「王母有諭，今後每逢七月初七日，爾等倘欲搭橋樑，誰也不得阻攔；但除此以外，爾等切不可輕舉妄動，違者必遭嚴厲處分！」

此諭一出，百鳥也不再鼓噪了。鵲王當即走上金階，先向王母叩謝，然後率領百鳥，「嗖」的一聲，離開瑤池。

這天恰巧是七月初七，百鳥飛抵天河上空，各自列成隊形，即刻忙碌起來搭橋。

鵲王飛到牛郎面前，笑嘻嘻的對他說：

「牛郎，你得感謝我們才是！」

牛郎顯然有點莫名其妙，忙問：「為甚麼？是不是將金甲神打敗了？」

「打敗金甲神不算甚麼！」鵲王洋洋得意地說：「主要的是：今天晚上，你就可以跟織女相會了！」

「真的嗎？」牛郎楞大一對興奮的眼。

鵲王神氣活現地說：「剛才我們將金甲神打敗，直闖瑤池，要王母娘娘答應我們在天河上面搭橋。王母見我們聲勢浩大，知道鬧出事情時，必不為玉帝所容，因此，只好允許我們在這裏搭一座鵲橋，讓你們夫婦兩人在橋上相會。」

「這就好了！」

「且慢歡喜。」

「還有甚麼事情嗎？」

「王母雖然答應我們搭橋的請求，但也不是完全沒有條件的。」

「甚麼條件？」

「王母只准我們每年搭一次，其他的日子就不得再來騷擾，換一句話說：你跟織女每年也只能相會一次。」

「有沒有規定日期？」

「有，七月初七，就是今天。」

六十二、鵲橋搭成

牛郎聞言，不由得兩淚滔滔了。鵲王問他：「為何如此悲傷？」

他說：「如果每年只能相會一次的話，其餘的三百六十四天教我們怎樣挨呢？」

鵲王說：「能夠有一天相會，總比永遠不能團聚的好，你應該高興才是，免得橋樑搭好後，給織女看到你那沮喪的神情。」

牛郎頓了頓，覺得鵲王之言極有道理，既然今夕可與織女團聚了，就該高興才是。

於是，用衣袖拭乾淚水，抬起頭來，眼巴巴的望着羣鵲忙碌，希望牠們能早些將橋樑搭好。

「到那時，」他想：「我將抱着兩個孩子，匆匆奔上鵲橋，要她餵奶給孩子們吃。」

「到那時，」他想：「我將堆上一臉愉快的笑容，匆匆奔上鵲橋，告訴她我是多麼的痛苦。」

「到那時，」他想：「我將緊緊摟住她，安慰她，要她耐心等待來年的團聚日。」

……許許多多美麗的想念，如同走馬燈一般，在他腦海中兜來兜去，不相遇；也不停頓。

此時，夜色四合，烏雲密佈，牛郎正愁無光時，不知道甚麼地方飛來了千千萬萬螢火蟲，閃呀耀的，照得天河通明。

「別小覷這小小的螢火蟲，在集體行動中，牠們一樣會發出這樣強烈的光芒的。」鵲王說。

牛郎點點頭，說：「現在，我才悟出一個道理來了，只要大家肯齊心，甚麼問題都可以解決的。」

鵲王立刻拍拍翅翼，興奮地鼓噪起來：「你看，鵲橋搭好了！」

牛郎抬頭一看，在明亮的螢火下，果見一座偌大的鵲橋架在天河上，他心裏不禁驚詫異常。

正感驚詫時，鵲王飛到他耳畔，用命令式的口氣對他說：「牛郎，你還在等甚麼？快上橋去跟織女相會！」

六十三、鵲橋相會

牛郎聞言，立刻抱起兩個嬰兒，一手一個，懷着既緊張又興奮的心情，走上鵲橋。

這鵲橋看起來好像很不堅固；但是踩在上面，竟似石橋一般。

起先，牛郎知道腳底下踩的是靈鵲，所以每跨一步，心裏總有點惴惴然。後來，走了十幾步，發現鵲橋毫不動彈，也就比較鎮定了。

螢火蟲密集在他的頭上，彷彿人間的氣油燈般發散着青熒的光芒。

百鳥眼看牛郎即將與織女相會了，便齊聲鳴啼，聽起來，像極了一首交響樂。

　　在這種美麗的情景中，牛郎已接近橋頂，停下腳步，抬頭一看，發現織女已經含笑盈盈地站在橋頂上了。織女雖然笑得很甜；但是她的眼眶裏卻噙着眼淚。

　　牛郎走上橋頂，立刻將嬰兒交與織女。

　　織女接抱自己的親骨肉，忽然感到一陣刻骨的悲酸，眼圈一紅，淚珠兒就像斷線珍珠似的，撲簌簌的掉落下來。

　　嬰兒大聲啼哭，織女當即解開羅襦餵奶給他們吃。嬰兒吮到乳頭，拚命吸飲。織女看了心酸，忙問：

　　「聽說王母吩咐婁金狗到下界去取牛奶給他們飲的，是不是？」

　　「有這麼一回事，不過，孩子們是無辜的，怎麼可以讓他們在此受苦？」

　　「依你的意思呢？」

　　「我想還是托婁金狗帶到下界，交與家兄撫養。」牛郎說出自己的意見。

　　織女眉頭一皺，低吟尋思。隔了半晌，搖搖頭說：

　　「我不贊成這樣做。」

　　「為甚麼？」

　　「因為你哥哥雖然忠厚；但是你嫂子的為人，極其刁鑽刻薄，將孩子們交給你哥哥，難免不受你嫂子的鞭撻，所以，照我看來，還是將孩子交給我吧！」

六十四、久久相望

　　牛郎同意織女的建議，認為孩子能夠在母親身邊，當然再好也沒有了，問題是：王母能不能允許一位仙女在天庭撫養孩子。

「王母一定反對，」織女說，「可是孩子終歸是我養出來的，除非她有更好的辦法，當然沒有理由將孩子們與我隔離的！」

「王母做事不一定需要甚麼理由，否則，她怎麼可以劃下天河將我們永遠隔離？」

織女這才感喟地嘆息一聲，說：「都是我不好。如果我不貪圖人間快樂，你也不必在此受苦了！」

牛郎聽了這句話，終於也流了眼淚：「事到如今，還說這些話做甚麼？事實上，只要能夠天天見到你，即使隔着天河，我也一樣感到快樂。」

織女止不住兩淚滔滔，垂着頭，緊咬下唇。稍過些時，孩子們已經吃飽了，織女扣好衣服，將那個女的交給牛郎去抱。

兩人各抱一個，站在橋頂，久久相望。千萬螢火蟲密集在一起，在他們頭上盈盈飛舞。百鳥也替他們高興，在空中啼叫不已。

「牛郎。」

「嗯？」

「告訴我一件事。」

「甚麼？」

「你真的覺得快樂嗎？」

「能夠天天見到你，我已心滿意足了；何況，承蒙鵲王仗義出頭，不怕艱苦的向王母討了情，給我們搭橋相會，而且，我們今後還可以每年見一次面。」

「你願意為我受一輩子的苦？」

「事實上，我一點不覺得痛苦。你呢？」

「只要你能感到快樂，我一定也快樂的。」

「娘子，你要樂觀一點才是。」

「唉！事情弄成這般田地，教我……」話語還沒有說完，織女就忍不住嗚嗚的哭泣起來了。

六十五、約定手語

牛郎見織女聳肩啜泣了，他一手抱着嬰孩；一手圍住織女肩胛，柔聲細氣地勸她不要難過。

「只要我們彼此相愛，我們一樣可以獲得快樂的！」牛郎說。

織女依舊以衣蒙面，哭得十分淒涼。百鳥見到這樣的情形，無不黯然神傷，連啼叫的心情也沒有了。四周一片寧靜，雲層彷彿已凝固。

這寧靜，使織女意識到自己的哭泣影響到牛郎的情緒，當即抬起頭來，用手指拭去眼角的淚痕；然後露了一個悽楚的苦笑，含情脈脈的望着牛郎。

「我們不要辜負了靈鵲們的好意。」她說。

牛郎點點頭，牽牽嘴角，也露出了笑容。於是，這鼓噪雖然十分嘈雜，卻代表着一種無法用筆墨來描摹的喜悅。

喜悅的氣氛瀰漫在天河上面，使牛郎與織女也暫時忘記了憂鬱。

兩人站在橋頂上，互相依偎着，開始計劃今後的種種。

首先，織女教牛郎打手語。織女說：「今後我們每年只能見一次面，其餘三百六十四天必須隔河相對。這三百六十四天並不是一個很短的時期，彼此難免要交換一些思念的，所以，我們必須趁此機會約定一些手語，以後就可以藉此通話了。」

牛郎非常贊成這個辦法，於是織女教他幾個手勢。織女從未學過手語，不過，當他們隔河相對的時候，閒着無聊，織女感到無法交談

的苦惱，因此轉出了這個念頭。牛郎很聰明，經織女一說，立刻將她所說的話語全部記在心裏。

接着，織女說了許多有關孩子的計劃，說兩個孩子是他們最大的希望，等他們長大後，一定要送他們到下界去享受人間的樂趣，不要他們留在天上。關於這一點，牛郎的看法與織女是一致的。

六十六、天快亮了

兩人相依相偎，十分親暱，彼此似有千言萬語要說，一時卻不知道應該從何說起了。織女目無所視地望着前面，眼眶嚙着淚水。

「我怕……」她說。

「怕甚麼？」

「怕太陽升得太早。」

牛郎伸手圈住織女的肩胛，柔聲細氣的勸她不要悲傷。

「我們應該快樂才是。」牛郎說：「靈鵲們吃盡千辛萬苦，為我們搭成這座橋，為的是要我們獲得快樂；我們怎麼可以在他們面前流淚？快將淚水抹乾。」

於是，織女俯下頭，以袖抹乾淚水，然後勉強地露了一個笑容。

鵲王忽然「嗖」的一聲，像枝箭般飛到他們面前。牛郎抬起頭來，頻頻向牠道謝，鵲王說：

「不必多禮。時候已不早，你們有話，還是快些講吧，看樣子，就要天亮了。王母有諭在先，只准你們一年敍一晚，等到東天泛白時，鵲橋就非拆去不可了。」牛郎點點頭。鵲王在他們頭上盤旋兩圈，「嗖」的一聲，直向東天飛去。

鵲王飛去後，織女目不轉睛地瞅着東天，很久很久，才幽幽

的説：

「天快亮了！」

「你應該勇敢些。」牛郎説着激昂的話。

「我知道；但是，分離是不可避免的。」織女還是帶着兒女態。

「分離後，明年今夕仍可在鵲橋上團聚。」牛郎在安慰嬌妻。

「話雖不錯，可是還要寂寞地渡過三百六十四天才能跟你聚首。」

「這是沒有辦法的事，雖然又隔一年才能聚首，好在我們仍可日日隔河相望，縱或寂寞，也還不至於⋯⋯」

話語沒有説完，牛郎自己倒啜泣起來了。織女心似刀割，正欲勸慰他時，東天的雲層忽然變了顏色。

六十七、催請下橋

當他們隔河相對的時候，時間如同蝸牛一般，爬得特別慢；如今，好容易團聚了，時間就像飛箭一般，迅即消逝。

織女看到東天已泛起魚肚白的顏色，心一沉，止不住兩淚滔滔了。牛郎究竟是個男人，知道分手在即，還能極力壓制着，不讓感情流露出來。

「好好照顧兩個孩子⋯⋯」

牛郎説這句話時，喉嚨口彷彿梗着甚麼東西似的，聲音斷斷續續的，有點發抖。

織女心裏紛亂，抬起頭來對牛郎看看，但是視線已被淚水攪模糊了。

就在這時候，鵲王從東天飛來，吊高嗓子對他們説：「天已亮了，這鵲橋立刻便要拆除，否則，給王母知悉，大家都有麻煩了。」

牛郎點點頭，將自己手裏的那個孩子交與織女。織女一手抱着一個孩子，難過得如同萬箭攢心。

「你要保重身體。」她說。

牛郎正欲開口時，鵲王又鼓譟起來了。鵲王說：「快走吧，雲堆裏已有第一道陽光射來，回頭婁金狗出來巡查，見到你們仍在橋上，教我怎樣答話？」

鵲王此語一出，牛郎只好咬咬牙，毅然的對着織女說：「下橋去吧！這是沒有辦法的事。」

但是織女只管痴痴的站在那裏，好像木了一般不言語！也不動彈。

牛郎當即將嘴巴湊在織女耳畔，低聲悄語的對她說：「靈鵲們幫我們搭成這座鵲橋，為的是讓我們每年能夠聚一次面；現在，時間已到，我們如果再不下橋，豈不是辜負了牠們的一番好意？」

「但是，」織女抽抽噎噎地說：「我真的捨不得與你們分離！」

牛郎說：「別以為我是一個鐵石心腸的人，只因王母太過兇惡，萬一再惹她生氣的話，今後恐怕見面的日子都不會有了！」

六十八、羣鵲亂飛

這樣，織女才垂頭喪氣的撥轉身去，手裏抱着兩個嬰兒，一步一回頭，慢慢走下橋去。

牛郎站在橋頂，依依不捨地望着她的背影，一邊流淚；一邊揮手示意。

　　織女將抵橋堍時，想起重逢之期尚須一年，忽然感到一陣刻骨的悲酸，終於掉轉身，又奔了上來，奔到橋頂，「哇」的放聲大慟了。

　　這悲歡離合的場面，誰見了都會感動的。鵲王當然不能例外；但是，王母有諭在先，只准他們在橋上相聚一夕。如今，初陽已升，而鵲橋未拆，怎不令牠焦慮失態？

　　「快下橋去吧！」牠不止一次地這樣嚷。

　　牛郎也知道拖延下去，必遭王母斥責，沒有辦法，唯有勸慰織女下橋。織女心裏明白，只是捨不得與牛郎分離。雖經牛郎一再催促，再也不挪動蓮步了。鵲王焦急異常，眼看朝霞多彩，再不拆橋，王母必定會派人來干涉的。

　　「下橋去吧，織女，不是我心腸硬，天色已放亮，實在不能再拖延了，萬一王母動了肝火，大家都沒有好處！」

　　鵲王的話語，一個字像一枚釘，扔在織女心坎裏，又刺又痛。

　　織女哭得上氣不接下氣，勉抑悲懷，抱着嬰兒，慢慢走下橋去。走到橋堍，回頭對橋頂一望，牛郎已經不見了，正擬奔上去追趕，突見羣鵲亂飛，剎那間，一座偌大的鵲橋驀地不見了。

　　靈鵲們雖然辛苦了一夜，因為做的是好事，倒也個個抖擻，絕無倦容。

　　稍過些時，靈鵲們各自回巢，銀漢無聲，天河又恢復了過去的寧靜。

　　織女先將兩個嬰兒安頓好，然後走到河邊，舉目眺望，發現牛郎正在向她揮手。牛郎打了一句手語，叫她不要悲傷；織女也打了一句手語，說是捨不得跟他分離。

六十九、搶奪嬰孩

從此兩夫婦隔河相望，寂寞時就以手語交換心意，雖然日子過得非常單調，倒也並不感到空虛。

織女很有趣，常將孩子們的動態用手語向牛郎報告，牛郎見了，常常咧嘴作笑。

兩夫婦就是用這樣的方法來消磨光陰的，日以繼夜，夜以繼日，感受麻木，連歡樂與哀愁都不像過去那麼濃了。

如果不是因為孩子在成長中，他們是無從取得歡樂的；如果不是因為每年可以相聚一夕，他們就失去繼續生存的意義了。

每天早晨，當他們睜開忪惺的眼，第一個思念，必然是：距離七月七日還有多少天？

他們依靠這一點希望，將所有的痛苦全部當作事實來容忍。織女的情形比較好，當她感到苦悶時，還可以逗着兩個孩子玩。孩子也真可愛，老是笑眯眯的，不給母親添麻煩。唯其如此，織女心情雖劣，倒也並不消極。

有一天，正當織女在哄睡孩子的時候，婁金狗忽然匆匆奔來，兩眼一瞪，用裂帛似的聲音對織女說：

「王母傳諭，命你即刻將兩個嬰孩交給我。」

織女聞言，不覺大吃一驚，忙問：「為甚麼？」

婁金狗說：「仙女養子，已是違反天規的事情，如今，你竟在天庭養育子兒，實為天規所不容！」

織女理直氣壯地反問：「兩個孩子是我的親骨肉，你們休想從我的手中奪去！」

婁金狗臉孔一板，氣勢洶洶地說：「王母有諭，兩個孩子必須即

刻送往下界！」

織女説：「除非你們送我下界，否則，我寧死也不讓你們奪去我的骨肉！」

婁金狗聽了，益發怒惱，扁扁嘴，用威脅的口氣説：

「織女，王母言出如山，我看你還是乖乖的交出兩個嬰孩，如果不依從，休怪我婁金狗不講交情！」

七十、焦急異常

説罷，婁金狗強兇霸道地走去奪取織女手中的兩個嬰孩，織女無力反抗，唯有蹲下身子，以自己的身體去阻擋住婁金狗。

婁金狗見織女像蝸牛一般蜷曲着身體，眉頭一皺，東看看，西望望，只是找不出對付的辦法。織女是個仙女，婁金狗雖然領有王母旨諭，也不便為了爭奪嬰孩而拉拉扯扯。沒有辦法，只好用危言恫嚇她了：

「織女，快將兩個孩子交出，如若不然，我便去稟報王母，到那時，王母動了怒，不但孩子仍須交出；恐怕你自己還要遭受抗命的處分哩！」

話雖如此，織女依舊緊緊地將兩個孩子摟在懷抱中，不出聲；也不動彈。

婁金狗想不出更好的辦法，心裏不免焦急起來，跺跺腳，問：

「織女，快將兩個孩子交給我！」

織女依舊不理他。

婁金狗嗤鼻哼了一聲，説：「你一定要搞出事情來，我也沒有辦法了！」説着，兩腳一蹬，駕起一朵祥雲，像枝飛箭一般，直向瑤池

飛去。

織女這才抬起頭來，見婁金狗已遠去，立即放下兩個孩子，匆匆走到河邊，用手語將經過情形告訴牛郎。

牛郎站在對岸，早已望見婁金狗來到，雖不知婁金狗跟織女說些甚麼；但也猜得出婁金狗此來，對織女是決無善意。如今，織女用手語向他說明此事，也不免急得如同熱鍋上的螞蟻一般。

「怎麼辦呢？」他用手語問織女。

織女用手語回答他，說是無論怎樣，也不讓王母奪取自己骨肉。

牛郎仔細一想，認為織女倘若繼續違抗王母的意旨，必會惹得王母動怒的，保不了孩子；還在其次，說不定還要受到其他的處分。於是，立即用手語請求織女將兩個孩子交與王母。

七十一、王母駕到

手語究竟不能清楚地說明彼此的心意；織女見到牛郎要她交出嬰孩，不覺怒火狂燃，暗責牛郎心腸太硬。其實，牛郎之所以這樣做，當然是有理由的。

自從牛郎來到天庭後，所見所聞，皆不能討得他的歡喜，只為深愛織女，寧願一生在此受苦，也不興返回人間之念。如今，王母既然不准織女在天庭養育子女，何不趁此將兩個嬰孩送返紅塵，交與兄嫂扶養，也好免受寂寞之苦。為了這個緣故，牛郎一再要求織女順從王母旨意。織女不明其意，反而責怪牛郎心腸太硬。

兩人隔河相對，縱有充分的理由，也無法憑藉簡單的手語交換彼此的心意。織女怒往上沖，索性猝然轉身，從岸邊走回去，緊緊摟住兩個嬰孩，以防婁金狗前來奪取。

就在這時候，天上忽起滾滾祥雲，織女抬頭觀看，只見王母在天兵天將衛護之下，坐着雲車，浩浩蕩蕩的開了過來。

織女見到王母，只好上前參拜，不料，王母臉孔一板，大聲叱道：

「大膽織女，竟敢在天庭扶養兒子，該當何罪？」

織女跪在玉輦前面，低着頭，不但不肯認罪；抑且極力為自己聲辯：

「啟稟王母，這兩個孩子乃是我的親骨肉，我捨不得跟他們分離！」

王母兩眼一瞪，繼續怒叱：「織女，你若有意違抗我命，攪亂仙觀，我決不會寬恕你的！」

「萬望王母開恩。」

「不行！」王母怒氣仍盛，「快將孩子交給婁金狗，如若不然，我立刻將你囚入大山底下！」

織女這才驚惶失措了！只管向王母磕頭求拜，希望激起王母的同情心。不料，王母早已拿定主意，扁扁嘴，立刻命令婁金狗從織女手中奪取兩個孩子。

七十二、雙膝下跪

婁金狗接奉命令，怎敢怠慢，當即挪步走到河邊，將兩個嬰孩抱起。織女見到孩子被奪，忙不迭站起身，瘋瘋癲癲的走到婁金狗身邊，抱住他的腿，死也不放。婁金狗給她攔住去路，不便挪步，回過頭去，對王母一瞅。王母當即向奎木狼使了一個眼色，奎木狼狠巴巴的走過去，弓下腰，一把將織女拉開。織女知道事

情已經無法挽救，唯有匆匆奔到玉輦前面，雙膝下跪，苦苦哀求王母；

「王母開恩！」

王母不明織女的用意，閃閃困惑的眼睛。問：「織女，你還有甚麼話要講？」

織女抬起頭來，兩淚汪汪的作了這樣的懇求：「王母既不容他們在我身邊，我也不願違反天規，但有一事，尚祈王母慈悲為懷。」

「你說罷。」

「王母，想我織女雖為仙女，既已嫁與趙牛郎為妻，當然應該算是趙家的人了。這兩個孩子乃是趙家之後，萬望王母將他們交與牛郎之長兄趙阿財收養，以免我這個做娘的在天上惦念牽掛。」

王母聞言，兩眼骨溜溜的一轉，覺得織女所請，亦在情理之中，因此就吩咐婁金狗立即下凡，將兩個孩子交與趙阿財撫養，要他們小心照顧，不得有誤。

婁金狗抱起兩個嬰孩，駕起祥雲，身形一矮，瞬息不見了。織女失去了兩個孩子，心似刀割，眼前一陣昏黑，終於暈了過去。

迨至醒來，王母以及天將天兵早已不見，四周一片寧靜，連喜鵲兒都不見一個。

她叫了一聲「兒呀」，淚水又像斷線珍珠一般，簌簌的掉落。

半晌過後，她才覺得哭泣並不產生任何力量，當即站起身來，匆匆走到岸邊，用淚眼一望，發現牛郎獸磕磕的站在對岸。

七十三、憂悶難散

織女失去了兒女，神志恍惚，站在岸邊，目無所視的望着前面。

　　牛郎雖然在對岸，但是對這一邊的情形也看得清清楚楚。他知道，由於王母的獨斷獨行，兩個孩子已被婁金狗送往下界去了。關於這一點，他倒並不擔憂。他認為孩子們能夠返回人間，未始不是一件好事。他所擔憂的，還是織女。

　　織女情感素來脆弱，受到這樣大的刺激，又無第二個人在旁安慰她，精神當然不容易恢復正常。

　　牛郎瞪大眼睛望着她，見她失神落魄的站在河邊，心裏焦灼，卻也完全無能為力，他企圖用手語安慰織女；但是織女一點反應都沒有。

　　兩人隔河相對，誰也不能幫助對方。牛郎幾次想冒險泅水；只因銀河絕非普通河流，表面雖然平靜；如果投入河中，必無生還之望。牛郎心裏明白，只好放棄泅水的打算。

　　「時間是治療創傷的特效藥。」他想：「反正有的是時間，過了些時日，織女就一定不會再像現在這樣悲傷的。」

　　這樣想時，牛郎的心情也稍為平和了些。他依舊獃磕磕的望着對岸，希望織女用手語跟他交談。

　　時間過得特別慢；但是時間是決不會停留的。只要有耐心，太陽西下，月亮上升；黑夜消逝，白晝來臨。

　　日子如蝸牛一般，爬得慢，但也一天繼一天的過去了。

　　織女常常聳肩啜泣，站於岸邊，哀哀無告地望着牛郎。牛郎不斷向她打手語，她總不肯予以反應。有一天，織女忽然打了一次手語給牛郎，說她身體不舒服，病倒了。

　　牛郎憂心如焚，只好站在這一邊跪地祈禱。他祈求王母大發慈悲，讓他們夫妻永遠相聚在一起。這是一個不可能成為事實的希望；但是牛郎除了祈禱外，再也沒有別的方法可以安慰自己了。

七十四、南極仙翁

過了些時日，織女終於站了起來，冉冉走到河邊，用手語詢問牛郎：

「不知兩個孩子怎樣了？」

這句問話，顯然是得不到圓滿答覆的，牛郎和她一樣，始終沒有離開過天河，怎麼會知道下界的情形？事實上，這些日子，牛郎所關心的只是織女的健康，至於兩個孩子，牛郎一直認為他們自己有自己福分，不用做父母的替他們擔心。為了這個緣故，牛郎立即用手語反問織女：

「妳的病好了沒有？」

織女的回答是：「孩子不在身邊，病是不會好的。」

牛郎本來還想勸她幾句，只因手語簡單，無法表達自己的心意，唯有眼巴巴的望着對岸的織女，乾着急。

這實在是一樁悽慘的事情，一對有情人，為了彼此相戀，不但被逼與子女分離，抑且隔河相對，必須枯候一年，始能相會一夕。

牛郎算是有耐心的了，天天坐在河邊，遠眺織女，撥指計算日子的流過。那織女老是念念不忘地牽掛着兩個孩子，為了忠實於自己的感情，終日以淚水洗面。

狠心的王母未必不知道他們的苦處，但是為了使其他的神仙有所警惕，寧可織女與牛郎受難，怎樣也不肯撤去銀河。

有一次，南極仙翁打從銀河上空經過，看到牛郎與織女相對流淚，動了惻隱之心，當即前往瑤池拜見王母。王母問他：「仙翁到此，為了何事？」

仙翁堆上一臉和藹的笑容，要求撤銷銀河，好讓牛郎與織女

團聚。

王母説：「牛郎並非神仙，我若撤去銀河，豈非亂了天規？」

仙翁説：「那末，為何不讓織女永留人間？」

王母臉孔一板，沒好聲氣地對仙翁説：「我若通融織女下凡的話，教我如何管教別的神仙？」

七十五、觸怒王母

聽了王母的話語，南極仙翁縱已動了惻隱之心；但也無法繼續代牛郎與織女再向王母求情了。王母未必不肯賣仙翁的情面，只因天規不容搗亂，唯有硬着心腸，不允所請。仙翁明白這個道理，也就不再開口了。

從此，再也沒有神仙為牛郎織女求情了。南極仙翁的努力是最後一次；之後，牛郎的事件失去了新鮮感，誰也不願意將他們當作酒後茶餘的談話資料。

牛郎與織女不知道流了多少眼淚；但是淚水並未能換得絲毫同情。

有一次，王母坐了雲車巡查天界，經過天河時，本擬即刻轉往他處，結果卻給織女攔住去路。

織女跪在雲車面前，連哭帶嚷地要求王母：「請妳將我貶下凡間去罷！我寧願在凡間做牛做馬，也不願意在這裏受罰！」

王母嗤鼻冷笑道：「妳不要貪心不足，我肯讓你們每年見一次面，已經很對得住妳了。如果不是看在鵲王的份上，我是怎樣也不會允諾牠們在天河上邊搭橋的！」

織女哭得像個淚人，邊哭邊説：「王母，我知道我錯了；請……

請妳饒了我吧！」

王母臉色一沉，沒好聲氣地說：「我若饒恕你的話，天上的神仙們豈不是個個要下凡去了？」

織女見王母不肯回心轉意，不由得怒往上沖，睜大淚眼，竟衝動地說了一句：

「如果天庭真是一個樂園的話，你也不必擔心仙君們思凡了！」

「小丫頭，不准你再胡言亂語！」

說罷，王母吩咐眾天將開道前往他處。織女那裏肯放過這個機會，拚命拉住車轅，哭呀嚷的，要求王母大發慈悲。王母剛才給她頂撞了一句，氣得面色鐵青，正在尋思懲罰織女的方法，豈肯隨便放她返回人間。

七十六、鵲王來了

王母吩咐婁金狗拖開織女，頭一昂，瞬息隱入雲端。織女求饒不遂，心裏說不出多麼的難受，跌跌撲撲地走回河邊，伏在地上，嘶聲狂哭起來。

可憐牛郎，身在彼岸，目睹這裏的一切，明知織女又陷入極度的悲哀，然而除了乾着急之外，完全無能為力。

在這種情形下，唯有等待七月七日的來臨了。如果在人間，即使最貧困的時期，光陰一樣會流得很快；但是到了天庭之後，日以繼夜的蹲在河邊，生活單調，眼前出現的一切也永遠沒有變化，再加上內心的悒鬱和灼焦，日子過得比蝸牛爬得還慢。

好容易過了一百天；可是還有悠長的二百六十四天在後邊。

好容易過了二百天；還有悠長的一百六十四天在後邊。

好容易又過了三百天；還有悠長的六十四天在後邊。

好容易過了三百六十天，牛郎撥指一算，還有四天就可以與織女見面了。想到見面時的情景，一股難抑的興奮使他的心如同小鹿一般，突突往上撞。

他不斷的打手語告訴織女，說是再過三天又可見面了。織女看到手語，情緒似乎也逐漸好轉，不再伏在河岸上聳肩啜泣。

到了七月初七早晨，鵲王忽然出現，噗噗噗的飛到牛郎面前，拍拍雙翼，才用鼓舞的口氣說：

「恭喜，恭喜，你們今晚又可以相會了。」

「多謝鵲王幫忙，銘感五中，沒齒難忘。」

「事到如今，還說這些客氣話作甚？你們已受了一年的苦楚，也該痛痛快快的歡聚一宵了！可惜我們力量薄弱，無法給你們個大的幫助，不能撤銷銀河。」

說罷，鵲王振翼高飛，一聲唿哨，瞬息間，遠遠近近出現了無數喜鵲。

七十七、二次相會

喜鵲來自各方，數以萬計，整個天堂變成了黑壓壓的；但聞鵲噪似雷鳴。

牛郎興奮極了，一會兒抬頭觀看羣鵲搭橋；一會兒向對岸的織女頻打手語。

「天黑時，我們就可以見面了！」他這樣告訴織女。

織女也用手語回答他：「我有很多話跟你談。」

牛郎點點頭，笑得抿不攏嘴，喜悅如同火中栗一般，在他內心中

爆濺起來。

靈鵲們正在空中忙碌，一隻啣接一隻，不辭辛勞地進行搭橋工作。

「好容易挨了一年，」牛郎想，「今晚又可以跟織女見面了。時光是不會停留的，而我們見面的時間只有一晚，我必須好好準備一番，以免過分的興奮沖昏了頭腦，到了分手後，才記起那些想說的話。」

於是，牛郎兀自坐在河邊，目無所視地望着前面，腦子陷入了無極的沉思。他在做夢，雖然眼睛睜得很大。⋯⋯

忽然耳邊響起一陣鼓噪聲，牛郎呶呶嘴，似夢初醒地用手揉亮眼睛，仔細一瞧，不覺吃了一驚。

原來鵲橋已搭成，鵲王正在他耳邊大聲鼓噪：

「牛郎！牛郎！夜色已起，快上橋去吧！」

聽清了這兩句話，牛郎立刻挪開腳步，飛也似的奔上鵲橋，彷彿沙漠中的行腳人忽然見了一潭清泉。

奔上橋頂，織女已含笑盈盈地在等他了。織女雖然在笑；但是眼眶卻噙着晶瑩的淚水。一年來的辛酸，全靠這幾滴淚水來發洩。內心喜悅是一件事，那些無法宣洩的委屈，卻是另外一件事。因此，當兩人彼此摟抱在一起時，誰也開不出口。

織女伏在牛郎肩頭，哭得上氣不接下氣。牛郎雖然是個男人；但是逢到這樣場合，看到愛妻涕淚漣漣，也止不住兩淚滔滔了。

七十八、驅除憂慮

兩人久別重逢，只顧抱頭痛哭，完全忘記這一夕的時間是很快就要過去的。

　　還是牛郎比較清醒，流了些眼淚後，極力壓制着內心的衝動，定定神，對織女說：

　　「我們好容易等了一年，總不能將這寶貴的時間隨便浪費。」

　　聽了這幾句話，織女才鬆了手，倒退一步，低着頭，用衣袖抹淚。

　　「這一年，」織女抖着聲音對牛郎說，「我……我苦透了……」

　　話語沒有說完，又抽抽噎噎地哭泣起來。牛郎連忙走上前去，伸手圈住她的肩膀，柔聲細氣的安慰她：

　　「不要難過，只要我們永遠相愛，我們還是快樂的。」

　　「快樂？這樣的日子能夠獲得快樂嗎？」

　　「這銀河雖然將我們的身子隔開了，但是它絕對無法將我們的心也隔開！這一年來，我們無日不隔河相對，可是每天晚上我總在夢裏跟你生活在一起。為了這個緣故，所以我一直是快樂的。王母神通廣大，用髮簪一劃，就可以劃出一條天河；可是王母絕對不能阻止我們在夢中相會。如果我們每晚能夠相會一次的話，你會覺得悲哀嗎？所以，你必須樂觀些！只有樂觀才能使王母的神通失效。你要知道，王母花盡心計，為的是要我們吃苦；如果我們不但不悲傷，抑且感到快樂的話，她的神通就一點用處也沒有了。因此，我們必須在極度的痛苦中自尋快樂，我們是不是應該快樂些？」

　　這一番話，說得非常有力，使一年沒有露過笑容的織女，終於不再哭泣了。

　　「牛郎，你說得對！我們應該樂觀些，才有意思！」

　　牛郎對着織女看看，知道她已堅強起來，心裏非常高興。織女點點頭，又加上這麼一句：「不錯，只有這樣才能教王母達不到目的。」

七十九、度年似日

於是織女破涕為笑了，明知這是消極抵抗，然而除此之外，已經別無他法。她的快樂顯然是偽裝的，只是這偽裝的喜悅卻代表着另外一種意義——堅強的鬥志。有了這種鬥志，王母的神通終於失去了效力。織女一直以為牛郎是個單純的男人，想不到他竟會在極度的痛苦中，變得更加聰明了。

織女抬起頭來，先用衣袖拭乾臉頰上的淚痕；然後微笑着說：

「只要你能忍受這樣殘酷的刑罰；我也能忍受的。」

「為了你，我甚麼都能忍受。」

「牛郎，你實在太好了！」

兩人終於情不自禁又擁抱在一起，彼此都很激動；可是誰也不再流淚。織女已很久沒有投入牛郎懷中了，如今，感到了那稀有的溫暖之後，既悲又喜。牛郎一再勸慰她，要她想開些，在度日如年的日子中，將一年當作一日。

「這是做不到的。」織女說。

「但是你必須要做到，否則，你永遠得不到快樂的。」牛郎說。

織女若有所悟，哦了一聲說：「我明白你的意思了！」

「你倒說給我聽聽。」

「如果我們能夠糾正心理上的缺陷，將一年當作一日，那豈不是每晚都可以相會了？」

「事實上，我們也是晚晚相會的，雖然只是在夢幻中，但是現實與夢境本來就沒有甚麼分別。」

「何況，我們白天還可以隔河相望。」

「對，何況，我們白天還可以隔河相望。」

談到這裏，彼此的憂鬱之情終於完全消失了。織女也不再像過去那麼悲傷了。過了一會，織女忽然用黯然的語調説：

「我怕。」

「怕甚麼。」

「怕太陽升起後，我不能像此刻這麼堅強了！」

八十、爭吵

牛郎説：「所謂仙境就是這樣的，它是一個靜止不變的環境，沒有夢想，等於失去了一切；有了夢想，事情就簡單了。」

「為甚麼？」

「因為銀河是無法將夢境和想像隔開的。」

「你要我分開後，長年生活在夢想中？」

「雖無分開，總比這單調的仙境好。」

牛郎説話時，語氣非常堅定，彷彿他自己已經脱離苦海，不但不以「隔河相望」為苦；抑且引以為樂。織女覺得很奇怪，頗想倣學，只是一時還轉變不過來。她不能一下子將痛苦的事實當作夢來接受；同時更不能斷絕兩個孩子的牽掛。

「兩個孩子又長大了一歲。」她説。

「是的。」

「應該會走路了。」

「嗯。」

「也許已經學會單語了。」

牛郎臉色一沉，狠狠的盯了織女一眼，那眼睛裏彷彿有一撮火，一直盯到織女心坎裏。織女莫明究竟；只管楞大一對詢問的眼，靜候

他開口。

「織女。」牛郎説，「事到如今，我們身受的苦楚不可謂不大，所以，依我看來，為了我們好，必須將兩個孩子完全忘掉。」

「為甚麼？」織女瞪大了眼在問。

「為了減少自己的痛苦。」牛郎斬釘截鐵的答。

「這是不可能的！」

「為甚麼不可能？你必須忘掉他們！」

於是兩人開始爭吵起來了，吵得很兇。牛郎要織女忘掉兩個孩子，完全是要減少她的煩惱。再説，孩子已經回到人間，今生恐怕再也不能見面了，多想，無異給自己添麻煩。但織女不能了解牛郎的用意，只道他心腸太硬，因此就遷怒於他了。

八十一、打算過河

在這種情形之下，爭吵實在是一點意思也沒有的。大家辛辛苦苦挨了一整年，難得相聚一宵，豈可將大好的光陰隨便浪費？

牛郎究竟是個男人，吵了幾句後，立刻冷靜下來，一方面自認錯誤；一方面勸織女不要煩躁。織女見他已屈服；而自己又不能正確地説出思想感受，終於低着頭，不再開口了。牛郎這才伸出右臂，緊緊圈住織女的肩膀，用動作來表示歉意，並陶醉在彼此的熱情中。但是，織女竟開始埋怨起自己來了。

「我不能怪王母太卑鄙；應該怪自己太懦弱。苟且、畏縮，一點勇氣也沒有，當然要受王母的欺侮！」

「娘子，請你千萬不要責備自己，因為這樣想的話，就無法保持

樂觀了；不樂觀，我們的消極抵抗就完全不能發生作用。」

織女憂鬱地皺皺眉頭，用冷冷的目光對牛郎一瞅，牛郎略感畏怯，彷彿織女的目光是一把特殊的尺，正在衡量他的勇氣。半晌過後，織女忽然用一種堅決的口氣說：

「我們不能消極，我們應該反抗！」

「反抗？我們有甚麼辦法可以反抗？」

「辦法倒有，只是你能不能拿出勇氣來？」

「你說。」

織女略一躊躇，東看看，西望望，考慮了一會，然後咬牙切齒地說：

「我打算天亮時從鵲橋走到你那邊去！」

「這……這怎麼可以？」牛郎遲疑地說。

「為甚麼不可以？」織女緊張地問。

「要是給王母知道了，她絕對不會放過你的。」

「在她知道之前，我們不是可以痛痛快快的相聚在一起了。」

「不行，不行，絕對不能這樣做！」

八十二、太陽升起

牛郎不贊成織女的計劃，為的是怕王母懲罰織女。王母既然有辦法將織女從凡間提上天庭；當然也有辦法使織女永遠不能與牛郎相會的。

「所以，」他說，「我反對你走到我這一邊來！」

「為甚麼？」

「因為這樣做的話，觸怒了王母，一定會不准靈鵲們搭橋的，到那時，我們恐怕連一年一度的相會也要被剝奪了。」

「你太懦弱！」

「但是這是一種愚蠢的行為。」

「難道你願意永遠隔河相對嗎？」

「我不願意失去一年一度的相會！」

「你能忍受，我卻不能！」

於是兩人又爭吵起來了，你一句，我一句，大家吊高了嗓音，猶如雞叫似的，各不相讓。牛郎的性格比較保守；而織女則容易衝動。當織女認為反抗是一種必需的時候，她幾乎完全不能訴諸理性了。牛郎怕她闖禍，極力勸她忍耐，勸不聽，少不免也憤恚起來。

兩人相持不下，瞬息間東天已有第一道陽光射來了。鵲王照例飛到兩人面前，鼓噪着，要他們分手。

織女聽到鼓噪聲，抬頭對東天一瞅，果見朝霞燦爛，心似刀剮，終於號啕大哭。

牛郎見織女哭得如此淒涼，心頭一軟，連忙向她陪不是；然後，柔聲細氣地勸她回到對岸去。

織女呆呆的站在那裏，不說話，也不動彈。

牛郎眼看太陽已經升起，知道不能連累鵲王，只好咬緊牙關，用手推揉着織女的背脊。

但是織女怎樣也不肯挪開蓮步。

鵲王焦灼異常，大聲喚叫：「牛郎，我們是一片好心，才從遠道趕來替你們搭橋的，現在，太陽已升起，你們再不下橋，回頭王母知道了，教我們怎樣交代？」

八十三、疾奔彼岸

　　鵲王的話語，猶如萬箭齊發，射在牛郎心坎裏，又刺又痛。牛郎急得滿頭大汗，只顧猛推織女。

　　織女大怒，撥轉身來問牛郎：「怎麼？難道你不願意跟我在一起嗎？」

　　牛郎怯怯地說：「娘子，並非我不願意，無奈王母早下諭旨，妳若故意違抗，必會遭受嚴懲。」

　　織女歇斯底里地吼起來：「我不怕懲罰！」說着，趁牛郎不備，竟像枝飛箭似的，疾步奔下橋去，奔向彼岸。牛郎見狀，大驚失色，忙不迭舉步追趕，剛抵橋堤，忽聞訇然一聲，羣鵲乘機亂飛，一座偌大的鵲橋瞬即不見。

　　牛郎拖住織女，命她立刻上橋，返回對岸。不料，織女牽牽嘴角，終於哈哈大笑起來，笑了一陣，伸手一指：

　　「你看！」

　　牛郎抬起頭來，對空中一瞅，才知道鵲橋已拆，織女再也無法返回對岸去了。

　　織女雖在咧嘴作笑；但牛郎卻急如熱鍋上的螞蟻。

　　「怎麼辦呢？怎辦好呢？」牛郎問。

　　「怕甚麼？看你這樣子，真是……」織女笑着說。

　　「王母知道了，必定會重罰你的。」

　　「反正罰的是我；不是你，何必驚惶若斯？」

　　「娘子，請你千萬不要這樣說。」

　　牛郎眼圈一紅，終於飲泣起來了。織女見他如此懦弱，不由得怒往上沖，撥轉身，兀自走到河邊去觀看滔滔河水。牛郎哭了一陣，知

道淚水不能解決問題，抬起頭，望着織女的背影，唯恐她怒氣未消，當即挪步上前，走到她後邊，柔聲對她說：

「事已至此，只好靜候王母來處罰了！」

織女回眸一瞅，見他那種畏葸和懦弱的神情，心裏更加惱怒。

八十四、靜候懲罰

「好，我這就投河自盡了，免得你受累！」

牛郎聞言，連忙伸手將織女拉住，苦苦哀求，要她饒恕自己的錯失。說錯失，牛郎心裏是不肯承認的，不過：為了平息織女的怒氣，嘴上不能不這樣說。事實上，織女也何嘗真的想投河，只是一時氣憤難消，藉此當作一種宣洩，嚇唬牛郎，免得他膽小似鼠。

但是牛郎是否因此堅強起來？

沒有。絕對沒有。

牛郎用眼淚望着遠處，心裏彷彿藏着一把糾結的亂絲。他想不出任何方法可以鎮定自己，只覺得大禍即將臨頭了。

織女的情形倒並不一樣。她雖然不作聲，但是心裏的那股氣憤卻是因牛郎而起的。她既然有勇氣違抗王母的意旨，當然有勇氣接受王母的懲罰。

「我願意知道……」她說：「王母還有甚麼比這更殘酷的懲罰方法？」

牛郎嘆了口氣，不敢表示任何意見。

見牛郎不開聲，於是織女呶呶嘴，忽然露了一個勉強的笑容，故作鎮定地說：

「我既已不顧一切地走了過來，最低限度，你也該表示高興才

對，豈可老是這麼愁眉苦臉的？你剛才在鵲橋還說過；必須保持樂觀，始能使王母的神通失去效力！」

牛郎又嘆了一口氣，說：「如今，大禍即將臨頭，教我怎麼能夠樂觀呢？」

織女立刻斂住笑容，呶着嘴，沒好聲氣嚷起來：「你只曉得發愁，早知你這樣無用，我又何必如此？」

牛郎明知織女生氣了，但仍震驚不已，縱想勸慰她幾句，卻又不知道從何說起。

兩人雖已重新生活在一起，但只因牛郎太過柔弱，不僅得不到預期的快樂，抑且更加痛苦。

銀河邊依舊一片寧靜，但這凝固似的寧靜卻教牛郎無法平衡自己的情緒。

八十五、金面大仙

織女憤然走向河邊，眼望河水，心裏卻在責怪牛郎，她不顧一切地奔到這邊來，無非想跟牛郎能夠快樂地生活在一起，想不到牛郎如此懦弱，使她大失所望了。

「早知道是這樣，」織女說：「我寧願寂寞地耽在對岸的。」

牛郎微喟一聲，作了這樣的解釋：「娘子，請你千萬不要誤會，我並非不喜歡跟你生活在一起，問題是：我……我……」

「你怎麼樣？」

「我不忍見你被罰！」

不料，織女兩眼一瞪，怒氣沖沖地嚷起來：「我受罰是我自己的事，用不着你來替我擔心！」

話音未完，雲斗裏忽然傳來一串驚心動魄的響雷。兩人不約而同地抬頭觀看，只見藍森森的閃電如同劍光一般，不斷的劈過來。牛郎見此情形，嚇得渾身哆嗦，反觀織女，不但臉上毫無懼容；抑且勇敢地屹立在那裏，準備迎接任何的事變。

就在這時候，密雲驀然散開，現出一個手持大刀的金面大仙。

「織女！」金面大仙大聲怒叱：「你膽敢違反王母意旨，不遵天條，擾亂仙規，還不快快過來受縛？」

織女聞言，居然嘶聲咆哮起來：「我若有甚麼錯處的話，也早已用我的痛苦抵償了，難道你們要我永遠忍受寂寞的煎熬？」

金面大仙兩眼一瞪，叱道：「休得胡言亂語！快快過來受縛，要不然，我就要不客氣了！」

織女怒不可遏，舉起手來，祭起一顆夜光明珠，以為藉此可以擊退金面大仙。但是，這夜明珠乃是織女隨身之寶，對付普通神道，也許還能起一點作用；但遇到了神通廣大的金面大仙，也就一點用處也沒有了。只見金面大仙輕輕地祭起乾坤袋，終於將夜明珠收了過去。

八十六、束手就擒

織女雖屬天仙，論神通，卻是微不足道的，如今，為了爭取與牛郎生活在一起，不惜祭起護身寶，明知未必能夠擋住金面大仙，只想藉此表示自己的抗意。迨至明珠被收，織女唯有靜候處置。

「織女，快快過來受縛！」

金面大仙的吆喝使織女益發惱怒了，織女無力反抗，但是要她乖乖受縛，卻是怎樣也不肯的。

那金面大仙見織女絕無降意，倒也躊躇起來了，只因王母有命，

不能疏忽，沒有辦法，只好舉起右手，朝空一指，但見金光閃閃，一條綑仙索，像游龍似的直向織女飛去。

織女藏身無地，睜大了一對淚眼，楞着綑仙索，唯有束手就擒。

稍過些時，金面大仙將織女拉到瑤池，前去參見王母。

王母見了織女，不由得怒往上沖，兩眼一瞪，咆哮如雷：

「大膽織女，私自下凡，貪圖人間歡樂；所犯罪孽，已屬惡極，如今又執迷不悟，故意違反我的意志，不肯修心養性，實在可惡已極！」

織女不甘示弱，居然不顧一切地嚷起來：「王母喲！想我織女既已下嫁牛郎為妻，且育有子女各一，怎能割捨夫妻之愛，骨肉之情？王母倘若認為我違反天條的話，自應貶我下凡，才合道理；但是，你胸襟狹窄，竟用髮簪劃下天河一道，硬要拆散我們夫妻，讓我受苦一生，方能消除你心頭之恨……」

織女竟敢頂嘴，王母愈聽愈氣，不等她將話語講完，立刻嘶聲怒叱：

「不准胡言亂語！我拔簪劃河，旨在使天庭仙君有所警惕，使他們從此不敢再思凡間，絕無故意與你為難之意。如今，你竟擅自過河，不遵我命，我若寬宥了你，今後教我如何約束眾仙？來！將織女打入天牢！」

八十七、漆黑一片

此言一出，婁金狗奎木狼立即應了一聲「遵法諭」，氣勢洶洶的走到織女面前，齊聲叱道：

「走！」

　　織女對婁金狗奎木狼瞅了一眼，心內憤怒；但也不無悔意。按照她的初意，以為自己既是王母的外孫女，受了這麼多的苦楚，總會邀得王母寬恕的。因此趁在七夕相會之際，明知故犯地越過對岸，存着一種徼倖的心理，希望能夠激起王母的同情，經此不再遭受寂寞的煎熬。不料，王母見她一再犯反天律，怒氣益盛，竟不顧親戚情分，下令將她打入天牢。

　　所謂天牢，實在是一座大山，專禁天仙。織女被婁奎兩仙押抵山下時，知道今後難見天日了，禁不住熱淚直淌。

　　「現在，後悔也來不及了！」婁金狗説。

　　織女嘆口氣，兀自挪開蓮步，垂頭喪氣地走進天牢。那天牢比人間的監獄更可怕，漆黑一片，伸手不見五指。四周陰風慘慘，並無其他囚犯。

　　至此，織女忍不住「哇」的放聲大慟了，邊哭邊忖：「不知何年何月可以重見天日？不知牛郎現在怎樣了？兩個孩子在人間也會想念母親嗎？那牛郎獨自一人蹲在河邊，連我的影子也見不到，不知道還有勇氣繼續活下去嗎？」

　　想到這些問題，她是悔恨交集了。悔不該如此魯莽，以致再度觸犯王母；同時，又恨透了王母，責她做事太過無情。

　　但是，悔與恨都不能給她任何幫助了。放在面前的事情，已經沒有東西能夠加以改變。她只有拋卻所有的牽掛，靜心養性地坐在黑暗中，等待王母天良發現。

　　事實上，想等王母來釋放她只是幻想，當然是不可能的；然而除此之外，她還能有別的希冀嗎？

　　坐在黑暗中，連日月交替也見不到。她能夠做的事情只有一樣——哭泣。

八十八、忽見金光

在天牢裏的日子，比蹲在銀河旁邊更難受，見不到日月交替；更見不到牛郎的身形；雖然仍可以在夢境中與牛郎相會，但是那究竟是十分虛無飄渺的。

起先，她還相當堅強；後來，連憎恨也逐漸消失時，她已萬念俱灰。

所有的希望全部變成虛妄，不但對兩個孩子已無牽掛；即使是牛郎，也因為心靈上的突陷麻木，偶爾想起，也不會引起任何巨大的哀慟。

天牢裏的光陰不易熬，唯有心靈麻木者才會不覺其苦。事實上，經過一個長時期的囚禁，織女終於連苦樂之辨也沒有了。

有一天，忽然黑暗處閃起一道金色的光芒。這是許久以來未曾見過的東西，織女忙不迭以手揉眼，看清楚那光芒並不是幻覺，立刻向之奔逐，希望光芒本身能夠引導出一些新鮮的東西來。

光芒像鬼火一般在黑暗中跳躍，使織女感到最大的詫異。織女知道：鬼火是慘綠色的，所以它不是鬼火。

「如果不是鬼火的話，又是甚麼東西呢？」

正這樣想時，耳際忽然傳來一縷細小的低微的呼喚聲，凝神諦聽，這呼喚聲來自遠方，又彷彿來自心中。她是非常詫愕。

一會，呼喚聲逐漸迫近。那出現在面前的金光開始像輪盤一般旋轉不已。

「織女！」金光開口了，織女聞言，連忙雙膝跪地，口中不停地哀求：「大仙救我！大仙救我！」

接着，那金光竟像一盞明燈似的，照在前面，抖抖惚惚的說：

「織女，我已替你在王母處求了情，王母允你出獄了，但是你仍須前往銀河，不得攪亂天規！」

織女聽了，喜不自勝，一邊磕頭似搗蒜；一邊感謝大仙釋放之恩。

八十九、觀音菩薩

織女走出天牢，由於久處黑暗的關係，眼睛無法適應強烈的陽光。

她低着頭，將面龐埋藏在雙手中，隔了很久很久，才慢慢抬起頭來。

陽光極明媚，暖烘烘的，織女感到了，高興得連眼淚都迸了出來。

「從今此後，我可以不再生活在黑暗中了。」

正這樣想時，忽然傳來了清脆似鴿鈴般的聲音：「織女，快快隨我來！」

織女拭目觀看，才知道救她出獄的就是觀音菩薩，連忙屈膝下跪，叩頭謝恩。

觀音菩薩含笑盈盈地望着她，用一種極其慈祥的口氣對織女說：

「我知道你苦，但是我知道你的丈夫比你更苦。自從你違反了王母的意向，被天神打入天牢後，你丈夫一直孤獨地在銀河旁邊枯候。他看來比你堅強，且能將所有的不幸當作事實去容忍。這些年來，他吃的苦頭可真不少；然而他始終不感氣餒，並堅信終有一天會跟你相會的。這樣不折不撓的精神不但感動了千萬仙君；抑且連玉帝也動了心。玉帝不忍拆散你們夫妻，所以將牛郎也封為仙君了。從今以後，

你們都是神仙，將與天地共久長，不必憂他會老死。」

聽了觀音的話，織女心裏高興；不禁喜極而泣，於是熱淚便似斷線珍珠一般，簌簌掉落了。

觀音明白她的感覺，不予譴責，也不忙着解慰，靜靜眼望着她，等她激動的情緒恢復平衡時，才開口：

「織女，你應該為此事而高興，為甚麼又要痛哭起來？快將眼淚擦乾，隨我返回銀河去吧！」

「大仙。」織女苦苦懇求，「想我織女貪圖紅塵安樂，私配凡夫，罪有應得；但牛郎並無任何過失，絕對沒有理由陪我一同受苦！」

九十、銀光四射

觀音菩薩微微一笑，說：「你丈夫忠於自己的感情，甘願陪你受苦，如果將他貶回人間的話，也許有違他的心願。關於這一點，你儘可不必為他擔心。照我看來，牛郎只要能夠每天見到你，他也就心滿意足了。」

說着，觀音命織女返回銀河，織女不敢多言，立刻駕起祥雲，跟在觀音背後，縱身一躍，瞬息間，回到了銀河沿岸。織女急於尋找牛郎，慌忙中忘記向觀音叩謝釋放之恩了，觀音素來慈悲，對於織女的心情，當然不會不了解，見她在岸邊奔來奔去，也就駕起祥雲遄回南海。

此時，陽光明媚，照得河水銀光四射。織女很久沒有用眼力了，遠眺時不免感到吃力。

那牛郎絕對想不到織女已被釋放，只是像過去那麼躺在岸邊，百無聊賴地望着上面的雲朵，希望從回憶中，能夠得到一點安慰。

　　過了些時，織女終於找到他了；儘管大聲呼喚，只因銀河太過寬闊，牛郎一點也聽不到。

　　織女焦急異常，但也毫無辦法，迨至喉嚨喊啞，只好坐下來等待了。

　　等、等、等……

　　足足等了三個時辰，才見到對岸有個人影在晃動，織女連忙站起身，拚命舉手揮搖，搖了一陣，才發現對岸的牛郎終於向她揮手了。

　　牛郎顯已發現了織女。但是，由於銀河太寬，織女無法看清牛郎的面部表情；事實上，織女自己早已熱淚盈眶，淚水使視線模糊了，那裏看得清對岸的動靜？

　　這久別重逢的情意，實在是非常悲慘的。如果是別人，經過長時期的分別，重聚了，可以抱頭痛哭一番，流些眼淚，也就沒有事。可是織女與牛郎的情形卻不同，他們重聚了，不但不能互訴離情，甚至連喚叫也聽不到。

九十一、悲喜交集

　　織女哭得上氣不接下氣，心似刀割，一邊牽起衣角抹淚水；一邊還向牛郎揮手示意。

　　這種可望而不可接的情景，實在是最悲慘的。不過，比起長年坐在天牢中，卻又強得多了。

　　當織女哭得疲倦時，太陽已經偏西。織女知道再過些時，就無法再看清牛郎了。於是，咬咬牙，竭力忍住不讓淚水繼續流出，強自鎮定，睜大了眼睛遠眺對岸。

　　原來牛郎正在跟她打手語；而且從神態上看來，好像已經打了不

少時候。織女這才大大的後悔了，悔不應自己哭昏了頭腦，害得牛郎儘打手語，得不到反應。現在，她開始仔細觀看牛郎在説些甚麼。

牛郎説：「你怎麼樣？身體好嗎？」

織女看到這兩句手語，止不住一陣刻骨的悲酸，又痛哭起來了。但是，這個時候如果再不給牛郎一點安慰，那就未免太對不起他了。於是，就立刻用手語對他作了一個回答：

「我沒有甚麼。不過，在天牢的時候，沒有一刻不想念着你。」

遠遠看見織女痛哭，牛郎也哭了。

稍過些時，牛郎又用手語對她説：「你必須保持愉快的心情。」

織女點點頭，內心激動得無法獲得寧靜。

牛郎又説：「能夠再次見到你，我實在高興極了！快樂極了！」

織女説：「我也一樣有説不出的高興。」

牛郎説：「我們已經有很多年不見了，鵲王還是年年來的。」

織女問：「鵲王年年來搭橋麼？」

牛郎説：「鵲王每到七月七日就率領大批靈鵲來到這裏，看你有沒有回來？如果回來了，牠們就立刻搭橋。鵲王真有義氣。」

九十二、七月初六

牛郎用手語説了這麼許多話，織女未必完全了解，不過，大意還是可以明白的。

等到天將黑，織女才用手勢提出這樣的問題：

「今天是幾月幾日？」

「今天是七月初六。」

「那末，明天晚上我們又可以相會了？」

「是的，所以你不必沮喪，有甚麼委屈，明晚講給我聽吧。」

織女點點頭，臉上雖未露笑容，但是心內的悒鬱，倒也因此沖淡不少。希望猶如一撮不滅的火焰，重新在她內心深處燃燒起來。她急於看看牛郎的容顏，看他是否比過去清瘦了些；看他是否比她記憶中的更蒼老些……

這時，夜色四合，銀河兩岸一片漆黑，織女睜大眼睛，一眨不眨地望着前面，可是再也見不到牛郎的影子了。不過，這並沒有使她感到悲傷，因為她知道，明天晚上就可以與牛郎相敍於鵲橋之上了。

想到這一點，她不能不感謝觀音菩薩。如果沒有她老人家代向王母求情，如果沒有她老人家走來釋放；如果沒有她老人家及時打開天牢，她就無法在這樣短短的時期內與牛郎相會了。

為了這一緣故，她懷着滿腔希望，慢慢從沿岸走回去，找了一個乾淨的所在，她躺下，心情興奮以手作枕，兩眼直直地望着上面，祈求太陽早些升起。

事實上，織女過慣了囹圄生活，一旦釋放出來，難免不感到興奮；加上明天又是七月初七，鵲橋相會良辰，想起即將來臨的種種，情緒激動，當然會睡不着的。

愈是睡不着，時間過得愈慢。天色老是黑魆魆的，不露晨曦。織女思前想後，終於又飲泣起來。

織女哭了一陣，有點累，竟爾沉沉睡去。睡後，做了一個夢，夢見兩個孩子已經長得很高。

九十三、鵲海

當織女仍在夢境中的時候，忽然聽到一陣鵲噪，睜開眼睛，果見

滿天鵲羣，黑壓壓的，形成了一片鵲海。於是，一骨碌翻起身來，疾步去到河邊，舉手往眉際一按，才看見牛郎在向她招手。

牛郎跳跳蹦蹦的，顯得特別高興。織女難得見到牛郎快樂，心下自也興奮。一會，鵲王忽然從對岸飛過來，帶來了牛郎的口信。

「牛郎要我告訴你，」鵲王對織女說：「他快樂極了！」

織女聽了這句話，忽然感到一陣悽酸，淚珠兒就像斷線珍珠一般，簌簌掉落了。

鵲王見她兩淚汪汪，立刻皺皺眉頭，大聲對她說：「織女，今天是你的大喜日，你怎麼可以流眼淚？」

「我……我……」織女連忙以袖抹淚，囁囁嚅嚅地說：「我實在太興奮了！」

「興奮當然也是情理之內的事情；但是總不能掉眼淚呀！你瞧，對岸的牛郎多麼高興，如果我將你流淚的情形告訴他，他一定也會感到沮喪的。」

「不，不，請你千萬不要告訴他……」

「那末，快將淚水抹乾。」

織女抹乾眼淚，牽牽嘴角，終於露出了一個勉強的笑容。鵲王這才呱呱鼓噪起來，大聲問她：

「你有甚麼話要說，我飛過河去將你的話傳給牛郎聽。」

織女想了一想，剛開口，臉上忽然泛起一陣紅暈，羞怯地垂着頭，不出聲了。

鵲王明白她的意思，故意吊高嗓子催促他：「有話儘管說，為甚麼要怕羞？」

織女鼓足勇氣，終於怯怯地說：「請你告訴他，我很想念他！」鵲王這才振翼高飛，瞬息間飛到了對岸，將織女的話傳給牛郎。

牛郎聽了，少不免也流了幾滴眼淚。

九十四、重逢

　　整整一天，鵲王從這邊飛到那邊；又從那邊飛到這邊，變成了一隻傳信鴿，專替牛郎與織女傳話。牛郎有許多話跟織女說！織女也有許多話跟牛郎說，兩人心裏的話是永遠說不完的。只是辛苦了鵲王，飛來飛去，連喘息的機會都沒有。

　　迨至夕陽西下，暮色蒼茫，鵲王立刻飛至高空，一聲吆喝，羣鵲立即展開搭橋工作。

　　這搭橋工作原非容易，但是靈鵲早已搭過，大家都有經驗，只需按照過去的搭法，各就各位，瞬息間就搭成了一座偌大的鵲橋。

　　牛郎抬頭一看，見鵲橋已搭成，快樂得如同剛下了蛋的母雞，挪開腳步，像枝箭般奔上鵲橋。

　　奔到橋頂，織女也剛剛奔到。兩人久別重逢，終於情不自禁地擁抱在一起了。

　　織女一肚子的委屈，至此才獲得了發洩，眼淚猶如開了河一般，不斷的往下淌。

　　「牛郎，我……我苦透了！……自從被打入天牢後，一直沒有見到過亮光。我雖然極度的痛苦中，但是無時無刻不在想念你！」

　　說罷，織女已經泣不成聲了。牛郎百般安慰她，說是難得相會，應該高興才是，豈可隨便浪費時間。織女這才用衣袖拭乾淚水，強自壓制內心的激動。然後，牛郎告訴織女一件往事：

　　「你被金面大仙捉去後，我天天坐在河邊遠眺對岸，見不到你的身形，終日以淚洗面。有一天，觀音大士忽然來臨，見我孤單單的坐

在河邊，就走過來問我：『願不願意跟織女永遠廝守在一起？』我點點頭，說：『願意。』她又問我一句：『你不怕捱苦？』我堅決地告訴她：『只要能夠跟織女在一起，甚麼苦都願意捱。』於是，她又問我：『願意永遠生活在銀河旁邊？』我說：『如果織女永遠在銀河旁邊的話，我也願意！』觀音就去稟告王母封我為神了！」

九十五、追求快樂

聽了牛郎的這一番話，織女感動得熱淚直淌。牛郎勸她拿出勇氣來接受現實，今後以苦為甘，不怨懟，不悲傷，容忍現狀，在夢寐中追求快樂，寄希望於每年的七月初七。

織女點點頭，完全同意牛郎的看法。然後，牛郎詢問織女在天牢裏的情形，織女感慨地說：「幾年來，我連自己的手指都沒有見到過。」

牛郎不明白她的意思，又追問一句：「這是甚麼緣故？」

織女嘆口氣，答：「因為裏邊實在太黑了。」

牛郎不覺倒抽一口冷氣，說：「原來你在那個環境裏度過這麼些年！」

織女說：「王母的心腸也忒狠了！」

牛郎說：「不必怪她，她有她的苦衷，為了警誡其他的仙君，不能不這樣做。」

織女抿着嘴，頓了頓，終於接受了牛郎的看法。兩人默然望着前邊的彩雲，誰也想不出適當的話來打破沉寂。隔了很久很久，織女忽然提出一個問題。

「不知道兩個孩子現在長得多高了？」

牛郎斜對織女睨了一眼，然後用嘆息似的聲音說：

「娘子，從今以後，你必須將人間的種種全部忘掉！因為……唯有這樣，你才能獲得真正的快樂！過去，我一直不明白做神仙有甚麼好處？經過這一次的事情，我終於悟出一個道理來了；誰能夠忘掉煩惱的，誰就可以活得如同神仙般快樂！」

織女笑了，這笑容美若蓮花初放。牛郎問她：「為甚麼發笑？」織女反問道：「難道你忘記自己也是一位仙君嗎？」

牛郎也笑了。

嘹亮的笑聲像浪潮似的傳散開去，使整個天庭洋溢着喜悅的氣氛。織女再也不感到悲哀了；同時也不再恐懼太陽會升得太早，因為現在她知道唯有忘掉煩惱，才能獲致真正的快樂。

劈山救母

二十一：血書

從此這多情的聖母娘娘，被押於華山底下，再也醒不得身子。為了忠實於自己的情意，犯了天條，失去丈夫；又失去親生肉養的姣兒，日夜囚禁在華山底下，實在是非常悽慘的。

但是，她並不是完全沒有希望的。她希望有這麼一天，劉彥昌會帶着兒子長得高高的沉香前來探顧她。

她就像做夢似的想着沉香。她沒有方法計算時間的過去，祇有遙眺崋山巔裏的花開花落。每一次朔風呼呼，大雪紛飛的時候，她知道沉香又已經過了一年，長高了一歲。

至於沉香現在何處！她完全不知道。

當她最初被押時，靈芝也會抱了沉香前來探望她，不幸給二郎撞見了，從此不讓娘娘再與沉香見面。娘娘孤寂地壓在華山下，日夜思念劉彥昌，更思念兒子，想到狠心的二郎，立即咬開自己的手指，撕下衣袖，用鮮血在上面寫了這麼幾

劈山救母

蘭山美圖

郎害，再要相見極艱難，臨危產下沉香兒，特交靈芝暫撫養，血書留言訴衷情，萬望相公善撫養，待兒他年長大後，前來華山救親娘，寫好血書，苦無遞雲之人，恰巧有一種鴿飛來，娘娘將之綁在鴿胸，請牠前往古廟尋找

句：
我靈芝。

靈芝自從娘娘被押後，帶着沉香，遷居山麓皆帮之處，平時絕少外出，以免遇見二郎。救他抱走沉香，不聞有何動靜，也就振翅地飛，在華山各地到處尋覓，最後終於找到了靈芝藏身之所，將血書交與她手。

靈芝接奉血書後，觸起心內無限的同情，幾次想去探望娘娘，無奈二郎有令在先，不敢輕與妄動。

（未完）

【題解】

劈山救母神話、傳說

劉燕萍

　　劈山救母故事，述沉香救母——華山聖母。華山作為山神的崇拜，在《山海經》中已有記載（《西山經》）。至唐代，由於地近京畿長安，華山的地位得到重視並大大提升。華山神亦被封為金天王，華山則成為次於泰山的管理死後靈魂的審判和歸宿之地。有關華山神族，亦在唐代形成。成員包括華山神（金天王）、華山三夫人、兒子華山三郎和女兒華嶽三公主。唯華山男神一般以搶婚、奪人妻子的霸神形態存在。《廣異記・河東縣尉妻》中，華山神金天王便強搶河東縣尉妻入神境（《太平廣記》卷三百）。

　　至於華山女神族——華嶽三公主，即演變成日後劈山救母中的華山聖母。唐代《廣異記・華嶽神女》（《太平廣記》卷三○二）便是後世劈山救母故事的源頭。故事講述士人某在關西旅舍中，遇上華嶽三公主，誤窺公主澡浴。公主鍾情士人某，招為駙馬。二人住在懷遠里，內外奴婢數百人，榮華盛貴，不亞於王公。如是者七年，公主為士人某誕下二子一女。公主因為自己並非人類，為士人某娶妻。因而惹士人某家人之疑懼，恐士人某為鬼神所魅，命術士書符，放在士人某的衣服中。當士人某再見公主時，因他身上有符，令公主大怒。公主知士人某不知其情後，亦原諒了夫婿，最後含淚帶兒女離去。〈華嶽神女〉中，公主鍾情士子，與他誕下兒女，便下啟後世華山聖母與凡男結合，誕下沉香的寶蓮燈：劈山救母故事。

寶蓮燈故事，載於清寶卷《沉香太子全傳》。故事講述漢代士子劉向上京赴考，路過華山神廟，題詩戲弄華嶽三娘，三娘怒並欲殺劉向。玉帝遣太白金星相告：三娘與劉向有三夕情緣；三娘遂與劉向成親。三宿之後，劉向以沉香一塊贈別，作為日後相認之記號。三娘亦贈以夜明珠、玻璃盞等三寶。劉向上京，三寶被劫，他反被誣為盜寶，押赴法場正法。三娘前往救援，劉向得以免罪，並得皇帝欽賜揚州府巡按一職。另一方面，王母壽辰，三娘因為懷了身孕，不能前往；後被兄長二郎神怒壓於華山之下。三娘產子，取名沉香，便送還劉向撫養。時劉向已娶妻，生子秋兒。秋兒、沉香誤殺同學秦官保，秋兒入獄抵罪；沉香逃亡，往尋三娘。沉香遇何仙姑授仙術，竊得萱花神斧。沉香並與二郎神大戰，最後以斧劈山，救出三娘並回家救弟；沉香被皇帝封為太子（見杜穎陶編《董永沉香合集》）。劉以鬯〈劈山救母〉故事新編，便以此為藍本。

一、黃昏迷路

暮色四合，寒鴉滿天亂飛。風勢轉勁，眼看就要落雪了。黑灰色的天陲，籠罩着，像一隻偌大的鍋蓋。劉彥昌肩揹行囊，打從官塘路，過山巒，來至華山道上，游目四矚，但見樹木蓊鬱，重巒疊嶂，心裏不免有點慌張起來。

「怎麼辦呢？」他邊走邊想：「天色已不早，附近沒有人煙，回頭落下大雪，我劉彥昌豈不是要凍斃山中？」

這樣想時，天色更加黑了，北風呼呼，僅老槐樹上的烏鴉正在拍擊樹枝。

有雪羽飄落了⋯⋯

劉彥昌躲在一棵大樹下，顯然十分徬徨無措，面前只有羊腸鳥道，並無路跡可循，想喊，又怕驚動毒蛇猛獸；不喊，則無法探知近處是否仍有山居之人。

驀地，溪谷傳來一聲虎嘯。

劉彥昌嚇得魂飛魄散，忙不迭挪開腳步，跌跌撞撞地向前奔去。

山徑陡峭，荊棘絆足。彥昌是個讀書人，在窗下苦讀十年，如今，學業告一段落，但求取得功名，也好光耀劉家門楣。

彥昌家境貧寒，溫飽都難求，何來剩餘銀兩，可作進京盤纏？沒有辦法，只好提早動身，單憑兩條腿，希望能夠及時趕上考期。

離開家門後，已經步行十多天，身子疲憊不堪，幾次想折返；但是每一念及十年所費的心機，也就不再氣餒，又再趲程趕路。

現在，四周漆黑，如有鬼魅。風勁，雪密，叢林間虎嘯頻頻，使彥昌理智盡失，在漆黑的山野裏一味亂奔，既無目的，又辨不出方向，只有盲目的奔來奔去。

奔了一陣，腿被荊棘絆住，身子站不穩，終於跌倒在地，他伸手一摸，荊棘刺着肌膚，手上有血，身體疲痛得很。暗忖：「這下可完了！」

正這樣想時，前面忽然晃呀晃的出現了一點燈火，連忙用手揉亮眼睛，仔細觀看，果然是燈火。

二、西嶽聖廟

劉彥昌看到了燈火，欣喜若狂，立即從地上爬起，匆匆朝燈火的方向疾奔。

奔了半天，那燈火忽然不見了。劉彥昌猛發了一怔，心忖：「莫非剛才見到的燈光乃是一撮鬼火？」

但是風雪轉勁，氣候酷寒，彥昌如果再找不到一夕棲身之所，恐怕挨不到天明，就會凍斃在山中了。

為了這個緣故，他必須繼續亂闖，即使剛才出現的是鬼火，也希望能夠再次見到。

稍過些時，那燈火居然又出現了；而且距離比較近，隱約可以看出那是一盞棗紅色的明亮燈。

彥昌高興萬分，認為既有燈火，必有山居之人，這下終算吉人天相，可保不死了。於是，挺直腰兒，先用衣袖拍去兩肩積雪，瞅住燈火，急急走去。走了一陣，才憑藉那一點光華，看到一角紅牆，知道已獲借宿之處，心內大悅。

彥昌走到紅牆邊，抬頭一看，發現門上刻着四個石字——「西嶽聖廟」。

彥昌這才想起了一件事：當他還是孩提時，母親曾經告訴他一

個神話，説是雲吞霧抱的華山，陡峭難行，上山者每不能辨別方向，霧起時，常常迷途山中，易為虎狼所噬。華山有一聖母娘娘，心腸慈悲，每於大霧或深夜用「寶燈」指引行人，使其抵達安全地區。

「難道這就是聖母娘娘的寶燈嗎？」

彥昌一邊暗自思量；一邊舉目觀看，但見低簷矮牆，到處纏有錯縱斑駁的朱藤，鬚蔓繚繞，迎風搖曳。兩扇黑漆剝落的大門，並沒上閂，老是在風中忽開忽閉。四周沉寂可怕，使彥昌不由得一連打了好幾個寒噤。

於是，戰戰兢兢地推門而入，走了幾步，站在潮濕的石階上，定定神，才看清前面是一座「華山聖母殿」，殿中掛着一盞昏黃不明的油燈，朦朧，曖昧，令人感到一種墓園裏特有的冷落。

三、莊嚴妙相

這「聖母娘娘廟」雖然是座廟；但面積極小，擺設簡單，看來只像一座尼姑庵，上邊是金漆剝落的天花板；地上鋪着破碎的水磨磚，沒有和尚；也沒有佛婆，靜悄悄的，卻點着一盞小油燈。

「奇怪！」彥昌暗自忖度：「既然沒有人看廟，那末，這油燈是誰點燃的呢？」

於是，挪步進入大殿，發現兩根大柱上竟刻着一副金字對聯。

上聯是：「千年鐵樹開花易」；下聯是：「一日無常再世難」。

彥昌很喜歡這副對聯，低聲默唸三遍；正在細細嘴嚼時，忽然嗅到一陣濃冽的檀香味，頗感詫異，認為古廟無香客，何來檀木香？因此，挪步走到神龕前，仔細打量，果然發現榆木桌上擺着一對燭台和一隻香爐。燭台無燭；但香爐裏則有檀香裊裊。

這是怎麼一回事？

抬起頭來，對神龕一看，神龕裏坐着的聖母娘娘，眉清目秀，膚色皙白，不像是位菩薩；簡直是個活生生的尋常女子。

彥昌是個書獃子，雖然年紀不小了；卻從未近過女色，更未見過這樣美麗的女子。

「臉似春花，眉似秋月，」他情不自禁地低吟起來：「莊嚴妙相，世間少有；但是，為甚麼愁眉緊鎖，缺少歡容，莫非是獨坐繡帳，耐不住孤寂麼？」

話語剛說完，聖母娘娘當然不會有所反應；倒是彥昌自己卻因此而想起了襄王夢遇神女的事。

「我劉彥昌，」他開始默禱了：「今晚多蒙聖母指引，乃能脫離險境，來此投宿。惟是風雪交加，氣候寒冷，如此寒宵，倘若也能夜夢聖母，豈不……」

說罷，解開行囊，取出筆硯，略有沉思，便濡墨揮毫，竟在壁上題詩一首，預禱聖母前來夢中相會。

四、粉壁題詩

劉彥昌用毛筆蘸了蘸墨，舉起手來，在白粉的牆壁上題了四句詩：

　　未入高唐夢，

　　先瞻冰雪姿。

　　仙凡如可達，

　　神女莫來遲。

寫好後，自己又唸了一遍，禁不住暗暗竊笑，覺得字面雖佳；但

含意多少帶點調侃。暗忖：

「反正聖母娘娘是個泥塑木雕的菩薩，除非在夢中，她是不會生氣的。只要能夠在夢中見到她，縱或是嚴詞斥責，我也心甘情願。」

接着，掉轉身，走近神龕，睜大眼睛凝視聖母，震懾於塑像的美艷，情不自禁地雙膝一屈，跪在拜墊上，開始喃喃默禱：

「娘娘在上，弟子劉彥昌此番進京赴考，路過華山，迷失途徑，險遭不測，幸蒙娘娘指引，得來此處借宵，萬望娘娘見諒。」

默禱畢，連磕三個響頭，拱拱手，站起身，稍不留神，竟碰到了柱旁的金鐘。彥昌頗感詫愕，當即用手指輕輕彈鐘，金鐘就「鐺」的一聲響了起來。

「金鐘！金鐘！你若有靈，請將我的一片真情上達聖母，盼她來到我夢中相會！」

說罷，伸了個懶腰，用手背掩蓋在嘴巴前，一連打了好幾個呵欠；然後伏在拜墊上，合上眼皮，不多一會，就扯起如雷的鼾聲。

夜漸深。……

雪羽轉稀了，但北風仍勁。古廟靜悄悄的，只有油燈的火苗在風中跳躍。這時候，廟外山徑上忽然飄來一朵彩色的祥雲，先是格格的笑聲；繼爾出現兩個女子的身形，一個高，一個矮。

高的說：「靈芝，你瞧，我的臉頰紅了沒有？」

矮的擎起手裏蓮燈，對高的打量一番，說：「娘娘，一點也不紅，你的酒量我是知道的，龍王爺雖然存心要醉倒你；但，那幾杯水酒，就算我靈芝，也不一定會醉。」

五、楊戩之妹

原來身材較高的那個女子，就是華山聖母；較矮的便是聖母的隨從——靈芝。

兩人今晚應龍王爺之邀，剛從「水晶宮」赴宴歸來，憑藉蓮燈，在黑暗中趕返廟門。聖母酒量很不錯，只是不大常喝。龍王爺不知那裏來的興致，一點事情也沒有，卻擺下筵席，邀請聖母和靈芝到「水晶宮」去喝上幾杯。聖母性情柔和，眾仙皆樂與結交。她是二郎神楊戩的妹妹，沒有甚麼了不起的神通，只是心地善良，自願常年廝守在華山，給路人指引迷津。

現在，她們已經走到廟門口，正欲伸手推門時，就聽到一陣嘹亮的鼾聲。

聖母偏過臉來，對靈芝投以詢問的一瞥，意思是：「這是怎麼一回事？」

靈芝用鼻子嗅了嗅，說是廟內有一股俗塵味。

聖母當即推開廟門，兩人一前一後，躡手躡足的走進去，走入大殿，竟發現拜墊上睡着一個年輕男人。

靈芝問：「他是誰？」

聖母答：「看來像是一個讀書人。」

靈芝問：「為甚麼深更半夜睡在這裏？」

聖母答：「諒必是迷失了路途，在此借宿的。」

靈芝傴僂着背，對劉彥昌仔細端詳一番，低聲說：「這人倒長得非常清秀。」

聖母笑笑。靈芝抬起頭來，無意中看到牆壁上的墨跡，忍不住大聲驚叫：

「娘娘！快過來看，有人題了一首詩在牆上！」

聖母走近靈芝身邊，用一種好奇的心情去讀詩，讀完了，兩頰登時泛起紅暈，羞低着頭，隔了很久，才幽幽的説：「這首詩，一定是這個讀書人題的。」

「當然是他！」

「才學倒很不錯。」

「才學雖然不錯；但是含意荒唐，竟把娘娘比作巫山神女，真是豈有此理！待我將他喚醒後，讓娘娘嚴詞訓斥他一頓吧！」

六、心河起波

靈芝正欲推醒劉彥昌時，聖母娘娘忙不迭將她拉住，説道：「這人睡得正酣，不要吵醒他。」

靈芝臉一板，顯然反對娘娘心腸太軟，認為：「像他這樣薄倖的讀書人，非教訓他一頓不可！」

聖母柔聲細氣的説：「凡是年輕人有時候少不免要做些傻事出來的，讓他去吧！」

「但是……」靈芝似乎還不肯甘休似的。

聖母牽牽嘴角，漾開了一朵美麗的淺笑，儘管靈芝怒容滿面，她自己卻一點火氣也沒有。其實，聖母娘娘雖然是個神仙，但因久居華山，心靈卻是非常空虛的。平時，沒有外界的挑逗，倒還能保持固有的拘謹，究竟修煉了這麼多年，輕易當然不會妄動三昧；不過，今晚事情顯然來得太突兀，劉彥昌的調侃，使她再也無法阻抑綺念的

產生。

　　從表面上看來，這些不正常的思念乃是偶發性的，但是在聖母的內心深處，這思念竟像狂風一般，掀起心河之波。

　　聖母自己也不能解釋這不安的原因，走到後堂，坐下來，便想誦唸經文，可是怎樣也無法求取精神上的均衡。

　　作為一個有道行的神仙，照例連美麗的景物都不敢多看一眼的，唯恐動了自己的心絃，墜入另一陷阱而不能自拔。然而，此刻的聖母彷彿給魔道克服了，冥冥中被一根感情的繩子所綑綁。

　　靈芝何等乖巧，見她那種焦躁的神情，早已猜料出幾分，因此低聲悄語的對她說：「現在，天快亮了，別再胡思亂想。」

　　聽了這句話，聖母居然不加否認，只是向她投以呆板的一瞥，既不惱怒；又不羞赧，具有一種靈芝所不能體會到的意味。

　　靈芝連忙低垂眼波，不禁為她的冷靜而感到驚駭。此時，前邊仍有彥昌的鼾聲傳來，這鼾聲如同手指一般，不停地撥弄聖母的心絃。

七、持燈救劉

　　不久，窗外有淡灰的曙光射入，雪已晴。前邊的鼾聲早已停止，而聖母仍未入睡。

　　聖母彷彿解脫了精神的枷鎖，在不知不覺中進入了另一個嶄新的境界。她很愉快；但這愉快的感覺只是一種意念，含有似夢的特質，十分靠不住。

　　靈芝醒了，斜眼對聖母一瞅，發現聖母笑得很甜。東天已有朝霞似潑墨，但剎那間又被氳氤的濃霧遮蓋了。

　　「有霧。」靈芝說。

聖母脫口而出：「那個書生呢？」

靈芝忙不迭走到前殿去觀看，尖着嗓音驚叫起來：「他已經走了！」

聖母接踵跟出來，不見書生，卻對牆上的題詩發了一楞。

「娘娘，」靈芝見她失神落魄的樣子，忙問，「你在想甚麼？」

「我在想……」聖母欲言又止。

靈芝接口道：「想那年輕的書生，是不是？」

聖母倒也坦白，說是：「那書生初入華山，一定不識途徑，今逢大霧，只怕山中大蟲會傷他的性命。」

靈芝問道：「這便如何是好？」聖母兩眼骨溜溜的一轉，說：「將蓮燈拿來，我們前去搭救於他。」

靈芝聞言，頗感躊躇。聖母問她：「為甚麼不去拿？」靈芝低頭，期艾的說：「此事倘被二郎爺知悉，必定又責問娘娘了。」聖母臉一沉，用堅定的口脗對她說：「救人一命，勝造七級浮屠，快去拿燈！」

靈芝那敢怠慢，只好走到後邊去拿蓮燈。然後兩人匆匆走出廟門，衝入瀰漫的濃霧，一邊用蓮燈照引；一邊小心翼翼地向前行走，唯恐跌落懸崖，那就糟了。

華山風景美麗，世所少有；但是山路崎嶇，逢到大霧的時候，就變成險境了。過去這些年來，不知道有多少無辜老百姓的性命，斷送在大霧的華山中。此刻的劉彥昌正跌落溪谷間，眼看草叢間跳出一隻老虎來。

八、星目朱唇

正在這千鈞一髮的時候，聖母娘娘帶着靈芝及時趕到了。娘娘撥

開濃霧，一個箭步，竄到彥昌處，然後高舉蓮燈，讓蓮燈的亮光直向猛虎射去。猛虎大吃一驚，連忙遁入草叢，亂步他去。

劉彥昌早已嚇暈在地，待靈芝用冷水將他澆醒時，慢慢張開眼皮，定睛凝睇，不覺猛發一怔。原來面前站着的女子竟與古廟裏的泥塑菩薩長得一模一樣，星目朱唇，晢白的皮膚，不肥，不瘦，修長的身裁，苗條的體態，很美，美得令人蝕骨銷魂。

「你……你是誰？」他的聲音微微有點抖。

聖母怡然一笑，答：「我就是聖母娘娘。」

「是你？」

「不錯，正是我。昨天晚上你在我處寄宿一宵，還題了一首詩在粉牆上。」

提到那首詩，彥昌不禁兜耳澈腮的靦覥起來了。那是一首打油詩，充滿調侃意味，只為一時興起，才執筆亂塗的，絕對沒有想到那華山聖母竟會現出金身的。於是，劉彥昌忙不迭走到聖母面前，雙膝一屈，跪倒在地，說道：「幸虧娘娘搭救，小生才能保住這條性命！」

娘娘對他橫波一瞟，覺得他面目清秀，年少翩翩，心中暗喜，可又不敢有所表示。她是一個得道的仙姑，不要說是凡間的男人，縱使是紅塵的佳景，也一定要避之若浼的，如今，當她見到彥昌後，冥冥中彷彿被一根感情的繩索綁住了，只顧貪婪地凝視他，着了迷一般，將一切的顧忌全部忘記。

「相公不必多禮，請起。」她說。

彥昌站起身，用衣袖拍去鞋面的灰塵，忽然想起了昨夜的事，極感歉仄，當即欠欠身，對娘娘作了一個揖，「昨夜一時糊塗，竟在壁上亂書，尚祈娘娘恕罪。」

娘娘聞言，羞低着頭，覺得很不好意思似的。靈芝站在一旁，冷眼旁觀，早已看出娘娘的心事。

九、奇緣

靈芝年紀雖小，但十分乖巧；知道娘娘心有所屬，又羞於啟齒，當即走到劉彥昌面前，毫不保留地直言相告：

「相公，請你聽了，我家娘娘是不會見罪的，她⋯⋯」

「怎麼樣？」

「她⋯⋯她願意與相公白頭偕老。」

「白頭偕老？」

「我家娘娘從未愛過任何男人，但是見了你之後，竟對你付出了至誠之心。」

彥昌聽了靈芝的話語，不覺猛發一怔，暗忖：「聖母乃是仙姑，豈能下嫁與我凡人？再說，我與她萍水相逢，彼此並無認識，如此貿然結合，將來未必一定會有幸福。」

想至這裏，不免躊躇起來了，心境掀起波紋，無法使動盪不安的情緒穩定。一切似同虛構的，全無半點真實感。

「莫非我仍在夢中？」彥昌問。

靈芝笑了，笑得前俯後仰；然後定定神，對他說：「相公，這不是夢境。」

彥昌將食指塞入口中，用力一咬，很痛，才知道擺在前面的一切，全是事實。於是斜眼對聖母一瞅，悅其秀麗似盛開的花朵，驚愕於這奇異的際遇，終於蒙蒙昧昧的點了頭。

娘娘見他正經答應親事，面露艷麗的笑容，心緒激盪，唯有用震

顫抵禦內心的衝動。

靈芝說了一句「我是媒人」，非常識相地隱到霧中去了。彥昌沒有猶豫，卻感到神志有點恍惚，面對似花似玉的聖母，再也不能壓制原始的感情了。於是挪前一步，輕輕握着聖母的纖纖玉手，略露輕薄之情，聖母亦不加抗拒。

彥昌問：「小生何幸，竟能邀得娘娘青睞？」

聖母羞低着頭，幽幽的答：

「這是緣分。」

彥昌獲得了鼓勵，情感好似脫了韁繩的馬，他伸手緊抱聖母的柳腰，欲吻其頰。聖母說：「給人瞧見都不好意思！」彥昌說：「濃霧，誰也不會走到這裏來的。」

十、情堅如鐵

過了些時，霧散了。朝陽放媚，景色極美。彥昌從草堆裏站起身來，對躺在地上的聖母俏皮地一笑。

聖母羞紅了臉，不敢正視彥昌，側着頭，被一朵紅艷的茶花映得平添喜色。

彥昌伸了個懶腰，但覺胸次清涼，面對冬晨的陽光，十分舒暢，感到了之前未有的放懷無慮。

「起來吧！」

彥昌傴僂着背，伸手拉她起立。兩人有會於心地笑笑，不見靈芝，遂踏着羊腸小徑走到溪邊，揀一塊山石坐下，聽溪水潺潺而流。

聖母從未有過這樣優閒的心情，陶醉在這如夢的境界，完全忘記了天規天條。她珍重與彥昌在一起的每一刻，平凡的相處將是最大快

樂之源泉。

彥昌問她：「快樂嗎？」

聖母說：「這是我一生最快樂的時候。」

彥昌俯下身子，擷一朵正在飲露餐陽的小花，插在聖母的髮鬢上，聖母益發嫵媚了。

前面是一排嶙峋的遠山，雲霧依稀，景色似畫。峭壁危崖間，野草萋萋，有羣雀互逐如學童之捉迷藏。此時，天色靛藍，行雲若風帆。處在這樣的環境中，聖母不自禁的說：

「彥昌，我有一句話要問你。」

「甚麼？」

「為了我，為了我們的幸福，我要你放棄功名。」

「好的。」

「當真肯為我犧牲十年窗下的苦功？」

「為你，我甚麼都肯犧牲。」

聖母高興極了，像一頭小貓似的將臉頰依偎在彥昌肩上，自我陶醉地說：

「彥昌，那座廟雖小，但是整個華山卻有享受不盡的景物，你我在此廝守，無異是長處樂園。」

彥昌說：「娘子，你不必說這些話，我是絕對不會後悔的。我倆雖然昨夜相識，但情堅如鐵，必將永遠廝守在一起，乃可斷言者。」

十一、何仙姑與楊戩

當天下午，一個凡間的書生與一位天上的仙女就在「西嶽神廟」裏拜了天地。儀式簡單，並無俗套，除了靈芝一人外，沒有任何

來賓。

　　婚後，一對新人以古廟權充新房，情意綿綿，十分歡忺。靈芝不願意掃他們的興，常常一個人到山麓裏去採仙菓。聖母雖然是得道的仙姑；但是倒在彥昌懷中時，她就是和凡人一樣，她只有一個願望：「恩愛夫妻萬年長！」

　　彥昌也高興得連書本都不翻了，成天跟聖母廝守在一起，過着逍遙自在、溫馨旖旎的日子。

　　日子愈逍遙，就過得愈快，眼睛一霎，不知不覺已經過了九個多月了。

　　有一天，靈芝在山中採仙菓，遇到了何仙姑，談起娘娘的近況，靈芝竟脫口將真情說了出來。

　　那何仙姑是個快嘴女人，得到消息後，忙不迭駕起祥雲，準備將娘娘私配凡人的消息報與其他七仙知道。

　　行至半途，前面忽然傳來一陣笑聲，心中不免暗暗詫異，正想走避，那三尖兩刃刀的寒光已經從雲端裏射了出來。

　　定睛一瞧，但見哮天犬迎面奔來。

　　原來是二郎神楊戩，當下堆上一臉阿諛的笑容，駕起祥雲，迎上前去。

　　「二郎請了！」

　　楊戩滿面通紅，酒氣濃冽，見是手捧荷花的何仙姑，連忙拱手還禮：

　　「請了！仙姑來自何處？」

　　「剛在華山採摘仙菓。」

　　「有沒有見到舍妹？」

　　「提起令妹，我倒忘記向二郎道喜了！」

聽了這句話，楊戩不覺一怔，想了想，忽然嘿嘿笑起來，說：

「想我二郎不但威震天宮，即是酒量也無敵手，剛才雖在蟠桃會上喝了不少玉液瓊漿，可是醉意全無。仙姑別以為我喝醉了酒，神志不清，跟我亂開玩笑。」

十二、腹痛如絞

何仙姑正正臉色，說：「誰跟你開玩笑來着，令妹早於九個月前私配凡人，難道二郎一點都不知道嗎？」

楊戩這才睜大了怒目，神光凌凌的盯着何仙姑：「仙姑所說，可是實情？」

何仙姑說：「當然是實情，不信，可詢靈芝。」

楊戩低首尋思，隔了很久很久，才用冷靜的口氣說：「我妹為人規矩，素無醜聞，諒必此事必係訛傳，望仙姑切勿胡言！」

何仙姑這下可也生了氣，倏地板起面孔，沒好聲氣地對他說：「華山離此不遠，你若不信，儘可親自去查詢一番。我何仙姑從不撒謊，不要因此壞了我的聲譽！」

說着，何仙姑駕起祥雲，兀自飛向天庭去了。二郎神呆呆的站在那裏，給她說得心亂似麻。

「奇怪，」他心中暗自忖度：「我妹向來純潔，為何做出這樣的醜事來？如果何仙姑剛才說的乃是真話，我楊戩的一世威名豈不化為烏有了？」

想了又想，決定到華山去走一遭……

這時候，聖母如痴如醉地度着快樂的日子，完全沒有預感到禍事的即將來臨。她還在後房替彥昌縫長袍，彥昌則在彈琴自娛。

靈芝來了，挽着一籃仙菓，堅要彥昌嚐一嚐，彥昌好心，先讓娘娘試試口味。

娘娘不想吃，但經不起彥昌的慫恿，也就咬了一口。不料，仙菓下肚後，立刻臉色轉白，腹痛如絞了。

彥昌大驚，忙問：「娘子，你怎麼啦？」

娘娘兀自躺在床上，伸手向靈芝招了招，靈芝立即走近床沿，傴僂着背，將自己的耳朵湊在娘娘嘴邊。娘娘細聲跟她講了幾句，她就直起腰兒，笑嘻嘻的走向彥昌：

「相公，不必擔心，娘娘已經……」

「甚麼？」

「恭喜相公，娘娘已經有喜了！」

十三、大禍臨頭

彥昌聽了靈芝的話語，又驚又喜，驚的是娘娘的突感不適；喜的是娘娘腹中已結仙胎。於是，慌慌張張的走在床沿，想說幾句安慰她的話語，一時又窮於詞令，只是抖着嘴唇，顯然有點無所措置。

娘娘橫波對他一瞅，見他那種可笑又復可憐的神氣，心裏不免覺得好笑，臉上卻裝得一本正經。

「不用焦急，」她幽幽的說：「休息一下，就沒有事了。」

「你要喝茶嗎？」

「不要。」

「我去拿一條面巾來，給你抹去額上的汗珠。」

「不用去拿。你且坐下來，我有話問你。」

「甚麼？」

彥昌用困惑的目光對娘娘投以詢問的一瞥，娘娘未開口，先害了羞，兩腮像搽了胭脂一般，泛起一陣紅暈，眉梢眼角，平添了許多丰韻。隔了半晌，娘娘才羞怯地問：

「相公，你喜歡男孩子？還是女的？」

「只要是孩子，我都喜歡。」

娘娘含羞地咬着下唇，頓了頓，又問：「如果是男孩子，你準備叫他甚麼名？」

彥昌雖然是飽學之士；但是從來沒有想到過這件事情，聽到娘娘的問題，一時竟答不出甚麼話來了。他手裏執着一把扇子，是沉香骨做的，於是隨口答了一句：

「叫他沉香吧！」

娘娘與靈芝異口同聲反問他：「為甚麼要叫沉香？」

彥昌正欲作答時，外邊忽然傳來一陣犬吠聲。娘娘大吃一驚，連忙偏過臉來，對靈芝說：「靈芝，誰來了？你出去看看。」靈芝立刻挪開腳步，匆匆奔出廟門，舉起右手往眉際一放，舉目遠矚，然後神情慌張地奔回去。

娘娘問：「誰來了？」

靈芝嬌喘吁吁，楞大了一對受驚的眼，說話時，有點張口結舌。

「報告娘娘，二郎爺查山來了！」

十四、楊戩捉妹

娘娘聽說二郎來了，不由猛發一怔，連忙回過頭去對彥昌說：

「相公，二郎爺就是家兄，姓楊名戩，乃是天宮神將，此番前來查山，只怕相公有些不便……」

彥昌聞言，倒也慌張起來了，忙問：「那……怎麼辦呢？」

就在這時候，門外已經響起如雷的敲門聲了。娘娘焦急異常，立刻吩咐靈芝帶領彥昌到山後去暫避。彥昌莫明究竟，呆木遲頓的站在那裏，望着娘娘，似有無限依依。

門外終於傳來了楊戩的吼聲：「小賤人！我在天庭聞得你私配凡人，特地帶了天兵天將前來捉拿於你！」

靈芝一跺腳，毅然對娘娘說：「娘娘！二郎爺乃是捉你來的，快快逃到後山去暫避！這裏的事，由我來擔當！」

娘娘咬咬牙，拉着彥昌，像枝箭般的，奔出後門。靈芝見他們奔遠後，才定定神，裝出一股矯飾之情，慢吞吞的走到廟門背，噓口氣，拔去門閂。

二郎神怒氣滿面，三目全放睒睒神光，手持三尖金刀，氣勢洶洶的問靈芝：

「小賤人在不在裏邊？」

靈芝連忙堆上一臉阿諛的笑容，拱拱手，說：「參見二郎爺！」

楊戩用裂帛似的聲音問：「你家娘娘到甚麼地方去了？」

靈芝為了拖延時間，故意慢吞吞的答：「娘娘今天興致特別好，獨自一個人……到後邊『仙花山陵』去賞花了。」

楊戩當即擎起三尖金刀，對身後的天兵天將說：「眾將官，隨我到『仙花山陵』去捉拿賤婦！」

說罷，撥轉身，由哮天犬打頭，浩浩蕩蕩的向「仙花山陵」疾奔而去。

靈芝忙不迭奔到後山，找到了娘娘和彥昌，上氣不接下氣地說：「娘娘！快想辦法，二郎爺此刻給我騙到『仙花山陵』去了，回頭找不到，一定要大發脾氣的！照我看來，還是逃命要緊！」

十五、離別

靈芝要娘娘逃命，娘娘捨不得與彥昌分離。靈芝説：「娘娘，此時不走，恐怕就來不及了！」

娘娘咬咬牙，心一橫，側過身來，緊緊握住彥昌雙手，噙着淚水對他説：「劉郎！事情已經危急萬分，你我夫妻，恩情難久，你⋯⋯你⋯⋯你就快快與我逃命去罷！」

彥昌緊蹙眉尖，急得臉上的頰肉也在抽搐了：「娘子，我⋯⋯我捨不得與你分離。」

娘娘極力壓制自己，不讓感情流露出來；但是到了這個時候，也止不住泫然欲涕了。彥昌眼淚汪汪的看了她一眼，緊握她手，怎樣也不肯放。靈芝在旁拚命催促，娘娘這才用力將彥昌推開，毅然決然地説：「劉郎，你⋯⋯你快走罷！」

彥昌像受驚的野獸一般，倉皇四顧；然後抖着嘴唇問娘娘：「我若走了，你怎麼辦？」

娘娘説：「我自有法術護身，請你不要擔心。」

彥昌用淚眼對娘娘一瞅，悽惋地嚷起來：「娘子呀！我寧死也不願與你分離！」

娘娘受了熱情的感染，淚水像斷線珍珠一般簌簌掉落，一邊哭，一邊解釋給彥昌聽：

「劉郎有所不知，我乃得道仙姑華山聖母，豈可隨便私配婚姻？」

彥昌説：「你我夫妻相愛，且已結有仙胎，縱然有違天條，也未必不能邀得玉帝的寬恕！」娘娘焦急異常，跺跺腳，將彥昌用力一推，説道：「劉郎，那玉帝最忌仙姑思凡！」

彥昌從地上匍匐到娘娘身邊，抱住她的腿，不肯讓娘娘離開。

娘娘說：「事到如今，你若拉住我不放，不但我命休矣；連你恐怕也不能再活了！」

彥昌歇斯底里地大喊：「娘子，你我恩情似海，要走，就一起走！」

娘娘說：「劉郎，你必須聽我話，快快逃命要緊！我肚中已有仙胎，行路不便，倘若跟你一同逃走，反而大家不能脫身！」

十六、產子

娘娘用手抹乾臉上的淚水，心一橫，回過頭來吩咐靈芝：

「靈芝，事不宜遲，你快快拿了蓮燈，保護相公下山去罷。只要相公能夠趕返人間，二郎也就無可奈何了！」

靈芝不敢違命，悽然欲絕地睨了他一眼，匆匆回入古廟，立刻提了蓮燈出來，兩淚汪汪的走到娘娘面前，說：

「娘娘，我們走了，你……你怎麼辦？」

娘娘臉一沉，厲聲疾氣的說：「靈芝，你跟我修道多年，難道不知道娘娘的心意？」

靈芝當即說了一句「遵命」，拉住彥昌，挪步便走。彥昌不肯走，但因柔弱無力，終被靈芝拉走了。

彥昌一邊走；一邊不斷地喚叫娘娘，使娘娘聽了腸斷肝裂，淚下如雨。娘娘雖然是個得道仙姑，既已動了真情，當然也沒法控制自己的感情。她開始全身戰慄了，咬緊牙關，目送心上人逐漸遠去，心中暗暗說了一句：「劉郎，身體保重，不知何年何月再可重聚？」

就在這時候，忽然感到一陣似絞的腹痛，渾身哆嗦，冷汗涔涔。

「怎麼辦呢？靈芝又不在身邊！」

山間驀地掀起一陣狂風，彤雲四起，天上黑壓壓的有雷有閃，羣樹在風中嗦嗦作響。

娘娘忙不迭走回廟中，躺在床上，雙手緊抓床板，肚子痛得比刀割還難受。外邊轟雷掣電，驟雨似注。那青色閃電，時時劃破恐怖的沉寂。娘娘從未有過生產的經驗，處在這樣的情境中，以為玉帝正在處罰自己，因此更加恐慌了。她的臉色變成鐵青，死命絞扭着，可是，再也沒法使出甚麼氣力了。

別的事情可以施用法術，唯獨這件事，仙姑與凡人並無分別，都要依靠自己。

但是娘娘已經四肢發軟，一點兒氣力都沒有了。

幸而窗外又哄隆隆的傳來一串響雷，娘娘大吃一驚，借了這些力，就聽到了「哇哇」的哭聲……

十七、二郎訓妹

娘娘產下姣兒，找不到刀，只好用牙齒咬斷臍帶，然後噓口氣，兩眼直直的望着天花板，但覺冷汗涔涔，四肢發軟。

就在這時候，外邊又響起一陣急促的叩門聲。

二郎神在門外咆哮如雷：「死丫頭，膽敢欺騙於我，還不快快滾出來！」

娘娘聞言，心存怯意，暗忖：「二郎神性格暴躁，萬一惹他撞火，那就更糟，不如走去當面向他請罪，也許可獲饒恕。」

這樣，勉強翻身下床，喘着氣，跟跟蹌蹌地走到前邊，拔去門閂，啟開大門，拱起雙手，說：「拜見哥哥！」

二郎神一見娘娘，立刻睜目大怒，暴跳如雷：「小賤人！你做的

好事，我二郎今天決不放過你！」

娘娘竭力裝作鎮定，臉上漾開矯飾的微笑：「小妹從未違反仙規，兄長何出此言？」

二郎神扁扁嘴，聲色俱厲地喚叫：「眾位天神天將！」

「在！」

「與我進廟搜查！」

眾神應了一聲「是」，各持刀槍，分兩行進入古廟，浩浩蕩蕩的走入大殿到處去查看。半晌過後，眾神出來報告，說是：「四處搜查，並無凡人藏身廟中。不過⋯⋯」

二郎神問：「快快與我講來！」

眾神知道二郎神脾氣暴躁，不敢隱瞞，只好將真情道出：「後殿血光沖天，我輩未便入內。」

二郎神略一沉吟，未知娘娘剛剛產下麟兒，只道娘娘與凡人做了苟且之事，後殿藏有污穢之物，使天神天將無法入內，因此三眼俱開，更加益發惱怒了：

「小賤人，你做的好事可瞞不了我的神眼！你辛苦修成金剛不壞之身，竟因一時衝動，自願私配凡人，污辱楊家門楣，真是可惡！我今天若是放過了你，今後如何面對天宮眾仙？來，快快與我受縛，不要嚕囌！」

十八、兄妹鬥法

娘娘給二郎罵得無地容身，羞紅着臉，開始為自己分辯了。娘娘說：

「我在此修道，日裏面對爐鼎，縱能長生不老，又有甚麼樂趣。

反觀人間夫婦，歡樂似魚得水，怎能叫小妹永遠孤寂守規？」

　　二郎怒叱：「住口！你既已修得金剛不壞之身，就該嚴守仙規，豈可擅嫁凡人？」

　　娘娘說：「鳥兒也喜成雙作對，何況是我？」

　　二郎憤然「呸」了一聲，說道：「小賤人，愈說愈荒唐！快快受縛，休怪我無情！」

　　「二哥，你我乃是手足，何必要動天神天將前來捉拿與我。」

　　二郎說：「唯其因為是手足，所以非將你捉去不可！」

　　娘娘見哥哥鐵面無私，淚珠兒像荷葉上的晨露一般從頰上滾落下來；然後雙膝一屈，終於下跪求情了：

　　「二哥，請念同胞之誼，骨肉之情，饒了我吧！」

　　二郎臉一沉，咬咬牙，說：「你犯此大罪，若被玉帝知曉，恐怕連我二郎也將受累，不能饒！」

　　「真的不饒？」

　　「不饒！」

　　娘娘當即縱身而起，一個箭步向庭園竄去，雙手插腰，尖着嗓子對楊戩說：

　　「二哥，你若不肯饒恕小妹，休怪小妹無禮！」

　　二郎想不到娘娘竟敢大膽反抗，心中怒火如焚，立刻舉起三尖金刀，一邊砍殺；一邊吶喊：

　　「小賤人自尋死路，不必多言，看刀！」

　　話語剛出口，那邊的聖母娘娘居然掐了指訣，舉起手掌，但聞霹靂一聲巨響，震得眾神耳聾。

　　接着，娘娘抖擻精神，向東方揮揮手，說聲：「寶劍騰起！」剎那間，祭起一道金光，寶劍在金光中出現，疾如飛箭，直向楊戩頭上

刺去！

楊戩眼快手快，當即就地騰起，大聲喝了一個字：「變！」平地掀起一陣狂風。

十九、巨無霸

楊戩是「玉鼎真人」的徒弟，練過「九轉玄功」的法道，能在瞬息間變化七十二個身形，所以與任何敵手交戰時，都能佔得上風。

這時候，娘娘剛祭起金光寶劍，楊戩立刻空騰身形，喝聲：「變！」就在狂風中變成巨無霸。

娘娘抬頭觀看，不覺猛發一怔。那巨無霸身高數十丈，猶如寶塔一般，屹立在前面。

雙方強弱懸殊，不必較量，高低立即分明。娘娘祭起的寶劍，原有萬道金光，此刻給巨人一吹，竟吹得無影無蹤了。

娘娘大驚失措，心內焦急萬分，連忙從腰囊裏取出鎮妖明珠，伸出右手，兩枚手指朝上一點，只是明珠直向巨人飛去，豪光四射，疾如鷹隼。

巨人吹走了寶劍，以為已收全勝之功，正在哈哈作笑，不料迎面飛來明珠一顆，來不及避走，竟被豪光射得目不見物。沒有辦法，巨人只好呵氣一吹，希望藉此擋住明珠。但明珠火力逼得奇緊，巨人怒吼一聲，終於變回真形，暫時退下陣來。娘娘大喜，尖着嗓子說：「二哥，我看你還是回轉天庭去罷，如若不然，休怪我做妹妹的太無情！」

楊戩聽了，氣得面色鐵青，當即退後數步，昂首閉目，一邊默唸咒語；一邊掐個指訣，然後將三尖兩刃刀向空中一擲，嚷聲：「變！」

那兩刃刀刀居然在瞬息間變成了一條金龍。

金龍在雲堆裏張牙舞爪，一見明珠，就張開大口，吐出瀑布似的大水，一下子將明珠射出的豪光全部沖熄。

娘娘見勢不利，正欲收回明珠時，但是金龍已經將明珠吞入肚內了。

經此打擊，娘娘開始有了怯意，暗忖：「二郎神通廣大，勢難取勝；這便如何是好！」

正感躊躇間，楊戩大聲叱道：「小賤婦！還不快快與我受綁！」

說着，他三眼齊睜，射出三道金光來了，合併為一，好似一撮火，熱辣辣的直逼娘娘身上。

二十、火圈圍眾神

娘娘焦急萬分，立刻解下腰間柳瓢，揭開蓋頭，說聲：「燒！」那瓢口就有熊熊烈火，直向楊戩衝去。

楊戩並非普通山魈妖魔，知道此火厲害，忙不迭舉手一招，當場招來芭蕉扇一把，對準火頭，猛搧數下，那火頭就像蛇舌一般，分開兩邊，採包抄之勢，迅速延展，瞬息間形成合抱姿態。

眾神被烈火包圍後，各露驚色。楊戩繼續揮扇，可是一點用處也沒有。那烈火圈不但不退；抑且愈來愈緊。

哮天犬耐不住烈火灼燒，在楊戩身邊亂躥亂跳。楊戩自己則非常鎮定，收起芭蕉扇，從身上掏出水晶鉢盂，往空中一拋，那鉢盂就覆覆轉來，噴出大量清水。稍過些時，只見面前一片汪洋，火圈終告不見。

娘娘被水淹沒半身，再也施展不出甚麼法術來了。楊戩與眾神站

在水面上，指着娘娘大罵：

「小賤人，膽敢在此施逞伎倆！今天才讓你知道楊門家法嚴厲！」說罷，暗唸咒語，收下缽盂，手一揮，面前的一片汪洋立時變為旱地。眾天神連忙奔過去，用仙索將千嬌百媚的聖母娘娘綑綁起來了。

娘娘不敵二郎，終被縛住，垂着頭，氣得臉色鐵青。楊戩問她：

「現在看你還有甚麼花樣搬出來？」

娘娘咬牙切齒的說：「要殺便殺，何必多言？」

楊戩怒氣更盛，叱道：「不要臉的賤婦，真是至死不悟！如果不是看在父母份上和兄妹之情，我早就一刀將你殺死！我勸你還是快點息了這條凡心罷！」

娘娘垂着頭，一心惦念那剛出世的孩子，任由楊戩怎樣咒罵，怎樣威嚇，也不肯依從哥哥的勸告。

楊戩見她如此倔強，不由怒往上沖，狠巴巴的對眾神大聲吆喝：

「將她押入華山腳下，千年萬代不讓她翻身！」

二十一、血書

從此，這多情的聖母娘娘，被押於華山底下，再也翻不得身了。為了忠實於自己的情感，犯了天條，失去丈夫；又失去親生肉養的姣兒，日夜囚禁在華山底下，實在是非常悽慘的。

但是，她並不是完全沒有希望的。

她希望有這麼一天，劉彥昌會帶了長得高高的沉香前來探視她。

當她最苦悶時，她就像做夢似的想着沉香。她沒有方法計算時間的過去，只有遠眺山麓裏的花開花落。每一次朔風呼呼，大雪紛飛的時候，她知道沉香又已經過了一年，長了一歲。

至於沉香現在何處 —— 她完全不知道。

當她最初被押時，靈芝也曾抱了沉香前來探望她，不幸給二郎撞見了，從此不讓娘娘再與沉香見面。娘娘孤寂地壓在華山下，日夜思念劉彥昌，更思念兒子，想到狠心的二郎，立即咬開自己的手指，撕下衣袖，用鮮血在上面寫了這麼幾句：

我今已遭二郎害，再要相見極艱難。

臨危產下沉香兒，特交靈芝暫撫養。

血書留言訴衷情，萬望相公善撫養。

待兒他年長大後，前來華山救親娘。

寫好血書，苦無遞書之人，恰巧有一神鴿飛來，娘娘將之縛在鴿腳，請牠前往古廟尋找靈芝。

靈芝自從娘娘被押後，帶着沉香，遷居山麓僻靜之處，平時絕少外出，以免遇見二郎，被他搶走沉香。

那神鴿倒也頗有靈性，飛抵古廟，久候屋簷，不聞有何動靜，也就振翅他飛，在華山各地到處尋覓，最後終於找到了靈芝藏身之所，將血書交與她手。

靈芝接奉血書後，觸起心內無限的同情，幾次想去探望娘娘，無奈二郎有令在先，不敢輕舉妄動。

二十二、衣錦榮歸

時間是留不住的，即使是痛苦的歲月，一樣也會消逝。打從娘娘被二郎囚禁在山下算起，不知不覺已經三易暑寒了。

這三年中，娘娘日日以眼淚洗面。

這三年中，沉香不但學會了走路；而且學會了說話。有一次，沉

香坐在槐樹下看老羊給小羊飲奶，竟瞪大了眼睛，問靈芝：

「靈芝，我的媽媽呢？」

靈芝冷不防沉香會提出這樣一個問題，怔了一怔，含含糊糊的答：「你媽媽在外婆家裏。」

沉香又問：「媽媽為甚麼不來看我。」

靈芝被孩子觸動了心事，眼睛潮了，抖着嘴唇答：「她……她有事，不能來！」

沉香兩眼直直的瞅着天空，頓了頓，又提出一個問題：

「靈芝，我的爸爸呢？」

靈芝用衣袖抹去頰上的淚水，透口氣，答：「你爸爸在京裏做官。」

這一句倒是有幾分真實的，自從那一天楊戩前來查山時，劉彥昌在靈芝保護之下，逃回人間，繼續趕赴京城考試。因為身上沒有盤纏，無法搭乘舟車，只好沿着官道徒步前往。迨抵京城，考期已過，彥昌不願回鄉，暫且在一家商店裏做賬房，半工半讀，等待第二年再考。彥昌的耐心不是沒有酬報的，到了第二年果然考中狀元，極獲聖上的嘉許。時至今日，彥昌思家殷切，於是，他帶了傭僕衣錦榮歸故里。

就在沉香向靈芝提出這些問題的時候，彥昌也已經抵達了華山。

彥昌念及舊情，有意到「西嶽聖廟」去走一遭，因此下令隨從上山進香。

隨從奉命，紛紛走在前面鳴鑼喝道。

彥昌在官道上一直騎馬代步，如今因為山路崎嶇，只好改乘竹轎了。

華山平時少有官員來巡，現在則連鳥雀也聽見了鑼聲，都驚飛

起來。

二十三、彩雲氤氳

　　劉彥昌回到「西嶽聖廟」，站在廟門口，舉目觀望，但覺一切依舊，只是冷落更甚。此時，晌午向盡，隨從等個個擔心無地投宿，各自臉呈憂色。

　　彥昌舉步入廟，發現油燈已枯，不由得深嘆一聲，立刻吩咐僕人帶上香燭。

　　僕人持燈照射，彥昌插好香燭，走到神龕之前，雙膝一屈，跪在案墊上了。

　　夜風呼呼，十分淒清。彥昌抬起頭來，望望供桌，桌上盡是灰塵；望望琉璃燈，燈內並無香油；望望神幃裏的聖像，不禁倒抽一口冷氣。

　　原來聖母的容顏也比過去枯槁得多了，蛾眉緊蹙，兩頰削瘦，黑眸失神，皮膚顏色蒼白如蠟。

　　見到這樣的情形，彥昌好生詫異了，認為聖像係木雕泥塑者，絕不可能改容的，莫非娘娘當真受了甚麼苦難不成？

　　正陷入沉思間，外邊忽然傳來一陣叮叮噹噹的鈴聲，以為聖母來了，忙不迭站起身來，奔出去觀看，才知道是山風吹動簷鈴。

　　抬頭觀望，空中有夜雁啼叫。彥昌喃喃自問：

　　「為何雁過不帶信？」

　　說罷，山風颺來，廟門「呀」的一聲啟開了。彥昌側目觀看，又喃喃問了一句：「為何門開不見人。」

　　於是，舊事前影，登時兜上心頭，想起當年分別之情，能不泫然

淚下。

「娘子！」他旁若無人地大聲呼喚起來；「你為何不來迎接與我？我劉彥昌此番上京趕考，終算題名榜上，今日特地前來接你回鄉，你⋯⋯你⋯⋯你為何不來與我相見呀！⋯⋯」

此語一出，天際忽然氤氳着一片彩雲，迷迷糊糊的，使彥昌彷彿墜入夢境一般。

彥昌拭目觀看，竟發現一個女人抱着一個孩子，在彩雲中自外飄來。

「你！」彥昌禁不住發問。

那女人點點頭，說：「是的，相公，我就是靈芝！」

二十四、初見沉香

彥昌見到靈芝後，才將飄忽的渴念拋卻。靈芝一見彥昌，未開口，先流了淚水。彥昌忙問：

「靈芝，你為甚麼如此悲傷？」

靈芝聳肩啜泣，喉嚨間彷彿給甚麼東西梗塞住似的，有話卻說不出來。

彥昌又問：「靈芝，娘娘現在何處？」

提到娘娘，靈芝竟爾放聲大慟了。彥昌繼續追問一句，靈芝才斜着嘴唇說：

「自從那一天相公下山後，娘娘為了爭取自己的幸福，不惜施出渾身解數，與二郎苦戰一場。二郎神通廣大，終將娘娘制服。幸而娘娘臨危產下一子，終算替相公留下了一根命脈。」

彥昌聞言，用好奇的目光對靈芝手中的孩子注視，孩子極有靈

性，居然大聲叫了一聲：

「爹！」

彥昌這才伸手將他抱了過來；仔細端詳，心內歡喜，止不住淚水簌簌掉落。彥昌問：「他叫甚麼名字？」

「叫沉香，是相公自己題的。」

彥昌若有所悟地「哦」了一聲後，正正臉色，問：「靈芝，娘娘現在何處？帶我去看她。」

靈芝略一沉吟，知道事情絕對不能隱瞞，只好坦言告訴彥昌：

「娘娘被二郎押在華山底下！」

彥昌大吃一驚，眼前一陣昏黑，差點暈倒在地，幸而身後有隨從扶住。

「我要去看她！我立刻去看她！」彥昌歇斯底里地喊了起來。

靈芝說：「相公，千萬不能去看她！」

彥昌問：「為甚麼？」

靈芝邊哭邊答：「相公有所不知，那二郎神恨透了娘娘，早已下令，絕對不准任何人前往探視。……相公，這裏還有一封血書，是娘娘交給我的，希望沉香長大後，能夠替母報仇！」

二十五、神像流淚

彥昌將沉香交與僕從，忙不迭從靈芝手中接過血書，打開一看，讀了幾句，淚眼已經十分模糊了。想不到娘娘為了他，竟會吃這麼多的苦。

沉香在僕從懷中放聲大哭。彥昌用衣袖拭乾頰上淚水，問靈芝：

「沉香一定肚餓了，你一向給他吃些甚麼？」

「我一向給他吃仙菓汁長大的。」

說罷，從褡褳掏出蟠桃一隻，剝去皮，拿到沉香面前，讓他自己吸吮。

此時，夕陽已西墜，僕從上前催請下山，說是此處並無寄宿之處，倘不及時動程，回頭就無法在黑暗中趕路了。彥昌抬頭呆望神龕裏的娘娘，感到一陣刻骨的悲酸，眼淚又像斷線珍珠一般簌簌掉落了。

「娘子，」他默語着：「我要走了。沉香由我帶回衙中撫養，你不必牽掛。你……你為我受盡千辛萬苦，我不知道應該怎樣報答你才好？」

話語剛出口，外邊忽然吹來一陣風，殿內瀰漫着一片薄薄的煙霧，兩個僕從不約而同的叫起來：

「瞧！神像流淚了！」

彥昌聞言，當即挪前一步，仔細觀看，果然發現娘娘的神像流了淚水。

「這是怎麼一回事？」他不禁大感詫異了，暗自忖度：「娘娘被壓在山下，這神像乃是泥塑木雕之物，怎會聽了我的話語感動得流淚呢？難道神像也通靈性？」

於是，側過臉去，對靈芝投以詢問的一瞥。靈芝已明白他的意思，但不願述出理由，只問：

「相公，還有甚麼比娘娘對你付出的感情更真摯？」

彥昌淚如雨下了。

僕從又催彥昌下山。彥昌沒奈何地把牙一咬，先向靈芝道別；然後向娘娘的神像默念數言，走出大殿，坐上轎子，在暮色蒼茫中匆匆下山。靈芝獨自站在廟門口，充滿無限依依的心情，目送彥昌帶着沉

香遠去……

二十六、續娶

劉彥昌帶着沉香回到鄉下，接受鄉民的熱烈歡迎。當彥昌沒有考中狀元之前，鄉鄰們無不因他家境貧寒而避之若浼；如今，見他衣錦榮歸了，莫不堆上阿諛的笑臉，擁上前去，把他當作神明一般崇拜。彥昌是個讀書人，對於這種冷暖的世態，當然不會太認真，所以也用虛偽的笑容作答。他並不覺得鄉民的歡迎是一種不易獲得的榮耀，相反地，他認為這是包裹裏的毒藥——一種含有侮辱成分的阿諛。

有了這樣的感覺，彥昌孤單的居住在故里，縱有沉香作陪，也會耐不住寂寞的煎熬的。首先，他認為沉香需要一個女人照顧。

其次，他自己也不想長此孤枕獨衾。

最後，他終於向一位遠親透露續絃的意思。

那位遠親是個善於鑽營的人，知道彥昌的心意後，立刻到各處打聽人選，看看有甚麼俊俏的女孩子，可以嫁與彥昌做狀元夫人。

經過十天的奔走，終算找到一家合適的人家，連忙回來報與彥昌知道。

「她姓王，名叫桂英，不但長得美若天仙；而且身家清白，從小接受嚴格的家教，所以十分賢慧。」

既然如此，彥昌就請他去說合。第二天，八字送到，立刻拿去測字先生處一算，說是十分相配，彥昌就毫不猶豫地將聘禮送往王宅。

然後，選定了最近的黃道吉日。

在說合時，彥昌坦白承認已經娶過妻室，而且還有了個三歲的男孩子。彥昌並沒有將聖母被囚華山底下的事實講出，只說沉香的母親

產後病故了。

王桂英很能了解彥昌的處境，縱然是填房地位，也毅然決然的嫁與彥昌。

婚後，夫婦間的感情非常融洽。桂英把沉香當作自己親生的兒子，沉香也以親母禮之。

第二年，桂英懷孕，一索得男，題名「秋兒」，與沉香兄弟相稱，彥昌甚喜。

二十七、太師之子

十年後。

沉香已經長得很高了，面清目秀，十分惹人喜愛。從言語舉止中，誰也看得出沉香比別的孩子聰慧溫厚。

彥昌非常疼愛沉香，給他好的穿，給他好的吃，還送他到學館去讀書。沉香過着舒舒服服的日子，無憂無慮，倒也並不覺得缺少甚麼。

其實，沉香是個沒有母親的孩子，三歲以前，由靈芝用仙菓將他餵養長大；三歲以後，全憑王桂英悉心照顧。王桂英待他比待秋兒更好，雖然秋兒是她親生的。

秋兒與沉香是一對同父異母的兄弟，兩人的感情非常之好。小時候，大家不懂事；到了進學館去求學之後，從未為了任何事情吵過。

彥昌非常感激桂英，若非桂英善於處理，這兩兄弟決不會相處得這麼好的。

事實上，由於彥昌與桂英的守口如瓶，不但秋兒不知道父親的秘密；甚至連沉香自己也一樣蒙在鼓裏。

有一天，秋兒和幾個學童在學館的草地上玩捉迷藏，玩到高興時，不留神撞倒了一個姓秦名叫官保的同學，秋兒知道自己錯了，立刻向他拱手道歉。

不料，那秦官保不但不接受他的道歉；反而臉一沉，舉起手來，「拍」的一聲，打了他一巴掌。

秋兒哭了。

沉香剛從裏邊走出，看到這樣的情形，忙不迭疾步奔去，一邊勸慰秋兒止哭；一邊指着秦官保評理：

「你不能隨便打人！」

秦官保倨傲地昂着頭，扁扁嘴，説：「他先撞倒我的！」

沉香説：「不錯，是秋兒先撞倒你的；但他已經向你道過歉了，你為甚麼還要打他？」

秦官保態度非常惡劣，仗着自己是老太師秦燦的兒子，目空一切地又打了秋兒一下。

沉香怒極；但是沒有立刻還擊；倒並非因為秦官保是老太師之子，不敢惹他；而是讀書人不能隨便動粗。

二十八、小雜種

就在這時候，秦家的書僮秦福走來了，發現公子與沉香在爭吵，連忙將公子拉開。

沉香那裏肯罷休，非要秦官保當眾向大家道歉不可。秦官保本來已經夠驕傲的了，如今有秦福在身旁，也就益發盛氣凌人。

「沉香！你準備怎麼樣？」他用裂帛似的聲音問。

沉香説：「你是一個讀書人，怎麼可以動手打人？」

秦官保理屈詞窮，只管將聲音吊得很高：「我打了他了，怎麼樣？」

沉香説：「你必須立刻向他道歉！」

秦官保反問他：「如果我不向他道歉呢？」

沉香説：「我就拉你到老師處去評理。」

秦官保無辭以對，在窘迫中臉孔脹得通紅。秦福站在他身後，知道事情陷於僵局，立刻挪前一步，用手向沉香一指，嘶聲咆哮起來：

「小雜種！不要在此欺侮別人！走開！」

沉香聞言，怒往上沖，當即挪前一步，反問他：「誰是小雜種？你不能出口傷人！」

秦福雙手往腰眼一插，惡聲惡氣的説：「小雜種！難道你自己也不清楚？好，讓我老實告訴你罷，你是華山上的妖魔生的！你不是人你沒有母親！」沉香聽了，不禁大為驚駭，臉一沉，怒叱：「秦福！你不要亂造謠言，回頭我拉你到太師面前評理，管教你飽受一頓毒打！」

秦福垂着臉，圓睜雙目：「誰造你的謠言來着，不信，自己回家去問你的父親！問他：你的親娘在甚麼地方？」「我的親娘在家裏！」沉香辯説。

秦福笑不可仰，邊笑邊説：「那是秋兒的娘，不是你的！」

沉香怔住了，眼望秦福久久説不出話。秦福以為已經用言語擊敗沉香，十分得意地拉着官保的手，徐步向巷尾走去。

沉香彷彿給人當胸捶了一拳似的，呆呆的站在那裏，老是想着秦福的那句話。

二十九、親娘是妖魔

沉香回到家裏，不隨秋兒去到堂上向母親請安，逕自疾步向花園走去。

走到「思恩亭」，發現父親獨自一人在亭中，面前擺着一隻香案，手裏執着三炷「熟禁香」，望空拜了又拜，然後將香插在香爐裏。

沉香剛才在學館門口受了秦福的欺侮，小肚子裏裝不下這麼多的委屈，如今見了父親，就飛也似的奔上前去，伏在地上，放聲大哭。

彥昌正在默禱聖母，驀地給沉香嚇了一大跳，連忙傴僂着，雙手將他扶起。

「沉香，你怎麼啦！」彥昌問。

沉香邊哭邊嚷：「爹爹，孩兒……」

彥昌問：「沉香，究竟是怎麼回事？莫非你不肯用心讀書，在學館給老師責打了？」

沉香抬起頭來，臉頰上掛滿狼藉的淚痕，抽抽噎噎地答：

「爹爹，孩兒……孩兒……」

「你有話就說，為何這麼吞吞吐吐的？」彥昌臉上開始有了怒氣。沉香這才咬咬牙，鼓足勇氣迸出這麼一句：「爹爹，孩兒的親娘現在何處？」

彥昌聞言，不覺一怔，目瞪口呆地楞了大半晌，定定神，抖着嘴唇問：

「你說甚麼？」

「孩兒的親娘現在何處？」

沉香又重複問了一句。

彥昌故意裝出詫異的神情，說：「你的親娘不是在前面大堂休息？」

「不！」沉香歇斯底里地嚷起來：「你在騙我，她不是我的親娘！」

「沉香，我不准你胡説！」彥昌立即制止他。

「但是，別人都是這樣説的，她是秋兒的親娘。」

彥昌順口接上一句：「也是你的親娘。」

沉香哭得更加哀慟了，邊哭，邊嚷：「爹爹，秦福説的，我的親娘是個妖魔！」

「秦福是個小人，不可聽信他的話語。」

三十、打死秦官保

沉香這個孩子，從小就非常孝順父親，凡是父親説的話，即使是謊言，也必信以為真。此刻，彥昌有意不讓他知道自己的秘密，叱了他幾句，他也不再追問了。

不追問，並非疑竇盡消。沉香肚子裏的「問號」，卻像種在地上的花草一般，一天比一天長大。他雖然不再向父親提出詢問，但是他已經不是一個愉快的孩子了。

每一次當他從學館返來時，他的臉上總是呈露着悒鬱之情。王桂英非常疼愛他，見他病懨懨的，堅要彥昌請大夫回來替他把脈。彥昌也有點擔心，終於聽從桂英的意思，請一位著名的大夫來，開一劑藥茶，令沉香服下。

其實，沉香的「病」，並不是藥茶可以治療的。他患的是心病，必須設法搬走他心頭的疑問。

彥昌不明白這一點，因此發生了一椿大禍。

那是一個有風有雨的日子，彥昌獨自一人坐書房裏看書，忽然聽到有一陣零亂的腳步聲從園徑傳來，正感詫異時，房門啟開，沉香像

一隻落湯雞似的疾奔而至。彥昌問他：

「有甚麼事嗎？」

他氣急敗壞地説：「爹爹！我……我打死了一個人！」

彥昌大吃一驚，忙問：「你説甚麼？」

沉香説：「我……我打死了一個人！」

彥昌又問：「你打死了誰？」

沉香怯怯地答了三字：「秦官保。」

彥昌聞言，不覺一怔，眼前出現無數星星，周身感到麻木，兩腿痠軟，倒在檀木椅上發呆了。呆了一陣，抖着聲音問：「沉香，你……你怎麼會將秦官保打死的？」

沉香哭喪着臉，想答話；但是喉嚨間彷彿有甚麼東西梗塞住似的，怎樣也説不出聲音來。彥昌竭力壓制着內心的怒火，板着臉，又追問一句：「説呀，你究竟怎樣將秦官保打死的？」

三十一、狂風暴雨

沉香知道再不開口，父親當真要發怒了。他甚麼都不怕，只怕開罪父親。沒有辦法，只好將事情經過詳細講出來。

原來沉香在學館裏聽見秦官保在誇耀自己的本領，心中十分不悦，走上前去，非要跟他比個高低不可。秦官保平時素來瞧不起沉香，説他是山裏妖魔養的，所以撇撇嘴，不願與他比武。沉香大怒，伸手一把將他揪住，説道：「秦官保，你不要在此大話欺人，有本領，就該跟我比個雌雄。」

　　秦官保用鄙夷不屑的目光對他一瞅，涎着臉，説：「我是相國之後，豈可與妖孽較量？」沉香聞言，怒不可遏，憤然舉起拳頭，對準秦官保胸膛擊去。秦官保冷不防有此一着，腳底沒有站穩，就仰天翻了個觔斗，像雪團一般滾了過去。

　　兩個年幼的同學看到這種情形，無不大吃一驚，紛紛走過去，將秦官保扶起。

　　官保頭破血流，狀極可怖，一邊喘着氣；一邊指着沉香大罵「野種」！

　　沉香愈聽愈氣，奔上前去，揪住官保，又是一陣揍打。官保打不過他，唯有大聲吶喊：「救命呀！這個野種發野性了！明明有父無娘，竟敢遷怒於我？救命呀！我快要被妖怪打死了！」

　　沉香恨他不該破口傷人，繼續掄起拳頭，毫無理性地一味亂揮。……

　　揮了十幾拳後，秦官保躺在草地上，身子僵直，動也不動。秋兒站在一旁，忙不迭走去按撫秦官保的額角，好像冰涼涼的，不由得唬的面白似紙。

　　秦官保兩眼眨直，連呼吸都停止了。秋兒細聲説：「哥哥，那秦官保……」

　　這時，天上密雲四佈，轟雷掣電，忽然刮起一陣狂風，雨就一個大點兒繼一個大點兒地落下來了。頃刻之間，大雨傾盆，嚇得那兩個年幼的同學急急走到遠處去避雨。

　　沉香呆呆的站在雨中，雙眉直豎，大聲對秋兒説：「弟弟，你不用怕，我做錯了事，一切由我擔當！」

三十二、義兄義弟

秋兒看見沉香打死了秦官保，立刻拉着他疾步狂奔。奔到家門口，沉香剛要跨上石階時，秋兒將他拉到牆簷下，說：

「哥哥，這事能不能講與父親知道？」

沉香說：「弟弟，你不用怕，一切由我擔當，讓我獨自一個人去稟告父親，你不必向他老人家請安了。」

於是，兩兄弟垂頭喪氣的進入大門，秋兒回房更衣，沉香逕往書齋認罪。……

以上就是沉香打死秦官保的經過情形。

彥昌聽了他的「自白」後，嚇得魂飛魄散了。他知道秦官保一死，那老奸巨滑的秦燦必然會利用其惡勢力，來對付他的。

就在這時候，桂英也帶着秋兒愁容滿面的走進書齋來了，一見彥昌，便說：

「出了禍事了！」

桂英說：「秋兒剛才在學館裏，一時失手，竟將老太師秦燦之子秦官保打死了。」

彥昌一聽，好生詫異，瞪大眼睛，抖着聲音問沉香：「你說那秦官保是你打死的？」沉香答：「爹爹，那秦官保乃是孩兒打死的，與弟弟完全無關。」

於是彥昌又抖着聲音問秋兒：「你說那秦官保是你打死的？」秋兒答：「爹爹，那秦官保乃是孩兒打死的，與哥哥完全無關！」

彥昌問不出個要領，心中不免有點氣惱，跺跺腳，指着兩個兒子怒叱：

「你們快快與我從實招來，究竟是誰打死秦官保的？」

沉香與秋兒同時點頭承認，說是：「秦官保是孩兒打死的！」

彥昌臉色倏地變青，大聲嘶叫起來：「怎麼？打死了一個秦官保，難道要我的兩個兒子一同前去抵命？」王桂英見此情形，立即附耳上去，細聲對彥昌說：「殺人定要抵命，但不能叫兩個兒子齊去送死。這樣吧，把家法交給我，讓我來打一個問一個！」

三十三、兩樣心腸

彥昌將家法交與王桂英。桂英兩眼一瞪，狠狠的走上前去，指着沉香，問：

「沉香，那秦官保是誰打死的？」

沉香很勇敢地點了頭，說：

「是孩兒打死的！」

王桂英問：「打死人一定要抵命的，你知道嗎？」

沉香說：「孩子一人做事一人當，如要抵命，只能自怨命薄。」

王桂英見他如此倔強，正欲舉起家法時，彥昌就開口了：

「夫人呀，想起沉香從小沒有母親，你該打得重些！」

夫人何等聰明，立即聽出了話中有刺，放下手來，狠狠的走到秋兒面前，問：

「秋兒，那秦官保是誰打死的？」

秋兒毫不踟躕地答：「是孩兒打死的！」

王桂英問：「打死人一定要抵命的，你可知道？」

秋兒道：「知道。孩兒情願抵命。」

王桂英聽了這句話，心似刀割，瞪大淚眼望着秋兒，心裏又氣又恨，禁不住高舉家法，用力在秋兒身上抽了一下。

彥昌站在一旁，捨不得秋兒被打，立刻挪開步子，從桂英手中奪回家法。桂英大怒，嘶聲要彥昌讓她打夠秋兒。彥昌說：

「想那秋兒乃是你親生肉養的孩子，你剛才不打沉香，此刻也不該打秋兒！做娘的人，對小輩豈可有兩樣的心腸？」

桂英問不出個究竟，反而落了個兩樣心腸，跺跺腳，竟無可奈何地哭嚷起來了。彥昌心亂似麻，說是十年窗下，讀了萬卷書，現在竟一點用處也沒有了，既不能動用夾棍，又不能舉板拷打。兩個孩子皆不肯道出真情，豈不焦急煞人？

經過一番冷靜的思考後，彥昌終於想出一個辦法來了，將夫人拉到屏風背後，建議一人查問一個，嚴加訓斥，也許可以問出一個究竟來。夫人想了一想，點點頭，同意彥昌的建議。

三十四、捨子

於是一人拖了一個，在左右兩廂房進行查問。彥昌問的是秋兒；桂英問的是沉香。

查問結果：秋兒自承是兇手，說是：「與哥哥毫不相干。」而沉香也自承是兇手，說是：「與弟弟毫不相干。」

兩老無法問得究竟；只好驚懼地彼此相望。

彥昌橫想豎想，怎樣也想不出妥善的辦法來，最後，咬咬牙，以拳擊桌，說：

「無論如何，總不能叫我的兩個兒子一齊去抵命！」

桂英問：「依相公之見，應該送誰去抵命呢？」

彥昌眉頭一皺，十分為難地沉吟久久；然後說：「如果秦官保是沉香打死的，當然應該帶沉香前去抵命，如果秦官保不是沉香打

死的……」

「怎麼樣？」桂英問。

彥昌眼圈一紅，噙着淚水答：「如果秦官保不是沉香打死的，也該叫沉香前去抵命。」

「這是甚麼道理？」

彥昌説：「沉香從小沒有母親，送沉香去，只有我一個人心痛；如果以秋兒去，那就兩個人哀痛了！」

說罷，彥昌走去拉着沉香，挪步往外走去。桂英莫明究竟，忙不迭用身子攔住他的去路，問：「你到甚麼地方去？」

彥昌兩淚汪汪地説：「帶沉香到秦府去抵命！」

桂英正正臉色，問：「相公，難道你忘卻了當年聖母娘娘的救命之恩？」

彥昌咬牙切齒地説：「事到如今，我倒希望當年在華山給老虎吃掉了，也好省卻許多麻煩。」

桂英緊蹙眉尖，兩隻眼珠子骨溜溜的一轉，咬咬牙，對彥昌説：「那華山聖母為你受盡千辛萬苦，今日如叫沉香去抵命，將來就永遠得不到翻身之日了。所以……」

彥昌連忙追問一句：「夫人，你的意思是——」

桂英兩眼瞪大似銅鈴，隔了很久很久，才迸出這麼一句：「所以應該帶秋兒去抵命！」

彥昌聞言，「頓」的一聲，雙膝跪地了。

三十五、犧牲親骨肉

王桂英連忙傴僂着背，將彥昌扶起。彥昌兩淚汪汪，怎樣也不肯

起身，說是王桂英深明大義，為了解救華山聖母，寧可犧牲自己的親骨肉，不讓沉香去抵命，此種真情，真乃世所少有。彥昌受了感動，情不自禁地下跪在地，一來感謝桂英捨子之恩，二來唯恐桂英反悔。

但桂英堅定萬分，雖然送親生的姣兒去枉死，也不稍呈露悔意。

彥昌感其誠，立刻喚叫沉香過來：

「兒啊！你母親放了你了，還不過來與你母親磕頭！」

沉香聞言，「頓」的一聲跪在地上，一邊哭；一邊說：「媽呀，你的一番好意，我全明白。但是，那秦官保乃是孩兒親手殺死的，與弟弟毫不相干，怎麼可以叫弟弟去抵命？」

話語說到這裏，彥昌再也不能瞞他了，當即將華山迷路、古廟投宿、霧中遇救、二郎逼離……的經過情形詳細講給沉香聽。

沉香聽了，泣不成聲，不禁大聲喚叫：「娘啊！你也太苦了！」

「所以，」彥昌說：「你必須快快逃走，待你長大成人，好去華山搭救你的親娘！」

沉香愈哭愈傷心，睜大淚眼，困惑地望着彥昌。

彥昌為了證實自己的話語，終於將那條血書取了出來，交與沉香觀看。

沉香不停揮淚，暗忖：「原來華山的聖母娘娘就是我的母親，如今被囚華山洞中，日盼夜望，等我早日長大，好去搭救與她。」

於是，一咬牙，對桂英連磕三個響頭！說是：「母親在上，請受孩兒磕拜。」

這時，外邊忽然傳來一陣零亂的腳步聲，彥昌抬頭一望，原來是家丁劉祿。

彥昌問：「何事驚惶？」

劉祿欠身慢吞吞的作答：「啟稟大人，秦府派了幾名官兵到來，

説是我家少爺闖了甚麼禍事，定要抓他到衙門去抵命。」

三十六、手足情深

彥昌聞言，立刻從箱篋裏取出兩把寶劍，交與沉香。

「兒啊，這是雌雄劍，乃是稀世至寶，你年紀還輕，此番離家單獨遠走，逢到危急事情，也好以此防身。」

接着，王桂英也打開了銀箱，取出幾錠白銀，連同衣衫一併包在一起，兩淚汪汪的交與沉香，説道：

「沉香，你親母此刻正在華山黑風洞中受苦刑，朝夕盼你長大成人，好去搭救於她。你此次出走，必須訪得名師，傳授法術，始可恢復你親母的自由。」

此時，另外一個僕人又匆匆奔來，説是秦太師派人前來捉拿我家少爺了。

彥昌急若熱鍋上的螞蟻，咬咬牙，吩咐家丁劉祿攜拿被囊包袱，護送沉香出門。

沉香跪稱：「大人差遣劉祿跟隨，但孩兒哪來如許盤纏？不如由着孩兒隻身前往，隨遇度日，待訪得名師，即可上山救母。」

説罷，霍然站起，頭上挽個雙魚髻，立刻換上粗布衣服，用一條黃色絲帶縛在腰間，腳登草鞋，一邊揮淚；一邊拜別雙親；然後疾步向後花園走去。

沉香走向後花園時，他的弟弟秋兒已在園中相候。

秋兒明知自己死期已屆；但手足情深，居然依依不捨地送了哥哥一陣。

兩兄弟在後門分手，秋兒哭得肝腸俱斷，抖着聲音説了一句：

「哥哥珍重！」

聽了這句話，沉香心似刀割，自覺由弟弟替死，究竟不合道理，正欲反悔時，彥昌已將後門關上了。

沉香站在門外，呆呆的站着，周身感到麻痺，想挪步起行，但是腳步沉重得如同鉛鐵一般。

就在這時候，那後門忽然「呀」的一聲啟開了。沉香回頭一看，原來是滿頰淚痕的王桂英。

「兒呀！為娘的還有言語對你講！」

三十七、生離死別

沉香這才撥轉身子，挪前數步，兩膝跟着一屈，又跪在地上了。

「媽媽，有何吩咐？」沉香問。

王桂英用手絹掩在鼻尖上，「庫」的一聲，抹了一把鼻涕，然後用啞澀的聲調對沉香說：「兒啊！為娘的今天放你逃走，只為你親娘現在黑風洞中受苦，必須由你前去搭救。……你若救出親娘，就該將為娘的捨子之事稟告與她，等待我故世之後，由你提攜紙錢和香燭，到我墳前焚化默禱，也不枉我今天的一番苦心。」

這幾句話，一字一淚，不但沉香聽了猶如萬箭攢心；即是站在身邊的彥昌、秋兒和幾個家丁，也無不以袖拭淚了。

此時，牆外陡起嘈雜聲。彥昌惟恐耽延時間，沉香無法脫身，當即拉開桂英，吩咐沉香立刻疾奔。沉香橫橫心，說聲「孩兒一定牢記在心。」當即舉腿狂奔。

眾人用淚眼望着沉香的背影，直到沉香轉彎時，才發現彥昌暈倒在地了。家丁們忙不迭將他抬入後花園，用冷水噴在他額角上，把他

救醒過來。

彥昌醒轉，開口第一句便問着：

「沉香呢？」

桂英答：「他已逃走了。」

彥昌用手揉揉眼睛，斜着眼珠對秋兒一瞅，心裏感到一陣刻骨的悲酸，竟蹲下身子，無限悲慟地去擁抱他。

「兒啊，為父的太對不起你了！」

秋兒年紀雖小，卻也很懂人事，同時也很夠膽色，知道自己性命難保，還竭力裝出鎮定的模樣。

彥昌感動之極，霍然站起，說是寧可丟掉官兒不做；也要帶領秋兒出外逃命。桂英說：「那秦燦倚仗勢力，無惡不作，如今雖然告老退休，勢力仍在。你想逃走，豈不要連累全族共亡！」

說到這裏，秦府家丁已經率領衙吏破門而入，不問情由，就將秋兒拉去抵命。

三十八、白髮老翁

沉香離開家門，走到荒野，唯恐有人識得他的面貌，故意用手抓了一把泥土，往臉上抹了兩抹，俾能避過他人注意。

他心裏說不出有多麼的不舒服，自己闖下滔天大禍，卻叫秋兒去抵命，如今，為了解救苦難中的親娘，只好遠離里門，前往華山探母。

沉香年紀輕，從未單獨出過門，又不識路途，一邊走；一邊打聽，專心訪問名師，企圖學得救母法術。

走了半個多月，抵達一座熱鬧的城市，問別人，才知道離開華

山已不遠，心下十分欣慰，當即走進一家招商店，租了一間清淨的房間，住下來，歇腳休息。

店小二見他年紀輕輕，獨自一人揹了行囊出門，頗感同情沉香，端了一些好酒好菜給他提神。、

沉香在路上走了半個多月，沒有好好的吃過一餐；也沒有好好的睡過一覺，見到酒菜，食慾大增，來不及舉箸，就伸手抓來吃。

結果，吃得太飽了；再加上受了些風寒，眼前忽然感到一陣昏黑，頭部隱隱作痛，腿一軟，就悶悶懨懨的倒在床上了。

此時，夜漸深，店小二走來收拾菜碟，見狀，不覺大吃一驚，連忙用手去按他的額角，發現他熱度甚高。

「怎麼辦呢？」店小二焦急萬分：「我該去請位郎中來替他把把脈。」

正這樣想時，門外「篤篤篤」的響起一陣叩門聲。

店小二立即挪開腳步，走去拉開房門。

門外站着一位白鬚老翁，含笑盈盈，神情十分和藹。店小二問他：

「你找誰？」

他壓低嗓音說：「我找劉沉香。」

店小二瞪大了一對受驚的眼，問：「你認識他？」

白鬚老翁點點頭，說：「我是郎中先生，路過此地，知道沉香在此臥病，特地走來替他醫治。」

三十九、太白金星

聽了老翁的話，店小二益發驚詫不置了，忙問：「你怎麼會知道

沉香臥病在此？」

老翁故作神秘地點點頭，只笑不語。

店小二當即欠欠身，說：「相煩先生裏邊坐。」

老翁跨過門檻，步履蹣跚，走到床沿，伸手替沉香把把脈。俄頃，回過頭來，對店小二說：

「不要緊的，此病起自風寒與憂慮，待我從葫蘆裏取出三粒丸藥，付與沉香吃了，保他無事。」

說着，揭開葫蘆蓋，倒出丸藥三粒，授與店小二。小二接過丸藥，恭身拜謝，抬起頭來時，那白鬚老翁忽然無影無蹤了。

「這是怎麼回事？」小二問。空中驀地傳出一串笑聲，小二好生詫異，舉目觀望，不見任何事物，但聞：

「我乃太白金星是也！」

店小二這才雙膝跪地，連磕三個響頭，心內稱奇不已，暗忖：「這劉沉香必係貴人，定當仔細侍奉才對。」

於是，取了一盅滾水來，扶起沉香，將丸餵與他吃。

沉香吃下丸藥，立刻睜開眼睛，笑嘻嘻的，打了一個呵欠。店小二問他：「有甚麼地方不舒服嗎？」沉香搖搖頭。店小二說：「那就好了，剛才虧得太白金星搭救與你，要不然，真不知道應該怎麼好了。」

沉香聽後，困惑地閃閃眼睛，搖搖頭，完全不明白他講的是甚麼。

第二天一清早，沉香喚過店小二，付了賬，揹着行囊，繼續趕路。

一路上，見人就問，縱然是大風大雪，也決不停步休息。繼續前進。

這一天，大雪紛飛，天氣嚴寒，沉香走到無人的荒野地帶，但

見滿天雪羽，整個天地變成了白皚皚的銀世界，四周靜寂，而天色漸黑。沉香打了一個哆嗦，用手圈在嘴前呵熱氣，肚子餓了，但是前無宿店，後無村落。

四十、雪原一茅屋

沉香想起了家，禁不住泫然流淚了，一邊哭，一邊冒着風雪行路，前面只是白皚皚的一片，愈走愈無望。

天色暗下來了，沉香焦急萬分。正感一籌莫展之際，忽然發現山腳有一所茅屋，透過漫天的雪羽，隱約可見昏黃的燈光。沉香興奮極了，當即加快腳步，拚命向前奔去。

那茅屋有扇板門，沒有上閂，正在風中忽開忽掩。沉香飢寒交迫，顧不得甚麼禮貌，當即挪步跨過門檻，冒冒失失地闖了進去。

這是一個很小的茅屋，很暗，只有桌上有一盞油燈。桌旁坐着一個老翁，白鬚白髮，相貌奇秀，身穿黃色布衣，頭上兜有「華陽巾」一條。

沉香走上前去，向他拱手施禮，說道：「老伯伯在上，弟子叩拜。」

老翁拈鬚微笑，問：「你是誰？」

沉香答：「我姓劉，名叫沉香，家嚴劉彥昌，乃羅洲正印。」

老翁又問：「到此作甚？」

沉香說：「外邊大風大雪，弟子迷失路途，故而到此，萬望老伯伯行個方便，允我借宿一宵。明早繼續趕路。」

老翁笑笑，繼續問他：「你年紀輕輕，為甚麼一個人走到這荒野來。」

沉香當即將救母之意坦白述出，詞意真摯。老翁聽了，撚撚白鬚，像吟詩似的説了這麼兩句：

「過了一山又一山，終南山上有神仙。」

沉香忙問：「終南山上有神仙？但不知終南山離此尚有多少路程。」

老翁瞪大眼睛，認真地對沉香一瞅，伸出手來，攤開五指，一言不發，揮揮衣袖，身形忽然化作清風，「噓」的一聲，完全不見了。

沉香暗吃一驚，心忖：「莫非這老翁乃是天上神仙，見我走投無路，特來指點與我？但是，他為甚麼不告訴我終南山在甚麼地方呢？」

四十一、嶺上問樵

沉香實在疲倦極了，用手背掩蓋在嘴前，一連打了好幾個呵欠。那老翁已經化為清風；茅屋裏靜悄悄的，只剩下他一個人。外邊忽然吹來一陣狂風，將桌上的那盞油燈吹熄了。沉香忙不迭走去關門；然後躡手躡足地回到裏邊，伏在桌上，就沉沉睡去。

翌晨醒來，雪已晴，窗外有陽光射來，天氣酷寒。沉香睡了一覺後，精神轉佳，伸了個懶腰，走到門外去用雪團洗着面。

洗過面，打開包袱，希望能夠找到一點乾糧；但是乾糧早已吃完。

沒有辦法，只好踏着雪原，繼續前進。

走了一陣，忽然站定了，心忖：「我怎麼可以毫無目的地亂走？那老翁昨夜不是暗示我到終南山去尋訪師父。但不知那終南山在那裏？」

再想想，終於想出個道理來了：「那老翁攤開五指，當係五里路

程。至於方向，不妨依照他坐的方向走去試試。」

這樣一想，沉香立刻向西南疾步走去。走了三里路，發現前面有一座高山；於是捲起褲管，一口氣爬上山巔，站定了，仔細向前眺望，發現前面又有一座高山。

沉香以為自己走錯了方向，正想走回頭路時，忽然憶起了昨夜老翁說過的那句話：

「過了一山又一山，終南山上有神仙。」

照此推斷，終南山必定不遠了，只要翻過這兩座山嶺，大概即可抵達。沉香興奮極了，挪開腳步，先下山；然後又爬第二座。肚中雖然飢餓，但求師心切，倒也並不覺得力竭。

迨至翻過兩個山嶺，天色又黑下來了。沉香來到三叉路口，呆呆的站在那裏，惘惘然，莫知所從了。

整整一天，他沒有喝過一滴水，吃過一點東西，此刻夜色漸濃，既無投宿之處；又無煙火之家，心中一慌，淚水就像斷線珍珠一般，簌簌掉落了。就在這時候，有個樵夫迎面向他走過來了。

四十二、前進白雲灣

沉香喜出望外，忙不迭奔上前去，拱拱手，攔住了樵夫的去路。

「你是何人？」樵夫問。

沉香將自己的姓名及求師救母的意思坦白告訴他。樵夫聽了，對他仔細打量一番，見他面目清秀，年紀輕輕，完全不像是個歹徒，因此，點點頭，露了笑容，說：

「我家就在林中，離此不遠，現在天色已不早，不如跟我回去，

吃些粗食充飢，好好睡一覺，到天明時再走路也不遲。」

沉香聞言，認為此人言來甚有道理，斷定他是好人，也就跟他進入森林。

抵達樵夫家，才噓口氣，四肢痠軟，感到了無比的疲倦。樵夫家裏沒有第二個人，單身單口，專以砍柴為生。沉香覺得他很可憐，他倒認為唯有這樣才能逍遙自在。他說：「我已看破紅塵。」沉香年紀輕，不懂這句話的含意。

吃過晚飯後，沉香倦極上床。清早起身，樵夫早已將饅頭和稀飯端好了。沉香毫不客氣地抓起饅頭就啃，樵夫則瞇着眼，笑得十分可愛。樵夫問他：

「你覺得倦不倦？」

「不倦了。」

「如果你願意在這裏多耽幾天的話，今天我可以上鎮去買些可口的東西回來給你吃，好嗎？」

沉香搖搖手，說：「家慈有難，不能延擱時日。你的好意，只好心領了。」

小孩子居然說了幾句大人話，使樵夫益發歡喜他了。吃過早點，沉香掏出一錠碎銀交與樵夫，樵夫怎樣也不肯收受，說是：「留着給你在路上花用罷。」然後，樵夫很關心地帶他走出大門，伸手朝西南一指，說：

「由此一直走去，看見有寶塔出現時，就是白雲灣了。」

沉香問：「但是我要去的地方是終南山？」

樵夫微微一笑，說：「到達白雲灣，再向人詢問，當可通往終南仙界。」

四十三、牧牛童子

沉香拜別樵夫後，按照他的指引，一直朝西南方走去，走到日午時分，果然遙見山上有座細長的寶塔出現，知道已經抵達白雲灣了。

此時，陽光明媚，景色秀麗，遠山嶙峋，大自然像一幅畫出現在眼前。

沉香覺得有點腳痠，挑了一棵大槐樹，坐下，喘氣休息。四周很靜，僅山風獵獵，到處都是蔥蘢的樹木，秀氣蒸郁，身處高峯，極目騁懷，令人可以嗅到仙境的氣息。

「大概終南山就在這裏附近了，」他想：「但不知應該朝那一個方向走才對？」

想問人，始終不見有人走過。舉目向四野掃了一圈，只見一片翠綠。

沉香不由得心慌起來了，暗忖：「此處並無人煙，棲宿為難，怎麼辦呢？」

正感躊躇間，遠處忽然傳來一陣絲絲縷縷的橫笛聲，睜眼觀看，果然發現山徑上有個牧牛童子騎在青牛背上，一邊信口吹笛；一邊任由青牛慢慢的走過來。

沉香喜不自勝，忙不迭奔上前去，雙手一展，攔住青牛的去路。青牛停住腳步，兩隻大眼睛骨溜溜的轉了又轉。那牧童也放下了短笛，咧着嘴，笑對沉香。

沉香問：「請問終南山在那裏呢？」

牧童聽了他的問話，聳聳肩，忽然嘿嘿作笑起來；然後用短笛權充鞭子，在牛屁股上打了兩下，一言不語，只顧催牛朝前走去。

沉香大急，疾步追趕，拉住牧童的衣角，用枯澀的語調苦苦

哀求：

「請你告訴我，終南山在那裏？」

青牛又停住腳步，牧童睨斜着眼珠對沉香一瞅，正正臉色，問：

「你真的要去終南山？」

沉香點點頭。

牧童繼續說道：「這終南山啊，說遠，可能還要走一千里；說近，也許就是在你的眼前！」

四十四、危險的索橋

沉香木然楞着牧牛童子，完全不明白他的話意。牧童微微一笑，伸手向天際一指，意思叫沉香順着他的手指看去。沉香抬頭觀望，只見兩旁峭壁高聳入雲，中間有一條索橋，高高架在空中。

牧童說：「這索橋一尺寬，十丈長，並無扶手，行走時全憑自己控制。」

沉香聞言，驚異萬分，伸伸舌頭，說道：「這橋如何行走？」

牧童說：「如何行走？我卻不知。我只知道過得此橋，即為終南仙境。」

沉香這才恍然大悟，「哦」了一聲後，說：「原來是這樣的，怪不得那樵夫吩咐我到這裏來。路是對了，不過這索橋實在太危險；不知尚有他途可循嗎？」

牧童略一尋思，兩隻眼珠子骨碌碌的一轉，說：「如果你沒有膽量過索橋的話，只好從旱路前往了。」

沉香問：「從旱路前往終南山，不知道要走多少路程？」

牧童用短笛向前一指，說：「你必須越過前面的千山萬水，少說

也有千里之遙。」

沉香大吃一驚，說道：「倘若再要行走一千里的話，我的親娘豈不是更要多吃苦頭了麼？」

牧童見他那種徬徨無主的神情，不免有點惻然了，因此，撇撇嘴，對沉香作了如下的建議：

「既然你不想走遠路，那末，同我一起騎在牛背上，將你渡過橋就是。」

沉香說：「青牛如此笨重，那索橋又是如此的狹小，怎麼能夠走得過去？」

牧童臉一沉，說道：「這是你的事，你自己作決定吧。」

沉香想了想，咬咬牙，說：「為人遲早不免一死的，救母要緊，不若跨上牛背，捨命過橋去！」

牧童這才露了笑容，說：「我不怕死，你又何必懼怕呢？」說罷，吩咐沉香跨上牛背，繞道向山巔走去。

四十五、青牛過索橋

走到山巔，牧童策牛前往索橋處。沉香見了，心內十分害怕，暗忖：「這樣狹的一條索橋，架於千丈岩石之上，怎能渡得過一條青牛和兩個人？」

正這樣思忖時，牧童回過頭來，笑嘻嘻的對沉香說：「你究竟怕不怕？如果不想過橋的話，現在還來得及，千萬不要過到一半時再後悔。」

沉香略一尋思，咬咬牙，說：「救母要緊，我不怕！」

牧童唯恐他臨危轉心，所以再追問他一句：「當真不怕嗎？」

沉香堅決搖頭，説：「我不怕！」

於是牧童用短笛在牛屁股上一敲，那牛如同通得靈性一般，小心惴惴的舉起前腿，一步又一步地踩上索橋。

沉香騎在牛背上，但覺索橋左右晃盪，整個身子彷彿吊在空中，全無依憑。牧童叫他不要往下看，沉香不聽，偏又俯視了一眼，頭部立刻感到一陣囁嚅，眼前出現無數星星。於是，雙手緊緊摟住牧童，開始猛烈的發抖起來。

牧童馬上叫他閉上眼睛，説是再忍耐一下即可渡過索橋了。

這一次，沉香再也不敢拗執了，只好閉着眼，任由青牛擺佈。

青牛一步繼一步的從索橋上走過去，很慢，很慢，好像永遠走不完似的。沉香心裏跳得十分厲害，兩排牙齒只管上下互擊。

他愈急，愈覺得青牛走得慢。沒有辦法，只好幻想將來與親娘重逢時的情景。他根本不知道親娘的面容是怎樣的，一切皆憑猜測。沉香在猜測親娘的容顏中，他也感到了無限的欣慰。

就在他想起救出母親的那一幕，牧童的笑聲忽然將他驚醒。他睜開眼來，才知道已經渡過索橋，心中的一塊大石終於移開了。

跟着牧童對他説：「你看，這是甚麼？」

沉香抬頭一看，不覺猛發一怔。

四十六、三個仙人

原來沉香面前有一條矗立的岩石，石上刻着兩個大字——「終南」。

沉香知道業已抵達「終南山」，心中好不喜歡，忙不迭撥轉身來，向牧童拱手作揖，表示謝意。

　　牧童哈哈大笑。剎那間，連人帶牛全部化為青氣，不知隱去何處了。

　　沉香驚極，認定此乃神仙引路，當即雙膝下跪，連磕三個響頭。然後站起身，兀自朝前走去。

　　這「終南山」顯然與普通的山嶺不同，到處都是筆架一般的崖石，長滿了奇草異花，微風拂來，奇香撲鼻，且身上常有白雲繞過，令人有身處仙境之感。

　　沉香漫無目的地邊看邊走，繞了幾個彎，走入一座蓊鬱的小森林，黝暗不見天日，心中不免有點慌張。走出森林，為一大平地，有小溪貫穿其中，溪上架着一座小石橋。

　　橋邊有一塊大石，三個老人圍坐在大石邊，兩個下棋；一個觀看。

　　沉香站在一株斗狀的大松樹下，不敢走近去，只是用手猛擦眼睛，仔細察看那三人的外形。

　　這三人個個童顏有仙氣；一個是跛腿；一個揹着寶劍；一個袒露着大肚。

　　沉香略一沉思，不覺恍然大悟了，暗忖：「這不是鐵拐李、呂洞賓和漢鍾離嗎？」

　　於是，挪開腳步，飛也似的奔上前去，在大石前邊站定，雙膝拜倒，這時，沉香已感動得痛哭起來了。

　　那呂洞賓聽到了聲音，馬上傴僂着背，用手相擾，拈一下長鬚，問：

　　「你是誰？」

　　沉香依舊低着頭，止住啜泣，答：「各位大仙，請發發慈悲。弟子姓劉名沉香，只因二郎神楊戩將我母壓在華山底下黑風洞中，迄今

已一十三年，使我母子不能享受天倫之樂，萬望大仙傳授仙法，好等弟子前去搭救正在黑風洞中受苦的母親。」

四十七、八洞神仙

眾仙聽了沉香的話語，個個笑不可仰了。呂洞賓說：「想不到這小小的童兒，膽敢向二郎神挑戰了！」

漢鍾離說：「難得這童兒有此一片孝心。」

鐵拐李以拳擊膝，附和着說：「對啊！難得童兒有此一片孝心。其實，關於華山聖母的事，我早已有所聽聞，此刻見了報仇人，我也有點替聖母不平了！」

這時，山後忽然走出一個美貌女人，手持荷花，婀婀娜娜的行近來，見到沉香，開口便問：

「你可認識我們嗎？」

沉香搖搖頭。

女人怡然一笑，答：「我們是八洞神仙，我是何仙姑，難道你真的不認識嗎？」

沉香這才大聲喚叫起來：「萬望眾仙助我救母！」

何仙姑心腸軟，而且對二郎兄妹的糾紛，也最為清楚。因此，頷首示意沉香，要他磕拜眾仙為師。沉香何等乖靈，立刻跪在眾仙面前，拜了八拜。眾仙個個哈哈大笑，說是沉香孝思可敬，不妨將他留下來罷。

從此，沉香就住在這奇區異境裏了，一邊修行；一邊學道，在八仙教導之下，沉香進步神速。

約莫過了三個月，沉香救母心切，不見眾仙授以法術，心中不免

感到困惑。於是，大搖大擺地走入仙姑洞府，沒好聲氣地問她：

「師父，弟子甚麼時候可以前往華山救母？」

「若要救母，尚非其時。」

「為甚麼？」

「因為你舅父神通廣大，且有天兵追隨相助，憑你目前這點能耐，實在是不能與他為敵的。」

「弟子已熟讀兵書戰策，只差未習仙法，但不知何日可獲傳授？」

「你今年才十三歲，一切都未成熟，且須再候三年，始可將仙法傳授與你。」

沉香不敢多問，唯有唱諾退出。

四十八、仙山妙景

三年後，沉香已經十六歲了，學得一身好武藝，只是沒有從八仙那裏學到法術。沉香心中甚是焦躁，忍不住走去磕見呂洞賓，哭哭啼啼的說要前往華山救母。

呂洞賓見他哭得淒涼，連忙用手相攙，說：「汝母身犯天規，罪孽深重，現被二郎神押在華山底下，上有高山，下無地路，那黑風洞早被二郎封住洞口，單憑你目前學就的這一點武藝想去解救汝母，實在是做不到的。」

沉香以袖拭淚，第二次又跪了下來：「望乞開恩指引，弟子今世決不忘記師父恩典！」

呂洞賓又將他攙起，略一沉吟，拈鬚大笑了：「也好，讓我傳授一些真法力給你罷！」

沉香心內大喜，破涕為笑。

　　呂洞賓當即命他雙目緊閉，說聲「跟我上山去」，兩人腳下立刻出現了一朵祥雲。沉香依囑緊閉雙目，但聞風聲呼呼，全身軟綿綿的，竟有了飄飄然的感覺，幾次想睜開眼來看看，總不敢背悖師父的命令。一會，兩人已升抵山巔，站定後，呂洞賓才叫他舉目留神。

　　沉香睜開眼來一看，不覺暗吃一驚。這地方氣瑞風和，山清水秀，到處都是綠色的萬年松，林中仙鹿成羣，白鶴爭舞，真是仙山妙景，果然不同凡間。

　　「這是甚麼所在呢？」沉香問。

　　呂洞賓笑着說：「賢徒，此乃天台山也！」

　　沉香聞言，只管貪婪地欣賞景色。呂洞賓兀自走進洞府去歸座，然後大聲喚道：

　　「賢徒，你且進來，待為師的教你一些法術。」

　　沉香不敢怠慢，當即竄入洞中，面朝師父，雙膝拜倒。呂洞賓雙目緊閉，口中唸唸有詞。沉香知道那是真言妙語，可是一點也聽不清楚。

　　稍過些時，香爐內冒起嫋嫋的香煙，洞內立即氤氳着一片青霧。沉香覺得眼睛有點痠，頭部嗡嗡，不到半盞茶的時間，竟沉沉入睡了。

四十九、呂洞賓授法

　　沉香一覺醒來，渾身輕飄飄的，有一種奇異的感覺。他睜大了眼睛望望正在打坐的呂洞賓，想說話，但是喉嚨好像被甚麼東西梗塞似的，說不出話來。

　　呂洞賓笑了，喚聲「徒兒」，說道：「從今天起，我將先教你十八般武藝，迨至樣樣精通後，再教你七十二般萱花斧，俾你劈開華山，救出汝母。但是單憑這一點武藝，你是絕對敵不過二郎神的，除非你能學得七十三變形。」

　　沉香聽了，連磕三個響頭。

　　呂洞賓打了個哈哈，說：「此外，你隨身帶來的雌雄劍，乃是稀世奇寶，待你學成七十三變形後，當教你幾套劍術，將來也有用處。」

　　說罷，在嘿嘿的笑聲，這位神通廣大的仙人忽然不見了。沉香大起恐慌，東張張，西望望，顯然有點無所措置了。正在躊躇間，空中驀地傳來了師父的聲音：

　　「徒兒，你安心在此修煉，專心一志，不可有雜念。我去了！不必惦念我，到了適當的時候，我會來的！」……

　　從此，沉香日夜在洞府打坐，一心學道，將所有的塵念全部拋掉。呂洞賓說來就來，說去就去，沒有定時；也沒有定日。沉香天賦極高，隨便甚麼法術，只要師父口授，他立刻就能心受。

　　所以，三個月過後，不但武藝精通，抑且學成了法力。兩口雌雄劍，誅妖斬怪，十分厲害。

　　有一天，呂洞賓忽然又來了，笑嘻嘻的，一邊拈鬚；一邊對他說：

　　「沉香，你母子見面的時日不遠了；現在且跟我回終南山去，為師的另有安排。」

　　沉香不便多問，只好駕起祥雲，隨同師父遄回終南山。七仙見了沉香，個個咧嘴而笑，說是光陰容易過，這孩子已經很像一個大人了。呂洞賓當即將沉香苦練的情形簡單向眾仙敘述一遍。眾仙說：「也該讓他到華山去了。」

五十、龍吟虎嘯

但是何仙姑説：「今天是王母娘娘華誕，我們要去參加蟠桃會，如果讓他下山的話，有甚麼急難之處，我們就不能去救他了。」

八仙聯袂前去參加王母娘娘的蟠桃會，臨行前，吩咐沉香留守「終南山」。何仙姑交了一把鑰匙給沉香，千叮萬囑的告訴他：

「徒兒，這是藏寶洞的鑰匙，交與你，千萬不要將洞門啟開，因為洞裏有蛟龍虎豹鎮守，你若擅入，鬥不過牠們，就會喪身的！切記切記。」

説罷，眾仙駕起祥雲，迅速騰上天空，須臾之間，就飛出沉香的視線。

沉香兀自留守「終南」，反剪雙手，踱過來，踱過去，百無聊賴。他手中握着那把鑰匙，橫看豎看，不覺好奇心起，疾步走到「藏寶洞」口，心中暗思：「此洞名為藏寶，其中必有大量奇珍稀寶，想來不會缺乏兵書寶物，待我啟開洞門，走進去巡視一番，倘有發現，拿去拯救母親豈不更好？」

於是，取出鑰匙將門啟開，剛挪開腳步，裏邊就傳出驚心動魄的龍吟虎嘯。好在沉香早已學得仙法，倒也十分安祥鎮定。那龍虎依舊在張牙舞爪，似欲阻止沉香入內，沉香用手一指，叱道：「畜生，休得無禮！」

説也奇怪，那龍虎經沉香一喝，居然乖乖的蹲了下來，睜大眼睛，閃呀閃的，凝視沉香挪步前進，絕無敵意。

沉香走過一重洞門，直向內洞走去，只見滿目桃樹，樹上盡是紅熟的仙桃。沉香口渴，當即摘了兩隻食用，下肚後，果然精神飽滿。

稍過些時，沉香進入第二重洞門，舉目觀看，竟發現山石上置

着一隻大葫蘆，走近去一看，才知道這是長生不老仙丹。沉香頗為好奇，捧起葫蘆，揭開蓋頭，倒了幾粒出來，往口中一塞。然後是第三重門，剛入內，就被熠耀的金光刺得睜不開眼。沉香用手掩蓋自己的眼睛，定定神，才看出面前盡是金盔金甲。

五十一、龍駒騰雲

這東西是作戰用的，沉香知道。但是他需要的是兵書寶物，所以只好繼續前進。

沉香進入最後一重門時，才發現許多夢寐難求的東西。首先，他找到了「三略法」和「六韜文」；其次是一匹龍駒和一隻「龍紋金鑲袋」，袋裏插着五枝狼牙箭；最後，他看到了一把「萱花鉞斧」。

這些都是沉香需要的東西；尤其是那把萱花鉞斧，乃劈山必需之物。沉香欣喜若狂，忙不迭走過去，緊緊握住斧頭，擎起，臨空猛劈，覺得極易使用，因此愛不釋手了。

他仔細察看斧頭，竟在斧柄上看到這樣一項紅字：

「賜與沉香救母親」

至此，沉香才恍然大悟了。原來，師父早已知道他會進洞的，故意將鑰匙交給他，俾他騎上龍駒，攜帶龍紋金鑲袋和萱花鉞斧，前往華山救母。

沉香當即翻上金鞍，龍駒怒嘯一聲，前蹄臨空舞了幾下，立刻如飛竄出「藏寶洞」。

就在這時候，空中忽然傳來一陣大笑聲，沉香抬頭觀看，只見白雲朵朵，並無人影。未幾，笑聲中止，天際有人大聲喚叫：

「沉香聽了！你武藝已學成，快快下山去吧！」

　　沉香聞聽，立刻翻下馬鞍，雙膝拜倒，一邊磕頭似搗蒜；一邊問：

　　「弟子此番下山，還望師父指點。」

　　空中的聲音答：「你下山後，先到灌江口，懇求二郎真君釋放你母親。」

　　「他若不肯呢？」沉香問。

　　空中的聲音答：「他與汝母乃是同胞兄妹，即汝之舅父，非必要，不可動武。」

　　說罷，雲堆裏射出萬道瑞光，刺得沉香睜不開眼來。沉香一味拜倒在地，迨至瑞光消逝後，始抬起頭來，跨上馬鞍，駕起祥雲，龍駒便在空中疾奔。從「終南」到灌州，路程不近，但是因為駕的是龍駒，所以不消一刻功夫，就抵達灌州城上空了。

五十二、七聖之一

　　沉香俯首一看，知道已抵灌江口，心中十分歡喜，當即斂霧收雲，用手往龍駒屁股上連拍數下。龍駒通曉靈性，點點頭，往下一竄，剎那間就落在塵地上了。沉香翻身下鞍，舉目觀看，發現前面站着一個彪形大漢，頭戴金盔，插着兩根長長的雙鳳翅，身穿百鎖連環甲，佈滿了鱗片，在陽光底下熠呀耀的。這人腰間圍着一條羊脂玉帶，挺胸凸肚，十分威武，左手牽着一匹大白馬，右手執着金棒一根，見到沉香時，用裂帛似的聲音問：

　　「來者何人？」

　　沉香聞言，疾步走向他前，心忖：「此人身材魁梧，神采奕奕，

想來一定是我的母舅了！」於是，雙手一拱，微笑着叫了一聲：

「舅舅！」

那人依舊怒瞪雙目，指着沉香問：「你是誰？到此作甚？」

沉香這才怯怯地答：「我姓劉，名叫沉香。家母乃是華山神仙，只因犯了天條，被我母舅二郎君囚禁在華山黑風洞中。我此番前來懇商母舅將家母釋出。」

那人呵呵大笑了，笑聲如雷。沉香大感詫異，問他為何發笑，他說：

「讓我老實告訴你罷，我不是你的母舅楊戩，我乃梅山七聖之一袁洪是也，與你母舅曾經義結金蘭。」

沉香問：「既是二郎君好友，當知我舅在何處？」

袁洪說：「二郎君到王母娘娘處拜壽去了。」

沉香問：「甚麼時候可以回來？」

袁洪說：「此去至少兩百多年。」

沉香聽了，瞪大一對受驚的眼，忙問：「王母做壽，乃是一日間之事，為何要去兩百多年？」

袁洪說：「沉香，你年紀輕，不懂天上的規矩。天上過一個月，等於凡間過一百年；天上過兩個月，等於凡間兩百年。所以，你要見他，就須耐心等待。」

五十三、二郎廟

沉香心內十分不悅，暗忖：「這便如何是好？我一心下山搭救母親，不料他去參加蟠桃會了，怎麼辦呢？」

　　沉香在「天台」時，呂洞賓曾經對他說過：「欲救汝母，必須先到灌口去盜出金光寶塔。此塔乃華山之鎮山寶，盜得該物，即可前去劈山矣！」

　　現在，楊戩既然不在，正好盜取寶物之時，不該在此趑趄不前。

　　但是，轉眼一想，此事真也魯莽不得。那寶塔經常藏在灌州城的二郎廟中，此廟日夜由梅山七聖看守，豈容隨便入內盜取寶物？幸而在此遇見了袁洪，正好將情由對他說明，也許可以不費吹灰之力，就能騙得金光寶塔。

　　打定主意，先露笑容，然後柔聲細氣地對袁洪說：「你是我舅舅的結拜兄弟，舅舅不在，這裏的一切諒必是你在掌握了。」

　　袁洪點頭，說：「這是理所當然的。」

　　沉香繼續作了這樣的一個要求：「既然如此，能否將廟裏的金光寶塔暫借與我？」

　　提到「金光寶塔」，袁洪立刻正正臉色，說：「別的東西還可商量，只有這金光寶塔向來收藏在寶庫裏邊，不獲二郎同意，誰也不敢擅自啟開。……現在，我還有一點小事需要料理，只好少陪了。」

　　說罷，兩腳一跺，瞬息間就完全無影無蹤了。沉香取不到「金塔」，心內十分納悶，暗忖：「取不到金光寶塔，就不能前往華山救母，長此耽擱在灌口也不是個道理，這便如何是好？」

　　沉香一邊尋思；一邊沒精打彩地走進灌州城。此城人口稠密，長街擠擁不堪，兩旁商店林立，到處都是嘈雜的叫賣聲。稍過些時，沉香發現自己已經站在灌江口邊了，抬頭一看，前面正是香火鼎盛的「二郎廟」。

　　這廟建築雄偉，裝修威嚴，進門處與尋常廟宇有着顯著的不同。

五十四、祭起雌雄劍

　　這裏沒有四大金剛，卻排列威武的「梅山七聖」。大殿上置着一尊二郎真君的塑像，三目烔烔，彷彿有三道光芒射出。沉香沒有見過舅舅，此刻終於獲得了一個深刻的印象。

　　沉香繞過大殿，發現一扇半掩着的小門，推門而入，原來是一座花園，到處都是異花奇草。園中有一條長廊，十分整潔。長廊盡端，赫然是銅門鐵壁的寶庫。於是東張張，西望望，不見神兵守護，知道良機難得，立即蹤身園中，拔出背上的雌雄劍，掐個指訣，用手一指，就將雌雄劍祭在空中。雌雄劍登時變成兩條火龍，在雲斗裏張牙舞爪。稍過片刻，雙龍同時張開大口，噴出兩道火燄，哄隆隆的直向寶庫射出。此時，天空賽若火海，煙霧氤氳，不但驚動了全城居民，連貪懶的神兵們也無不從睡夢中驚醒。神兵們在倉卒中趕來觀看，發現大殿的一角已着火，忙不迭祭起聖水滅火。

　　沉香故意火燒大殿，旨在「調虎離山」，趁神兵們忙於救火時，馬上用「萱花鉞斧」劈開庫門；然後飛也似的奔向內庫，搶得寶塔，收起雌雄劍，駕起祥雲，升上天庭，前往華山。

　　迨至神兵撲滅火勢，七聖亦已趕到。在忙亂中，發現庫門大開，連忙走進去點數，才知道「金光寶塔」被人盜走了。

　　大家猜不出這是誰做的「好事」；但是袁洪心裏有數，遂將遇見沉香的經過情形講與七聖知道。六聖聞聽，個個怒容滿面，大罵沉香不該燒廟盜寶。「這古廟已有千年歷史，從未有過損壞，今被沉香這小子放火燒成這個樣子，二郎回來，定必歸罪我等兄弟。我等若不把沉香擒住，將來有何面目見諸大哥？」於是，七聖齊集廣場，向各方點數神兵，全部頂盔貫甲，駕起祥雲，一起升向空中。沉香托着寶

塔，以為衝破了第一關，心中十分喜悅，不料，後邊戰雲滾滾，刀槍叮噹，回過頭去一看，才知道梅山七聖率領大批神兵前來追趕於他了。

五十五、拔劍迎戰

「糟了！」沉香暗自忖度：「他們人多兵勇，我一個人怎能抵擋呢？」但是事已至此，只好拔起雌雄雙劍了。

沉香站定一看，發現滿空殺氣，雲堆裏旌旗招展，幾十個神兵排成兩行，各執刀槍，在陽光中閃呀閃的，甚是耀目。

兩行神兵中間站着梅山七聖，個個圓睜怒目，存心要跟沉香比較高低了。沉香心裏有點慌；但是事已至此，退既不能，唯有挺身而去。

他持着雌雄兩劍迎上前去，但是袁洪已經大踏步的走過來，一見沉香，大聲咆哮：

「小孽種，你為甚麼放火焚燒二郎廟？」

「二郎廟並未焚毀！」

「但是你為甚麼要將金光寶塔偷去？」

「我要解救母親之苦。」

「你母親身犯天條，罪有應得，你豈可擅自盜取寶物，釀成滔天大禍？好，你既如此無理，我也不能饒恕你了。你若知趣，快快下跪受縛，如若不然，休怪我袁洪無禮！」

沉香聞言，不由得哈哈大笑起來，說：「我與二郎乃是甥舅至親，借用他的寶塔，與你有甚麼相干？」

袁洪大怒，暴跳如雷：「小孽種，快來送死吧！」

沉香蹤身跳起，避過袁洪金棍，站在高處，邊笑邊說：「你們休

仗人多馬盛，我沉香才不會懼怕咧。如若不信，請來一決高低，管叫你們一個都逃不回老家。」

袁洪愈聽愈氣惱，當即舞動金棍，指着沉香大罵：「小鬼膽敢口出大言，今天遇到你大爺，非把你生擒活捉不可！」

沉香倒也狡猾，見他如此逞強，也就改用冷言冷語譏諷他了：「袁洪，聽你口氣，好像威武得很；既有這般能耐，就不該率領大批人馬來此。你若有膽，快快叱退兵將，與我單獨交戰，才能稱得英豪。」

此話終於激怒了袁洪，他撥轉身去，大聲對其他六聖說：「列位賢弟聽了，你們快率領神兵退後，這裏的事，由愚兄一人來擔當好了。」

五十六、雲端惡戰

梅山六聖聞聽，當即隱去身形，各自帶轉神駒，退將遠處去了。袁洪自己也跳下馬來，吸口氣，舞動金棍，但見金光形成大圈，在雲斗裏滾來滾去，彷彿一個疾轉中的光輪，連袁洪的身形也不見了。

沉香一看，知道袁洪棍法厲害，忙不迭蹤開閃避，不讓他近身。

袁洪擊不到沉香，氣力完全白費，心內怒火欲燃，不由得暴叱一聲：

「小鬼！有膽的快來迎戰！……」

沉香不待他講完，立刻懸空打一個觔斗，宛若飛箭一般，只見一團光華在陽光中熠耀，氣勢遠較袁洪為大。袁洪起先有些輕敵，此刻見他劍法高超，造詣不凡，心中不免暗吃一驚；但事已至此，當然不能臨陣退卻，唯有舉起金棍，咬咬牙，朝劍光閃處，猛擊一下。這

一擊，登時響起錚鏦之聲，袁洪以為佔了上風，竟將金棍舞得虎虎作響。

不料，沉香人細鬼大，看出他迭走險招，認定此公有勇無謀，乘機屏氣一躍，竄入半空，由上向下，持劍俯衝，然後一揮一挑，瞬息間，將袁洪金盔上的兩根雉毛斬斷。

袁洪伸手一摸，說聲「好險」，收起金棍，向後倒退數步，圓睜雙目，驕氣盡歛。

沉香笑了，笑他老大無用。袁洪又氣又惱，暗忖：「我這偌大年紀，如果敗在稚子手裏，今後還能在天兵天將中間逞強嗎？」

這樣一想，雙目對沉香一掃，咬緊牙關，掄起金棍，照着沉香頭顱劈去。沉香忙用雙劍相迎，瞬息間，兩人終於戰成一團了，忽上忽下，在雲端惡戰數十回合，只見劍棍交加各自逞強，不分高低。

袁洪素在梅山稱王，武藝高強，聲名遠播，但是遇見了十六歲的沉香，儘管連看家本領都使了出來，還是無法將他擊敗。

正在焦急時，忽聞沉香大聲訕笑了。

五十七、銀光閃閃

沉香邊笑邊罵：「猴怪！我道你武藝高強，原來是銀樣鑞槍頭，中看不中用！」

袁洪聞言，怒往上沖，不答一言，只顧舉棍亂打。沉香連忙收劍躍開，矯若游龍；然後定定神，暗中誦唸咒語，舉起右臂，五指一鬆，只見那柄雄劍似同銀色流蘇一般，直向天庭祭起，忽兒左，忽兒右，既急又快，吱吱作響。

袁洪抬頭觀看，發現那銀光閃閃的寶劍，像游龍一般，直向自

己頭上撲來，心內大起驚慌。可是，一時又不知道這是甚麼寶物，沒有辦法，只好唸句咒語，化為金光，遁空而去。不料，變化時心急慌忙，不留神掉下了那隻金盔，剛跳開，就聽到「喀喇」一聲，回頭一瞧，原來金盔已被寶劍斬成兩塊。

「好險呀！」

袁洪雖然已將身形隱去，但是見到金盔被劈，心裏也不由得卜通卜通地劇跳起來。

沉香斬不到袁洪，只好伸手將法寶收回，舉目遠眺，不見袁洪，心下不免暗暗竊笑。

這時，袁洪失去金盔，模樣甚是狼狽，心忖：「這童子倒也厲害，無怪如此驕傲了。現在，金盔已失，他必定在訕笑我無能，我袁洪若不將他擒住，以後還能逞強嗎？」

於是，咬咬牙，兩腿一蹤，像枝箭般竄到後邊，找到其他六聖。

六聖見他神情沮喪，知道已為沉香所敗，個個目瞪口呆，不信沉香有此能耐。

「兄長，那沉香小子究竟有何法道？」大家用驚異的眼光問。

袁洪搖頭嘆息，說沉香人雖細小武藝高強，隨身攜有寶劍兩把，疾似電光，有降龍伏虎之力。

六聖一聽，臉色大變，忙問：「但是總不能讓他將金光寶塔盜去，要是給二郎大哥知曉的時候，你我兄弟臉上皆無光彩。」

袁洪略一沉吟，然後決定合力兜捕沉香。

五十八、灑豆成兵

沉香殺退了袁洪，滿懷高興，正擬駕雲前往華山，後邊驀地響

起一陣嘈雜聲，猛一回頭，才知道梅山七聖率領大隊神兵前來追趕他了。

至此，沉香不得不站定腳頭，撥轉身，手持雙劍，等候他們前來交戰。

七聖見到沉香，個個怒氣沖沖，擎起武器，齊聲高嚷：

「大膽小畜生，快將金光寶塔交還，如若不然，定叫你永囚地牢不見天日！」

沉香聞聽，不覺哈哈大笑，說道：「快快釋放我母，否則，休怪我寶劍無情！」

接着，你罵一句；我叱一語，話不投機，立刻就交起手來了。沉香只有一個人，顧得前，顧不得後，砍得左，砍不得右，沒有辦法，只好從錦囊裏掏出一把黃豆，說聲：「變！」然後將豆粒往空中一灑，剎那間，那些豆粒完全變成了天兵，各執刀槍劍戟，奮勇上前迎敵。

梅山七聖防不到沉香有此一手，無不嚇了一跳，給沉香手下的「天兵」佔了上風，由攻勢改為守勢。兩邊陷入混戰，殺聲四起，大家在雲斗裏拚命廝殺，但聞刀槍迸擊，金光閃耀。沉香知道七怪並無仙術，不難對付，當即一個觔斗，翻出戰團，口中唸動真言咒，搖身一變，變了個南方「火德星」，張開大口，吐出一條「丙丁火」，燒得七怪再也不敢戀戰，忙着紛紛向後退去。

沉香打了勝仗，立刻轉為原形，伸手一招，雲堆裏的「天兵」們馬上變成一撮豆，重新回入沉香手中。

戰雲盡消，一切都恢復原有的安詳。沉香急於前往華山救母，立即駕起祥雲，飛得比風還快。

不多久，華山已在望，心內喜悅，情緒登時緊張起來。稍過些時，沉香已經落在華山頂巔，四望無人，立即拔出萱花鉞斧，雙手一

掄，照着山頭就劈。

這一劈，終於驚動了華山的張土地神。

五十九、崩成兩邊

土地神張公正在山腰打盹，忽然被一聲巨響驚醒，連忙拄着手杖，蹌蹌跟跟地走上山頂，一見沉香，忙問：

「你是誰？」

「我姓劉，名叫沉香。」

「來此作甚？」

「來此解救我母。」

「令堂現在何處？」

「家母被二郎神囚禁在華山底下黑風洞中。」

張公一聽，才知道這劈山少年乃是華山聖母的兒子，定定神，拱手道：

「原來是公子來了，未曾遠迎，當面恕罪……」

沉香急於解救生母，不待張公把話語講完，立刻大聲吆喝道：

「快快釋放我母，倘有所違，定叫你粉身碎骨！」

張公聞言，忙不迭雙膝下跪，一邊磕頭似搗蒜；一邊抖着聲音說：

「太子息怒，只因二郎神早下法旨，命我在此看守，倘若放走汝母，二郎回來，一定要罰我到邊境去充軍的。」

沉香微微一笑，說：「張公，你且放心，我決不會難為你的。你若不便啟開洞門，我自有他法解決。」

說罷，掄起大斧，咬緊牙關，又照着山頂猛劈一斧。這一劈，力

道奇大，猶如山崩地震，使華山的走獸飛禽全部驚叫起來。

張公第二次又跪了下來，苦苦哀求沉香不要繼續劈山，唯恐二郎神知道了，走來降罰於他。

沉香救母心切，哪裏肯聽張公的勸告？儘管張公磕頭求拜，他還是使出渾身勁道，一斧繼一斧的猛劈華山。依照沉香的意思：剛才既已殺退梅山七聖，彼等定必前往蟠桃會報與二郎神知道。現在，二郎神尚未來到，何不趁此劈開華山，將母親救出再說。

這樣想時，雙手擎起大斧，照準罅口，用力猛砍，但聞霹靂一聲，華山登時崩成兩邊，刹那時，形成了無數奇峯峻嶺。接着，沉香又拿起斧來一連砍了三斧。

六十、甥舅交戰

三斧砍下，華山便像剛從熟睡中驚醒的巨獸一般，渾身抖動了。沉香發現華山已裂成兩邊，心中暗暗歡喜，正擬舉斧再劈，雲堆裏忽然有人怒叱：

「小孽種，休得猖狂，快快還我寶塔，如若不然，今天定叫你不得好死！」沉香抬頭一看，原來雲堆裏站着一個大漢，頭戴三山帽，身穿鎖子盔甲，透紅的臉色，微鬚，三隻眼，手持三尖兩刃鋒，威風凛凛，殺氣騰騰。

沉香覺得此人十分面善，仔細一想，才發覺這位神將與二郎廟裏的塑像完全一模一樣，心忖：「莫非他就是我的舅父？」

這樣想時，二郎真君用刀向沉香一指，怒氣沖沖地大聲叱罵：「小孽種！你為何將我的金光寶塔盜去？你為何放火燒毀我的廟堂？」

聽了這兩句話，沉香認定他是楊戩，當即收起萱花鉞斧，昂着頭，先堆上一臉笑容；然後拱拱手，雙膝跪地：「舅父在上，外甥帶罪叩見。」

楊戩三眼齊睜，用如雷的聲音問：「我問你，為何燒毀我的廟堂？」

沉香答：「燒毀廟堂，旨在調開神兵的注意。調開神兵，為的是想借用金光寶塔。」

楊戩問：「金光寶塔乃是華山鎮山之寶，你借去有何用途？」

沉香當即連磕三個響頭，然後苦苦哀求：「求舅父看在外甥臉上，將我親娘釋放出來吧。她老人家囚在這裏，已經足足十六個年頭了！」

楊戩臉一沉，厲聲疾氣地嚷：「小孽種，不提你母，倒也罷了，提起你母，我恨不得立刻將她殺死！老實說，汝母罪孽深重，今生今世休想再獲自由！」沉香聞言，怒不可遏，立即站立身來，大嚷：「舅父，你若放出我母，萬事全休，否則，莫怪外甥無禮！」

楊戩「呸」了一聲，罵道：「小孽種乳臭未乾，休在這裏口出狂言！看刀！」說罷，三眼冒火，舉起三尖兩刃刀對準沉香頭顱用力猛砍。

六十一、楊戩挑戰

沉香不敢怠慢，連忙舉起萱花斧一擋；然後兩腳一點，縱身躍上雲堆，扭轉所處劣勢。楊戩咬咬牙，正擬舉刀向沉香猛擊時，雲堆裏忽然鑽出一個太白金星，站在甥舅中間，高舉手，面對楊戩，高聲

喚叫：

「二郎真君，你且息怒，那沉香雖然舉動粗魯，實因年幼無知。此番遠道來此，難得他一片孝心，你是他的舅父，豈可擅動殺念？」

楊戩聽了這番話，當即收起三尖兩刃刀，定定神，開始為自己分辯：

.　「尊神言來有理，但沉香這小孽種不該盜了我的寶物；還用火焚毀我的廟堂！想起此事，怎不令人惱怒？」

太白金星說：「沉香急於救母，以致開罪真君，情有可原。」

楊戩說：「我能原諒他的過失；但卻不能坐視他劈開華山。」

沉香聽了，連忙插嘴道：「既然舅父不准我劈開華山，那末，請你快將我親娘放出！」

楊戩伸手一指，怒叱：「汝母身犯天規，豈可隨便恢復她的自由。」

沉香正正臉色，說：「不放我母，莫怪外甥無禮。」

說罷，舞動萱花斧，照準華山，又是猛砍一下。華山裂開了，發出巨大的聲響。楊戩舉起三尖兩刃刀，厲聲疾氣地對沉香說：「小孽種，你一定活得不耐煩了！」

言猶未了，刀光一閃，疾似飛箭一般，斬向沉香。沉香連忙身形一偏，不敢用萱花斧去招架，幸虧他身手敏捷，提一口丹田真氣，兩腳一點，躍起縱入雲層中去了。楊戩見他如此靈活，心下自也暗暗吃驚；只因事已至此，也顧不得太白金星的勸告了，擎起三尖寶刀，存心與沉香決個雌雄。但是沉香只顧走避，卻不迎戰，因為當時離開終南山時，師父曾經一再叮嚀他：「非必要，不可與楊戩動手，免得傷和氣。」為了這個緣故，儘管楊戩一再向他挑戰，他總不肯放下利斧，拔出雌雄雙劍。

六十二、拔出雙劍

楊戩怒不可遏，舉刀便向沉香刺去，沉香身形一矮，立刻躍起數丈，避過這鋒利的一刀；然後放下利斧，拔出雌雄雙劍，躍到楊戩背後，不但解除了危機；抑且處於有利地位。如果是別人，沉香佔得優勢，豈肯隨便放鬆，早就騰空使威，趁其不備，猛劈一劍，傷其要害了；無奈楊戩究竟不是外人；若在暗中施器，未免有失情面。

不料，沉香心軟；但楊戩卻根本不將他認作外甥。尤其給他戲弄了一下後，心中怒火大燃，倏地一個轉身，立刻又是一刀。沉香忙不迭舉起雙劍招架，虛晃一下，不覺捏了一把冷汗，心忖：「這做舅父的人也未免太狠了！」當即躍出圈外，佯裝閃避，實則改採攻勢。楊戩見他避戰，頗存輕敵之意，冷不防給他回身一劍，險些被他刺中右臂。幸而楊戩武藝高強，只聞鐺的一聲，及時舉起三尖兩刃刀，擋住了沉香的劍尖，才算沒有中計。

楊戩一直小看沉香，以為只須兩三招即可將他降伏；但是經此一劍，卻也覺出沉香劍法不凡，必係名師所授，心中一動，不能不提高警覺。

「小孽種！出手就是殺招，豈不叫人惱怒？今天非給你一些厲害看看不可！」

說罷，刀光一晃，縱身向前，刷刷刷連刺三下。沉香身形常變，矯若游龍，舞動雙劍，邊阻邊劈。於是甥舅兩人終於扭作一團了，一個刀砍；一個劍擋，只見火星四濺，叮噹作響。

這時太白金星目睹兩人殺得難分難解，連忙駕起祥雲，前往上界報告眾仙。

「各位大仙，事情不好了。」

「何事驚惶？」眾仙問。

太白金星氣急敗壞地答：「那沉香救母心切，燒了二郎廟，盜取金光寶塔，單身前往華山亂劈。事為二郎真君知悉，連忙趕去阻攔，舅甥一言不合，竟廝殺起來。」

「現在仍在廝殺中？」

「是的。」

六十三、念動真言

呂洞賓在蟠桃會上喝了不少酒，聽到這個消息，唯恐沉香敗下，立即駕起祥雲，前去察看真情。

八洞神仙乃是沉香之師，聞聽太白之言，個個駕起祥雲，跟隨呂洞賓之後，前去助陣。

稍過些時，遙見戰雲密佈，只聽叮噹連聲響，才知甥舅仍在拚命廝殺。

那楊戩本性傲岸，向來目中無人，如今與沉香合上幾招後，見他劍法迅捷，再也不敢輕視於他了。沉香則愈戰愈勇，疊走險招，存心給楊戩看看自己的功夫，初無傷害之心。但楊戩卻戰來十分認真，左削右劈，絲毫沒有相讓之意，只是不能立即取勝。

楊戩使用的三尖兩刃鋒乃是一種怪異的武器，常人少見，每與交戰，必難招架。沉香為人乖靈，加之內力充沛，刀來劍擋，倒也應付從容。

兩人拼了五六十招，始終難分高低。楊戩輕敵於先；焦躁於後，此刻更是氣喘吁吁，刀法漸亂。小沉香身法奇妙，賽若游龍，竄起縱落，閃避如風。二郎神連遭小挫，心內氣憤，當即收起大刀，往上一

躍，口中唸動真言，擬用仙法將沉香壓在華山底下。

沉香武藝雖強，論道行，究竟比楊戩差。楊戩唸動真言後，渾身金光四射，照得沉香四肢痿軟，無力舉劍，急忙中，不覺大聲高叫：「師父快來救我！」

幸而八洞神仙及時趕到，個個圓睜怒目，說是：「倘若沉香敗下陣來，你我臉上皆無光彩。」

何仙姑尤為不平，慌慌張張的立刻要去解救沉香。但是呂洞賓伸手一攔，說：「二郎神通廣大，我輩不可輕舉妄動，待我傳召三十六洞府以及十州三島的神仙，一齊前來助戰。」

曹國舅插嘴道：「索性連九天玄女娘娘也請來吧。」

韓湘子加上一句：「還有百花四姐。」

呂洞賓頷首稱是，兩眼一閉，口中唸唸有詞，開始傳召眾仙。

六十四、眾仙混戰

稍過片刻，祥雲滾滾，轟雷掣電，不但三十六洞府的神仙們絡繹趕到，連雷公電母居然也被呂洞賓邀來助戰。

又過些時，十州三島的神仙們也各持兵械，紛紛趕到。何仙姑見沉香被二郎的金光所困，亟欲前去解救，親自揮舞雙劍，飛也似的竄向二郎身旁，刷的一下，照準二郎右臂削去。二郎機警，閃避得宜；但何仙姑已將沉香拉出金光圈，縱身躍起，終告無事。

二郎正感得意時，忽見上空殺出一個何仙姑來，事先並無準備，因此給何仙姑將沉香搶走了。

「何仙姑怎麼會來的。」他想。

在極度的踟躕中，偶爾抬頭一看，不覺大吃一驚，只見十州三島

三十六洞府的神仙無不舉槍持刀，已形成了一個包圍圈。

　　這一下，可嚇壞了二郎真君。楊戩只道沉香乃是三妹的小孽種，想不到竟會因此觸怒了這麼多位神仙，想解釋，但已無從解釋。沒有辦法，只好唸動真言咒語文，宣召眾神來助。

　　他先召四大金剛和八位菩薩；繼而又召六丁六甲眾天神；然後又召了張天帥、郭將軍和馬、趙、溫、關。

　　但是抬頭再一看，發現九天玄女娘娘和百花四姐也站在八仙那一邊，知道難於對敵，立刻又將哼哈二將、孫悟空和托塔李天王的三位太子也傳了過來。

　　於是，擺下天羅地網，分成長長的一排，在戰雲和雷電中，與八仙率領的眾神開始混戰了。此戰牽連太廣，眾神各顯神通，攪得乾坤亂轉，天翻雲覆。雙方殺了七日七夜，始終不分勝負。

　　孫悟空一心幫助二郎神，居然使出撒手奇術，拔下汗毛，用口一吹，立即變成數萬猴頭，擾得三十六洞府神仙勢難應付。呂洞賓知道孫悟空變化多端，心中早有打算，待他吹毛成猴兵後，馬上宣召白鶴大仙前來助戰。

六十五、哪吒鬥白鶴

　　孫悟空拔毛一吹，立成數萬猴兵，東砍西殺，擾得眾仙個個無心戀戰。呂洞賓急召白鶴大仙前來，請其對付猴王。白鶴大仙聽聞真語，立即走出洞府，足尖一點，身形疾似長箭離弦，刹那間就趕到交戰之處，舉目觀看，但見猴兵到處騷擾，立即搖身一變，變成數百隻鸕鷹。猴兵們甚麼都不怕，只怕鸕鷹來啄，如今見到滿天鸕鷹，無不悽悽惶惶的縮作一團。孫悟空知道鸕鷹厲害，唯有收回猴兵，垂頭喪

氣的敗下陣來。

　　這時哪吒正在雲斗中殺退了漢鍾離和長眉大仙，轉過身來，發現孫悟空敗下，不覺怒往上沖，立刻現出三頭六臂，腳踏風火輪，氣勢洶洶的上前去迎戰。

　　白鶴大仙手持雙連金鈎，乍見哪吒來襲，忙將金鈎舞成火圈，擋住哪吒的長槍，使他無隙可乘。哪吒年少氣浮，竟不顧金鈎厲害，冒險衝去，只見鈎上鏈條「嘘溜溜」的一聲，將哪吒的槍頭緊緊捆住。哪吒見此情形，自也驚詫萬狀，咬咬牙關，猛力往後抽拉。可是怎樣也不能將長槍拉出，因此，心中大為焦急，馬上探手錦囊，趁其不備，「嗖」的打出一枚金彈，疾似流星，不偏不倚，剛剛擊中白鶴大仙右肩。大仙冷不防中了這一彈，整個右臂登感麻痺，只好放下雙連金鈎，負傷遁去。

　　哪吒得手，正擬前去捉拿沉香。百花四姐急從空中縱落，用手一指，大聲喝道：「哪吒小子，休得無禮！」

　　哪吒給她這麼一喝，不由得楞了一楞，目瞪口呆的望着她，不知應該如何是好。

　　百花四姐繼續說道：「他們是甥舅不和，與你有甚麼相干？」哪吒怒紅了臉，照樣直着嗓子為自己的行動分辯：「那華山聖母身犯天規，我等奉命看守於她，今沉香來此搗亂，豈可不加阻攔？」

　　百花四姐說：「沉香乃是聖母之子，此番排除一切困難，前來解救其母，我輩當予協助，你怎麼要阻攔他？」

六十六、甥舅鬥法

　　哪吒說：「犯天規者，罪有應得，沉香到此亂劈華山，必為玉皇

不容，所以要將他拿住！」

百花四姐見哪吒不肯讓步，立刻伸出右手，向空中丟起「乾坤金罩」，唬得哪吒馬上隱去身形。

此時，百仙交戰，情況激烈，雲霧滔滔，日月無光。那楊戩與沉香仍在死拼，戰來旗鼓相當，難分軒輊。

楊戩眼看沉香愈鬥愈勇，當即收起三尖兩刃刀跺跺腳，一邊掐訣；一邊唸咒，唸了三遍咒語後，一朵祥雲迅速將其身形裹住，搖搖身，開始變化了。沉香睜大眼睛仔細觀看，只見楊戩已經變成一棵千年大樹，樹身高大，直衝九霄。

沉香不覺哈哈大笑了，笑罷，用譏諷的口氣說：「這一點點小法道算得甚麼，你愛變，小爺也變給你瞧瞧！」

說着，沉香嚷一聲「變」，立刻變了個樵夫，肩挑扁擔，腰繫繩索，手執閃耀有光的利斧，疾步走向樹邊，吐一口唾沫在手掌裏，舉起斧頭，向樹身用力砍去。楊戩一見，不由得大吃一驚，連忙鷂子翻身，變回了原形。

沉香仍在哈哈大笑，楊戩氣得臉孔鐵青。兩人繼續各持刀劍，拚命廝殺。殺了一陣，楊戩搖身一變，變了一座高山，擋住沉香去路。沉香不甘示弱，立刻變了個石工，叮叮噹噹的開始鑿山。

接着，楊戩搖身一變，變個鐵鷹；沉香立刻變個射鷹人。楊戩變龍；沉香則變作伏虎羅漢。又過些時，楊戩口唸真言，忽然變成三頭六臂；沉香則變作千手觀音相對。一會，楊戩變蛇；沉香變仙鶴。楊戩變狼；沉香變捉狼人。楊戩變火；沉香變水。變來變去，楊戩始終無法制服沉香。最後，楊戩變船擺渡；沉香變掀浪的河王。楊戩變虎；沉香變龍……一個是七十二變；一個卻能七十三變，各自鬥法逞強，只是沉香多了一變，所以處處佔得上風。楊戩竟落了個無門可

遁，心中十分氣惱。

六十七、觀音覲見玉皇

此時鏖戰仍酣，刀劍閃耀，漢鍾離站在高處觀望，目擊楊戩鬥不過沉香，心中甚為喜悅，當即擎起葫蘆，揭開蓋頭，說聲「燒」，葫蘆口就刷刷地射出一道無情火，直向楊戩身上射去。

楊戩大驚，急召龍王滅火；但是真言未唸，呂洞賓已將「綑仙索」丟起，嚇得二郎、悟空、哪吒等到處走避。

何仙姑看到二郎如此狼狽，高興得手舞足蹈了，連忙大聲喚叫沉香，替他打氣。

「沉香，要救親娘就得捉住娘舅，捉住娘舅後，打斷他的背脊。」

鐵拐李趁此也走來奚落楊戩了，呸呸嘴，用鄙夷不屑的目光對楊戩一瞅，說：

「別人說你法力好，你卻利用這些法力，欺侮弱妹，將她長年壓在華山底下，如今，沉香一片孝心，遠道來此拯救其母，你竟橫加阻攔。還動用法力來對付自己的外甥，也未免太過分了一些。」

楊戩聽了，心猶不甘，一邊祭起「百寶玉盤」，擋住了「綑仙索」；一邊又開始唸動真言，再度傳召天兵天將，準備與八洞神仙拼個你死我活。

這一傳召，不但驚動了四海龍王；甚至連南海觀世音也吃了一驚。觀音大士掐指一算，知道上界陷入混亂已有多日，暗忖：「戰鬥繼續下去，可能會搞出大亂子來的。」心內大為着急。於是，伸手一招，當即踏上祥雲，直向天庭升去，覲見玉皇。

玉皇問：「大士為何事來此？」

　　觀音人士奏道：「華山聖母因私嫁凡人，觸犯天規，其兄二神真君憤而將伊囚禁華山黑風洞中。聖母產下一男孩，改名沉香，今年十六歲，從八洞神仙習藝，志在解救其母。事為二郎知悉，二郎百般加以阻撓。甥舅兩人各召眾仙，分成兩邊交戰，迄今已有多日，打得天昏地黑，將折兵損，倘不從速收兵罷戰，就會不堪設想了。」

六十八、雙方停戰

　　玉帝聞言，慈念陡生，立刻敕旨，差太白金星速即下界，勸雙方收兵停戰。

　　太白金星說：「臣已勸過他們甥舅，完全無效。」

　　玉皇說：「命你急赴下方，教雙方即刻收兵，誰不聽令，即刻拿到天宮來問罪。」

　　太白金星領了法旨，立刻駕起祥雲，抵達戰鬥中心，也不過剎那之間。此時，雙方正在酣戰，太白金星從高處下降，捷如飛鳥，身子往下一落，悠然站定，伸手一指，用裂帛似的聲音發話：

　　「奉玉帝法旨，請兩方停戰。」

　　楊戩這一邊敗象畢露，急避無門，反擊乏術，而援將仍未來到，急得楊戩唯有重唸真言。但指訣未掐，就發現天上閃來一條黑影；然後聽到了這麼一句大吼，忙不迭收招後退，側轉臉，閃目細辨，才知道發言者正是太白金星。

　　太白金星既然領有法旨，這一邊的八洞神仙也不敢輕舉妄動了。

　　兩邊同時收起刀槍，靜聽太白金星傳旨，各自擺好架式，以備萬一。太白金星將法旨宣讀一遍後，眾仙紛紛騰身而起，迅若勁風一般，隱入雲斗去了。

　　楊戩險些敗在沉香之手，惶愧交集，以往那種目中無人的氣派，如今已經完全沒有了。他只是狠狠地對沉香一盯，雙目露出兇光，慘笑三下，收起三尖兩刃刀，隱得無影無蹤。

　　沉香呆呆的站在那裏，目睹眾仙散去，驟然間感到了一種不可言說的空虛。

　　太白金星笑吟吟的望着沉香，不發一言。沉香想起了正在受苦中的母親，連忙雙膝跪下，藉此表示救母之意，希望能夠換取金星的同情。金星見他磕頭跪求，心裏早已有數，只是不便開口，只好點頭示意。

　　沉香獲得金星默許後，心內的一塊大石終於移去了，連忙插好雌雄雙劍，取出萱花鉞斧，對準山頭開始猛劈。就在這時候，一件意想不到的事發生了。

六十九、悟空獻計

　　原來楊戩懷着羞憤遁去後，心猶不甘，竟到花菓山去尋找孫悟空。

　　悟空剛從戰團中逃回，忽聞二郎駕到，忙不迭走出洞府，大禮相迎。

　　禮畢，分賓主坐下，小猢猻端上仙桃、蓮心等物，茶過幾巡，悟空問：

　　「真君駕臨小山，不知有何貴幹？」

　　二郎當即答稱：「大聖在上，請聽我說出來因。剛才我輩與八仙交戰，因事先缺乏準備，險些落個大敗，正擬反擊時，太白金星忽然傳下玉帝法旨，使我輩失去平反機會，今後臉上還有甚麼光彩？我心

猶不甘，所以特地趕來問計於大聖。」

悟空聞言，怦然心動，説是如果不是沉香小孽種搗蛋，也不致於吃白鶴大仙的虧了，此刻想起來，猶有餘怒。

二郎説：「既然如此，那末，請大聖助我一臂，前去除掉沉香，方消我心頭之恨。」

悟空搖搖手，説：「慢來，慢來！剛才玉帝已有法旨傳下，你我倘若再去尋找沉香交戰，萬一給玉帝知曉，豈不更糟。」

「依你之計呢？」

悟空頓了頓，兩隻眼珠子骨碌碌的一轉，微笑着，説：「我有妙計一條；但不知能否邀得真君同意？」

二郎忙問：「大聖請講。」

悟空用手搔搔頭，又搔搔面頰，唖唖嘴，洋洋自得地説：「待我變個假沉香，前往華山將你妹妹騙出黑風洞，命她躲在圓寶盒裏。」

「躲在圓寶盒裏？幹甚麼啊！」二郎顯然不明悟空用意何在。

悟空胸有成竹地解釋給二郎聽：「待她躲入圓寶盒後，我們就將寶盒擲入『無底井』裏。」

「很簡單，那沉香年少氣盛，知道受騙後，定必下井去解救其母，我們可用石板蓋井口，用三昧真火將他燒死在井內。」

七十、大聖使詐

楊戩聽了悟空的計策，翹起大拇指，説道：「妙極！妙極！」

悟空説：「此計得售，想要沉香性命易如探囊取物。」

彼此商議定當，立刻走出山洞，駕起雲頭，前往華山。稍過片刻，「黑風洞」已在面前。悟空請楊戩站在遠處接應，自己則搖身一

變，居然變成沉香模樣，身背雌雄寶劍，手持萱花鉞斧，大踏步到「黑風洞」口，深深吸口氣，氣納丹田，一吐，洞門就「轄啦」一聲打開了。

悟空當即挪步入內，找到了容顏憔悴的華山聖母，兩膝一屈，兩淚汪汪的跪在地上了。

「母親在上，孩兒叩見。」

那華山聖母被楊戩囚在「黑風洞」中，已有十六年不見天日，此刻忽然看到一個少年跪在面前，不覺為之一怔了，忙問：

「你是何人？」

悟空一把眼淚，一把鼻涕，哭得非常哀慟，答話時，總是抽抽噎噎的：

「母親，你怎麼連沉香都不認得了？」聽說是沉香，聖母忙不迭用手擦亮眼睛，仔細打量面前的少年，只當是自己的親骨肉，完全不知道他是悟空化身。

「孩子，想不到你已長得這麼高了，來，來，站起來，讓為娘的看一個飽。」

悟空霍的站起，在聖母面前轉了一個圈。聖母雖然吃了十六年的苦，今日得見親兒，止不住內心的激動，眼圈一紅，淚水就像斷線珍珠一般，簌簌掉落了。

「兒啊！」她情不自禁地伸出手去，緊抱悟空，哭哭啼啼的向他訴起苦來了。

就在這時候，山巔忽然響起了「哄隆」震耳之聲，悟空心下暗驚起來，知道沉香在劈山，連忙輕輕推開聖母，焦急地說：

「母親有所不知，孩兒此番前來搭救大人，曾遭舅父百般阻撓。此刻，舅父正邀請齊天大聖前來追趕於我，萬望母親從速走避！」

七十一、圓寶盒

華山聖母聽了悟空的謊言，沉吟了好大一會兒；然後眉頭一皺，問：

「叫我到甚麼地方去躲避？」悟空裝出非常焦急的神情，説：「孩兒隨身攜有圓寶盒一隻，藏身在內，萬無一失。」

聖母聽了悟空的話語，居然信以為真，呶呶嘴，命他從速取出寶盒。悟空喜不自勝，探手腰袋，將圓寶盒放在手掌中，攤在聖母面前。

聖母閃目細看，不覺大吃一驚，忙問：「這寶盒如此細小，叫我怎能藏身其內？」

悟空笑不可仰了，笑了一陣，説：「母親不必擔心，孩兒自有仙術，可讓大人舒舒服服的睡在裏面。」

聖母略一尋思，錯把猴王當作自己的親兒，雖然不明其究竟有何仙術，竟爾站起身來，挪開金蓮，慢慢走到悟空身旁。這時候，上邊仍不斷有哄隆隆的聲音傳來，悟空知道沉香劈山，忙不迭唸起真言，伸出兩枚手指，指聖母一點，叱聲「縮」！只見那高高大大的聖母娘娘蓦地抖動起來，身形愈縮愈小，縮成三寸高時，悟空用手一撈，便將聖母關入圓寶盒中了。

悟空目擊聖母中計，猴性大發，雙手捧住寶盒，跳蹦蹦的走到黑風洞裏的「無底井」邊，往下一擲，蓋上石板。

此時，楊戩也來了，見已捉到聖母，心中大樂。悟空擬用三昧真火焚斃聖母，但華山已「怦」然一聲，裂開了。

楊戩説：「小孽種仍在為非作歹，不將他除掉，無法消去我心頭之恨！」

悟空説：「既然這樣，讓我佈猴陣，先叫小孽種受縛，然後再來

對付井底的那個。」

　　説罷，走出黑風洞，用封條將洞口緊緊封住；然後揭下猴毛一把，用口一吹，刹那間變成了千千萬萬的小猢猴。楊戩此番報仇心切，見悟空已佈好猴陣，自己也駕起祥雲，往上一竄，站在雲頭裏，開始點派雄兵。一時戰雲密佈，殺氣騰騰。楊戩敗於外甥之手，心猶不甘。

七十二、九頭六尾狐

　　悟空則野性發作，也顧不得玉帝的法旨了。

　　此時，沉香正在劈山，乍見戰雲滾滾，不禁猛發一怔，暗想：「剛才太白金星已經傳下玉帝法旨，命令雙方停止交戰，怎麼此刻又有誰來挑釁了呢？」

　　這樣想着，二郎偕同悟空率領大批猴頭天將，氣勢洶洶的趕來，存心要捕捉沉香。

　　沉香知道他們來意不善，當即指着悟空厲聲喝道：「猴精，休要賣狂！」

　　悟空聽到「猴精」兩個字，氣極，瞪大眼睛，重重的「呸」一聲，舞動金箍棒，直向沉香頭上擊去。沉香何等機警，馬上騰身躍起，一邊收起萱花斧；一邊拔出雌雄劍，決心與悟空在功夫上見高低。

　　沉香右手持雄劍；左手持雌劍，身子微微一斜，踩起迅疾的步子，閃開後，反手一擊。悟空撲了個空，又被沉香劈了一劍，心中不由得怒往上沖，提口氣，舉起金箍棒對準沉香迅擊，沉香讓得巧，未被擊中，隨即將雙劍舞成騰蛇翻浪一般，遠處望過去，簡直是身劍合一了。悟空求勝心切，見沉香劍術精深，立刻搖身一變，變成一隻九

頭六尾狐，張牙舞爪地向沉香撲去。

沉香一見，哈哈大笑了，用揶揄的口氣嚷：「猴精，別在我面前逞強，論變化，你的功夫還差一着咧！」

接着，口中唸動真言咒語，刹那間變成一個獵狐人，拉開大弓，向九頭六尾狐猛射一箭，不偏不倚，剛好射中怪狐頸部。悟空這才承認沉香厲害，連忙變回原身，一個觔斗，翻上天庭，眼向四處一掃，高聲大嚷：「二郎真君，那小孽種法道不弱，快點雄兵，施個妙法，擋住他的追擊。」

言猶未了，二郎已經站在他身旁了。悟空斜眼一看，只見二郎雙手合十，正在點動「百獸兵」。

楊戩不點天兵天將，為的是怕給玉帝知曉此事；但是沉香愈戰愈勇，這點百獸奇兵，實難取勝。

七十三、百獸奇兵

那「百獸兵」乃是一支奇異的軍隊，由獸王雄獅任元帥之職，以虎豹為左右大將軍，點豺狼做開路先鋒，由兩千狐狸排列兩行，各執長槍短刀，雄赳赳，氣昂昂，儼若一支訓練有素的大軍。狐羣後面，乃是一隊狒狒，兇暴猙獰，令人望而生畏。接着是威風十足的大將軍，身形魁梧，毛作赤褐色，面青，無尾，駝背善躍，原來是一隻大猩猩。此外，聰明伶俐的猱猴擔任弓箭手；快步如飛的駝鳥擔任傳令兵，大隊長頸鹿緊隨將軍之後，數十金錢豹在兩旁巡視保定。

沉香戰來甚勇，乍見楊戩召來這支怪軍，驚憤交集，不知應該怎樣對付。

正感躊躇間，百獸兵中驀地竄出一頭雄獅，手持長槍，大聲

叫罵：

「小雜種，敢來交手！」

沉香正正臉色，丁字步一站，亮出雙劍，飛身直向雄獅刺去。雄獅不防有此一着，來不及擋架，頸部已有鮮血冒出。

眾獸大怒，無不張牙舞爪。孫悟空十分機警，立刻縱身躍起，在百獸上空盤旋，飛來飛去觀看着，直如怒龍游舞。

沉香不明悟空何意，倏然收招，退後數步，不敢輕舉妄動。稍過片刻，但見百獸奔騰，飛沙走石，天昏地黑，四周陷入極度的混亂。沉香大感詫異，只顧屏息觀望。望了半天，才看出百獸在悟空指揮之下，正在佈排百獸陣圖，準備一舉消滅沉香。

沉香見此情形，察覺悟空有意四路圍困，忙不迭揮舞雌雄雙劍，賽如兩個大火輪，不顧一切地向百獸陣中衝去。準備殺卻這班怪獸。

百獸陣腳大亂，驚惶得只有自相殘殺。

沉香忽東忽西，忽左忽右，勢如猛虎出，勇不可當，殺得羣獸紛紛走避，稍遲者，無不被劍刺傷。

悟空眼看難敵沉香，也不甘示弱，立即唸動真言咒語，正擬作法抵禦；不料給沉香搶先了一步。

七十四、祭起「綑仙索」

沉香掐起指訣，大聲呼喚：「火德星君何在？」話聲剛完，一個身材高大的火德星君已經在他身旁顯靈了。

「沉香太子，請問有何差遣？」火德星君問。

沉香答：「二次有勞大仙，實因猴精作亂，請架起南方丙丁火，將牠毛衣燒毀！」

「得令!」

火德星君當即猛吸一口氣,氣納丹田,透頂;然後再吐出。但見狂風大作,一道烈火,熊熊射出,哄隆隆的,直向百獸陣中追去。百獸毛衣俱焚,多數化為灰塵。沉香站在雲端裏,靜觀火攻得逞,心內大樂,不禁嘿嘿大笑,聲如梟鳴,嚇得悟空連忙竄逃。

沉香趁勝祭起金光,有意將悟空打回原形。悟空無法招架,忙不迭一個觔斗,飛回花菓山,性急慌忙地關閉石洞,不准小猴們擅自外出。

這時,百獸星散,悟空亦已走避,楊戩一個站在雲斗裏,顯然無所措置。

沉香雖然是楊戩的外甥,但是這一次也忍無可忍,眼看他獨自站在那裏,馬上取出「綑仙索」,跟着說聲「綑」,這條綑仙索就往空中一擲。

那「綑仙索」說也奇怪,一到空中,立刻自動伸展開來,好比巨龍一般慢慢在空中游舞起來。

楊戩知道此物厲害,連忙收起三尖兩刃刀,正擬閃避;但是已經來不及了,只見「綑仙索」纏成幾個圈,不偏不倚,恰巧從楊戩頭頂套下,將他團團綑住。

楊戩從未受過這樣大的委屈,至此,亦只好長嘆一聲,仰天呼喚:

「誰人前來救我?」

話聲未完,雲斗裏傳來一串嘹亮的狂笑聲。沉香閃目細辨,沒有料到自己的師父已經站在面前了。

呂洞賓笑容滿面,毫無殺氣,先用右手拈拈長鬚;然後柔聲細氣的對沉香說:

「徒兒過來，聽我細講根由給你聽！」

七十五、劈開華山

沉香挪前一步，兩膝下跪，施禮見過師父。呂洞賓說：「二郎真君乃是你舅父，千萬不可綑壞他真身。」

沉香說：「若要釋放他，必須先釋放我母。」

二郎這才輕輕叫了一聲沉香，說：「你母現在無底井裏。」

沉香問道：「無底井在何處？」

二郎答：「在黑風洞中。」

沉香問：「如何才可以進得去？」

二郎說：「黑風洞已為齊天大聖封閉，必須用萱花鉞斧將華山劈開，始可入內。」

沉香聞言，當即收起雌雄劍，拔出萱花鉞斧，縱身躍起，前往華山頂巔砍劈。這華山早被沉香劈成兩座，此刻歪歪扯扯的裂開了，形成無數奇峯峻嶺，只是無法進入洞中。沉香飛上山頂，兩腳站在雲斗裏，咬咬牙，舉斧猛砍。

砍了三斧，華山終於崩開了。沉香立即收起斧頭，弓着腰，定睛俯視，居然看到了黑風古洞。

原來這黑風古洞位於華山底下，四周皆無出口，僅二郎知曉通道，所以非從山頂劈開不可。如今，華山已經一分為二，下面形成黑魆魆的深淵，甚是恐怖。沉香救母心切，那裏會顧到甚麼危險，當即縱身躍起，又從高空向下俯衝，疾如飛鳥，嗖嗖有聲。

過了須臾，沉香已經飛到山底，站在「黑風洞」口，雙手握拳，往腰際一插，只見洞門有巨大鐵鏈套住，且已生鏽。

沉香知道此關難過，但也非過不可。當即唸動真語，舉手施了個掌心雷，哄隆一聲，卻不見鐵鏈脫落。這一下，可讓沉香着實吃了一驚，心想：「好容易排除一切困難，來到這裏，竟會無法打開這洞門，豈不前功盡棄？」於是拔出雌雄劍，往空一祭，說聲「疾」，雙劍賽若一對游龍，直向洞門刺去，劍鋒碰到石壁，發出一連串刺耳的聲音，沉香以為洞門已開，慌忙收起雙劍，三步兩腳的奔到洞口去察看，不覺發了一怔。

七十六、走進黑風洞

原來這洞口貼着兩張十字交橫的封條，上面是楊戩寫的符咒，不但避得「掌心雷」；而且可以使雌雄劍頓失威力。沉香這才恍然若失了，呆呆的站在那裏，用手撫摸下巴頦，想不出念頭。

半晌過後，沉香終於拔出萱花鉞斧，大踏步走到洞門口，咬咬牙，舉斧猛砍。一斧砍下，但聞訇啷啷的一聲，鐵鏈脫落。沉香好生喜歡，立即吸口氣，一連又劈了好幾下。

石壁崩開了，連那兩條符咒也失去效驗。沉香想不出這是甚麼道理，只是一味砍去。

其實，沉香早就應該用斧砍劈了，只為年紀太輕，知道的事情不多。那楊戩的符咒，防得法術；卻防不得蠻力。天下有蠻力的人當然不少；但是有能力劈開華山的人，恐怕只有沉香一個了。沉香既然練就這一手臂力，也就不必懼怕符咒作難，起先亂用法術，自然不會有效。

現在，洞門終於劈開了，裏面漆黑一片，伸手不見五指。沉香手上無燈，唯有憑藉感受摸索。

這「黑風洞」面積甚大，只是不露一絲光華，處身其間，只覺陰風陣陣，如臨鬼域。

沉香有眼賽如盲人，踉踉蹌蹌地在洞中行走，東摸摸，西探探，始終沒有探到無底井在何處。

「沒有火是不行的！」他想。但是到那裏去找火呢？

正感躊躇間，腳下絆住一條野草，朝前一衝，險些跌倒在地。不過，這一絆，倒給沉香想出一個辦法了。沉香拔出寶劍，用劍鋒猛砍石壁，陡見火花四濺，已能略窺洞中景物；然後，傴僂着背，斬斷一節野草，再度舉劍砍石，石崩，濺出無數火花，以草盛之，草易着火，不久，就熊熊的燃燒起來，變成了火把。有了火，問題就簡單了。沉香高舉火把，游目四矚，但見黑霧瀰漫，烏雲氤氳。「這簡直是地獄！怎麼可以教我母親孤單在此消磨十六年？」沉香說。

七十七、雙目如燈

正因為如此，沉香急於解救母親，立刻邁步如飛，奔向內洞。奔了一陣，果見古井一口，聳起於岩石之上。沉香喜不自勝，慌慌張張的奔過去，用口咬住火把，伸手扳去井上石板。

石板移開後，沉香嘶聲叫了一聲：「母親！你在甚麼地方？」

沒有回音。

沉香這才着慌了，暗忖：「舅父明明說她被囚在無底井內，怎麼會聽不到我的喚聲的？莫非她已……」

於是又嘶聲叫了三次，都沒有回音。

「怎麼辦呢？」沉香焦急萬分。

經過一番踟躕，沉香決定下井去看過究竟，心忖：「這井雖稱『無

底』，但母親必有棲身之所，只要她還在人間，當然不會找不到的。」

　　主意打定，縱身躍起，手按腰環，倒轉下飛。「無底井」裏黑忽忽的，沒有雜音，但覺空氣窒塞，透氣轉難。沉香一邊飛行；一邊吶喊。幸而這「無底井」相當寬闊，尚不至無法透氣；但是火把卻在飛行中熄滅了。

　　一會，忽見前面竄來一片濃影，沉香不知何物，唯有貼身井壁，拔出雙劍，待其飛近時，朝前一刺。那物慘叫一聲，終告畢命，但雙目如燈，照得全井通明。沉香這才看清楚劍上的那個東西，乃是一頭蝙蝠，於是插好雌劍，用左手捉住牠的頭部；再用雄劍猛砍其頸。這樣，憑藉牠的眼睛，就可以看清井內的一切了。

　　「母親！母親！你在甚麼地方？為甚麼不答話？母親！你不要害怕！我是沉香，特地來解救你的！」

　　沉香一邊喚叫；一邊往下疾飛。約莫飛了一袋煙的時間，終算聽到了沉濁的呻吟聲，連忙大聲喚叫：

　　「母親！你在那裏？我是沉香，我來解救你了！」

　　半晌過後，下面才有抖抖忽忽的聲音傳來：「沉香？哼！別欺騙我了！」

七十八、母子相會

　　歇了一歇，又聽說：「你不是我的兒子，你是孫悟空！我被你騙到這裏，難道還不夠嗎？還想弄些甚麼花樣？」

　　沉香聽了這一番話，才知道母親是被孫悟空騙下井的，當即提一口氣，手持蝙蝠眼，繼續往下徐徐飛去。飛了一陣，忽然發現一個石磚窟窿，裏邊有一團黑影，飛近一看，果然是母親，喜不自勝地叫

起來；

「母親！母親！」

那華山聖母聽到喚聲，回過頭來，對站在空中的沉香一瞅，呶呶嘴，露出不屑與談的神氣。

沉香極力為自己分辯：「母親，那孫悟空為非作歹，早已被孩兒打回花菓山去了！」

華山聖母嗤鼻「哼」了一聲，說：「不要再騙我，你是孫悟空，我知道的！」

沉香有口難辯，心內焦急萬分，暗想：「我沉香排除任何困難，不但戰敗楊戩；抑且將華山劈開，可是見到娘親後，她竟將我當作孫悟空了！思想起來，怎不心灰意懶？」

華山聖母被囚禁了十六年，性情自然會變得暴躁的，加上悟空的欺騙於她，使她對任何人都失去信心了。沉香歷盡千辛萬苦，終算在無底井裏找到娘親，一心以為她會欣喜若狂的，卻不料她竟將自己當作了猴精。

「母親！我是沉香呀！我不是孫悟空的化身，你必須相信我！」

華山聖母見他語氣真誠，不由得轉過臉去仔細端詳，發現沉香眼眶裏湧滿淚水，心裏也感到了一陣刻骨的悲酸。於是，抖着聲音問：「你是沉香嗎？」

沉香淚如雨下，點點頭，答：「孩兒在終南山磕拜八仙為師，習得武藝，排除一切困難，來此劈開萬丈高山，只為搭救母親！」

華山聖母聞聽，喜上眉梢，但是前車可鑑，仍不敢立刻直認沉香。

沉香明白她的意思，當即從褡褳裏取出華山聖母自己撰寫的血書，作為證明。

七十九、枷鎖脫落

華山聖母見到自己的血書，才知道站在面前的是真沉香；不是孫悟空的化身。於是，睜大淚眼，只管貪婪地打量着沉香。

「想不到你已經長得這麼高大了。」她說。

沉香這才露了笑容，口中唸動真言咒，舉起手掌，「拍」！只見聖母頸上的枷鎖立即自動解開，變成碎片掉落。聖母被鎖了十六年，至今始獲解脫，心內感動，熱淚就像斷線珍珠一般，簌簌流下。沉香說：「母親！此處冷風慘慘，不宜逗留，快隨孩兒飛出井去！」

說罷，以背向母，要她伏在自己身上；然後提口氣，雙腳一點，疾似飛箭，毋需片刻功夫，母子兩人已經飛出「無底井」了。

華山聖母好不歡喜，目不轉睛地盯着沉香，見他身穿青袖襖，腳登水襪雲鞋，背上插着雌雄雙劍，腰間倒提鋼斧一把，雄赳赳，氣昂昂，十分威武，心裏又起了難解的疑竇，抖着聲音問：

「你……你是我的親生子？」沉香驀地站定，回過身來，提起蝙蝠眼一照，不覺猛發一怔。原來華山聖母被囚禁了十六年，早已失去人形。如今站在沉香面前的，簡直是一個路邊的乞丐了：蓬頭、散髮、面黃肌瘦，枯槁而又蒼白，身上衣衫襤褸，連鞋襪都沒有。

沉香見了，立刻雙膝跪地，兩淚汪汪地叫了起來：「母親！你……你太苦了！那是孩兒的罪過，孩兒不該……」

聖母聞聽此言，連忙攙起沉香，用撫慰的口脗對他說：「沉香，你不要傷心，為娘的這十六年來無時無刻不在想念你，今日難得你一片孝心，終於讓我重見天日，我是重見天日了！我們應該高興，豈可悲傷至此？」

沉香站起，拉着母親的手，向洞口疾奔。聖母久已不動雙腿，走

了一段路，嬌喘吁吁，非找個地方休憩一下不可了。在休息的時候，她向沉香提出一個問題。

八十、土地阻擋

聖母問沉香：「你舅父武藝高強，法力無比，你怎麼會將他打敗的？」

沉香當即將終南拜師及大戰楊戩的經過情形，詳細講給聖母聽。聖母知道兒子練就一身好武藝，心中大悅，忙將「蝙蝠眼」取過來，上一眼，下一眼，儘管對沉香端詳。沉香面如古月，唇紅齒白，眉目清秀，氣度不凡。

於是，想起了劉彥昌。

「兒呀！你父親現在可好？」她問。

沉香答：「母親有所不知，父親進京考中狀元後返回家鄉，聽了媒妁之言，另外娶了一位媽媽姓王名桂英。」

聖母問：「這位媽媽待你可好？」

沉香說：「她很疼愛我，待我勝過親生子，只因孩兒在書館打死了秦官保，王媽媽寧可捨掉自己的親骨肉，要我逃出了家鄉，前往仙山求師習藝，習得武藝後好來華山搭救母親。」

聖母聽了這番言語，不禁大為感動，喟嘆一聲，說：「想不到世界上還有這樣的好人！」

沉香說：「母親，時已不早，我們出洞去吧。」

聖母一邊站起身；一邊說：「虧你費盡心機，前來劈開偌大的華山，要不然，不但你我母子無法團圓；即使你的父親，即使他怎樣想念我，但恐怕今生也難相見了。」

說罷，沉香扶着聖母，一拐一顛地向洞口走去。走到洞口，忽然有個老頭子匆匆忙忙地奔來，一見聖母。忙不迭雙膝下跪。

「你是何人？」聖母問。

那人自稱「張公」，是華山的土地神，聽到聖母的問話，連忙抖着聲音答：

「娘娘千祈息怒，事因二郎爺早有法旨頒下，命我在此看守『黑風洞』，今天如果放了娘娘，日後給二郎爺知曉了，一定會罰我到邊庭去充軍的。所以，娘娘若要出洞，還得有勞沉香太子去對二郎爺交代一聲。」

八十一、速去洛陽

沉香軒眉微笑，說：「張公不要擔心，天大的事都由我一人來負擔。」

張公拱手作揖，磕頭似搗蒜：「還是有勞太子，前往二郎爺處打個招呼。」

沉香仍在遲疑中，但是聖母心腸好，當即吩咐沉香出洞尋找楊戩。沉香不敢違悖母命，疾步出洞，駕起祥雲，直向灌口飛去。飛抵「二郎廟」，大踏步走了進去，判官攔阻，沉香大怒。判官問：「你來找誰？」沉香說：「二郎神可在廟中？」判官搖搖頭，說：「不在。」沉香問：「何時可回？」判官答以不知。沉香無法，只得提起毛筆，在粉牆上題了幾個字：「外甥已將親母救出，此事與土地公無關。」題畢，將毛筆一擲，大搖大擺的走出廟門，駕起祥雲，重回黑風洞。

不料，飛至中途，雲斗裏驀地出現一團黑影，以為是楊戩，結果卻是呂洞賓。

沉香連忙拱手下跪，將自己的行動向師父說明：「師父在上，聽徒兒訴說事因，緣徒兒擊敗二郎真君後，立刻前往黑風洞中解救母親；但洞口有張公阻擋，未獲二郎真君同意，不便使張公陷於困境，因此匆匆前往灌口，只是不見真君。如今，已在壁上題字，準備逕赴華山，救出我母。」

呂洞賓拈拈長鬚，說：「徒兒聽了，二郎真君此次遭受挫折後，諒他也不敢再來為難你們，你不必擔心。」

「那就好了。」沉香說。

但是呂洞賓眉頭一皺，臉呈憂色，頓了頓，說：「徒兒，汝父有難，速去洛陽解救！」

沉香完全不明白這是怎麼一回事，忙問：「父親怎麼會在洛陽？」

呂洞賓說：「你抵達洛陽，只要詢問路人，就會知道底細的。快去！」

沉香當即拜別師父，掉轉身，直向洛陽飛去。一路上，心緒紛亂，一邊惦念黑風洞中的母親；一邊又無法猜揣父親究竟有甚麼急難。

八十二、重回家門

沉香飛抵洛陽上空，身子一沉，剎那間，已經站立在城門口了。城外全是菜田，行人稀少，看樣子，並無亂事跡象。於是挪步進城，在熙熙攘攘的街道上，見到一位白鬚白髮的老公公，攔住他，問他最近洛陽城裏有甚麼大新聞發生。

那老公公極其和藹可親，聽了沉香的問話，眼珠子骨溜溜的一轉，牽牽嘴角，微笑說：

「昨天巡按大人來此提審劉彥昌，説他教子不嚴，殺害了秦官保，要將他充軍到邊疆去哩。」

沉香一聽，覺得事情仍須加以解釋，因為父親一直住在家鄉，怎麼會突然之間到洛陽來的呢？

老公公説：「那秦燦知道巡按大人即將來此私察民情，連忙疏通那邊的縣官，先幾日將劉彥昌和他的兒子一起解到這裏。」

沉香忙問：「老公公可知曉劉彥昌押在何處？」

老公公答：「昨天剛在巡按大人的臨時衙門受審，諒必依舊押在那裏。」沉香當即拱手作揖，疾步向巡按衙門走去，走到門口，搖身一變，變了個紅頭蒼蠅，嗖嗖的直向監房飛去；然後變回原身，一連唸了好幾遍真言，終於不費吹灰之力，將父親和秋兒提出。

沉香又施了一些法術，讓獄卒們個個陷入昏迷狀態，然後背駄父親，手挽秋兒，瞬即走入天井，提口氣，往上一竄，駕祥雲向西飛去。

稍過片刻，三人已經站在自家門口了。沉香上前叩門，家童一見老爺與兩位公子回來，連忙飛也似的奔到後堂，將喜訊報與桂英知曉。

桂英聞報，忙不迭用手掠順頭髮，匆匆走入花園迎接，見到憔悴的劉彥昌和兩個兒子，眼淚立刻像斷線珍珠一般，簌簌掉落。

幾個家員聽到喜訊，紛紛趕來向劉彥昌道賀。劉彥昌剛從囹圄出來，精神萎頓，顏色憔悴，桂英扶着他，踉蹌走入大廳。

八十三、騰雲他避

大家在大堂坐定，家員端上香茗。桂英看到三人安然返來，又驚

又喜，喜的是秋兒毋需償命；驚的是沉香怎麼會跟他們在一起的。

彥昌說：「我們正在獄中嘆息，沉香忽然從天上降下，看來，他是學會仙術了的。」

桂英聞言，頗感詫異，連忙側過臉去對沉香一瞅，發現他丁字形站立，雄赳赳，氣昂昂，十分威武。於是，呶呶嘴，問：

「沉香，你可曾將你母親救出？」

沉香言道：「母親被二郎真君囚禁在黑風洞中，終於被我用萱花鉞斧將華山劈開。」

此語一出，大堂裏家員們無不大吃一驚。那劉彥昌更是目瞪口呆了，半晌過後，才囁囁嚅嚅的問：「你⋯⋯你⋯⋯你將華山也劈開了？」

沉香點點頭。

桂英參信參疑地問：「那末，你的生身母呢？」

沉香答道：「仍在黑風洞中。」

彥昌接口問：「為甚麼不將她救出來？」沉香眉頭一皺，說道：「現在不是說話的時候，那巡按大人知道父親逃出監獄後，一定會派兵來追捕的。」

彥昌一聽，認為沉香之言頗有道理，當即問他：「我們到甚麼地方去安身呢？」

沉香不加思索地答：「天台山。」

桂英問：「天台山究竟在那裏？」

沉香說：「母親不必細問，請隨孩兒來。」說罷，桂英、彥昌和秋兒同時站起身，跟在沉香背後，走出客廳。

沉香立刻召來祥雲，只見雲霧滔滔，一家大小又冉冉飛上天庭。

家員們站立庭階，個個翹首觀望，無不嘖嘖稱奇。老家人劉福知

道老爺乃是越牢而出的，待主人們飛向遠處時，馬上厲聲疾氣地吩咐大家，不准將這件事情宣揚開去，即使巡按大人派追兵來到，也只能推說不知。

八十四、重享香火

沉香將父母與弱弟安頓在天台山，自己繼續駕起祥雲前往華山解救生身母。

回到華山，走進曲曲彎彎的「黑風洞」，見到母親，忙把救父之事大概說了一遍。聖母知道不久就可與彥昌團聚了，心內十分喜悅。沉香說：「母親，隨我出洞去罷。」聖母點點頭，剛站起身又趑趄了，問：「沉香，我倒忘記了，你有沒有見到你舅父？」沉香說：「舅父不在廟內，我已在白牆上留了話。」聖母聞言，不覺暗暗好笑，心忖：「這孩子竟跟彥昌一樣，喜歡在牆上題字。」於是轉過身來，對土地說：「公公，你放心罷，沉香既已留了字，我哥哥也就不會歸罪於你了。」

土地張公正感跼蹐間，洞外忽然響起一片嘈雜聲。張公一聽，慌慌張張的叫起來，連忙抬起頭來觀看，原來太白金星帶着楊戩搖搖擺擺的走來了。

聖母當即率領沉香上前迎接，雙雙跪在地下。

太白金星說：「玉帝有旨，詔曰：二郎神私將華山聖母押在黑風洞中，因過去一再立下大功，特此寬恕。沉香不該戲弄舅父，念在救母行孝，着向二郎賠罪了事。華山聖母原不該私配凡夫，今因刑期屆滿，可返華山享受香火。」

詔旨唸畢，聖母已經喜得熱淚直淌了。楊戩站在太白星身後，

目擊妹子容顏枯槁，身上衣衫襤褸，心裏不免有些惻然，當即唸動真言，着仙女們將仙衣寶物取來給聖母穿上。

聖母得了仙衣，先用木梳將萬縷青絲梳順，然後以聖水洗臉，登時容光煥發，前後判若二人。聖母謝過金星，金星仰天大笑。

沉香趁此挪前數步，兩膝一屈，跪倒在楊戩面前，說道：「外甥救母心切，因此得罪了舅父，望求舅父寬洪大量，饒了我這一次罷！」

楊戩三眼齊睜，嘆了一聲：「後生可畏！」馬上弓着腰，柔聲細氣地說道：「賢甥不必謙遜，請起。」

八十五、悲喜交集

沉香站起後，楊戩不免要向聖母表示一下歉意了，先叫一聲：「賢妹」，然後說道：「為兄的當日誤信他人之言，使賢妹吃了十六年的苦；幸得賢甥能盡孝道，尚望賢妹多多原諒。」

聖母聞言，連忙提起衣袖抹乾眼淚，微微一笑，將十六年所受的委屈全部拋卻。

二郎獲得了寬恕，親自攙扶聖母走出「黑風洞」。聖母久久不見天日，一出洞門，被強烈的陽光刺得睜不開眼，忙不迭用衣袖遮蓋視線。二郎見到這樣的情形，也不由得心酸落淚。

此時，太白金星任務已畢，正擬返回天門，卻被聖母喚住了。聖母有意先到天台去與彥昌聚面，然後再回華山享受香火。金星聞言，頗感躊躇，略一尋思後，說了四個字：

「速去速回！」

聖母當即跪地謝恩，金星駕起雲頭，須臾之間，飛向天門去了。

金星走後，二郎也向聖母告別，遄返灌口。沉香跪拜，二郎含笑縱入雲斗。

接着，聖母喚叫沉香，緊緊將他摟抱，感情十分衝動：「孩子，多虧你一片孝心，為娘的這十六年的苦也不算白吃了。」

沉香說：「父親他們在那裏一定等得急了，我們快些去吧。」

聖母點點頭，沉香唸動真言，但見七彩祥雲自天而降，母子駕雲動身，直向「天台山」飛去。

祥雲滔滔，迅速異常，稍過些時，已經抵達天台上空。沉香收落雲頭，漸漸下降，落在溪邊的大石上；然後伸手對着小橋一指，說道：「他們來了。」

聖母斜眼一瞅，果見劉彥昌偕同王桂英急急忙忙從小橋那邊走了過來，後面跟着的是秋兒。

劉彥昌一見聖母，未開口，已經淚落滿面。

那聖母娘娘更是悲喜交集，哭得如同淚人。

八十六、大團圓

王桂英冉冉走到聖母面前，躬身施禮，嬌滴滴的叫一聲：

「姊姊受苦了。」

聖母連忙拭乾眼淚，欠身回拜，說：「多賴賢妹照顧，沉香始能前來華山搭救於我。更難得的是秋兒，捨身替兄抵罪，蓋世難尋！賢妹請上坐，受我一拜，感謝當年扶養沉香之恩。」

說着，聖母已經雙膝跪地了。王桂英忙不迭偏着背，雙手將她攙起。

桂英說：「姐姐請聽我講，你生的沉香，真乃仙童是也，天資

聰明，神通廣大，救父母，救兄弟，一家人全靠他，今天才能團圓暢敘。」

兩人你讚我，我捧你，情逾手足，彥昌在旁見到這樣的情形，不覺心花怒放，當即率領兩妻兩兒，跪地拜謝劉門三代祖宗。

這時，呂洞賓搖搖擺擺的走過來了，笑嘻嘻對大家說：「那秦燦昨晚患了一場急病，突然死去，案子已撤散，你們可以回家了。」眾人聞言，無不額手稱慶。

彥昌着沉香護送下山，呂洞賓說：「聖母娘娘與沉香應該即刻前往雲霄寶殿謝過皇恩。」

劉彥昌聽了，馬上接口道：「我們在這裏等候，你們母子兩人即刻就去罷。」

聖母說：「我這等模樣如何可去晉見玉皇？」

呂洞賓笑了一笑，當即取出仙丹一粒，交與聖母吃下，只刹那間工夫，精神煥發，玉容似花。

接着，母子兩人蹤身一躍，不多久，已經到達雲霄寶殿，金童玉女紛紛前來相迎，聖母率領沉香俯伏金堦，懇求玉皇赦罪。

玉皇早已知情，毋需聖母多言，立刻饒恕兩人無罪，一方面着令聖母仍返華山享受民間香火；一方面勅賜沉香一職，封他為中界值符官。

沉香喜極，磕頭謝恩。玉皇命他們退下，兩人立刻返回天台山，會合彥昌等人，一起回家團聚。

附 錄

烈女、神女、青樓女
——論劉以鬯的故事新編

劉燕萍

（嶺南大學中文系教授）

緒論

劉以鬯所撰〈怒沉百寶箱〉（1960）、〈劈山救母〉（1960）、〈孟姜女〉（1961）和〈牛郎織女〉（寫作年份不詳）四篇，皆屬故事新編；前三篇都是刊登於《明燈日報》。〈牛郎織女〉一文，雖沒具出版資料，以連載方式、行文和插圖查考，當與前三篇為前後時期，刊於《明燈日報》之作。上述四個故事新編的出版資料如下：

篇名	連載日期	連載報刊	備注
〈怒沉百寶箱〉	第一回至第四回（暫無資料）。第五回至第六十五回（1960年3月5日至1960年5月4日）。	《明燈日報》	第五至六十五回中間並無斷載。
〈劈山救母〉	第一回至第八十六回（1960年10月20日至1961年1月13日）。	《明燈日報》	中間並無斷載。
〈孟姜女〉	第一回至第五十五回（1961年1月14日至1961年3月9日）。第五十六回至第一百一十三回（暫無資料）。	《明燈日報》	第一回至第五十五回中間並無斷載。
〈牛郎織女〉	第一回至第九十五回（暫無資料）。	暫無資料。	

一、故事新編

　　故事新編體，源自魯迅《故事新編》。[1] 將舊有故事重寫，賦以新的闡釋，反映現代人心態。[2] 朱崇科言：「舊文本對新文本提供的參照及約束作用」。[3] 故事新編者參照前文本，重寫而賦予故事以新的意義。梁秉鈞說：「其中的連繫，又其實不僅限於借古諷今」。[4] 新賦之義，可以是主題、情節上的創新，以至反映現代世情及現代人心態等。故事新編的意義在於推陳出新，刻意「誤讀」（misread）前文本。[5] 埃斯卡皮（Robert Escarpit）言「創造性背叛」（creative treason）。[6] 故事新編對前文本，也是種刻意的「背叛」，且富創造性，並產生新的意義。

1　魯迅《故事新編》（北京：人民文學出版社，1979）。

2　有關故事新編的討論，參考 D. 佛克馬著、范智紅譯〈中國與歐洲傳統中的重寫方式〉，《文學評論》，1999 年第六期，頁 144。王淑君〈傳統與現代的對話 —— 論劉以鬯「故事新編」〉，《安徽警官職業學報》，2007 年第一期，頁 84、86。

3　朱崇科〈歷史重寫中的主體介入 —— 以魯迅、劉以鬯、陶然的故事新編為個案進行比較〉，《海南師範學院學報》（人文社會科學版），2000 年第三期，頁 94。

4　梁秉鈞〈我看《故事新編》〉，《香港作家》，2001 年第五期，頁 11-12。

5　Harold Bloom, *A Map of Misreading* （New York: Oxford University Press, 1975）, Introduction, pp.3-6; Harold Bloom, *The Anxiety of Influence: A Theory of Poetry* （New York : Oxford University Press, 1997）, pp. 5-45.

6　Robert Escarpit, *Sociology of Literature,* trans. Ernest Pick （London: Frank Cass Co. Ltd., 1971）, pp.75-86.

劉以鬯的創作，大體分為：寫實小説、實驗小説和故事新編三類。[7] 其中，故事新編差不多在每個時期都有作品，表列如下：

劉以鬯故事新編作品

	篇名	出版	內容	備註
1	〈西苑故事〉	〈西苑故事〉，刊於《掃蕩報》副刊，1945 年 10 月 24 日。後以〈迷樓〉篇名，刊於《巨型》月刊（創刊號），1947 年 7 月（上海：大眾出版社出版），頁 20-22；亦刊於劉以鬯，《香港當代作家作品選集‧劉以鬯卷》（香港：天地圖書有限公司，2014），頁 137-141。〈迷樓〉在文字上，與〈西苑故事〉相較，略有修訂。	描寫隋煬帝在西苑十六院一天的生活。「二十個後宮女在侍寢」，服食「大丹的春藥」等荒唐的生活。	劉以鬯最早的故事新編小説。

7　徐黎〈古典題材的現代詮釋、表現與改造——論香港作家劉以鬯的故事新編〉，《河南大學學報》（社會科學版），第四十二卷第三期（2002 年 5月），頁 48。

	篇名	出版	內容	備注
2	〈新玉堂春〉	1951 年作，1985 年 1 月 7 日校改。刊於劉以鬯，《天堂與地獄》（香港：獲益出版事業有限公司，2007），頁 49-54。	〈玉堂春〉是常見的劇目，尤以京劇為著。[8]〈新玉堂春〉故事，背景設在現代，探討的是才子佳人結合之後的後續。篇中有外遇、性病、夫妻關係之描述。蘇三因王金龍有婚外情，因而染上性病，動殺機，以「拉素」毒害夫婿。	以故事新編來反映現實的寫實之作；顛覆才子佳人結合之後，便獲得幸福的改編。
3	〈借箭〉	寫於 1960 年 10 月 23 日。刊於劉以鬯編，《劉以鬯卷》（香港文叢）（香港：三聯書店，1991），頁 61-62。	改編自《三國演義》孔明借箭故事。[9]	描寫周瑜、孔明和魯肅的內心世界。稻草人亦被賦予生命，會在「箭雨中狂笑」。

8　此故事最早見〔明〕馮夢龍編《警世通言》第二十四卷〈玉堂春落難逢夫〉，載於〔明〕馮夢龍輯、魏同賢主編《馮夢龍全集》（上海：上海古籍出版社，1993），第二十三冊，頁 893-996。

9　事見〔明〕羅貫中編《三國演義》第四十六回〈用奇謀孔明借箭　獻密計黃蓋受刑〉，參考羅貫中編《三國演義》（香港：中華書局，1996），頁 379-386。

	篇名	出版	內容	備注
4	〈崔鶯鶯與張君瑞〉	發表於 1964 年 9 月 4 日《快報》。刊於劉以鬯,《打錯了》(香港:獲益出版事業有限公司,2001),頁 195-197。	鶯鶯與張生故事,最早見唐傳奇:〔唐〕元稹〈鶯鶯傳〉。[10] 戲曲中的西廂故事,見〔金〕董解元《西廂記諸宮調》和〔元〕王實甫《西廂記》。[11] 〈崔鶯鶯與張君瑞〉一文,寫鶯鶯和張生臨睡前的行動和思念。鶯鶯「有了許多大膽的想念」。	故事以平行時空方式,敍鶯鶯與張生二人的思念。雌雄貓兒「在庭園裏咪咪叫」,具備春色之暗示。最後一句「兩人之間,隔着一道粉牆」為神來之筆:男女主角的綺思,為現實所隔。
5	〈孫悟空大鬧尖沙咀〉	發表於 1964 年 10 月 31 日《快報》。刊於劉以鬯,《打錯了》,頁 90-92。	寫悟空到香港尋找失蹤的豬八戒,二人都陷入遊客區的黃色「活動」中。	此篇為現實之作,反映香港的黃色事業;篇末悟空打死的妖怪變為「一個大鎳幣」,也是對追逐財幣之諷。

10 元稹〈鶯鶯傳〉,載於〔宋〕李昉等編《太平廣記》(北京:中華書局,1961),卷第四百八十八,雜傳記五,頁 4012-4017。
11 參考〔金〕董解元撰、侯岱麟校訂《西廂記諸宮調》(北京:文學古籍刊行社,1955),和〔元〕王實甫撰、王季思校注《西廂記》(上海:上海古籍出版社,1978)。

	篇名	出版	內容	備注
6	〈除夕〉	1969 年 12 月 28 日寫成，1980 年修改，刊於明窗出版社編，《除夕》（香港：明報有限公司出版部），頁 1-14；另刊於《多雲有雨》（香港：三聯書店〔香港〕有限公司，2003），頁 93-106。	曹雪芹在除夕夜，回憶昔日的生活、黛玉。現實是孩子夭夭，貧困賣字畫，避居郊外，及在貧困中死去。	虛實交織的寫法；運用懸念，最後才揭盅，所寫的主角是曹雪芹。
7	〈蛇〉	1978 年 8 月 11 日作，刊於《多雲有雨》，頁 107-113。	白蛇故事，有宋〈西湖三塔記〉，刊於《清平山堂話本》[12]。明代有馮夢龍編，《警世通言》，卷二十八〈白娘子永鎮雷峯塔〉。[13] 白娘子故事，亦見玉花堂主人校訂，《雷峯塔奇傳》。[14]〈蛇〉述許仙幼時被蛇咬而怕蛇，許仙在清明時節西湖遇白素貞，她是人而非蛇妖，喝雄黃酒也沒變形。盜仙草只是一個夢，蛇精故事只是冒充法海的和尚所編撰的。	1. 四大傳説之一的白娘子人妖戀，由志怪故事，轉為非精怪故事。所謂的人妖戀乃無名和尚所杜撰。 2. 對恐懼心理有深刻的描寫。 3. 寫清明節的西湖乃詩化之描寫。

	篇名	出版	內容	備註
8	〈蜘蛛精〉	寫於 1978 年 12 月 29 日，刊於《多雲有雨》，頁 114-118。	《西遊記》中有關蜘蛛精的故事，出現在《西遊記》第七十二回〈盤絲洞七情迷本‧濯垢泉八戒忘形〉。[15]〈蜘蛛精〉寫三藏被蜘蛛精引誘，內心情慾與佛性的衝突。二者張力極大，三藏一邊唸佛號，並希冀獲得悟空及弟子的救援。另一方面對美色不無色念。「我怎會動心」，乃自我的驚訝和掙扎。	1. 以第一人稱寫法，揭示三藏的內心世界。2. 直接描寫三藏內在情慾與宗教思想的矛盾。3. 篇中以黑體字標示三藏內心的掙扎。

12 〔明〕洪楩輯、程毅中校注《清平山堂話本校注》（北京：中華書局，2012），卷一，頁 56-77。

13 馮夢龍編《警世通言》第二十八卷〈白娘子永鎮雷峯塔〉，載於〔明〕馮夢龍輯、魏同賢主編《馮夢龍全集》，第二十三冊，頁 1119-1196。

14 載於《古本小說集成》編輯委員會編《古本小說集成》（上海：上海古籍出版社，1990），和〔清〕方成培《雷峯塔傳奇》，載於《續修四庫全書》編纂委員會編《續修四庫全書》（上海：上海古籍出版社，1995）。

15 參考〔明〕吳承恩《西遊記》（香港：中華書局，1996），第七十二回，頁 858-870。

	篇名	出版	內容	備註
9	〈寺內〉	1964 年春作，先刊於劉以鬯《寺內》（臺北：幼獅文化公司期刊部，1977），頁 143-215；另 1981 年 2 月 25 日修訂，刊於劉以鬯《春雨》（香港：華漢文化事業公司，1985），頁 81-141。	〈寺內〉改編自〔元〕王實甫《西廂記》。[16]〈寺內〉一文，述張生與鶯鶯之戀，受老夫人阻撓。張生上京赴考中探花，回來迎娶鶯鶯。鶯鶯的未婚夫鄭恒，成為障礙人物（blocking character），誣張生娶魏尚書之女，唯老夫人不相信（有別於王西廂）。鄭恒成為失戀者，並沒有如王西廂中撞樹死去。	改編中的成熟之作，被稱為詩小說。劉以鬯運用內心獨白和意識流寫作手法，刻劃鶯鶯和張生在〈賴簡〉後的心理矛盾尤其恰當。以老夫人對張生所作的綺夢，揭示老夫人在道德面具下的情慾世界，是有別於王西廂最別致、獨特之處。
10	〈追魚〉	1992 年 3 月 1 日作；刊於《多雲有雨》，頁 119-120。	以傳統戲曲〈追魚〉故事為藍本。將原來人魚戀故事壓縮；人與魚最後在一起。	1. 日記體形式。 2. 形式新穎。

16 參考〔元〕王實甫撰、王季思校注《西廂記》（上海：上海古籍出版社，1963），原作為〔唐〕元稹〈鶯鶯傳〉，載於《太平廣記》，卷第四百八十八，雜傳記五，頁 4012-4017。

	篇名	出版	內容	備注
11	〈他的夢和他的夢〉	寫於 1992 年 5 月 31 日，刊於 1994 年 7 月瘂弦編，《散文的創造》（上）（臺北：聯經出版事業公司，1994），頁 184-186。輯於劉以鬯，《香港當代作家作品選集·劉以鬯卷》，頁 316-317。	高鶚頻頻進入曹雪芹的夢中，二人也喜歡做夢，寶玉也喜歡做夢。最後曹雪芹的靈魂走進高鶚的夢境中，「指着後四十回，大發雷霆：『不是這樣的！不是這樣的！』」。	
12	〈盤古與黑〉	1993 年 7 月 2 日作，刊於《多雲有雨》，頁 121-127。	盤古在「天地混沌如雞子」中誕生。[17]〈盤古與黑〉寫盤古因為討厭黑和寂寞，追求光明和希望。因而劈開了天地，眼睛也成了日月。	1. 盤古的心理描寫，便採用了意識流手法。2. 運用不同字體表現盤古的心理。

17 見《藝文類聚》卷一引《三五曆紀》，見〔唐〕歐陽詢撰、汪紹楹校《藝文類聚》（上海：上海古籍出版社，1965），卷一，天文上，頁 2。

本文所論〈怒沉百寶箱〉、〈劈山救母〉、〈孟姜女〉和〈牛郎織女〉，屬早期六十年代的故事新編，與成熟期如〈寺內〉[18] 之作不同。〈寺內〉寫《西廂記》故事。劉以鬯運用內心獨白和意識流手法，描繪鶯鶯和張生在〈賴簡〉後的心理矛盾。本文所論四篇，非實驗型之作，惟劉以鬯以豐富的民間文學知識，新編孟姜、牛郎織女和華山聖母故事，賦以新的內涵，值得重視及作探討。況且，這四個作品，保留了豐富的神話和傳說的原材料；在民間文學的保存和傳播上，大有貢獻。

二、烈女孟姜

劉以鬯〈孟姜女〉部分見於 1961 年 1 月 14 日至 1961 年 3 月 9 日，總計差不多四個月在《明燈日報》上連載，共一百一十三回合七萬一千多字。

（一）孟姜女傳說

孟姜哭杞梁夫的故事原型，出自《左傳》。魯襄公二十三年，齊侯出兵戰莒國，將軍杞梁歿。「齊侯歸，遇杞梁之妻於郊，使弔之。」[19]《左傳》所載是齊而非秦，孟姜之名亦未出現。至《禮記·檀弓》，則增加了「其妻迎其柩於路而哭之哀」之載。[20] 顧頡剛謂劉向《說

---

18 劉以鬯故事新編分期，參考李劍崑〈劉以鬯「故事新編」的創作特色及影響〉，《文學論衡》，總第十六期（2010 年 5 月），頁 46-52。

19 楊伯峻編著《春秋左傳注》（北京：中華書局，1981），〈襄公二十四年〉，頁 1084-1085。

20 〔漢〕鄭玄注、〔唐〕孔穎達正義《十三經注疏·禮記正義》（上海：上海古籍出版社，2008），卷十四，〈檀弓〉下第四，頁 414。

苑》第一次出現「崩城」的重要情節。[21]《説苑・善説》篇載：「昔華舟、杞梁戰而死，其妻悲之，向城而哭，隅為之崩，城為之阤」。[22] 孟姜故事至唐而產生重要之變。〔唐〕貫休〈杞梁妻〉一詩載：「秦之無道兮四海枯」，「築人築土一萬里」。杞梁婦「一號城崩」，「再號杞梁骨出土」。[23] 詩中所載杞梁已是秦時人，築人入城殘忍的情節亦已出現。此外，不只出現「城崩」，更出現認白骨的情節。孟姜故事，由齊轉而為秦，因為築長城的慘烈，與杞梁妻之極悲亦相副。《水經注》卷三〈河水〉載：「始皇令太子扶蘇與蒙恬築長城，起自臨洮，至於碣石。」[24]〔晉〕楊泉《物理論》引民歌謂：「生男慎勿舉，生女哺用餔，不見長城下，尸骸相支拄。」[25] 生男而要築長城，寧可不養活。〔唐〕佚名所撰《琱玉集》引《同賢記》所載，更是後世有關孟姜傳説的藍本：杞良為避築長城之苦役，逃入孟家後園。孟家姑娘「仲姿浴於池中」被窺見，因而「請為君妻」。二人成婚後，杞良回工地，復為官吏所殺，「並築城內」。仲姿哭，「其城當面一時崩倒」。仲姿割指血「以滴白骨」，認出杞良。[26] 唐代太宗、高宗、玄宗三朝，東伐高麗、新羅，西征吐蕃、突厥，又在邊境設置節度使，帶重兵，防外蕃。士兵終年征戰、戰死。思婦懷人情況，與孟姜相類。[27]

---

21 顧頡剛《孟姜女故事研究集》（上海：上海古籍出版社，1984），頁 7。

22 〔漢〕劉向著、楊以漟校《説苑》（北京：中華書局，1985），卷十一〈善説〉，頁 108。

23 〔唐〕貫休〈杞梁妻〉，載於中華書局編輯部點校《全唐詩》增訂本（北京：中華書局，1999），卷八二六，頁 9388。

24 〔北魏〕酈道元著、陳橋驛校證《水經注校證》（北京：中華書局，2007），卷三〈河水〉，頁 85。

25 〔北魏〕酈道元，同上書，頁 77。

26 佚名《琱玉集》（北京：中華書局，1985），卷十二，引《同賢記》，頁 52-53。

27 顧頡剛，上引書，頁 17。

　　袁珂謂:「至遲在唐末五代之際,孟姜女故事已流傳於民間,後又編為劇本、唱詞等。」[28] 杞梁故事中的女主角:孟姜,亦由《詩經·鄭風·有女同車》「彼美孟姜,洵美且都」,[29] 泛指美女之「孟姜」變為專指杞梁貞妻之「孟姜」。有關孟姜女的故事,則以寶卷形式,在民間傳播。明末清初有〈佛說貞烈賢孝孟姜女長城寶卷〉,另有同治年間的〈長城寶卷〉[30]、〈佛說卷〉和〈長城卷〉流行於北方,上述兩個寶卷,在內容上相類似。清末南方江蘇一帶則流傳〈孟姜仙女寶卷〉(簡稱〈仙女卷〉)。[31] 此寶卷亦流傳至浙江、廣東、廣西諸省。[32]〈仙女卷〉為劉以鬯故事新編〈孟姜女〉一文的藍本。〈仙女卷〉較〈佛說卷〉和〈長城卷〉增添了新情節如神仙:芒童、七姑因為築人入長城之慘,而下凡拯救黎民。七姑「借此冬瓜為生母」:借瓜誕生。孟姜故事,由《左傳》杞梁妻之原型,至唐代大變,增入秦時築城,孟姜滴血認骨之情節。明清之際,則以寶卷形式,廣傳民間,成為四大傳說之一。(其餘為牛郎織女、白蛇傳和梁山伯與祝英台。)

---

28 袁珂《中國神話傳說詞典》(上海:上海辭書出版社,1985),頁 262。骸骨築城和大哭長城倒情節,亦見王重民等編《敦煌變文集》(北京:人民文學出版社,1957),卷一〈孟姜女變文〉,頁 33。

29 〔漢〕毛亨傳、〔漢〕鄭玄箋,〔唐〕孔穎達疏《十三經注疏·毛詩注疏》(上海:上海古籍出版社,2013),卷四,〈有女同車〉,頁 412。

30 〈長城寶卷〉和〈佛說貞烈賢孝孟姜女長城寶卷〉,載於路工編《孟姜女萬里尋夫集》(上海:中華書局,1958),頁 241-360。

31 霍建瑜主編《美國哈佛大學哈佛燕京圖書館藏寶卷彙刊》(桂林:廣西師範大學出版社,2013),〈孟姜仙女寶卷〉,頁 247-275。

32 黃瑞旗《孟姜女故事研究》(北京:中國人民大學出版社,2003),頁 125-126。

（二）瓜生靈童

劉以鬯〈孟姜女〉故事新編以〈仙女卷〉為藍本，強調烈女的試煉：孟姜之苦，帶出女性主題。

「瓜生靈童」是指孟姜以瓜托生的傳奇出生。〈仙女卷〉中已有此情節。故事的特殊性在於將孟姜故事，由人間界轉入天上界，加入芒童、七姑下凡，投胎為萬希郎（《左傳》載主角名字為杞梁，〈仙女卷〉所載為萬喜良）和孟姜女。這個改編軌跡，顛覆了一般由神話成為傳說，由天上界轉入人間界的路線。孟姜傳說，在清代寶卷〈仙女卷〉中，插入神話部分，加入主角的前世故事：二人為天上神仙，下凡轉世成為希郎和孟姜。轉世情節，為故事增添了傳奇和趣味性。

孟姜前生就是七姑，乃天上神仙：「仙姬宮的七姑星」，隨天上芒童下凡。（〈孟姜女〉第九回）〈仙女卷〉載七姑「管人世蠶桑等事」。[33] 有關七姑的崇拜，據《長汀縣志》載「宋代已有，稱七姑子」。[34]〔宋〕洪邁《夷堅甲支》卷六〈七姑子〉載宋代對七姑之祭頗為興盛：在贛州「遍城郭邑聚，多立祠宇」。七姑子「其狀乃七婦人」。神能方面：「頗能興禍咎」。[35] 客家文化中，有祀七姑子之習。客家歌謠中，有〈七姑星〉之載：「七姑星，七姐妹，你入園，涯摘菜」。[36] 另一首客家歌謠〈七姑星〉敍七位與農務有關的姐妹：「七姑星，七妹妹，你入園，

---

33 〈孟姜仙女寶卷〉，頁 252。
34 長汀縣地方誌編纂委員會編《長汀縣誌》（1988-2003）（北京：中華書局，2006），頁 852。
35 〔宋〕洪邁撰、何卓點校《夷堅志》（北京：中華書局，2010），《夷堅甲支》，卷六〈七姑子〉，頁 761。
36 白眉主編《五華民間文化》（梅州：五華縣前進速印部，2006），頁 55。

涯摘菜。摘一皮，留一皮。」[37] 客家歌謠中的七姑子農耕婦的形象，呼應了〈仙女卷〉所言：七姑「管人世蠶桑」等農事之載。

〈孟姜女〉一文，述孟姜以瓜托生，十分有趣，並富象徵意味。為何孟姜成為「瓜生靈童」呢？〈孟姜女〉第四回載（孟姜說）：「我怕見血，不願投胎，所以借此冬瓜為生母。」瓜，因其多籽，有多子多孫之延伸義，富生殖崇拜（fertility rite）的意味。人類來源的核心內容，大都與葫蘆瓜有關。彝、怒、白、畬、黎、侗等族，都有人類來自葫蘆的傳說。[38]

瓜，具生殖崇拜之義。《搜神記》卷十四〈盤瓠〉載少數民族如瑤族、畬族的始祖盤瓠便是從瓠中出生：王宮老婦耳中出頂蟲，「置以瓠籬，覆之以盤」，頂蟲化為五色犬：盤瓠。[39] 盤瓠，成為族羣始祖後，子孫連綿。孕育始祖之器便是瓠：葫蘆科植物（Cucurbitaceae）的果實。[40] 孟姜從瓜中誕生，便充滿生殖崇拜的意味：她的「母親」，就是孕育她人身的冬瓜。破瓜而出的孟姜，展示神仙臨凡非一般的誕生。甫出生便「端坐在瓜內，盤膝而坐，雙手合十，皙白的皮膚，清秀的面目，一派仙氣，完全是個佛相。」（〈孟姜女〉第四回）由於沒有經歷血胎的出生，孟姜亦保留他界（other world）的記憶及習慣。前者令她比轉生凡胎，泯滅了仙界回憶的希郎，有着更多對凡世經歷的了悟。後者則令她「自幼吃素」，在「家中苦修仙道」，並極度抗

---

37 廣東省文學藝術界聯合會、廣東省民間文藝家協會編《廣東民間故事全書・梅州・梅江區卷》（廣州：嶺南美術出版社，2012），頁 239。

38 潛明茲《中國神話學》（銀川：寧夏人民出版社，1994），頁 322。

39〔晉〕干寶撰、汪紹楹校注《搜神記》（北京：中華書局，1979），卷十四，〈盤瓠〉，頁 168-169。

40 中國科學院《中國植物志》編輯委員會編《中國植物志》（北京：科學出版社，1986），第七十三卷，第一分冊，頁 216-218。

拒父母相親之請。（〈孟姜女〉第八回）孟姜一段「瓜生靈童」式的神奇出生，便顯得吸引而蘊含趣味。

（三）人犧築城

人犧（human sacrifice）築城乃將人作為犧牲，埋入長城內，祈求完成長城之建。芒童臨凡，就是以一己之身以代萬民。因為「萬民受苦」，「心中十分不安」，芒童因而下凡救世。（〈孟姜女〉第九回）

芒童即《山海經》所載句芒。《海外東經》謂：「東方句芒，鳥身人面，乘兩龍。」《左傳》昭公二十九年載：「木正曰句芒」，[41]「木正」之神句芒，為春祭之祀神。《呂氏春秋》和《禮記‧月令》均載：春祭「其帝太皞，其神句芒。」[42]〔唐〕閻朝隱〈奉和聖制春日幸望春宮應制〉詩云：「句芒人面乘兩龍，道是春神衛九重。」[43]句芒乃農神、春神。《新唐書‧禮樂志》載：開元二十三年，玄宗「親祀神農於東郊，配以句芒，遂躬耕盡壠止。」[44]〔清〕《燕京歲時記》載立春前一日，順天府尹率僚迎春於東直門外，「芒神」以騎「土牛」的牧童造型迎春，「導以鼓樂」，「至府署前，陳於綵棚」。[45]原型為人面鳥身的句芒，乃木正春神。

41《春秋左傳注》，〈昭公二十九年〉，頁 1502。

42 句芒之載，見〔漢〕高誘注《呂氏春秋》，載於《諸子集成》第六冊（北京：中華書局，1954），卷三〈季春紀〉第三，頁 23；《禮記正義》，〈月令〉第六，頁 599。

43〔唐〕閻朝隱〈奉和聖制春日幸望春宮應制〉，載於《全唐詩》，卷六九，頁 769。

44〔宋〕歐陽修、宋祁撰《新唐書》（北京：中華書局，1975），第二冊卷十四，《禮樂志》四，頁 358。

45〔清〕富察敦崇〈打春〉，載於《燕京歲時記》（北京：北京古籍出版社，1981），頁 47。

　　芒童就是為了拯救百姓，轉生為希郎。〈仙女卷〉載秦始皇為了修築長城，「每里要用生民一名，造築城底，方能堅固。」[46] 築人入長城，此乃可怕的人犧祭祀。商代是祭獻人犧的興盛期：殷墟發現的祭祀坑中的人犧數目，多達數人以上。[47] 周代流行「血祭」拜祀。《周禮·春宮·大宗伯》載「以血祭祭社稷、五祀、五嶽。」[48]《左傳》昭公十一年載「楚師滅蔡」，用戰敗的太子之血，以祭山神。[49] 芒童為救萬民，以身殉百姓。三眼神在夢中告知始皇：「除非將蘇州府裏的萬希郎捉去，否則，萬里長城永無築成之望。」（〈孟姜女〉第十三回）希郎下凡的動機為救民，唯轉生後的希郎，卻失去天界的記憶，塵世的痛苦對他而言是非常殘酷而實在的摧殘。工頭「舉鞭猛抽，抽得希郎嘶聲呼號。」希郎終被活活打死：「又是一陣子鞭撻。希郎原已有病，經此打擊，當然無法生存了。」被鞭虐致死的希郎，「死後立刻埋葬於長城之下」，完成他為救萬民，下凡為人犧，令長城完成修建之使命。（〈孟姜女〉第三十三回）始皇為其修墳、建萬王廟，可說是對希郎的一種「補償」。（〈孟姜女〉第一〇九回）芒童轉世為希郎，完成殘酷可怕的人犧使命，在拯救萬民而言，乃是種救世英雄的行為。[50] 孟姜女因未經血胎，保留了神界的記憶，為芒童下凡救世，（〈孟姜女〉第九回）提供了全知觀點，令讀者除因希郎受盡折磨，產生同情外，

46〈孟姜仙女寶卷〉，頁 257。

47 商代人犧之討論，參考劉曄原、鄭惠堅《中國古代祭祀》（北京：商務印書館，1996），頁 121-124。

48〔漢〕鄭玄注《周禮鄭注》（臺北：新興書局，1972），卷十八，〈春官·大宗伯〉，頁 98。

49《春秋左傳注》，〈昭公十一年〉，頁 1322。

50 范長華〈淺探明代中、晚年至清末寶卷與寶卷中孟姜傳說的遞變——以《佛說貞烈賢孝孟姜女長城寶卷》、《長城寶卷》、《孟姜仙女寶卷》為例〉，《臺中師院學報》，第九期，1995 年 6 月，頁 127。

更因其救世的臨凡行動，而產生景仰及崇高感。

（四）烈女的試鍊

〈孟姜女〉一文，較前文本如〈仙女卷〉最不同處，在於強調了孟姜往咸陽尋夫之艱辛旅程。尋夫之旅，亦是試鍊之旅；展示劉以鬯重視女性意識。[51]

1. 逼姦與逼婚

孟姜夢見希郎流出血淚，開始踏上尋夫之旅。（〈孟姜女〉第三十四回）旅程中除經歷飢餓、疲倦和遇上九頭妖怪外（〈孟姜女〉第六十六至六十八回、第九十四至九十六回），更重要的是對孟姜在貞節上的試鍊。孟姜歷兩次被逼姦和始皇逼婚，都表現了貞烈的情操。首位露出狼相的是孟和，孟姜家中之僕。孟和本來是要陪伴和保護孟姜尋夫，卻在途中欺侮弱女：「如同老鷹捉小雞一般」，「拉住孟姜，不顧一切地百般戲弄」。孟和甚至毆打孟姜，以遂逼姦之願：「猛揮一拳，直向孟姜面部打去！」（〈孟姜女〉第六十三回）在荒山野嶺的孟姜，面對孟和亮出「一把尖刀」的威脅，和武力對待，（〈孟姜女〉第六十三回）仍誓死不從，以保清白。堅持至婢女春梅救援，「將大石擲向孟和的頭顱」，殺孟和才脫險。（〈孟姜女〉第六十四回）第二宗逼姦事件，更為兇險。強盜殺了春梅後，在枯廟中威迫孟姜就範。「瞪眼露齒地向孟姜撲過來」。孟姜極力反抗「始終不能脫身」。幸而

---

51 徐黎原文為：「此類作品雖然各有所本，但都十分注重女性（鶯鶯、紅娘、老夫人、蜘蛛精、白素貞等）的性意識，凸現「故事」原本隱蔽不彰的另一面；作者一改以往小說創作對女性性意識的忽略與輕描淡寫，不愧為敢於打破傳統規則、銳意創新的小說創作能手。」見徐黎，上引文，頁48。

在極危之際，得菩薩出手相救。（〈孟姜女〉第七十回）孟姜在兩次被逼姦事件中，在情勢處於極惡劣，甚至生命受到威脅時，仍遇暴不失節。

對孟姜貞節最為險峻的考驗，在秦始皇求為妃嬪一回。孟姜因毀壞了長城而被綁上金殿，成為階下囚，（〈孟姜女〉第一〇四回）完全沒有反抗的餘地。秦始皇「慧眼」，看上孟姜：「節義雙全，實非尋常女子可比」，因而「有意宣她進宮」。（〈孟姜女〉第一〇五回）並要讓孟姜「執掌正宮」。（〈孟姜女〉第一〇六回）王貫為始皇說項，勸孟姜「改嫁萬歲」。在其他女子眼中，這個議婚是極為美滿之事，「天下有甚麼比這件事更值得歡喜的呢？」（〈孟姜女〉第一〇六回）孟姜面對的，不單是議婚，嫁與不嫁的問題，更是權力威壓和引誘的問題。答允來自極高權力的始皇之婚事，代表掌管「正宮」之權勢，以及榮華富貴的生活。孟姜在這個為關節的考驗上，盡展貞烈。在始皇完成了孟姜祭墳、造廟之請後，（〈孟姜女〉第一〇九回）孟姜再沒有顧慮，便為萬民宣洩抑鬱，罵始皇「罪大惡極」，「昏君」。「所有被壓迫的人們，不久就會揭竿而起」。昏君的「末日即將來臨了！」（〈孟姜女〉第一一〇回）最為剛烈的就是投江自盡：孟姜飛也似的奔向長橋，伸出雙臂，大喊：「希郎我夫，為妻的今天前來與你團聚了！」（〈孟姜女〉第一一一回）孟姜殉夫殉節的節義，在自殺高潮中，顯其貞烈。

2.「崩城」與「認骨」

自殺是貞烈的表示，哭崩城是另一個節烈的「證據」。孟姜擅哭，（見〈孟姜女〉第三十六回，八十回，八十四回，九十三回和九十九回）哭崩城一回，是孟姜尋夫節義，強大能量的凝聚和爆

發點：「長城已經崩倒了，裂開數丈，塌向一邊。」（〈孟姜女〉第九十九回）哭之至慟，城為之崩。此外，「滴血認骨」，則將高潮再推上另一高峯。孟姜「咬破自己的手指，在每一根白骨上滴上血液。」（〈孟姜女〉第九十九回）孟姜以血液能滲入骨中，認出夫骨。（〈孟姜女〉第一〇〇回）「城崩」和「認骨」，乃兩個重要的行動語碼（proairetic code）。巴爾特（Roland Barthes）所指的行動語碼，包括動作及反應兩方面，牽引情節的進展。[52] 上述兩個行動語碼，不但下啟始皇議親，至孟姜投江之情節，重要的是「城崩」和「認骨」之行動，顯示孟姜尋夫不屈不撓的節義，加上遇暴不失節的逼姦、議婚，便完成了孟姜貞烈形象的塑造。尋夫之旅，不但是孟姜試煉之旅，亦展示經過考驗後，貞烈婦女的剛烈品質。

　　劉以鬯作品對女性特別關懷，孟姜的苦難何嘗不是受苦女性的反映？孟姜的堅毅不屈，何嘗不是對女性的堅忍苦鬥抱有希望。1961 年的香港，女性外出工作，在勞苦階層中比比皆是。據 1961 年《香港年鑑》載：在工業機構中，僱用女工最多的行業，首推紡織、針織、棉織、塑膠。載至 1960 年 6 月底止，八小時三班制下工作的女工，共一萬一千五百人。[53] 孟姜的堅忍不移之精神，在讀者尤其女性讀者而言，亦注入鼓舞的正能量。

---

52 巴爾特所論五種語碼，參考 Roland Barthes, *S/Z*, trans. Richard Miller (New York: The Noonday Press, 1974)，pp.18-20.

53 吳灞陵編〈香港全貌・一年來之勞工〉，《香港年鑑》，第十四回第二篇，1961 年 1 月，頁 36。

三、神女：痛苦的織女

　　劉以鬯〈牛郎織女〉第一至九十五回，共五萬九千字，雖未能尋出連載資料，以文字風格、同樣採用關山美插畫設計及連載形式觀之，當屬 1960 年代初，於《明燈日報》連載之故事新編系列。

（一）牛郎織女神話和傳說

　　牛郎織女故事，源自星宿神話。《晉書・天文志》載：「織女三星」。[54] 三顆織女星，形成一個三角形如織梭。至於後世被呼為牽牛星的，該是河鼓星。《爾雅・釋天》載：「何鼓謂之牽牛」。[55] 河鼓亦為三星，連成一條直線如扁擔。郭璞注《爾雅・釋天》謂：「今荊楚人呼牽牛星為擔鼓」。[56] 織女星狀如織梭，牽牛星如扁擔。以符織布女和下力於田的牛郎之想像。

　　牛郎、織女神話，早於《詩經》中已見雛型。《詩經・小雅・大東》篇載：「跂彼織女，終日七襄」。織女雖然織了七個時辰的布，卻沒成果：「不成報章」。至於牛郎，則仍是一頭牛，卻「不以服箱」，未能拉大車廂。[57]〈大東〉篇中，織女是織布婦女，牛郎卻並未人格化，詩中如袁珂所言：亦沒有故事的敍述。[58]

54〔唐〕房玄齡等《晉書》（北京：中華書局，1974），卷十一〈天文志〉，頁 294。

55〔清〕郝懿行《爾雅郭注義疏》（山東：山東友誼書社，1992），〈釋天〉，頁 591。

56 郝懿行，同上書，頁 591-592。

57〔宋〕朱熹《詩集傳》（香港：中華書局，1983），卷十二《大雅・大東》，頁 147-148。

58 袁珂《中國神話史》（上海：上海文藝出版社，1988），頁 316。

　　牛郎人格化是牛郎織女神戀、神婚的大前提。〔漢〕〈西都賦〉中，已有牽牛人格化的跡象：「豫章之宇，臨乎昆明之池，左牽牛右織女。」李善注引《漢宮闕疏》：「昆明池有二石人，牽牛織女象。」[59]由昆明池畔有牽牛、織女石像之載，可見至漢代，牛郎已經人格化。至《古詩十九首・迢迢牽牛星》牛郎、織女的愛情故事，已有完整的描述。織女「終日不成章」，織不成布匹，更「泣涕零如雨」。與牛郎相隔銀河：「盈盈一水間，脈脈不得語。」[60]由〈大東〉篇中，似不相干的牛郎、織女二星，至〈迢迢牽牛星〉，已發展至悲劇神婚，道出牛郎、織女被隔絕之悲。為何二人會被阻隔呢？有兩個說法，一為牛郎借天帝錢，久而不還而被驅禁。（出自《日緯書》）[61]二是織女廢織：《月令廣義・七月令》引《小說》佚文，敍：織女「嫁後遂廢織紝。」因而激怒天帝，「使一年一度相會」。[62]上述「借錢說」和「廢織說」，以後者較為廣傳，作為牛郎、織女二人被分隔之理由。[63]

　　至於牛郎、織女的傳說，由來已久。惟這個傳說，由何時開始流傳於民間，已是不可考。[64]《清稗類鈔》戲劇類「應時戲」載：京師「最

59　〔漢〕班固〈西都賦〉，載於〔南梁〕蕭統編、〔唐〕李善注《文選》（北京：中華書局，1977），卷一，頁29。

60　《古詩十九首・迢迢牽牛星》，見《文選》，卷二十九，雜詩上，頁411。

61　〔宋〕李昉等編《太平御覽》（上海：商務印書館，1935），刊《四部叢刊》，卷三十一，〈時序〉引《日緯書》，頁8。

62　廢織說之出處，仍有爭議。一說謂出自〔梁〕宗懍《荊楚歲時記・七夕》條。一說謂出自〔梁〕殷芸《小說》；以後者為較可信。見〔明〕馮應京《月令廣義》（臺南：莊嚴文化，1996），〈七月令〉引《小說》佚文，頁164-784。

63　織女人間的第一個丈夫為董永，見《搜神記》，卷一〈董永〉，頁14-15。織女在凡間的情郎為郭翰，見《靈怪集・郭翰》，載於〔宋〕李昉等編《太平廣記》，卷六十八，女仙十三，頁420-421。

64　鄒宏偉〈牛郎織女傳說三種文本分析〉，《長江師範學院學報》，第二十五卷第五期（2009年9月），頁33。

重應時戲」。逢七夕,「必演鵲橋會」。[65] 京劇中,便有〈天河配〉又名
〈鵲橋會〉的劇目。[66] 牛郎、織女傳說,依鍾敬文的分析,當歸入「牛
郎型」,共同情節如下:

1. 兩弟兄,弟遭虐待。

2. 分家後,弟得一頭牛(或兼一點別的東西)。

3. 牛告以取得妻子的方法。

4. 他依話做去,得一仙女為妻。

5. 仙女生下若干子女。

6. 仙女得衣逃去。他趕到天上被阻。

7. 從此,兩人一年一度相會。[67]

牛郎、織女傳說,大抵有上述七項情節結構。惟第六點,仙女得
衣逃去一項,則往往有其他演繹。參考袁珂之述,此項也不一定是仙
女得衣而逃,常常是天帝查考,天神往逮捕織女返回天庭。[68]

---

65 徐珂編纂《清稗類鈔》,(北京:商務印書館,1928),第三十七冊,戲
　　劇類,頁 17。

66 〈天河配〉資料,參考吳同賓、周亞勳編《京劇知識詞典》(天津:天津
　　人民出版社,2007),頁 432;齊森華、陳多、葉長海編《中國曲學大辭
　　典》(杭州:浙江教育出版社,1997),頁 600。

67 鍾敬文〈中國的天鵝處女型故事 —— 獻給西村真次和顧頡剛兩先生〉,
　　載於鍾氏著《鍾敬文文集》(合肥:安徽教育出版社,2002),頁 602。

68 《中國神話傳說詞典》,頁 82-83。

（二）天鵝處女

織女的地位高，《史記‧天官書》載：織女為「天女孫也」。[69]《月令廣義》引《小說》佚文，謂織女乃：「天帝之子也」。[70]織女亦為女紅神，〔唐〕柳宗元〈乞巧文〉載婦女禱告，向織女祈求：「驅去蹇拙，手目開利」。[71]由於擅織，織女屬行業神中的機神和紡織神。[72]至於牛郎、織女傳說中的牛郎，乃下力於田的牧牛凡男。〔晉〕張華《博物志》和〔梁〕宗懍《荊楚歲時記》中，有一則相類的故事，記載了「牽牛丈夫原型」。《博物志》卷十雜記下載：舊說「天河與海通」。有居海渚者，「乘槎而去」。至天河上，見「有城郭狀，屋舍甚嚴」。除睹「宮中多織婦」外，並見一丈夫「牽牛渚次飲之」。[73]「牽牛丈夫」，乃後世牛郎、織女傳說中牧牛郎的牛郎原型。

天女凡男配的牛郎、織女傳說，屬天鵝處女型故事（Swan Maiden Tale）。趙景深《童話 ABC》一書，述天鵝處女故事之模式為：男主人公看見了幾隻鳥，飛到湖畔，脫去羽毛，成為美麗的裸女。他取了其中之一的羽衣，逼她下嫁。隔了多年，她找到羽衣飛去，從此

69〔漢〕司馬遷《史記》（北京：中華書局，1959），卷二十七〈天官書〉第五，頁 1310-1311。

70《月令廣義》，〈七月令〉引《小說》佚文，頁 164-784。

71〔唐〕柳宗元《柳宗元全集》（上海：上海中央書店，1936），中冊卷十八，〈乞巧文〉，頁 65。

72 李喬《中國行業神》（臺北：雲龍出版社，1996），卷上，頁 129-135。

73 牽牛丈夫之載，見〔晉〕張華撰、范寧校證《博物志校證》（北京：中華書局，1980），卷十，頁 111；〔南梁〕宗懍《荊楚歲時記》，載於《四庫全書》，第五八九冊（上海：上海古籍出版社，1993），頁 589-23。

不回來（有時她的丈夫也可以找到她）。[74]〔晉〕干寶《搜神記·毛衣女》
便屬天鵝處女型故事：豫章新喻縣男子，「見田中有六七女，皆衣毛
衣，不知是鳥。」男子得其中一鳥之毛衣，「取藏之」。鳥「不得去」，
被男子「取以為婦」，生了三個女兒。後來，女鳥得衣便「飛去」，
後「以迎三女」。[75] 鍾敬文認為天鵝處女故事，具備以下五個特色：

1. 變形
2. 禁制
3. 洗澡
4. 動物或神仙的幫助
5. 仙境的淹留[76]

劉以鬯〈牛郎織女〉為天鵝處女故事。首先：變形方面，由於織
女為天女，已是人形，在此沒涉由鳥化人的原始變形。織女甫出場已
是位光彩射人的美女：「在所有的仙女中，織女最美麗。」織女「有
一對又黑又大的眸子」，「美得如同花朵一般」。（〈牛郎織女〉第一回）
天鵝處女故事的第二個特點為禁制。鍾敬文認為：「天鵝處女型故事
中的女鳥的羽毛或仙女的衣裳被人所藏匿，便不能不受人的支配。」[77]
〈牛郎織女〉故事中，牛郎竊取織女的天衣，令她不能離去，留在人

---

74 趙景深《童話學 ABC》（上海：上海書局，1990），頁 90。男子以竊取羽
　　衣的手段強迫成婚，乃是搶親習俗的象徵性反映。見劉守華〈孔雀公主
　　故事的流傳和演變〉，載於中國民間文藝研究會上海分會編《民間文藝集
　　刊》第八集（上海：上海文藝出版社，1986），頁 68。
75《搜神記》，卷十四〈毛衣女〉，頁 175。
76 鍾敬文，上引文，頁 609-614。
77 同上文，頁 610。

間。(〈牛郎織女〉第二十一回）天女與天衣之間，有着非常密切的關係。誰人持有天衣，便有着號令之權（雖然織女和牛郎，有着互動之情。）。

　　至於第三點：洗澡，則是天鵝處女型故事的精彩之處。[78]〈牛郎織女〉故事中的「洗澡」發生在碧蓮池。「七個仙女」，「個個含笑盈盈」。織女穿紫衣，「最為美麗」。(〈牛郎織女〉第二十回）「洗澡」的碧蓮池，乃是牛郎、織女愛情催生的所在地。其中涉及兩個重要的行動語碼，一為偷窺，一為偷衣。牛郎躲在碧蓮池旁邊，偷窺天女洗澡。(〈牛郎織女〉第二十回）由於玉白身軀被偷窺，織女已沒退路：「叫我今後如何再在別的神仙前露臉」。(〈牛郎織女〉第二十二回）另一方面，織女「一向羨慕人間的生活」，能擺脫「寂寞天庭」，(〈牛郎織女〉第二十三回）自是求之不得。被牛郎偷窺而心生情愫的織女，因而留在凡間。「洗澡」的另一個重要的行動語碼為偷衣。牛郎「躡步走到荷花池邊，伸手將玉凳上的那件紫色衫拿了過來，撥轉身，拔足就奔。」(〈牛郎織女〉第二十一回）。織女天衣被竊，不得不聽牛郎之言，牛郎亦直接坦言：「嫁我做老婆！」(〈牛郎織女〉第二十二回）取得天衣的牛郎，不單佔上風，更博得織女言：「我答應你！」成就天河配婚事。(〈牛郎織女〉第二十三回）

　　天鵝處女故事的第四個特點是動物或神仙的幫助。鍾敬文所言：包含動物或神仙援助男主人公的情節。[79]〈牛郎織女〉一篇，如果沒有

78 京劇《天河配》也有浴池一幕。見中央研究院歷史語言研究所俗文學叢刊編輯小組編《俗文學叢刊》戲劇·京劇（臺北：中央研究院歷史語言研究所、新文豐出版股份有限公司，2004），〈天河配總講〉，頁341-032。
79 鍾敬文，上引文，頁613。

金牛大仙的幫助，牛郎和織女便沒可能成就天河婚戀。金牛大仙為同情織女，被貶下凡，變形為老牛，(〈牛郎織女〉第六回)幫助人間的牛郎。牛郎則是被欺侮的幼弟：被惡嫂李氏趕走，被逼分家。(〈牛郎織女〉第十四回)金牛大仙作為幫助者(helper)，成為牛郎、織女的冰人。他的協助分為行動者，以及出策者兩部分。行動者方面，如果沒有金牛大仙，將牛郎馱行上天，(〈牛郎織女〉第十九回)人間牛郎是絕沒有能耐會織女於碧蓮池。此外，金牛大仙亦是個重要的出策者。他指點牛郎竊天衣：「將織女的衣服搶過來」，挑個僻靜之處，「誠懇地向她表露求婚之意」。(〈牛郎織女〉第十九回)偷窺、偷衣，乃造就天河配的關鍵。金牛大仙的幫助，亦是牛郎、織女成就人神婚的關鍵。

天鵝處女故事的第五個特點是仙境的淹留。〈牛郎織女〉故事，則沿着人間界而仙界的軌跡進行。先是仙女入凡間，往後是凡男入神境。仙女被牛郎在「洗澡」情節偷窺，在人間拜堂成親，成為牛郎的妻子。過着男耕女織的日子，並為牛郎生下一子一女。(〈牛郎織女〉第二十六回、二十九回、三十四回)至王母派奎木狼和婁金狗捉拿織女回天，(〈牛郎織女〉第四十一、四十三回)才結束仙女入凡的一段人間界之旅。凡男牛郎，因織女之故而入神境。以織女所留下的天梭上天，而淹留天界。王母用簪劃成銀河，罰牛郎織女「永遠隔河相對」。(〈牛郎織女〉第四十八回，五十至五十二回)牛郎亦因此，以凡男身份，淹留神界。〈牛郎織女〉以「洗澡」偷窺、竊衣的天鵝處女故事，造就一段動人的人神婚戀。

（三）叛逆與反抗

〈牛郎織女〉一文中的織女，相當反叛。甫開始便「想找一些刺

激」。（〈牛郎織女〉第一回）因為刻苦織布，「長年付出」，「得不到片刻的快樂」。（〈牛郎織女〉第三回）織女「耐不住寂寞」而偷看凡間。（〈牛郎織女〉第四回）叛逆「刻板的生活」（〈牛郎織女〉第六回）之代價相當大。女神被王母處罰，囚禁天牢四十九日，「不准織女自由行動」。（〈牛郎織女〉第五回）織女與西王母是外祖母和外孫女的關係（〈牛郎織女〉第五回）。縱然是天女孫，織女仍被處分。織女私看凡界、私下凡界，代表的就是她的反叛。[80]

西王母則代表了織女要面對和反抗的權威和不可規避的力量（inevitability）。《山海經·西山經》所載的原始的西王母是「豹尾虎齒而善嘯」，半人半獸「蓬髮戴勝」的「司天之厲及五殘」之兇神[81]。西王母自兇神始，但經歷不少變化。她在《穆天子傳》中，已是與周穆王共飲於「瑤池之上」的「帝女」。[82]〈漢武內傳〉中，西王母變為「年三十許」，「容顏絕世」，[83]授帝以長生術的大母神（Great Mother）。榮格（C. G. Jung）言：母親神，在世界各地的宗教中都存在，而成為大母神的原型。[84]《鏡花緣》第二回，西王母便有着眾仙之母的大母神身份，擔起保護者的角色。王母見百花仙和嫦娥口角，道「善哉！善

---

80 對抗權威為牛郎織女傳說的一個主題。參考洪淑苓《牛郎織女研究》（臺北：臺灣學生書局，1988），頁 187。

81 袁珂校注《山海經校注》（上海：上海古籍出版社，1980），〈西山經〉，頁 50。

82 〔晉〕郭璞注《穆天子傳》（北京：中華書局，1985），卷三，頁 15-16。

83 〔宋〕李昉等編《太平廣記》，卷第三，神仙三，〈漢武內傳〉，頁 14。

84 C.G. Jung, "Psychological Aspects of the Mother Archetype", in *The Archetypes And The Collective Unconscious* (New York: Bollingen Foundation Inc., 1959), p.75.

哉！渞妮子道行淺薄」。「角口生嫌，豈料後來許多因果。」[85] 王母如
母親般，為百花口角生孽、下凡而感慨。

至於〈牛郎織女〉中的西王母則有着迫害者的角色，拆散牛郎、
織女的一段人神婚，她代表了不可規避的力量。王母以「玉簪一支」，
「在牛郎與織女之間劃下天河一度」。(〈牛郎織女〉第五十一回) 可
怕的是這是個無止境的處罰：「罰你們永遠隔河相對，可望而不可
即！」換言之，「要受千載的痛苦」，乃是個永劫！(〈牛郎織女〉第
五十二回) 織女則以叛逆者的角色，反抗王母所代表的不可規避的
力量。

（四）痛苦與超越

〈牛郎織女〉最別出同類作品之處，在於篇中對牛郎與織女的矛
盾和痛苦有很深刻的描寫。牛郎、織女的矛盾，主要發生在織女被王
母下令奎木狼和婁金狗捉拿她 (〈牛郎織女〉第四十一回)，以及牛
郎與兩個小孩，借天梭上天界之後。(〈牛郎織女〉第四十七回) 二人
的矛盾，主要在「處理」孩子的問題上。天庭歲月，孩子是牛郎、織
女的一個很大的負擔。牛郎的「處理」是較為實際的，就是將孩子送
回凡間：「交與兄嫂扶養」，「免受寂寞之苦」；卻因而觸發織女「怒往
上沖」之衝冠憤怒。(〈牛郎織女〉第七十一回) 此外，牛郎要織女「必
須將兩個孩子完全忘掉」，因為「今生恐怕再也不能見面了」。牛郎
的態度是面對現實的疏解方法；織女卻怪責他「心腸太硬」，二人因
而「吵得很兇」。(〈牛郎織女〉第八十回) 牛郎、織女吵架，在河北
牛郎、織女傳説中，亦有出現。牛郎跟着織女上天宮，因不習慣天宮

85〔清〕李汝珍《鏡花緣》(香港：中華書局，1975)，第二回，頁9。

生活，常和織女吵架。[86]〈牛郎織女〉一文，牛郎和織女，因孩子的問題而口角、激烈爭吵，也是就尋常夫妻，因生活瑣事而爭執的現實之反映。

〈牛郎織女〉一文，至為深刻之處，在於作者耗五十四回（〈牛郎織女〉第四十一至九十四回），花了不少筆墨描寫牛郎和織女的痛苦。劉以鬯描繪了兩種面對痛苦的態度，一為衝動型，一為沉毅型。前者以織女為代表，後者的代表為牛郎。織女為免卻二人相思之苦，衝動地反抗：「竟像枝飛箭似的，疾步奔下橋去，奔向彼岸。」跑到銀河彼岸，會合牛郎。（〈牛郎織女〉第八十三回）織女的衝動，換來的是王母將她「打入天牢」之懲罰。（〈牛郎織女〉第八十六回）

牛郎面對痛苦，有別於衝動型的織女，他選擇沉毅地面對一切苦難。牛郎對待痛苦有三種方式，一為樂觀。他認為要在極度痛苦中，「自尋快樂」。保持樂觀，「才能使王母的神通失效」。（〈牛郎織女〉第七十八回）第二，必須堅強。牛郎視每天與織女隔河相望為鼓勵，提倡堅強面對生活，要有「堅強的鬥志」。（〈牛郎織女〉第七十九回）第三項最為特別：夢想是痛苦生活的原動力。牛郎認為沒有夢想，等於失去一切。「有了夢想，事情就簡單了」。（〈牛郎織女〉第八十回）因為有以上樂觀、堅強和仍有夢想的正能量，牛郎能「將所有的不幸當作事實去容忍」，表現出「不折不撓」。就是這種「不折不撓」，感動「千萬仙君」。（〈牛郎織女〉第八十九回）最後由觀音「稟告王母」；牛郎竟以凡胎，道成肉身而被封聖。（〈牛郎織女〉第九十四回）牛郎

---

86 河北有結冤型的牛郎織女傳說，參考洪淑苓，上引書，頁 160；董占順搜集整理，流傳地區：河北束鹿一帶，〈牛郎織女結冤仇〉，原載《民間文學》（1985 年第七期），載於葉濤、韓國祥主編《中國牛郎織女傳說》（桂林：廣西師範大學出版社，2008），頁 126。

經歷痛苦的試鍊，竟以成聖。

　　劉以鬯以創造性背叛，有別於牛郎織女的前文本，牛郎封聖，帶出極度痛苦乃是種磨難，使人能得以超越，甚至足以使凡胎成聖。劉以鬯在 1948 年 12 月 5 日離開上海來香港。[87] 南來文人置身於香港，一個對他們而言生疏而複雜的商業化社會，立足不易，謀生也困難。[88]1957 年，劉以鬯離開新加坡《鋼報》，後因病失業。從新加坡回港，[89] 他的日子也不易過。《劉以鬯卷》自序中，劉以鬯自言：「煮字療飢」。賣文者要是不能迎合讀者的趣味，便會「失去『地盤』或接受報紙負責人或編輯的『指導』」，因而被迫寫流行小說，以迎合大眾。[90] 生活上的種種，也充滿着痛苦。〈牛郎織女〉中牛郎積極面對痛苦，以樂觀、堅毅，面對苦難人生，又何嘗不是作者的心聲和寫照呢？

四、神女：華山女與少年英雄

（一）華山女

　　劉以鬯〈劈山救母〉一文，於 1960 年 10 月 20 日至 1961 年 1 月 13 日，在《明燈日報》連載，共八十六回，合五萬四千八百字。〈劈山救母〉一文，述華山聖母與劉彥昌私婚，生下兒子沉香的故事。華山聖母屬華山神族中的女眷。

　　《山海經‧西山經》已有祀華山神的記載：「華山冢也。其祠之

---

87 易明善《劉以鬯傳》（香港：明報出版社有限公司，1997），頁 209。

88 同上書，頁 63。

89 同上書，頁 211。

90 劉以鬯編著《劉以鬯卷》（香港：三聯書店，1991），〈自序〉，頁 3。

禮：太牢」。以太牢牛羊豕三牲作祭，見祭禮之隆。[91] 唐玄宗（712-756年在位）先天二年（713 年），封華山為金天王。宋真宗（997-1022年在位）大中祥符四年（1011 年），封華山為金天順聖帝。[92] 唐代的華山女神有華山三夫人和華嶽三公主。《廣異記‧李湜》一文載：華山神三位夫人，與李湜偷歡達七年，後因李湜佩符，三位夫人才告別李湜。（《太平廣記》卷三百）[93] 至於華嶽三公主，則有三篇與之相關的小說。其中兩篇，涉及男主人公的死亡或瀕死。〈華嶽靈姻〉一文，載華嶽三公主下嫁韋子卿。子卿另娶，道士以符制三公主。公主憤而殺韋子卿及其妻。[94] 至於《廣異記‧王勳》，亦幾涉男主角的死亡：王勳悅華嶽三公主塑像，「即時便死」，被召入神境，後被巫師召回陽世。（《太平廣記》卷三百八十四）[95]

　　後世沉香劈山救母故事，溯其源該出自《廣異記‧華嶽神女》。是篇述華嶽三公主下嫁士人某，因某之家人見嫌，某佩符而公主離去。（《太平廣記》卷三○二）[96] 三篇唐代有關華嶽三公主的小說中，以〈華嶽神女〉與劈山救母故事較類近。首先，華嶽神女與士人某有着邂逅至結合的婚戀。第二，華嶽三公主與士人某，「生二子一女」，二人有婚生子女。後世劈山救母故事，三公主也有兒子：沉香。第三，華嶽三公主不但沒有將士人某殺害，對他亦有情義。只是因「符

91　《山海經校注》，〈西山經〉，頁 32。

92　華山封號之載，見（後晉）劉昫等撰《舊唐書》（北京：中華書局，
　　　1975），卷二十三〈禮儀志〉三，頁 904；高承《事物紀原》（臺北：商
　　　務印書館，1982），卷二〈五嶽號〉，頁 31。

93　《太平廣記》，卷三百，神十〈李湜〉，頁 2384-2385。

94　〈華嶽靈姻〉，出自陳翰編《異聞集》，載於王夢鷗《唐人小說校釋》（臺
　　　北：正中書局，1983），頁 151-152。

95《太平廣記》，卷三百八十四，再生十〈王勳〉，頁 3065。

96《太平廣記》，卷三○二，神十二〈華嶽神女〉，頁 2397-2398。

命已行，勢不得住」而離去。就婚生子女和神女對男主角的愛戀而言，〈華嶽神女〉當為沉香劈山救母故事之源。

形成沉香劈山救母的寶蓮燈故事，則是清道光年間許如來抄本寶卷〈沉香太子全傳〉。故事述漢代士子劉向，路過華山神廟，因題詩而與華山三娘結三宿姻緣。離別時贈三娘沉香一塊：「倘然生下男兒子，就把『沉香』取為名」。[97] 三娘後被二郎神「把華山來提起，壓住三娘裏面存」。「三娘在華山下受苦」。[98] 至十六年後，兒子沉香拜何仙姑為師，大戰二郎神、孫悟空，並劈山救母。[99] 劉以鬯〈劈山救母〉中，少年英雄沉香的形象，至為突出。

（二）少年英雄

〈劈山救母〉一篇，寫少年英雄：沉香最為出色；劈山救母亦是沉香的試鍊之旅。

1. 出發

坎伯（Joseph Campbell）言英雄歷程由出發、考驗、回歸組成。冒險的召喚、出發，可以是由犯錯展開。[100] 沉香打殺秦官保，是個「犯錯」。（〈劈山救母〉第三十回）後母王桂英犧牲自己骨肉秋兒替罪，沉香亦要逃亡。（〈劈山救母〉第三十五回）誤殺秦官保是個契機，更大的冒險召喚在於救母。劉彥昌揭示沉香的真正身世，展示當年由神

---

97 杜穎陶編《董永沉香合集》（上海：古典文學出版社，1957），〈沉香太子全傳〉，頁 189。

98 同上書，頁 197。

99 戲文之載，見王季思主編《全元戲曲》（北京：人民文學出版社，1999），第十二卷，宋元戲文輯佚，〈劉錫沉香太子〉，頁 565-569。

100 Joseph Campbell, *The Hero With A Thousand Faces* （Princeton: Princeton University Press, 1968），p.51.

鴿傳來的血書，令沉香了解箇中因由。血書乃華山聖母所書，自述被壓於「華山底下，再也翻不得身了。」因而「咬開自己的手指」，用鮮血寫成血書一封，證明沉香乃親生骨肉：「再要相見極艱難。臨危產下沉香兒。」華山聖母嘔盼兒子的搭救：「待兒他年長大後，前來華山救親娘。」（〈劈山救母〉第二十一回）血書是重要的「證據」，證明沉香不凡的身世：乃華山聖母之子。血書，亦是個重要的呼喚，引領沉香踏上試鍊之旅。知悉母親「如今被囚華山洞中，日盼夜望」，等他長大，「好去搭救與她」；沉香毅然上路往華山，展開救母之旅。（〈劈山救母〉第三十五回）

2. 試鍊

　　少年經歷種種試鍊，獲得成長，是文學中的母題。[101] 沉香在救母旅途中，亦經歷飢餓、疾病、危險和對抗權威之戰的種種歷鍊。十三歲的沉香在路上，備受體能的挑戰：「沒有好好的吃過一餐」，更「沒有好好的睡過一覺」。（〈劈山救母〉第三十八回）肉體上也要受病弱折磨：「熱度甚高」，「悶懨懨的倒在床上了」。（〈劈山救母〉第三十八回）若非太白金星以藥救沉香，亦後果堪虞。（〈劈山救母〉第三十九回）

　　除肉體折磨外，「峻嶺索橋」，更是沉香膽識和勇氣的大挑戰。由於神仙指點：「過了一山又一山，終南山上有神仙」，（〈劈山救母〉第四十回）沉香以終南山為目標地；惟途中他必須經歷「峻嶺索橋」之難。「只見兩旁峭壁高聳入雲，中間有一條索橋，高高架在空中。」這道索橋一尺寬，十丈長，「並無扶手」。牧童建議沉香和他同騎牛

101　Joseph Campbell, *The Hero With A Thousand Faces*, p.97.

背，渡過索橋。過索橋，乃生死懸於一線的考驗。（〈劈山救母〉第四十四回）沉香表現自然的恐懼，「但覺索橋左右晃盪」，因而頭暈「眼前出現無數星星」。（〈劈山救母〉第四十五回）沉香克服內心恐懼，最終越過索橋也越過心理恐懼的關隘。

少年英雄與權威：二郎神和孫悟空的大戰，則不只是膽識，更是對沉香戰鬥能力的極大考驗。二郎神是沉香的舅父，沉香與他作戰，表現出少年英雄的戰鬥力。二郎神擅長變化，具七十二般變化法力，沉香就以七十三般變化，力制舅父。二郎神變大樹，沉香便化成樵夫斫樹；二郎神變鷹，沉香便化作射鷹人；二郎神變狼，沉香便化作捉狼人。（〈劈山救母〉第六十六回）少年英雄，以大無畏之勢，力制代表家長權威的二郎神。此外〈劈山救母〉中，孫悟空也助二郎神戰沉香。寶卷〈沉香太子全傳〉中，已具「孫行者他也出陣」，助二郎神之載。[102]〈劈山救母〉一文，孫悟空變「九頭六尾狐，張牙舞爪地向沉香撲去」。沉香卻變成獵狐人，「拉開大弓」，向九頭狐「猛射一箭」，迫得悟空「變回原身」。（〈劈山救母〉第七十二回）少年英雄大戰惡舅和孫行者，竟可克敵，充分展示沉香的英雄戰鬥力。

3. 助力

少年英雄以十六歲之齡，戰勝權威。沉香背後有着不少助力者（helpers）。他在十三歲時，拜八仙為師，並由何仙姑指點。在「八仙教導之下」，「進步神速」；「熟讀兵書」，學習戰術。（〈劈山救母〉第四十七回）榮格所言的智慧老人（wise old man），常常在夢中以

---

102 〈沉香太子全傳〉，頁 211。

智者、老師等身份出現，幫助主人公。[103] 沉香所拜的八仙，就是八位智慧老人，俟沉香十六歲而授仙術：在天台山授沉香十八般武藝和「七十三變形」。（〈劈山救母〉第四十九回）在八仙引導下，沉香在藏寶洞，找到兵書寶物。最為重要的，就是尋到「萱花鉞斧」。斧柄上有師父所刻之字：「賜與沉香救母親」。（〈劈山救母〉第五十一回）沉香就是用此「鉞斧」，劈山救母。八位智慧老人，不但打造少年英雄：沉香，更在沉香幾乎被二郎神壓在華山時，「前去助陣」，救助沉香。（〈劈山救母〉第六十三回）八仙不但是沉香的師父，更是少年英雄惡戰舅父中的重要助力，助其克敵救母。

沉香在〈劈山救母〉中，以少年英雄的身份，勇救母親、父親和幼弟。沉香用「鉞斧」將華山劈開，（〈劈山救母〉第五十九回）縱身飛入黑風洞無底井救出母親，（〈劈山救母〉第七十五至七十七回）可謂勇氣和孝道兼備。被壓在華山底十六年受盡苦難的華山聖母，也被折磨得不成人形：「簡直是一個路邊的乞丐」，「蓬頭，散髮，面黃肌瘦。」不復美麗，且是「枯槁而又蒼白」的老婦之容。（〈劈山救母〉第七十九回）華山聖母不堪的受苦狀況，更突顯少年英雄拯救所賦予的希望。此外，沉香亦回歸洛陽，救出獄中的父親，背父挽弟，「提口氣，往上一竄，駕祥雲向西飛去」；安頓家人於天台山。（〈劈山救母〉第八十二回）沉香以一人之力，拯救了危難的家庭，被封「中界值符官」，（〈劈山救母〉第八十六回）堪稱是個真正的少年英雄。

劉以鬯筆下，華山聖母的苦難及被救援，表現了他作品一貫以來對女性的人文關懷。六十年代的香港，婦女問題亦不少，受的苦難也

103　C.G. Jung, *The Archetypes And The Collective Unconscious* in *The Collective Works of C.G. Jung*, trans. R.F.C Hull（Princeton: Princeton University Press, 1974）, Vol. 9, Part 1, pp. 215-216.

不輕。1962 年《香港年鑑》載：工廠違例僱用女童工，仍有發現。勞工當局為保障女工、童工的健康，草擬條例，加強管制。[104] 婦女文盲人數所佔亦不少；香港中國婦女會倡導教育。西區婦女福利會有主辦成人教育班，解除文盲的痛苦。[105] 六十年代的婦女面對不少工作、教育的困難和苦難。〈劈山救母〉中，極力描寫華山聖母所受的苦，表現作者對女性狀況的同情。少年英雄的救援，在苦難中，注入希望。苦難人生，也不只是困局，而是具備前進、希望的正能量。

五、青樓女：被虐打的花魁

劉以鬯〈怒沉百寶箱〉，在《明燈日報》1960 年 3 月 5 日至 1960 年 5 月 4 日連載，共六十五回合四萬三千六百字。〈怒沉百寶箱〉所寫為明代花魁杜十娘從良李甲，被負、被賣，憤而投江的故事。孫楷第《今古奇觀題解》載萬曆間紹興妓女杜十娘事，見《通言》卷三十二。杜十娘事，明人盛傳，宋幼清《九籥集》有傳，今未見。《情史》卷十四，亦載十娘此事。[106]《九籥集‧負情儂傳》是杜十娘故事的源頭。事記萬曆年間，李生與名妓杜十娘相戀，籌得三百金與鴇母，為十娘贖身。杜十娘與公子離開妓院，至江遇「新安人」，慕十娘為「尤物」，以「千金」誘公子轉賣十娘。十娘知悉真相，將百寶箱中「翠

104　吳灞陵編〈香港全貌‧一年來之勞工〉，《香港年鑑》，第十五回第二篇，1962 年 1 月，頁 79。

105　〈香港全貌‧一年來之勞工〉，《香港年鑑》，第十四回第二篇，頁 53。

106　孫楷第〈重印《今古奇觀》序‧附解題〉，載於孫楷第《滄州後集》（北京：中華書局，1985 年），頁 52。

羽明璫」、「夜明之珠」投江後自沉於江。[107] 馮夢龍《情史》有〈杜十娘〉之載，[108]《警世通言》卷三十二有〈杜十娘怒沉百寶箱〉一篇。[109] 馮夢龍所載與《九籥集》相若。阿英《小說二談》認為「此事發生於明，且確有其事。」[110]

〈怒沉百寶箱〉的明妓十娘，乃明代的妓女。明朝中葉以後，隨着城市商業的長足發展，在南北方都出現了很多商業重鎮，各地青樓業也愈興旺。[111] 此外，明代中期，朝廷取消官妓，私娼更為興盛。[112] 劉以鬯〈怒沉百寶箱〉與前文本最不同之處，在於文中加入不少鴇母虐打十娘的情節，赤裸裸呈現花魁表面風光的背後淒涼的處境。老鴇對十娘的虐待，分兩個部分，一為辱罵，一為虐打。鴇兒為十娘不肯捨棄床頭金盡的公子，罵她為「臭貨！」、「賤貨！」（〈怒沉百寶箱〉第十三回）明代妓女身份卑賤。古時分良民為：士、農、工、商四等，賤民則屬可被買賣之人。[113] 妓，屬賤民階級；良賤亦不可通婚。《明律・婚姻》載：「凡家長與奴娶良人為妻者，杖八十。」「若妄以妓婢為良人，而與良人為夫妻者，杖九十，各離異改正。」[114]

107　〔明〕宋楙澄撰《九籥集》（明萬曆刻本），載於《四庫禁燬書叢刊》委員會編《四庫禁燬書叢刊》（北京：北京出版社，2000），卷五〈負情儂傳〉，集 177，頁 548-551。

108　〔明〕馮夢龍輯、魏同賢主編《馮夢龍全集》，第三十八冊，《情史》第十四卷〈杜十娘〉，頁 1149-1160。

109　〔明〕馮夢龍輯、魏同賢主編《馮夢龍全集》，第二十三冊，《警世通言》第三十二卷〈杜十娘怒沉百寶箱〉，頁 506-525。

110　阿英《小說二談》（上海：上海古籍出版社，1985），頁 33。

111　陶慕寧《青樓文學與中國文化》（北京：東方出版社，1993），頁 133。

112　嚴明《中國名妓藝術史》（臺北：文津出版社，1992），頁 93-101。

113　良賤階級劃限甚嚴，不得通婚。參考劉伯驥《唐代政教史》（臺北：臺灣中華書局，1974），頁 88。

114　〔明〕劉惟謙等《大明律》（臺南：莊嚴文化，1996），卷六〈婚姻〉，頁 276-568。

　　除辱罵外，十娘亦被鴇母以不同的方式虐打。鴇兒視十娘為「搖錢樹」，（〈怒沉百寶箱〉第十一回）為迫十娘捨棄李甲和接客而虐打她。十娘被脫掉衣服，承受鴇母的鞭子。鴇母「舉起皮鞭，一連又抽了兩下」，「十娘背脊上立即出現了兩條血痕」。雖然皮破血流，十娘的反應是「緊捏住拳頭」，「不出聲」，表現出「寧死也不肯屈服」的「倔強」。（〈怒沉百寶箱〉第十四回）為迫十娘接山西大客，老鴇亦「擎起雞毛帚」，「向十娘身上瘋狂亂抽」，毒打十娘。然而，倔強的十娘，仍是「不呼嚎」，「咬牙切齒地忍住痛」，表現了自傲的倔強。（〈怒沉百寶箱〉第二十九回）韓南（Patrick Hanan）說：杜十娘表現了「自尊」和「自決」。[115] 結上盤龍髻（〈怒沉百寶箱〉第五十八回）怒沉「祖母綠」、「貓兒眼」的百寶箱，以死控李甲「太沒有良心」的十娘，（〈怒沉百寶箱〉第六十五回）便以極端的方式表現出剛烈的「自尊」、「自決」。十娘被虐打，不但表現其個性上的倔強與自尊，劉以鬯更藉此以表現他對女性受虐、受苦的關懷。

　　劉以鬯寫十娘被虐，鞭撻、虐打更真實地反映妓院中縱是花魁的苦況，令人物更為立體。篇中，負心人李甲亦有內疚的一面及因介懷十娘是青樓女而表現絕情。（〈怒沉百寶箱〉第五十二回）縱是孫富，也有善良的一念：「何必去拆散這一對患難夫妻。」（〈怒沉百寶箱〉第四十七回）〈杜十娘怒沉百寶箱〉一文，成功塑造更為立體化的人物。

115　Patrick Hanan, "The Making of The Pearl-Sewn Shirt and The Courtesan's Jewel Box", in *Harvard Journal of Asiatic Studies*, Vol.33 (1973), p.149. 她們都有待於男人去拯救，看到背後隱藏着男性中心的預設立場。參考周建渝〈重讀杜十娘怒沉百寶箱〉，中央研究院中國文哲研究所刊《中國文哲研究集刊》，第十八期（2001 年 3 月），頁 31。

結　語

　　劉以鬯的作品，都十分注重女性。[116] 這篇作品所論述的四位女性：烈女孟姜經歷千辛萬苦往長城尋夫骨、認骨；織女與牛郎隔河相望、骨肉分離的深刻痛苦；華山聖母被二郎神壓於華山底不見天日十六年的苦因，還有被鞭打、被掌摑的杜十娘。四位女性都在不同程度上受壓迫、受苦、受折磨。

　　這四篇作品都是六十年代之作，當時的婦女，為家庭、生活，在各行業工作，其中工廠婦女尤多。1963 年《香港年鑑》載：1950 年女工人數為三萬三千二百八十六；至 1960 年已增加至十萬零四百一十八人。[117] 十年間，女工人數已上升了六萬七千一百三十二人。劉以鬯對女性的關懷、同情，在上述四篇作品中，尤為突出。此外，〈孟姜女〉、〈牛郎織女〉、〈劈山救母〉和〈怒沉百寶箱〉，乃故事新編。劉以鬯以豐富的民間文學知識，將四個故事重新演繹，在民間文學的傳播上，實屬功不可沒。

116　徐黎，上引文，頁 48。
117　吳灞陵編〈香港全貌‧一年來之工業〉，《香港年鑑》，第十六回第二篇，1963 年 1 月，頁 86。